CW01661692

btb

Aus Freude am Lesen

Buch

»Engelszungen« handelt vom Schicksal zweier bulgarischer Familien, deren turbulente Geschichten auch die Geschichte des Landes widerspiegeln, deren Wege sich immer wieder kreuzen, bis die jüngsten Sprößlinge des jeweiligen Hauses in Wien für wenige Stunden aufeinandertreffen. Die Geschichte nimmt ihren Anfang in einem kleinen Städtchen in Bulgarien, wo die Familien Mladenov und Apostolov ihre Schicksale meistern. Rund um diese Personen reiht sich eine Vielzahl von Geschichten, die oftmals ineinander verwoben sind. Aberglauben, die politischen Umstände und die beständige Suche nach Liebe, Glück, Ruhm und Reichtum treiben die Protagonisten voran. Doch das große Glück ist schwer zu fassen …

Autor

Dimitré Dinev wurde 1968 in Plovdiv, Bulgarien, geboren, wo er das Bertolt-Brecht-Gymnasium besuchte. 1990 emigrierte er nach Österreich und studierte in Wien Philosophie und russische Philologie. Seine ersten Veröffentlichungen wurden 1986 in bulgarischer, russischer und deutscher Sprache publiziert. Seit 1992 erscheinen regelmäßig Drehbücher, Übersetzungen, Theaterstücke und Prosa in deutscher Sprache. Mit »Engelszungen« legte Dinev 2003 seinen ersten Roman vor, der von Kritikern und Lesern gleichermaßen begeistert aufgenommen wurde. Dimitré Dinev lebt als freier Schriftsteller in Wien.

Dimitré Dinev bei btb

Ein Licht über dem Kopf (73520)

Dimitré Dinev

Engelszungen

Roman

btb

MIX
Papier aus verantwortungsvollen Quellen
FSC® C083411

Verlagsgruppe Random House FSC-DEU-0100
Das FSC®-zertifizierte Papier *Munken Pocket* für Taschenbücher aus dem btb Verlag liefert Arctic Paper Munkedals AB, Schweden.

7. Auflage
Genehmigte Taschenbuchausgabe Januar 2006,
btb Verlag in der Verlagsgruppe Random House GmbH, München
Copyright © by Deuticke im Paul Zsolnay Verlag, Wien 2003
Umschlaggestaltung: Design Team München
Umschlagfoto: buchcover.com
Druck und Einband: CPI – Clausen & Bosse, Leck
NB · Herstellung: BB
Printed in Germany
ISBN 978-3-442-73316-3

www.btb-verlag.de

Für meine Großmutter Kaliopa,
die bis zum Ende mit einem Kreuz unterschrieb
und
für meine Großmutter Dena,
die immer noch auf ihre gestohlenen Schafe wartet

I. Miro

Miro hatte ein Handy und zwei Flügel.

Seine Flügel waren aus braunem, sein Handy aus schwarzem Marmor. An seinem linken Ohr hing ein silberner Ohrring, an seinem Hals eine bunte Krawatte. Die Ärmel seines grauen Hemdes waren hochgekrempelt, die Beine seiner Samthose frisch gebügelt. Kein Wind dieser Welt konnte sie aber zum Flattern bringen, denn sie waren auch aus Marmor. So war Miro auf seinem Grabstein abgebildet. Die Flügel über seinen Schultern, das Handy in seiner Rechten stand er da, und weder Hitze noch Kälte, weder Sonne noch Regen konnten etwas an ihm ändern. Nicht einmal die Menschen konnten das. Denn sein Grab befand sich in einer der prominentesten Alleen des Wiener Zentralfriedhofes.

Von bester, ehrenwertester Gesellschaft war er umgeben. Eine donauschwäbische Dichterin, deren Stimme, seit vielen Jahren still geworden, nur noch wie ein unterirdischer Fluß dahinfloß, lag neben ihm. Auch einige verwitwete Gräfinnen lagen neben Miro, die sich ihrer Witwenschaft nun endlich in der Erde entledigen konnten, so wie die k.u.k. Offiziere ihrer Orden. Denn es lagen dort auch k.u.k. Offiziere, zerstreut um Miro wie große Granatsplitter. Ein k.u.k. Oberstleutnant der Artillerie, der keine Kanonen mehr hören konnte, ein k.u.k. Generalstabsarzt, der seine Taubheit nicht mehr zu behandeln brauchte. Ein k.u.k. wirklicher Geheimrat. In Wirklichkeit lag er da, und nun endlich so geheim, wie er es zu Lebzeiten nie gewesen war. Sogar der technische Direktor der Wiener Bestattung ruhte nicht weit von Miro entfernt, als ob er sich in alle Ewigkeit vergewissern wollte, daß mit Miros Grab alles in

Ordnung war. Umgeben von Künstlern, Offizieren und hohen Beamten, von Leuten, die die österreichische Geschichte stumm, doch verläßlicher als jedes Lehrbuch widerspiegelten, ruhte Miro.

Er war kein Österreicher. Auch war er weder im Ersten noch im Zweiten Weltkrieg, sondern erst vor kurzem, nämlich am 24.12.2000, gestorben. Wie konnte er einen so prominenten Platz einnehmen? Wer war er?

Über Miro wußte man zu seinen Lebzeiten nicht viel. Man wußte nur, daß er in Jugoslawien geboren war. Man kannte aber weder seinen Geburtsort noch seine Eltern. »Eine Jungfrau hat mich geboren«, liebte er über seine Herkunft zu sagen, aber noch lieber beschimpfte er die, die sich dafür interessierten, denn schimpfen konnte er in allen Sprachen entlang der Donau.

In Wirklichkeit hatte ihn seine Mutter im Gefängnis von Novisad empfangen, was auch einem Wunder glich. Denn sie war nur von Stein, Eisen und Frauen umgeben. Manchmal wurde sie noch vom Regen, manchmal vom Wind berührt. Sonst augenscheinlich von niemandem. Es kamen also nur ein paar von den ganz hohen Beamten in Frage. Da sie sich aber selber nicht sicher war, welcher von ihnen sie geschwängert hatte, entschied sie sich für den Allerhöchsten.

»Was lacht ihr! Gott hat mich befruchtet, ihr Huren!« sagte sie zu ihren Knastschwestern. Sie wurde vorzeitig entlassen, weil ihr Bauch immer runder und größer wurde und drohte, die Gesetzgebung zu sprengen. Denn in ihr lebte ein Wesen, das noch kein irdisches Gericht verurteilt hatte. Also war sie selbst zur Hälfte unschuldig. Man ließ sie in die freie Welt hinaus. Unschuldig, wie sie war, hätte sie einen unschuldigen Ort gebraucht, um neu anfangen zu können, aber wo findet eine

Frau mit Kind einen solchen Ort in der freien Welt. Wie konnte sie neu anfangen, in einer Welt, in der alles längst angefangen hatte?

Drei Jahre später wurde sie in eine psychiatrische Anstalt eingeliefert, weil sie ihrem Sohn Miro Dornenkronen geflochten und auf den Kopf gedrückt hatte. Dort war sie dann in religiösem Wahn gestorben. Sie hatte die Wände des Zimmers mit ihrem Blut vollgeschrieben. Nur ein einziges Wort hatte sie geschrieben, unzählige Male, vom Boden bis zur Decke hinauf. Das Wort »Miro«.

So wuchs Miro auf, ohne ein Zuhause zu kennen. Seine Verwandten waren der Himmel, ein mit Gras überwucherter Hof und die rostigen Zäune des Kinderheims. Seine Geschwister waren verrotzte Waisenkinder, seine Mutter unter der Erde, sein Vater der Staat. So hörte er es von den Lehrern. Miro kannte ihn nicht, diesen Vater, weil er ungreifbar fern war. Dafür waren die Lehrer nahe. Sie griffen ihn an den Ohren und zogen daran. Im Auftrag des Vaters natürlich. Fremde Leute konnten ihn jederzeit angreifen, und er konnte sich nirgendwo verstecken. Also begriff Miro, daß er kein Zuhause hatte. Ein Leben als ewiger Gast stand ihm bevor.

»Wir sind alle nur Gäste auf dieser Erde«, tröstete ihn der Heizer Dragan. Miro besuchte ihn oft im Keller, saß auf seinem eingesunkenen Bett, aß von seiner Blutwurst, roch gebratene Quitten und sah ihn Sliwowitz aus einer unerschöpflichen Flasche trinken. Es schien ihm, daß Dragan gar keinen Sliwowitz trank, sondern flüssig gewordene Diamanten, die sich ganz schnell seines Inneren bemächtigten und aus seinen Augen glänzten. Ein Mensch wie ein Edelstein. Miros einziger Schatz. Versteckt im Keller des Heimes. Miro hörte das Brummen des Kessels und die Stimme des Heizers, die in seiner Kehle auch zu brennen schien, und ihm wurde wärmer und wärmer. Nur bei Dragan hatte er Ruhe. Und diese Ruhe schmeckte nach Blutwurst, roch nach gebratenen Quitten, war weich, war nachgiebig wie ein eingesunkenes Bett und brannte und wärmte wie seine Stimme.

»Wir sind alle nur Gäste auf dieser Erde«, sprach wieder einmal Dragan.

»Ja, Gäste«, hatte Miro bestätigt und war noch in derselben Nacht aus dem Heim geflohen. Einen Beutel gebratener Quitten am Rücken, ein fünfzehnjähriges Herz in der Brust, ein leises Lied auf den Lippen. »Meine Mutter ist unter der Erde, mein Vater ist der Staat. Egal, wo ich hingehe, bin ich zuhaus. Egal, wo ich ankomme, bin ich ein Gast«, so sang er oder er summte. Denn die Welt sollte von ihm hören.

Jahre später war Miro als Gastarbeiter nach Wien gekommen, war schnell Besitzer von Gasthäusern geworden und oft Ehrengast bei Hochzeiten gewesen. Nun war er wieder einmal Gast, diesmal bei Gott. Aber was sollte dort schon anders sein für Miro. Ein Gast war er immer gewesen.

Er hatte alles aufgegeben und dafür zwei Flügel bekommen. Nur sein Handy wollte er mitnehmen. Mit ihm wurde er begraben. Eine Woche lang klingelte es unter der Erde, so gesucht war Miro, so viele Leute brauchten ihn. Kein Wunder, denn in seinen letzten beiden Lebensjahren hatte er so vielen Einwanderern geholfen wie keine Menschenrechtsorganisation in zehn. Und er tat es weiter.

»Was macht dieser Tschusch auf unserem Friedhof? Schaut's wie groß sein Grabstein ist. Einen zentralen Platz hat er auch noch. Eine Frechheit, einem Ausländer so einen Platz zu geben! Sterben dürfen sie hier, aber dann sollte man sie nach Haus schicken. Woher nimmt er die Kohle für so ein Grab?« fragten sich aufgeregt die Einheimischen und versuchten, die kyrillische Schrift auf dem Grabstein zu lesen. »Der war doch hundertprozent ein Mafioso«, gaben sie sich selbst die Antwort und hinkten weiter, um die verwachsenen Gräber ihrer Verwandten zu suchen.

Miro stand da mit seinem Handy und seinen zwei Flügeln, hörte ruhig zu und schwieg. Er war ihnen nicht böse, denn ein Gauner war er auch gewesen. Aber nicht deswegen war sein Grabstein groß und aus Marmor und nicht deswegen lagen immer so viele frische Blumen vor ihm. Man konnte beobachten, wie Menschen verschiedener Völker immer wieder an sein Grab kamen, eine Weile vor ihm stehenblieben und ihre unsicheren Schatten auf den Grabstein legten. Danach nahmen sie sie wieder mit, legten statt dessen Blumen darauf und gingen. Ihre Schatten schienen viel fester und dichter geworden zu sein, ihre Gesichter viel heller. Die meisten hatten ihn nicht gekannt, aber auch sie hatten von Miro erfahren. Sie hatten erfahren, daß er, obwohl tot, der einzige in diesem Land war, der den bedürftigen Einwanderern half. Man mußte ihm nur Blumen bringen und ihn darum bitten. Sie hatten zuerst darüber gelacht und gescherzt, aber irgendwann, als sie nichts mehr zu lachen und zu hoffen hatten, hatten sie Blumen gekauft oder sie einfach in einem der zahllosen Parks abgerissen und hatten sein Grab gesucht. Sie suchten und suchten, mit ängstlichen Augen, schwankenden Schritten und unsicheren Schatten, bis sie es endlich entdeckten. Miro stand vor ihnen mit seinem Handy und seinen zwei Flügeln und wartete. Sein Handy läutete nicht mehr, aber er erhörte sie.

11. *svetljo*

Der 30.12.2001 war ein klarer und kalter Tag. Wien hatte endlich wieder eine Sonne und einen Himmel über sich. Die Sonne wärmte nicht, und der Himmel war blaß, als ob der frostige Wind die schöne Farbe abgerieben hätte. Was er mit dem blauen Staub vorhatte, verriet er nicht. Vielleicht wollte er ihn unter allen Meeren, Seen und Flüssen verteilen, vielleicht aber nur der Donau schenken, damit sie wieder blau floß. Die vereisten Lacken auf den Straßen waren noch weißer geworden. Sie ähnelten nun vom Himmel gefallenen Wolken. Man konnte darauf steigen, ausrutschen und so im Himmel ankommen. Aber kein Mensch wollte dieses Angebot annehmen.

Nicht, daß es keine Menschen gab, die nicht sterben wollten. Gewöhnlich waren es viele, die in der Zeit von Weihnachten bis Silvester den Gedanken an einen erlösenden Tod durch die feierlich dekorierten Wiener Straßen mit sich schleppten. Der Gedanke war mittlerweile Teil des Festes geworden. Wie die vielen Geschenke. Eine Art innerer Christbaumschmuck. Rund wie die Kugeln und brennend wie die Kerzen. Man dachte an den Tod, aber man übersah das großzügige Angebot der vereisten Wolken und dachte lieber an einen Selbstmord. Man wollte weiter alles in der Hand haben. So war man gewohnt zu denken. Man hatte ja auch bis vor kurzem gedacht, das Leben fest in der Hand zu haben. Also übersah man die Wolken und dachte daran, sich mit Gas oder Schlafmittel zu vergiften, sich aus Fenstern oder von Felsen zu stürzen, sich aufzuhängen oder zu erschießen, oder einfach besoffen ins Auto zu steigen, auf das Gaspedal zu drücken und irgendwann das Lenkrad, so wie vorher das Leben, aus der Hand zu geben.

Mit ähnlichen Gedanken beladen, schlug sich auch Svetljo den ganzen Vormittag durch die frostigen Straßen. Er hatte aber kein Auto, in das er sich setzen und so dem Tod entgegen fahren konnte. Er hatte keine Pistole, keine Schlafmittel und keinen Gasherd zu Hause. Zwar hatte er einen Strick, aber der Plafond seiner Wohnung war zu niedrig. Sich in einer fremden Wohnung oder in einem Park aufzuhängen, fand er zu theatralisch und unverantwortlich. Sich aus dem Fenster zu stürzen, war sinnlos. Seine Wohnung lag ebenerdig. Es blieb ihm nichts anderes übrig, als den Selbstmordgedanken wie eine glänzende Verpackung wegzuwerfen und die Verzweiflung mit sich herum zu tragen.

Es war 11 Uhr, als er sich vor dem Riesenrad im Prater wiederfand. Er war ziellos gegangen, und doch hatten ihn seine Schritte vor dieses große Rad geführt. Es drehte sich langsam. Ab und zu blieb es stehen, danach drehte es sich wieder. Svetljo näherte sich ihm langsam, blieb stehen, dachte. War das das Rad des Schicksals? Man steigt ein, hebt ab, wirft einen Blick auf die Welt, und schon geht es wieder hinunter. Für Erwachsene kostete es 80 Schilling. Von einem Schicksalsrad konnte also nicht die Rede sein. Es war voll mit japanischen Touristen. Touristen hatten gewöhnlich auch bessere Schicksale. Das Riesenrad war für Touristen gedacht. Kein Schicksalsrad also, sondern ein Rad für bessere Schicksale. Svetljo war kein Tourist. 80 Schilling zu bezahlen, nur um Wien von oben kennenzulernen, war für ihn, der die Stadt so gut von unten her kannte, lächerlich. Lächerlich auch, das Schicksal mit einer Touristenattraktion zu vergleichen. Lächerlich kamen Svetljo alle seine Gedanken vor. Sie drehten sich langsam. Ab und zu blieben sie stehen. Danach drehten sie sich wieder. Menschen mit besseren Schicksalen stiegen ein und aus, aber auch bessere Zeiten und bessere Orte. Wenn er nur zu denken aufhören könnte. Svetljo zählte nochmals sein

Geld. Es waren 300 Schilling. Es war nicht allein die Summe, die ihm Sorgen bereitete, sondern die Zeit, in der er mit diesem Geld auskommen mußte. Ein Tag wäre kein Problem, eine Woche auch nicht, aber Svetljo hatte ein ganzes Leben vor sich und keine Ahnung, wann er wieder zu Geld kommen würde. Es war weder die Summe, noch der Tag, noch die Woche das Problem, sondern das Leben. Und je länger er sich dieses Leben vorstellte, desto weniger wurden seine 300 Schilling. Deswegen versuchten seine Gedanken, die Länge des Lebens an diese Summe anzupassen. Er war schon oft ohne Geld gewesen. Er kannte diesen Zustand gut, hatte oft darüber nachgedacht, gelacht, und nie war ihm sein Leben damals lang vorgekommen. Was hatte sich nun geändert? Eigentlich nichts, außer, daß er nicht mehr darüber lachen konnte. Vielleicht war er deswegen in den Prater gekommen. Er schickte seinen Blick auf die Suche nach etwas Lustigem. Der Platz neben dem Riesenrad war leer. Nur auf einer Bank war ein eingenickter Herr zu sehen. Er hatte wahrscheinlich getrunken, sich danach ein Langos gekauft, sich hingesetzt, einen Bissen gemacht und war eingeschlafen. Das Langos hielt er noch in der Hand. In seinem grünen Trachtengewand wirkte er wie ein bemooster Stein, aus dem das Langos wie ein großer Pilz sproß. Svetljos Blick durchkämmte den Platz, streichelte sanft über den Steirerhut des Eingeschlafenen wie über einen fernen Hügel, stieg dann in die Höhe und blieb in den leuchtenden Buchstaben einer Inschrift wie in einem Netz hängen. »Casino Casablanca« leuchtete es vor seinen Augen. Die hellen Buchstaben trafen Svetljos Seele wie Blitze die nächtliche Erde. Das ist ein Zeichen dachte er. »Ich habe 300 Schilling. Mehr als 300 Schilling bedeutet auch mehr Leben. Wenn ich gewinne, ist es gut. Wenn ich sie heute verliere, ist es egal. Denn wenn nicht heute, dann gehen sie mir morgen aus. Es ist einfach, es ist sehr einfach«, dachte er weiter. Kurz danach stand er in der Spielhalle.

Drinnen war es Nacht. Nur die Spielautomaten leuchteten und zeigten einem den Weg. Schön nebeneinander gereiht, eine Reihe gefallener Sterne. Nahe und greifbar. Vor einigen saßen Leute. Manchmal sprachen sie mit ihnen, beteten zu ihnen, streichelten und küßten sie. Manchmal schimpften sie mit ihnen, drohten, rüttelten und schlugen sie. So wie man es eben mit den eigenen Sternen macht. Die Erzeuger der Firma Novomatic wußten, wie unzufrieden und widersprüchlich die Seele war und wie leichtsinnig und gewaltsam der Mensch mit seinem Stern umgeht. Also bauten sie die Spielautomaten robust und geduldig. Sie ertrugen fast alles, was in einem Menschenherzen geboren werden konnte. Sie waren ja auch nicht allein. Stets in ihrer Nähe stand das Casinopersonal. Männer in schwarzen Hosen, roten Sakkos, weißen Hemden mit eingeschlafenen schwarzen Maschen und wachen Augen in verschiedenen Farben. Sie umsorgten Automaten und Spieler. Den Zorn der Spieler milderten sie mit kostenlosen Weinen und Bränden, ihren Eifer stärkten sie mit Kaffee, Tee und Säften. Wenn mancher Zorn zu groß für die kleine Halle war, dann wurde dessen Verbreiter von ihren schnellen Händen gepackt und auf die Straße gesetzt, um mit den echten Sternen zu hadern.

Svetljo blickte in diese verfrühte Nacht und suchte seinen Glücksstern. Vor einem Pokerautomaten blieb er stehen. »Laß mich gewinnen«, sagte er zu ihm. Der Automat schwieg, schien aber einverstanden zu sein. Denn so war er geschaffen. Svetljo setzte sich, schob 100 Schilling hinein, spielte, verlor sie, seufzte, spielte trotzdem weiter und hoffte, bis er alles verloren hatte. Erst dann spielte er nicht mehr und war wieder verzweifelt. Denn so war er geschaffen. Er starrte auf den Automaten und schwieg.

»Einen Kaffee für den Herrn?« nahm er eine Stimme, dazu ein rotes Sakko, eine schwarze Masche und einen hellen

Schnurrbart wahr. Zwei blaue Augen ohne Wimpern boten sich ihm an. Zwei kleine Bühnen, die längst keine Vorhänge zu brauchen schienen, da sie nie leer wurden.

»Ich hab' verloren«, sagte Svetljo leise.

»Ich hab's gemerkt.«

»300 Schilling hab' ich verloren.«

»Hätten Sie mehr gehabt, hätten Sie die auch verloren.«

»Kann man hier denn nie gewinnen?« schaute Svetljo wieder auf die Bühnen.

»Nie. Man kann nur verlieren.«

»Wieso kommen dann die Leute her?«

»Weil sie verloren sind.«

»Sind das viele?«

»Sehr viele.«

»Warum sind so viele Menschen verloren?«

»Weil sie verzweifelt sind.«

»Und sie wissen, daß sie hier nicht gewinnen können?«

»Sie wissen es.«

»Warum gehen sie dann nicht woanders hin?« fragte Svetljo nach einer Pause.

»Sie gehen auch woanders hin, aber die Verzweiflung bleibt... Ich bringe Ihnen einen Kaffee. Das tut gut«, sagte der Mann, und seine Worte rochen leicht nach Rum, nach Tabak und nach Fisch, so wie Matrosen, die lange durchs Meer geschaukelt wurden. Svetljo sah einen dunkelroten Rücken und einen hellen Hinterkopf wegziehen und nach einer Weile, als ob das Segel gewechselt worden wäre, eine weiße Brust, einen hellen Schnurrbart, blaue Augen und eine Tasse Kaffee zurückkommen. Svetljo bedankte sich, machte einen Schluck, seufzte.

»Das war mein letztes Geld.«

»Ich hab's mir gedacht«, meinten Mann, Meer und Fisch in einem.

»Ich weiß nicht, was ich tun soll.«

»Ich kann Ihnen vielleicht helfen.«

»Mir kann nur ein Wunder helfen. Es tut aber gut, mit Ihnen zu reden. Wie heißen Sie?«

»Lukas. Ich bin Pole. Polen reden gern. Am liebsten aber über Wunder. Haben Sie schon von Miro gehört?«

»Nein.«

»Er wird Ihnen helfen«, sagte Lukas, den Kopf über Svetljo gesenkt. Meer und Fisch schwiegen. Svetljo konnte sie nur riechen.

»Warum sollte er?«

»Sie sind ein Ausländer. Sie haben kein Geld. Sie haben keine Arbeit und sie sind verzweifelt. Wahrscheinlich sind Sie auch illegal hier. Da kann nur Miro helfen«, sprach Lukas leise, wie aus dem Bauch eines Fisches.

»Wer ist Miro?«

»Ein Engel. Er hat vielen geholfen.«

»Sagen Sie schnell, wo ich ihn finden kann«, sprang Svetljo auf.

»Auf dem Zentralfriedhof. Dort liegt er.«

»Hören Sie auf. Sie machen sich über mich lustig.«

»Nicht im geringsten.«

Svetljo blickte wieder auf die zwei Bühnen, was aber dort gerade aufgeführt wurde, konnte er nicht sagen. Sie standen nur offen und beleuchtet.

»Er ist doch tot, oder?« fragte er leise.

»Ich sagte doch, er ist ein Engel.«

»Ein Toter soll mir helfen?«

»Wenn's die Lebenden nicht tun!«

»Lukas, Sie sind ein Spaßvogel«, sagte Svetljo lachend.

»Ich bin ein Pole. Polen reden am liebsten über Wunder«, antwortete Lukas ernst.

»Tut mir leid, aber den Blödsinn glaube ich nicht.«

»Sie brauchen nicht zu glauben. Sie brauchen nur an sein Grab zu gehen und ihm Ihre Lage zu erklären. Man findet ihn leicht. Er liegt nicht weit von der Kirche.«

»Danke, Lukas. Es war nett, mit Ihnen zu reden, aber ich muß jetzt gehen«, sagte Svetljo, von einer Unruhe erfaßt. In seinen Ohren ein fernes Meeresrauschen, in seiner Seele Wind. Er ging schnell zur Tür.

»Probieren Sie es, und bringen Sie ihm eine Blume, wenn Sie können. Miro liebt Blumen«, folgten ihm Lukas' Worte auf die Straße wie Möwen.

»Ein Verrückter! Gut, daß ich weg bin. Verrücktheit ist ansteckend«, dachte Svetljo. Draußen war wieder Tag. Der Platz war leer, die Uhr zeigte 11 Uhr 30. Der Mann in Grün schlief immer noch, das Riesenrad drehte sich, der Wind wehte, Svetljo dachte. »Klar wird man irre, wenn man die ganze Zeit im Dunkeln verbringt. Und was er mir für Geschichten erzählt. Was glaubt er? Nur weil der Papst auch ein Pole ist, hat er einen heißen Draht zum Jenseits. Ich kenne genug Polen. Aber noch keiner hat mich zu einer Leiche geschickt. Ich habe mit ihnen Gräber und Grabsteine geputzt, das schon. Aber daß sie von einem Toten Hilfe erwartet hätten, ist mir nicht aufgefallen. Bezahlt haben uns immer Lebende. Dieser Lukas hat mir gerade noch gefehlt! Ein Wahnsinniger! Am besten, ihn gleich vergessen und an etwas anderes denken.« Aber woran sollte Svetljo denken. Vorher hatte er an die 300 Schilling gedacht. Jetzt hatte er sie nicht mehr. Er hatte auch an das Riesenrad gedacht. Jetzt war es weit hinter ihm. Danach hatte er an das Casino Casablanca gedacht und drinnen wartete Lukas. Er hatte auch über sein Leben nachgedacht. Nun dachte er weiter darüber nach und da wartete wieder Lukas, war Pole und sprach am liebsten über Dinge, die man am besten gleich vergessen hätte. Aber Svetljos Augen hatten sie nicht vergessen und während er den Stadtpark durchquerte, hielten sie Ausschau nach Blumen. Seine Hände hatten sie auch nicht vergessen, denn sie griffen nach einem stacheligen Zweig, auf dem kleine rote Früchtchen schimmerten, und rissen ihn ab. Am wenigsten hatten sie aber seine Füße vergessen, denn sie führten Svetljo zu der Haltestelle der Straßenbahnlinie 71. »In der Früh wollte ich mich umbringen. Jetzt fahre ich zum Friedhof. Ich wollte tot sein, um meine Probleme zu lösen. Jetzt soll ein Toter das für mich tun. Und all das verdanke ich einem Polen. Ich muß verrückt sein. Nein, ich bin nur verzweifelt«, sagte sich Svetljo in der Straßenbahn. »Ich muß sehr verzweifelt sein«, verbesserte er sich nochmals. Die Straßenbahn fuhr und fuhr. Die, die einstiegen, wurden immer älter und älter, der Friedhof kam immer näher und näher.

Älter wurde auch Svetljo, als er den Friedhof betrat. Seine Füße wurden unsicher, seine Hände schwer, seine Augen schlechter, sein Gesicht blaß, sein Körper beugte sich nach vorne, wie von einem unheilbaren Leiden gezeichnet. Man wurde automatisch älter, wenn man am Friedhof ankam. Als ob man den Neid der Toten fürchtete. Aber sie waren nicht neidisch. Sie ließen Gras über ihre Gräber wachsen, Staub und Dreck ihre Steine bedecken, Vögel und Fliegen sich auf ihren Stätten niederlassen, Ameisen und Käfer sie bewandern. Sie vermehrten sich wie die Lebenden, ließen aber alles zu, waren still und mit allem zufrieden. Auch mit dem frostigen Wind, der sich gerade aus Svetljos Augen Tränen, aus dem Zittern seines Körpers Mut und aus seiner rinnenden Nase die Kindheit holte. Also alles, was er zum Spielen brauchte. Svetljo gewann er jedenfalls nicht als Freund. Svetljo haßte ihn. Svetljo haßte ihn seit dem ersten Tag, an dem er nach Wien gekommen war. Es war ein alter, ein unüberwindlicher Haß. Er ging durch die Alleen, versuchte, sich vor ihm zu verstecken, aber umsonst. Der Wind machte ihn überall ausfindig.

Die Sonne schien, aber sie berührte die Erde mit kalten, gelben Fingern, um ein paar Schatten zu zeichnen, die vereisten Lacken zu polieren und einige Augen zum Zucken zu bringen. Svetljo schien sie ein gelber Stein mitten in einem blauen Friedhof. Svetljo hatte aber im Himmel nichts zu suchen. Er suchte ein Grab auf Erden. Und da gab es viele. Und der Scheißpole hatte ihm nur gesagt, in der Nähe der Kirche. Und der Wind wehte. Eine windige Sache das Ganze. Die feuchten Augen auf die Namen gerichtet, segelte Svetljo an den Gräbern vorbei. Gereiht und reglos waren sie, wie auf Sand gezogene Boote. Sein Körper schaukelte, seine Nase tropfte, sein Mantel flatterte. Svetljo beschimpfte alle Winde, alle Friedhöfe und einen Polen. Laut und hemmungslos schimpfte er, wie ein Matrose. »Einen vergrabenen Schatz findet man leichter als einen begrabenen Engel. Nur einen größeren Trottel als mich findet man schwer«, dachte Svetljo und schaute, wie weit er mit Hilfe des Windes spucken konnte. Seine Spucke überflog zwei Gräber und fiel auf das dritte. Svetljo maß die Entfernung mit Schritten, war zufrieden, sammelte wieder Speichel, warf einen Blick auf den Grabstein, sah viele Blumen, ein Handy, zwei Flügel, las Miro darüber, schluckte Speichel und Zorn, schaute schuldlos auf den Stein, spürte weder Kälte noch Scham und war bereit, mit jedem Engel zu reden.

»Lukas schickt mich zu dir«, begann Svetljo, Augen und Seele Miro zugewandt. Er konnte sich nicht erinnern, jemals einen Engel getroffen zu haben, aber das Gesicht von diesem kam ihm bekannt vor. Er war überzeugt davon, ihm schon einmal auf Erden begegnet zu sein. Wo war das? Wo …? Aber klar doch. In Prag. 1990 war das. Auch im Dezember. Damals saß er mit Freunden im Kellerlokal des bulgarischen Klubs, aß Moussaka, trank Wein und fühlte sich himmlisch wohl, obwohl er damals noch kein Engel war. »Ach, Miro, Miro!

Warum müssen wir uns gerade hier wiedersehen? Erinnerst du dich noch an mich? Ich bin Svetljo. Wir saßen an einem Tisch damals. Ich und mein Freund Sascho. Wir wollten nach Österreich, und du hast uns gesagt, wo die Grenze am wenigsten bewacht ist. Ich hab' mir damals deinen Namen nicht gemerkt. Endlich weiß ich ihn. Nicht schlecht, was aus dir geworden ist. Nicht schlecht. Aber aus mir ist nichts geworden, Miro, nichts! Schau, nicht mal eine Blume konnte ich dir kaufen. Ich hab' den Zweig vom Park mitgehen lassen. Lukas hat gemeint, du kannst mir helfen. Diese Polen kennen sich überall aus. Geh zu ihm, sagte er, und erzähl ihm von dir. Na gut, dann hör zu. Ich erzähl' dir jetzt alles. Ich weiß nicht, warum ich so bestraft werde. Vielleicht wegen meinem Vater. Habe ich dir von ihm erzählt? Jordan heißt er...« Der Zweig rutschte aus Svetljos Händen und machte sie frei für die Höhen und Tiefen seiner Geschichte.

III. ISKREN

Am liebsten wäre Iskren an einem anderen Tag, in einer anderen Stadt, in einem großen Bett und neben einer schönen Frau aufgewacht. Statt dessen wachte er neben einer Fliesenwand, in einem Klo und in derselben Stadt auf, und es war der 30.12.2001. Die Fliesen waren nicht schön, das Klo war klein, und die Stadt hieß Wien. Wien ist eine Stadt, in deren Toiletten viel geschnarcht und viel geträumt wird. Die Wiener Klos beherbergen Menschen ohne Dach, ohne Familie, ohne Verwandte, ohne Freunde, ohne Geld, ohne Papiere, ohne Hoffnung, ohne Ziel und ohne Heimat. In den kalten Nächten öffnen sie sich für nur fünf Schilling wie Herzen, schließen einen warm in sich und lassen ungestört von einem Dach, von Freunden und von Geld träumen. Die Menschen, denen die Klos als Schlafraum dienen, werden immer mehr, die Wiener Klos sind nachts immer öfter besetzt.

Am Morgen des 30.12. krähten keine Hähne in Wien, sondern es knarrten die Klotüren. Aus den Toiletten der Bahnhöfe Wien West, Wien Nord, Wien Süd und Wien Mitte kamen österreichische Staatsbürger dem Tag und dem Staat entgegen. Iskren kam aus der Schottentor-Toilette. Er war kein österreichischer Staatsbürger, aber er war gerade im Begriff einer zu werden. Deswegen ging er gleich zu Wolfi, einem Freund, den er aus besseren Zeiten kannte. Deswegen hatte er gestern sein letztes Geld vom Konto abgehoben. Es waren 10000 Schilling. Das war zu wenig. Iskren wußte es. Es hatte aber auch bessere Zeiten gegeben. Wolfi mußte das wissen. So hoffte Iskren. Deswegen klingelte er schon um 7 Uhr früh an seiner Tür.

Doch Wolfi wollte nichts von Iskren wissen. »Die Zeiten sind schlecht«, meinte er. Das Geld war ihm zuwenig, Iskren zu heiß. »Für 10000 kriegst du heute nicht mal einen falschen italienischen«, sagte er. Iskren wollte einen österreichischen. Italienische Papiere brachten Unglück. »Vergiß es! Unter 50 Blauen geht gar nichts. Und das ist schon ein Freundschaftspreis.« Wolfi wollte noch etwas erwähnen, aber etwas anderes kam ihm in den Sinn. »Du stinkst ja furchtbar«, sagte er. So sollte man nicht mit Freunden reden, Wolfi. »Ich soll mich doch anpassen. Und Österreicher stinken. Wußtest du das nicht, Wolfi? Du hast vieles vergessen, Wolfi, vieles«, sagte Iskren. Nichts hatte Wolfi vergessen, nichts. »Entschuldigung«, sagte er, und es tat ihm auch wirklich leid. Iskren sollte ihm zuhören. Aber Iskren wollte nichts hören. »Ich brauche den Paß. Ich werde später zahlen. Du kennst mich doch«, unterbrach er ihn.

»Die Geschichte mit Wolodja ist seit zwei Wochen in den Zeitungen. Wolodja ist ein Genie, das gebe ich zu, aber die Welt besteht aus Dummheit, und mit Dummheit kennt sich die Polizei am besten aus. Kaum passiert Wolodja was Dummes, ist sie auch schon da und holt ihn. Nun sucht sie nach seinem bärtigen Partner. Und was machst du? Du rasierst deinen Bart, kommst zu mir, hast beschissene 10000 Schilling und glaubst, weil es kurz nach Weihnachten ist, darfst du dir einen österreichischen Paß wünschen. Jeder an meiner Stelle würde die Hände von dir lassen. Man würde dir nicht mal die Tür aufmachen. Ich aber mache dir die Tür auf, mache dir Kaffee, mache dir einen Spottpreis und du, statt danke zu sagen, machst du mir Vorwürfe. 50 Blaue, und du bekommst den Paß. Vorher laß dich hier bitte nicht mehr blicken.«

Es tat weh, Wolfis Worte zu hören, Wolfis warme Wohnung zu verlassen, wieder durch Wien zu wandern und sich einen Paß zu wünschen. Iskren tat es weh zu hören, zu verlassen, zu wandern und zu wünschen. Wie weh das Wünschen tat. Denn Iskren wünschte sich vieles.

Er wünschte sich, nie erfahren zu haben, daß die Polizei schon in seiner Wohnung gewesen war. Denn dort lagen sein Geld, seine Papiere und seine Freundin. In einer anderen Wohnung sollte eigentlich auch Geld von Iskren liegen. Es lag gewöhnlich unter einer Matratze, auf der Matratze Gabor, und neben Gabor lag gewöhnlich dessen Ehefrau Emma. Das Geld war sicher noch dort, auch Gabor. Nur Emma nicht. Die Polizei hatte sie in Iskrens Wohnung gefunden und zum Verhör mitgenommen. Also war Gabor allein mit dem Geld. Es war sicher ungewöhnlich für ihn, so allein zu sein, aber es war logisch. Lag neben Gabor aber keine Ehefrau, sollte auch Iskren lieber kein Geld unter seiner Matratze suchen. Es war ungewöhnlich schlecht für Iskren, aber es war logisch.

Iskren wünschte sich mit all dem, was unter und auf dieser Matratze gelegen war, nie zu tun gehabt zu haben. Viele Wünsche hatte er, aber am meisten wünschte er sich, Wolodja nie getroffen zu haben. Wie weh das Wünschen tat. Iskren sollte weniger wünschen, dann würde er auch weniger leiden. Er sollte endlich damit aufhören, Dinge ungeschehen machen zu wollen. Es brachte ihm nichts. Er sollte sich lieber konzentrieren. Gut. Er hörte damit auf, er konzentrierte sich. Es war 8 Uhr 30, und er stand vor der Oper. Und er wünschte sich nur noch eines: einen österreichischen Paß. Dafür brauchte er noch 40000 Schilling. Ein Bad und ein Bett wünschte er sich auch. Also Bad, Bett und Bares war alles, was er sich wünschte. Iskren dachte gleich an Agop. Gut war Agop, ein Armenier war Agop, ein Bad und ein Bett hatte Agop. Zehn Tage lang hatte Iskren die Wärme seiner Wohnung, die Speisen seiner Frau, das Lachen seiner Kinder und die Weichheit seines Bettes genossen. Danach mußte er gehen. Zu gefährlich war es Agop, er hatte eine Familie. Iskren sollte verstehen.

Iskren hatte verstanden und war seitdem auf der Straße. Keiner wollte ihn haben. Allen war er zu gefährlich. Keiner hatte ihm Bad und Bett angeboten. Außer Agop, der Gute, der Armenier. In seiner Arbeitszeit verkaufte Agop Pizzastücke, Getränke und Kebap am Bahnhof Wien Mitte. In seiner Freizeit Zigaretten und Kaviar in ganz Wien. Mit dem, was er in seiner Arbeitszeit verdiente, konnte die Familie in Wien bleiben, mit dem, was er in seiner Freizeit verdiente, konnte sie leben, so erzählte er. Bescheiden lebte Agop. Seine Kinder aßen keinen Kaviar, seine Frau rauchte nicht. Also ein bißchen Bares mußte er haben. An wen sollte Iskren jetzt denken, wenn nicht an Agop. An seine Arbeit dachte er und an seine Freizeit. Gut war Agop und auch bescheiden, ein Bett hatte Agop und auch ein Bad und vielleicht auch ein bißchen Bares. Iskren dagegen hatte keine Zeit zu verlieren. Er war konzentriert. Es war 8 Uhr 37. Zwischen 7 und 19 Uhr war Agop, Gott sei Dank, an Wien Mitte gebunden. Iskren lief dorthin, atmete viel kalte Luft ein, viel warme aus, und schon stand er dort, die Kälte im Inneren, außen der Schweiß. Agop verkaufte Pizzastücke, Getränke und Kebap. Ein Kunde kaufte gerade zwei Kipferl. Iskren hatte nicht gedacht, daß Agop auch Kipferl verkaufte. Agop verkaufte die Kipferl und dachte nicht an Iskren, er dachte lieber an seine Familie. »Du weißt doch, wie schwer es ist, hier zu bleiben. Ein Fehler, du wirst abgeschoben, und die ganze Mühe war umsonst«, sagte er auf Russisch und verkaufte drei Krapfen, denn Agop verkaufte auch Krapfen. Am liebsten wollte er überhaupt nur verkaufen und nicht mit Iskren sprechen. Seine kleinen schwarzen Augen schauten lieber auf die Ware. Wie Ameisen durchkletterten sie die Mehlspeisen, dann die Umgebung und nur selten Iskrens Gesicht. Gute, fleißige Augen, die sich lieber um die Familie mühten. Iskren wollte nicht, daß ihn diese Augen nach Hause mitnahmen. Iskren schätzte sie, Iskren verstand sie. Er war nicht gekommen, um seinem Freund Agop zu schaden, denn so einen guten Menschen findet man selten, meinte Iskren, hörte, wie Agop eine Schaumrolle verkaufte, sah den Kunden verschwinden, versprach dasselbe zu tun, sah, daß Agop sich entspannte, und erst dann bat er ihn um Geld. Eine große Nase hatte Agop, viel Luft ging hinein. Große Lippen hatte Agop, aber nur ein Wort kam heraus. »Wieviel?« 40 000 brauchte Iskren, und Agop brauchte noch mehr Luft. »In zwei Monaten gebe ich dir 60 zurück, du weißt, du kannst mir vertrauen«, versprach Iskren. Agop hatte eine große Nase, große Lippen und großes Vertrauen, aber kein großes Geld. Bescheiden lebte er, seine Kinder aßen keinen Kaviar, seine Frau rauchte nicht. Woher sollte er soviel Geld nehmen. »Gib mir soviel du kannst«, sagte Iskren. Ein großer Seufzer kam Iskren entgegen, danach lange nichts, und aus dem Nichts kamen fünf blaue Scheine. »Mehr kann ich dir nicht geben«, sagte Agop. Iskren küßte den Armenier Agop. Iskren dankte dem guten Agop. Für das Bad, für das Bett und das Bare dankte er ihm. 5000 Schilling hatte er gerade bekommen. Hätte Iskren mehr Freunde wie ihn gehabt, wäre er jetzt gerettet. Aber es gab nur einen einzigen Agop in Wien. Untertags verkaufte er Pizza, Getränke und Kebap. Nachts Zigaretten und Kaviar. Viel Glück hatte er Iskren gewünscht und ihm noch einen warmen Börek geschenkt, denn Agop verkaufte auch Börek.

Und wieder war Iskren in Wien unterwegs. Als er aufgewacht war, hatte er 10 000 Schilling gehabt. Nun hatte er 15 000 in der Tasche, ein warmes Gefühl im Herzen und einen warmen Börek in der Hand. Der Tag war kalt. Das Gefühl kühlte schnell ab, der Börek auch. Iskren biß, kaute, schluckte, schätzte, wo er noch Geld ausborgen konnte, überlegte, was für Freunde er noch hatte, kaute ihre Namen durch, war erbittert, mußte schlucken, fühlte wie Freunde, warme Gefühle und Börek verschwanden, wurde satt, wurde schläfrig, suchte Wärme, stieg in die U-Bahn, fuhr Richtung Heiligenstadt, sah Menschen ein- und aussteigen, hörte sie reden, schlief ein, sah nichts, hörte nichts, fuhr hin und retour und schlief.

Iskren träumte, daß er in einer goldenen U-Bahn fährt. Er sieht nicht, wohin er fährt, weil die Fenster auch golden sind. Iskren ist allein. Er sitzt auf einem goldenen Sitz. Die U-Bahn macht halt, aber niemand steigt ein. Da beginnt Iskren an dem Sitz zu rütteln, er will ihn ausreißen und mitnehmen. Schweiß rinnt über sein Gesicht, und die Schweißtropfen sind auch golden. Endlich gelingt es ihm, ein Stück vom Sitz abzubrechen. Er nimmt ihn mit und steigt aus. Auf der Station begegnet er einem Polizisten, der nach seinem Paß verlangt. Iskren zeigt das goldene Stück, der Polizist beißt hinein und meint, es sei falsch. Iskren will ihm auch seine goldenen Schweißtropfen zeigen, aber er schwitzt leider nicht mehr. Er bemüht sich, macht Liegestütze, läuft auf der Stelle, tanzt sogar Kasatschok, aber umsonst, es kommt kein Schweißtropfen.

Iskren wachte auf. Er saß in einer U-Bahn, Station Heiligenstadt, und schwitzte. Ein säuerlicher Gestank stieg aus seinem Mund, ein säuerlicher Geruch von seinem Körper. Erbittert war Iskren eingeschlafen, sauer war er aufgewacht. Sauer auf seine Freunde, die ihm nicht helfen wollten, sauer auf sich selbst, weil er soviel Zeit verpennt hatte. Auf die ganze Welt war er sauer, in der so viele Wolfis und so wenig Agops lebten. Wer alles schluckte, fand diese Welt köstlich. Iskren hatte sie satt. Er wollte nicht mehr schlucken. Wien widerte ihn an. Wien war übel. Er wollte woanders sein. Dafür brauchte er einen Paß. Und schon wieder war er beim Geld. Und mit dem Geld schaute es übel aus. Es war einfach alles zum Kotzen. Sollte er sich nicht lieber der Polizei ergeben? Ein Bad und ein Bett würde er bekommen, aber auch blöde

Fragen. Nein, so blöd war Iskren noch nicht geworden. Wer was suchte, sollte es auch selber finden. Die Polizei suchte Iskren, er suchte Geld. Die Polizei wußte nicht, wen sie suchte, denn sie suchte immer noch den italienischen Staatsbürger Vito Berti, wie Iskren noch vor ein paar Wochen geheißen hatte. Iskren dagegen wußte, was er suchte. Also war er der Polizei voraus. Nur, daß die Polizei Zeit hatte und er nicht. Also mußte er schnell sein, schnell. Iskren schaute sich um. Neben ihm saßen zwei junge Burschen. Sie machten sich gerade aus, wo sie Silvester feiern würden. Sie lachten. Sie hielten kleine Glücksbringer in den Händen. Glück sollte ihnen das neue Jahr bringen. Neben ihnen stand eine alte Dame, eine braune Ledertasche in ihren knochigen Händen. Die Tasche konnte Iskren Glück für das neue Jahr bringen. Er musterte sie. Wie Wurzeln hatten sich die Finger der Frau in die Tasche geschlagen. Alte, krumme, trockene Wurzeln waren es. Ein stärkerer Wind, und schon war ihnen der Nährboden entrissen. Wieviel Saft konnte wohl in so einer Tasche sein? Im besten Fall 10000 Schilling, und das nur, falls die Oma die Enkerln besuchen ging. Nein, das war Iskren zu riskant. Solche Omas soll man lieber an ruhigen Vormittagen zu Hause besuchen, um das Gas oder die Elektrik zu kontrollieren. Man soll ein blaues Arbeitergewand tragen. Kaum sehen sie blau, machen sie auf. Sie denken eben oft an den Himmel. In diesen Wohnungen gibt es Fotos, Erinnerungen, Schmuck, Sparbücher und viel Einsamkeit. Es sind Wohnungen, in denen wenig erwartet und viel gelagert wird. Man soll nur nett und geduldig sein. Man soll Gas und Elektrik untersuchen, sich die Fotos anschauen, Erinnerungen hören, die Einsamkeit teilen, einen Kaffee trinken, und während man auf den Kaffee wartet, einen Blick unter die Matratze und in ein paar Fächer werfen. Man findet immer etwas. Es sind ja kleine einsame Wohnungen. Man hat auch Zeit. Es sind ja alte, langsame Frauen. Danach geht man voll guter Erinnerungen nach Hause. Nein, Iskren hatte keine Zeit, ein blaues Arbeitsgewand zu suchen. Er mußte die 35 Blauen anders besorgen. Er stand auf und ging zur Tür. Rechts von ihm stand ein älterer Türke. Seine Rechte spielte mit seinem braunen Rosenkranz, seine Linke mit seinem silbernen Schnurrbart. Iskren schien es, daß er sich nach jedem Gebet ein Haar aus dem Schnurrbart riß. Mußte ihm wehtun, das Beten. Mußte wehtun. So wie Iskren das Wünschen. »Bete auch für mich, Türke. Bete auch für mich«, wünschte sich Iskren, stieg am Schwedenplatz aus, ging. Der Schnurrbart ging aber nicht aus seinem Kopf. Er kitzelte, er stach. Iskren spielte mit ihm. Iskren würde sich einen Schnurrbart wachsen lassen und ihn Haar für Haar ausreißen und ihn jedem Gott geben, der ihm dafür 35 000 anbieten konnte. Menschen würden für so etwas kein Geld bezahlen. Iskren dachte an alle seine Bekannten, die einen Schnurrbart trugen. Wer hatte eigentlich den größten? Ismail? Machmud? Nein, Massud hatte ihn. Massud hatte keinen Schnurrbart, er hatte ein Nest, unter dem sich seine Lippen wie neugeborene Schwalben versteckten. Nur dieses Nest hatte er aus dem Iran mitgebracht. Niemals trennte er sich von ihm. Als ob es ihm das Nest der Heimat ersetzen könnte. Es war ein viel, viel wertvollerer Schnurrbart, als daß er nur zwei Lippen versteckte. Unter ihm versteckte Massud die Heimat. Massud glaubte auch an Gott, zumindest sagte er das, weil er ihn oft brauchte. Massud war ein Spieler. Er hätte Iskren Geld geborgt, aber leider war er seit einiger Zeit in Deutschland. Massud hatte Iskren zuletzt von einer Zahlenkombination erzählt, die bei den Lottoautomaten tadellos funktionieren sollte. Massud hatte auch in den meisten Casinos Spielverbot bekommen, und deshalb war er jetzt wohl in Deutschland. Also mußte es an dieser Kombination liegen. Iskren versuchte, sich an die Zahlen zu erinnern. Er erinnerte sich an eine Graphik. Die Zahlen bildeten einen Schnurrbart. Iskren freute sich. Massud wird ihn retten. Ein Schnurrbart wird ihn retten. Der Türke war kein Zufall. Gott hatte ihn geschickt. Was machte er noch am Schwedenplatz? Iskren brauchte nur spielen zu gehen. Es war 11 Uhr 30. Die meisten Spielautomaten befanden sich im Prater. Iskren stürzte zur U1. 11 Uhr 45 stand er vor dem Riesenrad. Der Platz war leer. Nur auf einer Bank schlief ein kleiner Mann mit einem Langos in der Hand. Iskren interessierten Menschen nicht, Iskren schaute auf Schilder. Und da waren sie. Casino Hommerson, Casino Casablanca, Casino Admiral. Welches sollte er wählen? Natürlich Casino Casablanca. Casablanca klang klassisch. Spiel's noch mal, Sam! Wenn man schon spielt, soll man im Casablanca spielen. So dachte Iskren, als er das Casino betrat. Heiter war er, selbstsicher war er, wieder der alte Iskren war er. »Heißt du Sam?« fragte er gleich einen vom Personal.

»Leider nicht«, antwortete der.

»Macht nichts. Bring mir jetzt bitte einen Kaffee und danach noch einen«, bestellte er.

»Verzeihen Sie, nur eine Frage zwecks optimaler Bedienung. Wann ist für Sie danach? Wenn die Tasche oder wenn die Tasse leer ist?«

Iskren lachte. Iskren schaute dem Mann in die blauen Augen und dachte an die blauen Scheine, die er brauchte. Auch einen hellen Schnurrbart hatte der Mann, hell und gepflegt. »Du gefällst mir«, sagte er, gab dem Mann 50 Schilling Trinkgeld und suchte die Lottoautomaten. Er fand sie schnell. »Du mußt zuerst den Automaten füttern und Geduld haben. Erst dann läßt er dich gewinnen. Werde nicht nervös und bleibe immer bei denselben Zahlen. Er verspeist zuerst 5000 Schilling, dann gibt er dir aber 20 000«, hörte Iskren Massuds Worte. Er steckte 5000 hinein, tippte die Zahlen so, daß sie einen Schnurrbart bildeten und begann das Spiel. Iskren hatte Geduld, trank Kaffee, sah, wie er ab und zu Kleinigkeiten gewann, dann wieder verlor, sah, wie die Summe schmolz, wurde nicht nervös, verlor die 5000, begann zu zweifeln, ob der Schnurrbart die richtige Form hatte, ob er nicht zu hoch plaziert war, steckte noch 5000 hinein, malte mit den Zahlen einen anderen Schnurrbart, spielte, war geduldig, machte einen Schluck von der zweiten Tasse, wurde nicht nervös, gewann 5000, wurde froh, gab dem Blauäugigen Trinkgeld, spielte weiter, ließ sich Zigaretten bringen, rauchte, blieb geduldig, als auch diese Summe verspielt war, steckte ruhig auch die letzten 5000 hinein, hörte nochmals Massuds Worte, dachte, daß er im schlimmsten Fall zumindest 20000 gewinnen sollte, korrigierte nochmals den Schnurrbart, gewann, hatte wieder 15000 wie am Anfang, war aber noch glücklicher als am Anfang, hörte nicht auf den Blauäugigen, der ihm riet, nach Hause zu gehen, schickte ihn statt dessen noch einen Kaffee holen, lachte, lachte viel, denn jetzt war er glücklicher als am Anfang, spielte, spielte weiter, denn er brauchte weiterhin soviel Geld wie am Anfang, und verlor, und verlor, und verlor, und war nicht mehr geduldig, und wurde nervös, und begann auf den Automaten zu schlagen. Die Reihen der Zahlen auf dem Bildschirm bildeten einen Schnurrbart. Iskren wollte ihn Haar für Haar ausreißen. Iskren schlug auf den Bildschirm. »Hören Sie lieber auf. Das bringt nichts. Aber ich kann Ihnen gleich einen Weinbrand bringen«, sagte ein heller Schnurrbart neben ihm. Sollte Iskren auch auf diesen Schnurrbart einschlagen, auf diese blaue Augen, die ihn an die verlorenen Scheine erinnerten, auf diesen Menschen, der nicht Sam hieß? Nein, Iskren schlug nicht ins Helle, schlug nicht ins Blaue, schlug nicht ins Ungewisse.

»Ich hätte mir besser ein blaues Arbeitsgewand zugelegt. Wäre wohl sicherer gewesen«, sagte er.

»Sicher ist, daß Sie diesen Weinbrand bekommen können«, sagte der Mann. Iskren ließ seinen gleichgültigen Blick durch den Raum schweben.

Nichts gab es hier. Kein Geld, keinen Sam, nur blaue Augen, einen hellen Schnurrbart und ein Glas Weinbrand. Iskren griff nach dem Weinbrand.

»Scheißautomaten«, sagte er, trank und präzisierte anschließend. »Sie sind so programmiert, daß man verliert. Gewinnen kann nur der, dem sie gehören.«

»So ist es.«

»Aber der Mensch glaubt an seine winzigen Chancen und kommt hierher, um die fetten Ärsche der Besitzer zu füttern, und ich Trottel, obwohl ich es weiß, komme auch.«

»Aus dem Glauben der Menschen läßt sich am besten Geld machen. Aus dem Glauben, nicht aus dem Wissen.«

»Wem sagst du das!«

»Ich hoffe einem, der es wissen sollte.« Die Stimme klirrte, der Schnurrbart glänzte wie eine zweite vergoldete Lippe. Alles, was darunter hervorkam, schien lange geschmiedet und teuer zu sein.

»Du gefällst mir. Wie heißt du?«

»Lukas.«

»Lukas, du bist ein gescheiter Mensch. Was machst du hier in dieser Bude?«

»Sie überschätzen mich. Ich bin ein einfacher Mensch mit einfachen Wünschen. Ich bin hier zufrieden.«

»Lukas, ich nehme an, du bist ein Ausländer. Hast du deine Heimat verlassen, um an diesem dunklen Ort zu landen?«

»Sie sind vermutlich auch ein Ausländer, und sie sind auch hierher gekommen. Der Unterschied ist, daß ich hier mein Geld verdiene, Sie Ihres verlieren.«

»Das hast du gut gesagt, sehr gut. Du bist Pole, nicht wahr?«

»Und ich rede wahrscheinlich mit einem Bulgaren? Bei Ihnen hört man aber kaum den Akzent. Ich beneide Sie. Eine wunderbare Aussprache haben Sie. Wunderbar.«

»Nicht schlecht, Lukas, nicht schlecht. Meine Herkunft erraten nur wenige. Und du willst mir erzählen, daß du dich nach diesem Job ein Leben lang gesehnt hast«, sagte Iskren und versuchte, das Blaue zu durchdringen. Sein Blick hielt aber nicht lange und wurde auf den Schnurrbart wie auf ein sandiges Ufer gespült.

»Wie ich schon sagte, ich bin ein einfacher Mensch. Ich bin vor zehn Jahren aus Polen hierher gekommen, weil ich mir einen guten Fernseher, eine gute Stereoanlage, ein gutes Auto kaufen und ein großes Haus in Polen bauen wollte. Das war alles.«

»Und jetzt?«

»Jetzt brauche ich weder Fernseher noch Auto noch Haus.«

»Lukas, du bist ein glücklicher Mensch! Dir fehlt nichts, du brauchst nichts. Aber ich, Lukas, ich brauche vieles. Und ich bin unglücklich. Du kannst dir nicht vorstellen, wie unglücklich ich bin. Eigentlich bin ich verloren«, sagte Iskren und verlangte noch einen Weinbrand. Lukas ging und brachte ihn. Iskren nahm und trank ihn. Das Glas war leer, die Kehle brannte. Alles schien leer, alles verbrannt.

»Wäre ich nicht so verloren, hätte ich dir sofort angeboten, für mich zu arbeiten«, sagte er.

»Sie wären aber dann wahrscheinlich nicht hierher gekommen.«

»Das stimmt.«

»Sie können mir kein Angebot machen, also mache ich Ihnen eines. Ich kenne jemanden, der Ihnen helfen könnte.«

»Hat er einen Schnurrbart?«

»Nein.«

»Das ist gut. Und was verlangt er?«

»Blumen.«

»Ein Florist also!«

»Nein, ein Engel.«

»Gut, und weiter?«

»Er heißt Miro.«

»Miro? ...« Der Name vermischte sich mit den Alkoholdämpfen in seinem Kopf. »Ich kannte mal einen Miro. Hat alles Mögliche geschmuggelt. Waren, Autos, Menschen. War ganz groß im Geschäft. Hab' aber schon seit Jahren nichts mehr von ihm gehört und, Gott sei Dank, nie seine Hilfe gebraucht. Und noch einen Miro kenne ich hier in Wien. Einen Moldawier. Ein U-Boot-Mechaniker von Beruf. Hier arbeitet er auf den Donauschiffen. Meinst du ihn?«

»Nein, er ist auf keinem Schiff zu finden.«

»Und wo findet man ihn?«

»Auf dem Zentralfriedhof.«

»Ist er ein Wächter oder ein Totengräber?«

»Sein Grab ist dort.« Die Worte waren ganz klar, die blaue Farbe ganz dicht und ganz nahe. Lukas war nahe. War er aber dicht?

»Lukas, du linkst mich. Aber du machst es gut. Das gefällt mir.«

»Miro wird Ihnen noch besser gefallen, denn er wird Ihnen helfen. Er gefällt allen, die ein Wunder brauchen.«

»Hat er dir schon geholfen?«

»Ich hab' noch kein Wunder gebraucht.«

»Lukas, du machst mich fertig und hast Riesenspaß daran.«

»Ich hab' Ihnen nur etwas angeboten. Glauben Sie, Sie können dabei etwas verlieren?« Es folgte eine Pause und noch ein Weinbrand. Iskren überlegte.

»Du hast recht. Ich hab' nichts zu verlieren«, sagte er entschlossen. »Was für ein Landsmann ist dieser Miro eigentlich gewesen?«

»Ein Serbe, glaube ich.«

»Ich gehe also zu einem toten Serben.«

»Zu einem Engel. Engel haben keine Nationalität.«

»Na gut, ich probiere es. Ich hab' schon oft Geschäfte mit Serben gemacht. Schauen wir, ob's auch funktioniert, wenn sie tot sind. Kannst du mir bitte aufzeichnen, wo er liegt!«

Lukas holte ein Blatt Papier aus der Innentasche seines roten Sakkos. Endlich sah Iskren auch andere Farben. Ein weißes Hemd sah er, schwarze Hosen sah er, eine schwarze Masche sah er, einen silbernen Ring sah er, endlich sah er.

»Danke, Lukas«, sagte er und steckte das Blatt in seine Hosentasche. »Soll ich Miro schöne Grüße von dir schicken?« fragte er und hatte Spaß.

»Wie Sie wollen.«

»Ich sag' dir Bescheid, wenn's klappt. Ich schätze, es wird ein paar Tage dauern, aber keine Sorge, ich werde dich auf dem laufenden halten. Mach's gut, Lukas«, sagte er und ging hinaus und hatte weiter Spaß. Zum ersten Mal an diesem Tag hatte Iskren wirklich Spaß. Der Platz vor dem Riesenrad war leer. Nur auf einer Bank schlief ein kleiner Mann in grüner Tracht mit einem Langos in der Hand. »Diesem Marsmenschen nehme ich das Essen weg. So ist es eben auf der Erde«, sagte sich Iskren, nahm das Langos und hatte Spaß dabei. Das Langos war kalt, aber Iskren bekam wirklich Lust zu essen. Er ging, er aß. Der Wind war kalt, aber die Sonne schien und Iskren bekam wirklich Lust, mit einem kalten Serben zu sprechen. Er ging. Er wußte wohin und lächelte. Alles um ihn war kalt und lächelte.

In der Straßenbahn war es warm, aber niemand lächelte. Die Straßenbahn fuhr zum Friedhof. Die Türen öffneten sich, viel Trauer stieg aus, und ein Lächeln. Iskren stieg aus, mit einem weißen Zettel in der Hand. Die Trauer flattert, zerstreut sich, weiß, wohin sie geht. Iskren schaut den Zettel an. Darauf

ist ein Weg gezeichnet, der Weg zu Miro. Iskren geht diesen Weg. Der Boden ist kalt und hart, die Lacken vereist.
Die Füße frieren, die Sohlen klopfen, die Sonne spiegelt sich und rutscht ab und zu ins Auge. Der Weg biegt sich und führt zu Miro. Bald soll das Grab auftauchen. Iskren bleibt stehen. Er sieht einen Mann vor dem Grab, er hört ihn reden. Der Mann sieht Iskren nicht. Er redet mit Miro. Iskren traut seinen Augen nicht und schließt sie. Der Mann redet weiter.

IV. *svetljo*

»Wenn's ein Bub ist, werden wir ihn Svetlin nennen. Wenn's ein Mädchen ist, kannst du sie nennen, wie du willst«, sagte Jordan, ohne sich umzudrehen. Er fuhr schnell und schaute lieber auf die Straße. Er sprach lieber mit Straßen. Er kannte sie gut. Er war Unteroffizier der Volksmiliz. Auf dem Rücksitz saß seine Frau Marina. Ein schwerer Atem saß auf dem Rücksitz. Jordan hörte ihn und fuhr schneller. Er fuhr zur Entbindungsanstalt. Die Juninacht drückte sich an die Fensterscheiben, drang in das Auto und schmuggelte noch den Geruch von Erde hinein. Vor Jordan ein helles Stück Straße, in seiner Frau ein neues Stück Leben und sonst nur Dunkelheit, Dunkelheit. »Wir werden ihn Svetlin nennen, nach meinem Vater, dem Partisanen«, wiederholte er.

»Wir wollten ihn doch nach meinem Vater nennen. Unsere Tochter trägt schon den Namen deiner Mutter«, stöhnte Marina.

»Er wird Svetlin heißen, wie der Partisan«, sagte Jordan dem hellen Stück Straße vor sich. Wem sonst? Hinter ihm war ja nur Atem, nur Luft war hinter ihm.

»Der Partisan«, dachte Marina. »Eine Nacht hat er im Mais geschlafen, und schon war er ein Partisan.«

»Kannst du das Fenster aufmachen«, sagte sie.

Die Luft zog ins Auto, frisch und ungeduldig. Marinas Verbündete war sie. Ferne Kunde vom Tau, von Grillen, von Fröschen und Sternen überbrachte sie ihr. Viel leichter fühlte sich Marina. Sie war nicht mehr allein. Sie sah die Autodecke an und ahnte den Mond darüber. Sie hörte das Pfeifen eines Zuges und ahnte die Weite. Sie sah den angespannten Nacken ihres Mannes und ahnte die Enge und ahnte den Schweiß auf seiner Stirn. Marina roch die Felder neben der Straße, roch die Eisenbahn und ganz leicht roch sie auch schon die Stadt. Marina ahnte nichts mehr, sie roch die Welt, auf die ihr Kind kommen sollte. Jordan schaute vor sich, das helle Stück wurde größer, länger, breiter, die Stadt war da. Jordan schaltete die Sirene ein, denn er war mit seinem Streifenwagen unterwegs. Alle Autos fuhren an den Rand und blieben stehen. So sollte es auch sein! Wer traute sich, vor einem Milizwagen zu fahren oder seinen Weg zu queren? Ein Straßenhund traute sich. Jordan hatte keine Zeit auszuweichen und überfuhr ihn.

»Was war das?« fragte Marina.

»Nichts«, sagte er verärgert und fuhr schneller. Die Autos bogen weiter zur Seite und blieben wie brave Hunde am Straßenrand stehen. So liebte es Jordan. Aber dieser tote Hund verdarb ihm die Stimmung. Ein Bub würde sie ihm gleich wieder verbessern. Ein Svetlin. Er sah schon das Krankenhaus, aber kurz vor der Einfahrt wurde er von einem anderen Auto überholt. Beide Autos erreichten gleichzeitig den Eingang. Jordan sprang heraus, stürzte sich gleich auf den Fahrer, beschimpfte ihn. Wie er hieße, wollte er wissen, seine Papiere wollte er, an seiner Krawatte zog er, die Handschellen zeigte er. Der Mann aber fragte nach seinem Namen und meinte, der Genosse Milizionär wäre sehr, sehr unhöflich und wahrscheinlich auch sehr, sehr dumm, wenn er ihn nicht kannte. Solche Hunde wie ihn würde er nicht kennen, er würde sie zerquetschen, er würde sie dorthin stecken, wo sie hingehörten, meinte Jordan laut. Sehr schade wäre das, sehr schade, daß der Genosse Milizionär politisch so ignorant wäre, stellte der Mann fest. Denn er hieße Mladenov und wäre Vorsitzender des Kreisstaatskomitees der Partei, erwähnte Genosse Mladenov und zeigte lebhaftes Interesse, den Namen des Sergeanten zu erfahren. Er hätte keine Angst vor solchen

Genossen, denn ihre Macht stützte sich auf Genossen wie ihn, Jordan. Sie wären die wahren Kämpfer der Partei, meinte er und sah, wie Krankenschwester und Sanitäter zuerst die Frau des Genossen Mladenov holten. »Ich hab' keine Zeit, um länger mit Ihnen zu plaudern, meine Frau steht kurz vor der Geburt, und sie ist mir wichtiger als ein halbgebildeter Milizionär. Aber trotzdem werde ich zur rechten Zeit auch an Sie denken, ich werde Sie nicht vergessen, ich verspreche es Ihnen«, sagte Genosse Mladenov, schon mit einem weißen Kittel bekleidet.

»Mein Vater war ein Partisan, ein echter Partisan«, schrie Jordan hinter ihm her, und erst dann bemerkte er, daß seine Frau bereits auf einer Bahre lag.

»Was war jetzt?« fragte sie zwischen Wehen und Stöhnen.

»Lauter Hunde sind heute nacht unterwegs«, sagte er, während er neben ihr ging.

»Sie können hier nicht mehr rein, Genosse«, vernahm er die Stimme der Krankenschwester. Mladenov war hineingegangen. Er hatte einen weißen Kittel angezogen und war wie Dunst hinter der weißen Tür verschwunden. Jordan trug seine blaue Uniform. Er mußte draußen bleiben. Er mußte im Korridor warten. Er hatte die Uniform angezogen, damit er nicht warten mußte. Seine Schuhe knirschten, seine Hände schwitzten. Er mußte sich hinsetzen. In dem langen weißen Korridor wirkte er wie ein an die Wand gelehntes Werkzeug. Man hatte ihn vor die Tür gestellt. Jordan dachte an nichts. Seine kleinen braunen Augen ruhten bewegungslos in seinem dunklen Gesicht wie fette faule Fliegen auf einem schmutzigen Fenster. Aus einem Zimmer drang ein Heulen. Jordan dachte an den toten Hund. Seine Augen klebten an einem toten Hund, saugten an ihm, wurden fetter und schwerer. Ein weißer Dunst stieg auf, kam näher, wurde fester und erschreckte ihn zu Tode wie ein plötzlicher Wintereinbruch.

»Genosse Apostolov... Genosse Apostolov...«, hörte Jordan wie durch einen Sturm und sah plötzlich eine Krankenschwester vor sich. »Ich gratuliere. Sie haben gerade einen Jungen bekommen. Ihrer Frau geht's gut. Es war eine leichte Geburt«, sagte sie.

»Schwester, ich...«, versuchte Jordan zu sprechen, aber seine Zunge war eingefroren. »Sie können jetzt ruhig nach Hause gehen und sich ausschlafen. Gute Nacht.«

Jordans Zunge taute auf. »Ein Sohn, ein Sohn«, ließ sie ihn wiederholen. Das Wort schritt durch ihn wie ein Frühling. Alles wurde weggeschmolzen und aufgelockert. Jordan wurde weich, wollte sprechen, aber die Krankenschwester war verschwunden. Er stieg ins Auto, schaltete die Sirene ein, fuhr durch die Stadt, stoppte zwei Autos, teilte den erschrockenen Fahrern mit, daß er gerade einen Sohn bekommen hatte, bekam aufrichtige Glückwünsche, besonders vom Zweiten, der ein entflohener Sträfling war, ein Geldfälscher, der gerade mit einem Lastwagen des Fleischkombinats »Manole« seine ganze Werkstatt in eine andere Stadt übersiedelte. Von ihm bekam Jordan auch eine köstliche Salami, eine feste Umarmung und einige gute Ratschläge, was die Zukunft seines Sohnes betraf. Danach fuhr er zu den Kollegen in das zweite Bezirkskommissariat, teilte ihnen seine Freude mit, bekam Platzpatronen, feuerte fleißig, bekam Schnäpse, trank noch fleißiger, stieg mit einer Flasche sogar in den Keller zu den Kollegen, die gerade zwei Dissidenten verhörten, trank mit ihnen auf das Wohl seines Sohnes, schoß mit Platzpatronen auf die Dissidenten, schaute, wie sie erschrocken die Einschußlöcher auf ihrem Körper suchten, gab den Dissidenten ebenfalls Schnaps, damit sie nicht vor Angst sterben, hörte von ihrer Bereitschaft, alles zu unterschreiben, ermutigte sie weiter mit Schnaps, sagte zu den Kollegen: »So macht man das«, und fuhr dann erst nach Hause. Das Dorf, in dem er wohnte, lag nur sechs Kilometer von der Stadt entfernt. Jordan fuhr immer noch mit heulender Sirene, aber jetzt sah er nicht nur ein helles Stück Straße vor sich, sondern Farben, Felder, fliegende, laufende, fliehende Vögel, Berge und Himmel, Himmel soweit er sehen konnte. Der Morgen des 12. Juni 1968 war angebrochen. Kurz vor 7 Uhr erreichte er sein Haus. Er schaltete die Sirene ab und stieg aus dem Auto. Auf der Hausmauer saß seine fünfjährige Tochter Dragomira, steckte die Hand in ein Glas Joghurt, zog sie ganz, ganz weit heraus, bewunderte sie kurz und schleckte sie dann schnell ab, um sie wieder bewundern zu können. »Wo ist dein Großvater?« fragte Jordan.

»Weiß nicht«, sagte Dragomira und leckte ihre Lippen.

»Und die Oma?«

»Weiß nicht. Sie hat mir nur gesagt, daß ich hier bleiben und brav sein soll. Papa, sag' ihr, wie brav ich da bleibe, sonst glaubt sie es mir wieder nicht. Ich hab' sogar den Ziegenhirten auf einem Esel gesehen. Papa, wieso haben die Esel soviele Fliegen am Popo?«

»Dragomira, du hast jetzt einen Bruder, Svetlin«, sagte Jordan.

»Gut«, sagte Dragomira nach kurzem Überlegen und schaute wieder auf ihre Hand. Sie gefiel ihr sehr. »Ich wollte lieber ein Fahrrad, aber wenn ihr mir einen Bruder gekauft habt, werde ich auch mit ihm spielen.«

Jordan hob sie in die Luft, nannte sie »kleines Teufelchen« und ging mit ihr ins Haus. Er setzte sie auf einen Stuhl, setzte ihr seinen Hut auf den Kopf, befahl ihr, auf ihn aufzupassen, warf sich auf das Bett und schlief sofort ein.

Jordan genoß den tiefen Schlaf eines einfachen Gemüts. Nicht einmal in seinen Träumen geschah etwas Außergewöhnliches. Denn Jordan Apostolov war aus einfachem Holz geschnitzt. Sein Vater Svetlin, ein Naturliebhaber, hatte ihn auf einer Wiese neben einer Eiche gezeugt. Er hatte zu Ostern Dragomira, die einzige Tochter des Popen Serafim, dorthin gelockt, ihr ein Foto von Stalin und die Sterne, hinter denen es keinen Gott mehr gab, gezeigt, ihr eine Kette aus Flußperlen geschenkt und sie geschwängert. Ein schlauer Mann war Jordans Vater, der unter dem freien Himmel die größten Errungenschaften seines Lebens feierte. Man könnte sogar sagen, daß ihm der Himmel selbst dabei half. Einmal, weil er mit Dragomira eine reiche Frau heiratete, das zweite Mal, als die Partisanen ins Dorf kamen. Er hatte rechtzeitig gerochen, woher der Wind wehte, hatte sich mit einer rostigen Pistole und einem Stalin-Foto im Maisfeld versteckt, wohin ihm seine Frau jeden Tag das Essen brachte, und gewartet. Als dann die Partisanen vorbeigekommen waren, hatte er sich zu ihnen gesellt, mit ihnen gesungen und war so in die Dörfer der Umgebung einmarschiert. Von nun an war er nicht mehr von den Partisanen zu trennen. Eines nachts hatte ein Weinbergwächter auf ihn geschossen und seinen Oberschenkel getroffen. Svetlin sagte, er habe die Schußwunde bei der Verfolgung eines Faschisten abbekommen und wurde zum Helden. Er genoß das Geld der alten, alle Privilegien der neuen Macht, die Bewunderung seiner Frau und den Haß seines Schwiegervaters. Einen gottlosen Gauner nannte ihn dieser, denn er wußte nicht, daß Svetlin alles dem Himmel verdankte.

Nach Jordan gebar Dragomira noch drei Kinder, alle unter dem Dach ihres Hauses empfangen und alle im Alter von einem Jahr an einer seltsamen Erstickungskrankheit gestorben. Dragomira gebar, weinte, begrub, trauerte. Darin erschöpfte sich ihr Leben. Es war kein Leben. Es war schwarz wie ihr Kopftuch und verschwand Stück für Stück in demselben schwarzen Fleck Erde. Es war aus ihrem Körper gekommen und hatte sich in nichts als Trauer verwandelt. »Das ist Gottes Strafe, weil du einen Kommunisten geheiratet hast«, sagte ihr Vater, der Pope Serafim. Dragomira wußte, daß es keinen Gott gab, sondern nur Sterne oben im Himmel, die ab und zu starben, so wie die Menschen. Sie liebte ihren Mann immer noch, mit der ganzen Traurigkeit ihres Körpers liebte sie ihn. Drei kleine Sterne waren aus ihr gekommen, hatten geleuchtet, aber dann waren sie erloschen und hatten ihre Tage verfinstert. Früher hatte Dragomira gestrahlt, aber ihrem Mann hatte sie nur kleine kurzlebige Lichter geboren und nun entschied sie, kein Kind sollte mehr aus ihr kommen, sie wollte selbst wieder strahlen, für ihren Mann wollte sie strahlen. So blieb Jordan, das Kind des freien Himmels, ihr einziges.

Seine Kindheit hatte Jordan im Freien verbracht. Er lief mit offenem Mund und rinnender Nase durch die Felder, schluckte Fliegen, blies Frösche auf, leerte Vogelnester, brach sich zweimal die Hand, kam immer mit vielen Eindrücken und leerem Kopf nach Hause zurück und wußte keine Frage seiner Eltern zu beantworten. Die Fragen wurden mehr und mehr, sein Kopf sturer und sturer. »Ein Jammer ist dieses Kind, eine Strafe«, klagte sein Großvater, der Pope. Seine Mutter jammerte, sein Vater strafte ihn. Aber es half nicht. In der Schule hatte Jordan wenig gelernt, zu Hause nichts, auf der Straße viel. Im Technikum hatte er gelernt, einen Traktor zu fahren und hinter Frauen her zu pfeifen, in der Armee, von Frauen zu träumen und hinter einem Panzer her zu laufen. Als er dann aus der Armee kam, lief er hinter den Frauen so ungeschickt her wie hinter Panzern, so daß ihm nachts nichts anderes übrigblieb als zu pfeifen, weiter zu träumen und sich zu besaufen. Traktor fahren wollte er nicht. Ein verpfiffenes, versoffenes Leben stand in Sicht. Da griff sein Vater ein, sein Vater, der Partisan. Er wußte, daß sein Sohn starke Muskeln, eine freche Zunge und wenig Verstand hatte. Aber er war eben sein einziges Kind. Er wußte, daß sein Sohn sich gern prügelte, gern schimpfte und gern recht behielt. Also schaltete er seine Beziehungen ein und schickte ihn zur Volksmiliz. Schon nach einem Jahr bekam er einen ganz anderen Sohn zurück. Zwar hatte sich an seinem Charakter wenig geändert, aber er hatte eine neue, blaue, magische Uniform bekommen, die ihn nicht nur umhüllte, sondern sein Leben mit Inhalt füllte. Beruf und Uniform schienen ganz auf Jordan zugeschnitten. Er war eifrig und lernte schnell. Noch im ersten Jahr ergriff er zwei Diebe und einen berühmten Zuhälter und widmete sich von ganzem Herzen dem Kampf gegen die geheime Prostitution. Im Zuge dieses Kampfes ergriff er in einem Zimmer des Hotels Trimontium die langgesuchten Fräulein Isabella und Mimi zusammen mit einem türkischen Staatsbürger, der gerade wie ein Vogel Strauß sein Gesicht in Isabellas Scham vergraben und seinen Hintern der Obhut von Mimis Brüsten überlassen hatte. Jordan zerstörte sein Versteck, nahm die beiden Damen im Namen des Kampfes mit, stieg in den Aufzug, sah, wie Mimis rotlackierter Nagel den Stoppknopf drückte, spürte, wie Isabella seine Hose öffnete und das zivilste seiner Organe ergriff, und verlor im Zuge dieses Kampfes zwischen dem zweiten und ersten Geschoß seine Unschuld. Jordan schämte sich. Einmal hatte er ohne Uniform geschossen und gleich hatte er die Uniform befleckt. Er ließ die beiden frei, verschwieg den Vorfall und beschränkte seine Tätigkeit nun auf Kontrollen von motorisierten Transportmitteln. Er stand bei jedem Wetter am Straßenrand und stoppte ab und zu vorbeifahrende Fahrzeuge. Das tat er so lange, bis ihm die frische Luft endgültig den Kopf abgekühlt, der Regen seine Schande weggewaschen und die vielen Nachtdienste diese eine Nacht vergessen gemacht hatten. Jordan wurde wieder stolz und selbstsicher. Er sagte einer blond gefärbten Agitatorin der Vaterlandsfront, daß sie ihm gefalle und daß er mit ihr ausgehen wolle, wurde ausgelacht, sagte dann das gleiche einer blond gefärbten Trolleybusfahrerin, wurde wieder ausgelacht, verzweifelte aber nicht und sagte es einer blond gefärbten Fahrscheinverkäuferin. Sie lachte auch, aber sie sagte »Ja«. Sie gingen aus, aßen Froschschenkel und tranken Bier, Jordan erzählte ihr von seinem Vater, dem Partisanenheld und von den Gefahren seines Berufs, hörte sie lachen, war glücklich, sah ihre bunten Augen, ihre gefärbten Haare, spürte, wie sich auch sein Leben verfärbte und wie sein Mund vor dem Einschlafen ihren Namen »Marina« wiederholte. Er traf sie weiter, trug sie auf seinen Händen bis zum Gipfel eines jeden Hügels dieser Stadt, und deren gab es sechs, keuchte, während sie scherzte und lachte, verlor viel Kraft, gewann aber Mut, küßte sie zum ersten Mal auf dem Gipfel des letzten, ruhte einen Tag, küßte sie dann auch in den Tälern, begleitete sie einen Monat lang nach Hause, stieg dann plötzlich mit ihr in den Aufzug, fuhr einige Stockwerke hoch, drückte auf Stopp und machte ihr einen Heiratsantrag. Sie lachte und sagte »Ja«. Vom Glück geschaukelt, ging Jordan durch die Straßen, voller Höhen und Tiefen erschien ihm das Leben. Zwischen dem zweiten und ersten Geschoß hatte er seine Unschuld verloren, zwischen dem vierten und fünften das Ja-Wort bekommen. Undurchschaubar schien ihm das Leben, und egal wie lange er dachte, er kam nicht dahinter, wohin es ihn führte. Vor seinen Augen nur beleuchtete Straßen, leuchtende Fenster und funkelnde Sterne. In seinem Kopf nur ein Ja. Aus Marinas Mund war es gekommen und hatte alle Häuser, alle Sterne, alles Denkbare ersetzt. Also ließ Jordan das Denken und pfiff lieber und träumte und lief durch die nächtlichen Straßen, lief voller Kraft wie hinter Panzern, berauscht von der Kraft seiner Muskeln und dem Wort einer Frau. Seine Uniform paßte ihm, sein Beruf paßte ihm und jetzt auch diese Frau. So glaubte Jordan, denn er war aus einfachem Holz geschnitzt.

Ende August bekamen alle Verwandten, sogar die, die in den entlegensten Teilen Bulgariens lebten, hellgraue Einladungen, auf denen zwei weiße Tauben abgebildet waren, die unter einem einzigen roten Stern flogen und die Hochzeit von Marina Videlova und Jordan Apostolov verkündeten.

Das Hochzeitsfest fand an einem heißen Oktobertag statt. Es wurde in Jordans Dorf in der Schulmensa gefeiert. Auf dem Sportplatz liefen keine munteren Pioniere, sondern drehten sich Schweinespieße, dampften große Kessel mit Lamm- und Kalbssuppe und war ein Tankwagen mit Wein geparkt. Die Gäste kamen in drei Bussen. Zwei waren voller Verwandter, der dritte voller Milizionäre, Kollegen von Jordan. Sie kamen wie für einen Wettbewerb und aßen, tranken und tanzten wie für einen Wettbewerb. Jordan blieb nicht lange unter den Gästen. Er ergriff die Hand seiner Frau und zeigte ihr zuerst die Schule, in der er wenig, dann das Haus, in dem er nichts gelernt hatte. Marina hatte seine Schulbank gesehen, nun sah sie sein Bett. Die Schulbank war aus Holz, und in sie waren mit Zirkel auf ewig Obszönitäten geschnitzt. Das Bett war frisch, weiß und auf ewig für die beiden vorbereitet. Marina hatte beim Anblick der Bank gelacht, nun lachte sie wieder. »Hast du deinen Zirkel mit«, fragte sie. Jordans Herz klopfte wie vor einem Wettbewerb. Er fühlte sich unsicher. Die einzige Erfahrung mit Frauen hatte er nicht in einem Bett, sondern in einem Aufzug gemacht. Und damals hatte er seine Uniform getragen. Sollte er sie wieder anziehen? Marina war schon unter der Decke. Ihr Duft nahm das Zimmer, ihr Körper das ganze Bett und ihre blond gefärbten Haare Jordans Verstand ein. Marina durfte seine Unerfahrenheit nicht bemerken, besann sich Jordan. Er war ein Milizionär, eines der wichtigsten Organe der Macht. Also stieg er zu ihr, ließ sie seine Macht und das wichtigste seiner Organe spüren und machte die Entdeckung, daß Marina ihre Unschuld schon verloren hatte, und sicher nicht im Kampf mit der geheimen Prostitution. Jordan war zutiefst in seinem Stolz verletzt. Jordan blutete. Ein einziges verletztes Organ war er. Jordan war degradiert. Er befand sich im Haus, in dem er nichts gelernt hatte, nun aber wollte er wissen. Er wollte wissen, wie viele es gewesen waren und erfuhr, daß es nur einer gewesen war. Er wollte wissen, wer es gewesen war, und erfuhr, daß er ihn nicht kannte, daß alles jetzt unwichtig und längst Vergangenheit, daß er für sie tot und gestorben war. Ja, tot soll er sein! Er, Jordan, werde ihn umbringen, schrie er und zog seine Uniform an. Zum ersten Mal hatte er genau zugehört, zum ersten Mal lernte er. Sein Herz schlug wie nach einem Wettkampf, nur daß er Zweiter geworden war. So oft hatte er geträumt, so viel war er gelaufen, auf Händen hatte er Marina auf den Gipfel getragen, und alles umsonst. Er schaute durchs Fenster, vom schweren schwarzen Himmel gebeugt, keuchte die Straßenlampe nur in Abständen das Licht. Die Sterne glitzerten, aber alles umsonst. Allein war Jordan. Musik und ein freudiger Taumel kamen aus der Ferne. Jordans Hochzeit wurde dort in der Ferne noch gefeiert, seine Hochzeit. Sollte er dorthin laufen?

Marina zog ihn an sich, weinte, zog ihn aus, küßte ihn, zog ihn wieder ins Bett und weinte und küßte und trieb ihn wieder vom Tal bis zum Gipfel. Noch schöner schien ihm Marina, noch mehr zog sie ihn jetzt an, noch stärker wurde seine Wut auf sie und die Männer, noch süßer wurde die Wut. Schießen wollte Jordan, schießen. Aber auch vergeben, alles vergeben. Er flog über verregnete Täler, das Ja-Wort im Ohr, das Ja-Wort im Kopf, ein einziges Ja beflügelte alle seine Organe. Er hatte noch nie ein Ja so häufig gehört, er war auch noch nie wirklich geflogen. Nein, das war nicht wirklich. Geträumt war alles. Jordan fiel. Außer Atem lag er neben Marina, wie um die Wette gelaufen, aber wieder war er der Zweite.

Er hatte es versprochen, aber er konnte nicht aufhören an den Ersten zu denken. Tief und auf ewig, wie mit dem Zirkel, war seine Seele zerkratzt. Denn Jordan Apostolov war aus einfachem Holz geschnitzt.

»Ich hab' keine Jungfrau geheiratet«, sagte er im Morgengrauen seiner Mutter. Er stand barfuß mitten auf der Treppe, die zum oberen Geschoß führte, eine braune Decke über den Schultern. Die vielen kleinen braunen Zigarettenstummel um ihn wirkten wie abgebröckelte Steine nach einem Erdbeben. Einige Hähne kratzten mit ihren Stimmen die graue Luft und suchten den Morgen. Ein Hund bellte einem Schatten nach.

»Du hast eine gute Frau geheiratet«, sagte seine Mutter Dragomira und ging die Kuh melken und kam mit Milch und fand ihn immer noch auf der Treppe mit bleichem Gesicht die bleichen Sterne anstarren.

»Armer Junge, hätte ich ihm doch Geschwister geboren. Sterne geben keinen Rat«, dachte sie, gab ihm Milch zu trinken und sagte: »Was machst du noch hier? Geh zu deiner Frau, und lieb' sie. Die Zeit wartet nicht. Tu's, solange du noch jung bist. Das wird dir bleiben.«

Jordan trank, bekam einen weißen Schnurrbart, wirkte klug und weise, seufzte tief, wusch ihn ab und war wieder dumm.

»Ich will mit Vater reden«, sagte er und redete mit dem Vater und sagte ihm: »Meine Frau war keine Jungfrau. Ich hab's heute nacht erfahren. Du hast viel erlebt, bist ein Held gewesen. Gib mir Rat, sonst dreh' ich durch.«

Sein Vater Svetlin, der Partisan, stand im Pyjama da, rauchte und hustete. Er kannte seinen Sohn. Töricht war er. Starke Muskeln, eine freche Zunge und wenig Verstand hatte er. Was sagte man einem solchen Sohn? Man konnte rauchen, man konnte husten, man konnte ihn in eine Uniform stecken. Würde er ihm sagen: »Geh und schlaf eine Nacht im Maisfeld!« würde er ihn nicht verstehen. Er war töricht und er wußte nicht, wie Felder und Nächte ganze Leben verändern können. Aber er war sein Sohn.

»Komm mit mir in den Hof«, sagte Svetlin. Jordan folgte ihm.

»Der Erste hat sie betrogen, willst du es auch tun«, sagte der Partisan unter einer Quitte. Jordan folgte ihm, Jordan dachte, Jordan schwieg.

»Willst du sie dafür strafen«, fragte der Held unter einer Zwetschke. Jordan schwieg. Svetlin erinnerte sich an den Weinberg, wo man ihn irrtümlich angeschossen hatte. An die süßen Trauben und an die noch süßere Wunde. »Ich kann meinem Sohn nicht sagen: Du bist nur gekränkt. Geh ein bißchen spazieren. Schau, die Trauben sind schon reif. Iß dich satt, und gleich wird es dir besser gehen. Warum ist mir gerade dieses Kind geblieben, mit dem ich nicht reden kann? Warum sind mir alle anderen gestorben? Sie hätten mich verstanden, wenn ich ihnen gesagt hätte, euer Vater war kein Held, aber die Trauben waren süß. Sie hätten mich verstanden.« Svetlin erinnerte sich, daß es keinen gab, mit dem er sprechen konnte.

»Ich will Enkel haben«, sagte der Vater unter einer Nuß. »Du bist im Unrecht. Du hast nie auf mich gehört, also tu, was du willst. Aber du sollst wissen, daß ich kein Unrecht in meinem Haus dulde. Wenn du hier bleiben willst, dann sei nett zu deiner Frau. Ich will Enkel haben.«

»Gut, Vater«, sagte Jordan und ging unter Nuß, Zwetschke und Quitte hindurch zurück zu Marina, stieg ins Bett, aber er legte sich neben seine Frau wie neben einen Stein. Er schloß die Augen, versuchte sie zu vergessen und spürte die ganze Last des kommenden Lebens. »Marina, Marina«, wollte er rufen, mehr wußte er nicht zu sagen. Danach schlief er ein. Und als er die Augen aufmachte, kamen die Tage.

Eintönig und schwer rollten sie hintereinander, wie von Marina in den Abgrund gestoßen. Jordan glaubte, sie würden nur ihn erdrücken.

Er sprach wenig mit ihr. Nur kurze Sätze, die wie Keile aus seinem Mund sprangen. »Ich will essen«, sagte er oder »Der Tag war heute beschissen«, oder er sagte nur »Schnaps!« Und er bekam Essen, Schnaps und Zuwendung.

Untertags haßte er sich, daß er Marina schon so lange liebte. Nachts liebte er sie kurz und hastig. Der Haß zwang ihn zu sprechen, die Liebe zu schweigen. Im Haß war er erfahrener, also redete er lieber nur mit sich selbst und nicht mit Marina.

»Ich will Kinder haben«, sagte er ihr und bekam eine Tochter.

»Sie wird Dragomira heißen, wie meine Mutter«, sagte er, und sie hieß Dragomira.

Mit der Geburt des Kindes begann Jordan, seinen Mund öfter zu öffnen. Seine Hände wurden zarter, seine Küsse feuchter, sein Stöhnen lauter, dafür aber wurde die Stille danach tiefer, breiter, deutlicher.

Seinen ganzen Eifer widmete Jordan der Arbeit. Er wurde schnell Oberfeldwebel. Beim Verhör von Kriminellen war er unübertroffen. Er konnte jeden zum Reden bringen. Da ihm selber die Worte fehlten, holte er sie leicht aus den anderen heraus. Er war konzentriert, geduldig, hartnäckig und nahm die Arbeit sehr ernst, weil er jedes Wort brauchte, weil er insgeheim hoffte, eines Tages auch jene Worte herauszubekommen, die er seiner Frau sagen konnte.

Lange Nächte verbrachte er in den Kellern des Kommissariats. Jeden Blick konnte er deuten, jede kleine Fingerbewegung sagte ihm etwas, jeder Atem erzählte ihm eine Geschichte. Wo seine Kollegen nur einen Hauch hörten, hörte er ein ganzes Wort, wo sie nur Schluchzen und Husten herausholten, holte er eine Wahrheit, wo sie nur Stöhnen und Schreien erreichten, holte er ganze Geständnisse. Wo sie aufhörten, fing Jordan erst an.

»Er kann sogar das Eisen zum Reden bringen«, sagten die Kollegen voller Bewunderung und doch nicht ohne Abscheu von ihm. Das Eisen schon, aber sich selbst konnte er nicht zum Reden bringen. Nur selten, sehr selten, sagte er etwas zu Hause. Eisern klangen dort seine Worte. Kalt waren sie, schneidend waren sie, sie taten weh. Wie in einem Panzer lebte Jordan und doch traf ihn jedes von Marinas Worten, denn er liebte sie noch, denn er liebte sie mit der ganzen Blindheit seines kleinen harten verbunkerten Herzens. Es graute ihm vor dieser Liebe. Wie ein scharfer Gegenstand bewegte sie sich in seinem Körper, grub in ihm und höhlte ihn aus. Sie war seine erste Liebe. Aber er war der Zweite und würde immer der Zweite bleiben. Es war eine drittklassige Liebe. Es war vielleicht gar keine Liebe. So dachte Jordan und fand seinen Platz nicht und fand keinen Platz und kein Wort für die Liebe.

In solchen Nächten hörten die Eltern seine Schritte im Hof.

»Ein Jammer ist es mit dem Jungen«, seufzte die Mutter. Sein Vater hustete nur und rauchte und lauschte, bis die Schritte verloschen, bis die Tür im Obergeschoß knarrte.

»Ich will einen Sohn haben«, sagte Jordan oben.

Marina hatte sich an seine kargen Worte gewöhnt, der Erinnerung wegen, der Erinnerung an einen Hügel, von dessen Gipfel die Häuser klein und Jordans Lippen groß waren. Wo war dieser Mensch jetzt? Er konnte doch nicht verschwunden sein. Versteckt in einem der zahllosen kleinen Häuser. Aber seine Lippen, seine Augen waren zu groß für diese Häuser. »Er ist sicher noch dort oben. Er ist dort und kommt bestimmt eines Tages zurück. Oder wir holen ihn ab«, machte sich Marina Mut. Sie hatte sich schon an seine kargen Worte gewöhnt.

Ihrer gemeinsamen Tochter wegen, die mit offenem Mund die weiße Decke anstarrte, und sie mit Händen und Füßen zu sich herunter holen wollte, die schnell wuchs, schnell lernte, und die Finger aus dem Mund zu nehmen begann, um zu zeigen, wie groß sie schon war. Marina hatte sich an dieses Leben gewöhnt, ihres Schwiegervaters wegen, der lustige Geschichten erzählte und seltsamerweise nie dabei hustete, und auch ihrer Schwiegermutter wegen, die sich gern um die kleine Dragomira kümmerte, während Marina arbeitete oder sich Ruhepausen gönnte. Marina hatte anfangs viel geweint, aber jetzt hatte sie sich an dieses Leben gewöhnt. Sie ging wieder arbeiten, verkaufte wieder Fahrscheine auf dem Busbahnhof Süd in Plovdiv, lächelte, wenn sie die Kunden anschaute, freute sich, wenn sie an ihr Kind oder ihre Schwiegereltern dachte, und wenn es ihr manchmal gelang, durch die stickige Luft der Halle und durch die abgeblätterten Wände einen Hügel zu erblicken, dann wischte sie sich unbemerkt eine Träne ab, und schon lächelte sie dem nächsten Kunden entgegen.

Einmal im Monat besuchte sie ihre Eltern. Von ihrem Leid erzählte sie nichts. Sie hatten selber genug gelitten. Ihr Vater Ognjan war einmal Arzt gewesen und hatte sogar auf der Uni unterrichtet. Da hatten die Faschisten eines Tages sein Haus nach kommunistischen Flugblättern durchsucht und tatsächlich welche gefunden. Zwar waren diese in schmale Streifen geschnitten, weil er sie als Zigarettenpapier benützte, aber trotzdem mußte der Herr Doktor mitkommen, ein paar Nächte in finsteren, feuchten Räumen und ohne Zigaretten verbringen, glaubhafte Antworten auf sinnlose Fragen geben und vorerst seine Universitätskarriere vergessen. Nachdem er entlassen wurde, hörte er zu rauchen auf. Nun konzentrierte er sich ausschließlich auf seine Privatpraxis, bis die Kommunisten an die Macht kamen. Er bekam seinen Lehrstuhl zurück, unterrichtete, forschte im Bereich Lungenerkrankungen, kam zu guten Ergebnissen und wurde Dozent. Da wurde sein Haus wieder durchsucht. Diesmal von den Kommunisten. Sie entschuldigten sich, denn sie hatten Vertrauen in den Genossen Dozent, aber wie schon der Genosse Lenin gesagt hatte, sei die Kontrolle die höchste Form des Vertrauens. Also kontrollierten sie alles und fanden in seinem Klo Petkovistische Flugblätter. Zwar waren diese willkürlich zerschnitten, hingen an einem Nagel im Klo und wurden als Klopapier verwendet, aber ein wachsames Auge konnte diesen kleinen Papierstücken genug schwerwiegende Worte entnehmen. Der Genosse Dozent mußte mitgehen. Schon wieder waren es Papierstücke, die ihn in Bedrängnis brachten. Das erste Mal hatte er sich das Rauchen abgewöhnt. Aber jetzt? Was sollte er sich jetzt abgewöhnen? Keine Sorge, die kommunistische Partei kümmerte sich darum. Er wurde in ein Arbeitslager geschickt, wo er so spärlich ernährt wurde, daß er fast kein Klopapier mehr brauchte. Trotzdem überlebte er, kam aber so abgemagert zurück, daß seine Frau Anastasija ihn nicht gleich erkannte und ihm, weil es Nacht war, erst die Tür aufmachte, als er ihr Einzelheiten aus ihrer ersten Liebesnacht beschrieb.

Ognjan hatte überlebt, aber er durfte nicht mehr als Arzt arbeiten. Er bekam eine Stelle als Hausmeister in derselben Universität, wo er früher unterrichtet hatte. Die Studenten liebten ihn, aber er verdiente so wenig, daß die Familie nicht hätte überleben können, wäre seine Frau nicht gewesen. Viele Freunde hatten jetzt Angst, mit Ognjan gesehen zu werden, und hatten jeden Kontakt zu ihm abgebrochen. Die Verwandten halfen nur halbherzig, denn in der anderen Hälfte ihrer Herzen lebte die Furcht. Es waren Anastasijas Verstand, ihre Hände und ihr Mut, die die Familie durch die schweren Zeiten brachten.

Wie konnte Marina ihnen von ihren Sorgen erzählen? Sie waren lächerlich. Was war Marinas Leid im Vergleich zu ihrem! Sie hätte darüber vielleicht mit ihren älteren Schwestern sprechen können, aber sie lebten beide nicht mehr in der Stadt. Ilijana lebte in Sofia, arbeitete in einer Bibliothek, hatte zwei reizende Mädchen, die schon in die Schule gingen und ihr viel Freude brachten, und einen eingebildeten Mann, der oft fremdging und ihr nur Kummer brachte. Ihr Mann war Archäologe, aber ihn interessierte viel mehr, was sich unter einem Rock als unter der Erde verbarg. Sobald Ilijana von Scheidung sprach, begann ihr Mann schöne Erinnerungen auszugraben, die, je älter sie waren, kostbarer zu sein schienen. Er rannte Blumen kaufen, kniete vor ihr, gab ihr die Namen griechischer Göttinnen, weinte hemmungslos in ihrem Schoß und schaffte es jedesmal, die Scheidung abzuwenden.

Marinas zweite Schwester, Rumjana, lebte in Burgas. Sie arbeitete als Chemikerin in der Raffinerie und war mit einem Schiffskapitän verheiratet, der für Ewigkeiten verschwand und erst nach Ewigkeiten wieder zurückkehrte, um ihr in den Pausen zwischen zwei Ewigkeiten Kinder zu machen. Ihre Wohnung war voll von seinen Fotos, sie hingen, lagen, standen, sie waren wie treue Matrosen, die durch eine Laune der Natur alle dasselbe Gesicht hatten und bereit waren, Ozeane von einsamen Nächten mit ihr zu durchqueren. Es war nicht leicht, mit Ozeanen und Ewigkeiten umzugehen. Lange Jahre war Rumjana von der Größe ihrer Dimensionen erdrückt, bis sie endlich einen Liebhaber fand, der Geographie- und Physiklehrer war und alles relativieren konnte.

Mit ihren Schwestern hätte Marina reden können, aber nicht mit den Eltern. Sie saß nur in der kleinen Küche, die immer nach gerösteten Zwiebeln roch, und erzählte, was ihre kleine Tochter schon alles konnte. Auf dem Balkon zwitscherten fast zu jeder Jahreszeit die Spatzen, auf dem Ofen kochte fast immer Lindenblütentee, den sie sehr liebte, im Backrohr quoll der Eierkuchen auf, der ihr so gut schmeckte. Ihre Mutter bewegte sich hastig und viel, als ob sie versuchte, all das an einem Nachmittag nachzuholen, was sie in einem Monat für ihre Tochter tun hätte können. Ihr Vater saß ruhig da und überprüfte gründlich, welche Zeitungen sich für Klopapier eigneten. Denn wirkliches Klopapier war im Sozialismus sehr rar. Man bekam es schwer und selten in den Geschäften.

»Ein taktischer Zug«, meinte ihr Vater Ognjan, »damit sie jeden jederzeit einlochen können«, schob langsam die Zeitungen beiseite, ließ seine rechte Hand wie einen Stempel über sie fallen und besiegelte damit ihren weiteren Weg. Nun saß er noch entspannter auf seinem Platz neben der Tür. In seinem abgetragenen braunen Morgenrock, seine nackten Füße in abgeschlurften Lederpantoffeln, ähnelte er einem verwitterten Baumstamm. Er betrachtete dann lange seine Tochter Marina, und durch seine dicken Brillengläser wirkten seine braunen Augen wie zwei winzige Harztropfen. Das Radio war laut aufgedreht, aus ihm donnerte die Stimme des Genossen Shivkov.

»Teurer Genosse Breschnjew! Teure Mitglieder der Partei und Regierungsdelegation der Sowjetunion! In diesem Augenblick begrüßt unsere Heimat und ihre Hauptstadt Sofia bewegt und glücklich Sie, die Sendboten des großen Sowjetlandes, wie ihre Brüder, wie treue Verbündete im Kampf für den Wohlstand des Volkes...«

»Papa, kann man es nicht leiser stellen?« fragte Marina.

»Es ist extra so eingestellt, wegen der Nachbarn.«

»Bald ist der Kuchen fertig«, sagte die Mutter und kämpfte mit ihren groben Fingern eine silberne Locke beiseite, die ihr schon den ganzen Tag im Wege war.

»Unsere Gefühle sind tief und stark, sie strömen unaufhaltsam hervor wie die Säfte des ausbrechenden Frühlings, sie kommen aus dem neuen Leben, das wir schaffen, aus unserem gemeinsamen Kampf um das Glück des Volkes. Die bulgarisch-sowjetische Freundschaft ist unerschütterlich und ewig«, tönte es aus dem Radio.

»Unsere Gefühle sind tief und stark«, zwitscherten die Spatzen auf dem Balkon.

»Ich bin froh, daß du glücklich bist, mein Kind«, sagte der Vater.

»Wie könnte es anders sein, wenn alle um das Glück des Volkes kämpfen«, sagte Marina und lachte. Der Vater lachte. Die Mutter lachte und auch die Spatzen. Durch die offene Balkontür lachte der Frühling.

»Ob auch Jordan jetzt irgendwo lacht«, ging es durch Marinas Kopf.

»Es gibt keine Kraft auf Erden, die auch nur den schwächsten Schatten auf unsere lebensspendende Freundschaft werfen könnte, wie es auch keine Kraft gibt, die die Lebenswärme der klaren Maisonne zum Verlöschen bringen könnte«, bebte das Radio.

»Haben wir denn schon Mai?« fragte der Vater. Marina nickte. Ihre Mutter schaltete das Radio aus und servierte den Kuchen.

»Du hast gut entschieden, einen Milizionär zu heiraten. So wird deine Familie Ruhe haben. Das ist wichtig, sehr wichtig. Was nicht alles aus mir hätte werden können, hätte ich Ruhe gehabt. Ich hätte wahrscheinlich den Nobelpreis bekommen. Statt dessen verwahre ich jetzt Schlüssel und gieße Blumen in den Professorenzimmern.«

»Hör auf zu jammern. Das haben wir schon tausendmal gehört. Iß lieber deinen Kuchen«, unterbrach ihn seine Frau.

»Manchmal helfe ich den Studenten bei Prüfungen, schreibe ihnen Schummelzettel und schmuggle sie in den Saal. Das macht Spaß.«

»Ich bedaure, daß du nicht studiert hast, Marina, so wie deine Schwestern. Für eine Frau ist das heutzutage sehr wichtig. Ich werde mit deinem Mann darüber reden. Er soll dich mehr unterstützen«, sprach die Mutter.

»Mama, laß das lieber. Du weißt, ich bin dreimal bei den Aufnahmeprüfungen durchgefallen. Außerdem will Jordan noch ein Kind. Wir werden es nach einem von euch nennen. Das ist schon besprochen.«

»Trotzdem werde ich mit Jordan reden. Du bist noch jung. Du kannst auch ein Fernstudium machen. Außerdem bist du mein Kind.«

»Ja, ich bin dein Kind«, sagte Marina leise, als ob es ihr gerade jetzt erst eingefallen wäre.

Sie saßen, sprachen, und immer wieder warfen sie einen Blick auf den Boden vor der Balkontür, den die Sonne verfärbte. Zuerst gelb, da saßen sie noch, danach orangefarben, sie saßen immer noch und warteten, danach rot, da erhob sich Marina.

»Bleib noch ein bißchen«, hörte sie. Eine Glühbirne wurde angezündet, um die sofort kleine Fliegen zu kreisen begannen. Hier und da auch eine Motte mit staubigen Flügeln.

»Könnte ich fliegen, würde ich bleiben, aber ich muß den letzten Bus erwischen«, sagte Marina, bekam zwei Küsse und ging. Ihr Schritt war langsam und schwer. Sie hatte wieder einmal ihre verstaubten Flügel bei den Eltern vergessen.

Jordan mied Marinas Eltern. Sie hatten mit Schuld an seinem Unglück. Sie hätten besser auf ihre Tochter aufpassen müssen. Besonders der Vater. Besonders er. Hätte er so gut auf seine Tochter geschaut wie auf die Zeitungsausschnitte, wäre jetzt alles anders. Aber sein Arsch war ihm wichtiger. Je länger er an Marina und ihre Eltern dachte, desto klarer wurde sein Ziel. Jordan wollte die Sünde ein für allemal austreiben, sogar wenn er dafür alle Bürger der Volksrepublik in seinem Keller verhören mußte. Sein Vater hatte für eine bessere Gesellschaft gekämpft. Er wollte diese bessere Gesellschaft festigen und von der Sünde befreien. Dafür brauchte er genauere Kenntnisse von der Sünde. Ihn interessierte wann, wo und wie sie sich zum ersten Mal in den Menschen eingeschlichen hatte. Die Leute, die er verhörte, gaben ihm leider immer unterschiedliche Auskünfte, die ihn auf Dauer nicht befriedigten. Er versuchte eine Zeitlang allein nachzudenken. Seine Stirn bekam eine einzige tiefe und dicke Falte, die wie eine vor kurzem verheilte Wunde wirkte. Seine dunkle Gesichtshaut wurde rot, seine gespannten Augenbrauen stießen einander wie zwei verfeindete Böcke, und er bekam starke Kopfschmerzen. Seine Gedanken, die nur sehr selten einander folgen konnten, verwirrten sich in seinem Kopf wie verwaiste Kinder in einer großen unbekannten Stadt und strandeten immer wieder an derselben Stelle. »Marina, Marina«, stöhnte Jordan dann und brach das Denken ab. Entschlossen, die Ursache aller Sünden zu finden, besuchte er eines Tages sogar seinen Großvater, den Popen Serafim.

Alt war der Pope geworden, eine dünne Wolke trug er statt einem Bart, durch die man wie durch einen Nebel sein auf der Brust hängendes silbernes Kreuz schimmern sah. Das Kreuz lag da wie auf dem Grund eines dampfenden Flusses. Er mußte sich sehr beherrschen, um seinen Enkel ausreden zu lassen.

»Ihr«, sagte er, »ihr Kommunisten seid die Sünde dieser Erde.«

»Ich bin noch kein Mitglied der Partei«, sagte Jordan, »will aber bald eines werden.«

»Du bist noch schlimmer, du bist ihr Henker. Ich schäme mich für dich!«

»Alter Trottel«, sagte Jordan und ging.

»Verdammt sollt ihr sein, du und alle deine Genossen«, bebte hinter Jordan ein Mensch, eine Wolke, eine Welt.

»Im Namen des Vaters und des Sohnes…«, hörte Jordan noch. Danach war er auf der Straße. Eine Gruppe Enten lief ihm laut aus dem Weg. Ein grauer Esel drehte ihm seinen Hintern zu. Ein Storch klapperte mit dem Schnabel von der Kuppel der Kirche. »Nur für Storchennester sind die Kirchen gut«, dachte Jordan, bevor er in die Kneipe ging. Dort trank er so lange, bis es unter seiner Brust so warm wurde wie unter dem Flügel eines Storches. Erst dann ging er nach Hause. Auf der Straße war es schon dunkel und auch im Untergeschoß seines Hauses. Nur oben leuchtete noch ein Fenster. Er stieg schnell die Treppen hoch, machte die eine Tür auf, dann sanfter die nächste. Marina lag schon im Bett. Neben ihr schlief die kleine Dragomira.

»Ich will einen Sohn haben«, sagte er.

»Das Kind nennen wir aber diesmal nach meinen Eltern.«

»Gut«, sagte Jordan und begann seine Uniform auszuziehen. Mehr wurde in dieser Nacht nicht gesprochen.

Nun hatte Jordan endlich einen Sohn.

»Du bist mein Stolz«, war das erste, was er sagte, als er ihn in die Hände bekam. Er feierte diese Geburt wie ein Verrückter. Denn es wurde noch etwas mit diesem Kind geboren. Jordans Stolz wurde wieder geboren. Seinen eigenen hatte er schon verloren, Marina hatte ihn zertreten. Nun hatte Jordan endlich wieder einen Stolz, und er feierte ihn wie ein Verrückter. Sein Stolz wog 3500 Gramm, war 52 Zentimeter groß, war weich, war zahnlos, war pflaumig, bekam einen lila Kopf, wenn er weinte, und hieß, und konnte nur Svetlin heißen, so wie der Partisan, so wie der Held.

»Papa, ich hätte doch lieber ein Fahrrad«, sagte die kleine Dragomira, nachdem sie ihren Bruder gesehen hatte. Sie standen vor dem Krankenhaus, Jordan in seiner blauen Uniform, Dragomira in ihrem allerneuesten roten Kleid, in dessen Mitte schon ein großer dunkler Fleck war, über dessen Ursprung sie nur mit ihren Achseln und Augenbrauen zucken konnte. Ihre linke Hand war in der Hand ihres Vaters aufgehoben, deswegen konnte sie nur die Finger ihrer rechten in den Mund stecken, was ihr beim Denken, und das war ihr anzusehen, unheimlich half. Ihnen gegenüber stand Marina in einem viel zu weiten tabakfarbenen Kleid, das der Wind immer wieder so aufblies, daß es Dragomira schien, ihre Mutter hätte ein Tier darunter versteckt.

»Vielleicht hat mein Papa ihr deswegen so viele Nelken gebracht, weil sie damit dieses Tier füttern muß«, dachte sie. Neben Marina stand eine korpulente Krankenschwester, die ein kleines Baby in den Händen hielt.

»Gefällt dir denn dein Bruder nicht?« fragte sie Dragomira.

»Können wir ihn nicht umtauschen?« war die Antwort. Alle lachten, nur Dragomira nicht. Was war denn hier so lustig? Vielleicht das Tier unter dem Rock, aber das konnte man ja nicht sehen.

»Du wirst doch deinen Bruder lieben?« fragte die Schwester.

»Ich liebe ihn ja, nur daß ich ihn nicht haben will.«

»Komm, gib Mama einen Kuß«, sagte Marina, »oder hast du mich gar nicht vermißt?«

»Ich hab' dich sehr vermißt, sehr. Ich hab' jeden Tag 81mal nach dir gefragt«, sagte Dragomira und umarmte mit ihren noch vom Eis klebrigen Händen das Gesicht ihrer Mutter.

»Und warum gerade 81mal«, fragte Marina.

»Weil das das meiste ist. Urgroßvater Serafim ist 81 und er sagt, nach 81 kommt nichts mehr«, erklärte Dragomira.

Als sie mit dem Lachen fertig waren, fuhren sie nach Hause, nur die Krankenschwester blieb zurück und winkte. Zu Hause warteten schon alle, auch Opa Ognjan und Oma

Anastasija, sie warteten auch auf Dragomira, nur daß sie sich mehr auf das kleine Baby freuten. Da mußte Dragomira weinen und sich unter dem Tisch verstecken, bis sie genug Küsse von allen bekam und dazu noch ein kleines Boot aus Zeitungspapier von Opa Ognjan. Als alle aßen, durchreiste sie mit dem Boot ein großes Waschbecken im Hof und wurde gemeinsam mit ihm naß. Als sie von ihrer Oma ein paar Schläge auf den Popo bekam, weinte sie wieder, bekam aber weder Küsse noch ein Boot. Als sie am Abend einschlief, träumte sie, und als sie aufwachte, war das Zimmer kleiner, ihre Familie aber größer geworden. Wie das möglich war, konnte sie sich nicht erklären. Aber sie sah, daß es da jemanden gab, den alle Svetljo nannten und den sie 81mal mehr als sie liebten. Dragomira rieb sich die Augen, aber anstatt daß dieser Svetljo ein für allemal verschwand, kamen ihr nur die Tränen.

Nach zweiwöchigem Urlaub zog Jordan wieder die alte Uniform an, stieg in das alte Dienstauto und fuhr zu seinem alten Arbeitsplatz. Aber er selber war wie erneuert. Er überlegte sogar, Marina alles zu verzeihen, als ihn der Sergeant Skortschev begrüßte und sagte: »Der Chef ruft dich.«

Der Chef war Oberst Zarev. Er war mittelgroß, mitteldick und unmittelbar. Sein Kopf war immer glattrasiert und konnte sogar die winzigste Lichtquelle widerspiegeln. Dafür lagen seine Augen ganz tief, wie unter einem Schatten, und man konnte weder ihre Größe noch ihre Farbe erahnen. Aus seiner Nase und seinen Ohren sprossen kleine schwarze Dinger, die man gar nicht Haare nennen konnte, vielmehr hatte man das Gefühl, daß in seinem Kopf ein unbekanntes Tier schlief. Seine Nase war keine Nase. Sie war mehrmals gebrochen und sah wie ein drittes Ohr aus, durch das er Gerüche oder Luftzustände nach ihrem Klang unterscheiden konnte.

Sein Posten, sein Ruf und sein Glaube an den Kommunismus waren unerschütterlich. Er gehörte zu den wenigen, die wirklich gekämpft, überlebt und lange Jahre eine hohe Position behalten hatten. Oberst Zarev hatte seine rechte Hand im Kampf gegen den Faschismus und den Kapitalismus verloren. Nun tat er alles mit links. Er schoß mit links, aß mit links, er trank mit links, und er baute auch den Sozialismus mit links. Seine Hand kam nie zur Ruhe, aber wenn sie einmal in der Hosentasche steckte, dann bedeutete das, daß gerade etwas seine Lust zu essen, zu trinken und den Sozialismus zu bauen, verdorben hatte. Es bedeutete, daß er etwas Schlimmes mitzuteilen hatte.

Oberst Zarev kannte Jordans Vater gut. Er hatte jene Partisanen angeführt, zu denen Svetlin gestoßen war. Er mochte den Vater, also unterstützte er den Sohn, und Jordan hatte ihn nicht enttäuscht. Er war sogar wie geschaffen für die Miliz. Er war einfach, treu, sprach wenig, hatte eine organische Abscheu gegenüber der Sünde und brachte jeden Kriminellen zum Reden. Ein Beamter der Macht wie aus dem Buch des Genossen Dserschinsky. Ein Traum von einem Beamten! Dieser Traum klopfte gerade an seine Tür.

Als Jordan in das Zimmer eintrat, hatte Oberst Zarev seine Hand in der Hosentasche.

»Gratuliere, Apostolov, gratuliere! Eine schöne Sache, einen Sohn zu bekommen, eine gute Sache. Ich hab' selber vier. Hätte aber gern auch eine Tochter gehabt. Die Töchter kümmern sich mehr um ihre Eltern, wenn sie alt werden. Sie haben jetzt beides. Glück haben Sie, Genosse Apostolov, Glück«, sagte der Chef.

»Jawohl, Genosse Oberst«, sprach der Traum.

Der Oberst warf einen Blick durch das Fenster, dann auf das Porträt von Dserschinsky. Das Porträt schien ein zweites Fenster für ihn zu sein, durch das er jederzeit auf eine bessere und gerechtere Welt blicken konnte. Erst dann konnte er Jordan wieder in die Augen schauen. Es war nicht leicht für Oberst Zarev. Es war nicht leicht, einem Traum ins Auge zu schauen.

»Eine blöde Geschichte«, fing er an, »eine sehr blöde und überflüssige Geschichte. Aber Genosse Mladenov ist Genosse Mladenov. Das ist Realität. Abgesehen davon ist Ihr Benehmen alles andere als beispielhaft gewesen. Es ist weder durch die Geburt Ihres Sohnes noch durch etwas anderes zu entschuldigen. Ich weiß, Sie wollten der Partei beitreten. Es war alles vorbereitet. Ich persönlich habe Ihre Mitgliedschaft vorgeschlagen, aber jetzt können wir die Sache vergessen. Es ist ärgerlich und vor allem dumm, sehr dumm.«

»Jawohl, Genosse Oberst! Es ist alles meine Schuld. Ich verlange nach einer gerechten Strafe und bin bereit, mich bei der nächsten Versammlung einer öffentlichen Selbstkritik zu stellen.«

Sein Traum war es, der da sprach. Zarevs innigster Traum war es.

»Genug mit den Dummheiten, Genosse Oberfeldwebel! Schluß damit!« Seine Stimme kam nicht aus einem Mund, aus einem Megaphon kam sie. Das zweite Fenster hatte sich nun endlich geöffnet, und er redete aus ihm.

»Genosse Mladenov hat auch Ihre Suspendierung verlangt, aber diese Freude werde ich ihm nicht machen. Sie bekommen noch morgen im Hof den üblichen Tadel von mir und damit ist die Sache erledigt. Ich bin mit Ihrer bisherigen Arbeit sehr zufrieden.«

»Ich bin stolz, der Volksrepublik Bulgarien zu dienen«, schoß schnell, knapp und klar Jordan zurück.

»Ich gedenke vielmehr, Sie für eine sehr wichtige und sehr verantwortungsvolle Sache zu verwenden, im Kampf gegen die ideologische Diversion. Ich stecke Sie in Zivil, falls Sie zufällig Mladenov begegnen sollten, und beauftrage Sie, verdächtige intellektuelle Elemente zu beschatten und zu verhören. Das ist jetzt Ihre neue Aufgabe, Genosse Apostolov.«

»Ich höre und gehorche, Genosse Oberst!«

»Es ist ein Zeichen höchsten Vertrauens.«

»Es ehrt mich, der Volksrepublik Bulgarien zu dienen.«

»Sie können jetzt abtreten.«

»Ich höre und gehorche.«

»Und grüßen Sie Ihren Vater von mir. Er war ein Held. Bewegte Zeiten haben wir gemeinsam erlebt. Große Zeiten... Gehen Sie jetzt und enttäuschen Sie mich nicht!«

Sein Traum salutierte und verschwand. Er mußte wieder in die Realität blicken. Oberst Zarev zog seine Hand aus der Tasche und begann den Papierkram auf seinem Schreibtisch zu ordnen. Seine schmalen Lippen verschwanden in einem engen dunklen Abgrund.

Jordan kam niedergeschlagen nach Hause. Er zog seine Uniform aus, legte sie aufs Bett und schaute sie lange ehrfurchtsvoll und traurig an, wie ein gerade gestorbenes Kind. Wieder war er verletzt worden. Das Wertvollste hatte man ihm genommen. Marina hatte ihn des Stolzes, Mladenov des Lebensinhaltes beraubt. Ein Auf und Ab dieses Leben, ein ständiges Auf und Ab. In einem Polizeikeller hatte er seine Berufung, auf einem Hügel die Liebe gefunden. In einem Aufzug das Ja-Wort bekommen, in einem anderen die Unschuld verloren. In einem Bett sein Gesicht und jetzt noch seinen Schutz, seine Zuflucht, seine Macht, alles in allem sein Wesen. Jordan kamen die Tränen. Kein totes Kind, er selbst lag da auf dem Bett. Jordan weinte. Er weinte laut. Er beweinte sich selbst.

Dann knarrte die Eingangstür. Jordan verstummte und wischte sein nasses, sein verlorenes Gesicht in die Uniform. Gleich ging die zweite Tür auf. Marina kam mit Svetlin in den Händen. Sie sah das Gesicht, das verloren geglaubte, sie dachte wieder das Gesicht auf dem Hügel zu sehen, sie dachte, endlich sei er zurück, endlich, und sie dachte nicht mehr, sie lächelte. Jordan schritt mit gestreckten Armen auf sie zu. Sie schloß die Augen, sie hatte Angst vor der Höhe. Er aber entriß ihr das Kind, er aber ging hinaus in den Hof und ließ sie allein. Unter die Quitte ging er, unter die Zwetschke und unter die Nuß. Dort blieb er. »Du bist mein Stolz«, sprach er, »ein ganz großer Mensch wird aus dir werden, größer als Mladenov, größer als alle Mladenovs. Und dann wirst du es denen zeigen. So wird es werden. Hörst du, mein Sohn. So wird es sein«, sagte Jordan.

Marina lag oben allein. Marina lag auf dem Bauch und begrub ihr Gesicht in die Uniform, man sollte sie draußen nicht hören. Draußen hörten alle die Vögel, und der alte Svetlin hustete und hustete.

V. ISKREN

Mladen Mladenov knöpfte den weißen Kittel auf, dann sein Hemd, stieß an seine Haut, fand aber dort keine Knöpfe mehr. »Warum ist denn der Mensch so unvollkommen beschaffen«, kam es ihm in den Sinn, und er versuchte weiter einen Weg zu seiner Seele zu finden. Seine Finger zogen an den Brusthaaren wie an sinnlosen Fäden, während seine Seele zu ersticken drohte. Er riß eine Tür, danach ein Fenster auf, und sein Blick stieß an den Himmel. Von Milliarden schimmernden Knöpfen war er zugeknöpft. Wie sollte er es schaffen, diesen aufzumachen? Mladen drehte ihm den Rücken zu und sank auf den Boden. Draußen heulte eine Polizeisirene. Mladen aber traute seinen Ohren noch immer nicht. »Wir sollten zumindest versuchen, die Mutter zu retten«, hatte er vorher gehört, und das konnte einfach nicht wahr sein. Nicht im 20. Jahrhundert, nicht in einer progressiven sozialistischen Gesellschaft. Er sah den Arzt kommen.

»Genosse Mladenov, Ihre Frau befindet sich außer Gefahr, aber Ihr Kind konnten wir nicht mehr retten.«

»Was?« schrie Genosse Mladenov.

»Wir haben alles Menschenmögliche getan«, sagte der Arzt und verstummte. Er begriff, daß er mit einem jener Halbgötter sprach, die sein Schicksal entscheiden konnten. Es blieb ihm nur zu warten.

»Was wäre es gewesen?« fragte Mladenov.

»Ein Mädchen.«

»Wir wollten ein Mädchen. Den Namen hatten wir auch schon. Radost. Schöner Name, nicht wahr?«

»Sehr schön.«

»Was glauben Sie, Doktor, wo ist die Schuld zu suchen?«

Doktor Tokarev hatte die ganze Zeit auf diese Frage gewartet. Er war ein belesener Mensch. Er strengte sein Hirn an, um sich an einen ähnlichen Vorfall in der griechischen Mythologie zu erinnern. Er suchte, besser gesagt, überflog sie wie ein bedrängter Hermes, aber alle Begegnungen und Gespräche dieser Art, an die er sich erinnern konnte, endeten für die Menschen tragisch. Mensch zu sein war immer schon eine Tragödie.

»Genosse Mladenov, ich bin Arzt geworden, um die Verantwortung für jeden Tod zu übernehmen, nur nicht für meinen eigenen«, sagte er, seinem Schicksal ergeben.

»Doktor Tokarev, aus Ihnen spricht ein echter Kommunist. Ich danke Ihnen, daß sie meine Frau gerettet haben«, sagte Genosse Mladenov und drückte die Hand eines Sterblichen.

Danach zog er den weißen Kittel aus, gab ihn dem Doktor und ging. Doktor Tokarev atmete auf. Er stand lange mit dem Kittel in den Händen da und sah ihn so dankbar an, als ob er gerade die Rüstung des Achilles geschenkt bekommen hätte. »Jener kam 20 Jahre nicht nach Hause zurück«, ging es durch seinen Kopf. »Ich sollte endlich aufhören, ständig an Mythologie zu denken, sonst werde ich noch verrückt«, befahl er sich selbst, wischte sich mit dem Kittel den Schweiß vom Gesicht und schlurfte zurück in den Operationssaal.

Genosse Mladenov war so schnell gegangen, weil er glaubte, den Schuldigen gefunden zu haben. Und was Genosse Mladenov glaubte, bekam im realen Sozialismus oft auch realen Charakter. Alles, was Genossen wie Mladenov glaubten oder dachten, ließ sich leicht verwirklichen. Hauptsache, sie dachten und glaubten. Diejenigen von ihnen, die es ungern taten, fanden schnell jemand, der es für sie tat. Denn sie gingen lieber in den Rhodopen oder zusammen mit dem Gefolge von

Genosse Ceauşcescu in den Karpaten Braunbären jagen. Und wenn sie etwas Exotischeres brauchten, dann flogen sie nach Afrika. Denn ein echter Kommunist sollte, wenn nicht einen Faschisten, dann einen Löwen, oder zumindest einen Bären in seinem Leben erschossen haben.

Mladen Mladenov schoß ungern auf Bären. Er fand sie sympathisch. Viel sympathischer als manche seiner Kollegen vom Kreisstadtkomitee. Er dachte lieber, und so waren schon einige große Tiere in die Fallen geraten, die sie für ihn aufgestellt hatten. »Alles nur Dialektik«, liebte er zu antworten, falls sich jemand für seine Überlebensstrategien interessierte. Und je nachdem wer fragte, ergänzte er, »Negation der Negation« oder »Einheit und Kampf der Gegensätze«. Danach lächelte er bescheiden, fast schüchtern, und keiner konnte in diesem dünnen kleinen Körper, in diesen immer noch errötenden Wangen, in diesen grünen hilfesuchenden Augen die Schärfe eines Verstandes vermuten, der imstande war, jeden Ast, auf dem man sicher zu sitzen glaubte, zu durchsägen, starke Beziehungen und Bindungen zu durchschneiden und tief in Herzen zu stechen. Vielmehr glaubte man, einem verängstigten Gymnasiasten gegenüberzustehen, der dringend väterlichen Schutz und Rat benötigte, und man protegierte ihn.

Und dieser Mladen Mladenov glaubte jetzt, einen Schuldigen für sein Unglück gefunden zu haben. Dieser beschissene Milizionär war es. Er hatte ihn und seine Frau aufgehalten. Es waren sicher die entscheidenden Minuten gewesen. Er hatte seine Frau erschreckt. Sie war ohnmächtig, als sie herausgetragen wurde. Alles deutete auf ihn, auf diesen Arsch. Und jetzt war sein Kind tot. Sein Kind, seine Radost hatte ihm dieser Milizionär genommen. Apostolov hieß er. Er schläft jetzt ruhig und träumt. Das Gesetz wird ihn schützen. »Schlaf nur, Apostolov, träume ruhig, Apostolov. Meine Radost schläft auch, meine kleine Radost. Nur, daß sie nicht träumt. Du hast ihr alle Träume geraubt, du Schwein. Viele Träume schuldest du mir, Apostolov. Wie werden wir das jemals ausgleichen können, wie? Nie werden wir das ausgleichen können. Aber dafür, daß du mir die Träume geraubt hast, raube ich dir den Schlaf.« Solche Gedanken begleiteten Mladenov auch noch in der Garage seines dreistöckigen Hauses. Drei Stöcke hatte Mladenov bauen lassen, denn er dachte gern. Er hatte oft an die helle Zukunft des Kommunismus gedacht, an eine klassenlose Gesellschaft und zwischendurch auch an ein dreistöckiges Haus. Natürlich alles nur dialektisch. Als dann seine Gedanken den Übergang zum dialektischen Materialismus schufen, rief er klassenbewußte Baumeister und ließ sie drei Stöcke bauen. Einen für ihn und seine Frau Dorothea, einen für seinen Sohn Iskren und einen für Radost. Der eine Stock mußte jetzt leer bleiben. Mladen ging ins Haus. Der Fernseher arbeitete leise. Ein russischer Kriegsfilm lief, in dem alle flüsterten, sogar die Granaten. »Er schläft«, sagte die Nachbarin Wessa, die gerade auf seinen Sohn, den zweijährigen Iskren, aufpaßte. »Und was ist es?« fragte sie neugierig. Ein paar Explosionen beleuchteten ihr rundes, fleischiges Gesicht wie Feuerwerke eine zerbombte Stadt. »Ein leerer Stock«, sagte Mladen und setzte sich neben den schlafenden Iskren. »Zumindest seine Mutter haben sie gerettet. Zumindest das. Es wäre ein Mädchen gewesen, wie du es vorausgesagt hast.«

»Das ist ja furchtbar«, sagte Wessa und begann leise zu schluchzen. Leiser als die Russen, leiser als die Deutschen, leiser als die Bomben. »Und ich hab' schon Wollsocken für das Kind gekauft. Da liegen sie. Da...«

Da berührte Mladen ihre Schulter und umarmte sie. Eine ungeahnte Zärtlichkeit zog ihn zu dieser fülligen, gutmütigen Frau. Sie umarmte ihn auch und drückte mit ihren starken Händen seinen Kopf an sich.

Er versank in einem unendlichen Reich von Tränen, Wärme und Güte. Versenkung suchte er. In Wessas unendlichem Fleisch wollte er versinken.

»Aber Genosse Mladenov, was machen Sie? Was?« versuchte sie zwischen den Küssen zu sprechen, so wie jemand, der zwischen den Regentropfen zu laufen versucht. »Meine Tochter ist tot, meine Tochter«, sprach er, während er ihren beigefarbenen Hauskittel aufknöpfte. Er knöpfte auf. Er konnte wieder aufknöpfen. Sie fielen auf den Boden. Ihre Zunge erfüllte seinen Mund und ging auf sein Gesicht über. Und er versank weiter und weiter in ihr.

Mladen Mladenov war am 9. September 1925 als fünftes und letztes Kind der Wirtin Sdravka Trachanova und des Gemüsehändlers Stanoj Mladenov geboren worden. Er kam in der Küche zur Welt, wo seine Mutter gerade eine dicke Kuttelsuppe für die Gäste kochte. Sie legte kurz den Kochlöffel aus der Hand, legte sich dort auf den Boden, wo keine Spuren von Rattengift sichtbar waren, rief das Dienstmädchen, gab ihr Anweisungen, welche Gewürze noch in die Suppe sollten, und zog währenddessen das Kind aus ihrem Unterleib. »Das Salz, vergiß nicht das Salz!« rief sie noch und schon hielt sie Mladen in ihren Händen. Er war so klein, daß sie dachte, eine unbekannte Zutat geboren zu haben. Eine Stunde später servierte sie schon wieder Suppe im Wirtshaus. Mladen sollte das einzige Kind sein, das die Schläue seiner Mutter und die Weitsichtigkeit seines Vaters geerbt hatte.

Sein Vater Stanoj stammte aus einer armen zehnköpfigen Bauernfamilie. Dessen Vater hatte Stanoj nach einer aus Willkür, Herbstnebel und Schnapsdämpfen zusammengesetzten Methode aus der Schar seiner Kinder ausgewählt, den besten Acker verkauft und seinen Sohn mit diesem Geld nach Wien geschickt. Er sollte studieren. Er begann auch eifrig Medizin zu studieren, aber immer, wenn er an seine Familie dachte, legte sich die Verpflichtung seinem Vater gegenüber wie ein großer schwarzer Acker auf sein Herz. »Warum hat er gerade mich auserwählt«, fragte er sich und versuchte weiter und weiter zu sparen. Einmal im Monat besuchte er ein Kaffeehaus, einmal in der Woche gönnte er sich Fleisch, einmal pro Tag aß er, einmal pro Tag rülpste er, einmal pro Tag lachte er. Als er an einem nebeligen Sonntag vom Prater kommend zurück in die Stadt spazierte, wurde er von einer Dame angesprochen, und es schien ihm, daß er plötzlich begriff, nach welcher Methode sein Vater die Wahl getroffen hatte. Wißbegierig verfolgte er die Dame bis in ihr Quartier, erleuchtet verließ er sie. Von nun an liebte er die Willkür, den Nebel und die Schnapsdämpfe. Das bescherte ihm viele Freunde und viel Freude. Er wußte morgens nie, wo er übernachten würde. Sein Verstand war immer leicht benebelt, sein Herz froh. Als ihm das Geld ausging, kehrte er nach Bulgarien zurück. Er brachte kein Diplom mit, sondern einen Tripper, den er selber nicht heilen konnte, da er mit dem Studium nicht weit gekommen war. Er wurde in Plovdiv von einem jüdischen Arzt, Dr. Feuchthecht, dem Stanoj Geschenke und Grüße von seinen in Wien lebenden Verwandten brachte, erfolgreich behandelt. Vor den Augen seines Vaters traute sich Stanoj nicht zu erscheinen. Ein Acker lag zwischen ihnen, ein großer, ein schwarzer. Da verliert sich der Mensch wie ein Korn.

Also blieb Stanoj in der Stadt. Der Arzt Feuchthecht half ihm. Er machte ihn mit dem jüdischen Obst- und Gemüsehändler Jojakim Perez bekannt. Jojakim Perez weihte Stanoj in die Geheimnisse seines Geschäfts so ein, als ob er ihm die Geheimnisse einer bunten Bibel offenbarte, in der auf jeder Seite die Preise von Pfirsichen, Äpfeln, Birnen, Trauben, Pflaumen, Marillen, Kirschen, Quitten, Melonen, Kürbissen,

Tomaten, Gurken, Paprika, Kraut, Kartoffeln, Zwiebeln, Porree, Erdnüssen, Maroni, Walnüssen und Mandeln von Gott persönlich festgesetzt worden wären und nur nach bestimmten, genau von ihm vorgeschriebenen Gesetzen geändert werden durften. »Ein guter Händler braucht die Zunge eines Engels, die Weitsicht eines Salomon und die Zuversicht eines Hiob. Dann bekommt er auch die Gnade Gottes zu spüren«, lehrte ihn Jojakim. »Und merk dir eins! Lieber das Augenlicht verlieren als das Vertrauen.« Diesen Satz sprach er am häufigsten. Stanoj war ein guter Schüler. Er ging gern Obstbäume oder Karren voll Gemüse einschätzen, genoß sowohl die frische Luft als auch das neue Gewerbe und verhandelte am liebsten mit grimmigen Bauern, weil sie ihn an seinen Vater erinnerten. Da brach der Krieg aus. Alle Männer zogen gegen die Türken ins Feld, Stanoj zog lieber ins Wirtshaus. In seiner Tasche steckte ein medizinischer Befund, höchstpersönlich von Dr. Feuchthecht unterschrieben, der Stanoj Mladenov wegen eines schweren und ansteckenden Lungenleidens vom Heer befreite. Während die anderen starben, hatte er Zeit, sich unsterblich in die Wirtin Sdravka Trachanova zu verlieben. Sie war fünf Jahre älter, besaß aber nicht weit von der Synagoge entfernt ein zweistöckiges Wirtshaus mit vier Gästezimmern und zwei Brüste, die groß und ungestüm waren wie die Köpfe von zwei Volksschülern. Man sagte, sie wäre ein Waisenkind und von ihrem Onkel großgezogen worden. Von ihm hatte sie das Wirtshaus geerbt. Böse Zungen erzählten, sie hätte ihn mit Rattengift vergiftet, als Rache dafür, daß er ihr die Unschuld und die Fähigkeit zu lieben geraubt hätte. Aber was interessierten Stanoj böse Zungen. Nur ihre Zunge interessierte ihn. Und was ihre Liebesfähigkeit betraf, konnte er nur sagen, daß sie jeden Mann dienstunfähig machen konnte. Nach manchen Nächten bei ihr konnte er nicht einmal auf einen Apfelbaum klettern, geschweige denn eine

Waffe gegen Serben oder Griechen heben. Denn die bulgarischen Soldaten kämpften auch gegen Serben und Griechen. Stanoj dagegen war mit anderen strategischen Entscheidungen beschäftigt. Er überlegte seit langem, Sdravka zu heiraten. Er fühlte sich mit ihr wie im Paradies, aber er hatte gelernt, seinen Gefühlen nicht immer zu trauen. Er suchte Rat. Er brauchte jemanden, der sich mit dem Paradies auskannte. Das Paradies war eigentlich auch ein Garten. Und wer kannte sich besser mit den Geheimnissen aller Gärten aus als der Obst- und Gemüsehändler Jojakim Perez. Stanoj ging und erzählte ihm alles. »Ich kenne sie«, sagte Jojakim, nachdem er sich mit seinem dünnen dunkelblonden Bart beraten hatte. »Viele Juden nehmen den kleinen Umweg und schauen auf ihre Brüste, bevor sie in die Synagoge gehen oder nachdem sie aus ihr herauskommen. Sie ist nicht jung, nicht schön, aber auch nicht dumm. Schönheit vergeht, Dummheit bleibt. Du wirst diese Frau nicht lange lieben, aber dafür gut mit ihr leben. Sie wird deine Jugend schätzen und Nachsicht mit dir haben. Du wirst ihren Verstand zu schätzen wissen und nett zu ihr sein. So kann man gut und lange leben. Mit ihr triffst du eine gute Wahl. Sie ist eine tüchtige Frau. Sie kann allein ein volles Gasthaus bewirten, und erst recht eine Familie ... Die Frau ist das Wichtigste in einem Haus. Wenn der Mann mit dem Karren Güter ins Haus bringt und die Frau sie nur mit einem Kaffeelöffel verschenkt, gibt es in dem Haus kein Vorankommen ... Ich kann dir ein Lied davon singen, ich hab' ein törichtes Weib geheiratet. Dem Kartenspiel ist sie verfallen. Von morgens bis abends spielt sie mit anderen törichten jüdischen Weibern und verspielt meinen Verdienst. Meine Mühe, meinen Schweiß und mein Blut verspielt sie, die Grausame! Vielleicht ist sie töricht geworden, weil Gott uns noch keine Kinder geschenkt hat. Vielleicht schaut sie diese Gesichter auf den Karten gern an, weil sie sie an Kinder erinnern. Vielleicht hält sie die Karten deshalb so gern in den Händen. Jeden Tag bitte ich Gott, uns zu erlösen, jeden Tag und jede Nacht. Er ist ewig und gnädig, aber wir sind nicht mehr die jüngsten. Hoffentlich erhört er mich bald... Also heirate Sdravka, und du wirst diese Sorgen nicht kennen.«

Stanoj küßte Jojakims Hand, bedankte sich und heiratete Sdravka.

Sie brachte fünf gesunde Kinder zur Welt, drei Mädchen und zwei Buben. Aber die Welt, in die sie kamen, war nicht mehr gesund. Faul war sie und von Jahr zu Jahr wurde sie noch verfaulter, wie das Obst und Gemüse, das an heißen Sommernachmittagen unverkauft auf den Marktständen lag. Die Fliegen fraßen es, und die Wespen. Säfte rannen aus ihm heraus, süße Säfte. Ungekostet zerrannen sie vor den Augen hungriger Menschen. Die Fliegen tranken sie, und die Wespen. Nichts wert war diese Welt. Nicht mehr wert, für sie zu sterben, nicht mehr wert, in ihr zu leben. Aber wenn man schon da war, dann schaute man sie mit hungrigen Augen an, wartete auf die Reste, verjagte Fliegen und Wespen, stahl Knochen von Hunden und zwang sich zu leben, denn sterben mußte man sowieso.

Als Sdravka im Februar des Jahres 1914 ihr erstes Kind gebar, hatte Bulgarien zwei Kriege hinter sich. Das Kind war ein Mädchen, und sie taufte es Mira, in der Hoffnung auf langjährigen Frieden. Aber nicht einmal der Pope konnte bei der Taufe sein Lächeln verbergen vor ihrem naiven Glauben.

Im September 1916 gebar Sdravka ihr zweites Kind. Es war wieder Krieg, das Kind wieder ein Mädchen. Trotz Stanojs Protesten bekam es den Namen Pobeda, Sieg. Der Pope lächelte.

Als im Oktober 1921 ihr drittes Kind zur Welt kam, war wieder Friede. Trotzdem waren die Leute traurig. Es war nur einer gestorben, aber es war der Volksdichter Ivan Vasov, und er wurde gerade in Sofia, in Anwesenheit des Königs, aller Minister und fast aller Bürger der Stadt, beigesetzt. Sdravka hatte einen Jungen bekommen, und Stanoj war einverstanden, ihn Ivan zu taufen, und der Pope lächelte nicht. Es regierte gerade die Bauernpartei von Alexander Stambolijski. Ihre Parteifarbe war orange, und bald wurde alles orangefarben. Die Ministerautos, die Umschlagseiten der meisten Druckwaren, die Postmarken, viele Geldscheine und der größte, der 1000-Lewaschein, war grellorange. Auf den Ämtern flatterten die orangen Fahnen wie gegen alle Winde immunisierte Flammen. Und sogar Stanoj schrieb sicherheitshalber mit orangefarbener Tinte.

Ihr viertes Kind gebar Sdravka im Juli 1923. Da war die Welt nicht mehr orange. Ein Monat vorher wurde in Sofia ein Militärputsch verübt und Stambolijski abgesetzt, sechs Tage später wurde er umgebracht. Sein Blut war rot. Die Kommunisten hatten die bessere Farbe gewählt. Nun mußte Sdravka auch einen guten Namen suchen. Sie konnte weder das Lächeln des Popen noch einmal ertragen, noch wollte sie Streit mit ihrem Mann. Also strengte sie sich an. Das Kind war ein Mädchen. Sie schaute es aufmerksam an, sagte Stanoj, es würde das schönste sein, und nannte es Rosa. Ende September desselben Jahres wurde wieder viel Blut vergossen. Kommunisten und Bauern hatte einen Aufstand gemacht, einige Tage gemeinsam gekämpft, ihr Blut vermischt und damit den Boden genährt. Und das alles nicht weit, nur ein paar Kilometer vom Haus der Mladenovs entfernt, in Gegenden, in die Stanoj schon oft Obst und Gemüse kaufen gegangen war. Sollte er wieder dorthin die Früchte des Bodens aufkaufen gehen, oder sollte er ein wenig abwarten? Sein

Geburtsort lag auch in dieser Gegend. Vielleicht hatte seine Familie mitgemacht. Man hörte, daß sein Heimatdorf zu jenen gehörte, die am schärfsten bestraft wurden. Ein großer schwarzer Acker legte sich wieder auf sein Herz. Er wartete bis zum 9. Oktober, bis der Ausnahmezustand aufgehoben wurde, sagte seiner Frau, daß er Weintrauben kaufen ginge, und fuhr mit einem leichten zweirädrigen Karren fort. Unterwegs wurde er dreimal von Soldaten aufgehalten, die seine Papiere und den Karren untersuchten. Und als er im Dorf ankam, war es schon dunkel. Er konnte nicht gleich zu seinem Vater fahren, er konnte es nicht. Er band das Pferd vor die Schenke und ging hinein. Einen Wirt mit großen, toten Augen, eine Petroleumlampe mit sterbender Flamme, drei Stöcke, an sie drei alte Männer gelehnt, das war alles, was er darin fand.

»Wie finde ich Mladenovs Haus? Ich bin ein guter Freund von ihm«, fragte Stanoj.

»Nach dem Geruch. Alles verbrannt. Auch die Tiere«, sagte der Wirt, kippte einen Schnaps und schenkte sich noch einen ein. Er war jetzt sein eigener Kunde. Die Alten tranken nichts.

»Seine Kuh Zeza auch! Sie gab die beste Milch. Ich hab' sie immer von ihm gekauft, vier Jahre davon getrunken. Wie ein Junge fühlte ich mich, wie ein Junge«, sprach einer der Alten.

»Und die Mladenovs, wo finde ich sie jetzt«, fragte Stanoj. Die Alten schwiegen, der Wirt bediente sich, die Flamme starb und starb nicht. »Warum wollt ihr es mir nicht sagen! Ich bin extra von Plovdiv gekommen.«

»Du bist zu spät gekommen«, sagte der Wirt.

»Auch die Traitschevs findest du nicht, Mutter, Vater, Kinder, alle… Such lieber nicht, frag lieber nicht. Fahr lieber zurück nach Plovdiv«, sprach der Alte.

»Was ist mit Mladenovs Töchtern. Er hatte ja vier«, fragte Stanoj weiter.

»Die eine ist auch erschossen worden, die anderen leben nicht hier. Weiß nicht, wo sie leben«, antwortete der Wirt.

»Ich bin noch nie in Plovdiv gewesen. Man sagt, es sei eine schöne Stadt«, meldete sich wieder der Alte. Die anderen zwei nickten nur. Stanoj verabschiedete sich schnell und verließ die Schenke. Er hatte keine Kraft, sein Elternhaus zu besuchen. Ein Acker hatte ihn all die Jahre von seiner Familie getrennt, nun hatte er sie alle verschlungen. Groß war er, schwarz war er. So wie die Nacht vor Stanojs Augen. Der Mensch verlor sich in ihm wie ein Korn, und man sah ihn nicht mehr. Stanoj peitschte sein Pferd den ganzen Weg nach Plovdiv, und man sah ihn nicht mehr in seinem Heimatdorf.

»Wie waren die Trauben«, fragte ihn gleich seine Frau.

»Eine schlechte Ernte heuer. Ich muß mich woanders umschauen«, antwortete er.

Im Wirtshaus erzählte gerade ein Reisender von einem der Anführer, dem Popen Andreij. Er wurde auch der rote Pope genannt. Er habe mit einer Kanone geschossen. Vorher aber habe er die Kanonenkugeln mit Seiten aus der Bibel umwickelt. So habe er immer getroffen. Die letzte Kugel habe er auf die Kirche abgeschossen, die Kirche, in der er selber lange Jahre gepredigt hatte. Erst dann habe er sich ergeben. Man habe ihn an einem Telegraphenmasten aufgehängt. Kein Mensch und kein Engel hätten sich um ihn geschert. Nur seine staubige schwarze Kutte sei im Wind geflattert. Von weitem habe man sie gehört. Ohne Gottesdienst und ohne Kreuz sei er in die Erde gelegt worden, aber das Flattern höre man immer noch. Von weitem höre man es. Die Leute mieden die Stelle, hieß es. Er selber habe es auch mit seinen eigenen Ohren gehört, sprach der Reisende und zeigte auf seine großen schmutzigen Ohren und auf seinen leeren Weinbecher.

Anfang des Jahres 24 wurde über das Gesetz zum Schutze des Staates abgestimmt, und im Frühling wurde die kommunistische Partei verboten und ihr Besitz konfisziert. Nur die staubige schwarze Kutte flatterte immer noch im Wind, und die Leute mieden die Gegend. Stanoj mied sie auch, aber er handelte weiter. Von allem, was rot war, kümmerten ihn nur die Tomaten, die Paprika, die Äpfel, das Innere der Wassermelonen und die Wangen seiner Kinder. Von allen Gesetzen nur das des Handels. Statt an die vielen Attentate zu denken, dachte er lieber an das Wunder, das seinem Freund Jojakim geschehen war. Denn seine Frau Atalia hatte im selben Jahr mit ihren 48 Sommern einen Buben geboren. Nur Milch hatte sie keine, und eine andere Frau aus der Kartenrunde mußte den kleinen Ysop stillen. Ysop hatte er ihn genannt, so wie die heilige Pflanze. Ein Obst- und Gemüsehändler war Jojakim, nach einer Pflanze hatte er seinen Sohn benannt. Denn mit Pflanzen kannte er sich am besten aus. Er dachte, er würde sich auf diese Weise auch am besten mit seinem Sohn auskennen. Es sollte aber anders kommen. Vieles sollte noch anders kommen. Denn die Welt war noch lange kein Garten.

Ein Jahr später, am 9.9.1925, und fünf Monate nach dem Attentat in der Kirche der Heiligen Nedelja, gebar Sdravka ihr fünftes Kind. »Meine Kinder werden immer kleiner und kränklicher. Jetzt muß Schluß sein. Ich warte nicht, bis ich nur noch Luft gebäre. Dieser Junge wird mein letztes Kind sein, und weil er der Jüngste bleiben wird, werden wir ihn Mladen nennen«, sagte sie zu ihrem Mann und ging die Kuttelsuppe servieren.

Im Frühling des Jahres 1928 ging Mladen mit unsicheren Schritten vor dem Gasthaus auf und ab, als plötzlich die Erde unter seinen Füßen zu beben, die Pferde wild zu laufen, die Leute zu schreien und von den Dächern Ziegeln zu fallen begannen. Mladen tat sich auch so schon schwer mit dem Gehen, geschweige denn, wenn die Erde bebte. Er setzte sich lieber, genoß das Schaukeln der Erde und versuchte, sich gleich einige frische Pferdeäpfel in den Mund zu stecken. Da hob ihn seine Schwester Mira auf und lief auf die Straße. Mladen war enttäuscht und begann zu weinen. Mehr kriegte er nicht mit von dem großen Erdbeben, das so viele Häuser in Plovdiv zerstörte und das Gasthaus mit großen Rissen versah, durch die er lange Zeit seine Mutter die Gäste bedienen sehen konnte. Dann kam sein Vater mit zwei anderen Leuten, schloß diese Risse, und man konnte die Mutter nicht mehr sehen, und das machte Mladen ein bißchen traurig. »Das war ein Zeichen. Ein großes Unglück wird bald auf die Welt kommen«, sprachen die älteren Leute. Aber bald vergaßen sie ihre Mahnungen, denn es galt, ein großes Fest zu feiern. Der bulgarische König Boris III. heiratete Prinzessin Giovanna zuerst in Assisi und dann, was dem bulgarischen Volk besonders gefiel, in Sofia im Tempel Alexander Nevskij nach orthodoxem Brauch. Das Volk freute sich, denn Hochzeiten erfreuten es mehr als Kriege, Aufstände und Revolutionen.

Stanoj lebte mit seiner Frau Sdravka und seinen fünf Kindern gut, so wie es ihm Jojakim vorausgesagt hatte. Er kümmerte sich um den Handel, seine Frau um das Gasthaus, Gott und das Dienstmädchen um seine Kinder. Sogar die große Wirtschaftskrise, die so viele seiner Landsleute, und sogar die Welt bedrückte, hatte in seinem Haus weniger Schaden angerichtet als das große Erdbeben.

Manchmal erinnerte er sich, daß er die Willkür, den Nebel und die Schnapsdämpfe liebte. Dann verschwand er für einige Tage. Er ging dann zu den Roma, trank mit ihnen, tanzte mit ihnen, schlief unter ihnen und schloß ewige Freundschaften, für die er hätte sterben können, solange er ihre Lieder hörte und die Bauchtänzerinnen sah, und die, je weiter er sich von dem Viertel der Roma entfernte, wie Morgennebel aus seinem Gedächtnis verdunsteten. Oder er sprach Deutsch mit seinen Pferden, was seiner Frau lieber war, weil er dann zu Hause blieb und dadurch viel Geld sparte. Aber sie gönnte ihm auch seine Ausflüge. Zwar nannte sie ihn einen streunenden Hund, aber sie gönnte sie ihm, wie man sie einem streunenden Hund gönnt, zuerst mit harten Schlägen, dann mit Liebkosungen. Lieb war sie zu ihm, stolz war sie auf ihn. Denn ihr Mann sprach Deutsch, und nicht nur mit den Pferden. Denn seitdem die Wirtschaftskrise ausgebrochen war, handelte Bulgarien ausschließlich mit Deutschland.

Im Frühling 1934 gab es wieder einen Militärputsch, ein Monat später wurden alle Parteien verboten. Aber Sdravka gebar keine Kinder mehr. Trotzdem war ein neues Kind dauernd bei ihr zu Hause, Ysop. Kaum hatte seine Mutter ihre Hände von ihm befreien können, hatte sie wieder die Karten ergriffen. »Das törichste aller Weiber ist sie! Warum hat mich Gott so beglückt, um mich wieder so zu bestrafen. Danke, Sdravka, daß du ein Auge auf den Kleinen wirfst, während ich arbeite. Gott wird dich belohnen«, beklagte sich Jojakim bei Sdravka, während Ysop Mladen zeigte, wie toll er mit seinen Olivenaugen schielen konnte.

Von nun an waren Mladen und Ysop unzertrennlich. Sie gingen auch in dieselbe Schule, und da Mladen ein Jahr jünger war, verteidigte Ysop ihn dort. Ivan beneidete die beiden. Er ging in eine andere Schule, zündete sich schon hier und da eine Zigarette an, und wenn er schlecht gelaunt war, quälte er Ysop und Mladen, so gut er nur konnte. Nur einmal schmuggelte er sie umsonst in den Zirkus, wofür er aber später zehn Zigaretten verlangte. Aber was waren schon zehn Zigaretten, wenn man einen lebendigen Elefanten gesehen hatte. »Wir müssen nach Indien«, meinte Ysop nach der Vorstellung. »Wir werden dort große Jäger, wir retten zwei Prinzessinnen das Leben und heiraten sie.« Mladen war einverstanden und drückte Ysop die Hand. Am selben Abend wurden sie von Jojakim mit süßen Datteln beschenkt, die sie nicht aßen, sondern für die Reise aufhoben. Sie hatten einen Platz auf dem Bunadschika, dem zweithöchsten Hügel der Stadt, gefunden. Ein Loch im Felsen. Dort versteckten sie die Datteln. Dort begannen sie alles Nötige für die Reise zu verstecken. Knöpfe, Nadeln, Fotos von den Eltern, Zwieback und Landkarten, bis sie die Reise vergaßen. Denn bald sollte eine Zeit kommen, in der es keine Reisenden in der Welt mehr gab, sondern nur Flüchtende und Fluchende.

Im Winter des Jahres 35 verlor Mladen zwei seiner Schwestern. Mira und Pobeda waren mit zwei Infanterieoffizieren an den Ufern der Mariza spazierengegangen, danach hatten sie drei Tage gehustet, drei Tage im Bett geschwitzt und waren gestorben.

Vier Jahre später brach ein neuer Krieg aus. Ivan wurde in die Armee einberufen und nach Griechenland geschickt. Er schrieb selten und nur kurze Briefe, die voller Rechtschreibfehler waren und Mladen und Ysop zum Lachen brachten. Zuvor mußte sie aber Mladen ganz geschickt unter dem Polster seiner Mutter hervorziehen und danach noch geschickter wieder zurückschieben. Ein sehr gefährliches Unternehmen. Fast so gefährlich, wie die Lieblingskarten von Ysops Mutter für ein paar Stunden verschwinden zu lassen.

Im Jahre 1941 wurde in Bulgarien nach deutschem Muster das Gesetz zum Schutz der Nation eingeführt. Den Juden wurde auf einmal alles verboten. Nicht einmal mit Obst und Gemüse durften sie mehr handeln. Aber Stanoj durfte. Und er handelte auch für Jojakim Perez und für den Händler Geron und für den Händler Beracha und für den Händler Bekisch. Manchmal untersuchte er sogar Menschen für den Arzt Feuchthecht, denn er hatte ja in Wien Medizin studiert, und er sprach Deutsch, was in dieser Zeit sehr günstig war. So konnten alle diese Zeit überleben, denn wie der deutsche Diplomat Beckerle im Sommer des Jahres 43 nach Berlin mitteilte, müsse man auf die bulgarische Mentalität Rücksicht nehmen, denn es fehle ihr an ideologischer Kraft. Die Bulgaren seien gemeinsam mit den Armeniern, Griechen, Türken und Zigeunern aufgewachsen und hätten keine angeborenen Vorurteile den Juden gegenüber wie die Menschen in Nordeuropa. Deswegen solle Berlin auf Sofia wegen der Judenfrage keinen Druck ausüben, denn das könne die Bulgaren entfremden. Nur ein deutscher Sieg könne die Meinung der Bulgaren eventuell ändern. Meinte Beckerle. Aber wo siegten die Deutschen noch nach 1943?

Mladen und Ysop besuchten mittlerweile dasselbe Gymnasium. Ysop hatte schon Marx gelesen und war von der russischen Revolution begeistert. Mladen ließ sich schnell begeistern, auch ohne Marx gelesen zu haben, und das drückte sich darin aus, daß die beiden eines Nachts in alle vor Mladens Haus gelagerten Melonen mit ihren Taschenmessern Hammer und Sichel schnitzten. Und dort lagen die Melonen von Stanoj, von Perez, von Geron, von Beracha und von Bekisch. Was tut man mit Söhnen, die ihre Eltern so gefährden? Das mindeste war wohl, sie zu verprügeln. Und Stanoj verprügelte Mladen und Perez verprügelte Ysop. Und gut, daß Stanoj die Melonen, als er nachts pinkeln ging, gesehen hatte, und gut, daß er alle Händler aufgeweckt und gemeinsam mit ihnen bis zum Morgengrauen geschwitzt hatte, bis sie alle Melonen in die Mariza geworfen hatten. Nun trieb sie der Fluß. Hunderte Melonen mit hunderten Hämmern und Sicheln darauf. Das Geld von Perez, von Beracha, von Bekisch, von Geron und Stanoj schwamm da unergründlichen Ufern entgegen. »Vergessen wir es«, sagten sie sich. »Zumindest die Armen werden sich freuen und denken, die Kommunisten hätten ein Wunder vollbracht.«

Noch viele, viele weiße Haare kosteten Mladen und Ysop ihre Eltern. Denn sie verbreiteten Flugzettel und agitierten in den Fabriken. Ivan dagegen hatte in Griechenland schon einige gute Freundschaften mit deutschen Soldaten geschlossen. Er spielte Karten mit ihnen, trank mit ihnen und sang mit ihnen Lieder, deren Texte er nicht verstand. Im September 1944 erklärte Bulgarien Deutschland den Krieg. »Scheiße«, sprach Ivan eines der wenigen Worte, die er kannte. »Scheiße«, meinten auch seine deutschen Freunde. Von nun an schossen sie aufeinander.

Die sowjetische Armee war schon in Bulgarien. Mladen jubelte und bemerkte nicht, daß Ysop und seine Schwester Rosa sich ineinander verliebt hatten. Eines Tages wollte er Ysop holen, trat in sein Zimmer, sah die beiden sich küssen, errötete und ging wieder raus. Als Ivan vom Krieg zurückkehrte, heirateten sie. Die Hochzeit fand im Gasthaus statt. Eine jüdische und eine Romakapelle wechselten einander ab. Alle freuten sich, sogar Ivan. Er besoff sich, stieg auf den Tisch, sang zuerst deutsche, dann russische Lieder, die alle zum Lachen brachten. Als er schließlich Kasatschok tanzen wollte, fiel er um, und man trug ihn ins Bett.

Nun arbeiteten Ysop und Mladen für die »Vaterländische Front«. Sie speisten mittags im Café Royal, danach gingen sie das Volk überzeugen, für die Abschaffung der Monarchie zu stimmen, und das Volk stimmte dafür. 1946 wurde die Monarchie abgeschafft und durch die Volksdemokratie ersetzt. Sdravka war sehr stolz auf ihren Sohn Mladen. Früher hatten die Ereignisse die Namen ihrer Kinder bestimmt, jetzt hatte sie ein Kind, das die Ereignisse mitbestimmte, und kein Pope getraute sich zu lachen. In dieser Hoffnung hatte sie all ihre Kinder geboren, nun konnte sie aufatmen. Ihre Tochter Rosa hatte einen guten Mann geheiratet, nur ihr Sohn Ivan machte ihr Sorgen. »Rede mit ihm«, bat sie Mladen. »Schau, daß du ihm eine Stelle in eurer Organisation verschaffst. Er ist dein Bruder.« Mladen ging in den Hof. Sein Bruder saß auf einem Reifen und rauchte. Aus seinem Mund kamen dünne Rauchreifen, die nirgendwohin rollten. Er betrachtete sie. »Ich will weder Wirt noch Gemüsehändler werden. Bei dir will ich auch nicht arbeiten. Ich will fort«, sagte Ivan, holte seinen Mantel aus dem Haus und ging das Glück suchen.

Sdravka wartete jeden Tag auf einen Brief von ihm, bis sie begann, die alten wieder zu lesen. »Klaus zeigt mir gerade ein Foto von seiner Frau Ute. Sie ist blond. Die deutschen Frauen sind schön. Heinz lobt deinen Speck. Er sagt, er ist der beste. Schick mir bitte mehr davon. Unser Offizier ist ein Mensch. Er schimpft viel, bestraft aber milde. Mir geht's gut. Ich lerne deutsche Lieder singen. Wenn ich komme, singe ich euch eins. Dein Sohn, Ivan«, stand drinnen. Und Sdravka holte Speck, schnitt sich ein Stück ab, aß und wartete, daß ihr Sohn endlich wieder kam. Stattdessen betrat ihr Mann das Zimmer. »Sing mir ein deutsches Lied«, sagte sie. »Du spinnst«, sagte Stanoj und ging schlafen.

Die Zeiten waren wieder unruhig. Der Bauernführer Nikola Petkov wurde hingerichtet und die Bauernpartei war keine Bauernpartei mehr. Sie war ein Ast der kommunistischen Partei geworden. Ein Ast, ein Zweig ohne Wurzeln. Und eine solche Pflanze gab es nicht, das wußte jeder Bauer. Dafür aber erblühte der anonyme Briefwechsel mit der Miliz. Die Wände bekamen Ohren, und viele Menschen wurden wie Vieh im Lastwagen zu entlegenen Weiden gefahren. Jeder konnte ein Feind des Volkes sein. »Wir brauchen Leute mit heißen Herzen und sauberen Händen«, zitierte Kapitan Zarev, der neue Leiter der Miliz von Plovdiv, jeden Abend bei den Kundgebungen Dserschinsky. Jeden Morgen fuhren dann die Laster. Der erste voll mit heißen Herzen, aber schmutzigen Händen, der zweite voll mit sauberen Händen, aber kalten Herzen, der dritte voll mit kalten Herzen und schmutzigen Händen. Ysop und Mladen kritisierten erhitzt bei einer Versammlung die neue Linie der Partei. Schon am nächsten Tag saßen sie mit abgekühlten Herzen in einem Lastwagen.

Da regte sich Stanoj zum ersten Mal in seinem Leben auf und ging, um persönlich mit Kapitan Zarev zu sprechen.

»Genosse Kapitan, ich heiße Stanoj Mladenov, und ich sehe, vor mir steht ein ehrlicher Mensch. Ich will nichts beschönigen, und ich werde mich kurzhalten, denn ich weiß, wie wichtig Ihre Zeit ist. Mein Vater, meine Brüder, meine Mutter und meine Schwester haben am Aufstand von 1923 teilgenommen und dabei ihr Leben verloren. Mein ältester Sohn war im Krieg und hat bei Drava gekämpft. Ich habe im Faschismus den jüdischen Händlern geholfen, und mein Sohn und sein Freund haben in dieser gefährlichen Zeit, wo jeder Kommunist erschossen wurde, kommunistische Propaganda gemacht. Ich denke, es ist ein Fehler passiert«, sagte er, gleich nachdem man die Tür hinter ihm geschlossen hatte.

»Wie ist der Name deines Sohnes«, fragte Zarev, den Bleistift in seiner Linken.

»Es sind zwei Namen. Sie sind wie Brüder, Genosse Kapitan. Außerdem hat sein Freund meine Tochter geheiratet«, sagte Stanoj noch schnell.

»Gut. Sag beide.« Stanoj sagte sie, der Kapitan schrieb sie auf.

»Ich denke auch, daß ein Fehler passiert ist. Deine Familie hat der Revolution viele Opfer gebracht. Ich lasse nicht zu, daß euch Unrecht geschieht. Solche Familien gibt es nur wenige«, sagte Zarev und griff mit seiner Linken so schnell nach dem schwarzen Telefon, als ob es eine lästige Fliege wäre. Viele Fliegen gab es noch und viele Wespen, aber die gab es auch in den schönsten Gärten.

Zwei Tage nach seinem Besuch bei Zarev kamen Mladen und Ysop nach Hause zurück. Mladen fehlten zwei Zähne, und Ysop hatte ein blaues Auge, aber sonst schauten sie gut aus. Ihre Herzen waren wieder heiß, ihre Hände sauber, nur daß sie nicht mehr für die »Vaterländische Front« arbeiten durften. Sie überlegten, was sie weiter tun sollten und während sie überlegten, begannen die Gerons, die Bekischs und die Berachas zu übersiedeln. Denn es war das Jahr 1948, und sie konnten wieder dorthin zurück, woher ihre Urväter vor Jahrhunderten gekommen waren. Lange hatte Gott sie auf ein Wunder warten lassen, streng, zu streng hatte er sie bestraft, endlich zeigte er seine Gnade. Es gab wieder ein Israel. Keine Wolkensäule bei Tag und keine Feuersäule bei Nacht mußte sie dorthin führen, kein Meer mußte sich öffnen, sie fanden auch so den Weg, und jeder einzelne konnte, wie einmal Moses, die anderen führen. Gab es ein größeres Wunder?

Nun zogen auch die Perez dorthin. Rosa zog mit ihnen. Sie hatte sich für ihren Mann entschieden. Es geschah an einem trüben Sommertag. Die Fliegen bissen, die Vögel hatten weder Lust zu fliegen noch zu singen, nur die Lokomotive pfiff und dampfte. Ein großer schwarzer Vogel, der selber die Wolken schuf, unter denen er flog. Am Bahnhof standen die Perez und die Mladenovs, sogar Sdravka hatte zum ersten Mal ihren Gasthof geschlossen, ihre Schürze abgelegt und war gekommen. Die einen hatten viel Gepäck, die anderen keines. Trotzdem war es den einen genauso schwer wie den anderen. Die Worte kamen nur mühsam aus den Kehlen und wenn, dann in kleine Stücke gebrochen. Allein die Blicke zu heben kostete plötzlich viel Kraft. Die Augen waren jetzt die schwierigste Last. Beladen waren sie, und die Erde zog sie nach unten. Der Mensch trug doch das meiste in ihnen. Bahnhöfe, bärtige Bahnwärter, schwarze pfeifende Vögel, rote Dächer, weiße Häuser, grüne Hügel und noch mehr, viel mehr, als er glaubte.

Deswegen zerbrachen die Worte. Nur roter bitterer Ziegelstaub legte sich auf die Zungen. Erst jetzt fiel Stanoj auf, wie alt Jojakim und Atalia geworden waren. Zwei Greise waren sie geworden, klein und kraftlos. Die Wolken erdrückten sie, die Fliegen zerbissen sie, und sie konnten sich nicht mehr dagegen wehren.

»Ich hab' soviel von diesem Land gehört. Nun will ich es endlich sehen«, sagte Jojakim.

»Dort gibt es sicher sehr schöne Gärten und Obst und Gemüse das ganze Jahr hindurch. Was kann sich ein Obsthändler besseres wünschen«, sagte Stanoj und entdeckte, daß er wieder ganze Sätze bilden konnte.

»Ihr seid jederzeit willkommen. Ihr müßt uns unbedingt besuchen kommen, unbedingt«, mischte sich Atalia ein. Rosa weinte an der Schulter ihrer Mutter Sdravka, Sdravka an der ihren. Mladen hatte Angst, daß er auch gleich zu weinen anfangen würde, und mied deswegen alle Schultern. Sein Körper wackelte mal links, mal rechts, da packte ihn Ysop am Arm und zog ihn beiseite. »Du mußt unbedingt studieren. Verzweifle nicht. Es werden bessere Zeiten kommen. Denke viel, aber verzweifle nicht. Du bist klug. Vergeude deine Fähigkeiten nicht. Nutze sie. Du wirst durchkommen. Da bin ich mir sicher. Und lies, lies viel.« Ysop sprach schnell. Warum sprach er so schnell, warum drückte er Mladens Arm so fest?

»Wir sind nicht nach Indien gefahren«, sagte Mladen und versuchte zu lachen. Eine Glocke läutete. Die Leute begannen zu pendeln und einander zu stoßen, wie aus Glocken gerissene Klöppel, sinnlos, klanglos. Die Perez stiegen in den Zug. Ihre Gesichter und Hände ragten aber aus dem Fenster wie Gegenstände, die drinnen keinen Platz finden konnten. »Und vergiß nicht zu schreiben«, rief Sdravka. »Jede Woche, Mutter, jede Woche werde ich schreiben«, schrie Rosa. Der Zug fuhr ab. Hände und Gesichter, Gesichter und Hände zogen an den

Mladenovs vorbei. Mladen lief Ysops Gesicht und Händen nach. »Wir sollten uns schämen!« rief er. »Warum«, pfiff Ysop fast so laut wie der Zug. »Daß wir jetzt nicht geweint haben«, holte Mladen noch einmal Luft, aber ob ihn sein Freund gehört hatte, erfuhr er nicht mehr. Dafür hörte ihn der bärtige Bahnwärter. »Na weine, wenn du weinen willst. Oder stört dich jemand?« sagte er und ging einen trinken. Kein Meer öffnete sich, keine Feuersäule war zu sehen. Ein schwarzer Vogel pfiff und schuf allein Wolken und schuf doch nichts Neues unter dem Himmel. Die Perez winkten und auch die Mladenovs. Die einen fuhren, die anderen blieben, und die, die blieben, bissen die Fliegen.

Mladen lief gleich auf den Hügel. Ungelenkig war sein Körper geworden, schwer erreichte er das Versteck. Und was fand er drinnen? Nichts. Keine Knöpfe, keine Karten, keine verfaulten Datteln, keine verschimmelten Früchte. Sein Freund Ysop war vor ihm hier gewesen. Nur ein Foto hatte er dagelassen. Ein Foto von Jojakim und Atalia, zwischen ihnen stand ein Kind in kurzen Hosen und schaute mit großen, olivfarbenen Augen.

Nun mußte Mladen alleine zurechtkommen. Früher hatte Ysop an alles gedacht, und er hatte nur zustimmen müssen. Jetzt war es anders. Jetzt war er allein. Um es sich leichter zu machen, überlegte er anfangs immer, was Ysop an seiner Stelle nun tun oder sagen würde. Und so lernte Mladen zu denken. Im Gespräch mit jemandem, den er vermißte.

Mladen sollte lesen, sollte studieren. Um studieren zu dürfen, mußte man aber einige Jahre als Brigadier gearbeitet haben. Also packte er ein paar Bücher ein und ging Dimitrovgrad bauen. Eine ganz neue Stadt sollte entstehen. Die erste Stadt nicht auf Geld gebaut, sondern auf einen Glauben. Eine Stadt aus Beton und aus Eisen, allein der Begeisterung der kommunistischen Jugend entsprungen.

Denn nicht Gott, sondern die Begeisterung kannte kein Ende. Die Stadt wurde nach dem großen Genossen Dimitrov genannt und wuchs wie ein Kind vor seinen gütigen Augen auf. Ein großes Geschenk des treuen Volkes für seinen Vater.

Mladen fuhr dorthin, und vor lauter Begeisterung kam er kaum zum Lesen. Er schaufelte, schleppte, schob, schraubte, schnitt, hob, zog, trug, grub, sägte, nagelte, mauerte, strich, goß, füllte, tat eben alles, was ein Begeisterter tut. Am zweiten Juli starb der Genosse Dimitrov, aber nicht die Begeisterung. Seine Stadt wurde weitergebaut und wuchs nun vor seinem unsterblichen Geist und vor seinen verschlossenen Augen. Mladen las nicht. Zu schnell schlossen sich abends seine Augen. Und wenn er sie wieder aufmachte, wartete schon die Begeisterung. Er lernte aber die Genossin Pirinska kennen. Sie grub auch, schaufelte, trug Steine und wollte Mathematik studieren. Während sie gemeinsam einen großen Stein trugen, küßte er sie und zog sie in eine von ihnen ausgeschaufelte Grube. Zwischen zwei liegenden Schaufeln und einer Hacke schenkte sie ihm den schönsten Arbeitstag seines Lebens. Zum Lesen kam er noch immer nicht, aber um wieviel süßer schloß er abends die Augen.

Drei Monate schaufelten sie zusammen unermüdlich Gruben und bekamen sogar eine Auszeichnung. Danach ging die Genossin Pirinska Mathematik studieren. »Wir sehen uns wieder in Sofia. Und laß den Kopf nicht hängen«, sagte sie. Zuerst fiel eine Hacke aus der Hand, danach kam eine Umarmung, ein Kuß, eine winkende Hand und ein abfahrender Bus. Was blieb, war eine gefallene Hacke, ein hängender Kopf und zwei Augen, die sich nachts nun sehr schwer schlossen. Da begann Mladen endlich zu lesen.

An einem Märzmorgen des Jahres 1950 putzte Sdravka gerade die Fenster, als ein geschmückter Pferdekarren vor dem Haus stehenblieb. Aus ihm stiegen zwei aufgeregte Roma, die ihren Mann Stanoj ins Haus trugen und aufs Bett legten. »Er hat getanzt, Genossin Wirtin, wie ein Teufel hat er getanzt, und auf einmal, bum, ist er umgefallen«, erklärte der eine. Der andere zeigte nur mit den Händen, wie es geschehen war. Sie gab ihnen eine Flasche Sliwowitz und holte den alten Doktor Feuchthecht. Er war in Bulgarien geblieben. Er arbeitete nicht mehr, nur ab und zu untersuchte er Bekannte. Gewöhnlich saß er im jüdischen Klub und erzählte Witze. Dort fand ihn Sdravka. Er unterbrach den Witz, versprach, ihn später weiterzuerzählen, und ging mit ihr. Stanoj erkannte ihn nicht. Er sprach Deutsch, er verhandelte gerade mit einer Nutte und meinte, sie verlange zu viel. »Nein, ich finde eine bessere«, meinte er laut. »Was spricht er«, fragte Sdravka bekümmert. »Lauter wirres Zeug ohne Bedeutung«, sagte der Doktor und konzentrierte sich auf Stanojs Körper. Stanoj hustete, und aus seinem Mund rann blutiger Speichel. Der Doktor wischte ihn ab und entfernte den Polster unter seinem Kopf.

»Wir kennen uns lang genug. Sagen Sie mir die Wahrheit«, forderte Sdravka.

»Es schaut schlecht aus. Bleiben Sie heute lieber bei ihm. Morgen komme ich wieder.«

»Eine Frechheit dieser Preis«, schrie erneut Stanoj auf Deutsch. Er war schon bei der nächsten. Der Doktor stand auf und ging. Er ging nach Hause und nicht in den Klub. Er hatte auf einmal die Lust verloren, den Witz zu Ende zu erzählen.

Sdravka blieb den ganzen Tag neben dem Bett. Sie wischte still mal Stanojs Mund, mal ihre Wangen ab. Stanoj sah sie an, aber er erkannte sie nicht. Er sah nur eine breite Straße, auf der vor jedem Türeingang eine verlockende Dame stand. Eine verlockender als die andere. Müde von den Verhandlungen schlief er ein. Es wurde Nacht. Sdravka zündete eine Petroleumlampe an. Stanoj wachte auf. Er sah Nebel um sich aufsteigen, und es roch nach Herbst. Eine schwarze Kutte flatterte auf, ein Acker hob sich, und Stanoj legte sich still neben seine Geschwister. Danach fiel der Acker zu, groß war er, schwarz war er, und Stanoj verlor sich in ihm wie ein Korn.

Sdravka schickte gleich ein Telegramm an Mladen. Am nächsten Tag war er da. Sein Körper war stärker geworden, seine Augen trauriger, stellte Sdravka fest und umarmte ihn fester. Andere trugen, andere schaufelten, andere ebneten nun die Erde. Mladen schaute zu. Danach ging er weiter Dimitrovgrad bauen. Erst im Zug begann er zu weinen. Er sperrte sich in die Zugtoilette ein und ließ seinen Tränen freien Lauf. Leute klopften zornig an die Tür. »Besetzt«, rief er und machte nicht auf. Mehr als 20 Kilometer weinte Mladen, mehr als 20 Jahre hatte er zu beklagen, mehr als einen Menschen hatte er zu betrauern. Und das Klo blieb die ganze Strecke bis Dimitrovgrad besetzt.

Drei Tage nach dem Begräbnis bekam Sdravka einen Brief. Der Name des Absenders fehlte. Die Briefe von Rosa, die aus Israel kamen, erkannte sie bereits am Umschlag, Mladens Briefe an den fehlenden Postmarken. Sie machte ihn auf, las und erschrak, denn sie dachte, einen Brief von ihrem toten Mann bekommen zu haben. Sie las folgendes: »Ich grüße Euch. Ich hab' lange gesucht und endlich meinen Platz gefunden. Ich bin unter der Erde und fühle mich wohl, so wohl wie ich mich nirgendwo oben gefühlt habe. Jetzt weiß ich warum. Ich gehöre hierher. Hier kann ich laut deutsche und russische Lieder singen, und kein Mensch hat etwas dagegen. Die Bohrer und die Hacken sind lauter. Ich bin Bergarbeiter geworden, verdiene genug und lebe in Madan mit drei Kollegen in einem Zimmer. Bald bekomme ich auch eine eigene Wohnung. Alle Kollegen sind gute Kumpel. Und die Hilfsbereitschaft ist größer als bei der Armee. Hier gibt es leider viel zu wenig Frauen. Aber ich finde schon eine. Macht euch keine Sorgen. Ein Freund bringt mir gerade das Gitarrespielen bei. Es ist schwer. Aber wenn ich ein paar Melodien lerne, werden die Frauen an mir kleben wie die Fliegen. Er spielt gut Gitarre. An ihm kleben die Frauen wie die Fliegen. Es ist ein Wahnsinn. Seine neueste Freundin heißt Nina und verkauft Kinokarten. Wir gehen oft umsonst Filme anschauen. Mein Lieblingsfilm ist »Tschapajev«. Ich hab' ihn schon neunmal gesehen. Morgen geh' ich wieder. Aber das ist gar nichts. Ein Kollege hat ihn schon vierzehnmal gesehen. Tschapajev ist ein Held. Ich habe heute Nachtschicht und muß gleich unter die Erde. Das ist die richtige Arbeit für mich. Wenn ich die neue Adresse bekomme, schicke ich sie euch. Ich hoffe, euch geht's allen gut und besonders dir, Mutter. Und sag meinem Bruder, er soll nicht so viel Blödsinn bei Versammlungen reden. Dein Ivan.«

So erschrocken sie den Brief zu lesen begonnen hatte, so glücklich war sie, als sie mit ihm zu Ende war. Eine alte Frau hatte ihn angefangen, eine junge faltete ihn sorgfältig zusammen und steckte ihn zwischen die Brüste wie zwischen zwei Polster. Bessere Polster als jene, auf denen sie schlief. Sie trug sie immer mit sich. Keine Hand konnte sich so leicht unbemerkt da hineinschleichen. Es waren Polster, über die sie stets wachte. Der ideale Ort für Geheimnisse. Manch gierige Hand hatte schon nach ihnen gegriffen und den Zorn ihrer Hüterin zu spüren bekommen, manch ermüdeter Kopf hatte auf ihnen übernachtet und von den hellsten Landschaften geträumt. Jung fühlte sich Sdravka, und es schien ihr, daß kein Brief, sondern Ivans weißes Gesicht an ihrer Brust klebte. Ihr Ivan lebte. Das mußte sie unbedingt ihrem Mann mitteilen. Sie schlüpfte schnell in die Schuhe und ging zum Friedhof. Ihr Mann lag in einem Grab mit ihren Töchtern Mira und Pobeda.

Sie hatte angenommen, dies wäre sein letzter Wille gewesen, wenn er einen Willen gehabt hätte. Es reichte nicht, daß sie zu Lebzeiten für ihn entscheiden mußte, zuletzt mußte sie auch noch seinen letzten Willen denken. Aber es war gut so, es war praktisch. So konnten alle gemeinsam von Ivan hören.

Die Sonne schien, als ob sie Sdravkas Weg zum Friedhof verschönern wollte. Der Friedhof kam Sdravka verändert vor. In den Sträuchern und auf den Bäumen raschelten viele unbekannte Vögel, wie von ungeduldigen Händen rasch entfaltete Briefe. Jede Sekunde ging ein neuer Brief auf, der mit Gezwitscher umjubelt wurde. Zwischen den Gräbern in den Alleen sprossen gelbe und lila Krokusse, zeigten mal nach links, mal nach rechts, wie von der Erde geschickte Wegweiser. Und schon stand Sdravka vor dem frischen Grab. Es kam ihr aber so fröhlich vor, daß sie sich nicht vorstellen konnte, wie sie hier vor nur drei Tagen soviel hatte weinen können. »Mann, du weißt, ich verzeihe dir nicht, daß du mich allein gelassen hast. Aber darüber werden wir ein andermal reden«, begann sie. »Jetzt bin ich wegen etwas anderem da. Höre, Mann, hört Kinder, ich hab' euch etwas Erfreuliches mitzuteilen. Unser Ivan hat geschrieben. Es geht ihm gut. Er singt wieder deutsche und russische Lieder, und er lernt Gitarre. Er ist Bergarbeiter geworden und geht oft ins Kino. Stanoj, du bist mit mir nie im Kino gewesen. Bist wahrscheinlich mit einem jüngeren Mädchen dorthin gegangen. Ich kenn' dich. Aber egal. Gott soll dir vergeben. Wenn Ivan zu Besuch kommt, bringe ich ihn gleich zu euch. Das ist es, was mich so schnell zu euch gebracht hat. Gott soll Gnade mit euch haben, meine Lieben.« Sdravka bekreuzigte sich dreimal und verließ den Friedhof. Sie eilte nicht, denn sie war keine Wirtin mehr. Seit einem Jahr war sie es nicht mehr. Sie trat in das Haus, das kein Wirtshaus mehr war, und dort, wo einst die Gäste gesessen und hungrig und durstig nach ihr geschrien hatten, saßen jetzt still und verstaubt die vergangenen Jahre. Wie ermüdete, schweigsame, verarmte und geduldige Gäste warteten sie, daß Sdravka sie milde ansprach oder vor die Tür stellte. Das Haus war auch nicht mehr das alte. Die Wände hatten kleine Risse bekommen wie nach einem lächerlichen Erdbeben, durch die manch fremdes Kind Sdravka baden oder seufzen sehen konnte. Die Dachziegel waren auch zusammengerückt, damit der Himmel ab und zu ein Auge auf sie werfen konnte. Denn wer sonst sollte noch auf Sdravka blicken? Wenn es regnete, tropfte es von der Decke. Dann stellte sie so schnell und geschickt kleine Gefäße darunter, als ob sie einen Zug hungriger Soldaten bedienen müßte. So lebte Sdravka, und wenn ein Brief zu ihr kam oder eine interessante oder aufregende Nachricht, lief sie gleich zum Friedhof, um alles ihrem Mann mitzuteilen. Sie lebte zwischen dem freudigen Gruß der Briefträgerin und dem noch heitereren der Totengräber. »Es ist was da«, sagte die eine. »Sie sind noch da«, scherzten die anderen. So lebte Sdravka, im Warten auf die Lebenden und im Gespräch mit den Toten. Und was sie von den einen hörte, sagte sie den anderen. Da aber nicht jeden Tag Briefe kamen, und es nicht jeden Tag regnete und die vergangenen Jahre nicht jeden Tag Station bei ihr machten, blieb ihr noch viel zu viel Zeit. Und sie entdeckte eine neue Leidenschaft. Das Kino. Sie ging oft dorthin und setzte sich immer in die erste Reihe. Kein Kopf sollte vor ihr sein und sie stören, den Helden vor Gefahren und Tücken zu warnen. Ihr allein sollte die Leinwand gehören. Sie allein sollte den Helden am nächsten sein und das Gefühl haben, sie könne über deren Schicksal entscheiden. Im Kino war es auch dunkel, wie unter der Erde. Und die meisten Mitglieder ihrer Familie befanden sich jetzt schon dort. Im Kino konnte sie mit ihnen zusammen sein. Im Kino war sie zu Hause.

»Gestern hab' ich in der Filmvorschau unseren Sohn Ivan gesehen«, teilte sie eines Tages ihrem Mann begeistert mit.

»Seine Brigade hat den Plan zwei Jahre früher erfüllt und wurde ausgezeichnet. Du hättest sie sehen müssen. Alle Burschen wie Eichen und zwischen ihnen Ivan, schlank, fesch, mit einer Mütze, darunter eine große Stirnlocke. Wie ein echter Tschapajev. Schau, das ist mein Sohn, der dritte da, habe ich dem, der neben mir gesessen ist, gesagt. Ein schöner Bursch, ein wahrer Held, hat er gesagt. Schade, daß du ihn nicht sehen konntest, Stanoj. Sehr schade ...«

»Dein Freund Jojakim ist gestorben«, teilte sie ihm eines Winters mit und »Rosa hat Zwillinge bekommen, Anna und Eva«, sagte sie eines Frühlings.

»Mladen ist nach Sofia studieren gegangen. Ingenieur will er werden«, sagte sie eines Herbstes, und zwei Wochen später erzählte sie ihrem Mann: »Gestern sind Leute von der Stadtplanung bei mir gewesen. Hab' ihnen von deinem Lieblingsschnaps zu trinken gegeben. Schwache Trinker sind diese Leute und reden nur lauter Schwachsinn. Sie haben gesagt, daß unser Haus im nächsten Jahr abgerissen wird und an seiner Stelle ein großer hoher Wohnblock für mehrere Familien entstehen wird. Zwei Wohnungen mit Balkon soll ich da bekommen, und ich kann mir auch das Stockwerk aussuchen. Das Haus sei zu alt. Jeden Augenblick könne es zusammenstürzen. Es sei gefährlich und nehme nur viel Platz weg, haben sie gemeint. Die verstehen gar nichts, diese Leute, aber sie haben mir leid getan, weil sie so unwissend sind und so wenig Schnaps vertragen. Wahrscheinlich essen sie zu wenig. Und ich hab' unterschrieben.« Dies erzählte Sdravka, danach ging sie ins Kino.

Mladen besuchte seine Mutter selten. Er verbrachte die meiste Zeit in Sofia, wo er Maschinenbau studierte. Er hatte gleich Genossin Walja Pirinska aufgesucht, sie nicht angetroffen und sie dann zufällig auf der Straße Arm in Arm mit einem anderen Genossen gesehen. Sie machte die beiden miteinander bekannt. Ihr Verlobter stand also einem Freund aus der Brigade gegenüber. »Weißt du, Mladen, wenn ich an Dimitrovgrad denke, tun mir heute noch die Hände vom Schaufeln weh«, sagte Walja und streichelte den Arm ihres Verlobten, um den Schmerz ihrer eigenen Hände zu besänftigen. Und wenn Mladen an Dimitrovgrad dachte, und das tat er sehr oft, wie auch jetzt, dann wollte er am liebsten nach einer Hacke greifen und den Platz neben Walja ein bißchen räumen. Denn Brigadiere trugen doch Hacken und Schaufeln. Und was trugen Verlobte außer Ringen und Blumen. Aber er tat es nicht. Er wünschte beiden viel Glück und viel Blumen, so viel, daß sie wieder jemanden brauchten, um ein bißchen davon wegzuschaufeln. Er konzentrierte sich voll auf das Studium, las viel, las Hegel, las Marx, las Lenin und wartete auf seine Stunde. Noch war sie nicht gekommen. Noch stand sein Name auf irgendwelchen Listen in irgendwelchen Schubladen und neben den Namen von Ysop Perez geschrieben. Neben jemandem, mit dem er jetzt am liebsten hätte reden wollen. Aber dieser war in Israel, und was konnte er ihm von dort schon sagen. »Das Wetter ist schön, ich habe Kinder bekommen, mir geht's gut«, das konnte er ihm sagen. Und bei Mladen war weder das Wetter schön, noch hatte er Kinder bekommen, geschweige denn, daß es ihm gut ging. Obwohl er das Studium mit Auszeichnung abschloß und trotz seines Einsatzes bei allen Parteiinitiativen stand ihm immer eine unsichtbare Macht im Wege, welche die besten Posten an andere verteilte, die ihn stets auf Abstand hielt und für seine Errungenschaften den Genossen neben ihm beförderte. Denn es gab immer einen nächsten. Man arbeitete ja besser im Kollektiv. Was ist dagegen ein Individuum? Ein Kollektiv ist immer stärker und die Masse des Proletariats am stärksten. Diese Macht hatte ihn gezwungen, Dimitrovgrad länger zu bauen, bevor sie ihn zum Studium zugelassen hatte, sie schickte ihn jetzt Traktoren, Mähdrescher und Saatmaschinen in den entferntesten Kolchosen inspizieren. Aber Mladen geduldete sich.

Er inspizierte, hörte Bauern und Mechanikern aufmerksam zu, beobachtete, schrieb auf und las. Er las in Zügen, in Zimmern, in Zelten, er las überall. Denn er war überzeugt, daß eines Tages auch seine Stunde kommen würde. Wie ein schwarzer Vogel wird sie kommen, der sich selber die Wolken erschafft, und doch wird das nichts Neues unter dem Himmel sein. Pfeifen wird sie, und Mladen wird einsteigen, und nur das wird anders sein, aber neu wird es nicht sein. Nur daß er dann mitfahren wird und andere werden Fraß für die Fliegen sein, dachte Mladen, und wenn er kurzfristig verzweifelte, dann stieg er in einen Zug, sperrte sich ins Klo, rief »Besetzt« und fuhr verschiedene Strecken, und die Verzweiflung war weg. Irgendwo auf der Strecke geblieben, zwischen Holz, Schotter und Eisen. Obwohl nur kurz und nur selten, hätte sein Kummer, Materie geworden, gereicht, um ganz Bulgarien mit erstklassigen Eisenbahnschienen zu versehen. Und es war nicht allein sein Kummer, und es war nicht allein er. Eine ganze Stadt, Dimitrovgrad, war aus der Begeisterung entsprungen, und welche Königreiche, gar Welten, hätten zur selben Zeit aus Verzweiflung entstehen können. Aber darüber sprach man nicht, darüber dachte auch Mladen lieber nicht nach. Es lenkte ihn zu sehr vom Ziel ab. Er fuhr lieber ein paar Kilometer in einem verschlossenen Klo als ein ganzes Leben auf einem Abstellgleis.

Mladen hatte begriffen, daß es immer einen Nächsten geben wird und daß die unsichtbare Macht ihn am stärksten traf, wenn sie für seine Verdienste seine besten Freunde förderte. Also entschied sich Mladen, keine Freunde zu haben, nur Nächste, die dachten, er wäre ihr Freund. Und er förderte seinen Nächsten und schrieb ihm alle Erfolge ihrer gemeinsamen Arbeit zu und lobte ihn öffentlich und gab ihn als Beispiel an, wo er nur konnte, und schlug als erster seine Kandidatur vor und brachte ihn hinauf, bearbeitet, verschuldet und abhängig für immer. Dutzende von Soldaten schickte er hoch, und einer davon, zumindest einer, würde sich einmal an ihn erinnern. Das wußte Mladen, denn er begann, die Menschen zu durchschauen, bemerkte, daß sie sich bei ihm sicher fühlten, und Sicherheit war immer schon und besonders in jenen Zeiten, in denen aus der Begeisterung Städte wie Krokusse aus der Erde sprossen, sehr wichtig. Jeder konnte ihm seinen Zweifel und seine Sorgen anvertrauen, und Mladen schwieg wie ein Grab. Die Leute teilten ihm ihre wertvollsten Geheimnisse und ihre Schwächen mit, und er wurde von Tag zu Tag reicher und stärker. Sie bekamen seinen Rat, wurden bei ihrem Aufstieg begleitet, waren gerührt. Mladen blieb, las weiter und wartete. Keine Frau, keine Fliege, kein Vogel lenkte ihn ab, aber auch kein Freund.

Nach Hause kam er nur selten. Seine Mutter lebte mittlerweile im dritten Stock und saß gern auf dem Balkon. »Wir hatten, du weißt ja, nur zwei Stockwerke. Deswegen habe ich das dritte gewählt«, hatte sie ihm einmal erklärt. Am liebsten sprach sie aber von Filmen oder von Toten. »Hast du ›Alexander Nevskij‹ gesehen? Mußt du unbedingt sehen! Die Kreuzritter waren furchtbar. Aber wenn das Eis bricht und sie ins Wasser fallen, da habe ich mich gefreut. Recht geschieht ihnen, wenn sie soviel Eisen mit sich schleppen«, sprach sie, oder sie sagte, »Gestern war ich beim Begräbnis vom Dr. Feuchthecht. Es war ein schönes Begräbnis. So viele Blumen hab' ich noch nie gesehen. Er war ein guter Mensch. Der Bürgermeister hielt eine Rede. Ein Freund von ihm hat seinen Lieblingswitz erzählt. Kannst du mir auch etwas Lustiges erzählen? Ich lache viel zu wenig. Ihr seid alle so ernst geworden. Warum bist du immer so besorgt? Sind etwa deine Schiffe versunken, ist dein Haus verbrannt… Komm zu mir, mein Kind. Rede mit mir. Ihr redet alle viel zu wenig mit mir. Ich weiß, du schämst dich ein bißchen deiner Mutter. Deswegen bringst du auch kein Mädchen mit. Deine Mutter ist zu einfach. Nicht einmal richtig schreiben hat sie gelernt. Aber sie war die, die deinen Popo abgewischt hat. Wer sonst?«

»Es ist nicht wahr, Mutter, es ist nicht wahr«, sagte er dann und setzte sich neben sie und vergaß zu lesen und vergaß zu denken.

»Mladen, wo ist Madan?« überraschte sie ihn einmal.

»In den Rhodopen, warum?«

»Dein Bruder lebt dort. Hast du denn vergessen! Ich will ihn besuchen.«

»Und warum gerade jetzt. Es ist Winter, die Wege sind verschneit.«

»Ich sag' dir warum«, sagte Sdravka, zog einen Brief aus ihrer Brust und las vor:

»Grüße, Mutter. Ich hab' geheiratet. Die ganze Brigade war auf der Hochzeit. Es wurden 15 Flaschen Schnaps, 30 Flaschen Wein und 10 Kisten Bier getrunken. Es waren auch viele Leute da, die ich nicht kannte. Ich hab' Gitarre gespielt. Alle haben geklatscht. Und immer wenn ich meine Frau geküßt habe, haben sie auch geklatscht. Wir haben in unserer Mensa gefeiert. Dort stört keiner, und keiner sagt, ihr sollt jetzt gehen oder extra zahlen. Als es dunkel wurde, kam ein Freund auf eine sehr gute Idee. Er holte Helme für jeden Gast, wir schalteten das Licht aus und zündeten die kleinen Lampen auf den Helmen an. So tanzten wir. Es war sehr lustig. Manche schliefen auf dem Tisch ein, und ihre Lichter brannten die ganze Nacht durch. Unser Brigadier hatte nichts dagegen. Er ist ein guter Kumpel und ist mein Trauzeuge gewesen. Seinen Helm hat der Koch dann am nächsten Tag in einem Topf gefunden. Wie er dorthin gekommen ist, wußte niemand. Meine Frau heißt Kitka und ist Kindergärtnerin. Wir wollen bald Kinder haben. Was soll ich dir noch sagen? Ich bin glücklich. Dein Sohn, Ivan.«

»Schau, was für einen schönen Brief mir dein Bruder geschrieben hat.«

»Ivan hat immer schöne Briefe geschrieben«, sagte Mladen und ging auf den Balkon. Der Winterabend war schneelos und nebelig. Er blickte hinauf, dann hinunter, wie durch ein beschlagenes Glas, und hinter diesem Glas schien die Welt noch nicht erschaffen worden zu sein. Überall war es gleich, überall war es grau. Mladen stand einen Stock höher als das Haus seiner Kindheit. Er schaute hinunter, suchte die Plätze, wo er gelaufen war und gespielt hatte, und sah nichts. Nicht mal einen Riß gab es, durch den er seine Mutter die Gäste bedienen, seufzen oder baden sehen konnte. Nicht einmal einen Reifen gab es, auf den Ivan sich setzen konnte und rauchen. Alles war grau, alles war gleich. Mladen suchte seine Kindheit und sah sie nicht.

»Du solltest auch heiraten, mein Sohn. Es ist nicht gut, allein zu leben«, kam die Stimme seiner Mutter aus einem Zimmer, das höher lag als seine Kindheit. »Und komm schon herein. Sonst wirst du dich noch erkälten.« Mladen kam herein, draußen blieb alles gleich, alles grau. Himmel und Erde waren noch nicht voneinander getrennt, aber jemand hatte schon die Menschen geschaffen und sie voneinander getrennt. Aus dem Gleichen hatte er sie erschaffen, aus dem Grauen.

»Ich war einmal in eine Frau mit grauen Augen verliebt. Sie hat sich aber von mir getrennt«, sagte er.

»Besser so. Graue Augen bringen Unglück. Such dir lieber eine Dunkle.«

»Das hat noch Zeit, und wenn meine kommt, dann sind alle Augenfarben gleich«, sagte Mladen und wartete weiter auf seine Stunde, denn er fühlte sie langsam kommen. Er hörte schon ihre leisen Pfiffe. Er sah sie, wie sie Himmel von Erde zu trennen begann.

Die Partei versuchte schon Fehler der Vergangenheit auszubessern, aber Mladen wartete noch. Er wartete, denjenigen an ihrer Spitze zu sehen, der seiner Meinung nach am längsten dort bleiben würde. Ihn interessierten nicht die Fliegen. Er hatte nicht so lange gewartet, um bei den Fliegen zu bleiben. Er las lieber noch ein bißchen, er schob lieber noch ein paar eilige Nächste vor sich her und nahm schweigend und dankbar ihr Gepäck in Verwahrung.

Und endlich war sie da. Seine Stunde. 1962 kam Todor Shivkov an die Macht. Er vereinigte die zwei höchsten Stellen des Staates in sich. Er war kein Held, also stand ihm auch kein tragisches Schicksal bevor. Er kam nicht aus der Stadt, sondern vom Dorf. Also kannte er alle Gerüche der Erde gut. Er war ein Bauer und wußte das Wetter zu schätzen und konnte voraussagen, wann eine Ernte gut und wann sie schlecht sein würde. Wie jeder Bauer war er in seiner Kindheit auch Hirte gewesen. Also kannte er die Gewohnheiten der Haustiere und die Launen der Wildtiere. Und wenn ein Hirte an die Macht kommt, dann bleibt er lange. So dachte Mladen, und seine Stunde kam. Er wurde als Opfer des Personenkultes behandelt, und seine Person wurde einstimmig rehabilitiert. Genossen wie ihn brauchte man jetzt. Solche, die das Leid kannten und doch ihren Glauben nicht verloren hatten. Die Person Mladen Mladenov brauchte man jetzt. Man zeigte ihn vor, man redete über ihn, man ließ ihn sprechen. Denn was zeigte man am liebsten, worüber redete man, wem hörte man am liebsten zu, wer sonst konnte die Partei auferstehen lassen, wenn nicht eines ihrer Opfer. So begann sein Aufstieg. Er hätte in Sofia bleiben können, aber er kannte die Gesetze der Macht, und er bewegte sich lieber weit weg von ihrem Zentrum. Nicht zu weit, aber auch nicht zu nahe, denn das Zentrum kannte er nicht, das Zentrum kannte keiner. Dort gab es keine Gesetze, dort gab es nur Kräfte. Also wirkte Mladen lieber in der zweitgrößten Stadt, und die war Plovdiv. Dort war er geboren, dort war ihm vieles vertraut. Dort war er auch verraten worden. Also mußte er sich nicht lange einen Arbeitsplan überlegen, sondern konnte gleich die Initiative ergreifen und Taten setzen. »Taten, Taten und nur Taten«, wie der Genosse Shivkov zu sagen liebte und später auf vielen Transparenten zu lesen war. Mladens Taten waren nicht gleich zu sehen, aber umso stärker zu spüren. Und er wurde bald der wichtigste Mensch in der zweitgrößten Stadt.

»Weißt du, Stanoj, unser Sohn Mladen ist ein ganz großer Mann geworden. Er redet auch im Radio. Ich höre gern seine Stimme. Das nächste Mal bringe ich ein Transistorradio mit, damit du ihn auch hören kannst. Denn selber kommt er wahrscheinlich nicht. Er ist sehr beschäftigt. Nicht mal zu mir kommt er oft. Dafür begrüßt mich jetzt jeder im Viertel, und ich kann auf Kredit kaufen, soviel ich will. Und umsonst ins Kino gehen. Hätte er damals diesen Posten gehabt, würde unser Haus noch stehen. Dann hätte er mich sicher öfter besucht… Ich hab' wieder ›Ossessione‹ gesehen. Hoffentlich heiratet Mladen nicht so eine Frau, die ihn dann umbringen will, oder was noch schlimmer wäre, eine, die ihn zwingt, ihren Mann umzubringen«, sprach Sdravka am Friedhof. Stolz war sie wieder auf ihren Sohn, viel leichter fiel es ihr, mit den Toten zu reden, viel Gutes hatte sie ihnen zu erzählen. Weder Wind noch Regen noch Schnee konnten sie dann aufhalten, zum Friedhof zu gehen. Nur daß sie jetzt manchmal einen Stock mitnahm, der sie auch immer öfter auf ihren Spaziergängen begleitete, falls der Weg zu matschig oder zu eisig war. Wie ein treuer Freund, der nichts versprach, aber auf den man sich immer verlassen konnte. Und eines Tages entdeckte Sdravka, daß sie ohne Stock nirgendwohin mehr gehen wollte. Als ob ihr von nun an bevorstand, eine endlose Reihe von verregneten, glitschigen und vereisten Jahren zu durchwandern. Während Mladen zum Vorsitzenden des Kreisstadtkomitees gewählt wurde, arbeitete Ivan in den Bergen. Untertags bohrte er produktiv unter der Erde, nachts unproduktiv unter der Decke. Zwischendurch ging er mit Kitka tanzen oder ins Kino, oder er ging allein mit den Freunden aus der Brigade einen trinken. Vier Jahre mühte er sich unter und über der Erde, aber seine Frau Kitka schenkte ihm kein Kind. Für seine Arbeit unter der Erde hatte er schon viele Auszeichnungen bekommen, von seiner Frau aber noch keine. Und er ging nicht mehr mit ihr tanzen und nur sehr selten ins Kino. Er ging lieber allein mit der Brigade, die ihn schon mehrmals ausgezeichnet hatte, in eine Kneipe. Und trank einen auf die Brigade, einen dafür, daß er so selten ins Kino ging, einen, weil er nicht mehr tanzte. Da wurde er traurig und trank mehr. Weil es ihm plötzlich überall traurig schien. Unter der Erde war es traurig und auch auf ihr. Da half kein Kino, kein Tanzen, keine Brigade und kein Schnaps. Nur die Tränen halfen ein bißchen, aber nicht viel. Man versuchte dann laut mit dem Wirt über das Leben nachzudenken. Man hat Schwestern, dachte man, und die sterben oder fahren nach Israel. Man hat an einem Tag Freunde, am nächsten muß man auf sie schießen. Man hat einen Vater, der ein guter Gemüse- und Obsthändler ist, den bekommen dann die Würmer so früh zu fressen, daß man nicht damit rechnet und es aus einem Brief erfahren muß. Man hat einen Bruder, und der redet nur Blödsinn. Man hat eine Mutter, aber sie lebt zu weit weg. Man hat eine Frau, aber aus ihr kommt kein Leben. Leben. Das ist es, was man will. Ist das zuviel verlangt? Nein, es war nicht zuviel verlangt, meinte der Wirt. Und man wollte den Wirt küssen.

Diesen Wirt, den Gott lange vor der Partei angestellt hatte, um den Hunger, den Durst, die Müdigkeit und den Kummer der Menschen zu mildern. Denn man hatte wieder Lust zu leben bekommen. Man trank noch schnell einen vor dem Weg, man ging, man fand aber die Tür versperrt und war verwundert. Man sang dann laut deutsche und russische Lieder, bis die Tür aufging. Man kam hinein. »Ich will leben«, sagte man. Sie wollte jetzt aber nicht. »Ich habe aber jetzt Lust«, erwiderte man. Sie hatte aber keine. Man überlegte wieder Lieder zu singen, um auch diese Tür zu öffnen, man suchte nach der Gitarre, aber man hatte sie schon vor einigen Tagen aus Wut zerschlagen. »Sei still, du Säufer«, hörte man, und das gerade jetzt, wo man wieder Lust zu leben bekommen hatte. Sollte man jetzt nicht besser, statt zu singen, gleich auf die Tür einschlagen. Man schlug einmal. Die Tür blieb verschlossen. Man schlug ein zweites Mal. Die Tür fiel zu Boden und begann leise zu quietschen. Man wollte sie wieder reparieren, aber sie lief weg. Irgendwo quietschte sie noch. »Ich werde sie morgen reparieren«, dachte man, gähnte und ging schlafen. Aber dort, wo man sich in der Nacht schlafen gelegt hatte, erwachte in der Früh Ivan Mladenov. Sein Kopf war voll mit lauter schweren Erinnerungen. Eine davon war aber lauter als die anderen. Sie quietschte und quietschte und wollte nicht aufhören. Ivan erhob sich vom Boden, taumelte durch die Wohnung und suchte nach seinem Werkzeug. Als er aber den Schraubenzieher ergriff, wurde ihm auf einmal klar, daß es keine Tür gewesen war, die er gestern nacht geschlagen hatte. Er ließ den Schraubenzieher fallen, nahm statt dessen einen Bleistift, ein Blatt Papier, schrieb »Grüße«, strich es durch, bohrte eine Weile mit dem Bleistift in dem Blatt, sah einen großen schwarzen Punkt entstehen, der zu einem Reifen wurde, sah sich selbst auf diesem Reifen sitzen und schrieb anschließend »Liebe Mutter …«

»Endlich kenne ich mich mit diesen Bussen aus. Danke, Mädchen, du bist sehr nett. Du schaust ein bißchen wie diese Schauspielerin aus, die Italienerin. Anna Magnani heißt sie. Nur daß du blond bist«, sprach Sdravka zu einer Fahrscheinverkäuferin am Busbahnhof Süd. »Die spielt immer in so traurigen Filmen. Du bist aber, Gott sei Dank, glücklich, das sehe ich.«

»Ich hab' einen Mann kennengelernt. Wissen Sie, er trägt mich auf den Händen bis zum Gipfel unserer Hügel. Jeden Tag auf einen anderen«, sagte die Fahrscheinverkäuferin.

»Richtig so. Denn wann trifft er wieder so ein schönes Mädchen wie dich. Die wachsen nicht auf den Hügeln. Laß ihn ruhig weitertragen.«

»Bleibt nur noch der Bunadschika. Ich bin gespannt«, lachte das Mädchen.

»Wenn er dich noch nicht geküßt hat, dann wird er es dort tun. Ich wette mit dir... Ich fahre auch wegen einem Mann in die Berge, aber der ist nur mein Sohn. Er macht mir Sorgen. Aber was soll's! Wenn man Kinder hat, hat man auch Sorgen. Bleib immer so glücklich wie jetzt, Mädchen«, sagte Sdravka. Man hörte ihren Stock in der Halle klopfen, dann klopfte er auf dem Gehsteig, und dann klopfte er nicht mehr. Sdravka hatte sich hingesetzt, um auf den Bus nach Madan zu warten.

»Mladen geht's gut«, sagte sie drei Wochen später auf dem Friedhof. »Aber Ivan macht mir Sorgen. Ich war bei ihm. Er trinkt viel und redet wenig. Es quält ihn, daß er noch keine Kinder hat. Das kann dauern, habe ich ihm gesagt. Ich hab' geredet und geredet, Schwielen hat meine Zunge bekommen. Mit ihm habe ich geredet, mit seiner Frau habe ich geredet und bin so lang geblieben, bis sie wieder miteinander reden konnten. Ich hab' sie zu einer Wunderheilerin geschickt, einer Türkin. Nicht weit von Kardschali lebt sie. Zu einer Wahrsagerin hab' ich sie auch geschickt. Sie lebt auch nicht weit von ihnen. Hab' im Bus von ihr gehört. Eine Frau hat mir erzählt, wie sie ihr und ihrer Tochter alles richtig vorausgesagt hatte. Da dachte ich, das kann kein Zufall sein. So schaut's mit unserem Ivan aus ... Mann, Kinder, gibt es denn bei euch niemanden, mit dem ihr reden könnt. Bemüht euch ein bißchen. Schaut, daß ihr jemanden findet und bittet, daß er unserem Ivan hilft. Ein Kind will er, nicht mehr. Ich bringe euch dann jeden Sonntag Lebkuchen ans Grab. Mira, Pobeda, ihr habt euch deswegen geprügelt, erinnert euch, so gut hat er euch geschmeckt. Und von dir, Stanoj, will ich gar nicht reden. Du hast so viel davon gefressen, bis dir schlecht wurde. Kein Maß kanntest du, Mann, kein Maß. Deswegen hab' ich auch aufgehört, Lebkuchen zu backen, weil es nur Streitereien gab ... Ich war schon so lange nicht mehr im Kino. Drei Wochen. Kannst du dir das vorstellen. Aber heute gehe ich. Ich schaue mir einen Film mit Marcello Mastroianni an. Wäre damals so einer wie Marcello zu mir gekommen, hätte ich dich gar nicht geheiratet, Stanoj. Aber du hast es geschafft, mich rechtzeitig zu verführen. Eine süße Zunge hast du gehabt. Süß konntest du lügen, sehr süß. Ich bring' dir das nächste Mal Lebkuchen mit.«

Ivan und Kitka fuhren zuerst zu der Wunderheilerin, dann zu der Wahrsagerin. Die Wunderheilerin sagte Ivan, »Tu deiner Frau nichts Böses, denn das Übel liegt bei dir. Versuche weniger zu trinken und weniger zu rauchen. Sammle oder kaufe Brennessel, gib einen Teelöffel davon in eine Tasse, gieße heißes Wasser darüber und trinke langsam davon, Schluck für Schluck, jeden Morgen. Nimm diesen roten Faden und binde ihn dir an den Hals. Du sollst ihn so lange tragen, bis das Kind kommt. Danach binde ihn an einen Zweig.« So sprach die Türkin. In ihren Händen klapperte der Rosenkranz, als ob die

Gebete gut und fein gemahlen sein müßten, bevor sie sie abschicken konnte. In ihrem Mund leuchteten hin und wieder zwei goldene Zähne, wie zwei aus dem Rosenkranz der Sonne gefallene Steinchen. Sie bat Ivan, das Zimmer zu verlassen, und sagte Kitka, »Schlafe eine Nacht mit einem Fisch zwischen den Beinen, koche ihn dann am nächsten Tag und gib deinem Mann davon zu essen. Alles wird gut, glaub mir.« Kitka wollte ihre Hand küssen, aber sie zog sie schnell weg. Die Steinchen schlugen laut aufeinander. »Nicht mir, Allah ist zu danken«, sagte sie.

»Gott meint es gut mit euch«, sagte zwei Tage später die Wahrsagerin. »Zwei Jahre müßt ihr euch gedulden, dann bekommt ihr das Kind.« Sie bedankten sich und gingen. Ivan kombinierte beide Aussagen und kam zu dem Schluß, daß er zwei Jahre weniger trinken und weniger rauchen müßte. Brennesselbrühe trinken und einen roten Faden tragen, das war leicht, das rechnete er nicht mal, aber das andere. Wie sollte er das Rauchen und das Trinken aufgeben, wo es gerade so traurig unter der Erde und auf der Erde und überall geworden war. Aber gut. Er wollte es versuchen. Zwei Jahre sind nicht so eine lange Zeit. »Gehen wir heute ins Kino«, sagte er. Seine Frau nickte.

Zur selben Zeit sprach auch sein Bruder Mladen. Er sprach bei einer Parteisitzung. Frauen und Männer nickten. Genossinnen und Genossen nickten. Alles nickte, wenn Mladen sprach. Er konnte sich endlich entspannen und das Leben genießen. Aber auch wachsam mußte er sein. Also genoß er wachsam das Leben. Sein Bruder Ivan interessierte ihn nicht. Er hatte ihn zuletzt auf einem Reifen sitzen gesehen, und alles, was danach gekommen war, hatte er von seiner Mutter erfahren. Von ihr hatte er erfahren, daß es ihm gut ginge, daß er sich unter der Erde wie zu Hause fühlte und daß er glücklich verheiratet war. Aber was interessierten Mladen Männer, die auf Reifen saßen, glücklich verheiratet waren und sich unter der Erde zu Hause fühlten. Und waren sie auch Brüder, gar nicht interessierten ihn solche Männer. Mladen interessierten jetzt nur die Frauen, und die waren entweder unglücklich verheiratet, oder sie wollten das Leben genießen, doch sie alle suchten die Liebe, und das, was sie suchten, fand man nur auf der Erde. Die Frauen interessierten Mladen jetzt, und er war erstaunt, wieviele unglückliche Frauen es gab. Und er entdeckte, daß Männer, die zu lange auf irgendwelchen Reifen oder unter irgendwelchen Erden verweilten, diese Frauen unglücklich machten. Und er erinnerte sich, daß er auch zu lange Dimitrovgrad bauen mußte. Dieses Zulange, dieses Warten machte die Frauen unglücklich. Und Mladen entdeckte, daß eine Frau nichts mehr erfreute als die Gegenwart. Also versuchte Mladen, ihnen soviel seiner Gegenwart wie möglich zu schenken. Es stand ihm ja nichts mehr im Wege. Dimitrovgrad war gebaut, alle Gruben, die er dort ausgeschaufelt hatte, waren gefüllt, Dimitrovgrad war selbst schon eine Gegenwart.

Es fing damit an, daß er gleich mehreren Frauen seine Gegenwart schenkte, bis er bemerkte, daß er nicht genug davon besaß, und sich wieder in die Vergangenheit rettete. Außerdem riet ihm seine Wachsamkeit, aufzupassen und nicht so viele Geliebte in der eigenen Stadt zu haben. Es gelang ihm leicht, auf seine Wachsamkeit zu hören, denn er schenkte den Frauen nicht seine Liebe, sondern nur seine Gegenwart. Seine Begeisterung für die Liebe lag tief im Fundament von Dimitrovgrad. Dort war seine Liebe begraben, und wollte er sie holen, mußte er eine ganze Stadt zerstören. Jene großen Pläne und Bauten, die so mühevoll in langen einsamen Nächten entstanden waren und die seinen Aufstieg bedeuteten, nein, auf die Liebe wollte Mladen gar nicht mehr bauen. Man verwechselt sie zu sehr mit der Gegenwart. Mit einer sanften Gegenwart, aber auch mit einer rohen, aufregenden. Man verwechselt sie mit jedem naheliegenden, wärmenden Körper. Man verwechselt die Liebe einfach zu oft. Nur was Gegenwart ist, verwechselt man selten. Recht haben die Frauen, auf ihr aufzubauen. So dachte Mladen und war mit seinem Denken zufrieden, und die Gedanken machten ihn weiterhin glücklicher als die Frauen. Denn nur auf sein Denken konnte er bauen.

Also unterbrach Mladen schnell alle Beziehungen in seiner Heimatstadt, außer einer. Die Frau nannte sich Isabella und übte einen Beruf aus, der im Widerspruch zum realen Sozialismus stand, obwohl er zugleich sehr real und sehr sozial war. Sie war eine Prostituierte, und dieser Beruf war strengstens verboten. Es konnte nur eine Form des realen Sozialismus geben und keine andere. Alles andere waren negative Erscheinungen in der Gesellschaft, die man so schnell wie möglich ins Positive umwandeln mußte. Solche Frauen wie Genossin Isabella schickte die Partei in entlegene, dünnbesiedelte Gegenden, insbesondere nach »Strandsha-Sakar«, in eine Umgebung, wo sie niemand kannte, gab ihnen eine neue anständige Arbeit und versuchte, sie umzuerziehen, um sie für die gemeinsame und wichtigste Sache, den Bau des Kommunismus, zurückzugewinnen. Mladen stimmte dieser Initiative der Partei völlig zu, nur im Falle Isabellas war er anderer Meinung. Er wollte nicht, daß sie plötzlich auch nach »Strandsha-Sakar« fuhr. Auch ohne sie würde man es fertigbringen, den Kommunismus aufzubauen. Aber er, Mladen, würde es ohne sie nicht mehr fertigbringen, so entspannt und überzeugend über den Bau des Kommunismus auf den Parteisitzungen zu reden. Nicht, daß er ohne sie nicht auskommen würde, aber wieso sollte er. Er war jetzt Genosse Mladenov und wollte das Leben genießen.

Er besuchte sie unterschiedlich oft. Meistens in Nächten vor wichtigen Parteisitzungen. Sie war viel diskreter, viel verläßlicher und viel klüger als die meisten Menschen, die er kannte. Er brauchte um seinen Ruf nicht zu fürchten, und so lange er das nicht brauchte, brauchte auch sie sich vor nichts zu fürchten. Wieso sollte er also auf sie verzichten? Vielmehr war sie genau die richtige Helferin. Er übte sogar manchmal seine Reden bei ihr und hörte sich sehr ernst ihre Kritikpunkte an. Er nahm zur Kenntnis, daß Worte wie Marxismus und Leninismus sehr unerotisch und emotionslos klangen, aber gerade die konnte er nicht ganz wegstreichen oder einen Ersatz dafür finden, wie es bei manch anderen der Fall war. Nach manch gelungenen Reden stöhnten die beiden dann so laut, als ob sie von den Flammen einer großen Weltrevolution erfaßt würden, die weiter wuchs und wuchs und siegte und alles verschluckte. Auf eine Frau wie Isabella zu verzichten wäre für Mladen so wie auf die Weltrevolution zu verzichten. Man glaubte zwar nicht mehr an sie, aber immer wenn man an sie dachte, wurde es aufregend.

Nun war Mladen entspannt. Er schickte ein paar Mal monatlich seinen Körper durch das Fegefeuer der Revolution, sein Verstand klärte sich, sein Geist hob sich, und er kehrte befriedigt zu den Aufgaben des grauen sozialistischen Alltags zurück, die er fehlerlos erledigte. Was nicht sehr leicht war, denn durch das Graue blickte man schwieriger als durch die Flammen. Und der Alltag war manchmal so grau wie die Asche, und in der Asche war es schwer, etwas zu erkennen. Kalt war sie, leblos war sie, immer denselben Geruch hatte sie. Keinen Funken, kein Licht, kein Glühen konnte man sehen, keine Kontur, keine Farbe erkennen. Durch das Graue ließ sich nicht blicken. Das Graue ließ sich nur deuten. Dafür brauchte man einen kühlen Kopf und einen Körper, befreit und gelöscht von Begierde. Isabella schenkte ihm beides.

Nun konnte Mladen, von allen störenden Leidenschaften befreit, eine passende Ehefrau suchen, denn verheiratet sollte er schon sein. Ledige duldete die Macht nicht lange an ihrer Spitze. Das war ihm klar. Ihm war auch klar, daß die Macht die Frauen stärker anzog als eine Gitarre, denn die Macht konnte mehr Wünsche erfüllen als den Wunsch nach einem Lied. Sie konnte mehrere Gitarren zum Klingen und mehrere Stimmen zum Singen bringen. Sie ließ sich stärker als alle Muskeln spüren. Sie ließ Städte aus reiner Begeisterung entstehen, in deren Fundamenten tausend geopferte Lieben begraben lagen. Sie richtete, sie verteilte, sie verteilte Strafe und Gnade. Gab es etwas Süßeres für den Menschen als die Strafe, gab es etwas Süßeres als die Gnade? Recht hatten die Frauen, sich von ihr angezogen zu fühlen. Man sollte es nur nicht zu sehr mit der Macht übertreiben. Sonst zieht man dann bald nicht mehr die Frauen, sondern die Fliegen an. Das wußte Mladen, und sein Blick war ruhig und sicher, genau wie er ihn brauchte, um eine Ehefrau auszusuchen. Er saß gern morgens in seinem hellen breiten Büro, hinter ledergepolsterten Türen, auf einem mit Leder gepolsterten Sessel, trug in ein in Leder gebundenes Heft jeden Morgen einen neuen Frauennamen ein, schrieb dazu einige Zeilen mit Eindrücken und Analysen, schrieb mit hellem Verstand, mit breitem Lächeln und mit gut, gegen alles Rascheln der Liebe, gepolstertem Herzen, las nie mehr als zweimal das Geschriebene, und das war für ihn schon das Zeichen, das Heftchen zu schließen. So gingen Tag für Tag Frauennamen statt unter seine Haut unter das Leder des Heftchens.

So saß er auch an einem sonnigen Aprilmorgen. Das Fenster war offen, und immer wieder drang, wie von einer frisch gebadeten Frauenachsel, der Duft des Frühlings herein. Man hätte fast glauben können, daß draußen immer wieder dieselbe Frau vor dem Fenster spazierenging. Das Rascheln der Bäume hätte ihr Kleid sein können und das Gezwitscher der Vögel ihr Lachen. Mladen las schon zum dritten Mal, was unter dem Namen Dorothea geschrieben stand, als das Telefon läutete. Es war zu früh. Die Sekretärin war noch nicht da. Trotzdem hob er den Hörer ab. »Rate mal, wer spricht«, hörte er, »schaffst du sicher nicht. Ich hab' heute deine Stimme im Radio gehört. Du redest immer noch denselben Blödsinn, aber ich hab' mich sehr gefreut. Hört ihr, habe ich meinen Kollegen gesagt, das ist mein Bruder. Ich hab' ihn mal ordentlich an den Ohren gezogen, und schaut, wie groß er heute geworden ist. Auch in den Zirkus habe ich ihn geschmuggelt, denn dafür war er damals zu blöd. Aber heute schlägt er uns alle, das hab' ich ihnen gesagt. Weißt du jetzt, wer ich bin?«

»Freut mich dich zu hören, Ivan, freut mich wirklich«, sagte Mladen.

»Mich auch, Bruder, mich auch. Deswegen hab' ich gleich angerufen. Weißt du, deine Stimme hat sich kaum geändert, ich hab' sie sofort erkannt. Ich wußte schon von Mutter, daß du was Großes geworden bist, aber du weißt, wie sie alles übertreibt. Ich hab's einfach nicht so ernst genommen. Jetzt weiß ich es, und ich bin stolz auf dich, Bruder, wirklich stolz.«

»Danke, Ivan, und wie geht's dir?«

»Sehr gut. Meine Frau ist jetzt schwanger, und wir sind beide sehr glücklich. So einen großen Bauch hast du noch nie gesehen. Ein Tiger wird da rauskommen oder eine Prinzessin. Was anderes kommt gar nicht in Frage. Sag mal, willst du nicht endlich heiraten?«

»Ich glaube, ich habe jemanden gefunden.«

»Na, Gott sei Dank. Sag es mir, wenn du heiratest. Einladen mußt du mich nicht. Ich werde nicht beleidigt sein. Ich hab' dich ja auch nicht eingeladen. Aber sag es mir.«

»Klar lade ich dich ein, Ivan. Ich habe ja nur einen Bruder.«

»Dann alles Gute. Ich muß wieder unter die Erde. Ich freue mich wirklich für dich.«

Das Gespräch wurde unterbrochen, und Mladen war sehr

erstaunt. Von sich selbst war er erstaunt. Er konnte es nicht glauben, daß er gerade mit seinem Bruder geplaudert hatte, den er mehr als 15 Jahre weder gesehen noch gehört hatte. Er konnte es nicht glauben, daß er gerade in dieser kurzen Zeit die Wahl jener Frau getroffen haben sollte, die er schon seit 15 Monaten suchte. Was er am wenigsten glauben konnte, war, daß gerade sein Bruder als erster davon erfahren hatte. Ein Mensch, mit dem er so gut wie nie in seinem Leben gesprochen hatte. Er war aus der Erde herausgekrochen, seine Stimme hatte ihn erreicht, und dann war sie verschwunden. Mladen saß in seinem Büro, lauschte nach Stimmen, hörte Gezwitscher, hörte raschelnde Blätter und hörte nicht auf zu staunen. Und das Heft vor ihm blieb offen, so wie das Fenster.

Mladen hatte Dorothea zwei Tage zuvor bei dem Fest der künstlerischen Selbstinitiative, das er selber eröffnet hatte, kennengelernt. Sie hatte in einem langweiligen russischen Stück eine alleinstehende Mutter und Schlosserin gespielt, die selbst ihr Schicksal laut und Funken schlagend drechselte. Während der Vorstellung erkannte Mladen ihr Talent, danach ihren Ehrgeiz, ihre Jugend und ihre bescheidenen Familienverhältnisse. Er sprach lange mit ihr, und nur über Poesie und Theater. Er zitierte zweimal Puschkin, zweimal Debeljanov, danach entschuldigte er sich und ging. Am nächsten Tag ließ er sie ins Büro rufen, denn er wollte sie auch bei Tageslicht sehen. Sie kam leicht verwirrt, was ihr hellgraues Kleid noch lebendiger machte. Ein Kleid aus einem schwer zu findenden Stoff, dessen Suche einige Gefahren und Entbehrungen gekostet haben mußte. Ein Kleid, das sicher von der Mutter oder von ihr selbst nach langen Proben in unersetzlichen nächtlichen Stunden genäht worden war. Ein dem Schlaf zweier Frauen entrissenes Kleid. Es war kein Kleid mehr, in dem Dorotheas Körper steckte. Sie war umhüllt von einem einzig für sie geschnittenen Traum. Darunter drohten ihre

Formen bei jeder Bewegung mit dem Erwachen. Er hatte das Gefühl, ihr Körper würde ihn, wie durch ein Spinngewebe, ständig beobachten. Gut, daß man die gestrige Nacht bei Isabella verbracht hatte. Gut, daß Mladen denken konnte. Er bat Dorothea sich zu setzen. Der Stuhl stand neben dem offenen Fenster. Ihr Gesicht war im Licht und im Gezwitscher. Mladen redete von der Möglichkeit weiterer Aufführungen vor der Arbeiterschaft verschiedener Fabriken und Werke und beobachtete sie genau. Ihr Haar, erst vor kurzem gestutzt, wahrscheinlich von der Mutter oder einem verliebten Friseur, bog sich hinter den Ohren zurück. Es war schwarz wie Kohle, aber unter der Sonne bekam es einen rötlichen Schimmer, als ob es hier und da glimmte. Ihre Haut war ein bißchen zu blaß, ihr Kinn und ihre Nase waren ein bißchen zu spitz, ihre Lippen ein bißchen zu schmal, dafür waren aber ihre Augen so groß und so gleichmäßig geformt, daß man sofort alles andere vergaß. Man blickte in sie wie in zwei Boote, die mit zwei magischen hellbraunen Kugeln beladen waren. Man konnte seekrank werden oder verzaubert, wenn man sie länger anschaute. Sie war eindeutig schön, diese Dorothea. Sie war zu ehrgeizig, um auf die Liebe zu bauen, zu arm, um Illusionen zu haben, und noch zu unerfahren, um große Siege zu feiern. Sie könnte sich eignen, dachte Mladen und beendete das Gespräch. Sie stand auf, er auch. Ihr Körper beobachtete ihn und leise, kaum hörbar, noch halb im Schlaf sprach er zu ihm. Mladens Blick verfing sich in einem Spinnengewebe. »Ich melde mich bald, Genossin Michova«, hörte er seine Stimme summen. »Ich würde mich freuen, Genosse Mladenov«, sagte sie und verließ das Zimmer. Mladens Blick blieb aber noch eine Weile gefangen, halb in Gedanken, halb in Träume verstrickt. Der Platz, wo sie gesessen war, war leer, und auf den Stuhl und auf den Boden fiel jetzt das Licht wie ein ausgezogenes Kleid.

»Welch eine Überraschung! Du bist noch nie zwei Nächte hintereinander bei mir gewesen«, begrüßte ihn am Abend Isabella.

»Zieh dir ein hellgraues Kleid an, aber bitte ohne Unterwäsche«, sagte er schnell.«

»Muß ich bald auch ein Hochzeitskleid anziehen? Das mußt du mir leider selber besorgen«, sprach sie, während sie ihre Garderobe durchsuchte. Mladen verbrachte die ganze Nacht bei ihr. Zuerst quietschte das Bett, dann der Tisch, dann der Parkettboden. Ihm schien, daß die Erde bebte. Er sah Risse in einer Wand entstehen, durch die er Frauen baden sah. Er sah ein hellgraues Kleid auf den Boden fallen. »Dorothea«, rief er, danach sah er nichts mehr. »Der Name gefällt mir. Kannst mich ruhig so nennen, werde dafür nicht extra verlangen«, hörte er Isabella sagen.

In der Früh rief sein Bruder an.

Mladen wußte bald alles, was er über Dorothea wissen wollte. Sie war 20, Einzelkind, hatte ein Gymnasium abgeschlossen, war zweimal an den Aufnahmeprüfungen in der Schauspielakademie gescheitert, wollte es aber wieder versuchen, arbeitete untertags bei einer Altpapierannahmestelle, abends probte sie oder spielte in Laieninszenierungen. Ihre Mutter war Wäscherin, ihr Vater Lastenträger am Bahnhof. Er verbrachte mehr Zeit mit einer Flasche Obstler am Tag als mit Mutter und Tochter zusammen. Er hatte einen riesigen Körper und eine Kehle, durch die sein Monatslohn innerhalb weniger Tage verschwand. Um Fragen diesbezüglich und überhaupt Fragen aller Art zu beantworten, benutzte er vorwiegend die Hände. Es schien, daß die Natur ihm keine Hände geschenkt hatte, sondern zwei große, deutliche und fertige Antworten, die imstande waren, alles Erdenkliche zu klären. So blieb sein Mund immer frei für andere Aufgaben. Er hatte ihn nicht bekommen, um zu reden, sondern um das Leben zu schmecken und auf das Leben zu spucken. Also schmeckte er damit das Leben und spuckte kräftig darauf, und wenn manchmal ein Wort herauskam, war es so außergewöhnlich, daß es alle verwirrte. In den meisten Fällen geschah dies, wenn ihm das Leben gerade nicht schmeckte. Dorothea lebte in einem Haus aus Lehm, das nur zwei Zimmer und zwei Fenster hatte und in dem ihr Vater spuckte und der Wasserhahn so wie die Augen ihrer Mutter dauernd tropften.

Eine bessere Ausgangssituation konnte sich Mladen gar nicht wünschen. Er brauchte sie nur an einen Ort zu bringen, wo sie weder das Spucken noch das Tropfen hören mußte. Er wußte, wenn sie etwas gerne hörte, dann Applaus. Also würde er dafür sorgen, daß sie in Räume kam, wo viel geklatscht wurde. Sie hatte Talent, also konnte er sich reinen Gewissens für sie einsetzen. Sie war ganz dem Theater ergeben, also würde sie sich nicht so schnell einen Liebhaber suchen. Sie war jung, sie war hübsch, also eignete sie sich gut, für Mladen zu repräsentieren. Und sie brauchte seine Unterstützung, also würde sie ihn zumindest respektieren. So dachte Mladen, während er Blatt für Blatt sein Heftchen zerriß und verbrannte.

Ende April holte er sie mit seinem schwarzen »Wolga« von zu Hause ab. Ihr Vater stand in Schlapfen und weißem Ruderleiberl vor dem Haus. Seine Hände in die Taschen seiner blauen Arbeiterhose gesteckt. In seinem Mundwinkel rauchte eine filterlose Zigarette.

»Schönes Auto, Genosse«, sagte er, und die Spitze der Zigarette erglühte. »Wollen Sie nicht zuerst einen mit mir trinken?«

»Geht heute nicht. Ich muß leider fahren«, sagte Mladen und stieg aus dem Auto.

»Wie schnell fährt das Ding?« fragte der Vater und lehnte sich mit dem Ellbogen auf das Dach. Es war ein Zeichen des Vertrauens.

»Ich bin schon 100 gefahren.«

»100!« Die Zigarettenspitze wurde rot wie eine zu schnell gereifte Frucht. Er spuckte den Stummel aus und streckte seine Hand. »Meine Achtung, Genosse, ich heiße Micho.«

»Sehr angenehm, ich bin Mladen.«

»Kann ich eine Runde machen? Meine Tochter braucht sowieso noch ein bißchen.« Aber da kam Dorothea.

Zwei schwarze Locken berührten leicht ihre Stirn wie die Schatten einer Weide eine vom Mond bespiegelte Seefläche. Ihre Wimpern schienen über Nacht länger geworden zu sein. Man konnte sie fast aufeinanderklappen hören. Ihr Lächeln war von zwei roten Wellen umrundet und ständig begleitet. Und sie hatte das Kleid an, das graue, das helle. Das Graue ließ sich nur deuten, und das Helle ließ sich nur anstreben. »Gerade haben wir von dir geredet«, sagte Micho. Mladen machte die Tür auf. »Ein anderes Mal«, wandte er sich an Micho, bevor er ins Auto stieg.

»Is' schon in Ordnung, Genosse. Und fahr bitte nicht so schnell mit meiner Tochter. Sie ist meine einzige.«

Dorotheas Mutter blickte nur durch das Fenster. Mladen sah sie und winkte. Die Mutter erschrak und verschwand. Das Auto fuhr.

Sie gingen zuerst ins Theater, schauten sich Tschechows »Die Möwe« an, schwiegen, klatschten. Danach gingen sie ins Restaurant »Trimontium«, aßen, tranken und sprachen über »Die Möwe«. »Ich hoffe, ich werde nie eine Mutter wie Irina Arkadina. Lieber wie Nina leben, verzweifelt, vom Winde getragen, wie eine Möwe eben«, sagte Dorothea.

»Sogar, wenn sich ein Mann deinetwegen erschießt?« wollte Mladen wissen.

»Jede Frau hat zumindest einmal davon geträumt, daß sich ein Mann aus Liebe zu ihr umbringt. Das sind nur Träumereien. Die Wirklichkeit schaut ganz anders aus.«

»Und wie schaut sie aus?«

»Der Wasserhahn tropft, das Haus ist alt und voller Ameisen, die, kaum daß du dich hinlegst, auf deinem Körper zu wandern beginnen und dir keine Ruhe gönnen. Und du arbeitest in einer Altpapiersammelstelle und glaubst, daß du träumst, nur weil du im Restaurant ›Trimontium‹ speist.«

»Na gut, dann träumen wir noch ein bißchen weiter.«

»Einverstanden. Ich bin eine Möwe«, sagte sie, lachte. »Und was bist du?«

»Ein dankbarer Zuschauer«, sagte Mladen.

»Das ist kein Traum.«

»Doch«, sagte er und schaute zu, wie sie noch zwei Gläschen Merlot trank, wie sie ins Auto stieg, wie sie sich im Spiegel anschaute und wahrscheinlich an die Möwe, die sie war, dachte und deswegen ihre Hand, während sie fuhren, aus dem Fenster streckte. Er schaute zu, wie sie neugierig seine Wohnung und besonders die vielen Bücher ansah. »Hier tropft kein Hahn, und es gibt keine Ameisen. Hier wird nur geträumt«, sagte er und schaute zu, wie sie lachte, wie sie ihn umarmte, wie sie ihn küßte, wie ihr Kleid, wie ein überflüssig gewordenes Licht, auf den Boden fiel. Mladen schaute zu, wie geschickt sie anfangs ihren Körper vor ihm zu verbergen wußte und ihm diesen nur Teil für Teil zu entdecken erlaubte. Er schaute zu, wie sie sich dann auf ihn wie auf einen neben das Fenster gestellten Stuhl setzte und ihn auf den Boden kippte. Ihr Haar fegte über seine Brust, als ob sie versuchte, alle Spuren früherer Frauen wegzuwischen. Ihr Körper erzählte atemlos dem seinen das Märchen vom Glück ihrer Begegnung, und ihre Hände berührten ihn wie ein lang ersehntes Geschenk. Und wo auch immer ihre Zunge hin wanderte, glaubte man, die unverkennbaren Schritte der Liebe zu hören. Mladen dachte sogar, wieder das Gezwitscher der Vögel und das Rascheln der Blätter zu vernehmen. Denn was er gerade sah, war die vollkommenste Vorstellung seines Lebens. Kurz danach ging der Vorhang zu. Keine Frau lag auf Mladen, sondern das Licht eines vergessenen Scheinwerfers. Sie berührte ihn, sie wärmte ihn und war trotzdem weit weg.

»Du wirst eine sehr große Schauspielerin werden. Ich bin davon überzeugt«, sagte er ernst.

»Danke, daß du an mich glaubst«, sagte sie. Er wartete. »Es ist schön, mit dir zu träumen«, sprach sie. Er wartete weiter. »Ich hab' mich in dich verliebt«, flüsterte sie. Ja, das sollte jetzt kommen. Genau darauf hatte er gewartet.

»Ich mich auch«, sagte er und: »Ich liebe Möwen.«

»Und ich liebe die Zuschauer und hasse die Ameisen«, dachte sie, sagte aber, »Liebst du auch Altpapiersammlerinnen?«

»Geschickt. Das ist meine Frau«, dachte Mladen, sagte aber, »Hier wird nur geträumt. Wir haben es doch ausgemacht.«

»Ja, Liebster«, sagte sie. Danach kamen Küsse, nach ihnen der Morgen, dann mehrere Nächte, mehrere Tage, drei Wochen später sein Heiratsantrag und anschließend ihre Tränen. »Ja, Liebster«, sagte sie.

Die Hochzeit fand im Juli im Restaurant »Trimontium« statt. Zu Gast waren alle wichtigen Leute der Stadt und der Umgebung. »Ich gratuliere, bewundere und beneide Sie, Genosse Mladenov. Wie machen Sie das? Im richtigen Augenblick die hübscheste Frau zu heiraten«, meldete sich der Leiter der Gewerkschaften zu Wort. »Alles nur Dialektik, Genosse Parvanski«, antwortete Mladen und hob sein Glas. Seine Mutter Sdravka saß neben ihm, und vor lauter Glück wußte sie nicht, was sie zuerst machen sollte, weinen oder lachen. Sie entschied sich für beides zugleich. »Wie gescheit mein Sohn ist. Genauso wie im Radio redet er, wie im Radio«, sprach sie zu

Dorotheas Mutter Dotschka. Die saß da, nickte und war mit allem, was Sdravka sagte, einverstanden. Von Zeit zu Zeit schickte sie ihrer Tochter schnelle bewundernde Blicke, die aus Angst, von jemand anderem bemerkt zu werden, durch den Raum flogen und an tausend Gegenständen zerbrachen, bevor sie zu ihr gelangten. »Ich hab' ihm gesagt, er soll eine Dunkle heiraten, und er hat auf mich gehört. Aber du hast auch eine schöne Tochter großgezogen. Schaut ein bißchen wie Sophia Loren aus«, sprach Sdravka weiter. Dotschka nickte und nickte. »Sie ist meine einzige«, sagte sie nur.

Ivan war auch gekommen. »Schau, Bruder, es ist eine Prinzessin geworden. Tatjana heißt sie«, schrie er gleich und zeigte seine Tochter. »Wem geht's wie mir? Wer lebt mit zwei Prinzessinnen im Haus? Niemand.« Seine Frau Kitka lachte und nahm ihm schnell das Kind aus den Armen. »Doch. Ich lebe so«, hörte Ivan eine tiefe Stimme und lernte so Dorotheas Vater Micho kennen. Sie schauten sich nur einmal an, und schon waren sie Freunde. Zuerst tranken sie eine Flasche Schnaps zusammen, dann spielten sie unter den Zurufen der Gäste Armdrücken, wobei Ivan dauernd verlor und so erstaunt war, daß er von Micho gleich das Geheimnis seiner Spieltechnik erfahren wollte. Da mußte Micho nachdenken. Da mußten sie noch eine Flasche Schnaps trinken. »Mir fällt kein Geheimnis ein«, sagte er schließlich, »ich bin einfach zu stark für dich. Ich wollt's dir aber nicht gleich sagen, weil du so ein netter Kerl bist.« Da mußten sie sich umarmen. Es ging nicht anders. Und Ivan mußte Micho deutsche und russische Lieder beibringen. Es ging nicht anders. Und dann sangen sie zusammen. Ivan ein deutsches Lied, Micho ein russisches. Es ging auch anders, aber es machte ihnen auch so Freude. Außerdem waren alle zufrieden und lachten. Da wurden ihre Kehlen plötzlich sehr trocken, und eine Flasche Wein eilte ihnen in letzter Sekunde zu Hilfe. Jetzt konnten sie schon tanzen, und sie stiegen auf den Tisch. Ivan tanzte Kasatschok, Micho führte einen bulgarischen Tanz mit Messern vor. Aber die Messer waren zu stumpf und hätten ihm beinahe die Stimmung verdorben, wenn da nicht Ivan gewesen wäre, der ihm ein paar Kasatschok-Schritte zeigte. Da bemerkte Ivan, daß sein Bruder Mladen ihm irgendwelche Zeichen machte, und in einer sehr dunklen Ecke in ihm regte sich eine noch dunklere Ahnung, daß sein Bruder sich wahrscheinlich für ihn schämte. »Und das nennt sich ein Bruder!« sagte Ivan verächtlich und drehte sich, in der Absicht, seinen wahren Bruder zu umarmen, um. Leider war Micho verschwunden. Ivan mußte ihn unbedingt finden. Es ging nicht anders. Er stieg vom Tisch und suchte ihn auf der Tanzfläche und bei der Kapelle, schaute sicherheitshalber hinter den Trommeln nach, schaute am Klo, überlegte schon, das ganze Hotel zu durchsuchen, kehrte aber zurück und schaute anschließend unter dem Tisch nach. Er fand dort zuerst drei unterschiedliche Schuhe, einer davon paßte ihm genau, und er behielt ihn. Danach fand er eine Frauenunterhose, die sehr schön duftete und die er in seine Hosentasche steckte, um sie später seiner Frau, seiner Prinzessin, zu schenken. Danach fand er den Leiter der Gewerkschaften, Genosse Parvanski, aber den suchte er gerade nicht. Er kletterte behutsam über ihn und schau, da war er, da war sein wahrer Bruder Micho. Micho lag, den Kopf mit der Hand gestützt, unter dem Tisch und dachte nach.

»Die guten Menschen findet man nur unter der Erde«, sagte Ivan.

»Weißt du, Ivan, mir ist was eingefallen. Ich würde dich gern adoptieren.« Ivan war sofort einverstanden.

»Und du arbeitest dann mit mir in der Mine.« Micho war sofort einverstanden.

»Dein Bruder hat ein Auto, das über 100 km/h fahren kann«, sagte Micho.

»Ich hab' keinen Bruder mehr. Und auch sein Auto will ich nicht haben. Du bist jetzt mein Bruder.«

»Das ist richtig. Aber was glaubst du, mit wieviel km/h dreht sich jetzt das Zimmer um uns?«

»Kann ich nicht sagen.«

»Schau genau zu.« Beide schauten zu, und tatsächlich drehte sich das Zimmer.

»Hat denn mein blöder Bruder auf einem Karussell geheiratet?«

»Ich glaube, er will uns jetzt damit verjagen.«

»Aber wir bleiben hier. So wie der Genosse Parvanski. Und außerdem will ich dir was schenken. Ich wollte diese Unterhose meiner Frau schenken, aber ich geb' sie dir. Schenk sie deiner. Schau, wie gut sie riecht«, sagte Ivan voller Rührung.

»Danke, Ivan, die riecht wirklich wunderbar. Aber ich hab' meiner Frau noch nie was geschenkt, und ich will gar nicht damit anfangen«, sagte Micho und gähnte. Das Gähnen übertrug sich automatisch auf Ivan, und beide wurden auf einmal so müde, daß sie einschliefen. Irgendwann wurde Micho geweckt und gebeten, Ivan nach Hause zu tragen. Er war einverstanden, wollte dann aber nicht von Ivans Bett weggehen. Er ging erst, als Mladen versprach, ihm das Auto für einen Tag zu borgen. Und Kitka entschuldigte sich die ganze Zeit für ihren Mann Ivan und auch Dotschka für ihren Micho, nur Sdravka freute sich, denn wann hatte sie zuletzt ihre beiden Söhne zusammen gesehen. 47 war das, oder war es 48? Lange war das her. Ihr Mann lebte damals noch, ihr Mann lebte noch. Morgen wird sie ihn gleich besuchen gehen und ihm alles erzählen. Von der schönen Braut wird sie ihm erzählen, von der schönen Hochzeit, von den schönen Gästen und davon, daß Mladen zwei Wochen ans Meer fahren wird. Am Meer, wo sie selber noch nie war, bei den vielen Möwen und bei den vielen Wellen werden sie sein. Vieles wird sie morgen ihrem

Mann erzählen, Lebkuchen wird sie ihm mitbringen und eine Flasche Schnaps. Die hat sie von der Hochzeit für ihn mitgehen lassen, und keiner hat es gesehen, keiner. Das brauchte er aber nicht zu wissen. »Von deinem Sohn Mladen ist der«, wird sie ihm sagen. »Er schickt dir den Schnaps«, das wird sie ihm sagen.

Nun war Mladen verheiratet. Aus einigen Überlegungen, aus ein paar, in einem längst verbrannten Heft, niedergeschriebenen Bemerkungen und Analysen, aus einem an einem Apriltag geöffneten Fenster, aus Gezwitscher und Rascheln, aus einem hellgrauen Kleid und einem unerwarteten Anruf war ein Bündnis fürs Leben entstanden.

»Soll ich wieder das hellgraue Kleid anziehen?« fragte ihn Isabella, als er Ende August wieder bei ihr auftauchte. Nein, sie sollte weder etwas an- noch etwas ausziehen, er wollte nur mit ihr plaudern, wofür er auch bereit war zu zahlen. Er saß am Bettrand und trank einen türkischen Kaffee. Er wirkte sehr frisch. Sein Gesicht war sonnengebräunt, seine Haare noch rötlicher geworden, als ob er einige am Meer erlebte Sonnenuntergänge mitgenommen hätte. Isabella saß vor dem Spiegel und nutzte die Zeit, sich die Fingernägel zu lackieren.

»Was glaubst du? Wenn eine Frau nicht von Anfang an in einen Mann verliebt ist, kann es vorkommen, daß sie sich jemals in ihn verliebt?« fragte er.

»Schon möglich«, sagte Isabella und blies auf die Nägel ihrer linken Hand.

»Und wenn sie ihn nicht liebt, könnte es sein, daß sie ihm trotzdem treu bleibt?« fragte er wieder.

»Warum nicht? Ich hab' schon genug Perversionen gesehen. Du machst dir Gedanken, was?« Isabella zog unter ihren künstlichen Wimpern einen noch längeren gekünstelten Blick hervor und bewahrte ihn für Mladen in dem vor ihr stehenden Spiegel auf.

»Es ist interessant. Ich und Dorothea, wir täuschen uns nur vor, daß wir uns lieben, und trotzdem fühle ich mich wohl«, sagte Mladen, ohne sich den Blick abzuholen. Da mußte sich Isabella umdrehen.

»Du hast gerade Amerika entdeckt. Excusez moi, aber womit, glaubst du, verdiene ich die ganze Zeit mein Geld? Und die Männer fühlen sich wohl dabei. Wir mögen die Täuschung, wir könnten ja ohne sie gar nicht leben. Schrecklich wäre es ohne sie. Weißt du, warum deine Partei immer wieder so grausam ist? Weil sie versucht, den Leuten zu verbieten, sich zu täuschen ... Wie du dich fühlst, das wird zählen, und nicht, was du alles weißt. Also genieße deine Ehe und ärgere mich nicht ... Wohin gehst du? ...«

»Meine Ehe genießen. Das Geld liegt auf dem Bett«, sagte Mladen schon bei der Tür.

»Scheiß auf dein Geld. Immer wenn ihr nichts zu sagen habt, geht ihr«, sagte Isabella und zog wieder den Nagellackpinsel aus der Flasche.

»Wenn ich was zu sagen habe, dann komme ich wieder.«

»Wahrscheinlich bin ich dann irgendwo in Strandsha-Sakar.«

»Du bist meine Freundin. Du fährst nirgendwo hin«, sagte Mladen und verließ die Wohnung.

Wohl fühlte sich der Genosse Mladenov, seine Ehe genoß er, seinen guten Ruf genoß er, seine Gedanken genoß er, die Macht genoß er. Voller Genuß lebte Genosse Mladenov. Keine Weltrevolution brauchte er mehr, also besuchte er Isabella selten und nur, um ein bißchen mit ihr zu reden. Kein Kleid zog sie mehr für ihn an, keines zog sie aus. Kaffee kochte sie, was zum Trinken und zum Essen bot sie ihm an, aber nicht mehr ihren Körper. »Eigentlich schade«, sagte sie einmal. »Hab' wieder mal kein Hochzeitskleid bekommen. Ich verliere Sie langsam als Kunde, Genosse Mladenov. Wahrscheinlich sind Ihnen die Ideen ausgegangen.«

Hier und da korrigierte sie noch seine Parteireden, aber nur aus einer Distanz, denn sie merkte, daß sich in seiner Hose immer noch eine kampfbereite Faust ballte, und sein Hosenschlitz in die helle Zukunft zeigte. Ein hellgraues Kleid hatte diese Zukunft, wußte Isabella. Egal war ihr diese Zukunft, egal war ihr sowieso jede Zukunft. Was wußte man schon von ihr? Was konnte man von ihr holen? Leben konnte man jedenfalls nicht davon. Mladen wollte sie jedesmal bezahlen, aber sie lehnte ab. »Kauf deiner Frau was Schönes damit. Mir reicht es, wenn ich ungestört weiterarbeiten kann«, sagte sie, oder, »Wozu hat man Freunde? Und solange sich diese nicht gegenseitig zu ficken beginnen, bleiben sie auch Freunde.« Isabella und Mladen waren Freunde. Was Mladen und Dorothea betraf, konnte dieser Logik zufolge von gar keiner Freundschaft die Rede sein. Denn sie schliefen miteinander, wo und wann sie nur konnten. Sie schliefen in Büros, Autos, Zügen und Zugtoiletten miteinander, wobei Mladen in den letzteren auffiel, daß er schon lange nicht mehr geweint hatte. Es schien ihm auch besser, anstatt zu weinen, ein paar Kilometer lang zu koitieren, obwohl er weiter vom Wort »Besetzt« Gebrauch machte. Kein anderes schien sich besser zu eignen, um einen Raum für die unterschiedlichsten Bedürfnisse des Körpers und der Seele allein für sich zu beanspruchen. Sie schliefen miteinander in Parks, in Wäldern, auf Wiesen, an Ufern, hinter Denkmälern von Dichtern und Revoluzzern und hinter solchen mit symbolischem Charakter. Einmal taten sie es sogar auf der Straße, Ecke Boulevard Lenin und Boulevard Georgi Dimitrov. Es war nachts. Mladen setzte sich auf eine Bank, Dorothea auf ihn. Es war, Gott sei Dank, kein Mensch und, leider Gottes, keine Sternschnuppe zu sehen. Leer war Lenin, leer war Dimitrov und dann auch Mladen. Nur nicht der Himmel. Alles, was nur schimmern konnte, hatte er aus den dunkelsten und entferntesten Zellen herausgeholt, um den beiden zuzuschauen. Es war eindeutig grausam von ihm. »Ich hab' gerade eine Sternschnuppe gesehen«, log Mladen und »Ich sehe sie die ganze Zeit«, log Dorothea. Dabei blickten sie öfters auf den leeren Lenin und den leeren Dimitrov. Aber der Mensch lebt eben von Täuschungen.

Zu den aufregendsten Erlebnissen dieser Art zählte Mladen nur noch zwei andere. Das eine geschah im Haus der bulgarisch-sowjetischen Freundschaft, als er in demselben Raum und mit derselben Zunge, mit der er vorher so schön geredet hatte, später in der Nacht zwischen Dorotheas Schenkeln wie in einem offenen Buch blätterte. Das andere Erlebnis war nichts Besonderes, aber er maß ihm große Bedeutung bei. Mladen bekam einen geblasen auf dem historisch beladenen Berg Busludsha.

Mladen kam dahinter, daß er überall dort mit Dorothea schlief, wo er früher immer gelesen hatte. Er merkte auch, daß sie, je weniger sie ihn zu lieben schien, umso leidenschaftlicher ihren Körper einsetzte, besonders nachdem sie in der Schauspielakademie aufgenommen wurde. Als ob ihr Körper eine Waffe wäre, mit der sie hoffte, Mladen zu zerstören. Er hatte es auch nicht anders erwartet. Sie waren ja keine Freunde. Eines Tages aber hörten die Zerstörungsversuche vorübergehend auf. Dorothea war schwanger geworden. Sie brach das Studium ab, bekam aber die Prüfungen zugesprochen.

Micho, Dorotheas Vater, war von dieser Nachricht gar nicht sonderlich gerührt. Vielmehr hatte ihn ein Brief gerührt, den er vor einem halben Jahr, oder war es länger her, da mußte Micho wieder trinken, egal, vor einem halben Jahr von Ivan bekommen hatte. Er hatte ihn schon mindestens dreimal, wenn nicht öfter, gelesen, aber er konnte und konnte irgendwie nie Zeit finden, ihn zu beantworten, denn er hatte von Natur aus nur zwei Antworten bekommen, nicht mehr. Und die trug er immer mit sich. Das bereitete ihm Schwierigkeiten und kostete ihn viele durchzechte Nächte, die anfangs einen Sinn zu verbergen schienen und doch immer so enttäuschend sinnlos endeten, daß sie ihm fast das Herz zerbrachen. Micho mußte dann Tische und Stühle zertrümmern. Warum? Weil er auf seine Hände geschaut und entdeckt hatte, daß sie noch da waren und die ganze Zeit nichts, aber gar nichts getan hatten, um seinem einzigen Freund auf dieser Erde eine Kunde zu schicken. Statt dessen mischten sich da fremde Leute ein, mit frechen Forderungen, irgendwelche offenen Rechnungen zu bezahlen. Da mußte man auf den Tisch hauen. »Nur einem Menschen bin ich was schuldig. Ivan, hörst du mich! Hörst du, wie allein ich bin und nur von Wölfen umgeben.« So antwortete Micho, aber Ivan konnte ihn nicht hören.

Micho hatte auch darüber nachgedacht, seine Frau Dotschka den Brief schreiben zu lassen. Hätte er jemand anderem schreiben müssen, hätte er es auch so gemacht. Mit Ivan aber war das anders. Mit Ivan hatte er Arm gedrückt. Seine Frau schreiben zu lassen wäre, als würde er sie mit Ivan Armdrücken schicken. Das ging nicht. Die Tage vergingen. Micho erfuhr, daß er bald einen Enkel bekommen würde, und lauter anderes sinnloses Zeug. Nur von Ivan erfuhr er nichts. Und das war ärgerlich. Genauso ärgerlich wie dieser Köfte-Verkäufer, der gerade seine Mahlzeit in Schulheftpapier einwickeln wollte.

»Was soll der Scheiß! Habt ihr denn kein anderes Papier?« wollte Micho wissen. Nur Zeitungspapier gebe es noch. Die Papierlieferungen haben sich verspätet. Die Fabriken haben schlecht geplant, entschuldigte sich der Verkäufer.

»Soll ich die sechs Köftes lieber in Zeitungspapier einwickeln?« fragte er hilfsbereit.

»Ich will nicht lesen, ich will essen«, sagte Micho. Der Verkäufer zeigte Verständnis. Er wickelte die Bestellung nicht, wie ursprünglich geplant, in die mit Hausaufgaben seines Sohnes beschriebenen Blätter, sondern zog unter der Lade ein ganz neues Heft heraus, riß aus dessen Mitte saubere Blätter und wickelte darin Michos Mahlzeit ein.

»Kein Klopapier, kein Einwickelpapier, nichts funktioniert in diesem Land. Ich frage mich, welcher Trottel plant da oben, wieviel im Sozialismus gegessen und geschissen werden darf. Er plant es immer falsch. Oder will man dem Kapitalismus zeigen, daß hier weniger geschissen wird«, kommentierte Micho, bevor er zurück zum Bahnhof ging, um seine Mittagspause zu genießen. Er verschlang genußvoll ein Köfte nach dem anderen, schaute auf die Heftblätter, die außer den paar Fettflecken immer noch sehr sauber waren, und entschied spontan, Ivan darauf einen Brief zu schreiben. Einen Bleistift brauchte er noch, und zwar dringend. Und sieh, da ging ein Mann im Tischlergewand, mit Latten unter dem Arm und einem Bleistift hinter dem Ohr. Wenn das nicht das Schicksal ist, sagte sich Micho, was sonst? Er rief den Mann, borgte sich seinen Bleistift und bat ihn weiterzugehen, damit er ihn nicht beim Nachdenken störe. Und dann geschah etwas Außergewöhnliches. Micho begann zu schreiben. Er schrieb folgendes: »Ivan, mein Freund, danke für deinen Brief. Das Wetter hier ist schön. Und wie ist es bei dir? Du bist nicht da, und das ist nicht schön. Wir können nicht Armdrücken und zusammen trinken. Mir geht's sonst gut. Der Fleck da ist von den Köftes. Die hab' ich zu Mittag gegessen. Waren nicht schlecht. Jetzt ist übrigens Mittag. Meine Pause ist vorbei. Das ist mir egal. Ich werde bald Großvater. Das ist mir auch egal. Ivan, wir sehen uns viel zu selten. Das ist mir nicht egal. Du bist schwer in Ordnung, und hier gibt es keinen, der so schwer in Ordnung ist. Es gibt auch kein Einwickel- und kein Klopapier. Ich bin mit dem Auto deines Bruders gefahren. Tolles Ding. Fährt wirklich über 100 km/h.« Da mußte Micho unterbrechen und überlegen, was er noch schreiben konnte. Der Brief schien ihm noch viel zu kurz. Also schaute er sich ein bißchen um und schrieb weiter. »Gerade kommt der Zug aus Sofia. Da gibt's die meiste Arbeit. Viele Pakete kommen aus Sofia.«

Es kam eine zweite unerwünschte Unterbrechung. Danach schrieb er weiter. »Koljo, ein Kollege, war gerade bei mir. Was machst du hier, hat er mich gefragt. Ich schreibe einen Brief, habe ich ihm gesagt. Ich wußte nicht, daß du schreiben kannst, sagte er mir. Hau ab oder du fliegst, habe ich ihm gesagt. Koljo ist dann gegangen. Er ist nicht in Ordnung. Er hat nur Angst. Er wird dem Chef jetzt alles erzählen. Aber der Chef hat auch Angst. Lauter miese Kerle sind das. Gerade geht die Schaffnerin Anni vorbei. Sie hat den Rock ihrer Uniform kürzer gemacht. Der Chef hat nichts dagegen gesagt. Jeder will mit Anni schlafen. Koljo gibt an, daß er es schon gemacht hat. Keiner glaubt ihm. Er ist sehr dumm. Koljo kennt außer seiner rechten Hand keine andere Frau. Mir ist Anni egal. Leider fällt mir nichts mehr ein, worüber ich dir noch schreiben kann. Besser du kommst hierher, oder ich komme zu dir.« So beendete Micho den ersten Brief seines Lebens. Er empfand das als Grund genug, seinen Arbeitstag zu beenden, und steuerte seine Schritte der ersten Kneipe entgegen.

Am 28. November 1966 gebar seine Tochter Dorothea einen Sohn. »Nennen wir ihn Iskren, als Symbol unserer Liebe«, schlug Mladen vor. Kurz nach der Geburt ließ Mladen ein dreistöckiges Haus bauen. Einen Stock für Iskren, einen Stock für Dorothea und ihn und einen für ein weiteres geplantes Kind.

Drei Wochen nach der Geburt kaufte Mladen eine Flasche Cognac, eine Schachtel Pralinen und besuchte Isabella. Sie legte gerade die Karten, sie sagte herein, sie drehte sich um, sie sah ihn an, sie wußte es, sie schlug auf die Karten, sprang auf und umarmte ihn. »Halte mich ein bißchen. Meine Füße sind eingeschlafen«, sagte sie zuerst. Danach holte sie zwei Gläser.

»Gratuliere, Genosse Mladenov. Ich wünsche deinem Sohn viel Gesundheit und Glück und daß aus ihm ein guter Mensch wird. Er wird den Kommunismus erleben. Wir nicht mehr. Es wird dann kein Geld mehr geben, und er wird von lauter guten Menschen umgeben sein. Es wird leicht zu leben sein. Und wie fühlt sich der Vater?«

»Wohl, sehr wohl«, sagte Mladen.

»Einen schönen Namen hat er bekommen. Wenn ich mal ein Kind haben sollte, nenne ich es auch so.« Eine Praline verschwand in ihrem Mund. Sie kaute langsam, schaute dabei Mladen an, schob eine Praline in seinen Mund, dann noch eine und noch eine. »So süß soll das Leben sein«, sagte sie. Sie saßen, sie lächelten. Isabella schleckte ihre Finger ab. Der Cognac streichelte ihre Kehlen, machte ihre Bewegungen weich, machte sie langsam. Ein Glas berührte leise den Tisch und verstummte. Die Kreuzdame fiel und brauchte ewig lange, bis sie den Boden erreichte. Isabella umschlang mit den Händen ihr Knie wie eine große Walnuß, die sie knacken wollte. Ihr Körper begann leicht zu pendeln. In einem Glas wurde noch Cognac geschwenkt, als ob man ihn einschläfern wollte. Und die Zeit verging.

Auf einmal stand Isabella auf, entschuldigte sich, daß sie das Haus in einer halben Stunde verlassen müßte, und fragte Mladen, ob es ihm nichts ausmachen würde, wenn sie sich dabei anziehe. Es machte ihm nichts aus.

»Und wie fühlt sich die Mutter«, fragte sie, während sie eine Strumpfhose nach Laufmaschen untersuchte. Ihre rechte

Hand, kurzfristig in ein Bein verwandelt, steckte in der Strumpfhose.

»Wie eine Möwe«, sagte Mladen.

»Sehr poetisch, Genosse Mladenov, Sie sind zu beneiden. Sie leben nicht in einer Ehe, sondern in einem Gedicht.«

Mladen dachte aber an etwas anderes. »Ich will, daß mein Sohn Deutsch lernt. Mein Vater konnte sehr gut Deutsch. Es hat ihm sehr viel geholfen... Wenn er besoffen war, sprach er manchmal mit den Pferden.«

»Dein Sohn wird halt mit den Möwen Deutsch sprechen.«

»Ich will auch eine Tochter haben«, sprach Mladen unbeeindruckt weiter.

»Das solltest du besser mit deiner Frau besprechen. Ich muß jetzt gehen«, sagte Isabella schon angezogen.

»Warte ein bißchen! Wenn du eine Tochter hättest, wie würdest du sie nennen?« fragte Mladen.

»Radost.«

»Radost«, wiederholte Mladen, während er nach Hause ging. »Radost«, während er das neue Haus bauen ließ. »Radost«, während er mit Dorothea schlief. »Radost«, während sie schwanger war. Und er hätte tatsächlich eine Radost bekommen, wäre da nicht dieser blöde Milizionär Jordan Apostolov gewesen. Jahrelang hatte Mladen alles sorgfältig geplant. Den Aufstieg hatte er geplant, die Ehe, das Haus, die Kinder, und dann taucht so einer auf, taucht auf, kurz bevor alles erfüllt werden sollte, und raubt und leert und verbittert und zerstört. Mladen wollte nicht mehr denken. Am liebsten hätte er gleich zu Isabella fahren wollen, aber er hatte Angst, sie wäre beschäftigt, hätte gerade einen anderen Kunden. Das wäre ihm heute nacht zuviel gewesen. Das hätte er nicht mehr verkraftet. Er brauchte dringend Versenkung. Seinen Sohn wollte er auch sehen, um sicher zu sein, daß er noch lebte. Und dann,

dann könnte er einen Zug besteigen und sich in der Toilette einsperren.

Bei seinem Sohn fand er aber die Nachbarin Wessa, und er versank in ihrem Fleisch.

»Sie machen mich verrückt«, sprach sie. »Ich werde verrückt, ich werde verrückt«, antwortete Mladen. Ein schwarzer Vogel pfiff und pfiff in seinem Kopf und schuf Wolken, nichts als Wolken. Mladen war weg. Mladen hörte nicht, daß sein Sohn Iskren aufgewacht war und weinte. Wessa sprang auf, umarmte Iskren, ließ auch seinen Kopf in ihrem Fleisch versinken, beruhigte ihn. Mladen zog seine Hose an. Sein Sohn war schon wieder eingeschlafen. Sie trauten sich nicht, einander anzuschauen, Wessa und Mladen, Mladen und Wessa. Was sie anschauten, lag auf dem Boden, stand auf Tischen, hing an Wänden, war still, war stumm und wartete. Wessa zog ihren Hauskittel an, Mladen sein Hemd. Beide knöpften zu, beide schauten weg, beide waren verschwunden, unter Knöpfen und Stoff, zwischen Sachen, die hingen und standen und lagen.

»Ich nehme die Wollsocken mit«, sagte Wessa und ging, ohne sich umzudrehen. Mladen blieb in dem Zimmer vergessen, Vergessen blieb in dem Zimmer, Vergessen.

Noch in der Früh rief Genosse Mladenov in der Miliz an. Ganz in der Früh rief er an. Sein Sohn schlief noch und träumte. Wegen eines geraubten Traumes rief sein Papa an. Zornig sprach er, Strafen forderte er. Er sprach mit Oberst Zarev. Zarev, der Name sagte ihm etwas, aber er konnte sich nicht mehr erinnern. Viel zu viel Vergessen war von gestern nacht noch im Zimmer geblieben. Zarev, der vergessene Zarev, versprach, sich um den Fall sorgfältig zu kümmern. Mladen legte den Hörer auf. Und schon lag und stand und hing alles im Zimmer und war wieder still, und war wieder stumm. Nur ein Paar Wollsocken fehlte, sonst war alles da.

»Ivan geht's gut. Er hat sich eine neue Gitarre gekauft und muß sie vor seiner Tochter verstecken. Sie spricht schon. Papas Hände sind schmutzig, sagt sie ihm oft, so schreibt er… Aber Mladens zweites Kind ist tot geboren worden. Nur ein Datum wird auf seinem Grabstein stehen, unter dem Namen. Radost hätten sie sie genannt. Jetzt trägt nur der Stein diesen Namen. Schaut, daß ihr sie gut aufnehmt bei euch. Ob sie auf ihren Namen hören wird, weiß ich nicht. Versucht es halt! Dafür geht's seinem Sohn Iskren sehr gut. Mladen will, daß er Deutsch lernt. Hörst du das, Stanoj, Deutsch! Wenn er einmal genug gelernt hat, bringe ich ihn hierher, und er kann ein bißchen Deutsch mit dir plaudern. Wahrscheinlich wärst du glücklicher, wenn eine Frau Deutsch mit dir spricht. Eine Wienerin am besten. Aber die Freude mache ich dir nicht, du alter Bock! Meine Stimme wirst du hören. Und wenn ich sterben sollte, welche wird schon an dein Grab kommen, welche erinnert sich schon an dich«, sprach Sdravka. Danach hörte man ihren Stock zwischen den Gräbern klopfen. Er klopfte so auf die Erde, als ob er gerade eine Melone aussuchte. Er klopfte und klopfte, aber war sie reif genug, war sie süß genug, das konnte er irgendwie nicht entscheiden.

VI. *svetljo*

Im oberen Geschoß des Hauses Apostolov war ein neuer Gegenstand erschienen. Es war eine Kinderwiege aus hellem Fichtenholz, die besonders nachts ganz stark den Geruch von frisch abgehacktem Wald im Zimmer verbreitete. So stark, daß Marina einige Male von Eichhörnchen geträumt hatte, und einmal von einem Hirsch mit silbernem Geweih. In der Wiege lag Svetljo, der eigentlich Svetlin hieß, so wie sein Großvater, der Partisan, aber trotzdem von allen Svetljo genannt wurde, was ihn persönlich wenig beeindruckte. Seine Tätigkeiten erschöpften sich noch darin, daß er zu bestimmten Tageszeiten weinte oder lachte. In beiden Fällen wurde er geschaukelt. Die restliche Zeit schlief er, saugte, schiß, spie, pinkelte, furzte und rülpste er. Über ihn neigten sich verschiedene Köpfe, die mal unheimlich, mal lustig waren. Und er weinte und lachte und wurde geschaukelt. Danach schlief er ein, und im Zimmer konnte man wieder den frisch abgehackten Wald riechen. Dieser neue Gegenstand, diese Wiege, zog alle Mitglieder der Familie so an, daß keiner an ihr vorbeigehen konnte, ohne sie zu berühren und wenigstens ein bißchen zum Schaukeln zu bringen. Das kränkte die kleine Dragomira so sehr, daß sie sich einmal Zündhölzer besorgte und versuchte, die Wiege anzuzünden. Kaum aber war eine kleine nette Flamme entstanden, war ihre Mutter gekommen, und danach gab es nichts als Schimpf, Ohrfeigen und Tränen für Dragomira. So schlimm wurde sie noch nie in ihrem Leben bestraft. Hätte sie nur gewußt, daß das Anzünden von Wiegen so etwas Schlimmes war, hätte sie es auch nie gemacht. Ihr wurde für immer das Spiel mit Streichhölzern verboten und für einen Monat der Genuß von Süßigkeiten. Allein wegen der Süßigkeiten hätte sie es nie gemacht, allein deswegen. Denn nur mit den bittersten Tränen in den Augen war es möglich, zuzuschauen, wie die anderen Kinder mit Zuckerwatte verschiedener Farben in den Händen an ihr vorbeizogen. »Du weißt, warum du nichts bekommst«, sagte ihre Mutter und ihr Vater und ihre Oma und sogar ihr Opa, der ihr sonst alles kaufte. So sehr mußte Dragomira wegen einer Wiege, die nie vorher in dem Zimmer gesehen wurde, leiden. Wie schön war einmal das Leben ohne diese Wiege gewesen. Viel schöner war es, aber keiner wollte es verstehen.

Um sich an ihrem Mann dafür zu rächen, daß das Kind nicht so wie ausgemacht, sondern wieder nach seinem Willen genannt wurde, ließ Marina Svetljo insgeheim kirchlich taufen. Sie bat darum den Popen Serafim, den Großvater ihres Mannes. Sie besuchte ihn zu Hause. Er saß barfuß auf einem Hocker, mitten in seinem von Unkraut verwachsenen Hof, seinen Rücken an einen Birnbaum gelehnt, auf dessen Stamm Tausende Ameisen hinauf- und hinunterkletterten, sein Kopf von einem durchlöcherten Strohhut bedeckt, und schliff mit einem Stein eine rostige Sichel. Er sprach mit sich selbst, aber es war, als ob er die Ameisen kommandierte und mit verschiedenen Aufträgen nach oben oder nach unten schickte. Allein lebte der Pope Serafim, zu früh hatte ihm der Tod die Frau genommen. Eine zehnjährige Tochter hatte sie ihm gelassen, aber die hatte dann einen Kommunisten genommen, was fast genauso schlimm war wie der Tod. Was ihm geblieben war, war das leere Haus, in dem winters die Winde die Stimmen seiner Frau und seiner Tochter nachzuahmen versuchten. Der Hof war ihm noch geblieben, das Unkraut, die Ameisen und Gott. Ein Gott, der immer lächerlicher und lächerlicher gemacht wurde. Ein Gott, über den alle spotteten, war ihm geblieben. Ein Gott, über den alle lachten, so wie man über einen alten vergeßlichen Mann lachte, so wie man über den Popen Serafim lachte. Allein mit Gott war der Pope Serafim geblieben. Zwei alte Männer waren sie, deren Häuser leer und deren Höfe verwachsen waren. Im Winter redete Serafim mehr mit den Winden, im Sommer mehr mit dem Unkraut und den Ameisen. Denn mit Gott konnte er immer reden. Was kümmerte ihn, daß er dabei ausgelacht wurde. Man lachte ja auch, wenn er mit den Ameisen oder mit dem Unkraut sprach, oder gar, wenn er in seiner Kutte durch die Straßen ging. Heute lachten sie ihn aus, morgen jemand anderen. Er hatte schon längst aufgehört, sich darüber zu grämen. Er saß lieber in seinem Hof, so wie heute, und fand immer etwas, das er tun konnte. Heute war es die rostige Sichel zu schleifen, und schau, da bekommt er sogar Besuch. Eine junge Frau mit einem Neugeborenen in den Händen.

»Zuviel Unkraut. Man sieht das Grab meiner Frau nicht mehr. Ich gehe heute mähen«, sagte er und schliff weiter, ohne seinen Kopf zu heben.

»Pater Serafim, ich bin gekommen mit der Bitte, meinen Sohn zu taufen«, sagte Marina. Serafim spuckte auf seinen Stein und schliff weiter.

»Es wächst zu schnell«, sagte er. »Heute mähe ich, morgen ist es wieder da. Ausreißen ist besser, aber dafür bin ich schon zu schwach. Alter. Man kann nichts dagegen machen. Aber mähen kann ich noch. Das kann ich noch.«

»Pater Serafim, kannst du auch meinen Sohn taufen?« fragte Marina lauter.

»Das kann ich auch«, sagte er und blickte zum ersten Mal auf Marina. »Wie heißt dein Kind?«

»Svetlin. Er ist dein Urenkel«, antwortete Marina und senkte die Augen. Die nackten Füße Serafims waren wie aus sehr weißem Wachs gegossen, in dem sich viele feine blaue

Dochte ineinander verknotet hatten, ohne einen Auslauf zu finden.

»Svetlin. Wie den Schurken habt ihr ihn genannt, der mir die Tochter genommen hat. Muß nicht sein, daß er auch ein Schurke wird, muß nicht sein. Gut, daß du zu mir gekommen bist. Laß ihn sehen, den Urenkel.« Der Pope ließ die Sichel fallen und nahm statt dessen das Kind. »Wie süß er schläft, mein Urenkel. Sammelt Kräfte für das Leben. Mich verlassen sie schon. Ich kann nur mähen.«

»Pater Serafim, kannst du ihn gleich hier im Hof taufen? Ich hab' solche Angst, daß mein Mann davon erfahren könnte.«

»Klar kann ich. Gott ist überall. Bei den Ameisen, bei den Winden und auch in meinem Hof. Die Kommunisten wollen auch überall sein, aber sie schaffen es nicht. Hab keine Angst. Ich ziehe mich nur um«, sagte der Pope und verschwand im Haus.

So wurde Svetljo in einem Waschbecken inmitten von Serafims überwuchertem Hof und nur in der Anwesenheit von Amseln, Spatzen, Lerchen, Schwalben und einer sehr lästigen Pferdefliege getauft. Als er in das Wasser getaucht wurde, weinte er so laut, daß die Schwalben vom Draht wegflogen und dem Ritual nicht bis zum Schluß beiwohnen konnten. »Er hat jetzt einen Platz im Himmelreich bekommen«, sagte der Pope Serafim und zeigte mit seinem Finger auf die fliegenden Schwalben. Svetljo weinte aber weiter und konnte weder mit dem Himmelreich noch mit den Schwalben, sondern nur mit Marinas Brust getröstet werden. Der Pope Serafim setzte sich wieder auf seinen Hocker, lehnte sich an den Stamm der Birne und begann wieder zu schleifen. Das Waschbecken, in dem Svetljo getauft wurde, blieb im Hof, und aus ihm tranken eine Woche lang die Amseln, die Spatzen, die Lerchen, die Schwalben und auch die Fliegen. Danach war es leer.

Nur weil seine Mutter sich an seinem Vater rächen wollte, hatte Svetljo einen Platz im Himmelreich bekommen. Er verbrachte weiterhin seine Tage in der Wiege, aber seine Augen blieben immer länger offen, und er starrte auf die mit Rissen überlaufene Decke, und das war sein Himmel. Er lag in der Wiege, und das war sein Reich, und er fühlte sich wohl. Er brauchte nur laut zu weinen und schon wurde er geschaukelt oder in die Hände genommen, oder er bekam Essen und fühlte sich wieder wohl.

Sein Großvater Svetlin, der Partisan, hatte zwei Wochen mit Svetljos Nabelschnur in der Hose verbracht, weil er immer noch nicht entschieden hatte, was aus seinem Enkel werden sollte. Er mochte nicht an Gott glauben, aber er war fest davon überzeugt, daß der Ort, wohin eine Nabelschnur gelegt oder geworfen wird, das Schicksal seines Besitzers weiter bestimmen wird. »Hast du es schon entschieden?« fragten die Bauern in der Schenke. Svetlin griff in die Tasche, holte die Nabelschur, ließ sie auf dem Tisch liegen und trank einen Mastika. »Wirf sie auf das Rathaus, dann wird er Bürgermeister. Versteck sie in einem Buch für Bodenkultur, dann wird er Agronom. Ich hab's so mit meinem Sohn gemacht, und schau, er ist Agronom geworden. Besser in ein technisches Buch, dann wird er Ingenieur«, rieten ihm die anderen. Svetlin trank seinen Mastika, schaute auf die Nabelschnur und überlegte. »Schau nur, daß du sie nicht in einer Schenke verlierst«, spotteten die Bauern. Er hatte sie dann tatsächlich in der Schenke vergessen. Gut, daß der Wirt sie gefunden und seinem Sohn gegeben hatte, um sie Svetlin zu bringen. Svetlin war schon verzweifelt, als der Sohn des Wirtes erschien.

»Onkel Svetlin, Papa sagt, ich soll dir das hier geben. Er wollte mir nicht sagen, was das ist. Ist das ein spezieller Köder für Fische?« fragte er neugierig.

»Genau das ist es, mein Kind«, sagte Svetlin erfreut.

»Wo bekommt man das? Ich will's gern ausprobieren. Ich bin ein sehr guter Angler.«

»Leider kann ich dir's nicht verraten. Du erfährst es später von selbst.« Svetlin bedankte sich, steckte die Nabelschnur wieder in die Tasche und bekam selber Lust, angeln zu gehen. Er kam am Abend mit drei Karpfen und zehn Rotfedern zurück. Er gab sie seiner Frau und sagte, »Ich hab's entschieden.«

Am nächsten Tag fuhr Svetlin in die Stadt, kaufte ein medizinisches Buch und versteckte die Nabelschur zwischen den Seiten. Das Buch umwickelte er mit einem alten Hemd und legte es auf den Dachboden. Aus seinem Enkel sollte ein Arzt werden.

Svetljo lag in der Wiege, schaute an die Decke und lächelte. Sein Name war schon im Himmel vermerkt, seine Nabelschnur in einem medizinischen Buch versteckt. Da konnte man nur lächeln. Wenn ein großer Laster an dem Haus vorbeifuhr, fielen von der Decke kleine weiße Stücke. Bald konnte er auch krabbeln und sie vom Boden holen und in den Mund stecken. Aber bitter schmeckten sie, seine Sterne. Weinen mußte er, so bitter waren sie. »Spuck's heraus, spuck's!« rief seine Mutter Marina. Und er spuckte sie aus.

»Das Haus ist alt. Da hilft nichts. Wir werden in die Stadt ziehen. Es ist für uns alle bequemer«, sagte sein Vater Jordan, während er sich die Risse anschaute. »Ich will auch nicht, daß meine Kinder Bauern genannt werden«, sagte er noch, ohne Marina anzuschauen. Danach setzte er sich an den Tisch und sagte nur, »Das Essen!«

Jordan bemühte sich schon seit langem, eine Wohnung in Plovdiv zu bekommen. Er hätte auch beinahe eine im Zentrum gekriegt, aber da hatte sich wieder der Genosse Mladenov eingemischt. Ein Anruf und schon war die Wohnung vergeben. Also mußte Jordan in eines der Randviertel weichen, falls er in der Stadt leben wollte. »Irgendwann wird er dich vergessen«, beruhigte ihn Oberst Zarev und ermunterte ihn in seinen neuen Dienstaufgaben. Jordan beschattete den Sozialismus zersetzende Elemente. Jordan beschattete Intellektuelle, Schriftsteller, Maler, Regisseure. Einst hatte er eine Uniform getragen, jetzt war er ein Schatten geworden. Der Schatten eines Malers, der Schatten eines Schriftstellers, der Schatten eines Intellektuellen. Und wenn sie nicht zu Hause waren, dann durchsuchte er ihre Wohnungen. Er ging durch die leeren Zimmer, öffnete aufmerksam ihre Laden, las ihre Texte, sah ihre Bilder an, ihr vergessener Schatten war er. Man sah ihn nicht, man hörte ihn nicht, man merkte nichts. Gab es ihn überhaupt noch, den Jordan Apostolov? Nein, antwortete Oberst Zarev, wenn der Genosse Mladenov danach fragte. »Er ist momentan beurlaubt.« Und Jordan bedankte sich, indem er weiterhin alle zum Reden brachte. Intellektuelle zu verhören schien ihm viel leichter zu sein als Kriminelle. Sie bekamen viel leichter Angst. Es war auch natürlich, denn ihr eigener Schatten stand ihnen gegenüber und stellte die Fragen. Sein zerstörtes, in Stücke gerissenes Leben versuchte er von ihnen zurückzuholen. Aber auch weiterhin jene Worte, die er seiner Frau mitteilen wollte, die ihn wieder jung und verliebt und glücklich machen konnten. Aber was er von ihnen bekam, zerstörte nur ihre Leben, und die Worte, die sie sprachen, machten sie alt und verlassen und unglücklich.

»Du wirst dabei viel lernen«, sagte ihm Oberst Zarev. Und Jordan lernte viel. Er wußte schon, wie leicht es war, einen Menschen alt, verlassen und unglücklich zu machen. Man mußte ihn nur einmal von einem Schatten verhören lassen, und schon war es geschehen. Also nahm Jordan sich die Zeit und beschattete ab und zu den Genossen Mladenov. Er sammelte geduldig Informationen, machte Aufzeichnungen in ein in Leder gebundenes Heft und träumte davon, eines Tages den Genossen Mladenov persönlich zu verhören.

»Er wird die Worte wissen. Von ihm hole ich mir mein Leben und mein Glück zurück«, dachte Jordan.

Die Uniform zog er nur zu Hause an. Sie war immer sauber und gebügelt. Sie roch immer frisch wie die Jugend. Jordan zog sie an, ging durch die Zimmer, ging durch den Hof und war kein Schatten mehr. Mal raschelte das Laub unter seinen Füßen, mal knirschte der Schnee, mal hielt er eine Zwetschke oder eine Quitte in der Hand, mal einen Schneeball. Er hörte seine Mutter seufzen und seinen Vater husten und bekam Lust, mit seiner Frau gemeinsam zu stöhnen. Er ging zu ihr. Aus seiner Hand fiel eine Zwetschke oder eine Quitte oder ein Schneeball und rollte, rollte unter einen Schrank, unter einen Tisch, unter ein Bett. Man fand sie später nicht, man suchte sie nicht. Von seiner Frau fiel meist ein Kleid mit der Farbe der Zwetschke oder der Quitte und eine Unterhose mit der Farbe des Schnees. Die fand sie auch später, die fand sie dort, wohin sie gefallen waren. Denn sie rollten nicht, so wie die Tage, so wie die Jahreszeiten. Jordan knöpfte den Hosenschlitz auf, aus einer Jugend heraus wollte er lieben, aus seiner Jugend. Aber Marina verstand das nicht, sie sagte nichts, sie stöhnte nicht. Sie suchte danach nur schnell ihre Kleider. Sie hätte auch gern ihre Jugend gefunden, aber er hatte sie wieder nicht nach ihrer gefragt. Weggerollt war sie unter einen Schrank, unter einen Tisch, unter ein Bett, weggerollt von einem Hügel. Sehr kurz liebte Jordan. Der Schneeball war nicht mal richtig aufgetaut, rund war er noch, und schon knöpfte Jordan seine Hose zu. Es gab da keine Zeit, weder für Worte noch für Stöhnen, nicht mal für Tränen, für die es sonst immer genug Zeit gab. Marina zog schnell ihre Kleider an und suchte weiter nach nichts.

Jordan verließ gedemütigt das Zimmer, und unter einem Bett, unter einem Schrank verdarben die Früchte oder schmolz der Schnee.

»Mutter, Svetljo hat wieder eine verfaulte Zwetschke gefunden und in den Mund gesteckt«, hörte Marina manchmal ihre Tochter Dragomira rufen.

»Spuck's raus, spuck's gleich raus«, befahl sie ihm zornig, und Svetljo spuckte es gehorsam aus, denn sie schmeckte ihm nicht. Sie schmeckte fast so schlecht wie die Sterne, die, immer wenn er ein lautes Knurren draußen hörte, von der Decke fielen.

»In dieser Ruine können wir nicht mehr leben«, sagte Jordan. »Bei der ersten Gelegenheit ziehen wir in die Stadt.«

Und sie kam.

An einem Apriltag des Jahres 1969 übersiedelten Jordan, Marina und ihre zwei Kinder nach Plovdiv. Ein Laster mit dem Kennzeichen der Volksmiliz hielt vor dem Haus, wieder fiel ein bißchen weißer Schutt von der Decke, wieder fand man, als man die Möbel hob, verfaulte Früchte darunter, wieder seufzte die alte Dragomira, wieder hustete der alte Svetlin. Die Jungen nahm Marina mit sich in die Fahrerkabine. Jordan stieg hinten ein bei den Schränken, den Stühlen, den Tischen, den Betten. Der Motor knurrte, der Laster fuhr, und es winkten die Alten, Dragomira und Svetlin, und auch die Jungen. Und hinten bei Jordan, obwohl er die Wiege bei den Eltern gelassen hatte, roch es nach frisch gesägtem Wald.

Die neue Wohnung lag im dritten Stock, hatte drei Zimmer, eine Küche, ein Bad und einen Balkon. Dragomira lief gleich auf den Balkon und sah einen schmalen Grasstreifen, dann Gehsteig, dann eine Bushaltestelle, dann Bäume, dann eine Eisenbahnlinie, die sie gleich ihren Eltern zeigte, dann wieder Bäume, rote Dächer, grüne Hügel, darüber einen Himmel, und dort sah sie, aber da mußte sie zählen, drei, vier, fünf Wolken. Dann lief sie auf die andere Seite der Wohnung, blickte auch dort durch das Fenster und sah ein Haus, genauso wie ihres. Auf einem Balkon, genauso wie dieser, von dem sie gerade gekommen war, hängte eine Frau ganz weiße Wäsche auf. Dragomira winkte, aber die Frau sah sie nicht. »Mutti, wann werden wir unsere Wäsche aufhängen«, wollte sie wissen. Aber ihre Mutter ordnete Tische und Stühle und Betten und antwortete nicht. »Stör jetzt nicht«, sagte ihr Vater, und Dragomira blieb nichts anderes übrig, als wieder auf den Balkon zu gehen und weiter die Wolken zu zählen und auf die Eisenbahn zu warten. Und wenn ihr zu langweilig wurde, dann zeigte sie den Leuten, die an der Haltestelle warteten, ihre Zunge.

Nun begannen die Apostolovs in der Stadt zu leben. Dragomira bekam ein eigenes Zimmer, in dem gleich zwei ihrer Puppen die Augen verloren und ein Plastikbär einen Fuß. Ein unheimliches Zimmer war das. Besonders am Anfang, besonders am Abend. Oft verließ Dragomira es dann und suchte nach einer Möglichkeit, sich in das Bett ihrer Eltern zu schleichen. »Hast du denn etwa Angst?« fragte ihr Vater. Dragomira wußte, daß sie schon ein großes Mädchen war. Also antwortete sie, »Nein, aber zwischen euch träume ich am schönsten. Weiß nicht warum, weiß nicht.«

»Komm her, Teufelchen«, sagte dann ihr Vater, und schon lag Dragomira zwischen den beiden, und tatsächlich träumte sie immer etwas Schönes. Sie hoffte jedesmal, daß ihr Vater mit ihr sprach und nicht ihre Mutter, denn ihre Mutter sagte meistens, »Geh zurück in dein Zimmer, Dragomira, und sei nicht so zimperlich.« »Immer geh zurück, immer geh zurück«, sprach Dragomira mit ihrer Puppe. »Ja«, sagte die Puppe, »oder glaubst du etwa, du bist das Zentrum der Welt?« fragte die Puppe. »Nein, nein, nein«, antwortete Dragomira, und schon verlor die Puppe ein Auge oder einen Arm. »Svetljo, er ist das Zentrum der Welt, und ihr seid alle Lügner und schlecht, und ich werde nie wieder mit euch spielen und nie wieder euch lieben. Ab nun spiel' ich nur noch mit dem Bären.«

Svetljo bekam kein eigenes Zimmer. Für ihn wurde ein Eck mit Holzgitter abgeriegelt, und er saß drinnen wie in einem Käfig. Er hatte ja schon einen Platz im Himmel bekommen, da ist man auch mit einem Käfig auf Erden zufrieden. Svetljo war jedenfalls zufrieden. Er sah die Welt durch das Holzgitter, und die Dinge, die er sah, kamen ihm von Tag zu Tag bekannter vor. Er konnte sitzen, und wenn er sich am Holz anhielt, konnte er sogar stehen. Von der Decke fielen keine Sterne mehr, aber die hatten ihm sowieso nicht geschmeckt. Das Gitter schmeckte auch nicht besonders. Was ihm am besten schmeckte, lag leider immer auf der anderen Seite des Gitters. Denn dort fand man alle Geschmäcker. Am süßesten fand Svetljo die Freiheit. Er genoß sie leider zu selten. Die meiste Zeit saß er in seinem Eck und bekam sie stückweise durch das Gitter und hauptsächlich in Gummiform zu genießen. Aus Gummi war der Igel, die Ente, der Bär, der Esel, der Hase, und das war manchmal sehr fad. Da brüllte er lieber selber, oder er knurrte, oder er ließ seinen Speichel hinunterrinnen, oder er rüttelte an dem Gitter. Und manchmal gelang es ihm, die Haare seiner Mutter zu erwischen, und das war dann nicht mehr so fad. Die größte Abwechslung bot ihm seine Schwester. Sie bewarf ihn mit Papierkugeln, und das war lustig. Sie schlug auf seinen Kopf mit einem Luftballon, und das war auch lustig. Mit einem Ball war es dann weniger lustig und mit einem Plastikring gar nicht mehr. Svetljo mußte weinen. Aber sie zeigte ihm dann gleich eine Rassel, und er bekam sie sogar. Und gab es was Schöneres auf dieser Welt als eine Rassel?

Er schlug sie auf das Gitter, und es rasselte, und sooft er schlug, rasselte es, und sogar wenn er nicht schlug, rasselte es. Es gab einfach nichts Schöneres als die Rassel. Doch es gab etwas. Fast alles, was seine Schwester in den Händen hielt und ihm nicht geben wollte, war schöner. Nur wenn sie gar nichts in den Händen hielt, war die Rassel das Schönste. Trotzdem war es mit seiner Schwester am lustigsten. Sie steckte ihm auch die meisten Sachen in den Mund. Manchmal waren es Käfer, manchmal Fliegen und tote Wespen und einmal sogar ein Wurm. Da war noch ein anderes Kind mit ihr, und beide schauten ihn an, während er aß. »Siehst du, ich hab' die Wette gewonnen. Du kaufst mir jetzt sofort eine Limonade«, sagte seine Schwester zu diesem Kind. »Danke, Bruder«, sagte sie zu Svetljo und gab ihm sogar einen Kuß. Svetljo war sehr glücklich. Er wollte nicht, daß sie gingen. Er stand auf, rüttelte an seinem Gitter, brüllte ihnen nach. Aber sie gingen. So schnell glücklich und zugleich so unglücklich konnte ihn nur seine Schwester machen.

Seine erste große Reise machte Svetljo am 15. September 1969. Er war ein Jahr und drei Monate alt und fuhr gemeinsam mit seinem Vater nach Sofia. Sein Vater hatte ihn mitgenommen, um mit ihm die feierliche Rede des Genossen Todor Shivkovs anläßlich des 25. Jahrestages der Gründung der Organe des Ministerium des Inneren live zu erleben. Sie waren im Morgengrauen aufgestanden. Svetljos Flasche, Svetljos Schnuller, Svetljo selbst und eine Rassel wurden in einen Rucksack gepackt. Den Rucksack hängte sich sein Vater über den Bauch, und so waren sie in den Zug gestiegen. Im Zug war es interessant, aber er schaukelte so schön, daß Svetljo einschlief. Als er die Augen aufmachte, waren sie schon in Sofia. »Siehst du, mein Kind, das ist die Hauptstadt. Du wirst eines Tages hierherziehen und allen Mladenovs das Fürchten lehren«, sprach Jordan zu ihm. Svetljo verstand nicht, was sein

Vater ihm sagte, aber es gefiel ihm, seine Stimme zu hören. Er gab es auch mit einem leisen Knurren zu verstehen und bekam den Schnuller in den Mund gesteckt. Jordan war aufgeregt. Überall, wo er hinschaute, sah er Genossen in den blauen Uniformen der Volksmiliz. Blau war der Platz vor dem Mausoleum des Genossen Dimitrov, ein kleiner Himmel lag vor dem Mausoleum. Den Himmel auf Erden hatten seine Kollegen geschaffen und wollten ihn dem Genossen Dimitrov, dem Genossen Shivkov, der Parteiführung und dem ganzen Volk zeigen. Kein Gott, sondern nur sie allein konnten den Himmel für den Menschen erschaffen, und dies war der lebende Beweis. Jordans Augen wurden feucht. »Siehst du, mein Kind, da oben ist er, auf der Tribüne. Das ist der Genosse Todor Shivkov.« Svetljo schaute, sog ein paar Mal an dem Schnuller und schlief ein. Der Genosse Shivkov begann zu reden: »Ist es ein Zufall, daß diese Feier mit dem 25. Jubiläum des sozialistischen Bulgarien zusammenfällt? Nein, das ist kein gewöhnlicher Zufall. Das ist eine Tatsache, die an die unlösliche Verbindung zwischen dem Sieg der proletarischen Revolution und der Notwendigkeit einer festen und kompromißlosen Verteidigung ihrer Errungenschaften erinnert und stets daran erinnern wird. Gleich am Tage ihres Sieges schuf die sozialistische Revolution in Bulgarien das Organ zu ihrem Schutz, die Volksmiliz. In den Organen der Volksmiliz stellte unsere Partei Menschen ein, die zu ihren treuesten Söhnen gehörten, [...] die mit der Waffe in der Hand für die Liquidierung der Diktatur, der monarchofaschistischen Bourgeoisie und die Errichtung der Diktatur des Proletariats gekämpft hatten.« Shivkovs Worte drangen in Jordans Fleisch und bohrten sich tief in seine Knochen. Jordans Körper erzitterte. »Ihre treuesten Söhne«, wiederholten seine Lippen und blieben offen. Jedes Wort sollte in ihn hineingehen. »In diesen 25 Jahren haben auch die Organe des Ministerium des Inneren einen langen und ruhmvollen Weg zurückgelegt. Ihr Hauptverdienst um das Volk ist, daß die Volksmiliz und der Staatssicherheitsdienst die ihnen von der Partei auferlegte große Mission...« »Große Mission«, wiederholte Jordans Fleisch, »erfüllt haben, erfüllen, und es besteht kein Zweifel, auch in Zukunft erfüllen werden, nämlich allen und jeglichen feindlichen Handlungen der äußeren und inneren Feinde der sozialistischen Macht in Bulgarien vorzubeugen, um sie zu liquidieren...« Shivkov redete, Svetljo schlief, Jordan träumte. »Parallel zu den bekannten Formen des Kampfes gegen uns wurde in den letzten Jahren die Wühlarbeit auf ideologischem Gebiet besonders aktiviert. Die ideologische Diversion des Imperialismus in den sozialistischen Ländern erfolgt in verschiedensten Formen, und wir müssen es zugeben, sie wird äußerst gewandt durchgeführt... Gegen die ideologische Diversion des Imperialismus kämpft unsere gesamte ideologische Front und muß den Kampf noch beharrlicher führen. Gleichzeitig wird dieser Kampf zu einer der Generallinien der Tätigkeit der Organe unseres Staatssicherheitsdienstes. Und das bedingt natürlich eine gewisse Umgestaltung ihrer Arbeit, erfordert die weitere rasche Ideologisierung des Staatssicherheitsdienstes. Genossen! Die historische Erfahrung des Kampfes zwischen den beiden von Grund auf entgegengesetzten gesellschaftlichen Systemen in der Welt zeigen, daß das erste Ziel, das die Konterrevolution verfolgt, die Untergrabung oder die Liquidierung der führenden Rolle der kommunistischen Partei und die Diskreditierung und Ausschaltung der Organe des Staatssicherheitsdienstes ist. Diese Tatsache allein genügt, damit es völlig klar wird, daß es in unserer stürmischen Zeit ohne die führende Rolle der Partei und ohne die Organe des Staatssicherheitsdienstes, dieses Stahlschwert der proletarischen Diktatur, keine sozialistische Gesellschaftsordnung gibt und geben kann.« »Ein Stahlschwert«, wiederholte Jordan, und eine Träne blitzte auf in dem scharfen Spitz seines linken Auges. »Unser Staatssicherheitsdienst hat stets von der ruhmvollen Tscheka gelernt... Die brüderliche Freundschaft und Zusammenarbeit zwischen unseren und den sowjetischen Organen ist eine große Ehre für uns«, hörte Jordan und dachte an Oberst Zarev, an das einzige Porträt in dessen Zimmer, an die einzige Hand, die er hatte und mit der er persönlich den Staub vom Porträt abwischte. An den einzigen großen Menschen, den er kannte, dachte er. Erst dann hörte er wieder die Stimme. »Wir sind zutiefst davon überzeugt, daß die siegreich voranschreitende sozialistische Revolution in Bulgarien niemals unvorbereitet, hinterrücks angegriffen werden wird, weil unser Rücken fest und zuverlässig von dem Ministerium des Innern gedeckt ist, von jenen Menschen, für die, wie das Dichterwort heißt, ›noch keine panzerbrechenden Patronen entdeckt worden sind‹«, hörte Jordan und dachte an Marina und an ihre Worte, die ihn immer erwischten. Aber warum dachte er gerade jetzt an Marina, warum? »Mögen die Organe des Ministeriums des Innern leben und erstarken, damit sie den Feinden Furcht einflößen und dem Volk Freude bringen«, hörte Jordan und dachte, wieviel Freude er dem Volk schon gebracht hatte, aber das Volk wußte davon nichts. Dann kam der Jubel. Svetljo erwachte. Er sah viele Gesichter um sich, alle schreiend, alle unheimlich, und erschrak. Seine Augen wurden größer, sein Kopf begann, sich lila zu färben. Er bekam keine Luft und war schon unterwegs, seinen Platz im Himmel in Anspruch zu nehmen. Da erblickte ihn Jordan. »Was ist mit dir, mein Sohn? Was ist?« fragte er, packte ihn aus, begann ihn zu rütteln. Das Kind gab aber keinen Laut von sich. In seiner Verzweiflung steckte Jordan die Finger in Svetljos Mund, um ihm so Luft zu verschaffen, und so merkte er, daß Svetljo die Zunge verschluckt hatte. Er zog sie ihm schnell aus der Kehle. Svetljo hustete ein paar

Male und begann wieder zu atmen. Er weinte nicht, nur seine Augen blieben weit geöffnet. Jordan beruhigte sich langsam, packte ihn wieder in den Rucksack und ging zum Bahnhof. Aber auch im Zug blieben Svetljos Augen geöffnet. Er schlief nicht ein, er weinte nicht, er lachte nicht, er war still und schaute.

»So brav ist er noch nie gewesen«, stellte Marina zu Hause fest. »Was ist denn passiert?«

»Er hat den Genossen Todor Shivkov gehört«, sagte Jordan und verschwieg ihr den Vorfall.

»Aber klar doch«, sagte Marina und legte Svetljo ins Bett. »Ein Stahlschwert der proletarischen Diktatur hat er uns genannt«, dachte Jordan stolz. »Ein Stahlschwert, das will ich sein.« Er war immer noch von der Rede, von der Macht der Worte gefangen. Sie waren in seinem Fleisch. Jordan erzitterte. Er beobachtete Marina. Etwas zog ihn zu ihr. Ein Wort zog ihn zu ihr. Er wollte reden. Sein Fleisch wollte es. Und er ergriff ihre Hand. Marina sah das Wort nicht, sie sah nur das auf sie zukommende Fleisch.

»Laß das! Ich bin heute sehr müde«, sagte sie und löste ihre Hand.

»Ich will mit dir reden«, wollte Jordan sagen, aber stattdessen sagte er, »Ich bin doch nicht aus Stahl.«

»Ein paar Tage wirst du es schon aushalten können. Wir sind nicht seit gestern verheiratet«, sagte Marina und ging ins Bett. Sie schloß die Augen und wartete. Sie hatte sich ihm nicht sehr oft verweigert. Den Ansturm seines Fleisches erwartete sie. Sie roch es. Gewalt roch sie. Hier konnte ihr keiner helfen. Der Schwiegervater und die Schwiegermutter waren nicht mehr in der Nähe. Trotzdem fürchtete sie nichts. Sie hatte nur die Augen geschlossen und war bereit. Keine Quitte roch sie, keine Zwetschke, keinen Schnee. Gewalt roch sie. Aber sie fürchtete sich nicht.

»Wir sollen den Feinden Furcht einflößen und dem Volk Freude bringen. Schön hat der Genosse Shivkov gesprochen. Eine großartige Rede war das. Du mußt sie unbedingt lesen. Morgen in der Zeitung«, sagte Jordan und ging auf den Balkon. »Sie haßt mich«, dachte er und zündete sich eine Zigarette an. Die milde Nacht war voller Geräusche und Gerüche, die er nicht benennen konnte. Und auch in ihm war es mild und dunkel und voller Gerüche und voller Geräusche, die er nicht benennen konnte. Er hatte es versucht, aber Marina wollte nichts davon wissen. Sie dachte, er will mit ihr schlafen. Eine Eisenbahn pfiff und zog lange an seinen Augen vorbei. Kein Fenster und kein Licht war zu sehen. Es war ein Güterzug. Die Waggons wirkten wie viele, an die Lokomotive gehängte knatternde Schatten. Eine kürzere, dunklere, knatternde Nacht zog an Jordan vorbei. Er hörte sie noch einmal pfeifen, danach war sie verschwunden. »Ich werde Marina nie mehr berühren. Aus Stahl werde ich sein«, so dachte Jordan, denn er war aus einfachem Holz geschnitzt.

Seitdem Svetljo aus Sofia zurückgekommen war, konnte man ihn kaum noch erkennen. Er weinte nicht, er lachte nicht, er brüllte nicht, er knurrte nicht. Er schaute nur mit weit aufgerissenen Augen und war still. Er aß nicht mehr die Käfer, die ihm Dragomira in den Mund steckte, und sie krochen heraus, kletterten auf seinen Kopf, und wenn sie fliegen konnten, flogen sie weg, und seine Schwester verlor eine Wette nach der anderen. »Bruder, du bist sehr fad geworden«, meinte sie und ließ ihn zur Strafe allein, aber das beeindruckte ihn nicht mehr. Nicht einmal die Rassel konnte ihn beeindrucken. Wenn sie da war, gut, dann spielte er mit ihr, und es rasselte. Wenn sie nicht da war, auch gut, dann spielte er eben nicht, und es rasselte nicht. Er schaute dann mit weit aufgerissenen Augen und war still. Er konnte schon sehr gut gehen, aber selten ging er freiwillig durch die Zimmer oder auf den Balkon. Wo man ihn gelassen hatte, dort fand man ihn auch.

»Es wäre nicht schlecht, wenn auch Dragomira eine Rede von Genosse Shivkov live erlebt. Nimm sie das nächste Mal mit«, scherzte Marina am Anfang, aber nur am Anfang, nur die ersten zwei Wochen. Danach begann sie von Tag zu Tag unruhiger zu werden. Es verging ein Jahr, und Svetljo blieb immer noch so, wie er aus Sofia zurückgekehrt war: stumm, still und starrend. Marina ließ ihn untersuchen. »Er ist ein bißchen stumpf, aber sonst scheint alles normal zu sein. Nur Geduld, Genossin, es wird schon«, beruhigten sie die Ärzte. »Stumpf! Meinen Sohn stumpf zu nennen! Ich werde es diesem Arzt zeigen«, ärgerte sich Jordan zu Hause. Er nahm dann Svetljo in seine Hände und begann mit ihm zu reden. »Ich bin dein Papa. Pa-pa. Das ist deine Ma-ma. Und das ist deine Schwester. Sag jetzt, mein Kind, wer bin ich?« Svetljo schaute ihn an, dann seine Mama, dann seine Schwester, machte seinen Mund auf und spuckte. »Nicht spucken, mein Sohn, sprechen, sprechen! Du kannst es!« Jordan versuchte danach, ihm zumindest ein Lachen zu entlocken. Er machte komische Gesichter, zeigte seine Zunge, knurrte, ließ ihn auf seinem Rücken reiten, oder er kitzelte ihn. Svetljo lachte, aber nur beim Kitzeln. Den Rest fand er nicht sehr lustig. »Ich hab' soviel Leute zum Reden gebracht. Dich werde ich auch dazu bringen, mein Sohn«, ermutigte sich Jordan. Aber es verging ein Jahr, und Svetljo schien in dieser Zeit nichts gefunden zu haben, worüber es sich zu sprechen lohnte. Er war weiter still, war stumm und starrte. Die Ärzte wußten nicht mehr, was sie sagen sollten, und die, die Jordan schon kennengelernt hatten, die sprachen von Genies, die sehr spät zu sprechen angefangen hatten, und daß es bei begabten Leuten überhaupt die Regel sei, daß sie sich für das erste Wort soviel Zeit ließen. Also glaubte Marina den Ärzten kein Wort mehr und besuchte mit Svetljo eine Wahrsagerin, von der sie schon viel von ihrer Mutter gehört hatte. Sie war eine Romni und wurde Sultaniza genannt. Marina besuchte das Romaviertel zum ersten Mal in ihrem Leben, trotzdem fand sie das Haus leicht. Jeder kannte es.

Im Hof, der keinen Zaun hatte, kaute eine Ziege, rauchte ein Mann, spielten sechs Kinder und brannte, von vier Ziegeln abgeschirmt, ein kleines Feuer. Auf den Ziegeln lag ein Blech, worauf gerade Sonnenblumenkerne geröstet wurden. Der Mann schnitt mit seinem Messer ein Stück von einem Reifen und schob es in das Feuer. Danach schimpfte er mit den Kindern, die mit lautem Geschrei immer wieder das Blech zu überspringen versuchten. Auf dem Dach des Hauses, im Schatten eines schiefen Schornsteins, schlief eine fahle Katze. Kleine Rußflocken und Fliegen spielten miteinander in der Luft. Ähnlich flogen sie, ähnlich leicht landeten sie auf der Erde, auf der Hausmauer, auf der Ziege, auf den Menschen. Nur daß die einen es nicht schafften, den anderen das Summen beizubringen.

»Ich komme zu Sultaniza«, sagte Marina und wischte mit ihren Fingern einen Rußfleck von Svetljos Gesicht. Der Mann zog an seiner Zigarette und deutete mit dem Kopf auf das Haus. Die Kinder umringten sie. »Tante, hast du ein paar Bonbons für uns?« fragte das älteste Mädchen. »Ist dein Kind krank, Tante? So ein schönes Kind. Laß es mit uns spielen, und es wird gleich gesund«, sagte ein zweites Mädchen. Erst jetzt merkte Marina, daß alle Kinder Mädchen waren. Die zwei jüngsten hatten, außer einem Schnuller im Mund, nichts anderes an. Sie liefen barfuß und splitternackt durch den Hof, und wenn sie einmal umfielen, blieb Staub an ihren Popos kleben und so, Schritt für Schritt, wurden sie bekleidet.

»Laßt die Frau in Ruhe!« kommandierte der Mann, und die Kinder liefen wieder durch den Hof. Marina betrat das Haus, und schon stand sie in der Mitte des einzigen Zimmers. Von der Wand segnete sie ein gestickter Jesus mit einer Hand, der zwei Finger fehlten, und einem leicht schielenden Blick. Sultaniza saß auf einem Polster im Eck und trennte gerade Reiskörner von allen Unsauberkeiten, die in jeder Reispackung zu finden waren. Ihre Haare waren unter einem orangen Kopftuch versteckt. Ihr Gesicht war rund und rauh und hatte die Farbe der Sonnenblumenkerne. Zwei feine silberne Ohrringe drehten unermüdlich Kreise unter ihren großen Ohren. Man konnte sie fast summen hören.

»Nur Dreck bekommt man heutzutage in den Geschäften. Man wird blind allein vom Reisputzen«, sagte Sultaniza, hob ihren Kopf und sah Marina mit rot unterlaufenen Augen an. »Laß dein Kind ansehen. Schön ist es. Was fehlt ihm denn?«

»Er will nicht sprechen«, sagte Marina.

Sultaniza griff in ein Bündel, nahm davon etwas, das sie in ihren Mund steckte, und begann lautlos ihre dünnen lila Lippen zu bewegen. Aus ihren Augen rutschten lautlos ein paar Tränen. »Pfui, pfui«, sprach sie zu Svetljo. »Die Hunde sollen den fressen, der dich so erschrocken hat. Ein Hund ist gestorben, ein Mensch ist geboren. Zäh wie ein Hund wirst du sein. Den Hund fressen die Würmer, den Menschen frißt die Angst. Svetljo wird selber die Angst beißen. Zäh wie ein Hund wird er werden. Jetzt ist er noch klein, jetzt ist er noch ein Scheißer. Wir reißen ihm die Zunge weg und geben sie den Hunden. Danach wird ihm eine neue Zunge wachsen, dünn, mit Schuppen, wie der Schwanz einer Eidechse. Die werden wir ihm auch wegreißen, an einem gekreuzten Weg. Die sollen dann die Vögel essen. Dann wird ihm erst die dritte Zunge wachsen. Die werden wir ihm lassen, damit er dieses Liedchen singen kann: Ich hatte mal drei Zungen. Die erste habe ich den Hunden gegeben, die zweite bekamen die Vögel. Die dritte behalte ich in meinem Mund, denn die bekommen nur die Engel«, sang Sultaniza und ließ Svetljo auf ihren Schenkeln reiten. Danach wandte sie sich an Marina. »Große Angst ist in deinem Kind, schwere Angst, schwer wie Blei. Kein Wort kommt da vorbei. Siehst du, wie ich weine. Das ist seine Angst. Aber die hole ich heraus. Es wird dauern, denn ihr gefällt dein Kind. Gutes Fleisch hat sie gefunden, aber ich hol sie und füttere mit ihr die Katzen. Komm, ich werde ihm jetzt eine Bleikugel gießen.«

Sie gingen in den Hof, und dort wurden Svetljos Augen verbunden. Und im selben Feuer, auf dem die Sonnenblumenkerne geröstet wurden, wurde eine Bleikugel für ihn gegossen. Er sah nichts, er hörte nur das Zischen des Bleis im Wasser und fand das Geräusch nett und lächelte. Danach sah er wieder die Ziege, den Mann, die sechs Kinder, seine Mutter und Sultaniza. Sie gingen wieder in das Zimmer.

»Binde diese Kugel um seinen Hals, und wenn er das erste Wort sagt, wirf sie in einen Fluß und dreh dich nicht um«, sagte Sultaniza und reichte das Blei Marina, die gerade etwas sagen wollte. »In einem Jahr wird er zu sprechen beginnen«, fuhr Sultaniza fort. »Und wenn nicht«, sprach sie weiter und schaute dabei lächelnd Svetljo an, »dann reißen wir ihm das Zünglein weg, und er weiß schon, wer es bekommt.« Svetljo lächelte und zeigte mit seinem Finger auf den Hof.

»Danke, Genossin Sultaniza«, sagte Marina und legte eine Schachtel Pralinen auf den Boden.

»Nicht mir, ihm ist zu danken«, sagte Sultaniza und zeigte auf den gestickten Jesus, der immer noch nur drei Finger auf der Rechten hatte, aber dafür weniger zu schielen schien.

Marina verließ erleichtert das Haus. Sie verabschiedete sich von dem Mann und den sechs Mädchen, bekam eine Handvoll Sonnenblumenkerne, schaute nochmals auf das Dach, auf dem immer noch die fahle Katze lag, roch den verbrannten Reifen und wußte nicht, warum sie sich so heimisch fühlte. Sie wollte am liebsten Svetljo nackt ausziehen und ihn zu den Mädchen schicken, daß er mit ihnen spielte und schrie und über das Blech sprang, bis ihn der Staub gänzlich bekleidet hätte. Stattdessen mußte sie nach Hause eilen, in der Hoffnung, daß ihr Mann nie etwas von diesem Besuch erfuhr. Also drehte sie sich schnell um und eilte Richtung Bushaltestelle. Da kam ihr ein alter Roma entgegen, dessen Falten so tief und so zahlreich waren, daß man zuerst in sie blicken mußte, um seinen Mund, seine Augen, gar sein Gesicht ausfindig zu machen. Kaum blickte man weg, mußte man es von neuem ausgraben. Auf seinem Kopf war ein weißes Taschentuch in eine Mütze umgewandelt worden, auf der ununterbrochen die unterschiedlichsten Insekten landeten und wegflogen. In seinen Händen hielt er einen Ast, auf dem außer den Blättern noch ein paar gelbe Ringlotten zu sehen waren. »Böse Kinder. Von meinem Baum haben sie es abgebrochen. Und warum, frage ich mich. Die Früchte hätten sie auch so bekommen. Aber nein, brechen mußten sie ihn. Böse Kinder«, begann er und versperrte Marina mit dem Ast den Weg. »Ich hab' dich beim Kommen gesehen und will dich um was bitten. Du fährst jetzt in die Stadt. Ich hab' dort einen Freund, mehr als einen Freund, einen Bruder, einen Blutsbruder. Wir haben mal unsere Adern geschnitten und unser Blut vermischt. Schau, diese Narbe da... Die ist von damals. Er ist immer zu uns gekommen, und wir haben gefeiert, wie heute keiner zu feiern versteht. Es kommen heute kaum noch Bulgaren zu uns. Er ist aber immer gekommen. ›Wenn du was brauchst, Ali, komm zu mir‹, hat er mir immer gesagt. Aber ich hab' nichts gebraucht. Jetzt hab' ich ihn mehr als 20 Jahre nicht gesehen. Vielleicht ist er tot. Vielleicht lebt er aber. Und ich will dich bitten, falls du ihn zufällig kennst oder triffst, schöne Grüße von mir zu schicken. Sag ihm, von deinem Bruder Ali, dem Flinken. Sag so, und er wird's verstehen. Ich hätte es selber gemacht, aber ich hab' das Haus nicht mehr gefunden. Es war abgerissen. Sein Name ist Stanoj. Stanoj Mladenov. Solche Männer gibt's heutzutage nicht mehr. Darum wollte ich dich bitten«, sagte der Mann und öffnete Marina den Weg.

»Wenn ich etwas von ihm hören sollte, werde ich ihn von dir grüßen. Ich verspreche es dir, Großvater«, sagte Marina.

»Danke und seid gesund, du und dein Junge«, sagte der Mann und setzte danach sein Gespräch mit dem Ast fort.

Svetljo dagegen sprach weiterhin weder mit Ästen noch mit Menschen. Er wußte schon, daß der, der ihn so oft seinen Stolz nannte, sein Vater war und Jordan hieß. Er wußte, daß die Frau mit der schönen Stimme und den traurigen Augen seine Mutter war und Marina hieß. Er wußte, daß das Mädchen, das ihn so fad fand, seine Schwester Dragomira war, schon in die Schule ging und deswegen eine rote Tasche besaß. Er wußte, daß der, der ihm von Mais und Trauben erzählte, sein Opa Svetlin und die, die ihm gern die Sterne zeigte, Oma Dragomira war. Er wußte, daß diejenige, die den besten Kuchen backte, Oma Anastasija und der, der Brillen trug und so lang die Zeitungen anschaute, Opa Ognjan war. Schließlich wußte er, daß er selber Svetljo hieß, daß er schon fünf Jahre alt war und daß er immer noch nicht sprechen konnte. Aber jedesmal, wenn er überlegte, etwas zu sagen, fand er nichts, worüber es sich zu sprechen lohnte. Er kam ja auch so gut zurecht. Er verstand alle, und sie verstanden, was er wollte. Er brauchte nur einen Finger. Er zeigte auf etwas und schon bekam er, was er brauchte. Vielleicht hätte er mit jenen sechs Mädchen gesprochen, aber die hatte er nie wieder gesehen. Sie wollten mit ihm nur spielen und nicht, so wie alle anderen, das Spiel nur benutzen, um ihm die Worte herauszulocken. Also behielt Svetljo weiter die Worte für sich und verdarb ihnen das Spiel.

Es geschah an einem heißen Augusttag. Marina hatte Svetljo einige Tage bei ihren Eltern gelassen, und er saß brav in der Küche, aß einen Marmorkuchen und beobachtete, wie Opa Ognjan mit einer ganz scharfen Schere die Zeitungen zerschnitt. Das Radio war laut eingeschaltet, und aus ihm donnerte eine Stimme, die Svetljo sehr bekannt vorkam. Sie gefiel ihm. Der Oma gefiel sie aber nicht, und sie war auf den Balkon gegangen, um die Wäsche aufzuhängen.

»Hörst du, mein Enkel«, sprach sein Opa, »hörst du, was für Scheiße die ganze Zeit der Genosse Shivkov spricht. Morgen ist diese Rede in der Zeitung, aber wehe, man wischt sich den Arsch damit. Ich hab' jetzt eine neue Lösung gefunden. Hab' die Zeitschrift ›Jagd und Fischfang‹ abonniert. Endlich eine Zeitung, die man ohne Bedenken von der ersten bis zur letzten Seite für Klopapier benutzen kann. Nur die Umschlagseiten eignen sich nicht, zu hart.«

»Shivkov«, wiederholte Svetljo leise, aber sein Opa hörte ihn nicht. »Der Genosse Shivkov kackt von unten und von oben«, sagte Svetljo und lachte.

»Genauso ist es, mein Enkel«, bestätigte Ognjan, danach hörte man eine Schere fallen und eine Stimme rufen. »Anastasija, komm sofort her! Und stell bitte das Radio noch lauter.«

»Bist du verrückt geworden?« sagte sie, aber sie kam.

»Hör dir jetzt das an«, sagte Ognjan und zwinkerte Svetljo zu. Svetljo zeigte Verständnis. »Der Genosse Shivkov kackt von unten und von oben, kackt vom Abend bis zum Morgen«, variierte er diesmal.

»Oh mein Gott, er spricht!« Anastasija stürzte sich auf Svetljo und begann, ihn zu küssen. »Sag mir noch was, mein Schatz«, forderte sie.

»Ich will mit den Mädchen spielen und über das Feuer springen«, sagte Svetljo.

»Welche Mädchen, mein Schatz?«

»Dort, wo das Feuer und die Ziege waren und ein Großvater mit einem Baum in den Händen, dorthin will ich.«

»Willst du nicht noch ein Stück Kuchen?«

»Das will ich auch«, sagte Svetljo und bekam sofort eines, das er gleich mit den Händen aß. »Käfer schmecken nicht gut. Dein Kuchen schmeckt, aber Käfer sind pfui. Sie schmecken wie Kaka. Wer von unten und von oben kacken kann, das ist Genosse Shivkov«, versuchte Svetljo nach einer Melodie, die er von seiner Schwester gehört hatte, zu singen. Ein Lied, dessen Text ursprünglich so lautete: »Wer dumm und blöd und fad ist wie ein Käfer, das ist der kleine Svetljo.«

»Mein liebes Enkelchen«, neigte sich Opa Ognjan über ihn, »kannst du mir etwas versprechen. Es wird allein unser Geheimnis bleiben, und du bekommst dafür jedesmal eine kleine Schokolade. Also versprich mir, daß du dieses Lied über den Genossen Shivkov nur hier und nur mir singen wirst und sonst keinem anderen. Wir werden auch zusammen singen, aber bitte, sing es sonst nirgendwo. Versprochen?« Svetljo dachte an alle Schokoladen, die er hier abkassieren würde, und gab sein feierliches Versprechen. So begann Svetljo zu sprechen.

Die Nachricht erreichte Jordan im Keller der Milizabteilung. Er verhörte gerade einen Geographielehrer, der verdächtigt wurde, Witze über den Genossen Shivkov und das gesamte Politbüro zu verbreiten. Jordan wollte von ihm nur erfahren, wer der Erfinder dieser lächerlichen Geschichten war und in welchem Auftrag er sie in Umlauf brachte. Es war eigentlich lächerlich wenig, was Jordan von ihm wollte.

Das Zimmer, das für diese Angelegenheit ausgewählt wurde, hatte eine vergitterte Glühbirne, eine eiserne Tür und keine Fenster. Der hellgrüne Putz der Wände war an einigen Stellen abgebröckelt, man sah hier und dort auch ein paar braune Flecken, aber sonst war er ganz in Ordnung. Auf dem einzigen Tisch und den zwei Stühlen hatten es sich Jordan und der Lehrer gemütlich gemacht. Kein Fuß knirschte, keine Platte, kein Sitz. Möbel von solcher Qualität würde man schwer woanders finden. Sie wackelten nicht einmal. Aber das war weniger erstaunlich, denn sie waren am Boden festgeschraubt.

Es gab also nichts, was das Gespräch der beiden stören konnte. Nur ab und zu kamen Schreie aus dem Nebenzimmer herüber, aber sie waren so gedämpft und so fremd, als ob sie aus einer ganz anderen Welt stammten.

»Es tut mir leid, Genosse, daß das Zimmer so furchtbar ist. Das daneben ist viel gemütlicher, hat Fenster, hat Waschbecken … Ich hätte es dir gern angeboten, aber es ist leider gerade besetzt«, hatte Jordan noch beim Hereinkommen erklärt.

Um dem Lehrer das Nachdenken zu erleichtern, hatte er ihm gleich einen verfaßten Text überreicht, in dem schon einige Namen angeführt waren, unter denen der Lehrer nur zu unterschreiben brauchte. Dazu hatte er ihm noch ein leeres Blatt gegeben, falls dieser sich entschließe, aus eigener Inspiration etwas zu schreiben. Es müsse kein Kunstwerk sein. Ein paar Namen würden schon reichen, und der Lehrer könne dann sofort nach Hause gehen. Ein paar Namen oder eine Unterschrift. Er solle es sich ruhig selber aussuchen. Dies waren Jordans Anweisungen. Der Lehrer überlegte. Jordan beobachtete ihn und überlegte, welche Methode er bei ihm anwenden sollte. Hochgewachsen, dünn, schmale Schultern, lange Nase, großer Mund, schlechte Zähne, kleine Augen. Kein wichtiger Mann war dieser, sonst hätte ihn Jordan zuerst beschattet. Aber ein paar Menschen, die Freude an politischen Witzen haben, würde er schon kennen. Solche Informationen können nie schaden, dachte Jordan eher gelangweilt, denn solche Typen machten ihm keine Freude.

»Geographie ist ein schönes Fach. Man schaut sich die vielen Länder auf der Karte an und bekommt Lust, sie zu bereisen. Besonders die westlichen. Man wird richtig angezogen, nicht wahr, Genosse«, sagte Jordan und trommelte mit den Fingern auf dem Tisch.

»Ich hab' die Witze selbst erfunden. Ich kann keine unschuldigen Menschen mitziehen«, sagte der Lehrer entschlossen. Seine Stimme zitterte nicht, seine Hände waren ruhig, aber so sprachen nicht die entschlossenen Leute. Der Kerl hatte nur gute Vorsätze, das war alles. Man würde ihm nicht mal weh tun müssen. »Hoffentlich irre ich mich, sonst werde ich wieder nichts Neues lernen«, dachte Jordan und versuchte sich zu erinnern, wann er sich zuletzt geirrt hatte. »Nur bei Marina, nur bei ihr«, sagte er sich. »Hoffentlich auch jetzt, hoffentlich.« Der Lehrer hörte ein Seufzen.

»Ich glaube dir, Genosse, aber man verlangt von mir, die Wahrheit zu überprüfen. Hast du Angst vor dem Schmerz? Der Schmerz ist immer aufrichtig. Deswegen wird von mir erwartet, die Aufrichtigkeit der Worte durch den Schmerz zu prüfen. Aber keine Angst, bei dir wird's schnell gehen.« Danach vernahm der Lehrer fünf Schläge. Jordan schlug auf die eiserne Tür. Sie wurde von einem Milizionär geöffnet, der ihm einen Kanister und ein Bündel Fetzen überreichte. Danach wurde sie wieder geschlossen. Die Fetzen hatten verschiedene Farben und Muster, der Kanister war grau und stank. Dem Lehrer konnte kein Detail mehr entgehen.

»Ich mag Benzingeruch nicht. Als Kind habe ich ihn gemocht. Jetzt nicht mehr«, sagte Jordan und zog einen lilafarbenen Baumwollfetzen aus dem Bündel. »Gib mir deine linke Hand. Hab keine Angst«, befahl er sanft. Er wickelte die Hand des Lehrers zuerst mit dem lilafarbenen Fetzen ein, dann mit einem gelben, dann mit einem roten und letztendlich mit einem weißen, auf dem verschiedene Blumen zu sehen waren.

Die Hand schien in einem großen, selbstgebastelten Boxerhandschuh versteckt zu sein. Dieser schrumpfte ein bißchen, als Jordan ihn mit Benzin übergoß.

»Darf ich noch ein bißchen überlegen?« fragte der Lehrer.

»Aber warum, ich glaube dir doch«, antwortete Jordan und zog ein Päckchen Streichhölzer aus seiner Hosentasche. Der Lehrer hörte das Anzünden des Streichholzes, und schon hielt er den Bleistift und saß gebeugt wie ein Schüler und füllte schnell das Blatt mit Namen. Von seiner linken Hand fielen kleine Benzintropfen auf den Boden. Man hörte sie nicht, man hörte nur das Kratzen des Bleistiftes.

Die eiserne Tür wurde wieder geöffnet, der Milizionär, der die Kanister gebracht hatte, trat ein und flüsterte etwas in Jordans Ohr. Der Stift kratzte nicht mehr. Von der verbundenen Hand fiel ein Tropfen, dann noch einer. Erst jetzt hörte der Lehrer das Tropfen.

»Ist das wahr?« fragte Jordan seinen Kollegen, wobei er immer noch den Gefangenen ansah.

»Es ist die reine Wahrheit, Genosse Inspektor«, schrie der Lehrer, der sich angesprochen fühlte. Das Tropfen hörte er nicht mehr. Er hörte das Lachen der beiden.

»Gesprochen hat er, endlich gesprochen«, jubelte Jordan und umarmte zuerst seinen Kollegen, danach den verwirrten Lehrer. »Mein Sohn hat gesprochen, verstehst du, mein Sohn«, schüttelte ihn Jordan. Der Lehrer verstand nichts, aber seine Freude war aufrichtig. Kurz danach durfte er nach Hause gehen. Obwohl er seine Hände jede Stunde wusch, roch seine Linke noch tagelang nach Benzin.

Jordan hätte an dem Tag noch jemanden verhören müssen und wollte anschließend noch den Kollegen Mladenov beschatten, aber er war gerade der glücklichste Mensch der Welt geworden. Und was tut der glücklichste Mensch der Welt?

Sicher nicht jemanden verhören oder den Genossen Mladenov beschatten. Er geht in ein Geschäft, wählt lange, kauft Geschenke für seine Kinder und überlegt sogar, seiner Frau etwas zu kaufen, tut es aber nicht, denn kaum denkt er an sie, wird er weniger glücklich, als er vorher gewesen ist, also trinkt er stattdessen lieber ein kaltes Bier und gibt großes Trinkgeld und schaut auf den höchsten Hügel der Stadt und sieht dort das Denkmal des russischen Soldaten Aljoscha, der mit steinernem Blick und Maschinengewehr über die Stadt wacht, und schon kehrt wieder die Ruhe, die Freude und das Lächeln zurück. Mit diesem Lächeln fährt er dann so schnell wie möglich nach Hause. Sowas macht der glücklichste Mensch der Welt. So handelte auch Jordan.

In der Wohnung hatten sich schon alle versammelt. Seine Frau, seine Tochter, seine Schwiegereltern, und alle schauten in eine Richtung. Auf das Sofa schauten sie. Dort saß Svetljo, bewegte seine mit Schokolade beschmierten Lippen und sprach. »Ich will über das Feuer springen«, verkündete er, bemerkte danach seinen Vater und verstummte. Jordan schritt zu ihm, zog aus einer roten Schachtel ein noch röteres Feuerwehrauto und überreichte es ihm. Svetljos Augen wurden größer und leuchteten. Ein echtes Feuerwehrauto hielt er in den Händen, nicht irgendwas. Er begann gleich, mit ihm über das Sofa und den Tisch und den Boden zu fahren, denn es galt, so schnell wie möglich überallhin zu fahren. Eine ganze Stadt stand in Flammen. Da mußte Svetljo sofort eingreifen und alle retten.

»Sag, mein Sohn, wer bin ich?« fragte Jordan. Svetljo hatte viel Wichtigeres zu tun, und man stellte ihm so blöde Fragen. Sein Auto hatte ein blaues Licht auf dem Dach, und durch die Fensterscheiben sah man ein echtes Lenkrad. Das war wichtig. Es besaß auch eine lange Leiter, die man mit einer Kurbel bewegen konnte, und das war das Wichtigste überhaupt. Menschen mußte er jetzt retten, und nicht blöde Fragen beantworten. Svetljo brummte so laut er konnte und war ein bißchen enttäuscht, daß das Zimmer nicht bebte und von der Decke nichts herunterfiel.

»Wer bin ich?« wiederholte Jordan. Svetljo begriff, daß man ihm jetzt keine Ruhe gönnen wollte, nichts wurde aus der Rettung, schade um die schöne Stadt, sehr schade. »Mein Papa bist du«, sagte Svetljo, und schon flog er in die Luft und wurde von einem stacheligen Gesicht geküßt. Aber er wußte schon, daß Väter stechen, und war nicht beunruhigt.

»Mein Stolz bist du, mein Stolz«, drückte Jordan Svetljo immer wieder an sich.

»Und was bin ich?« wollte Dragomira wissen, die nicht ganz verstand, warum ihr Bruder, nur weil er gerade weniger fad geworden war, die Aufmerksamkeit aller bekommen sollte.

»Du bist mein Teufelchen«, klärte sie Jordan auf.

»Teufelchen«, wiederholte Svetljo, zeigte mit einem Finger auf seine Schwester und kicherte.

»Teufelchen gibt es nur in den Märchen«, sagte Dragomira trotzig, während sie ihren Bruder anschaute und jene Stellen aussuchte, wo sie ihn später zwicken würde. Aber dann bekam sie von ihrem Vater Buntstifte. Zweiunddreißig verschiedene Farben, und was für welche. Es waren mehr Farben, als es überhaupt in der Welt gab, und die besaß jetzt alle Dragomira. Also kehrte sie dieser faden Gesellschaft den Rücken und zog sich mit den Stiften in ihr Zimmer zurück, wo sie einen schwarzen, einen roten, einen gelben, einen orangen und einen lila Teufel malte. Danach zeichnete sie vier grüne Wolken, von denen sie nur der einen zu regnen erlaubte, aber nicht mehr als drei hellbraune Tropfen. Eine große rosa Blume malte sie auch. Viel größer als die Teufel war sie und mit einem grauen Zaun umgeben. Neben ihr stand ein hellblauer Mann, mit hellblauem Bart, in einem hellblauen Frauenrock und hielt eine braune Sichel in der Hand. Das war ihr Urgroßvater Serafim, aber das konnte ja jeder erkennen. So gut war er ihr gelungen. Dragomira war von dem Bild so entzückt, daß sie zu dem roten Stift griff und in dem rechten unteren Eck die Note Eins niederschrieb.

Im Nebenzimmer dagegen waren alle immer noch von Svetljo entzückt. Und als Jordan erfuhr, daß die ersten Worte seines Sohnes »Genosse Shivkov« waren, kannte sein Glück keine Grenzen mehr.

»Marina, nimm dir drei Wochen Urlaub, wir fahren ans Meer«, sagte er.

»Das ist nicht dein Ernst«, sagte sie. Wie konnte sie es glauben. Seit elf Jahren waren sie verheiratet, und noch kein einziges Mal waren sie gemeinsam am Meer gewesen.

»Doch, wir fahren.«

»Sehr gut, besonders für die Kinder. Das Meer wird sie abhärten«, meldete sich ihr Vater Ognjan und zwinkerte ihr zu.

»Und gleich danach in die Berge. Das ist das Beste«, fügte ihre Mutter hinzu.

Also war es doch wahr. Kaum war ein Wunder geschehen, folgte schon das nächste. Es kann ruhig so weitergehen. »Auf den Hügel tragen wird er mich nicht mehr«, dachte Marina. »Gut, zuerst ans Meer, dann in die Berge«, sagte sie.

»Und dann zum Feuer«, mischte sich Svetljo ein.

Bald darauf gingen Marinas Eltern nach Hause. Sie begleitete sie bis zur Bushaltestelle. »Unglaublich, daß er doch gesprochen hat, unglaublich«, wiederholte Marinas Mutter. »Jetzt ist dein Glück perfekt, ich freue mich für dich, Tochter«, sprach ihr Vater. Marina schritt zwischen den beiden. Rechts wurde von Unglaublichkeit und Wunder gesprochen, links von Freude und Glück. Rechts wurde immer noch gestaunt, links schon gefeiert. Marina schritt langsam und schwieg, denn in ihr vermischte sich alles. Dann kam der Bus. Ihre

Eltern stiegen ein. Gut, daß sich vorher Freude, Staunen, Wunder und Glück in Marina vermischt hatten, sonst wären sie jetzt weggefahren, irgendwo hinein in die Dämmerung.

Sie ging nicht gleich nach Hause zurück. Ihre Schritte führten sie zu den Ufern Marizas. Gut, daß der Fluß nicht sehr weit von ihrer Wohnung floß. Faul und träge war er zu dieser Jahreszeit und schaute in der Dunkelheit aus wie eine gut asphaltierte Straße. Je näher sie aber kam, desto mehr wurden die Gelsen. Sie zerstachen ihren Hals, ihr Gesicht, ihre Arme und ihre Beine. Mit der linken vertrieb sie sie, in der rechten hielt sie eine kleine Kugel. Nun stand sie am Ufer, warf die Kugel, hörte ein leises Platschen, seufzte erleichtert. Die Kugel verschwand im Fluß, die Gelsen stachen weiter und weiter. Marina kehrte dem Fluß den Rücken und war wieder unterwegs. »Jetzt nur nicht umdrehen, nur nicht zurückschauen«, sprach sie mit sich selbst. Da hörte sie die Schritte. Etwas ging hinter ihr und atmete. Links und rechts war niemand, und auch vor ihr waren keine Menschen zu sehen. Nur hinter ihr war etwas, nur hinter ihr. Sie beschleunigte ihre Schritte, trotzdem verfolgte sie weiter der Atem. Ein Tier atmete hinter ihr, das war ihr klar. Aber was für eines? »Nur nicht umdrehen«, befahl sie sich, »nur nicht umdrehen.« Als sie die ersten Wohnhäuser erreichte, blieb sie stehen. Rechts von ihr leuchtete ein offenes Fenster. In dem Zimmer saß ein Mann mit nacktem Oberkörper am Tisch und schlürfte eine Suppe. Ihm gegenüber saß eine Frau, die ihn böse anschaute. Von Zeit zu Zeit schlug die Frau mit einem roten Fliegenfänger auf den Tisch. Der Mann schlürfte weiter. »Sie würden mich hören«, dachte Marina, fest entschlossen abzuwarten. In ihren Haaren hatte sich eine Gelse verfangen, die fleißig irgendwo über ihrem linken Ohr feine Löcher in die heiße Nachtluft bohrte. Wo aber war der Atem geblieben? Marina spitzte die Ohren. Da hörte sie ihn wieder. Er kam näher und näher. Sie schaute zum Fenster. Die Frau mit dem Fliegenfänger war aufgestanden und hielt zornig ihrem Mann eine Rede. Er schlürfte noch lauter, und um sie nicht anzuschauen, blickte er gelangweilt hinaus. »Schau mich an!« schrie sie. Er schaute sie nicht an. Daraufhin blickte sie auch hinaus, bemerkte Marina und ging zum Fenster. »Was gibt's da zum Glotzen?« rief sie. Marina wollte schon was sagen, aber dann sah sie den Hund. Ein verdammter Straßenköter war ihr gefolgt. Graues zerrupftes Fell, fast bis zum Boden hängende Zunge. Der Hund hinkte. Er hatte nur drei Beine. Deswegen hatten sich seine Schritte so seltsam angehört. Und dieses lausige Nichts hatte ihr so große Angst eingejagt. Der Hund überholte sie und blieb ein paar Schritte entfernt von ihr stehen. Marina griff nach einem Stein. Der Hund lebte aber nicht seit gestern auf der Straße. Noch während sie nach dem Stein griff, hatte er sich um sein zerrupftes Fell gekümmert, und als ob ihm in solchen Fällen ein viertes Bein wachsen würde, war er jetzt nur als ein grauer Fleck in der Ferne zu bewundern.

»Hilfe! Sie will einen Stein auf mich werfen«, schrie die Frau aus dem Fenster.

»Werfen Sie nur, Sie würden mir einen Gefallen tun«, meldete sich zum ersten Mal der Mann, denn mit der Suppe war er fertig.

Marina lief schnell von dort weg. Erst vor der Eingangstür ihres Wohnhauses ließ sie den Stein aus ihrer Hand fallen.

»Dein Gesicht! Du bist ja total zerstochen«, wunderte sich Jordan.

»Es gab so viele Gelsen an der Haltestelle. Du weißt, wie sie mich mögen«, erwiderte Marina und verschwand im Bad.

»Dein Blut ist süß.«

»Und dafür werde ich bestraft.«

Im Zimmer spielte Svetljo immer noch mit dem Feuerwehrauto. Er versuchte, einen Reifen wegzuziehen.

»Ein Hund ist gestorben, ein Mensch ist geboren. Ein Hund, ein Mensch«, sang Svetljo leise vor sich hin.

»Was? Was sprichst du da?« fragte Jordan.

»Nichts«.

»Wo hast du das gehört? Willst du es nicht deinem Papa sagen, der dir so schöne Geschenke macht?« fragte Jordan weiter und setzte sich neben Svetljo auf den Boden.

»Dort gibt es ein sehr großes Feuer. Papa, wußtest du, daß man dem Feuer Reifen zum Essen gibt und den Hunden Zungen?«

»Und wo war das?«

»Da draußen«, zeigte Svetljo mit dem Finger. »Aber ich war gerade mit meinem Auto dort und habe das Feuer gelöscht, und man sieht es nicht mehr.«

Jordan beruhigte sich. »Unser Sohn hat eine blühende Phantasie«, begegnete er der hereinkommenden Marina. Sie war nur mit einem Badetuch bedeckt. Jordan sah sie an und war ab sofort so sehr mit der eigenen Phantasie beschäftigt, daß er kein Wort zustande brachte. Er ballte seine Hände, als ob er gerade eine Zwetschke oder einen Schneeball zu zerquetschen suchte, beobachtete, wie sie Svetljo schlafen legte, wie sie dann das Badetuch wegwarf und nackt neben dem Kind ins Bett schlüpfte. »Nein, ich darf sie nicht berühren. Nein, nein, nein«, redete er sich ein. Die geballten Hände unter der Decke, schlief er ein. Und als er aufwachte, klebte seine Unterhose an ihm. Sie war naß und kalt, als ob dort ein Schneeball geschmolzen wäre.

Svetljo daneben wachte neben seinem roten Feuerwehrauto mit tausend neuen Ideen auf. Er war erst fünf Jahre alt, aber er hatte schon einen Platz im Himmelreich, seine Nabelschnur war in einem Medizinbuch aufgehoben, und das erste Wort, das er gesprochen hatte, war »Todor Shivkov«, war der Name des Ministerpräsidenten und des ersten Sekretärs des Zentralkomitees der BKP, also lauter Dinge, die auf eine erfolgreiche Zukunft hinwiesen. Was konnte sich jemand in seinem Alter mehr wünschen. Doch er wünschte sich noch etwas. Er wünschte sich, das Meer zu sehen. Er konnte ja nicht wissen, daß er für die Zukunft so gut ausgestattet war. Er wußte nur, daß er ein Feuerwehrauto hatte, und hörte an diesem Morgen seine Eltern und seine Schwester so oft von dem Meer reden, daß er es selber nun auch sehen wollte. Das Meer mußte etwas ganz Wichtiges sein, wenn alle so aufgeregt von ihm sprachen. Anscheinend wichtiger sogar als sein Feuerwehrauto. Und er kannte es nicht. Sein Spaß am Spielen war verdorben.

»Wo ist das Meer? Ich will es sehen«, forderte er.

»Bald, Svetljo, sehr bald, fahren wir dorthin«, tröstete ihn sein Vater.

»Ich will es zuerst sehen«, beharrte Svetljo.

»Da, schau es dir an«, schob ihm seine Mutter eine Postkarte in die Hände. Svetljo schaute es an. Auf der einen Seite der Karte sah er viel Sand, viel Wasser und zwei Boote, auf der anderen Seite stand was geschrieben, und es gab einen Stempel. Das Meer war also nichts Aufregendes. Svetljo war beruhigt. Er fand eine Schere und schnitt nur die Boote raus. Mit denen konnte er was anfangen. Das unnötige Meer versteckte er unter Dragomiras Bett. Danach lief er auf den Balkon, wo es von der aufgehängten Wäsche wie aus bunten Wolken tropfte und er seine Fähigkeit, zwischen den Tropfen zu laufen, vervollkommnen konnte.

Drei Tage später fuhren die Apostolovs ans Meer. Sie fuhren nach Pomorie, eine Stadt, die 20 Kilometer von Burgas entfernt lag und für ihre heilenden Schlammbäder berühmt war. Man erzählte von Menschen, die nach einigen Bädern nicht nur ihre Stöcke, Krücken, manchmal auch Rollstühle weggeworfen hätten, sondern anschließend in den Lokalen der Stadt tanzen gegangen wären. So wirksam war dieser Schlamm. Der Schlamm, aus dem einmal der Mensch geschaffen worden war, eignete sich zwar nicht mehr, um einen neuen Menschen zu formen, dafür war er aber gut genug, um den alten zu heilen. Man brauchte nur in ihn einzutauchen. Die Berührung mit ihm beruhigte und linderte die Schmerzen. Er war wie ein alter Verwandter, der das Leid seiner Nachkommen von Anfang an kannte. Sogar Oberst Zarev, der seinen Rheumatismus dort geheilt hatte, schwärmte von dem Schlamm. »So wohl habe ich mich niemals gefühlt. Ich bin danach ein neuer Mensch geworden«, hatte er Jordan mitgeteilt. Jordan hatte keine Schmerzen, er wollte aber auch in den Schlamm eintauchen, sich wohl fühlen und ein neuer Mensch werden. Also fuhren sie nach Pomorie. Marina war einverstanden, denn die Stadt lag nicht weit von Burgas entfernt, wo ihre Schwester Rumjana lebte, die sie unbedingt besuchen wollte.

Jordan wollte nicht die Erholungsheime des Innenministeriums in Anspruch nehmen und entschied sich, privat ein Zimmer zu suchen. In dem Zimmervermietungsbüro sagte man ihm, daß es keine freien Zimmer gäbe. Er brauche nur auf die vielen Wartenden zu schauen, anstatt unnötige Fragen zu stellen. Jordan sah sich die Wartenden an, stellte keine Fragen mehr und zeigte nur seinen Dienstausweis. Und plötzlich gab es ein freies Zimmer. Er brauchte eins mit Balkon und Blick aufs Meer. Das freie Zimmer erwies sich zufällig genau als solches. Er mietete es für zwei Wochen.

»Wann besuchen wir meine Schwester?« fragte Marina schon in dem Zimmer.

Jordan schaute zum Strand hinaus. Das Meer war ruhig und glänzte unter der Sonne wie eingeölt.

»Warten wir, bis es regnet«, sagte er und packte die Badesachen aus. »Seid ihr bereit, Kinder? Wir gehen gleich an den Strand.«

Nun sah Svetljo endlich das Meer. Es hatte nichts, aber gar nichts mit der Karte, die er unter dem Bett versteckt hatte, zu tun. Es war so groß, daß es genug davon gab für jeden, der damit spielen wollte. Er war auf der Stelle in es verliebt, und kaum wurde er ausgezogen, lief er ihm mit ausgestreckten Händen entgegen. Eine Welle stahl ihm ein Bein und nahm ihn mit. Svetljo versank, erschrak aber nicht. Er war erstaunt, daß er darunter sehen konnte. Er sah sich den Grund und die Beine um ihn herum an und schluckte Wasser. Es war salzig. Da zog ihn jemand raus. Es war sein Vater, der ihn anschrie und mit Prügel drohte, falls er ihn nochmals allein ins Wasser gehen sehen sollte. Svetljo begann zu weinen. Auf der einen Seite rief ihn das Meer und wollte spielen, auf der anderen Seite sein Vater, der ihm dies verbot. Das Meer war sehr, sehr groß, aber vor ihm hatte Svetljo keine Angst. Seinen Vater dagegen, der im Vergleich viel kleiner war, so klein wie ein Sandkörnchen, fürchtete er. Das ärgerte ihn. Deswegen weinte er. Die Sonne war aber so stark, und die weißen Fahnen auf den Bademeistertürmen flatterten so schön, daß seine Tränen sehr bald getrocknet wurden. Und wieder war Svetljo mit allen versöhnt. Sogar mit seiner Schwester Dragomira, die er beneidete, weil sie schon Badehosen trug, auf denen viele bunte Anker abgebildet waren, und was noch unverzeihlicher war, schwimmen konnte und nicht, wie von Svetljo erwartet, durch die Last der Anker unterging. Sie grub ihn im Sand ein und kitzelte seine Nase mit einer Möwenfeder. Sie ließ ihn aber danach dasselbe auch mit ihr machen, was Svetljo besser gefiel, weil er die Möglichkeit hatte, ihr eine Algenperücke aufzusetzen, die er mit nassem Sand an ihrem Kopf befestigte. Das schönste aber, was ihm Dragomira beigebracht hatte, war, Burgen aus Sand zu meistern, die kein Feind einnehmen konnte. Nur das Meer durfte sie zerstören, aber das zählte nicht, denn das Meer war ein Freund. Und was für einer. Täglich belieferte es Svetljo mit neuen und neuen Spielzeugen. Mal schenkte es ihm Muscheln verschiedener Farben, die nicht nur dafür geeignet waren, die Burgmauern zu schmükken oder als Boote verwendet zu werden, sondern auch so scharf waren, daß man damit Melonenschalen zerschneiden konnte. Mal schenkte es ihm Meeresschnecken verschiedener Größen, in denen er sogar zu Hause vor dem Einschlafen das Meer hören konnte. Es beschenkte ihn mit grünen und braunen Algen, mit Quallen, die schleimig und durchsichtig waren und doch wie Brennesseln stachen. Das Meer hörte einfach nicht auf, ihn zu beschenken. Wie sollte man es nicht lieben? Und gleich am ersten Tag hatte es ihm auch einen Freund geschenkt. Er kam aus dem Wasser, hielt einen Krebs in der Hand, mit dem er alle kleinen Mädchen und Buben im nahen Umkreis jagte und zum Schreien brachte, war ein Jahr älter und einen sommersprossigen Kopf größer als Svetljo, trug aber auch noch keine Badehosen, was ihn nicht besonders kränkte, da er keine Geschwister hatte, und hieß Simo. Als er alle verjagt hatte, bemerkte er Svetljo, der unbekümmert weiter an seiner Sandburg bastelte. Den wollte er auch wegbekommen oder zumindest seinen Schrei hören, also trappelte er direkt auf ihn zu und bedrohte ihn mit dem Krebs. Svetljo schaute das Tier an, war begeistert und wollte es gleich als Soldat in der Burg anstellen.

»Hast du denn nicht gesehen, wie alle davongelaufen sind?« fragte Simo und streckte seinen Bauch vor.

»Doch.«

»Worauf wartest du dann? Lauf und rette dein Leben«, empfahl Simo.

»Wieso? Ich will mit ihm spielen. Gib ihn her, und wir lassen ihn die Burg bewachen.«

»Hast du denn keine Angst? Er kann sehr schmerzhaft zwicken. Du wirst gleich sehen«, sagte Simo.

»Ich hab keine Angst. Er schaut ja so lustig aus.«

»Du hast recht, dich nicht vor ihm zu fürchten. Er ist ja tot. Aber du darfst es niemandem sagen«, flüsterte Simo.

Svetljo war einverstanden.

»Darf ich bei dir ein wenig mitbauen?« fragte Simo.

»Nur wenn du den Krebs in die Badehose meiner Schwester steckst.«

»Wo ist sie?«

Svetljo zeigte auf Dragomira, die, gerade aus dem Wasser gekommen, auf ihrem Tuch lag und zitterte.

»Die ist zu groß. Ich hab heute schon Prügel bekommen. Will keine mehr«, stellte Simo fest.

»Na gut«, zeigte Svetljo Verständnis, »du darfst mitbauen.« Simo kam aus Sofia, war nur ein Jahr älter, aber er wußte sehr viel. Svetljo war von ihm entzückt. Er brauchte nur eine Frage zu stellen, und sein neuer Freund kannte die Antwort. Von ihm erfuhr er, daß Kinder durch Zungenküsse gemacht werden, daß die Menschen vorher Affen waren, daß das Meer ein Ende hatte, nach seinen Berechnungen zwei Tage und einen Steinwurf von ihrer Sandburg entfernt, daß die Sirenen grüne Haare wie die Algen hätten und sich hauptsächlich von Matrosen ernährten, und daß er eines Tages eine Sirene heiraten würde, die ihm beibringen würde, ohne Luft unter dem Wasser zu leben. Sie seien gefährlich, erklärte er, wenn man ihre Lieder höre, aber er, Simo, würde sich die Ohren mit Wachs zustopfen und so mit seiner Sirene leben, und Matrosen würde er auch nicht essen. Svetljo hörte ihm gern zu, aber langsam bekam er Lust, auch etwas zu sagen, was sein Freund nicht wußte und womit er ihn beeindrucken könnte. Nach einigen gescheiterten Versuchen fiel ihm dann doch etwas ein, was sicher ganz wenig Menschen wissen konnten. »Ich weiß, daß der Genosse Todor Shivkov nicht nur von unten, sondern auch von oben scheißen kann«, sagte er und schaute triumphierend. Simo war wirklich erstaunt, so erstaunt, daß er später seine Eltern darüber befragte. Sein Vater sprang gleich wie von einer Sirene gerufen, gab ihm eine Ohrfeige und ging gleich Svetljos Vater suchen. Svetljo beobachtete beunruhigt und bedrückt, wie dieser behaarte Mann sich zuerst leise mit seinem Vater unterhielt, auf seine Brust zeigte, einen Querstrich in der Luft malte, zurückging, hastig die Badesachen mit seiner Frau packte und den Strand verließ. Simo folgte seinen Eltern, die Tränen hinter einem roten Luftpolster versteckend. Svetljo wollte schon zu ihm laufen, als ihn Jordan ergriff. »Von wem hast du das gehört?« wollte er wissen. Svetljo sah, wie Simo stolperte, auf den Boden fiel, seine Wangen vom Sand abschüttelte und hinter den Umkleidekabinen verschwand. »Von deinem Großvater vielleicht? Sag's, sonst prügel ich dich blau.«

Vor Svetljo stand sein Vater, bedrohlich wie noch nie, hinter ihm war das Meer, sein einziger Freund. Es berührte seine Füße und zog sich wieder zurück. »Es ist ein Lied. Die Sirenen haben es gesungen«, sagte Svetljo, von den Berührungen ermutigt.

»Du traust dich deinen Vater zu belügen!?«

Svetljo sah, wie sich eine Hand hob. Diese Berührung wollte er aber vermeiden.

»Ich hab das auf der Straße gehört. Ehrlich, ganz ehrlich. Ein alter Mann hat's gesagt«, sprach er schon mit Tränen in den Augen.

»Es stimmt. Ich bin damals mit ihm spazierengegangen. Er hat's von einem Besoffenen gehört«, vernahm Svetljo plötzlich die Stimme seiner Mutter. Sie stand neben seinem Vater. Er sah nur ihre Füße, die immer tiefer in den nassen Sand sanken, ihr in die Augen zu schauen traute er sich nicht.

»Dein Rücken ist ja ganz rot. Komm, ich schmiere dich ein«, sagte sie seinem Vater.

Svetljo war gerettet. Den Rest des Tages verbrachte er mit Erfindungen von Spielen, die er noch am nächsten Tag mit Simo zu verwirklichen gedachte. Aber Simo kam nicht. Weder am nächsten noch am übernächsten Tag. Svetljo war traurig. Er glaubte schon, daß Simo eine Sirene geheiratet hatte und deswegen nicht mehr auftauchte, als er ihn eines Abends im Zentrum der Stadt auf einer Rutsche traf. Er rutschte mit dem Kopf nach vorne hinunter und war nach seiner gelungenen Bauchlandung erstaunt, Svetljos Füße vor seinem Gesicht vorzufinden.

»Warum kommst du nicht mehr?« fragte Svetljo.

»Wir gehen an einen anderen Strand. Dort ist es viel lustiger. Ich hab schon einen toten Delphin gesehen.«

»Simo!« schrie eine Frauenstimme.

»Ich darf nicht mehr mit dir spielen. Ich muß jetzt los«, sagte er schnell und lief zu seiner Mutter, die ihn gleich am Arm zog und in der bunten Menge der Spaziergänger zu verstecken versuchte. Simo drehte sich um, zeigte nochmals all seine Sommersprossen, zuckte mit den Schultern und war hinter den bunten Röcken und den flatternden Hosen nicht mehr zu sehen. So verlor Svetljo seinen ersten Freund. Über den Genossen Shivkov hatte er gesprochen, deswegen hatte er ihn verloren. Über Shivkov zu sprechen bedeutete also, Freunde zu verlieren. Zum Glück hatte Svetljo noch einen Freund – das Meer. Mit ihm konnte er über alles sprechen, sogar über den Genossen Shivkov, und trotzdem blieb es da. Svetljo brauchte nur auf das Meer zu schauen, und schon war Simo vergessen, war aufgelöst wie eine der vielen Wellen, durch die das Meer auf das Ufer zu klettern versuchte.

Und Svetljo baute wieder seine Sandburgen, schwamm mal mit seinem Schwimmreifen, mal auf dem Rücken seines Vaters und lief hinter den Möwen her, die jeden Nachmittag auf dem Strand landeten und etwas sehr Wichtiges zu suchen schienen.

Die Apostolovs genossen das Meer. Ihre Körper wurden brauner und brauner, ihr Lächeln breiter, ihr Lachen heller, ihre Augen glänzender. Nur am Anfang hatten sie alle gleichzeitig Durchfall und Sonnenbrand bekommen. Gegen den Durchfall schmierten sie ihre Bäuche mit 80%igem Schnaps, um den Sonnenbrand zu mildern, schmierten sie ihre Rücken mit Joghurt ein. Was Dragomira und Svetljo besonders gefiel, weil sie direkt vom Rücken ihrer Eltern Joghurt essen konnten.

Marina lag auf dem Strand und las fast die ganze Zeit »Die Elenden« von Victor Hugo. Ein Buch, von dem alle Fahrscheinverkäuferinnen des Busbahnhofs begeistert sprachen und das ihr so viele süße Seufzer und Tränen entlockte, wie es noch kein Mensch in ihrem Leben geschafft hatte. Sie blickte dann in die Ferne, über die Köpfe der Schwimmenden und über die Boote, dort wo es immer blauer und blauer wurde, wo Wellen und Winde und vielleicht auch Welten geboren wurden, denn das Meer schien ihr das einzige zu sein, dem sie die Tiefe ihrer Gefühle anvertrauen konnte. Sie blickte dann zu ihren Kindern und liebte sie mehr und liebte sie über diese blaue Ferne, über Wellen, Winde und Welten, über alles hinaus. Sie blickte auf ihren Mann und verzieh ihm alles. »Gehen wir zusammen schwimmen«, sagte sie zu ihm.

»Einer von uns muß am Ufer bleiben, der Kinder wegen«, sagte er.

»Na gut, dann gehe ich allein«, sagte Marina und lief ins Wasser. Danach las sie weiter. So verbrachte sie die Tage, mal in das Buch, mal in das Meer eingetaucht.

Dragomira versuchte es ihrer Mutter gleichzutun. Auch sie las ein Buch, ein Märchenbuch von Gianni Rodari. Auch sie schaute in die Ferne, aber nicht so lang und nur mit der Erwartung, ein Schiff zu sehen. Viel öfter aber schaute sie auf ihre Brüste und schaffte es sogar, sich einzubilden, daß sie schon ein bißchen gewachsen wären, was sie sofort in Scham versetzte. Sie lag dann stundenlang auf dem Bauch, scheute jeden Blick und stand nur dann auf, wenn Svetljo ihr nasse Algen auf den Rücken warf.

»Ich will ein Oberteil haben«, erklärte sie ihrer Mutter.

»Du brauchst noch keines«, sagte Marina, ohne ihren Kopf vom Buch abzuwenden.

»Doch, siehst du nicht«, beharrte Dragomira und versuchte ihre Brust so weit wie möglich herauszustrecken.

»Nicht mal mit der Lupe kann man da was sehen. Aber wenn du dich weiter so anstrengst, kannst du bald im Zirkus auftreten.«

»Trotzdem schäme ich mich«, sagte Dragomira beleidigt.

»Das nächste Jahr bekommst du ein Oberteil«, versprach ihr Marina. Dragomira war zufrieden und schämte sich bis zum letzten Tag nicht mehr.

Jordan ging wie geplant die wundersamen Schlammbäder besuchen. Er erwartete, vor dem Eingang einen Berg von weggeworfenen Krücken und Stöcken vorzufinden, aber davon war nichts zu sehen. Er nahm es gelassen. Ihm tat ja kein Gelenk, sondern nur die Seele weh. Er erwartete sich kein Wunder. Er wollte nur diesen Schmerz losbekommen und ein neuer Mensch werden. Dem Oberst war es gelungen, warum dann nicht auch ihm. Also legte sich Jordan in eine Badewanne voller Schlamm und wartete. Nach einer Stunde verließ er das Bad, duschte und ging zum Strand. Einige Tage lang wiederholte er die Prozedur, und es schien ihm, als ob er eine kleine Erneuerung in sich feststellen könnte. Als neuer Mensch ging er nun zum Strand und sah tatsächlich was Neues dort. Er sah, wie sich ein Bademeister sehr heiter mit seiner Frau unterhielt. So neu war Jordan allerdings nicht geworden, um sich so etwas gefallen zu lassen, und mit sicherem Schritt und durch die Bäder aufgelockerten Gelenken erreichte er sehr schnell den Bademeister und flüsterte inspiriert etwas in sein Ohr, woraufhin dieser sofort verschwand. In seinen Worten ging es wieder einmal um Schlamm, diesmal in einem anderen Zusammenhang. »Wenn ich dich nochmals bei meiner Frau sehe, mache ich dich zu Schlamm.« Dies waren die Worte, die in das Bewußtsein des Bademeisters eingedrungen waren.

»Gehen wir zusammen schwimmen«, schlug Jordan Marina vor.

»Du weißt ja, einer muß am Ufer bleiben«, sagte sie.

»Na gut, dann gehe ich allein«, sagte er, und seine Seele tat schon wieder weh. Solange er unter dem Schlamm lag, war alles in Ordnung, aber draußen war er wieder der alte Jordan Apostolov. Aber was sollte er machen. Er konnte sein Leben ja nicht im Schlamm verbringen. Er war kein Toter. Wahrscheinlich schafft man es nur kurz, ein neuer Mensch zu sein, dachte Jordan, während er mit dem Rücken auf den Wellen lag und schaukelte und in den Himmel schaute. Der Himmel über ihm war alt, und das Meer unter ihm war alt, und beide begrüßten den alten Jordan.

»Auch morgen wird es nicht regnen«, bemerkte Marina am zehnten Tag ihres Urlaubs. Sie saßen in einem kleinen Restaurant. In ihren Händen die Weingläser, auf ihren Tellern die Reste des Abendessens, rechts von ihnen das Meer, links die kleine Tanzfläche, über ihnen die Sterne. Dragomira schaute fasziniert den Tanzenden zu. Svetljo war in seinem Stuhl eingesunken. Jordan dachte zusammenhangslos an das Meer, an die Sterne und an den Wein, den er getrunken hatte. »Stimmt, es wird nicht regnen«, antwortete er.

»Wir können es nicht mehr verschieben«, sagte Marina und zog mit den Fingernägeln eine Fliege aus dem Weinglas.

»Na gut, morgen besuchen wir deine Schwester«, sagte Jordan, obwohl er momentan am wenigsten an die Schwester dachte. Nun dachte er auch an sie, und sein Kopf wurde noch schwerer. »Ich hab ihren Mann noch nicht kennengelernt.«

»Er verbringt ja die meiste Zeit am Meer.«

»Ich kann ihn gut verstehen«, sagte Jordan, und zugleich bemühten sich seine Augen, das Meer in der Dunkelheit ausfindig zu machen. Es war ganz nahe, es rauschte. Doch er sah nur den weißen Schaum unter den Felsen, der Rest war verschwunden. »Du wirst ihn sicher mögen«, hörte er. Ein mächtiges Geschrei von der Tanzfläche übertönte ihre Worte. Dort wurde gerade wild getanzt. Ein besoffener Eisenbahner mit rotem Gesicht und vom Tabak rostig gewordenem Schnurrbart ahmte eine fahrende Lokomotive nach. Seine Uniform war bis zum Nabel aufgeknöpft, seine Schirmmütze wackelte auf dem Kopf einer tanzenden deutschen Touristin. Bald stellten sich alle Tanzenden hinter den Eisenbahner und bildeten einen Zug, der zwischen den Tischen zu fahren begann. »Gestern bin ich noch mit Krücken gegangen. Wer wird das glauben?« schrie einer von ihnen und machte einige sehr schwer nachzuahmende Tanzschritte, die ihn fast zu Fall gebracht hätten. »Noch einer, dem der Schlamm geholfen hat«, dachte Jordan. »Wer wird aber mir helfen? Das Meer? Ich muß es zuerst aber finden.« Er schaute sich um, hörte das Rauschen. Sein Blick stieß zuerst an eine pechschwarze Ferne, dann an Marinas schwarze Wimpern, dann an ihre bunten Augen. »Gehen wir schwimmen«, sagte er.

»Du bist betrunken«, sagte Marina, und sein Blick irrte wieder allein in die pechschwarze Ferne.

Am nächsten Abend waren die Apostolovs bei Marinas Schwester Rumjana zu Gast. Sie wohnte im siebenten Stock eines neuen Wohnblocks. »Unglaublich, wie braun ihr alle geworden seid«, empfing sie Rumjana vor der Tür ihrer 150-m^2-Wohnung. Sie trug ein enges, schwarzes, seidenes Hemd. Ihre langen Beine waren in gelbe Glockenhosen gesteckt, ihre langen Haare dunkelrot gefärbt. Hinter ihr, groß, gespannt und ganz in weiß wie ein Bildgrund, stand ihr Mann Slavi und reichte seine Hand den Gästen entgegen. In seinen dicken Koteletten schimmerten hie und da, wie die Rücken kleiner Fische, silberne Haare. Sonst war sein Haar immer noch dunkelbraun und sorgfältig nach hinten gekämmt. Sein Kiefer war breiter als die Stirn, seine Nasenlöcher so groß wie die Augen. Man blickte in sie auch viel öfter hinein als in die Augen. »Eine Ewigkeit nicht gesehen«, begrüßte er Marina, sein ewiges Lächeln auf seinen vergänglichen Lippen. Es folgte eine feste Umarmung, ein saftiger Kuß. »Endlich lerne ich auch deinen Mann kennen, diesen Atlas der Ordnung. Deine reizenden Kinder kenne ich auch nur von Fotos.« Seine behaarte Hand schüttelte die von Jordan, zwickte Dragomiras linke Wange, zerzauste Svetljos Haare.

»Wie schafft das deine Frau? Drei Kinder hat sie geboren, und immer noch hat sie die gleiche Figur wie bei der Hochzeit«, meldete sich wieder Marina.

»Das Rezept lautet: mindestens einmal pro Woche verbotene Früchte genießen«, lachte der Kapitän. Die Apostolovs traten ein. Im Korridor sah man, an einem Kleiderhaken aufgehängt, den Kapitänskittel, den Rumjana gebügelt, und an die Wände gepreßt, die drei Kinder, die sie geboren hatte. Die jüngste, Galja, war so alt wie Dragomira, Juri war zwölf, Nina war vierzehn und gelangweilt.

Der Abend verging gut. Sie aßen gebackene Meeresäschen, tranken Wein und anschließend Whiskey. Nach dem Essen verschwanden die Kinder in die Nebenzimmer. Galja zeigte Dragomira ihre englisch sprechende Puppe, Juri gewann Svetljos Herz mit seiner Zinnsoldatensammlung, Nina versperrte sich mit dem Foto eines Mitschülers und einem noch nicht beendeten Liebesbrief in ihr Zimmer. Die Erwachsenen waren endlich unter sich. Der Kapitän zeigte Fotos von fremden Ländern und Häfen und erzählte Geschichten, die alle außer seiner Frau zum Lachen brachten. Marina hatte Recht. Er gefiel Jordan, und als die beiden auf den Balkon rauchen gingen, sagte sie: »Wir hätten die beiden früher zusammenbringen sollen.« Rumjana schien sie nicht gehört zu haben. Sie rieb die Tischdecke, danach ihre Stirn.

»Wir werden uns scheiden lassen. Ich habe es satt, immer zu warten und von Geschichten zu hören, die weit weg geschehen sind. Ich brauche jemanden, der da ist. Ich will auch was erleben und nicht nur von Erlebnissen anderer hören. Ich brauche jemanden, mit dem ich reden kann. Verstehst du mich?«

»Was ist mit den Kindern?« fragte Marina und blickte kurz auf den Balkon.

»Sie bleiben bei mir. Es ist alles ausgemacht«, fuhr Rumjana fort, und ihre Hand wanderte von Gegenstand zu Gegenstand, ihre Erzählung von einem unglücklichen Ehejahr ins nächste. Nichts wollte sie unberührt lassen.

Draußen auf dem Balkon rauchten die Männer. Die Zigaretten wurden kleiner, das Vertrauen wuchs.

»Meine Frau betrügt mich mit einem Geographielehrer«, sagte der eine.

»Diese Geographielehrer sind miese Kerle«, sagte der andere.

»Wäre er nicht, hätte sich ein anderer gefunden«, sagte der eine.

»Kann ich dir helfen?« fragte der andere.

»Wieso? Alle Matrosen tragen Hörner«, sagte der eine.

»Und dir macht das nichts aus?« staunte der andere.

»Wir werden uns trennen. Das ist alles. Ich bin weder böse noch unglücklich. Ich will weiter auf allen Meeren fahren, meine Frau will nicht mehr am Land warten. So einfach ist das. Es ist der natürliche Lauf der Dinge«, sagte der eine, das ewige Lächeln auf seinen vergänglichen Lippen.

Die Apostolovs verbrachten noch vier wolkenlose Tage am Meer, danach fuhren sie in die Berge. Je höher sie stiegen, desto dichter wurden die Wolken. Es begann zu regnen. Jordan hatte von einem Kollegen den Schlüssel für eine Berghütte bekommen. »Die Genossen vom Zentralkomitee haben sie früher bei ihren Jagden benutzt. Jetzt können auch Leute wie wir dort übernachten«, hatte er ihm mitgeteilt.

Die Hütte war klein und aus dünnen, nicht mehr dichten Holzlatten gebaut, das Schlüsselloch verrostet. Jordan mußte mit einer Stange die Tür öffnen. Drinnen tropfte es, und es gab Mäuse. Svetljo entdeckte, daß seine Mutter Angst vor Mäusen hatte, und versuchte, welche zu fangen, um sie davon zu überzeugen, wie nett sie eigentlich waren. Aber die Mäuse liefen immer von ihm weg. So wie Simo wollten sie nicht mit ihm spielen. Dabei hatte er nicht einmal den Genossen Shivkov erwähnt. Aber so waren sie. Sie waren nicht so gute Freunde wie das Meer. Da erinnerte sich Svetljo an das Meer und preßte die Seeschneckenschalen an seine Ohren. Aber es war nicht das gleiche. Der Wind sauste draußen, der Regen peitschte auf die Wände und die Fenster der Hütte. Drinnen saßen alle beisammen, aber keiner lachte so wie auf dem Strand. Einzig sein Vater verließ ab und zu die Hütte und kehrte mit Essen und ganz naß wieder zurück. »Warst du im Meer, Vater?« fragte Svetljo.

»Das Meer ist sehr weit. Das war der Regen«, lächelte er, aber sein Lächeln blieb nicht lang auf seinem Gesicht, nicht so lang wie beim Onkel Slavi, dem Kapitän.

Drei Tage regnete es. Die Apostolovs saßen in der Hütte, hörten den Regen, den Wind, die Arbeit der Holzwürmer, die Spiele der Mäuse und blickten durchs Fenster mal auf verschwommene, mal auf dampfende Berge. Dragomira lag fast die ganze Zeit unter der Decke und stand nur auf, um ein Schiff, ein Boot oder eine Sonne auf die Fensterscheibe zu malen. Aber so hoch, damit Svetljo sie mit seinen alles vernichtenden Händen nicht erreichte. Danach verschmähte und ärgerte sie ihn. Sein rotes, angeschwollenes und verweintes Gesicht war ihr einziges Vergnügen. »Wie Hund und Katze seid ihr. Keine Sekunde Ruhe gibt es mit euch«, schimpfte ihre Mutter, und als ob sie es draußen gehört hätten, schimpfte der Regen, schimpfte der Wind. Svetljo und Dragomira bekamen Angst und wollten sich unbedingt bei der Mutter verstecken, aber sie erlaubte es nicht, und das war das Schlimmste. Draußen heulte der Wind, drinnen die Kinder. »Laß sie weinen. Wenn sie sich nicht lieben, sollen sie weinen«, verbat sie Jordan, sich einzumischen. »Am besten wir lassen sie hier und holen sie erst dann wieder ab, wenn sie sich wieder gern haben.« Kaum hatten sie das gehört, umarmten sich Svetljo und Dragomira, und in der Hütte wurde es still. Eine kleine Maus lief über die Bretter, ein Holzwurm bohrte in einem Balken. In zwei Meerschneckenschalen war das Meer, in zwei Kinderbrüsten das schnelle Pochen zweier Herzen zu hören. Aber keiner wollte es merken.

»Ich wußte nicht, daß deine Schwester so ein Flittchen ist«, sagte Jordan.

»Reden wir bitte nicht vor den Kindern darüber«, versuchte Marina so leise wie möglich zu sprechen.

»Ihr Mann ist einfach zu nett. Ich an seiner Stelle ...«

»Ich will morgen noch von dieser Hütte weg«, unterbrach ihn Marina.

»Ich auch, Mutti«, meldete sich Dragomira.

»Das hier ist keine Erholung. Fahren wir lieber zu deinen Eltern. Sie werden sich freuen. Außerdem ist die Gegend dort auch schön. Wir gehen spazieren. Die Trauben sind auch schon reif«, sprach Marina jetzt lauter. »Die Trauben, die Zwetschken, die Quitten«, ging es durch Jordans Kopf. Lange hatte er keine Quitte mehr in der Hand gehalten, lange Marina nicht mehr berührt. Der Regen klatschte auf die Erde und verwandelte sie in Schlamm. Ein Schlamm, aus dem kein neuer Mensch entstehen könnte. Eine Maus lief über den Boden und versteckte sich unter Marinas Bett. »Pack die Sachen, wir fahren gleich«, sagte Jordan plötzlich.

Der Besuch bei Jordans Eltern tat allen gut. Am meisten freuten sich aber die Alten, Svetlin und Dragomira. Die Nachricht, daß Svetljo endlich zu reden angefangen hatte, versetzte sie in Entzücken. »Ich wußte es. Nicht umsonst habe ich seine Nabelschnur zwei Wochen mit mir herumgeschleppt«, rief Svetlin so laut, daß sich bald alle Nachbarn vor seinem Zaun versammelten, und ohne ein paar erklärende Worte und einen Schluck guten Schnaps waren sie und ihre wie Glühwürmchen flimmernden Zigaretten nicht mehr von dort wegzubekommen.

Um diesen Anlaß gebührend zu feiern, schlachtete die alte Dragomira am nächsten Tag einen jungen Hahn, der erst seit einer Woche das Singen gelernt hatte. »Seine junge Kraft und seine starke Stimme sollst du bekommen«, erklärte sie Svetljo, während sie den jungen Hahn rupfte. Er nahm dessen große Feder, steckte sie in seine Haare und war sogleich ein Indianer. Er verschwand im Hinterhof, wo er die Schafe zu reiten versuchte, schwere Kämpfe mit dem Truthahn überstand und zu Mittag von einem Birnbaum heruntergeholt werden mußte. Am Abend war er dann so müde, daß er noch am Tisch mit einem Bissen Hahnfleisch im Mund und der Feder in den Haaren eingeschlafen war.

Als er in der Früh aufwachte, fand er die Feder neben seinem Polster. Neben dem Brunnen im Hof fand er seine Schwester, neben einer muhenden Kuh seine Großmutter, neben einer dampfenden Tasse seinen Großvater. Aber seine Eltern fand er nirgends. Sie würden erst in einer Woche kommen, um ihn und seine Schwester abzuholen, sagte ihm seine Großmutter und spritzte ein wenig Milch in sein Gesicht, die sich mit seinen Tränen vermischte. »Ich will nach Hause«, weinte er laut. »Du bist ja hier auch zu Hause«, bekam er als Antwort, was er als so eine freche Lüge empfand, daß er gleich seine Feder holte, um sich dafür zu rächen. Aber sehr bald kam er darauf, daß es besser war, zwei Zuhause zu haben als nur eines, und er genoß die Zeit im Dorf. Er sah viel Neues, lernte die verschiedenen Fliegen und die unterschiedlichen Tierkotarten voneinander zu unterscheiden, wußte, wann eine Henne ein Ei gelegt hatte, mußte nicht jede Nacht die Zähne putzen und die Füße waschen, aß Rachat und Eis und Zuckerwatte so viel er wollte, und eines Tages lernte er sogar seinen Urgroßvater, den Popen Serafim, kennen.

Seine Schwester hatte ihn dorthin geführt und mit ihm gewettet, daß er sich nicht trauen würde, mit dem Popen zu sprechen. Sie versteckten sich hinter dem Zaun eines Hofes, der sich sehr gut für Indianerspiele eignete. An einen Baum gelehnt saß ein sehr alter Mann mit einem so weißen und so langen Bart, wie Svetljo ihn noch nie gesehen hatte, und schliff eine Sichel.

»Siehst du ihn?« fragte Dragomira. Svetljo sah ihn und bekam Gänsehaut. Er war die furchterregendste Gestalt, der er jemals begegnet war.

»Er glaubt noch an Gott«, sprach sie weiter.

»Wer ist Gott?« fragte Svetljo.

»Weiß nicht, aber er glaubt an ihn. Was ist? Traust du dich?« Sie versetzte ihm einen leichten Rippenstoß. Svetljo wollte am liebsten weglaufen, trotzdem machte er die Tür auf und ging, die ausgetrockneten Disteln meidend, auf den alten Mann zu.

»Mähen kann ich noch, nur mähen«, sprach dieser mit sich selbst. Über seinen buschigen weißen Augenbrauen rannen die Schweißtropfen wie winzige durchsichtige Mäuse. Manche davon liefen weiter und versteckten sich in seinem Bart. Andere saugten sich in die Augenbrauen und ließen sie wie Zuckerwatte glänzen. Svetljo stand vor ihm, hörte das Schleifen und die Schläge seines Herzens und konnte kein Wort zusammenbringen, das lauter als diese Geräusche war.

»Wer bist du, Spatz?« redete ihn plötzlich der alte Mann an.

»Ich bin kein Spatz, ich bin Svetljo«, antwortete Svetljo trotzig, aber seine Stimme klang fast wie Gezwitscher.

»Aha, du bist mein Urenkel, von dem alle geglaubt haben, er wird nicht sprechen. Muß nicht wahr sein, woran alle glauben, muß nicht wahr sein. Weißt du, daß ich dich hier getauft habe? Warte, ich zeig dir was.« Der alte Mann stand auf und begann, zwischen dem Unkraut etwas zu suchen. »Da drinnen«, hob er ein verrostetes Waschbecken, »drinnen hab ich dich getauft, und du hast gegellt und gegellt. Alle Vögel hast du erschreckt.«

Der Pope Serafim lachte. Von seinem zahnlosen Mund flogen zahllose Spritzer. Von dem eingesunkenen Dach seines verödeten Stalls zwei graue Wildtauben. In der einen Hand hielt er das Waschbecken, in der anderen die Sichel, in seinem wirren Haar brummte eine Wespe. Er stand unter dem Weinlaub, und auf seinem Hemd vermischten sich Löcher und Lichtflecken und Svetljo glaubte, sowohl durch die einen als auch durch die anderen seine Haut sehen zu können. Niemand von seinen Großeltern war so lustig, und Svetljo konnte sein Lachen nicht mehr zurückhalten.

»Lach, kleiner Svetljo, lach. Gut ist das Lachen«, ermutigte ihn der Greis. »Zum Lachen ist der Pope Serafim auf dieser

Welt da. Für was sonst. Sprechen kannst du, lachen kannst du, was kannst du noch, kleiner Svetljo?«

»Auf Bäume klettern, Sandburgen bauen, das Meer in einer Schale hören, verschiedene Spiele spielen«, zählte Svetljo auf.

»Sehr gut, mein Enkel, sehr gut«, bemerkte der Pope, ließ dann plötzlich das Waschbecken aus der Hand fallen und ging wieder an seinen alten Platz zurück. »Ich hab's vergessen, aber ich muß noch etwas tun, mein Spatz. Das Grab muß ich mähen, ihr Grab«, sagte er. Danach begann er wieder, die Sichel zu schleifen und vor sich hin zu murmeln. Svetljo versuchte eine Weile zu verstehen, was er sprach, aber es gelang ihm nicht. Die Tauben kehrten zurück auf das Dach und begannen zu gurren. Eine grau gestreifte Katze schlich sich lautlos an dem Waschbecken vorbei und verschwand, von einem Schmetterling abgelenkt, in dem Stall. Die Sonne brannte auf Svetljos Rücken, aber er stand unbewegt, hörte das Murmeln und wartete.

»Opa, mit wem sprichst du?« fragte er neugierig, nachdem er in alle Richtungen geschaut hatte. Der Greis machte ihm ein Zeichen, daß er sich nähern sollte, und flüsterte in sein Ohr: »Ich spreche mit Gott.«

Danach sagte er lauter: »Geh jetzt, kleiner Svetljo, sonst werde ich mit dir schimpfen.«

Svetljo lief zu seiner Schwester. »Ich hab gewonnen. Du kaufst mir jetzt eine Limo«, jauchzte er.

»Schon gut. Aber was habt ihr so lang gesprochen?« fragte sie, nahm Anlauf und übersprang eine Kuhflade.

»Das sag ich dir nicht«, antwortete er und tat es ihr nach.

»Das ist nicht ehrlich von dir, gerade jetzt, wo du sprechen kannst«, warf sie ihm vor.

»Du hast mich auch belogen«, setzte er ihr entgegen, während er versuchte, seine Schuhe vom Kuhmist zu putzen. »Du hast gesagt, daß er an Gott glaubt.«

»So sagen alle. Frag Mutter, wenn du willst.«

»Stimmt aber nicht. Er glaubt nicht an Gott, und ihr seid alle blöd«, keifte er.

»Und was tut er?«

»Er redet nur mit ihm«, erklärte Svetljo und lief der Konditorei entgegen.

Der Pope Serafim war in seinem Hof geblieben und hatte weiter seine Sichel geschärft, und als er den Kopf hob, waren plötzlich die Sterne da, zahlreicher und wahrhaftiger als all jene Träume, die er beim Aufwachen vergessen hatte. Er stand auf, pinkelte gleich neben den Baum, ging ins Haus, bekreuzigte sich dreimal vor der Ikone, legte sich ins Bett, streichelte zweimal den Bart, seufzte einmal tief und schlief ein. Er lag auf dem Rücken. Viele Jahre hatte er nur auf seiner rechten Seite geschlafen, denn wer auf dieser Seite schläft, über dessen Schlaf wacht ein Engel. Wer aber auf der linken schläft, den besucht der Teufel. Nun wollte der Pope Serafim, daß sie ihn beide besuchen, in der Hoffnung, daß sie sich über ihn streiten. Wer hätte sich sonst in seinem Haus streiten sollen. Einsam war der Pope Serafim. Deswegen schlief er auf seinem Rücken, damit zumindest, während er schlief, sein Haus belebt wurde, und wenn er in der Früh eine Feder oder einen Rußfleck in der Nähe seines Bettes fand, sagte er belustigt: »Oh, meine Herren, heute nacht habt ihr euch aber richtig geprügelt. Schlimmer als die Kommunisten seid ihr.«

Jeden Morgen wachte er um 6 Uhr auf und erlebte seit Jahren dasselbe Wunder. Auf einem Tisch im Nebenzimmer lag ein frisches Brot, ein Gläschen Honig, ein Stück Schafkäse, und sein Töpfchen war zur Hälfte voller Milch. Manchmal lagen auch Tomaten, Gurken und Paprika daneben, manchmal Wurst und Speck, aber immer lag dort etwas für ihn. Serafim konnte nicht wissen, daß die Zuständige für dieses Wunder seine Tochter Dragomira war. Wie konnte er auch? Er hatte seit Jahrzehnten nicht mehr mit ihr geredet. Dafür redete er mit Gott. Also dankte er ihm, stillte seinen Hunger, fütterte mit dem Rest Vögel und Katzen und begann von neuem, seine Sichel zu schärfen. Je schärfer sie wurde, desto mehr vergaß der Pope Serafim. Er vergaß Ereignisse und Geschichten, er vergaß den Namen des Dorfes und die seiner Einwohner, er vergaß Fast- und Festtage, er vergaß Gebete, Lieder und Psalmen, er vergaß auch, wann er zuletzt die Sichel geschärft hatte, und wenn er sich zufällig daran erinnerte, dann irrte er barfuß durch das Dorf und erschreckte oder belustigte die Kinder, denn den Weg zum Friedhof hatte er auch vergessen. Auch wenn es ihm manchmal gelang dort anzukommen, fand er weder das Grab seiner Frau noch den Weg nach Hause zurück. Verschiedene Leute führten ihn dann in sein Haus, aber wer sie waren, hatte er bald wieder vergessen. Vieles hatte der Pope Serafim vergessen, seitdem er zu schleifen begonnen hatte. Warum sollte er sein Gedächtnis belasten. Wenn er etwas wollte, brauchte er nur Gott zu fragen. Nur daß dieser nicht immer antwortete.

Im Winter, wenn Schnee fiel, hatte es der Pope Serafim leichter. Er warf einen Blick auf den Hof, sah seine eigenen Spuren und wußte, ob er Wasser geholt oder Holz gehackt hatte. Schlimm war es nur, wenn dazwischen neuer Schnee gefallen war. Da mußte er wieder Gott fragen, und der war nicht immer verläßlich. Statt ihm blies meistens der Wind, aber der konnte nur klagen, als ob er nur Unglück auf dieser Welt gesehen hätte. Konnte man denn so einem glauben? »Dich frage ich, aber du schickst mir wieder diesen Schlingel, den Wind«, zürnte Serafim und baute einen Schneemann mit zwei Hörnern wie den Teufel, dessen Kopf er später voller Reue mit einem Sichelhieb entfernte. Der Schnee zersplitterte, die Krähen regten sich auf, und Serafim war wieder eins mit Gott.

Neujahr 1974 feierten alle Apostolovs im Dorf. Es gab alles im Übermaß. Viel Essen, viele Getränke und viel Schnee. So viel, daß die Elektroleitungen rissen und in den Häusern wieder die Petroleumlampen angezündet wurden. Jordan, Marina und die Kinder kamen noch am 29. Dezember. Am nächsten Tag erschienen drei Bauern am Hof, mit drei Messern in den Stiefeln. Sie tranken drei erhitzte Schnäpse, wuschen ihre drei Schnurrbärte ab und verschwanden im Hinterhof. Man hörte ein lautes Quieken und eine Vielfalt von Schimpfwörtern. Bald darauf kauten Svetljo und Dragomira an zwei Schweineohren. Ab nun wurde Schweinefleisch in Unmengen gegessen. Gebraten, gegrillt, gekocht, geröstet. Fast in jedem Hof, fast auf jeder Straße konnte man diese Gerüche wahrnehmen. Es roch so stark, daß die wenigen Muslime im Dorf sich gezwungen sahen, mit Watte in den Nasen spazierenzugehen.

Am Nachmittag des 31.12. wurden die Straßenleitungen wieder repariert, damit jeder bulgarische Staatsbürger die Neujahrsrede vom Genossen Todor Shivkov verfolgen konnte, und die Petroleumlampen wurden zur allgemeinen Enttäuschung der Kinder ausgeblasen. Dank der Rede gab es wieder Licht in den Häusern.

Alle Apostolovs blieben bis spät in die Nacht wach. Die Kinder waren von den vielen Geschenken aufgeregt, Svetlin, der Partisan, vom Wein, Marina von der silbernen Halskette, die sie von ihrem Mann bekommen hatte, Jordan von Shivkovs Rede und die alte Dragomira von der guten Stimmung. Um drei Uhr gingen die letzten schlafen.

Wie immer stand die alte Dragomira um 5 Uhr auf, zog sich leise an, packte in ein Bündel Brot, Käse, gebratenes Schweinefleisch und ein Stück Baklava, nahm eine Flasche Rotwein und trippelte auf die Straße. Alle schliefen noch, sogar der Bäcker, der gewöhnlich zu dieser Zeit in der Bäckerei schwitzte und schimpfte, lag glücklich unter seiner Decke.

Es war dunkel. Nur der Schnee unter ihren Füßen verbreitete ein unsicheres, knirschendes Licht. Dragomira schloß immer wieder ihre Augen, als ob sie weiter eine Verbindung mit dem, was sie vor kurzem geträumt hatte, herstellen wollte. Aber aus ihrem Traum waren nur graue und schwarze Flecken geblieben, die sie, so wie die Dinge, die sie jetzt sah, mal an Häuser, mal an Bäume, mal an Menschen erinnerten. Erst als sie einige Male kräftig an die Hoftür ihres Vaterhauses drücken mußte, wachte sie richtig auf. Der Schnee hatte sich hinter der Tür gehäuft, war gefroren und lehnte jetzt an ihr wie der Rücken eines großen faulen Tieres. Beim fünften Mal gab er nach. Vor dem Haus stieß sie auf einen kleinen Schneemann mit zwei Hörnern auf dem Kopf, der ihr ein Lächeln entlockte. Freudig nahm sie die drei Stufen bis zum Zimmer, stellte dort das Bündel auf einen wackeligen Holztisch und packte dessen Inhalt gähnend aus, ohne das Licht anzumachen. Aber auf dem Tisch lagen schon ein Brot, ein Päckchen Butter, ein Stück Käse und ein Glas Zwetschkenmarmelade. »Wer hat sie gebracht?« fragte sie sich halb erschrocken, halb eifersüchtig und blickte durch die offene Tür auf den Hof. Aber außer ihren Schritten und denen ihres Vaters war im Schnee nichts zu sehen. Da erinnerte sie sich, daß sie selber vor zwei Tagen die Sachen gebracht hatte. Ohne weiter zu überlegen, nicht mal darüber, daß sie seit Jahren das Nebenzimmer nicht mehr betreten hatte, stürzte sie dorthin. Auf dem Boden, zwischen zwei Wolldecken, lag eine Sichel, auf dem Nachtkasten ein Schleifstein und zerbrochene Nußschalen, auf dem Bett der Pope Serafim. Er lag auf dem Rücken, Hals und Brust von seinem weißen Bart bedeckt. In seinem Schnurrbart hatten sich Nußbrösel verfangen. »Vater!« rief Dragomira, ergriff seine Schultern und begann ihn zu schütteln. Nur die Nußbrösel bewegten sich leicht. Sie fiel auf die Knie und begann laut zu klagen. Ihr Kopf ging nach unten, dann nach oben, dann wieder nach unten. Sie sah den Boden, die Decke, braune Bretter, weißen Putz. Sie sah Sprünge und Spalten und Flecken, dunkle Flecken. Immer dunkler sah sie. Es gab keine Bretter, keinen Putz, kein Haus, keine Zeit. Es gab nur unten und oben, unten und oben. Nichts hatte mehr Farbe, nichts hatte mehr Form. Alles hatte ihr Leid schon zersetzt.

Als sie die Tür aufmachte, war es Mittag. Vor ihr nur Schnee, Spatzen, Spuren und Krähen. Sie verfolgte die Spuren, die ihr Vater im Hof hinterlassen hatte. Sie führten zum Klo, von dort in die Scheune, umkreisten den Schneemann, kamen auf sie zu und führten erneut zu dem Klo. Um sie hüpften aufgeplusterte Spatzen wie aus dem grauen Himmel heruntergerollte Bällchen. Kalt war ihnen, kalt war auch Dragomira. Wie ein Spatz hüpfte ihr Herz, vergeblich hüpfte es hinter den Spuren. Sie ging in das Zimmer zurück und zündete den Ofen an. Danach holte sie zwei große Kessel, stopfte den Schneemann hinein, stellte sie auf den Ofen, verschloß das Haus und kam nach einer halben Stunde mit einem schwarzen Kopftuch und Marina zurück.

»Wir schaffen es allein. Er ist leicht wie ein Baby«, sagte sie zu Marina, als sie vor dem Bett standen. »Hab keine Angst, die Toten tun niemandem was«, ermutigte sie sie weiter und reichte ihr einen Besen.

Sie befreiten zuerst die Decke und alle Ecken von dem Spinnengewebe, putzten die Fenster und kehrten den Boden. Danach wuschen sie ihn mit Seife und polierten ihn so lange, bis die Holzbretter wieder das Licht zu brechen begannen. Erst dann zogen sie Serafim aus und wuschen seinen steifen Körper und schnitten ihm die Nägel und zogen ihm die neue schwarze Kutte und die neuen Schuhe an, legten ihm sein Kreuz um den Hals, kämmten seine Haare und legten ihn wieder auf das Bett.

Es begann zu dämmern. Man hörte zweimal die knirschenden Schritte des Arztes im Hof, einmal beim Rein-, einmal beim Rausgehen. Danach hielt ein Karren vor dem Hof. Zwei hustende, unrasierte Männer sprangen heraus, lehnten einen mit silbernem Staniolpapier umwickelten Sarg an die Hoftür an und fuhren weiter. Kurz darauf begannen die Kinder, die auf der Straße spielten, den Sarg mit Schneebällen zu bewerfen. Bei jedem Treffer jubelten sie. Der Sarg hallte, die Bälle zerplatzten, die Kinder jubelten. Die beiden Frauen saßen neben dem Ofen und wärmten ihre Rücken. Sie hörten die Schläge der Bälle und den Lärm der Kinder, aber sie rührten sich nicht.

»Ich bleibe heute nacht bei dir«, sagte die eine.

»Ich danke dir. Allein die Totenwache zu halten ist furchtbar«, sagte die andere.

»Er hat meinen Sohn getauft, hier im Hof«, sagte die eine.

»In der Früh stand ein Schneemann vor dem Haus. Er muß ihn in der Nacht gemacht haben«, sagte die andere.

»Es war im Sommer, es war sehr heiß«, sagte die eine.

»Der Schneemann hatte zwei Hörner«, sagte die andere.

»Er war sehr allein«, sagte die eine.

»Heute ist er nicht mehr allein. Wir sind da«, sagte die andere.

»Ja, heute ist er nicht mehr allein«, sagte die eine.

»Machen wir das Licht an?« fragte die andere.

»Bleiben wir noch ein bißchen im Dunkeln.«

Draußen wurde der Lärm leiser, ein Ball schlug noch auf den Sarg, eine Mutter rief nach ihrem Kind, danach verstummte alles. Im Haus des Popen Serafim begann ein Fenster zu leuchten.

Der Sarg des Popen Serafim wurde auf einem Pferdekarren zum Friedhof gebracht. Dahinter schritten nur ein Dutzend alte Männer und Frauen. Das Pferd rutschte dauernd aus, die Holzräder knarrten, der Kutscher schimpfte, die Peitsche sauste.

Die Erde war sehr hart. Die Totengräber hatten den ganzen Tag geschuftet, eine Hacke zerbrochen, vier Brathühner gegessen und drei Flaschen Schnaps geleert, bis das Grab fertig war. Jordan war kurzfristig nach Plovdiv gerufen worden, und Marina hatte die Gelegenheit, Svetljo zum Begräbnis mitzunehmen. Im Karren neben dem Sarg saßen zwei Klagefrauen, die alle Geräusche zu übertönen versuchten, was ihnen aber nicht immer gelang. Klagen und dichter weißer Dampf kamen aus ihren Mündern. In der einen von ihnen erkannte Svetljo seine Oma Dragomira und war erstaunt, wie laut sie weinen konnte. Die andere heulte auch laut, aber die kannte er nicht. Er konnte sich nur erinnern, daß sie ihm einmal auf der Straße einen Lutscher geschenkt hatte. Wäre nicht schlecht, wenn sie ihm heute auch einen schenken würde. Er hatte ja so eine Lust. Irgendwann wird er heute sicher was Gutes bekommen, das spürte er. Vielleicht nicht gleich, denn jetzt sahen alle noch sehr beschäftigt aus. Aber sie waren traurig, und wenn Erwachsene traurig waren, ohne daß Svetljo Schuld daran hatte, waren sie immer sehr nett und großzügig. Er mußte sich nur gedulden. Sehr beeindruckt war Svetljo von der Geschicktheit der Totengräber, die mit ihren Seilen den Sarg sanft ins Grab hinunterließen. Er wäre gern auf dem Sarg ein bißchen hinunter und hinauf gefahren, aber er wußte, er mußte sich jetzt gedulden. Spaß hatte er auch, als alle Erde auf den Sarg zu schmeißen begannen, und er half kräftig mit. Aber dann auf dem Rückweg wurde er auf einmal traurig.

»Opa Serafim kommt darunter nicht mehr heraus, nicht wahr Mama?« fragte er.

»Nein, mein Kind, deinen Opa gibt es nicht mehr«, versuchte Marina ihre Stimme zu beherrschen.

»Aber wer wird dann mit Gott sprechen?« fragte er weiter.

Eine heiße Hand berührte seine Wange, ein Daumen strich darüber, aber es kam keine Antwort.

VII. *Iskren*

Iskren war ein ruhiges, schläfriges Baby, und weil er sein erstes Lächeln sehr früh den Eltern geschenkt hatte, gab er allen Anlaß, ihn für sehr klug zu halten. Er machte nur wenige Male pro Tag seine angeschwollenen Augen auf, warf einen verworrenen Blick, lächelte und schlief wieder ein. Dies reichte vollkommen, um in ihm eine angeborene Reife zu vermuten. Es schien, als ob dieses Kind immer noch von den Weisheiten benommen und von den Feiern einer anderen Welt verkatert wäre und noch eine Zeit brauche, um sich von dem Rausch zu erholen. Er erinnerte sich später nicht, wann er sein erstes Wort gesprochen hatte, aber alle sagten, er habe sehr früh zu reden angefangen. Er erinnerte sich nicht, wann er seine Hand zum ersten Mal verbrannt oder zum ersten Mal sich geschnitten hatte, aber er wußte, daß die Messer scharf und die Kochplatten oft heiß waren. Er erinnerte sich an keine Schmerzen, er wußte nur, was weh tat.

Er wußte auch, daß er wie die Hunde, die Katzen und die Pferde auf allen vieren gehen und daß er nicht wie die Vögel fliegen konnte. Er erinnerte sich nicht wann, aber eines Tages wußte er, daß er wie seine Mutter und sein Vater und wie alle anderen auf zwei Füßen gehen konnte. Vieles wußte Iskren schon, an wenig erinnerte er sich. Alles, was geschah, geschah in greifbarer Nähe, war da, war gegenwärtig. Die Schärfe, die Härte, die Weichheit, die Kälte, die Hitze, die Süße, die Bitternis, der Schmerz. Er bedurfte keiner Erinnerung, er brauchte nur zuzugreifen.

Seine ganze frühere Kindheit schien ihm in einem großen, hellen, stumpfdröhnenden Gestern versammelt zu sein, das nur darauf wartete, daß er die Augen aufmachte, um ihn sofort zu umgeben. Iskren konnte sich nicht einmal mehr daran erinnern, wann er zuletzt seine Hosen vollgegackt hatte. Als ob das Erinnerungsvermögen nur die saubersten Orte aussuchte, um dort anzusetzen.

Nur zwei Erinnerungen hatte Iskren aus seiner frühen Kindheit aufbewahrt. Beide ordnete er später seinem vierten Lebensjahr zu. Die eine stammte tatsächlich aus dieser Zeit, aber die andere war früher anzusiedeln. Er war damals zwei Jahre alt, ein starker Duft erfüllt das Zimmer. Er sitzt am Boden, und überall, wo er hinschaut, sieht er nur Blumen. Er darf sie aber nicht anfassen. Sie sind für seine Mutter bestimmt, die lange krank gewesen war, jetzt aber wieder genesen und jede Minute zurückkommen würde, erklärt ihm Oma Sdravka. Aber seine Mutter kommt und kommt nicht. Sie hat ihn vergessen, und auch die Blumen darf er nicht anrühren. Alles, wonach er sich sehnt und was er berühren will, ist entweder nicht da, oder es ist verboten. Iskren beginnt zu weinen. Da bekommt er Omas Stock und darf mit ihm spielen. Der Stock ist schwer, er kann ihn nicht heben, aber er beruhigt ihn. Während er spielt, hört er Schritte. Die Tür geht auf, und er sieht seine Mutter und seinen Vater hineinkommen. Seine Mutter umarmt ihn, hebt ihn, drückt ihn an sich, weint »Mein Goldstückchen, meine Freude, dir werde ich all meine Liebe geben, dir allein«, sagt sie und küßt und küßt ihn, bis Blumen, Stock und sie zu etwas Bleibendem, Unzertrennlichem, Kostbarem, bis sie zu einer Erinnerung geworden sind.

Die andere Erinnerung stammte aus der Zeit, als er noch mit seiner Mutter das Frauenbad besuchte. Er sitzt nach einem Besuch im Bad im Schoß seines Vaters und wird von zwei Freunden seines Vaters ausgefragt, was er alles im Bad gesehen hat. Alle vier befinden sich im Garten eines Lokals, und Iskren ist sehr glücklich, daß er Limonade trinken darf und erzählt bereitwillig, was für einen großen Busen die Freundin seiner Mutter, Wessa, hat. Und da die Onkels dabei viel lachen und großes Interesse zeigen, zeigt Iskren mit den Händen ganz genau die unterschiedlichen Größen, die ihm dort unter die Augen gekommen sind. Er klärt sie darüber auf, daß es nicht zwei Brustwarzen gäbe, die einander ähnlich seien. Ganz großen Erfolg erzielt Iskren durch seine Beobachtung, daß einige Frauen, unter ihnen auch Wessa, keine Schamhaare haben, wahrscheinlich, weil sie noch nicht erwachsen genug seien.

Dies sollte sein letzter Besuch im Frauenbad gewesen sein. Eigentlich schade, sehr schade, er hatte sich dort sehr wohl gefühlt. In diesen großen warmen dampfenden Räumen, in denen jedes Wort, jeder Laut, jeder Tritt mit den Holzsandalen, jedes Geräusch bis zu der gewellten Decke heraufstieg, um von dort nochmals und viel lauter zu erklingen, als ob jede von den nackten Frauen einen zweiten Körper besäße, der den Dampf ausnutzte, um mit ihm hinaufzusteigen und auf der Decke ein paar Schritte zu machen. Vielleicht deswegen verschwanden ihre Körper immer wieder in weißem Dunst, und als sie wieder auftauchten, schienen sie Iskren so unbekannt und unwirklich zu sein, sogar die vertrautesten, sogar die von seiner Mutter und Wessa.

Die stärkste Wirkung auf ihn hatte aber die Badegehilfin. Sie erschien gewöhnlich in der Mitte des Raumes. Und sie erschien immer ganz plötzlich. Manchmal sah er sie, manchmal hörte er nur ihre Stimme. In ihrer linken Hand trug sie einen dreibeinigen Hocker, ihre Rechte steckte in einem Reibehandschuh, in ihrem Mund glimmte gewöhnlich eine von der Feuchtigkeit gekrümmte Zigarette. Ihre dunkle Haut und ihre rabenschwarzen Schamhaare waren von unzähligen Wassertropfen bestreut, die das Gefühl erweckten, ihr Körper wäre mit dem Staub eines zerbrochenen Spiegels beklebt. Sie rief eine Nummer aus. Eine Hand hob sich, eine Stimme meldete sich. Die Badegehilfin ging in ihre Richtung, stellte den Hocker der Frau gegenüber, setzte sich und begann diese abzureiben. Bei jedem Ausruf wartete Iskren hoffnungsvoll, daß seine Mutter an die Reihe käme. Das war sein höchstes Glück. Dann trat die Badegehilfin zu ihnen, der Klang ihrer schlurfenden, sich nähernden Holzschlapfen erfüllte das ganze Bad und sein ganzes Herz. Sie stellte den Hocker gegenüber seiner Mutter, begoß ihren Körper mit warmem Wasser, beugte sich nach vor und begann ihn heftig abzureiben. Ihre Brüste wackelten und schaukelten und bebten wie von stürmischem Wind erfaßte Früchte. Iskren konnte seine Augen nicht davon abwenden. Er wartete, daß sie sich jeden Moment davon lösten, und hielt sich bereit, sich zu stürzen, sie vom Boden aufzuheben und sie ihr zurückzugeben. Sein Mund öffnete sich, bereit, wie für den Empfang eines sehr großen Bissens. »Schau mal, wie er mich anglotzt, wie ein geiler Hund«, sagte die Badegehilfin einmal zu seiner Mutter.

»Er ist noch zu klein, er versteht doch nichts«, erwiderte seine Mutter heiter.

»Verstehen? Was gibt's da zu verstehen. Entweder du hast Lust oder du hast keine. He, Männchen«, wandte sich die Badegehilfin zu Iskren und bespritzte ihn mit Wasser. »Trau dich nicht, meinen Busen anzufassen. Der ist verzaubert. Berührst du ihn, bleibt deine Hand dort kleben, und ich kann mit dir machen, was ich will.«

Iskren erschrak und setzte sich auf seine Hände. Die Frau lachte, die dunklen Brüste schaukelten und schwankten und bebten, und Iskrens Körper zitterte in der Erwartung einer süßen Naturkatastrophe. Der Rücken seiner Mutter wurde immer röter und röter, und von ihm lösten sich graue Kügelchen, die lautlos hinunterrollten. Der weiße Dunst krümmte sich und zog höher und höher. Eine unbekannte Furcht überfiel ihn, sie zwang ihn zu weinen und zu schweigen, wegzulaufen und zu bleiben. Unfähig, die gegensätzlichen Botschaften dieses einen Gefühls zu begreifen, blieb Iskren nichts anderes übrig, als sich anzupinkeln. Die hellgelbe Flüssigkeit rann von seinen Beinen herab, wärmte, erleichterte, vermischte sich mit dem Wasser, wurde durchsichtig, floß über die Kacheln, und plötzlich war er von der Angst befreit. Zerronnen war sie. Anfangs gelb, danach durchsichtig, und keiner hatte sie gesehen. »Was ist, Männchen, willst du, daß ich deine Haut runterreibe«, hörte er die heisere Stimme der Badegehilfin.

»Ja, ich habe keine Angst mehr«, sagte er, immer noch auf seinen Händen sitzend.

»Danke, aber das kann ich auch selber machen«, mischte sich seine Mutter ein.

»Na gut«, sagte die Badegehilfin, stand auf, nahm ihren Hocker, rief eine Nummer und verschwand im Dampf. Iskren blieb aber weiter auf seinen Händen sitzen. Sie schliefen ein, und er hatte das Gefühl, daß sie von unzähligen Nadeln gestochen wurden, dafür, daß er die Brüste der Badegehilfin berühren wollte. Es gab einige Badegehilfinnen, aber nur wenn er die Stimme dieser einen hörte, hatte Iskren sofort das Bedürfnis, Wasser zu lassen.

Eines Tages erfuhr Iskren, daß er nicht mehr ins Frauenbad durfte. »Du bist schon zu groß«, erklärte seine Mutter. Er begriff, daß ihm etwas Wunderbares unwiederbringlich geraubt wurde. Er begriff, daß die Zeit, in der er ungestraft Brüste bewundern durfte, vorbei war und daß er die Badegehilfin nie wieder sehen oder hören würde. Weder morgen noch später, und alles was später kommen sollte, erschien ihm dunkler als die Nacht und würgte und verschlang seine teuersten Bilder. Es dampfte nicht und roch nicht nach Seife, und er haßte dieses Später. Iskren heulte laut auf, warf sich auf den Boden, schlug seinen Kopf darauf, flehte, oder saß stundenlang still auf seinen Händen, aber seine Mutter blieb unbeugsam.

Einige Zeit schlurfte noch die Badegehilfin durch seine Träume, was seine Eltern beunruhigte, weil er sich dann immer im Bett anpinkelte. Aber bald verließ sie auch diesen Ort, und die Schritte, die nachts in seinen Träumen erhallten, weckten ihn nur auf, gehörten aber zu keinem Körper mehr, und er rieb sich die Augen, schlief schnell wieder ein und war schon in einem anderen Traum, ohne Duft und ohne Dampf und ohne Hall. Seine Bettwäsche blieb trocken, und seine Eltern waren zufrieden.

»Er hat heute nacht wieder Alpträume gehabt«, teilte Dorothea Mladen eines Morgens mit. Drei Eier kochten, zwei Kaffeetassen dampften.

»Das ist normal. Ich habe auch Alpträume als Kind gehabt«, sagte Mladen und trank seinen Kaffee aus.

»Damals sind die Zeiten anders gewesen.«

»Aber sicher nicht die Träume.«

»Ich wußte nicht, daß du dich so gut mit Träumen auskennst«, sprach sie in den geöffneten Geschirrkasten hinein und holte zwei kleine Löffel, zwei kleine Teller, zwei Eierbecher heraus.

»Ich glaube, daß es unserem Sohn nicht gut tut, ohne Geschwister aufzuwachsen.«

Die Eier waren noch heiß, sie brannten in ihrer Hand, aber sie ließ sie nicht los. »Ich bin auch ohne Geschwister aufgewachsen. Und trotzdem war ich für dich gut genug.«

»Trotzdem wäre es besser, wenn Iskren Geschwister hätte.«

Die Eier schlüpften in den Becher, ihre Finger wurden frei und glitten über die Tischkante, die Stuhllehne, kühlten ab, entfernten sich. »Ich dachte, du hättest mich damals verstanden.« Über ihre Wange glitt eine Träne, eilig, vergänglich wie das Damals. Es folgte keine andere. »Ich schaffe es nicht, noch einmal so eine Geburt zu erleben. Ich will keine Kinder mehr haben.«

»Ich habe es doch nicht von dir verlangt. Ich habe nur laut nachgedacht.«

Mladen schlug auf das Ei, schälte, löffelte aus, aß.

»Ich will wieder Theater spielen.«

»Du willst wieder eine Möwe sein«, dachte Mladen.

»Komm, gib mir einen Kuß, ich muß gleich ins Büro«, sagte er und stand auf. Zwei kalte trockene Lippen berührten kurz die seinen. Zwei Augen blieben hinter den Lidern, er hätte jeder sein können, und doch war er der Genosse Mladenov. »Ich werde heute mit dem Theaterdirektor sprechen«, sagte der Genosse Mladenov. Die Augen öffneten sich, die Lippen entspannten sich. Mladen ging. Er hatte ausgelöffelt und geleert, geöffnet und entspannt. Er war zufrieden.

Immer noch zufrieden kam er am Abend zurück, öffnete seine braune Aktentasche, holte ein großes viereckiges Päckchen heraus und stellte es auf den Tisch.

»Was ist das?« fragte Dorothea.

»Eine Schokolade. Ich habe heute die Zuckerfabrik besichtigt«, erklärte Mladen.

»Die ist aber riesig. Ich habe so eine noch nie in den Geschäften gesehen.«

»Man wird sie auch nie dort sehen. Sie werden extra für die vietnamesischen Soldaten gemacht. Unterstützung für das Brudervolk. Jeder Soldat bekommt eine wie diese hier, und schon hat er Kraft für eine weitere Woche im Dschungel. So hat es mir der Direktor der Fabrik erzählt.«

Mladen machte die Packung auf. »Magst du nicht kosten?«

»Und wo werden wir kämpfen?« schwang sie die Arme um seinen Hals.

»Wir finden schon einen Ort.«

»Wir müssen nicht lange suchen. Das Kind ist heute nacht bei meinen Eltern.« Ihre Zunge ging den Worten nach und schmuggelte sich in sein Ohr. »Wir haben uns schon so lange nicht mehr richtig geliebt«, hörte er. »Seit Anfang an«, dachte er. »Seit einer Ewigkeit«, sagte er und verspürte zugleich die Leere der zwei Stockwerke unter seinen Füßen. Ihre Zunge füllte seinen Mund und durchschnitt den Weg seiner Gedanken. Sie zerstreuten sich, rissen ab, verloren sich. Ihre Hände zogen ihn aus. »Du bist noch schöner geworden«, sagte er, ohne Hemd. Seine Gürtelschnalle klapperte kurz, danach schepperte der Schlüsselbund, danach rollten die Münzen. »Du wirst Elena spielen«, sagte er ohne Hose.

»Die Schöne.«

»Ja, sie ist schön«, sagte er ohne Unterhose.

»Ein griechischer Stoff?«

»Nein, Tschechow. Elena Andreewna, von Onkel Wanja«, sagte er ohne Atem. Sie saß auf ihm und atmete für zwei. Sie hatte noch alles an sich. Ihr Kleid, ihre Kette, ihren Verstand. Nur die Unterhose fehlte ihr heute. Auch das Theater hatte ihr lange gefehlt, nun fehlte es ihr nicht mehr. Sie war ganz. »Du bist unglaublich, du bist unglaublich«, wiederholte sie. Diese und ähnliche Worte waren an dem Abend oft zu hören, und die Ration Schokolade, die einem vietnamesischen Patrioten reichte, um eine Woche gegen den amerikanischen Aggressor zu kämpfen, war in fünf Stunden verbraucht. Irgendwann lagen sie nackt und still unter dem Tisch, klebrig die Lippen von der Süße der Schokolade, klebrig die Wimpern von der Süße der vergangenen Stunden. »Wir sollten meine Mutter herholen, sie kann im ersten Stock wohnen und sich um Iskren kümmern, während du probst.«

»Ja, das ist gut«, flüsterte sie. Sie stand schon knapp vor einem Traum.

»Deine Eltern könnten dann in ihre Wohnung einziehen und das Haus vermieten.«

»Sie werden sich sehr freuen«, sagte sie noch und schlief ein. Er schaute sie an, wartete, aber sie kam aus ihrem Traum nicht mehr zurück.

Noch am nächsten Tag übersiedelte Sdravka zu ihrem Sohn Mladen. Zwei Arbeiter, ein Lastwagen und ein Nachmittag reichten, um all ihre Sachen in die neue Wohnung zu bringen. So viele Jahre hatte sie sich das erhofft, nun war es in wenigen Stunden in Erfüllung gegangen, und, als ob plötzlich die Jahre des Wartens wegradiert wären, wirkte sie auf einmal jung. Ein Wink mit der Hand, und sie waren wie ein öder, einsamer und überflüssiger Traum aus ihrem Leben getilgt. Gestern noch war sie schweren Atems zum Friedhof gegangen, wo sie ihre letzten Beschwerden ins Jenseits befördert hatte, heute stand sie aufrecht und lebhaft inmitten ihrer neuen Wohnung und kommandierte mit ihrem Stock und ihrer kraftvollen Stimme die Arbeiter. »Paßt auf das Sofa auf, das hat mein Mann einst direkt aus Wien bestellt, was es nicht schon alles aushalten mußte, das arme Stück. Das nenne ich Qualität, nicht wie die heutigen Möbel. Grinst nur, grinst... Stellt es dorthin, die Stühle da, den Tisch hier, nahe am Fenster. Ich brauche Licht, wenn ich meine Briefe schreibe... das Bild bleibt auch in dem Raum. Ein schönes Bild, nicht wahr? So hat Plovdiv mal ausgeschaut, als sich die Männer noch vor mir gefürchtet haben. Sehr gut macht ihr das, sehr gut. Vorsicht jetzt mit den Gläsern, die sind noch aus meiner Schenke. So viele Besoffene haben sie überlebt, und es wäre schade, wenn sie euch nicht überleben. Uhhh, das mit den Tellern war knapp. Paßt auf, mein Blutdruck ist sehr hoch, ich darf mich nicht aufregen, das haben die Ärzte gesagt. Aber sie haben noch nie was Gescheites gesagt. Nur dem alten Dr. Feuchthecht habe ich geglaubt. Das war ein Herr... Was keucht ihr so, der Kleiderschrank soll schwer sein? Daß ich nicht lache. Wenn sich ein ordentlicher Mann darin versteckt hätte, dann ja, aber so. Ich habe ihn früher nach Belieben hin und her geschoben, aber so seid ihr Männer. Ihr könnt nur keuchen oder euch verstecken... Laßt sie stehen und holt die anderen Sachen, und wenn ihr fertig seid, trinken wir einen Marillenschnaps.«

Und als sie fertig waren, tranken sie einen Schnaps und danach noch einen. Und als Mladen vom Büro nach Hause kam, fand er immer noch den Lastwagen vor dem Haus, die zwei Arbeiter vor dem Tisch geparkt, und es roch nach gekochtem Kraut. Die Arbeiter sprangen auf, um den Genossen Mladenov zu begrüßen. Sdravka deutete auf einen freien Platz am Tisch. »Wo ist mein Enkel? So ohne Aufgabe will ich hier nicht bleiben«, sagte sie. »Dorothea holt ihn heute abend von ihren Eltern ab«, antwortete Mladen.

Und als er dann die zwei Stockwerke zu seiner Wohnung hinaufstieg, fühlte sich sein Bauch voll und das Haus nicht mehr so leer an wie früher.

Zur allgemeinen Überraschung wehrten Dorotheas Eltern sich anfangs gegen die Übersiedlung. Vor allem ihr Vater Micho. »In einer Wohnung ohne Hof kann man nicht leben. Du hast nur Wände um dich, nur Wände«, brummte er, obwohl er sich weder um die Bäume noch um die Pflanzen in seinem Hof je gekümmert hatte.

»Ihr werdet aber immer warmes Wasser haben und ein Bad. Und im Winter braucht ihr keine Kohle oder Heizöl kaufen. Die Wohnung hat eine Zentralheizung. Das Haus mit dem Hof verliert ihr ja nicht. Ihr könnt es vermieten und ein zusätzliches Einkommen haben«, zählte Dorothea die Vorteile auf.

»Scheiß auf das Geld, du verstehst es nicht, Tochter. Es gibt nichts Schöneres, als wenn du nachts in deinen Hof rausgehst, eine rauchst und unter den Sternen pinkelst. Das nennt sich Wonne. Nein, ich gehe nicht dorthin. Ich werde zwischen diesen Wänden ersticken.«

Seine Frau Dotschka, die sich um alles kümmern mußte, sah die Vorteile der neuen Wohnung, schwieg aber vorläufig, in der Hoffnung, ihre Tochter würde die richtigen Argumente finden.

»Dein Freund Ivan wohnt auch in so einer Wohnung«, fiel Dorothea ein.

»Laß meinen Freund Ivan in Ruhe«, brüllte Micho. Aber sie wußte, daß sie den richtigen Punkt getroffen hatte. Sie gab nicht auf, sie mußte gewinnen, allein ihrer Mutter wegen. Sie hatte sich lange genug angeschaut, wie aus dieser lebenslustigen Frau allmählich ein Gespenst geworden war, das manchmal nachts durch das Haus strich, mit sich sprach und seinen von unsichtbaren Ameisen befallenen Körper bis aufs Blut zerkratzte. Das Gespenst der Mutter vor ihren Augen, den Zorn gegen den Vater im Blut, war Dorothea überzeugend genug und gewann. Nach drei Wochen übersiedelten ihre Eltern in die neue Wohnung, und das Haus wurde an eine junge Arbeiterfamilie vermietet.

Für Micho war es nicht leicht, sich mit der neuen Wohnungssituation anzufreunden. Einige Male geschah es, als er nachts besoffen nach Hause wollte, daß er den Weg verwechselte und zurück in sein altes Haus ging, in den Hof pinkelte, die Sterne anschaute und sich danach an nichts mehr erinnerte. Dafür erinnerte sich die junge Arbeiterfamilie, daß sie ihn dreimal schlafend im Tomatenbeet gefunden hatten. Und daß er einmal in das Haus eingedrungen war und sich auf das Bett des schlafenden Ehepaares geworfen hatte. Aber mit der Zeit wurden all diese Mißverständnisse ausgebügelt, und Micho gewöhnte sich an die neue Wohnung. Entscheidend dafür war die Entdeckung, daß er gerne von seinem Balkon auf die Leute spuckte oder seine Zigarettenstummel hinunterwarf, und daß in den Stockwerken über und unter ihm genügend Nachbarn vorhanden waren, die jederzeit bereit waren, einen mit ihm zu trinken.

Nun bewohnten Dorotheas Eltern Sdravkas Wohnung, Sdravka wohnte bei ihrem Sohn und ihrem Enkel, und alle waren mit ihrer neuen Wohnungssituation zufrieden, vor allem aber der kleine Iskren, der seine Großmutter tagtäglich zur Verfügung hatte. Er mochte es, unter ihrer Aufsicht zu spielen, denn sie schlief oft ein, und er konnte dann ungestört auf dem Pedal ihrer Nähmaschine schaukeln, in ihren Kästchen und Truhen wühlen oder kleine Hügel aus Staubzucker auf dem Teppich bauen, sich einbilden, daß der Winter gekommen war und mit ihm der kalte Wind, der über die Hügel fegte, und der Wind war er, Iskren, und er blies auf die Hügel mit seiner ganzen Kraft. Ein schrecklich starker Wind war er, und schrecklich stark taten ihm dann die Ohren weh, wenn seine Oma aufwachte und sie mit ihren knochigen Händen ergriff. »Jetzt wirst du ihn noch besser hören, den Wind«, schalt sie, wenn sie an seinen Ohren zog. Manchmal stellte sie sich nur schlafend und erwischte ihn, wie er gerade dabei war, mit einem Hammer auf ihre Porzellanfiguren zu schlagen. Danach hörte er wieder den Wind, weinte und schluchzte und drohte stockend, seiner Mutter und seinem Vater zu erzählen, wie böse seine Oma wäre, was Sdravka nur mit einem Lachen erwiderte. So böse war sie. Trotzdem gefiel es ihm, mit ihr seine Tage zu verbringen. Wenn das Wetter schön und er brav war, gingen sie spazieren. Sie spazierten durch Parks, bestiegen die Hügel und besuchten einen Ort, der sich Friedhof nannte. Er sah wie ein Park aus, war aber sehr still, und statt Schaukeln und Rutschen und Karussells hatte er Tafeln, Kreuze, Engel und Sterne aus Stein oder Eisen, die sich ideal zum Versteckspiel eigneten. Vor einigen brannten Kerzen, die Iskren immer, wenn er sich unbemerkt fühlte, gerne ausblies, vor anderen stand Essen, das die unterschiedlichsten Vögel anzog und deren Streit nur Iskren beenden konnte. Auf manchen der steinernen Tafeln gab es Photos von Leuten, aber egal wie viele von denen er anschaute, Iskren fand nie ein bekanntes Gesicht unter ihnen. Sogar seine Großmutter Sdravka kannte die meisten nicht. Und Iskren entschied, daß dies der Park der Unbekannten sei.

Das wären Gräber, und man sollte nicht auf ihnen stampfen und trampeln, denn in ihnen ruhten Menschen. Schlau waren diese Menschen, dachte Iskren, denn sie ruhten nicht wie andere Menschen auf, sondern unter ihren Betten, und zwar unter solchen, unter denen man nicht nachschauen konnte. Einer von diesen Menschen war sein Großvater Stanoj, der, obwohl seine Großmutter mit ihm redete, nie einen Blick unter sein Bett riskierte, was Iskren sehr gut nachempfinden konnte. Er kannte nur ein paar Photos von ihm, die seine Großmutter zu Hause versteckte und nie aus den Händen ließ, während sie sie ihm zeigte. Auf seinem Grabstein stand aber kein Photo, und Iskren nahm sich vor, ihn eines Tages darauf zu malen und so seiner Großmutter eine Freude zu machen, denn er hatte bemerkt, daß ihre Augen immer feucht wurden, wenn sie an diesem Ort verweilten, in diesem Park ohne Rutschen, ohne Schaukeln und Karussells und voller Unbekannter.

Sie verstanden sich gut, er und seine Großmutter Sdravka, viel Neues hatte er gelernt und gesehen, seit sie im Haus wohnte. Unter strengster Verschwiegenheit hatte sie ihn einmal ins Kino mitgenommen. Ein Ort, wo es mitten am Tag Nacht wurde und wo auf einem riesigen Bettuch, das wahrscheinlich dafür gedacht war, sich zuzudecken, riesige Menschen auftauchten. Und wo Iskren jedes Mal einschlief. Wenn er aufwachte, war es wieder Tag, die Riesen verschwunden, und das einzige, was sie hinterlassen hatten, waren ein paar winzige, durchsichtige Tropfen auf der Wange seiner Großmutter, und das nicht immer. Manchmal waren sie spurlos verschwunden, und nur der Tag war da, wärmer, blendender als je zuvor. Er wartete mit all seinen Rutschen und Schaukeln und Spielen, er wartete, daß Iskren sich wieder an das Licht gewöhnte, um ihm all seine Schätze zu zeigen.

Seit einiger Zeit sprachen alle im Haus, daß er bald Deutsch lernen würde, und je bunter die Blätter der Bäume wurden, desto öfter sprachen sie darüber. »Mein Enkel wird einen deutschen Kindergarten besuchen«, prahlte bei jeder Gelegenheit seine Oma vor den Nachbarn. Iskren senkte scheu die Augen, um seine Ahnungslosigkeit zu verbergen, genoß aber ihre staunenden, anerkennenden und lobenden Blicke. Also war Deutsch etwas, was allen sehr gefiel, etwas, das die Liebe aller erweckte, wenn man es konnte. Wahrscheinlich wartete auch seine Mutter nur darauf, daß er es lernte, um ihm wie versprochen all ihre Liebe zu geben. Wie lernt man es aber? Diese Frage beschäftigte seine Phantasie, und er zählte alles auf, was er in seinem Leben schon gelernt hatte. Und das war folgendes: mit Gabeln und Löffeln zu essen, ohne seinen Mund zu verfehlen, Dreirad fahren, Zähne putzen, allein aufs Klo gehen, sich den Popo wischen und auch alleine im Bett schlafen. Also stellte er sich vor, daß Deutschlernen aufregend wie Dreiradfahren, mal unheimlich wie alleine schlafen, mal anstrengend, dafür aber lobenswert wie das Zähneputzen und das Popoabwischen wäre.

Es war im September. Iskren wurde sehr früh aufgeweckt und sah alle um sich versammelt, Vater, Mutter, Großmutter. Seine Mutter zog ihm ein weißes Hemd an, eine ganz neue blaue, kurze Hose, die mit bunten Hosenträgern abgesichert wurde, und kämmte mit einem nassen Kamm seine Haare.

Sein Vater stand daneben und lächelte, seine Großmutter saß auf einem Stuhl und gab Ratschläge. Iskren mußte sich zum ersten Mal mit dem Frühstück beeilen. Kaum hatte er sein Mohnkipferl zur Hälfte gegessen, mußte er schon gehen. Dafür bekam er eine kleine Tasche über die Schultern gehängt, in der ein Apfel und ein Sandwich lagen. Auf der Tasche war ein Löwe abgebildet, der sie zu beschützen schien. Der Tag war hell, aber doch nicht so hell wie jene, die nach dem Kino auf ihn gewartet hatten. Seine Großmutter blieb vor dem Haus und winkte. Iskren winkte zurück und wäre beinahe traurig geworden, wenn er nicht einen Blick auf seine Tasche geworfen hätte. Aber dort stand ein Löwe, der ihn begleitete, ihn schützte und sich streicheln ließ. Danach ergriff sein Vater seine rechte, seine Mutter seine linke Hand, und sie gingen los. Die Straßen waren frisch gewaschen, und dort, wo sich Lacken gebildet hatten, waren Vögel versammelt, die daraus tranken. Leider konnte Iskren sie nicht verjagen, denn er ging neben seinen Eltern. Vor einem Eckgebäude mit großen Fenstern sah er eine bunte Menge von Eltern und Kindern versammelt. Die Haare der Buben waren gekämmt. In den Haaren der Mädchen glänzten Haarspangen, flimmerten Maschen verschiedener Farben, oder sie waren in Zöpfe gezähmt. Alle Kinder trugen ähnliche Täschchen wie Iskren über der Schulter, alle waren still und schauten mißtrauisch, oder sie versteckten sich zwischen ihren Eltern. Nur zwei Mädchen, die sich offensichtlich kannten, kicherten neben der gelben Hauswand. Aus der Gruppe schied eine Frau aus und kam ihnen entgegen. »Guten Morgen, Genosse Mladenov. Ich freue mich sehr, daß Ihr Kind unseren Kindergarten besuchen wird. Ist er das?« fragte sie.

Ja, das war er, und er war plötzlich betrübt, der Löwe schützte ihn nicht mehr, und die Hände seiner Eltern waren in ungreifbare Höhe gerückt. Irgendwo oben unterhielten sich seine Eltern und die Frau, deren Aufgabe es anscheinend war, alle Kinder einzusperren. Also um Deutsch zu lernen, mußte man eingesperrt sein. Und Iskren wollte nicht mehr Deutsch lernen.

»Wie heißt du?« fragte die Frau.

»Iskren.«

»Bei uns wird es dir gefallen, Iskren. Komm jetzt mit mir.«

»Mir gefällt es auch zu Hause«, sagte er, merkte aber, daß seine Eltern schon gehen wollten. »Mama, ich will nach Hause«, heulte er laut. Sie kam zurück, hockte sich vor ihn, wischte ihm die Tränen ab und erklärte ihm, wie schön und lustig der Kindergarten sei und daß zu Mittag seine Oma kommen werde, um ihn abzuholen, und bis dahin sei gar nicht mehr so viel Zeit. Danach fragte sie ihn, ob er ihr eine Freude machen wolle, und wenn ja, dann solle er brav und fleißig sein und mutig zu den anderen Kindern gehen, denn wenn er brav und fleißig und mutig sei, liebte sie ihn auch mehr. Iskren wollte mehr geliebt werden und ging zu den Kindern, die genauso erbittert wie er das fremde Haus betraten. Manche wischten noch ihre Wangen, andere schauten stumm, was um sie herum geschah. Iskrens Tränen waren schon abgewischt, also schaute er. Alle wurden in einen großen Raum geführt, der aus zwei Teilen bestand. Im einen gab es viele kleine Stühlchen, im anderen kleine Tischchen und jede Menge Spielzeug. Leider mußten sich alle einen Platz auf den Stühlchen aussuchen. Rechts von Iskren setzte sich ein Mädchen mit kurzen blonden Haaren, über deren Stirn eine Haarspange in der Form eines Marienkäfers steckte. »Ich heiße Lena und kann Weinen nicht ausstehen. Und wie heißt du?«

Iskren sagte seinen Namen. »Willst du mein Freund werden?«

Iskren wußte es nicht, stimmte aber zu. Danach hörten alle die laute Stimme der Frau. Sie erklärte ihnen, sie sei ihre Kindergärtnerin, die Genossin Pischmanska, und daß sie alle gemeinsam Deutsch lernen würden, daß »Dobro utro« auf Deutsch »Guten Morgen« heiße und wie man darauf antwortete. »Guten Morgen, Kinder«, sagte sie laut.

»Guten Morgen, Genossin Kindergärtnerin«, antwortete die Hälfte der Kinder, zu denen Lena, aber nicht Iskren gehörte, weil er von Lenas Marienkäfer abgelenkt wurde. Die Genossin Kindergärtnerin wiederholte es aber so lange, bis sie von allen die Antwort hörte. Danach erklärte sie, daß, wer aufs Klo muß, die Hand heben und »Ich muß hinaus« sagen solle. Kaum hatten sie den Satz wiederholt, hob Lena ihre kleine Hand und ging hinaus. Elend lang kam Iskren diese Zeit vor, den Tränen nahe war er, aber dann öffnete sich die Tür, und Lena kam mit leuchtenden Augen zurück. »Ein wichtiger Satz, mußt du dir merken«, sagte sie, nachdem sie sich neben ihn gesetzt hatte. Währenddessen zeigte die Genossin Kindergärtnerin auf verschiedene Bilder, die an der Tafel hingen, und Iskren entdeckte beunruhigt, daß alles, was er kannte, auf Deutsch einen anderen Namen hatte. Nicht einmal die Hasen hießen mehr Hasen, nicht einmal die Marienkäfer nannten sich mehr Marienkäfer. Die ganze Welt da draußen hieß in diesem Zimmer anders, und das ängstigte ihn. Er hob die Hand. »Ich muß hinaus«, sagte er. Er ging, pinkelte, versicherte sich, daß das Klo, das Waschbecken, das Wasser sich nicht verändert hatten, und kam ein bißchen beruhigter zurück. Aber da hießen schon die Sonne, der Mond und die Sterne anders. Nur Lena hieß weiter Lena und er weiter Iskren, und das war seine einzige Sicherheit. Links von ihm saß Anton, der all das noch weniger verstand und von allen ausgelacht wurde. Aber dann kam die Pause und viele erfuhren, daß es nicht gut war, Anton auszulachen, denn er war sehr stark. Schon lagen einige Kinder auf dem Boden, schon war ein Hemd zerrissen, schon saß Anton auf der Brust eines Jungen, gab ihm Ohrfeigen und lachte selber. Iskren dachte schon, daß dies zum Deutschlernen gehörte, da griff aber die Genossin Pischmanska ein und erklärte, daß jemanden auslachen und sich mit jemandem prügeln sehr schlimm sei und daß ab nun alle, die das machten, bestraft würden.

In der Pause griff jedes Kind in seine Tasche und holte daraus sein Frühstück. Iskren fand in seinem wie versprochen ein belegtes Brot und einen Apfel. Lena zog aus ihrer eine Schokolade, die sie so genußvoll zu knabbern begann, daß Iskren seinen Apfel und sein Brot vergaß. »Willst du die Hälfte?« fragte sie und schmatzte. Er wollte. Dafür verlangte sie sein ganzes Brot, aber das war für Iskren ohne Bedeutung. »Ich habe in meiner Tasche einen kleinen Hund«, flüsterte sie, »magst du ihn sehen?«

Nichts auf der Welt hätte er lieber gesehen.

»Ich muß ihn aber zuerst fragen, ob er sich dir zeigen will. So einer ist er.«

Lena schaute sich um, öffnete die Tasche einen Spalt, guckte mit einem Auge hinein, flüsterte etwas, machte die Öffnung wieder zu und sagte, daß ihr Hund gerade beschäftigt sei, aber ein anderes Mal würde es sicher klappen. Nach der Pause spielten alle gemeinsam ein Spiel, sangen ein Lied, und schon war es Mittag. Draußen auf der Straße warteten einige Eltern. Eines nach dem anderen wurden die Kinder abgeholt, solange aber Lena neben ihm war, war es Iskren egal. Nun kam aber auch ihre Mutter, eine zweite Lena, die nur größer war und längere Haare hatte. »Sag deinem Freund Auf Wiedersehen.« Lena sagte es und ging, ohne sich umzudrehen. Iskren fühlte sich betrogen und verlassen. Keiner kam ihn abholen, keiner dachte mehr an ihn, und er mußte weiter in einer Welt bleiben, wo alles anders hieß. Nur zwei Kinder und er waren noch bei der Genossin Pischmanska geblieben. Sein Kinn begann zu zittern, aber da sah er seine Großmutter, sich auf ihren Stock stützend, ihm entgegenkommen. »Du bist zu langsam«, sagte er verdrossen.

Den ganzen Nachmittag kämpften zwei Wünsche in Iskren, der Wunsch, nie wieder Deutsch lernen zu müssen, dieses Deutsch, das die Welt so verwandelte, daß sie auf einmal so mühsam und unbekannt wurde, unbekannter sogar als jene, die auf dem Friedhof lagen, und der Wunsch, Lena wiederzusehen. Und dieser Wunsch war stärker, stärker sogar als eine verwandelte und unbekannte Welt.

Nun begann Iskren mit Freude, den Kindergarten zu besuchen. Und war nicht mehr böse, wenn sich seine Großmutter verspätete, und wenn sie das tat, beschäftigte er sich mit dem Spielzeug im Raum, das man nur dann bekam, wenn man es auf Deutsch benennen konnte. Aber er hatte keine Angst mehr vor dem Deutsch und vor den durch einen bösen Zauber verwandelten Namen, denn er hatte sie alle schon herausgefunden. Er gewann sogar die Genossin Elisabeth Pischmanska lieb, die lockige braune Haare, eine komische Brille und eine spitze, immer verschnupfte Nase hatte. Gerade ihre rötlich umrahmte Nase gefiel ihm so sehr. Wie alle Kinder wußte auch er, daß sie aus Österreich stammte, vor mehr als 20 Jahren einen Bulgaren geheiratet, ihm hierher gefolgt war und seitdem nie wieder ihre Heimat gesehen hatte. Er wußte aber nicht, daß sie eines Tages, als ihr Heimweh schon unerträglich schien, von einem starken Schnupfen heimgesucht wurde, der sie nie mehr ganz loslassen sollte. Und je stärker ihr Heimweh war, desto stärker war auch ihr Schnupfen. Iskren konnte nicht wissen, daß sie auch deswegen besonders nett zu ihm war, weil sie sich Hilfe vom Genossen Mladenov erhoffte, um endlich ein Ausreisevisum zu bekommen. Aber so etwas sollte auch niemand wissen, am allerwenigsten Iskren.

»Alles hat zwei verschiedene Namen. Nur wir nicht. Das ist ungerecht. Wir sollten auch welche haben, die nur wir zwei wissen. Du wirst Koko und ich Lili heißen. Wenn du mich jetzt mit Lena ansprichst, werde ich nicht mehr antworten. Bist du einverstanden, Koko?« schlug eines Tages Lena vor. Iskren war einverstanden, er war eigentlich mit allem einverstanden, was ihm Lena, jetzt Lili, vorschlug. Egal, was sie für Ideen, egal, was sie in der Pause zu essen hatte, alles schien ihm besser und begehrenswerter zu sein, als was er selber hatte. Die Pausen genoß Iskren besonders, denn da konnten sich Koko und Lili in aller Ruhe unterhalten und Geheimnisse austauschen. Allerdings gehörten die Pausen weiterhin Anton, der sein Frühstück am schnellsten hinunterschlang, um am längsten spielen zu können oder Kinder, die sich ihm widersetzten, zu unterwerfen, wofür er oft mit dem Gesicht zur Wand stehen mußte, um über sein Tun nachzudenken. Aber er dachte nicht darüber nach, vielmehr versuchte er mit den Ohren zu wackeln, was nur er allein konnte. Um mehr Ruhe für Koko und Lili zu verschaffen, bestach ihn Iskren immer mit seinem Frühstück, was sehr gut funktionierte, was aber Lili mißbilligte.

Ihre große Achtung gewann er rein zufällig. Die Lehrerin hatte eines Tages gefragt, wo sie am liebsten spazierengingen, und jedes Kind mußte die Frage auf Deutsch beantworten. Als Iskren an die Reihe kam, teilte er der Genossin Lehrerin mit, daß er das Wort auf Deutsch nicht wisse. »Dann sag es auf Bulgarisch«, ermutigte ihn die Kindergärtnerin. »Ich gehe am liebsten auf dem Friedhof spazieren«, meldete Iskren. »Bist du sicher?« fragte die Lehrerin verstört.

»Ja«, war Iskren sicher. »Na gut, das Wort heißt…«

In der Pause war dann Lili sehr gütig zu ihm. Sie schenkte ihm ihr ganzes Frühstück und hätte ihm beinahe ihren Hund in der Tasche gezeigt, wenn dieser nicht gerade unsichtbar geworden wäre, denn das konnte ihr Hund jederzeit, weshalb sie ihn nun auch beschimpfte. »Koko, ich bin noch nie auf einem Friedhof gewesen. Wirst du mich einmal mitnehmen?« fragte sie. Koko konnte sich nichts Besseres vorstellen, als mit Lili auf dem Friedhof Verstecken zu spielen. Er war glücklich. Endlich kannte er etwas, was sie nicht kannte. »Wir werden dort viele Kerzen ausblasen«, sagte er. Lili lächelte zufrieden.

Nach der Pause spielten die Kinder ein sehr lustiges Spiel. Alle bildeten einen Kreis und hielten sich an den Händen. In der Mitte stand Iskren, außerhalb des Kreises Anton. Iskren war die Maus, Anton die Katze. »Maus, Maus, komm heraus«, mußte Anton sagen, »nein, nein, komm herein«, Iskren antworten. Danach versuchte Anton, den Kreis zu durchbrechen, und die restlichen Kinder sollten ihn daran hindern. Als es Anton endlich gelang, in den Kreis zu kommen, schlüpfte Iskren hinaus, und da paßten nicht mehr dieselben Worte. Anton verstand nicht, warum, und seine Rolle wurde von einem anderen Kind übernommen. So ging es bis Mittag, und manche Maus wurde da gefressen. Die Kinder waren glücklich, und die Genossin Pischmanska schneutzte sich kein einziges Mal.

»Oma, gehen wir zum Friedhof«, sagte Iskren, als Sdravka ihn abholen kam.

»Dein Großvater wird sich sehr freuen, wenn du ihm was auf Deutsch sagen wirst«, meinte sie. Sie warteten auf den Bus, stiegen dann ein, rochen Benzin, stiegen aus, und schon waren sie am Friedhof. Der Novembertag war kalt, aber sonnig. Die meisten Bäume und Sträucher hatten ihre Blätter abgeschüttelt. Sie lagen jetzt auf den Alleen, dämpften die Schritte, breiteten die Stille noch weiter aus und schickten zu ihrer Begleitung einen satten eintönigen Geruch. Keine Fliegen summten mehr und keine Wespen, keine Schmetterlinge flogen, keine Grillen zirpten, keine Eidechsen wärmten sich auf den Steinen. Nicht einmal alle Vögel, die Iskren von früher kannte, waren da. Nur die grauen waren geblieben und die schwarzen. Und für alle gab es zwei Namen. Nicht alle kannte er, aber er wußte, daß sie einen haben mußten, sogar er selber hatte ja einen. Koko, und der gefiel ihm sehr. Nur die, die unter der Erde lagen, hatten einen einzigen Namen. In Stein gemeißelt stand er, und man konnte ihn nicht mehr ändern. »Oma, was steht auf diesem Stein?« fragte Iskren. Sdravka blieb stehen, schaute, antwortete. »Und auf diesem Kreuz?« fragte er weiter. Sie antwortete ihm, indem sie mit ihrem Stock auf jeden einzelnen Buchstaben zeigte. »Das ist ein A und das ein S, das ein E, das ein N«, sprach sie. »Hier ist noch ein A und noch ein B, hier ein C«, zeigte ihr Iskren, während er durch die Gräber lief. Danach steckte er seinen kleinen Finger in den gemeißelten Buchstaben hinein, folgte der Form und versuchte sie dann auf die Erde zu malen. »Das ist ein S, nicht wahr, Oma?« wollte er wissen. Aber sie sprach schon mit ihrem Mann und hörte nicht mehr zu, also zeichnete Iskren einen weiteren Buchstaben.

»Stanoj, jetzt habe ich eine sehr große Überraschung für dich. Dein Enkel Iskren ist da und will dir etwas auf Deutsch sagen. Führe mich zum Großvater, hat er gesagt, ich will auf Deutsch mit ihm reden. Stell dir das einmal vor, unser Kleinster ist schon gescheiter als du. Und wie er an dich denkt. Ist das nicht wunderbar … Komm Iskren, sag etwas auf Deutsch deinem Großvater«, unterbrach Sdravka Iskrens Beschäftigung. Iskren trat mit schmutzigen Händen vor das Grab, starrte eine Weile verlegen den Stein an, danach sagte er: »›Maus, Maus komm heraus‹, und er muß jetzt antworten ›nein, nein, komm herein‹«, wandte er sich seiner Oma zu.

»Warte nicht auf seine Antwort. Ich tu es auch nicht. Sprich einfach weiter«, sagte sie. Und Iskren sprach weiter und sagte alle Wörter, die er auf Deutsch kannte, und als sie ihm ausgingen, erfand er neue dazu.

»Hörst du, Stanoj, hörst du, was für ein Enkel da heranwächst? Eine Augenweide ist er. Hab auch du Freude daran, mein Guter.«

Sdravkas Stimme wurde leiser, und Iskren konnte nicht mehr hören, was sie sagte. Er sah, wie ein Wurm sich zwischen den Buchstaben krümmte, die er auf die Erde geschrieben hatte, und zertrat ihn mit den Füßen.

»Wo hast du deine Hände so schmutzig gemacht?« fragte Sdravka. Iskren zeigte auf die Buchstaben, und Sdravka las den Namen ihres Mannes.

Noch einige Besuche am Friedhof, und Iskren kannte das bulgarische Alphabet. Noch einige mehr, und er konnte lesen, und eines Tages, es war gerade der erste Schnee gefallen, entdeckte er, daß er jedes Wort, das ihm einfiel, mit einer Rute in den Schnee kritzeln konnte. An diesem Ort ohne Rutschen und Schaukeln und Karussell, an diesem Ort voller Unbekannter, hatte Iskren lesen und schreiben gelernt. Wo hätte er es besser lernen können als dort, wo alle nur einen Namen hatten, wo die Buchstaben so fest und tief in den Steinen saßen, daß man ihnen jederzeit begegnen und sie mit den Fingern berühren konnte. Und wo sie weder abgewischt wurden, noch mit dem Schnee wegschmelzen konnten.

Sdravka war sehr froh darüber, denn sie mußte ihre Augen nicht mehr im Kino quälen und ließ Iskren die Untertitel vorlesen, was viele Zuschauer aufregte, und sie mußte mit ihnen schimpfen und verpaßte manchmal etwas vom Film, was ihr aber lieber war, als ihnen etwas schuldig zu bleiben. Doch immer wieder fanden sich im Saal auch solche, die nicht so schnell oder gar nicht lesen konnten. Sie versammelten sich dann um die beiden und lauschten dankbar Iskrens Worten, was Sdravka mit einem breiten Lächeln und stolzem Blick beobachtete.

Trotz dieser Erfolge blieb Iskren weiter unter Lilis Einfluß und kaum betrat er den Kindergarten, war er wieder Koko und sehr glücklich. Er glaubte ihr einfach alles. Er glaubte, daß ihr Vater Astronaut wäre und daß sie mit ihm zweimal auf dem Mond gewesen war, wo sie eine Freundin hätte, die durch den Nabel sprach. Er glaubte ihr, daß es ein Zimmer in ihrem Haus gab, das Arbeitszimmer ihres Vaters, wo alles in der Luft schwebte und wo sie gern auf der Decke malte. Und obwohl er ihn kein einziges Mal gesehen hatte, glaubte er immer noch fest, daß sie in ihrem Täschchen einen Hund versteckte. Und als sie ihm eines Tages sagte, daß sie morgen nicht mehr in den Kindergarten kommen könnte, weil sie in dieser Nacht sterben würde, glaubte er auch das und war den ganzen Tag traurig, und nicht einmal, als sie ihm am nächsten Tag gesund begegnete, war sein Vertrauen erschüttert. Denn alles hatte eine Erklärung und Lili hatte immer die schönsten, ohne nur eine Sekunde nachzudenken.

Eines Tages brachte Lili ein kleines Buch mit vielen Bildern, aus dem sie ihm während der Pause vorlas. Iskren nahm das Buch, schaute hinein und bemerkte, daß nichts von all dem, was er gehört hatte, drinnen stand. Daraus schloß er aber nicht, daß Lili nicht lesen konnte, vielmehr glaubte er, daß jedes Buch hinter den gewohnten Buchstaben eine viel schönere Geschichte verbarg, zu der nur Lili Zutritt hatte. Und das machte sie noch unersetzlicher und bewundernswerter als je zuvor.

»Ich will jetzt herausfinden, ob du schlau genug bist«, flüsterte sie ihm eines Morgens ins Ohr. Danach hob sie die Hand, sagte, »Ich muß hinaus« und verließ den Raum. Sie blieb so auffallend lange draußen, daß sogar die Genossin Pischmanska nach ihr sah und sie zurückholte.

»Nein, du bist nicht schlau. Probieren wir es ein anderes Mal wieder«, teilte ihm Lili mit, bevor sie sich setzte und in das Lied, das alle sangen, einstimmte.

»Bist du schon schlau oder immer noch so blöd?« fragte sie ihn einige Tage später.

»Ich bin nicht blöd.«

»Gleich weiß ich es«, sagte sie, hob die Hand und war wieder draußen. Iskren überlegte eine Weile, hob auch die Hand, schluckte zweimal, errötete und sagte leise: »Ich muß hinaus«. Draußen vor dem Waschbecken traf er Lili. Sie strahlte.

»Na endlich«, sagte sie.

»Aber du hast gelogen«, staunte Iskren.

»Das war keine Lüge. Lügen sind schlecht, und daß wir hier allein sind, ist gut, oder?«

»Ja«, stimmte Koko zu, und ein Lächeln überzog sein Gesicht.

»So kann ich dir einen Kuß geben, ohne daß uns die anderen sehen.« Sie gab ihm einen Kuß auf den Mund. »So küßt Mama Onkel Tichon, wenn Papa auf dem Mond ist«, erklärte sie, als sie sein verdrossenes Gesicht sah.

»Ich habe es lieber auf der Wange«, sagte er und bekam noch einen Kuß auf die Wange.

»Meine Mutter ist sehr froh, daß wir Freunde sind. Sie sagt, daß dein Vater ein sehr wichtiger Mensch ist.«

»Er fliegt aber nicht auf den Mond und hat kein Zimmer, in dem alles schwebt.«

»Was tut er denn?«

Iskren überlegte, was sein Vater so tat. Er kam oft sehr spät nach Hause, nahm ihn auf seinen Schoß, küßte ihn, ging manchmal mit ihm spazieren, und Iskren hatte Photos von ihm in der Zeitung gesehen, wo er anderen Leuten die Hände schüttelte, sie umarmte und küßte. Vielleicht war das sein Beruf. »Er schüttelt anderen Leuten die Hände, küßt und umarmt sie und redet auch im Radio«, sagte er.

»Küßt er jeden?«

Iskren wußte es nicht, also mußte er improvisieren. »Ja,

das ist seine Arbeit. Er sagt auch, daß alle Menschen Brüder sind.«

»Ich hab keinen Bruder, nur eine jüngere Schwester, und auch küssen will ich nicht jeden. Dich schon«, sagte Lili und befeuchtete seine Wange. »Küssen und Umarmen ist also der wichtigste Beruf. Trotzdem will ich keine Umarmerin werden… Ich muß jetzt doch Pipi, aber du darfst nicht schauen. Versprich es.« Iskren versprach es wider Willen und starrte nun auf die Metalltafel über dem Waschbecken. »Bewahrt die Sauberkeit«, buchstabierte er laut.

»Du kannst ja lesen, wo hast du das gelernt?« fragte sie.

»Auf dem Friedhof.«

»Ich werde es nie lernen. Weil ich noch nie am Friedhof war«, sagte sie traurig.

»Du brauchst es nicht. Du weißt sowieso, was in den Büchern steht.«

Lili war mit ihm einverstanden, sagte aber, daß sie schon zu den anderen gehen müßten, sonst würde bald die Genossin Kindergärtnerin herauskommen. »Du gehst zuerst rein. Sie weiß, daß ich länger brauche«, befahl sie, und er ging hinein und befolgte weiterhin all ihre Befehle, glaubte weiterhin all ihren Lügen und war weiterhin glücklich.

Nur manchmal, wenn er alle jungen Mütter, die ihre Kinder abholten und sie umarmten und küßten und neben ihnen seine Oma sah, verdunkelte sich sein Herz. »Oma, du bist so alt. Warum kommt mich nicht meine Mutter abholen?« sagte er dann. Sie sei sehr mit den Proben beschäftigt, denn auch sie, wie jene Menschen, die er vom Kino kenne, müsse sehr viel arbeiten, bevor sie so berühmt werde, erklärte ihm Sdravka. Aber ihre Erklärungen befriedigten Iskren nicht, und er erinnerte sich an das Versprechen seiner Mutter, das sie immer noch nicht erfüllt hatte, und an solchen Tagen hatte er weder Lust, mit dem unbekannten Opa Stanoj zu sprechen, noch ins

Kino zu gehen oder irgendwelche Spiele zu spielen. Nur Lili zu sehen hatte er Lust, aber sie verschwand jeden Nachmittag, von ihrer schönen strahlenden Mutter geführt, dorthin, wo alles schwebte und flog und hinter den Buchstaben viele unbekannte und wunderbare Geschichten versteckt waren. Und er war allein mit der Erinnerung an ein unerfülltes Versprechen und wartete und ließ sich nicht ablenken, und als er das Schloß sich öffnen hörte, lief er in den Korridor und während sich seine Mutter noch die Stiefel auszog, fragte er: »Mutti, wann wirst du mir all deine Liebe geben?« Der eine Stiefel lag auf dem Boden wie ein ausgeweidetes Tier, der andere lebte noch an ihrem Fuß. Sie ging auf Iskren zu, sie hinkte aber, sie hinkte noch schlimmer als seine Großmutter. Iskren erschrak. Mußte man denn immer hinken, um ihn lieben zu können? »Nein«, schrie er, »ich will, daß du schön bleibst und nicht mehr hinkst.« Aber da küßte ihn schon seine Mutter und umarmte ihn, Sonnenschein nannte sie ihn und Goldstückchen, und in seiner Seele war wieder alles hell. »Ich höre niemals auf, dich zu lieben, ich habe nur ...« sprach sie nicht zu Ende, denn um ihre Augen herum klebte ein bißchen schwarze Farbe, die sie abwischen mußte. »Du sollst das wissen und nie vergessen, mein Schatz. Du glaubst deiner Mama, nicht wahr?« sagte sie dann. Ja, er glaubte seiner Mama. So wie Lili glaubte er auch seiner Mutter alles. Sie gab ihm doch ihre Liebe, wahrscheinlich aber nicht die ganze, denn nachdem er eine Nacht und noch eine geschlafen hatte, fehlte ihm wieder etwas Liebe. Und wieder war nur seine Großmutter da. »Was runzelst du die Stirn, du lebst wie der König in Frankreich und runzelst die Stirn. Ich gehe mit dir nirgendwohin mehr und komme dich auch nicht abholen«, sprach dann seine Oma schroff und hinkte allein ihres Weges weiter. Als er sah, daß sie sich nicht umdrehte, lief er ihr nach. »Oma, Oma warte«, schrie er verzweifelt, und wenn sie stehenblieb und auch wenn sie weiter vorwärts hinkte, holte er sie ein, ergriff ihre Hand und sagte: »Oma, ich hab dich lieb, viel lieber als Oma Dotschka.«

»Schmeichler. Du weißt nicht mal, was Liebe ist«, sagte sie, ohne ihn anzuschauen, aber er wußte, daß es ihr gefiel.

»Doch, ich weiß es. Die Liebe hinkt«, sagte er.

»Nein, sie ist nur blind.«

»Gehen wir zum Friedhof«, schlug er vor, und sie gingen.

Daß die Liebe hinke und blind sei, das alles sei ein Blödsinn, erklärte ihm eines Morgens Lili und fand es überflüssig, mehr darüber zu sagen. In ihrem Haar glänzten die Flügel eines Schmetterlings, ihre Hände waren von den Buntstiften beschmiert, mit denen sie gerade versuchte, denselben Schmetterling auf ein Blatt zu malen. Da hob ein anderes Mädchen die Hand und sagte, daß ihr schlecht wäre. Das Mädchen wurde auf einen Tisch gelegt und mit den Mänteln aller zugedeckt. Genossin Pischmanska erklärte danach, wie es auf Deutsch hieß, krank zu sein. Iskren war enttäuscht, daß es auch auf Deutsch so etwas Schlimmes gab. Denn er hatte bis jetzt geglaubt, die deutsche Welt wäre eine Welt der Spiele und der Lieder, eine bessere Welt also, eine heilere. Nun konnte einem auch auf Deutsch etwas Schlimmes passieren, etwas Schlimmeres, als vor der Wand zu stehen wie Anton. Warum war es dann überhaupt gut, Deutsch zu lernen. Vielleicht um Lili zu treffen, antwortete er sich selbst und vergaß damit all seine Fragen. Das Mädchen lag bis Mittag unter den Mänteln, dann wurde sie von ihrer Mutter abgeholt. Am nächsten Morgen saß sie wieder neben den anderen und sang mit den anderen Lieder über die Schneeflöckchen mit den weißen Röckchen, die alle, seitdem der erste Schnee geschmolzen war, sehnsüchtig erwarteten und mit solchen Liedern beschwörten. Kaum waren einige Tage vergangen, hob Lili wieder ihre Hand, »Ich bin krank«, sagte sie, und schon lag sie unter den Mäntelchen, und wenn Iskren zu ihr schaute, hatte sie einmal beide, einmal nur eines ihrer Augen geschlossen. »Morgen darfst du auch krank sein«, teilte sie ihm zu Mittag mit.

Am nächsten Morgen hob Iskren die Hand, sagte die Zauberformel, lag ungestört bis Mittag, schlief sogar ein, träumte, daß er mit Lili in einem Zimmer schwebte, wurde von seiner besorgten Oma aufgeweckt und mußte den ganzen Nachmittag heißen Lindenblütentee trinken. Aber es gab ja immer kleine Nachteile, wenn man Lilis Ratschläge befolgte, und Iskren hatte sich längst daran gewöhnt. Er trank geduldig den Tee, spielte seine Rolle zu Ende und wartete auf die nächste.

Seit einiger Zeit pochten die Herzen der Kinder im Kindergarten schneller, die Aufmerksamkeit wuchs, und sogar Anton quälte in den Pausen niemanden mehr, denn alles erwartete die baldige Ankunft eines Mannes, dessen Existenz für Iskren ein großes Rätsel war. Es war der Weihnachtsmann. Es gab zwar kein Weihnachten mehr, aber es gab einen Weihnachtsmann. Die Kommunisten hatten ihn nicht abgeschafft, allein der Farbe seines Gewandes wegen, die die Popularität der Partei steigerte. Also schaute er weiterhin aus wie ein russischer General aus dem bulgarischen Befreiungskrieg. Er hatte nur die Identität gewechselt und hieß nun Großvater Frost. In seinem Lebenslauf konnte keine Verbindung zu irgendeiner religiösen Organisation nachgewiesen werden. Er durfte aber seine Rentiere, seinen Schlitten, seinen weißen Bart, sein Haus in Sibirien und das auf dem Nordpol behalten. In der Sowjetunion trat er gerne in Begleitung von Frauen auf, wie etwa Schneewittchen, blieb aber weiterhin ledig. Neben der Aufgabe, die Kinder zu beschenken, bekam er noch eine, nämlich Frieden in der Welt zu stiften, was ihn so sehr erschöpfte, daß er kurz nach Neujahrsbeginn spurlos verschwand.

Nun waren alle Kinder damit beschäftigt, sich zu überlegen, ob sie brav genug gewesen waren, und wenn ja, der Genossin Pischmanska mitzuteilen, welche Geschenke sie sich wünschten. Sie schrieben ihre Wünsche auf und schickten sie dem Großvater Frost. Anton war am schnellsten mit dem Überlegen fertig und stand als erster vor der Kindergärtnerin. Er wünschte sich einen Säbel. Iskren wünschte sich einen großen Lastwagen, Lili einen Zauberstab. Da aber die Lehrerin ihr erklärte, daß Großvater Frost dies nur Feen und Zauberern zu schenken pflegte, wünschte sie sich eine Onkel-Doktor-Ausrüstung. Überraschenderweise kam zu Mittag nicht die Oma, sondern Iskrens Vater, um ihn abzuholen. Er redete kurz vorher mit der Genossin Pischmanska, die Iskren sehr lobte und öfter als sonst ihr Taschentuch benutzte. Sie sprachen auch von Dingen, die Iskren nicht verstand. »Viele der Kinder haben sich Bananen gewünscht, woher aber sollen ihre Eltern sie nehmen?« sprach die Kindergärtnerin. Ein komischer Wunsch, dachte Iskren, denn Bananen hatte er jede Menge zu Hause, er durfte sie nur nicht als Frühstück mit in den Kindergarten nehmen.

»Gut, daß sie es mir gesagt haben, ich werde mich darum kümmern«, sagte sein Vater. »Ihr Ausreisevisum ist auch schon fertig, Sie dürfen in den Ferien nach Österreich fahren.«

»Ich weiß nicht... wie ich Ihnen danken soll«, sprach die Kindergärtnerin so leise und so komisch. Sie umarmte seinen Vater sogar. »Nicht doch, das war ja selbstverständlich. Sie dürfen auch Ihren Mann mitnehmen. Nur die Kinder müssen hierbleiben. Wenn alles gut verläuft, können Sie sie das nächste Mal mitnehmen. Ich vertraue Ihnen, deswegen habe ich auch für Sie gebürgt.« Sein Vater umarmte sie, klopfte leicht auf ihren Rücken, drückte ihre Hand, es war ja sein Beruf. Trotzdem war Iskren etwas gekränkt, daß sein Vater mehr Zeit damit verbrachte, andere Leute zu umarmen und zu küssen als ihn selbst.

Wenige Tage später kam auch der Großvater Frost in den Kindergarten. Die Kinder mußten an diesem Tag auch am Abend dorthin, denn ihre Eltern sollten bei diesem Ereignis dabei sein. Der Raum wurde zuerst verdunkelt, und nur die Kerzen auf dem geschmückten Tannenbaum, um dessen heilen Zustand sich die ganze Zeit Anton gekümmert hatte, wurden angezündet. Danach hörte man die Glocken eines Schlittens klingen, die Tür ging auf, und nun stand er da. Groß, rot, bärtig, keuchend. Wäre er hier richtig, und wären alle Kinder hier das ganze Jahr lang brav gewesen, wollte er zuerst wissen. Beide Fragen wurden einstimmig und laut bejaht. Danach wollte er ein Lied auf Deutsch hören, die Kinder sangen ›Oh Tannenbaum‹. Er summte mit, klatschte am lautesten und packte endlich seinen Sack aus. Sein Blick wurde aber wieder mißtrauisch, und er äußerte Zweifel, ob ihm alle am Anfang die Wahrheit gesagt hätten und ob sie wirklich so viele Geschenke verdienten. Aber die Genossin Pischmanska bestätigte die Antwort der Kinder, wofür sie an diesem Abend die Liebe aller Kinderherzen gewann. Danach rief der Großvater Frost jedes Kind einzeln zu sich und übergab ihm nach kurzem Verhör das Geschenk. Er fragte Iskren, welcher Fußballmannschaft er die Daumen halte. Eine sehr schwierige Frage, die Iskren zum Schwitzen brachte. Aber da half ihm der gute Großvater Frost selbst. »Nur ›Botev Plovdiv‹. Merk dir das«, sagte er und ließ ihn mit seinem Geschenk gehen. Nicht alle Kinder bekamen das, was sie sich gewünscht hatten, wahrscheinlich, weil der Großvater Frost kein Deutsch konnte. Trotzdem waren alle froh, denn jedes hatte von ihm zusätzlich Bananen bekommen. »Ein extra Geschenk von dem kubanischen Brudervolk«, so verkündete der Großvater, und schon war er in Eile und verließ sie, um andere Kinder zu verhören und zu beschenken.

Iskren und Lena hatten das bekommen, was sie sich gewünscht hatten. Er den Lastwagen, sie die Onkel-Doktor-Ausrüstung, die sie sofort auspackte und gleich zu Lili wurde und Koko untersuchen wollte. Er war natürlich krank, er hatte Fieber, war blind und hinkte und bekam sofort eine Spritze, die all diese Krankheiten im Nu beseitigte. Währenddessen war Iskrens Vater von einigen Eltern umzingelt, die ihm aufmerksam zuhörten, und bekam nichts von der wundersamen Heilung seines Sohnes mit. Nun verkündete die Genossin Pischmanska, daß ab morgen, 15 Tage lang, keiner mehr früh aufstehen und in den Kindergarten kommen müßte, und sie wünschte allen schöne Ferien.

Auf der Straße nahmen Lili und Koko Abschied, um für eine unvorstellbar lange Zeit wieder nur Iskren und Lena zu sein. »Ich werde mich ohne dich langweilen«, sagte Lili. »Ich werde die ganze Zeit hinken, bis du mir wieder eine Spritze gibst«, flüsterte er in Lilis Ohr. Sie sagten sich noch auf Wiedersehen, und Lili schaute einige Male zurück, um beglückt zu sehen, wie Koko nach Hause hinkte.

Der Großvater Frost kam Iskren noch einmal besuchen. Es war zu Neujahrsbeginn, aber Iskren war eingeschlafen und fand seine Geschenke später unter dem Tannenbaum. Einige Tage davor waren von den Bergen Onkel Ivan, Tante Kitka und die Cousine Tatjana, von der er bis jetzt nur gehört hatte, zu Besuch gekommen. Beim Neujahrsfest nahmen Oma Dotschka und Opa Micho teil. Nur Opa Stanoj blieb weiterhin in seinem Grab liegen, und Iskren konnte ihn immer noch nicht kennenlernen. Es gab auch eine Tante Rosa, von der mehr geschwiegen als gesprochen wurde. Er hatte nur gehört, daß sie jetzt in Amerika lebte, aber sie blieb trotzdem unbekannt, was Iskren auf die Idee brachte, daß Amerika auch ein Friedhof wäre und sie deswegen nicht kommen konnte.

Iskren genoß die volle Wohnung. Ihm gefiel Onkel Ivan sehr, weil er laut lachen und deutsche Lieder singen konnte und weil er beim Neujahrsfest Armdrücken mit Onkel Micho spielte. Er brachte ihm auch eines der Lieder bei. Das Lied war voller unbekannter Worte, aber es wurde oft der Name Lili Marlen wiederholt, wegen dem allein sich das Lernen lohnte. »Wenn du einmal deinen Papa ärgern willst, sing ihm dieses Lied«, riet ihm Onkel Ivan. Iskren gefiel auch Tante Kitka, denn sie war genauso wie die Genossin Pischmanska Kindergärtnerin. Nur daß sie keinen Schnupfen hatte, was in ihm kurzfristig Zweifel aufkeimen ließ, ob sie wirklich Kindergärtnerin war. Dann fiel ihm aber ein, daß in ihrem Kindergarten kein Deutsch gelehrt wurde, und damit erklärte er sich ihre Gesundheit. Nur seine Cousine Tatjana gefiel ihm anfangs nicht so sehr. Sie war nur drei Jahre älter, tat aber so, als ob sie zehn Jahre älter wäre und sich gar nicht mehr für seine Spiele interessiere. Ihre ganze Aufmerksamkeit galt Iskrens Mutter, von der sie wußte, daß sie Schauspielerin war. Sie lauschte jedem ihrer Worte, merkte sich jede ihrer Gesten und imitierte sie so lustig, daß Iskren Lachkrämpfe bekam. Letztendlich gewann er Tatjanas Zuneigung, indem er ihr die Schminksachen seiner Mutter zeigte. Beide schminkten sich ausgiebig, schlüpften in Dorotheas Schuhe und führten Oma Sdravka die Geschichte des Aschenputtels vor.

Einige Tage nach Neujahrsbeginn ging Iskren zum ersten Mal ins Theater. Alle seine Verwandten waren dabei. Man sagte ihm, er müsse aufpassen und still sein, denn auf der Bühne würde er seine Mutter sehen. Der Saal war voll und sah wie ein Kino aus. Sie setzten sich in die erste Reihe. Es erklang eine Glocke, und Iskren hoffte, Großvater Frost würde wieder kommen. Er schaute sich um. Der Saal war voller Leute, und er glaubte, auf dem Sitz hinter ihm Großvater Frost zu erkennen. Nur, daß er anders angezogen war und Brille trug. »Nur ›Botev Plovdiv‹« sagte Iskren. Der Mann lächelte. »Nur ›Lokomotiv Plovdiv‹«, sagte er. Nein, sowas würde Großvater Frost nie sagen, also war er doch nicht gekommen. Plötzlich wurde es still, und auf der Bühne begannen seltsam angezogene Menschen aufzutauchen. Unter ihnen war auch seine Mutter, aber es dauerte lange, bis Iskren sie erkannte. Sie bewegte sich anders, sprach anders und hatte eine andere Familie. Seine Mutter hatte sie verlassen und war bei anderen Leuten zu Hause. Iskren wollte weinen. »Es ist nur ein Spiel«, beruhigte ihn sein Vater. Ein Spiel? Sie redeten nur, schritten auf und ab, ab und zu umarmten sie sich. Es war das langweiligste Spiel, das er je gesehen hatte. Charlie Chaplins Spiele waren viel lustiger, dabei brauchte er nicht einmal reden. Iskren begann, sich für seine Mutter zu genieren, und war sehr überrascht, daß dieses Spiel den Erwachsenen so gefallen hatte. Nachdem der Vorhang heruntergelassen wurde, was das Schönste an der ganzen Sache war, begannen sie zu applaudieren. Am lautesten von allen waren Opa Micho und Onkel Ivan. »Bravo, Tochter« brüllte Micho so laut, daß Iskren sich die Ohren mit den Händen zuhalten mußte.

Onkel Ivan warf seiner Mutter einen ganzen Blumenstrauß zu und mußte mit Mühe aufgehalten werden, nicht auf die Bühne zu klettern. »Du hast es immer noch nicht gelernt, dich zu freuen, Bruder«, sagte er zu Iskrens Vater, der ihn am Arm hielt. Danach gingen alle zur Premierenfeier in ein Restaurant. »Die Ivans sind die besten Leute«, kommentierte Micho kurz das Stück, und als Iskrens Mama das Lokal betrat, stürzten sich Micho und Ivan auf sie, setzten sie auf ihre Schulter und liefen so durch den Raum. Die Leute klatschten wieder, nun konnte auch Iskren endlich klatschen, denn dies war ein gutes

Spiel, nicht wie vorhin. Am lautesten klatschte er aber, als Onkel Ivan einen Kopfstand auf dem Tisch machte und sich eine Zigarette anzündete. Schade, daß zwei Tage später die Familie seines Onkels wieder in die Berge fuhr. Dort, wo der Onkel einen Helm mit einem Licht auf dem Kopf trug, unter die Erde stieg, dann aber wieder hinausging und deswegen nicht wie die Toten unbekannt blieb. »Hast du dort nicht Opa Stanoj einmal getroffen?« hatte Iskren ihn gefragt.

»Was du dort siehst, sind nur Stein, Staub und ein Fünf-Jahres-Plan«, sagte er, sah dann aber das enttäuschte Gesicht des Kindes und ergänzte: »Aber irgendwann treffe ich ihn schon.«

»Sag mir dann Bescheid, ich will ihn auch sehen.«

»Geht klar, Bursche«, versprach der Onkel.

Nun war er weg, aber außer Iskren waren nur Sdravka und Micho darüber traurig.

»Endlich sind sie gegangen«, hörte Iskren seinen Vater am Abend erleichtert seufzen.

»Warum versteht ihr euch nicht?« fragte Sdravka.

»Wir haben uns nichts, absolut nichts zu sagen.«

»Mir hat er immer was zu sagen. Die schönsten Briefe habe ich von ihm bekommen. Und wenn er da ist, bringt er mich immer zum Lachen.«

»Seine Scherze finde ich nicht lustig.«

»Erzähl du mir dann was Lustigeres.«

»Wieso, es gibt schon einen Komiker in der Familie. Ein großes Talent sogar. Ich rede lieber über wichtigere Sachen, und die sind gewöhnlich nicht sehr lustig.«

»Du machst mir Sorgen, mein Kind. Nur deine Stimme magst du hören, sonst keine andere. Laß einmal deinen Bruder reden, und höre ihm still zu, dann wirst du wieder lachen. Weißt du, was Dr. Feuchthecht immer sagte? ›Und weil er still wurde, wurde er fröhlich, und weil er fröhlich wurde, wurde er gut.‹«

»Ja, der gute Dr. Feuchthecht, das war ein Witzbold«, sagte sein Vater und verließ lachend das Zimmer.

Für Iskren hatte dieses Gespräch vollkommen abstrakten Charakter. Die Worte zischten an seinem Bewußtsein vorbei, und von den wenigen, die er behielt, taugte keines, mit dem er vor Lili angeben konnte. Denn sein Bewußtsein war wieder mit Lili beschäftigt, und er erwartete ungeduldig den Tag, an dem er wieder in den Kindergarten mußte. Nichts konnte sie mehr verdrängen, weder der neue Schnee noch die Schlittenfahrten und auch kein einziger Schneemann. Nur bei den Schneeballschlachten verschwand sie für eine Weile, irgendwo im All, aber kaum wurde er von einem harten Ball ins Gesicht getroffen, ersann er sich weinend ihrer und ihrer Heilkünste.

Als endlich der ersehnte Tag kam, war Iskren so schnell zum Kindergarten unterwegs, daß seine Großmutter die ganze Zeit hinter ihm keuchen und schimpfen mußte.

Lili saß schon auf ihrem Stühlchen und sprach mit dem Hund in ihrer Tasche. Iskren hinkte aufgeregt zu ihr, und sie hatte ihn nicht vergessen. »Komm, ich gebe dir eine Spritze«, sagte sie gleich.

»Ich war sehr krank«, sagte er.

»Ich weiß«, sagte sie.

Zur allgemeinen Überraschung war die Genossin Pischmanska nicht mehr krank. Ihr Schnupfen war verschwunden, ihr Taschentuch guckte beleidigt und zwecklos aus der Tasche ihres Kittels heraus, ihre Nase war nicht mehr so rot, ihre Brillen waren neu, und auch die Augen darunter schienen neu zu sein. Die ganze Genossin Pischmanska schien erneuert zu sein. Sie ging jetzt viel milder mit den Kindern um, und zu Iskren war sie besonders nett. Dafür war Lili unverändert geblieben, was für ihn viel wichtiger war.

Die Zeit verging. Die Kinder sangen schon Lieder über die Schneeglöckchen, und Iskren sah sie auch in den Parks und im Friedhof aus der Erde sprießen und benachrichtigte darüber seinen unbekannten Großvater Stanoj, damit er sie von unten an den Wurzeln zog und so die Leute, die sie pflücken wollten, erschreckte.

Am 8. März mußten alle Buben im Kindergarten den Mädchen Blumen schenken. Iskren schenkte Lili eine rote Nelke, und weil die Buben weniger waren, mußte er einem anderen Mädchen auch eine rote Nelke schenken. Darüber war Lili so empört, daß sie sich sofort in Lena verwandelte und bis zum Mittag keinen Grund mehr sah, sich mit ihm zu unterhalten. Der internationale Frauentag entwickelte sich zu dem traurigsten Tag seines jungen Lebens. Noch trauriger sogar als jener, an dem ihm gesagt wurde, daß er nicht mehr ins Frauenbad mitgenommen werden würde. Er warf sich zu Hause auf den Boden, schlug mit den Fäusten, heulte, sprach von einer Lili, die keiner kannte, beleidigte seine Großmutter, biß sie in die Hand, bekam eine Ohrfeige, weinte bittere Tränen und bekam hohes Fieber und mußte zwei Tage im Bett bleiben. Am dritten Tag sah er Lili wieder. Sie tat so, als ob nichts geschehen wäre, und sprach wieder mit ihm. »Ich war sehr krank«, sagte er. »Ich weiß«, sagte sie und gab ihm eine ihrer unsichtbaren und alles heilenden Spritzen. Nun war Iskren wieder bei Laune, er prahlte vor Genossin Pischmanska, ein neues deutsches Lied zu kennen, und sang es vor allen. Lili war sehr beeindruckt, die Genossin Kindergärtnerin weniger. Sie rief ihn nach dem Unterricht zu sich und riet ihm, das Lied lieber nicht mehr zu singen.
Er sang es trotzdem weiter, aber nur am Friedhof oder im Klo des Kindergartens, wenn er sich mit Lili traf.

Der Frühling war längst da, ungeahnte Gerüche begleiteten Iskren auf der Straße, in den Parks, im Friedhof, geahnte

Freuden im Kindergarten. Er begann, sich schon an alles Ungeahnte und Geahnte zu gewöhnen, als Lili plötzlich ungewöhnlich anders wurde. Sie lachte weniger, erzählte keine Geschichten, las keine Bücher, erfand keine Spiele und redete nicht einmal mehr mit ihrem Hund in der Tasche, und das war das Ungewöhnlichste von allem.

»Was ist aus deinem Hund geworden?« wollte Koko wissen.

»Ein Auto hat ihn überfahren«, antwortete Lili unwillig. Die meisten Fragen überhörte sie. Nicht einmal der Genossin Kindergärtnerin antwortete sie immer. Sie hob nicht mehr ihre Hand, sie ging nicht mehr hinaus, und eines Tages sagte sie Iskren: »Nenn mich nicht mehr Lili, ich heiße Lena.« Iskren hätte auch damit gut leben können, aber am nächsten Tag erschien sie nicht mehr und auch am übernächsten nicht. Lena würde sie nicht mehr besuchen, denn sie sei in eine andere Stadt übersiedelt, teilte die Genossin Pischmanska eines Tages der Gruppe mit. Iskren begann zu weinen. »Er weint wegen Lena, schaut euch den Weichling an«, begann Anton ihn zu verspotten. Die Kinder lachten, da warf sich Iskren auf ihn und biß seine Wange so lange, bis auch dieser zu weinen begann.

»Ich will nicht mehr Deutsch lernen«, verkündete er am selben Abend seinem Vater, doch es nützte nichts. Er mußte weiter den Kindergarten besuchen. Aber er begann zu hinken. Er machte es so gut, daß seine Eltern ihn von Arzt zu Arzt schleppten. Iskren genoß die Besorgnis seiner Eltern und die Unwissenheit der Ärzte. Es war das beste Spiel, das er je gespielt hatte. Und er hatte kein Interesse, es zu unterbrechen.

Wenn der Mond am Himmel hing, schaute er hinauf, in der Hoffnung, Lili würde ihm von dort winken. Aber er sah sie nicht, weder auf dem Mond noch auf Erden, und ihm fiel kein anderer Ort ein, wo er sie suchen sollte. Und sein Kummer wurde groß, größer als der Mond, größer als die Erde, so groß und so schwer, daß er wieder hinken mußte.

Eines Tages wurde er zu einem großen Experten gebracht. Der Experte schaute dem Großvater Frost ähnlich und war Iskren sofort sympathisch. »Nur Botev Plovdiv«, sagte Iskren. »Nur Botev Plovdiv«, antwortete der Experte. Nun war alles klar. Das war Großvater Frost. Nur daß er seinen Bart gekürzt und einen weißen Kittel angezogen hatte, damit ihn keiner erkannte. Er untersuchte Iskren aufmerksam, klopfte mit einem Hämmerchen auf sein Knie, schaute sich die Röntgenbilder an, tat eigentlich alles, um seinen wahren Beruf zu verbergen, aber Iskren konnte er nicht täuschen.

»Lassen Sie uns bitte einen Augenblick alleine«, wandte er sich an Iskrens Eltern. Als sie weg waren, setzte er sich neben Iskren, legte die Hand auf seine Schulter und sagte mit milder Stimme: »Botev ist eine gute Mannschaft, aber sie schießt zu wenig Tore. Sie brauchen einen guten Stürmer. Willst du eines Tages ihr Stürmer werden und viele Tore schießen?« Iskren nickte. »Aus dir könnte ein sehr guter Stürmer werden. So einer wie Gundi oder Pelé. Aber hör mir jetzt aufmerksam zu, Junge. Ich weiß, daß du dich nur verstellst und daß deine Beine vollkommen in Ordnung sind. Du wirst deine Gründe haben. Es wird auch alles unter uns bleiben, wenn du mir versprichst, daß du bald mit dem Hinken aufhörst. Es muß nicht gleich sein, aber zum Beispiel ab morgen. Was sagst du dazu?«

»Versprochen«, sagte Iskren, baumelte mit den Füßen, überlegte. »Du bist Großvater Frost, nicht wahr?«

»Ja, aber pst«, sagte der Arzt, den Zeigefinger quer auf den Mund legend.

Die Eltern betraten wieder das Zimmer, und der gute Großvater Frost, für sie immer noch der Experte, teilte ihnen mit, daß Iskren nur einen eingeklemmten Nerv hätte und daß er öfter laufen und mit dem Ball spielen müßte und daß es ihm bald besser gehen würde. Und tatsächlich hinkte Iskren am nächsten Tag nicht mehr. »Das ist ein großer Arzt«, sagte seine Mutter erleichtert.

»Der gute Dr. Feuchthecht war auch so einer«, mischte sich Iskrens Oma ein. Iskren kannte ihn nicht, aber er kannte sein Grab. Von seinem Grabstein hatte er die Buchstaben F und U und H gelernt, die er besonders schön fand. Also fühlte er sich verpflichtet, auch mitzureden. »Er hat ein schönes Grab«, sagte er.

»Ich hab dich doch gebeten, nicht mehr mit dem Kind auf den Friedhof zu gehen«, wandte sich Dorothea an Sdravka.

»Wenn seine Eltern keine Zeit für ihn haben, dann muß er sich mit den Toten unterhalten. Sie haben Zeit«, antwortete Sdravka rasch.

Sdravka fürchtete ihre Schwiegertochter nicht. Sie fürchtete keinen Menschen, weder bekannte noch unbekannte, weder lebende noch tote. Sie fürchtete nicht einmal die Partei, und auch den Tod fürchtete sie nicht. Sdravka fürchtete nichts mehr. Früher hatte sie einmal Ängste gehabt. Sie hatten ihren Körper beherrscht und ihren Atem, dann wurde ihr Würgegriff schwächer, sie wurden älter, aber noch drückten sie immer wieder ihr Herz, hingen an ihm wie Blinde an ihrem Stock, später krümmten sie sich in ihrem Bauch, verloren Jahr für Jahr an Kraft und starben. Sdravka aber lebte weiter. Nicht, daß sie sich nie den Tod gewünscht hätte, sie hatte ihn sogar erwartet, damals, als sie alleine lebte, in jener Wohnung, die ein Stockwerk höher war als das Haus, in dem ihre besten Jahre vergangen waren. Weggeschlichen hatten sie sich, wie Gäste, die ihre Rechnung nicht bezahlt hatten. Für einen Augenblick war sie nach oben gegangen, und schon waren sie weggezogen. So schien es ihr manchmal. Es zog unter ihren Füßen, etwas zog sie nach unten. Sie stieg dann immer wieder hinunter wie in eine dunkle Kellerstiege, und da sie keine Gäste fand, dachte sie, der Tod habe sie gerufen.

Ihr letzter Gast wolle er sein und alles begleichen. Nun wartete sie auf ihn und rechnete aus, was er ihr noch alles schuldete. Eine Begegnung mit ihrer Tochter Rosa zum Beispiel, oder daß sie erlebte, wie ihr Enkel Iskren Deutsch sprach. Große Schulden waren das, sie brauchte gar nicht an die kleineren zu denken. Und sie dachte nicht mehr, sie wartete. Und eines Nachts besuchte er sie im Traum, und er legte seine kalte Hand genau dorthin, wo sie die teuersten Briefe versteckte. Sie sah ihn an, er schaute genauso wie ihr Onkel aus. »Ich will nur dein Bestes«, sagte er. Nein, das war ihr zuviel, so hatte sie sich ihren Tod nicht vorgestellt.

»Hau ab, sonst vergifte ich dich noch einmal«, schrie sie und wachte auf. So entschied sich Sdravka weiterzuleben. Am nächsten Tag kam Mladen zu ihr und bat sie, bei ihm zu wohnen. »Als erstes bringe ich deiner Frau das Kochen bei«, sagte sie. Aber das war nicht so einfach. Ihre Schwiegertochter war den ganzen Tag mit den Proben beschäftigt, und wenn sie am Abend nach Hause kam, lernte sie weiter ihren Text. Sie ging durch die Zimmer, rezitierte, und wenn ihr ein Wort nicht einfiel, blickte Sdravka in den Text und sagte es ihr. Das gleiche geschah auch beim Kochen. Dorothea stand vor dampfenden Töpfen und zischenden Pfannen, und wenn sie eines der Gewürze vergaß, gab es ihr Sdravka in die Hand. Einmal war es ein Wort, einmal ein Gewürz, das Sdravka ergänzte. Seltsamerweise merkte sich Dorothea den schwierigsten Text leichter als das einfachste Rezept. Ein merkwürdiges Gedächtnis hatte sie, ein Gedächtnis, in dem kein Gewürz tiefe Wurzeln schlagen konnte. Sdravka wußte nicht, was sie von ihrer Schwiegertochter halten sollte. Um sie zu hassen, fehlte ihr der Grund, um sie zu lieben, fehlte ihr einmal ein Wort, einmal ein Gewürz. Und da, um sie zu lieben, nur wenig fehlte, entschied sie sich, sie zu mögen.

Dorothea hörte Sdravka auch gerne zu, wenn sie von den

alten Zeiten erzählte. Besonders, wenn sie von Mladens und Ivans Jugendstreichen berichtete. Dorothea war aufmerksam, sie war berührt, war eigentlich die ideale Zuhörerin. Dennoch konnte Sdravka ihr nicht alles anvertrauen. Viele Worte fehlten noch und viele Gewürze. Denn so, wie sie gerne reden wollte, konnte Sdravka weiterhin nur mit den Toten.

»Stanoj, Stanoj, ich hab dir was zu sagen. Aber ich habe Angst, du wirst aus dem Grab springen und Mladen eine Tracht Prügel verpassen, so wie damals, als er die Melonen mit Hammer und Sichel verziert hatte... Rosa und Ysop sind nach Amerika gezogen, sie leben jetzt in San Diego. Es geht ihnen gut. Ysop hat einen Supermarket übernommen. Letztendlich ist er doch wie sein Vater Gemüsehändler geworden. Was aus unserem Sohn Mladen geworden ist, weiß du ja. Ein wichtiger Mann. Damit er aber weiter wichtig bleibt, hat die Partei von ihm verlangt, sich von seiner Schwester loszusagen... Nein, ich sag nichts mehr, ich hasse es, schlechte Nachrichten zu überbringen. Vergiß das Ganze, denn jetzt kommt was viel Besseres. Stanoj, ich hab eine große Überraschung für dich. Dein Enkel Iskren ist da und wird dir etwas auf Deutsch sagen«, sprach sie am Friedhof und hörte hingerissen Iskren zu und war glücklich, daß sie so einen gescheiten Enkel hatte.

Und jedes Mal, wenn sie Iskren vor der Kindergartentür stehen sah, egal wie gut oder schlecht gelaunt er war, dachte sie sich: »Würde der Tod so ausschauen, würde ich sofort mit ihm gehen.«

Daß sie so aneinander hängen würden, hätte Mladen nie erwartet. Aber noch mehr hatte ihn die Tatsache überrascht, daß seine halbgebildete Mutter seinem Sohn das Lesen und Schreiben beigebracht hatte. Er hatte seine Mutter ins Haus geholt, damit sie ein erfahrenes und streng prüfendes Auge auf Dorothea warf. Statt dessen beschäftigte sie sich aber hauptsächlich mit dem Enkel, und ihre Augen wurden jung und naiv wie die eines Kindes. Das ärgerte ihn, denn nichts ärgerte Mladen mehr als das Scheitern eines Planes. Zu viele Pläne waren ihm in der letzten Zeit gescheitert. Aber womit er sich am schwersten abfinden konnte, war der Unwillen seiner Frau, ein zweites Kind zu bekommen. Das Totgeborene hatte tief am Fundament seines Denkens gerüttelt, es zum Beben gebracht, und jedes Mal, wenn seine Frau ihm ein zweites Kind verweigerte, rissen seine Gedanken, erbebte sein Wesen, und unter seinen Füßen breitete sich eine Leere aus, die nicht mehr in einem einzigen Stockwerk gebändigt werden konnte. Kein Gedanke, kein dialektisches Gesetz konnte ihm da helfen, und er versuchte es mit Wessas Fleisch. Es war doch ihr Fleisch gewesen, das ihn in jener Nacht alles vergessen ließ.

Und er traf sie einige Male in einer Dienstwohnung der Partei. Getrennt kamen sie, getrennt gingen sie. Mal blieb er länger im Bett liegen, mal sie. Aber es war nicht mehr das gleiche. Er suchte Vergessen, sie aber Klarheit. Sie wollte reden, er schweigen. Verschiedene Wege brachten sie zueinander, verschiedene auseinander, aber an keiner Stelle wurden ihre Unterschiede so deutlich wie dort, wo sie sich trafen. Aus der erwarteten Hilfe wurde sehr schnell eine unerwartete Last. Also schien es Mladen leichter, Wessa zu vergessen, als in ihr Vergessen zu suchen. Er wollte aber nicht, daß sie sich in jener Wohnung trennten, die von Eile, Zeitnot und Mißverständnissen so verseucht war, daß sie die Luft ihrer Trennung noch stärker verbittern würde. Er sagte seiner Frau, daß er auf Dienstreise sei, und fuhr mit Wessa auf eine Hütte in den Bergen.

Zum ersten Mal hatten sie den gleichen Weg. Ein verschneiter, ein rutschiger Weg. Wessa war gut gelaunt. Bei jeder Kurve kuschelte sie sich an Mladen, lachte. Sie wußte nicht, daß er so viel Schnee und so viele Kurven brauchte, um ihr die gewünschte Klarheit zu geben. Nun erreichten sie die Hütte, brachten das Essen und die Getränke herein und heizten den Ofen an. Draußen, ruhig und weiß, lag der Schnee, drinnen, weiß und unruhig, lag Wessa auf dem Bett. Als es draußen dunkel und drinnen warm wurde, sagte Mladen, »Wir haben keine Zukunft, und auch keine Vergangenheit. Wir haben nur diese eine Nacht, danach müssen wir uns trennen.«

»Du bist ein Monster«, sagte sie, sprang auf, zog ihren Mantel an und lief hinaus. Von der offenen Tür drang kühle, erfrischende Klarheit hinein. »Sie wollte es so«, dachte Mladen und rührte sich nicht von der Stelle. Er wußte, daß sie zurückkommen würde, abgekühlt und erfrischt von der Klarheit, die sie verlangte. Es dauerte eine Stunde, vielleicht auch mehr, aber sie kam. Sie hielt einen Kieferzweig in der Hand.

»232«, sagte sie.

»Bitte?«

»232 grüne Nadeln sind da drauf. Genauso viele aus Metall würde ich gerne in deinen Köper hineinstechen«, sagte sie und blieb an der Türschwelle stehen. Mladen schritt zu ihr, sie roch nach verschütteten Bäumen und Bergen, der Duft einer im Schlaf versunkenen Erde. Genauso wollte er sie haben, er wollte versinken, er wollte von Wessas Fleisch verschüttet werden. »Rühr mich nicht an«, ihre Worte waren spitz, ihr Atem schien nach Fichte zu duften. Er rührte sie an. Eine Ohrfeige erklang. Seine linke Wange begann zu brennen, sein linkes Ohr wurde betäubt. »Du hast mich nur ausgenutzt.«

»Ich hab dir nichts versprochen«, sagte er und griff wieder nach ihr. Nun brannte auch seine rechte Wange, nun hörte er nichts. Er sah sie nur, er roch sie nur, er suchte ihr Fleisch. Er ging auf die Knie und versteckte seinen Kopf unter ihrem Rock. Nun sah er auch nichts mehr. Endlich hatte er das, was er wollte. Kein Bild, kein Wort, nur Geruch und Geschmack.

In der Früh liebten sie sich noch einmal, aber der heiße Tee hatte ihre Zungen verbrannt, und sie schmeckten einander nicht. Zum ersten Mal fuhren sie den gleichen Weg nach Hause. Ein verschneiter, ein rutschiger Weg. Wessa setzte sich auf den Rücksitz. Bei jeder Kurve wurde ihr schlechter, aber sie sagte nichts, sie wischte einmal das Fenster, einmal eine Träne ab, an ihr vorbei huschten die Tannen, die Kiefern mit ihren ungezählten Nadeln. Sie mußte nur öfter wischen, dann sah sie sie klarer.

Es geschah genauso, wie Mladen es sich vorgestellt hatte. Es war leichter, Wessa zu vergessen, als in ihr Vergessen zu suchen. Er wußte später nicht einmal, wie oft er sie getroffen hatte. War es vier- oder fünfmal gewesen. Er erinnerte sich auch nicht, wie lange sie noch ihre Nachbarin geblieben war. Er wußte nur, daß sie eines Tages einen Unteroffizier geheiratet hatte und ihm zu seiner Abteilung gefolgt war.

Mladens Schritte hingegen führten ihn in eine andere Abteilung. Wieder zu Isabella führten sie ihn. Er hatte sie lange nicht mehr besucht, neun Monate waren seit ihrer letzten Begegnung vergangen, das wußte er genau. 273 Tage waren es sogar, mehr als die Nadeln auf jenem Kieferzweig. Ein heißer Sommer, ein milder Herbst, ein strenger Winter lagen dazwischen. Er hatte aber immer wieder an sie gedacht, mal heiß, mal mild, des öfteren aber mit der Strenge eines treuen Ehemannes. Und er hatte einen Besuch bei ihr immer wieder aufgeschoben. Es war auch viel dazwischen geschehen. Ein totes Kind war geboren, eine lebendige Frau vergessen worden, und sein Sohn war bis zur Tischkante gewachsen. Worüber sollte er mit ihr reden, womit sollte er beginnen? Mit welchem Wort, vielleicht aber auch mit einem Zweig. Kaum hatte er an Zweige gedacht, sah er sie schon. Eine alte taube Frau verkaufte Palmzweige auf der Straße. »Schöne Palmzweige, schöne

Palmzweige. Der Frühling will heuer früher zu uns kommen. Diese Palmzweige hat er uns vorausgeschickt«, schrie sie aus voller Kehle. Mladen kaufte fünf davon, und schon merkte er nicht mehr den Matsch unter seinen Füßen, und schon spürte er den Frühling kommen, und schon schritt er zu Isabella.

Er nahm nicht den Aufzug, er ging die Stufen zu ihrer Wohnung zu Fuß. Er stand vor der Tür, neue Farbe hatte sie und ein Guckloch. Er klingelte. Er hörte schnelle leichte Schritte, ein Schatten legte sich auf das Guckloch, danach wurde leise und langsam die Tür geöffnet, ein kleiner Spalt nur, es reichte für ein Auge, einen halben Mund und ein paar rote Strähnen. Rot waren jetzt ihre Haare, rot wie die Revolution. »Ich kann jetzt nicht, komm in drei Stunden wieder«, sprach der halbe Mund. Das Auge sah ihn, dann die Zweige, dann wieder ihn an. »Ich werde warten«, sagte Mladen.

»Sag dem Arsch, er soll sich verpissen!« schrie jemand von innen, dem gerade die andere Hälfte gehörte. Die Tür ging zu. Mladen stieg einen halben Stock tiefer, setzte sich auf eine der Stufen und begann zu warten. Er dachte an nichts, er zählte zuerst die Knospen der Zweige, die Risse in den Wänden, dann die Stufen, die zu Isabellas Wohnung führten. Er wußte nicht, wie viel Zeit vergangen war, seitdem er hier saß und wartete, dafür wußte er genau die Zahl der Eisenstangen im Geländer und viele viele andere Zahlen. Von Zeit zu Zeit gingen Menschen, die Stufen hinauf- oder hinuntersteigend, an ihm vorbei. Manche sagten Guten Tag, andere Guten Abend, manche auch gar nichts. Die meisten aber fuhren mit dem Aufzug. Irgendwann wurde Isabellas Tür geöffnet. Irgendwer sagte Auf Wiedersehen und ging sicheren lauten Schrittes hinaus. Er fuhr mit dem Aufzug, er wollte weder Guten Tag noch Guten Abend sagen, er sagte lieber Auf Wiedersehen.

Nun stand Mladen wieder vor der Tür. Die vielen Zahlen waren vergessen, allein diese Tür zählte noch. Er drückte auf die Klingel, jetzt ging die Tür ganz auf, jetzt waren zwei Augen und ein ganzer Mund zu sehen, jetzt war alles vollkommen. Mladen war von Freude betäubt. Taub wie jene Verkäuferin, die ihm die Palmzweige verkauft hatte, fühlte er sich.

»Der Frühling soll heuer früher kommen«, sagte er.

»Welcher, der des Kommunismus?« fragte Isabella.

»Der wirkliche.«

»Ja, der kommt immer, ob früher oder später«, sagte sie, die Palmzweige in der Hand haltend.

Nun begann Mladen wieder Isabella zu besuchen. Mindestens einmal im Monat stieg er die 63 Stufen zu ihrer Wohnung, saß auf einem ihrer Stühle, blickte durch ihre Fenster, atmete die verrauchte Luft ihres Zimmers, nippte an einer ihrer Tassen oder Gläser, lauschte ihrer Stimme und mied ihre Augen. Jedes Mal dachte er, jetzt würde es passieren, jetzt würde er neben ihr ins Bett fallen, neben ihre roten Haare, neben ihre unter dem Gewand aufblitzenden Schenkel, und jedes Mal geschah nichts. Hatte er Angst, daß wenn er es tun würde, würde er ihr endgültig bestätigen, daß sein Familienglück zerstört wäre, oder hatte er einfach Angst vor dem Glück selbst? Er wußte es nicht. Er saß und wartete, er wußte nicht worauf, war es auf ein Zeichen, oder war es wieder auf jenen schwarzen Vogel, der pfiff, sich selbst die Wolken erschuf und ihm den einzigen Freund geraubt hatte.

»Ich wollte mal nach Indien. Dort einer Prinzessin das Leben retten und sie dann heiraten«, hatte er ihr einmal erzählt.

»Du hast ja eine geheiratet«, hatte sie ihm geantwortet.

»Ich hab ihr aber nicht das Leben gerettet.«

»Dafür rettest du oft genug meine Haut.«

Da hatten beide gelacht, es war ja auch zum Lachen, denn die Wolken waren vertrieben und auch der Vogel, und ihre

Haut war schon ganz nah an ihm, und alles war sonnenklar, und trotzdem war nichts geschehen.

Bald darauf hatten sie mehr Grund zu lachen, denn Isabella begann wieder seine Reden zu korrigieren. Viel langweiliger seien sie geworden, fand sie, lauter leere Worte. Leblos, saftlos, wirkungslos. Raubte denn seine Ehefrau all seine Säfte, wollte sie wissen, und wenn es nicht so wäre, wo war dann das ganze Feuer geblieben. In deinen Haaren, in deinen aufblitzenden Schenkeln, dachte er, sagte aber, es hätte immer nur Asche gegeben, grau war der sozialistische Alltag geworden. Wie der Alltag war, wäre ihr egal, nicht aber, wie die Reden waren, entgegnete sie. Er sollte sich gleich an die Arbeit machen, diese und jene Stellen verbessern, das und jenes Wort benutzen, sie müßte da helfen, sonst gäbe es bald niemanden mehr, der an den Kommunismus glauben würde. Und Mladen machte sich an die Arbeit und schrieb Isabellas Vorschläge auf, und sein Glaube an den Kommunismus wuchs, und manchmal auch sein Glied, aber er konnte nicht sagen, was von beiden fester wurde. Er bildete sich ein, es wäre sein Glaube gewesen.

Nach dem 11. Kongreß der Partei war Isabella der erste Mensch, den er besuchte.

»Wir kommen langsam in die Phase des reifen Sozialismus«, resümierte er kurz.

»Ihr solltet lieber mit der Früchtemetapher aufpassen. Aber was soll einem Bauern wie Shivkov anderes einfallen«, kommentierte sie, die Haare mit einem Tuch abtrocknend.

»Ich habe nichts gegen Früchte. Mein Vater war Obsthändler. Und auch der Vater meines besten Freundes.«

»Dann solltest du es besser wissen, was mit einer Frucht geschieht, die reif geworden und noch nicht gepflückt ist.«

Mladen wußte es genau, er wußte von den Fliegen und von den Wespen, auch vom Schimmel, deswegen redete er nicht weiter darüber und sprach lieber über seinen Sohn, denn über ihn sprach er am liebsten.

»Ich würde ihn gern sehen«, sagte Isabella einmal.

Mladen griff in seine Brieftasche, holte ein Photo heraus und gab es ihr in die Hände.

»Ich will ihn in Wirklichkeit sehen«, gab sie ihm das Photo zurück.

Mladen schaute es eine Weile an, es war in einem Photostudio aufgenommen worden. Im Hintergrund war eine gemalte Sonne, gemalte Palmen, gemalte Papageien und Affen zu sehen. Davor stand Iskren und hielt einen Plastikelefanten fest in den Händen.

»Ich kann ihn nicht hierher mitnehmen«, sagte er, steckte das Photo wieder in die Brieftasche, und ihm wurde zum ersten Mal deutlich bewußt, wie sehr Isabella alles, was aus seiner Brieftasche kam, ablehnte.

»Er ist sehr süß«, teilte ihm drei Wochen später Isabella mit.

»Wen meinst du?«

»Deinen Sohn. Ich hab ihn vor dem Kindergarten gesehen«, sagte sie und stellte zwei Kaffeetassen auf den Tisch. »Und er ist schon verliebt.«

»Du übertreibst. Er ist doch noch ein Kind«, sagte Mladen, in seine Kaffeetasse blasend.

»Glaub mir, mit der Liebe kenne ich mich besser aus als du.«

Er widersprach ihr nicht, er schlürfte seinen Kaffee, verbrannte seine Zunge und stellte fest, daß ihre Augen dieselbe Farbe wie der Kaffee hatten. Wie vielen Menschen hatten diese schon die Seele verbrannt, ging ihm durch den Kopf.

»Und welche ist die Auserwählte?« interessierte er sich.

»Ahh, das sollst du selber herausfinden ... Dreh deine Tasse um, wenn du ausgetrunken hast. Ich will sie einer Wahrsagerin zeigen. Ich will sie nur prüfen.«

Mladen drehte seine Tasse um, auf deren Grund, in schwarze Punkte aufgelöst, die Bilder seiner Zukunft klebten, und ging nach Hause.

Er vergaß später, nach seiner Zukunft zu fragen, denn er fand es lächerlich, über Dinge zu reden, die so klein waren, daß sie Platz in einer Kaffeetasse fanden. Aber er vergaß nicht, was er über seinen Sohn gehört hatte. Ja, es schien tatsächlich, daß Iskren verliebt war. »Ich will nicht mehr Deutsch lernen«, hatte er ihm eines Tages mitgeteilt.

»Warum?«

»Weil Lena nicht mehr kommt«, hatte ihm sein Sohn geantwortet.

»Willst du denn alles, was du tust, von einer Frau abhängig machen?« hatte Mladen versucht, mit Iskren zu scherzen.

»Sie hat einen Hund in der Tasche. Niemand sonst hat einen Hund in der Tasche. Mit ihr ist alles viel besser, alles«, antwortete Iskren ganz ernst.

Mladen erklärte ihm, daß Lenas Eltern sich getrennt und daß ihre Mutter sie zu ihren Großeltern ins Dorf gebracht hatte.

»Papa, bring bitte ihre Eltern wieder zusammen. Du kannst das. Du hast auch Bananen für alle in den Kindergarten gebracht.«

»Das kann ich nicht. Dein Papa kann nicht alles.«

»Dann bring mich ins Dorf, wo Lena ist. Ich will dort in den Kindergarten gehen.«

»Nein, jetzt ist Schluß, du wirst weiter Deutsch lernen«, hatte er befohlen, und Iskren war weinend zu seiner Großmutter gelaufen. Je früher sich sein Kind daran gewöhnte, sich nicht allzu viel von der Liebe zu erwarten, desto besser, war Mladen überzeugt. Denn seine Liebe lag im Fundament von Dimitrovgrad begraben, unter Beton, Stahl und Eisen lag sie. Um wieder an sie heranzukommen, mußte eine ganze Stadt zerstört werden. Die Stadt des Genossen Dimitrov.

Mladen dachte nicht oft, aber gerne über die Liebe nach. Und immer lächelte er dabei, wie jemand, der gerade einem begabten Lügner zuhörte. Denn er merkte nicht, daß er am liebsten über Dinge nachdachte, die er vermißte.

Mladen hatte sich auch vorgenommen, seinen Sohn selber zu erziehen, aber seine Tage waren so verplant mit Sitzungen, Konferenzen, Besuchen in Fabriken, Treffen, Auftritten und Reden, daß, wenn er abends nach Hause kam, seine Erziehung sich darauf reduzierte, den Sohn einmal in die Luft zu heben, ihm einige Fragen zu stellen und ihm ab und zu neues Spielzeug zu schenken. Manchmal ging er mit ihm am Wochenende spazieren, meistens blieb aber jene Zeitspanne ab dem Augenblick, als er seinen Sohn hochhob, bis zu dem Augenblick, als er ihn wieder auf den Boden setzte, die einzige, die er der Entwicklung seines Kindes widmete. Man hätte sagen können, das meiste, was er über seinen Sohn wußte, erfuhr er aus der Luft. So waren die deutlichsten Veränderungen, die er an ihm wahrnahm, die seines Gewichts. Es schien, als ob Mladen auf eine bestimmte Köperschwere wartete, um dort mit seiner Erziehung anzuschließen. Iskren gefiel das Schweben, denn so konnte er sich einbilden, in Lilis Zimmer zu sein, wo alles in der Luft flog. Ihm gefiel nur nicht, daß es so kurz dauerte, aber trotzdem freute er sich jeden Abend darauf, und kaum war sein Vater da, lief er ihm mit ausgebreiteten Armen entgegen, was Mladen Anlaß gab zu glauben, daß sein Sohn sich allein über seine Ankunft freute. Erst als sein Sohn krank wurde und zu hinken begann, verbrachte Mladen mehr Zeit mit ihm. Der Gedanke, daß sein einziges Kind, das

Kind des Genossen Mladenov, der seinen Aufstieg, seine Ehe und sein Haus so perfekt geplant hatte, womöglich ein Krüppel würde, gefiel ihm gar nicht. Und das bekamen all seine Feinde und einige Ärzte zu spüren. Iskren hätte den bösen Blick abbekommen, meinte seine Schwiegermutter Dotschka, was zur Folge hatte, daß Mladens Blick noch böser wurde. Sein Blick war ja der Blick eines dialektischen Materialisten, und jede Art von Aberglaube war ihm zutiefst verhaßt. Wozu hatte Mladen so viel gelesen und so viel gedacht? Sicher nicht, um bei einer halbgebildeten Wahrsagerin oder Wunderheilerin eine Lösung zu suchen. Das wäre fast genau so schlimm, als wenn er in die Kirche gehen würde und eine Kerze vor einem gemalten Holzbrett anzündete, mit der Bitte, das Stück Holz solle ihm helfen. Es war ihm aufgefallen, daß seine Schwiegereltern, seitdem er ihnen eine neue Arbeit verschafft hatte, viel öfter zu meinen begonnen hatten. Sie arbeiteten jetzt in der Kosmetikfabrik, Dotschka als Lagerarbeiterin, Micho als Wächter. Micho hatte eine dunkelblaue Uniform bekommen, unter deren Schirmkappe er regelmäßig Rosenöl hinausschmuggelte, das er entweder verkaufte oder gegen Schnaps umtauschte. Seitdem sie diese Arbeit hatten, sprühten die beiden überall, wo sie erschienen, starkes Selbstvertrauen und starken Duft aus. Immer, wenn er sie kommen roch, wurde Mladen übel. Als ob es nicht genug wäre, daß sie ihn auf Schritt und Tritt blamierten, wagten sie es bereits, ihm Ratschläge zu geben. Es war eindeutig, er konnte die beiden nicht mehr riechen. Er plante bereits, sie in die Zuckerfabrik zu versetzen, als sein Sohn Iskren gesund wurde. Um sich zu entspannen, fuhr Mladen mit Frau und Kind jedes Jahr ans Meer. Dieses Jahr blieb er länger dort. Zwanzig Tage verbrachten sie an der Nord- und zwanzig Tage an der Südküste.

Die Zeit an der Nordküste verbrachten sie hauptsächlich an dem gut abgeschirmten, für andere Badegäste unzugänglichen

Strand des Zentralkomitees der Partei. Dort war jeder Bademeister Unteroffizier der Staatssicherheit, jeder Eisverkäufer bei der Spionageabwehr, und sogar die Bojen standen unter dem Verdacht, einen Dienstgrad zu besitzen. Sonst war es ein Strand wie jeder andere. Nur, daß die Körper der Mächtigen darauf lagen und schwitzten und erröteten und sich schälten. So wie die Körper des Volkes. Aber das Volk sollte die Körper der Mächtigen lieber nicht nackt sehen. Denn wer das Volk kannte, der wußte, wie gern es Geschichten verbreitete, wie gern es lachte, wie schnell es seinen Respekt verlor und, was das Gefährlichste war, seine Angst. Die kommunistische Partei kannte das Volk gut, also schirmte sie ihre Strände vor ihm ab. Und das Volk ging woanders hin, einen Grund zum Lachen zu suchen.

Dorothea gefiel der Strand nicht, Mladen gefiel er auch nicht, aber er nutzte die Gelegenheit, alte Beziehungen aufzufrischen, neue Bekanntschaften anzuknüpfen und sich umzuhören, denn die Sonne, das Meer und die Hitze machten selbst die Genossen vom Zentralkomitee sehr gesprächig.

»Ich fühle mich hier wie im Käfig«, sagte Dorothea in einen Pfirsich hineinbeißend, um nicht etwas noch Unüberlegtes zu ergänzen.

»Ich muß noch mit einigen Genossen reden, dann fahren wir von hier weg«, versprach ihr Mladen, die Augen auf den am Ufer spielenden Iskren gerichtet.

Iskren kannte das Meer schon, er wußte von seinen Eltern, daß er, noch einjährig, hier zum ersten Mal gewesen war und seitdem jeden Sommer. Aber jedes Mal, wenn er vom Meer wegfuhr, schrumpfte das Meer zu einer mal blauen, mal grünen Erinnerung, schwamm zwei, drei Tage in seinem Gedächtnis, sank dann plötzlich ab und machte Platz für andere Eindrücke und Ereignisse. Deswegen kam es Iskren jetzt auch so vor, als ob er dem Meer zum ersten Mal begegnete. Und er konnte nichts anderes tun, als seine kleinen Finger darauf zu richten und wie ein großer Entdecker auszurufen: »Schaut, das Meer!« Iskren konnte den Strand des Zentralkomitees im Gedächtnis behalten und die großen Sonnenschirme und den Eisverkäufer und drei, vier Tretboote und vieles andere, wie zum Beispiel die ganze Lili, die auch einen anderen Namen hatte, aber nie das ganze Meer. Es war einfach zu groß. Er konnte nur seinen Finger darauf richten, und sagen, das Meer.

Nun war das Meer da, und Iskrens Gedanken waren vollkommen mit ihm beschäftigt. Der Strand des Zentralkomitees übte keine besondere Wirkung auf ihn aus. Die Zäune bedrückten ihn nicht, und die käsebleichen Körper der Genossen ekelten ihn nicht an. Was ihm ein bißchen fehlte, waren die Kinder. Es gab einfach zu wenige davon, und die, die da waren, spielten lieber allein oder kannten sich schon untereinander und ließen keine Neulinge in ihre Spiele hinein.

Aber Iskren hatte sowieso viel zu tun. Er baute nämlich einen großen Friedhof aus Sand. Es sollte der schönste Friedhof der Welt werden. Die Alleen waren aus grünen Algen, verschiedene Muscheln bildeten die Grabsteine, und in jedem Grab lag eine Qualle, ein Krebs, ein rosafarbener Eislöffel oder zumindest ein Staniolpapier begraben. Und weil das Meer oder der Wind oder der Mensch nachts alles zerstörte, hatte Iskren tagsüber immer genug zu tun. Richtig langweilig, so wie es seiner Mutter war, konnte es Iskren am Meer nie werden. Außerdem lernte er schnell eine lustige Gruppe Biologen kennen, die nur deswegen an diesem Strand lag und im Erholungsheim des Zentralkomitees übernachtete, um, wie sie ihm erklärten, sich von den Gelsen stechen zu lassen. Sie hatten von der Partei den Auftrag bekommen, eine Statistik zu führen, wie oft sie von den Gelsen gestochen wurden.

»Besser, für die Partei von Gelsen als von anderen Viechern gestochen zu werden«, scherzten sie manchmal miteinander.

Zu diesem Zweck mußte jeder von ihnen einmal in der Nacht draußen am Balkon übernachten, und Iskren durfte dann in der Früh seine Stechwunden zählen, was ihm große Freude machte. Bis dahin konnte Iskren nur bis 11 oder 12 zählen, aber durch diese Tätigkeit lernte er endlich, richtig zu zählen. Im Meer baden, Sandgräber bauen, Stechwunden zählen, was brauchte man mehr, um glücklich zu sein. Iskrens Mutter Dorothea brauchte aber mehr. Und eines Morgens fuhren sie weg. Sie fuhren in den Süden. Die Stadt, wo sie ein Hotelzimmer mieteten, hieß Pomerie, ihre Strände waren nicht umzäunt, und Iskren stellte fest, daß es ihm hier besser gefiel. Es gab vor allem sehr viele Kinder, mit denen er spielen und die er sehr leicht mit seinen schönen Spielzeugen als Freunde gewinnen konnte.

So lernte er auch Simo aus Sofia kennen, der zwar ein Jahr jünger, aber der einzige war, mit dem er Geheimnisse austauschen konnte. Bei ihm fanden alle Lügen, die er von Lili kannte, einen aufmerksamen, dankbaren und sommersprossigen Abnehmer. »Ich hab die Mädchen immer ekelhaft gefunden, aber jetzt will ich auch so eines kennenlernen«, stellte Simo fest. Aber noch neidischer wurde er, als er hörte, daß Iskren wußte, wo sich Großvater Frost das ganze Jahr über versteckte. »Also, um ihn zu erkennen, muß ich ›nur Botev Plovdiv‹ sagen«, wollte sich Simo nochmals vergewissern.

»Unbedingt. Das ist die Parole«, flüsterte Iskren, und beide schauten sich verschwörerisch um und waren erleichtert, daß außer einer vorbeifliegenden Möwe sie keiner hatte hören können. Zu Simos Beunruhigung erzählte Iskren, daß sich seine Mutter in eine Möwe verwandeln könne, was zur Folge hatte, daß sie beim Austausch von Geheimnissen noch mehr aufpaßten. Einmal versuchten sie sogar, ihre Gespräche unter Wasser auszutragen, aber außer Mißverständnissen und Luftblasen kam dabei nichts heraus.

Simo seinerseits teilte Iskren viele kleine Dinge über die Beschaffenheit des Meeres mit und, unter strengster Verschwiegenheit, ein ganz großes Geheimnis, nämlich, daß der Genosse Shivkov von oben und von unten scheißen kann.

»Sag es aber nie vor deinen Eltern, sonst bekommst du Prügel«, warnte er Iskren anschließend.

Iskren behielt das Geheimnis lange für sich, noch lange, nachdem sie vom Meer zurückgekommen waren. Aber da er noch nie von seinen Eltern richtig geprügelt worden war, war er auf die Wirkung der Worte neugierig, und eines Abends, als seine Eltern gerade darüber diskutierten, in welche Schule sie ihn schicken sollten und seine Großmutter gefüllte Weinblätter in der Küche kochte, trat der Genosse Shivkov im Fernsehen auf und hielt eine Rede, von der Iskren nur sehr wenige Worte verstand. Nun schien es ihm angemessen, die Wirkung des lang verborgenen Satzes zu erproben, und er schoß ihn laut und befreiend heraus. Das Gespräch seiner Eltern wurde im Nu unterbrochen, der Fernseher ausgeschalten, die Gesichter sehr ernst, der Raum sehr still. Die Stille wurde von zwei schnellen Schritten und einer schallenden Ohrfeige unterbrochen. Simo hatte vollkommen recht. Aber diese Gewißheit konnte Iskren nicht mehr trösten. Sie war zu spät gekommen, denn vor ihr war sein Vater da gewesen. Iskrens Neugier war mit Tränen und Schluchzen gesättigt, nicht aber die seines Vaters. Er wollte wissen, von wem und wo er diesen Satz gehört hatte. Iskren schielte zu seiner Mutter wie zu einem rettenden Ufer hinüber, aber zum ersten Mal kam von dieser Seite keine Hilfe. Seine Großmutter war leider immer noch in der Küche, er mußte sich also selbst hinausschwindeln, denn wenn er die Wahrheit sagen würde, und das wußte er von Lili, würde es ihm schlecht ergehen. »Der Pflaumenverkäufer am Meer hat's mir gesagt«, war das Schnellste, was ihm in den Sinn kam. Es funktionierte. Der Griff seines Vaters wurde lockerer, die Stimme ruhiger. »Hör mir jetzt zu«, sprach er. »Willst du, daß dein Vater eingesperrt wird und du ihn nie mehr siehst?« Nein, das wollte Iskren auf keinen Fall.

»Also sag das, was du vorhin gesagt hast, nie wieder, sonst passiert uns allen ein großes Unglück.«

Am nächsten Morgen, Mladen hatte gerade sein Büro betreten und nach einem Kaffee verlangt, begann das schwarze Telefon auf seinem Tisch zu klingeln. Es standen drei Telefonapparate auf seinem Tisch. Ein roter, ein weißer und ein schwarzer. Mit dem roten hatte er direkte Verbindung zur Parteizentrale, der weiße stand für alle möglichen Anrufe da, der schwarze aber verband ihn mit dem Staatssicherheitsdienst. Der rote und der weiße läuteten oft, der schwarze sehr selten. Jetzt läutete er. Es war empfehlenswert, ihn nicht lange läuten zu lassen, also hob Mladen schnell ab. Das gestrige Gespräch ging ihm durch den Kopf, ein Pflaumenverkäufer ging durch seinen Kopf, aber auch jener aus dem Märchen, der Pflaumen gegen Mist umtauschte. Mein Vater verkaufte auch Obst, dachte er noch, so ein Mist, dachte er. Und schon hörte er:

»Guten Morgen, Genosse Mladenov, hier ist der Genosse Shelesarov von der Leitung des Sicherheitsdienstes.«

»Guten Morgen, Genosse, ich bin sehr erfreut.«

»Sie wissen es noch nicht, aber Ihre Schwester gedenkt Bulgarien zu besuchen. Das Einreisevisum hat sie schon bekommen. Sie kommt allein und bleibt eine Woche. Wie Sie wissen, ist sie amerikanische Staatsbürgerin, und es war beispielhaft von Ihnen, als Sie damals, als sie es erfahren haben, sich von ihr losgesagt haben.«

»Genosse Shelesarov«, unterbrach ihn Mladen, »jede Art von Sentimentalität ist mir fremd, denn sie schadet der Revolution, wirkt regressiv und kann nie zu einer Veränderung der Welt führen, und diese Veränderung ist viel wichtiger als irgendwelche individuellen Gefühle und Beziehungen. Ich werde meine Schwester nicht treffen.« Mladen war beruhigt, der Pflaumenverkäufer hatte seine Ware eingepackt.

»Sie können sich nicht vorstellen, wie Sie mich erleichtert haben. Ich weiß, es gibt Situationen ... und wir hätten das Verständnis dafür, wenn Sie sie treffen hätten wollen, es ist ja menschlich, sie ist immerhin Ihre Schwester.«

»Unsere Ziele gehen über das Private hinaus. Nur so kann sich rückwirkend auch alles in der Privatsphäre der Menschen zum Besseren wenden.«

»Ich bin völlig einverstanden ... Ich wollte Sie nur darauf vorbereiten und Sie darauf hinweisen, worauf Sie in dieser Zeit achten sollten. Sie wird sicher Ihre Mutter und andere Verwandte treffen wollen. Sie darf sich aber nicht länger als bis 22 Uhr in der Wohnung Ihrer Mutter oder einer anderen Person aufhalten. Das gilt übrigens für alle, die aus einem kapitalistischen Land hierher kommen. Ihre Schwester wird im Hotel übernachten, und man wird sie beobachten müssen. Falls Sie sie aber doch treffen wollen, dann sagen Sie uns Bescheid.«

»Ich werde in der Zeit auf Dienstreise gehen, so wird es für alle einfacher.«

»Es gibt auch eine andere Möglichkeit, die muß ich noch erwähnen, danach können wir dieses unangenehme Gespräch beenden. Die Sache sieht so aus: Sie treffen Ihre Schwester absichtlich und versuchen, sie für unsere Sache zu gewinnen. Ihr Mann ist zwar inzwischen ein kleiner Kapitalist geworden, aber der sozialistische Gedanke war ihm niemals fremd. Immerhin war er in den schwierigsten Zeiten für unsere Arbeiterpartei aktiv. Ich weiß, es ist sehr schwierig, solche Gespräche zu führen, besonders mit einem Menschen, den man so lange nicht mehr gesehen hat, und niemand verlangt es von Ihnen, aber ich mußte Ihnen alle Alternativen aufzeigen.«

»Ich würde meine Schwester lieber nicht treffen.«

»Dann haben wir alles geklärt. Tut mir leid, daß wir dieses Gespräch führen mußten. Ich bedanke mich und wünsche Ihnen alles Gute, Genosse Mladenov. Ihre Arbeit und Ihre Person werden von der Partei sehr geschätzt. Jetzt weiß ich auch, warum.«

Der schwarze Telefonhörer wurde stumm, der schwarze Kaffee in der Tasse kalt. Dazwischen stand Mladen und schluckte die Kälte und lauschte der Stille, und beide waren schwarz, und beide waren bitter.

Noch am selben Abend ging Mladen Mladenov auf Dienstreise. Es würde eine Woche dauern, er würde mit den Parteisekretären von einigen Werken der Kreisstadt reden. Die Arbeitsmoral sei gesunken, erklärte er, danach küßte er seine Frau, hob sein Kind, stieg in sein Auto und fuhr.

»Meine Tochter, meine Tochter Rosa kommt uns morgen besuchen«, schrie Sdravka am nächsten Tag auf, ein weißes Blatt Papier durch die Luft schwingend, und gab dem Briefträger fünf Lewa Trinkgeld und lief schnell zur Post, um ein Telegramm an Ivan zu schicken, und merkte nicht einmal, daß sie ihren Stock vergessen hatte, und das Blatt Papier blieb den ganzen Tag in ihren Händen. Es hatte plötzlich ihren Stock ersetzt und war zu einem weißen, raschelnden, flatternden Halt geworden, der so leicht war, daß sie es schaffte, ihn bis zum Nachmittag allen Nachbarn zu zeigen.

»25 Jahre habe ich sie nicht gesehen«, erzählte sie abends Dorothea. »Mein schönstes Kind ist sie, wenn du wüßtest, wie die Männer sie angestarrt haben, verschlingen wollten sie sie. Dr. Feuchthecht, der Selige, auch er war in sie vernarrt. Immer wollte er sie untersuchen. ›Ist Ihre gnädigste Tochter nicht einmal krank?‹, hat er mich immer gefragt.

›Meine Tochter nicht, aber Sie schauen ein wenig mitgenommen aus, Herr Doktor‹, habe ich ihm geantwortet.«

Und irgendwann in der Nacht, als alle schon ins Bett gegangen waren und der Mond so rund war wie ihre Freude und die Sterne so fern wie der Schlaf, kamen ihr die Tränen. Sie brauchte sie nicht einmal abwischen, sie blickte durch sie hindurch und sah alles klar. Sie sah sogar all jene Bilder, die die Zeit lange vor ihr versteckt gehalten hatte. Sie sammelte sie, sie sammelte wieder ihre Familie. Die Erde ließ ihren Mann und ihre zwei Töchter frei, aber nicht einmal aus der Erde kam er nüchtern. Trotzdem schimpfte sie nicht mit ihm und ließ alle drei am großen Tisch Platz nehmen, und schon kamen ihre hungrigen Söhne, und Iwan schrie nach Speck, mußte sich aber gedulden, und nun endlich kam auch Rosa, ihre Schönste. Da lief Sdravka in die Küche, holte einen großen, dampfenden Topf und stellte ihn mit so einer Wucht auf den Tisch, daß das Geschirr zu klirren begann. »Jetzt könnt ihr essen«, sagte sie.

Alles, was in den nächsten Tagen passierte, schien Sdravka auch zu träumen, denn sie gebrauchte kein einziges Mal ihren Stock, und wo gab es denn sowas, außer in den Träumen. Iskren sah seine Großmutter zuerst lange in einer für ihn immer versperrten Truhe wühlen, aus der lauter interessante Sachen aufblitzten und wieder verschwanden, und aus der sie schließlich ein Kleid herausholte. »Geh jetzt in das andere Zimmer«, sagte sie, und er mußte wider Willen gehen, ohne aufhören zu können, an die Truhe zu denken. Als sie allein war, zog Sdravka das Kleid an. Es war dasselbe Kleid, das sie damals, als sie Rosa zum Bahnhof begleitet hatte, getragen hatte. Damals hatten es ihre Brüste fast zum Platzen gebracht, jetzt war es ihr zu groß. War denn damals auch ein Teil ihres Körpers weggereist... Sie ließ es trotzdem an, sie bat nur Dorothea, es hier und da mit einigen Nadeln zusammenzustecken, damit sie nicht ganz wie eine Vogelscheuche aussähe und für verrückt gehalten würde, und eine Stunde vor Ankunft des Zuges stand sie mit Dorothea und Iskren am Bahnhof.

Sie hielt immer noch das Telegramm in den Händen, denn darauf stand genau, wann ihr Kind in Sofia landen und wann sie den Zug nach Plovdiv nehmen würde. Und obwohl sie den Text seit der ersten Minute auswendig kannte, las sie ihn immer wieder, um sich zu vergewissern, daß sie alles richtig verstanden hatte. Aber sie konnte sich nicht beruhigen, und auch der Bahnwärter konnte sie nicht beruhigen, im Gegenteil sogar, er sagte ihr, daß der Zug 20 Minuten Verspätung hätte, und sowas sagte man nicht, wenn in dem Telegramm was anderes steht. Wie kann er so blöd sein, und mir, Sdravka, so etwas sagen. Und wie können nur die Züge so langsam und der ganze bulgarische Eisenbahnbetrieb so unpünktlich sein. Sie werde sich beschweren, ihrem Sohn würde sie es sagen, wußte der Mann nicht, wer ihr Sohn war, der Genosse Mladenov, ja genau der war das. Jetzt wußte man es, jetzt erst entschuldigte man sich, und der Bahnwärter lief schnell ins Büro, gleich kam der Bahnhofsvorstand heraus, gleich würde der Zug ankommen, sagte dieser. »Genau wie es in diesem Telegramm steht, will ich, daß er kommt und keine Minute später. 25 Jahre habe ich auf diesen Zug gewartet, jetzt warte ich keine Sekunde länger«, sagte sie. Der Bahnhofsvorstand verstand, versprach und verschwand. Dorothea wußte nicht, was sie tun sollte, ihre Schwiegermutter beruhigen oder auf Iskren aufpassen.

Der Zug kam wie versprochen. Man hörte ihn zuerst pfeifen. Da ergriff Dorothea Iskrens Hand, und schon knatterten die ersten Waggons unsicher an ihnen vorbei, wurden langsamer, wie wenn sie sich ermüdet hätten, und blieben mit einem langanhaltenden Seufzer stehen. Fenster und Türen gingen auf. Hände und Köpfe kamen raus, Koffer und Menschen stiegen aus, Namen wurden gerufen, Hände gehoben, gewunken, gedrückt, geschüttelt, ausgebreitet, Hälse hinaufgestreckt und umschlungen, Schultern geklopft, geschubst, gerüttelt und gepreßt, Körper auf Zehenspitzen gestellt, umarmt und umzingelt, Gesichter gesucht und geküßt, Köpfe gestreichelt.

Sdravka erkannte ihre Tochter sofort. Sie stand neben ihrem großen Koffer und schaute sich unruhig um. Immer noch schön, immer noch schlank und elegant wie kein anderer auf dem Bahnsteig. Ihr Blick glitt zweimal an Sdravka vorbei und suchte weiter in der Menge. Sdravka wollte ihr helfen, aber sie konnte sich nicht von der Stelle rühren. Sie hielt noch das Telegramm, aber alles, was drinnen stand, war schon erfüllt. Es war nutzlos geworden, es ließ sich nicht mehr spüren, es rutschte ihr aus den Fingern, es fiel unbemerkt auf den Boden, wurde von eilenden Füßen getreten, Iskren sah es, hob es auf, betrachtete den Schuhaufdruck darauf, wollte ihn seiner Oma zeigen, zog an ihrem Kleid, stach seinen Daumen an einer Nadel, sah darauf einen kleinen Blutstropfen keimen und begann daran zu lutschen. Die Menge auf dem Bahnsteig lichtete sich. Noch einmal glitt Rosas Blick an Sdravka vorbei, aber diesmal kam er zurück und blieb auf ihrem Kleid haften. Wer war dann so schnell gelaufen, wer hatte dann so laut Mutter geschrien, daß alle Gespräche verstummten, wer hatte sich den Absatz vom Schuh abgerissen, was war überhaupt dazwischen geschehen? Das alles wußte Sdravka überhaupt nicht mehr. Sie wußte nur, daß sie ihr Kind in den Armen hielt, mehr Wissen konnte ihr Verstand nicht mehr fassen.

»Nimm den Finger aus dem Mund«, zischte Dorotheas Stimme an Iskrens Ohr vorbei. Er wollte gehorchen, aber er war so auf dieses seltsame Bündel, das aus Großmutter und Tante, aus gut Bekanntem und völlig Unbekanntem bestand, daß er seine ursprünglichen Absichten vergaß und nur darauf wartete, wann sich seine Tante ihre Finger, die pausenlos das Kleid seiner Großmutter kneteten, zerstach. Er fand es auch eigenartig, daß seine Großmutter, die sonst so viel redete, sogar mit den Toten, so lange schon kein Wort mehr gesagt hatte. Seine Überlegungen wurden unterbrochen von Dorothea, die seine Hand aus dem Mund zog und ihm einen drohenden Blick zuwarf. Jetzt, wo er nichts mehr im Mund hatte, fand Iskren es noch langweiliger, hier zu stehen und zu warten. Er berührte den Schenkel seiner Tante und klopfte zweimal an ihn. »Paß auf, du kannst dich stechen, so wie ich«, sagte er und zeigte ihr seinen Daumen.

Nun konnte auch seine Großmutter wieder reden, sie stellte Iskren und seine Mutter der Tante vor. Iskren gefiel die Tante, denn sie hatte den Absatz ihres Schuhs verloren, was sie zu humpeln zwang, und weil er an die Geschenke dachte, die in ihrem riesigen Koffer versteckt waren.

Rosa war noch am Flughafen erklärt worden, sehr höflich natürlich, daß sie in keiner privaten Wohnung übernachten durfte, und falls sie jemanden besuchen wolle, nicht länger als bis 22 Uhr dort bleiben durfte. Leute, die sie im Hotelzimmer empfing, sollten auch lieber um 22 Uhr ihr Zimmer verlassen. Das wollte Sdravka nicht verstehen. Sie verstand auch nicht, warum Mladen so lange wegblieb, und wollte wissen, ob Dorothea schon mit seiner Sekretärin telefoniert habe. Ja, das habe sie, und diese habe ihr versprochen, den Genossen Mladenov so schnell wie möglich in Kenntnis zu setzen. Nun war Sdravka ein bißchen beruhigt, von einem Hotel wollte sie aber trotzdem nichts hören. »Mein Kind kommt mich besuchen, und ich soll es in ein Hotel schicken. Wer sich sowas Krankes ausgedacht hat, dem sollen die Eier austrocknen. Keine Kinder soll er bekommen, einsam soll er verrecken, unterbrach sie jede Diskussion diesbezüglich. Also fuhren alle gemeinsam nach Hause. Rosa sollte es sich im leeren zweiten Stock bequem machen, aber zuallererst sollte sie sich hinsetzen und erzählen, erzählen. Kaum hatte sie sich hingesetzt, erschienen auch Dorotheas Eltern. Beide wohlgelaunt, beide wohlriechend. Dotschka hielt einen Blumenstrauß, Micho einen feinen edlen Traubenschnaps in der Hand, der, wie er erklärte, gar kein Schnaps, sondern ein Elixier sei und aus jedem Menschen einen besseren mache. Kurz nach Mittag kam auch Ivan mit seinem eng gewordenen Anzug, seiner dick gewordenen Frau und seiner groß gewordenen Tochter. Zum ersten Mal, seitdem er Micho kannte, umarmte er nicht ihn als ersten, sondern seine Schwester. Er breitete seine Arme so weit aus, daß die Nähte seiner Sakkoärmel platzten, und drückte Rosa so fest an sich, daß ihr die Luft ausging. »Ich will meine Schwester umarmen. Ich pfeife auf den Plan, habe ich dem Chef gesagt... Laßt diese Kapitalisten unsere proletarische Umarmung spüren, hat er mit mir gescherzt. Er scherzt immer so, Schwesterchen, denk dir nichts dabei, Schwesterchen«, sprach er schnell, den Duft seiner Schwester einatmend. Langsam lockerte er die Umarmung. »Darf ich dir zwei Prinzessinnen vorstellen? Das ist Kitka, meine Frau, und Tatjana, meine Tochter«, sagte er, die beiden zu sich winkend.

Danach setzten sich alle an den Tisch, alle aßen, alle tranken, alle scherzten, und keiner merkte, wie schnell die Zeit verging. Iskren hatte das Gefühl, einen Neujahrsabend zu erleben, nur daß statt Großvater Frost Tante Rosa gekommen war. Denn der große Koffer war voller Geschenke. Er bekam unter anderem einen ganzen Stamm kleiner Plastikindianer, mit denen er sich sofort in eine Ecke des Zimmers zurückzog, um Anschläge auf die Weißen zu planen.

Micho trank zuerst die Hälfte der Bourbonflasche aus, die er als Geschenk bekommen hatte, und machte Rosa innerhalb einer Stunde zwei Heiratsanträge, was die Wangen seiner

Frau zum Glühen, die Lippen seiner Tocher zum Schürzen, die anderen Gäste aber zum Lachen brachte, besann sich dann auf den Schnaps, den er gebracht hatte, trank daraus, wurde sofort ein besserer Mensch und wollte Rosas Füße küssen, was Ivan unter dem Tisch mit ein paar guten Worten vereitelte und ihn wieder auf den Stuhl setzte, von dem aus Micho nun seine gütigen Blicke an alle verteilte.

Um Punkt 22 Uhr und einer Minute wurde an der Tür geklingelt. Leutnant Malinov wünschte Guten Abend und bot Rosa an, sie ins Hotel zu fahren.

»Wissen Sie denn nicht, in wessen Haus Sie sich befinden?« empörte sich Sdravka.

»Ich weiß es sehr wohl, Genossin Mladenova, aber die Vorschriften gelten für jeden.« Micho versuchte, den Genossen Leutnant zu überreden, ein Gläschen Schnaps zu trinken, damit er ein besserer Mensch werde, aber dieser lehnte ab, unter dem Vorwand, er wäre im Dienst. Micho gab nicht auf. Er wollte jetzt mit dem Genossen aus der Miliz Armdrücken spielen, wenn dieser gewinne, dann dürfe er Rosa mitnehmen, wenn nicht, dann... Da sagte Micho nichts, da lächelte er nur und strahlte viel Güte aus. Ein Berg aus Güte stand vor Leutnant Malinov. Der Leutnant blieb aber hart. Da stand Rosa auf und packte ihre Koffer. »Es ist für alle besser so«, sagte sie. Ihre Mutter protestierte. Morgen, wenn Mladen komme, würde sich alles ändern, und der Genosse Leutnant würde schon sehen. Der Leutnant blieb ruhig, er wünschte noch Gute Nacht und ging, Rosas Koffer tragend, hinaus. Ivan und Micho folgten ihnen. Sie wollten Rosa bis zum Hotel begleiten. Das könne ihnen keiner verbieten. Sie stiegen in das Polizeiauto und fuhren mit. Rosa ließ sich im Hotel Trimontium nieder. Die beiden begleiteten sie bis zum Aufzug, das könnte ihnen auch keiner verbieten. Sie stieg ein, fuhr, die beiden wurden traurig. »Du hast einen Scheißberuf, Genosse«, rief Ivan dem Leutnant zu. Der Leutnant reagierte nicht, er wartete, bis die beiden sich vom Hotel entfernten, und stieg wieder in sein Auto.

Micho und Ivan waren nun sehr traurig, der Weg nach Hause sehr lang und die erste Kneipe, die sie erblickten, noch offen. Sie gingen dorthin und tranken zwei Schnäpse, das konnte ihnen niemand verbieten, und weil es so war, tranken sie noch zwei. Da aber die Traurigkeit immer noch nicht von ihnen wich, hatte Micho die Eingebung, zwei Mastika zu bestellen. Die wollte ihnen der Wirt aber verbieten. Micho war noch voller Güte. Micho packte den Wirt nur am Kragen und schlug vor, Armdrücken mit ihm zu spielen. Zwei Gäste versuchten, dem Wirt zu helfen, die nahm Ivan in Betreuung. Er setzte sich auf den Schoß des einen, umarmte ihn trickreich, trank sein Getränk aus und gab ihm nette Ratschläge für die nahe Zukunft, denen der andere nicht ganz folgen konnte, weil sein Kopf zwischen Ivans Knien gequetscht war. »Wenn mich jemand beim Armdrücken besiegt, gehe ich nach Hause«, donnerte Michos Stimme in dem Lokal. Die restlichen Gäste verhielten sich ruhig. Manche fanden sogar Michos Vorschlag gerecht. Da trat ein neuer Gast in Erscheinung. Er trug eine Milizuniform, war Leutnant und äußerte den Wunsch, die beiden mitzunehmen. Micho und Ivan kam er irgendwie bekannt vor, aber sie konnten sich nicht genau erinnern, wo sie ihn zuletzt getroffen hatten. Noch erstaunlicher war es, daß er ihre Namen kannte. Es grenzte fast an ein Mysterium. Micho ließ den Wirt los und ergriff eine Flasche, um der Erscheinung auf den Grund zu gehen. Der Leutnant wollte schon seine Waffe ziehen, da hörte er eine Stimme von hinten, »Lassen Sie das, Leutnant Malinov, ich werde mich um die Burschen kümmern.« Der Mann, der das sagte, war in Zivil, aber es schien, als ob der Leutnant ihn kannte. »Komm, Bürger, ich werde mit dir Armdrücken«, wandte sich der Mann Micho zu. Micho war sofort bereit. Die Flasche wurde wieder auf die Theke gestellt, ein Tisch wurde geräumt und von Menschen eingekreist. Ivan hatte die beiden von seiner Umarmung befreit und machte Micho Mut. »Wir spielen ein einziges Mal, wer verliert, geht«, sagte der Mann. Micho stimmte erfreut zu. Der Kampf begann. Zehn Minuten dauerte er, und zehn Minuten lang hörte man die Gelsen in der Kneipe summen. Dieser Kampf war wie ein Fest für sie. Einige tranken ausgiebig von Michos angeschwollener Stirn, andere vom gut durchbluteten Nacken seines Gegners. Micho verlor.

»Jetzt geh friedlich nach Hause, Bürger«, sagte sein Gegner.

»Du bist stark, wann spielen wir wieder?« fragte Micho, den Gründen seiner ersten Niederlage nachforschend.

»Ich sag dir dann Bescheid«, bekam er zur Antwort.

»Das war gerecht, deswegen gehe ich.«

»Das weiß ich zu schätzen«, sprach der Unbekannte.

»Ich hab nur einen Freund, Ivan ... Sowas wie er da«, zeigte Micho auf den Leutnant, »kann nie mein Freund werden. Aber du könntest mein zweiter Freund werden, das spüre ich ... Wie heißt du, Genosse?«

»Jordan.«

»Ich bin der Micho, und ich gehe jetzt mit Ivan nach Hause, und dort werden wir einen auf Jordan trinken«, sagte er zu allen und verließ, die Hand auf Ivans Schulter gelehnt, das Lokal.

Am nächsten Tag gaben die beiden Sdravka das Versprechen, daß sie während Rosas Aufenthalt nie wieder besoffen sein würden, woran sie sich auch hielten. Micho machte Rosa sogar den Vorschlag, ihre Dollar auf dem Schwarzmarkt zu wechseln, denn die Banken, versicherte er ihr, boten nur einen Scheiß, wie sie sich auch selber schon überzeugt hatte. Also nahm Micho ihre Dollar, verschwand für einen halben Tag, kam nüchtern zurück und überreichte Rosa eine Summe, die um das Dreifache höher war als das, was die Banken anboten.

Rosa wollte sich die Stadt anschauen und alle Plätze besuchen, an die sie sich noch erinnern konnte. Aber es waren nur wenige übrig geblieben, vieles hatte sich geändert. Überall waren entweder neue Gebäude oder neue Denkmäler entstanden, nicht einmal die Straßen hießen so wie früher. Anstelle ihres Vaterhauses stand jetzt ein neuer Wohnblock. Stock für Stock ließ Rosa ihren Blick hinaufklettern. Fast auf jedem Balkon war Wäsche aufgehängt. Der Wind blähte sie auf wie die Segel abfahrender Schiffe. Zuerst kam ihr aus dem linken Auge eine Träne, dann aus dem rechten, und je höher ihr Blick stieg, desto mehr Tränen wurden es.

»Weine nicht, Schwesterchen«, sagte Ivan, »es ist gut so. Hier wohnen jetzt viele Arbeiterfamilien, die sich kein Haus leisten können. Du solltest dich lieber freuen, daß unser altes Haus doch für was nützlich sein konnte. Schau, wie viele Leute wir glücklich gemacht haben.«

»Ich sehe es ... ich sehe ...«, versuchte sie zu sprechen, versuchte sie zu lächeln, aber ihre Lippen kamen nicht zur Ruhe, und ihr Lächeln erinnerte immer mehr an die Risse eines vom Erdbeben gerüttelten Hauses.

Anschließend wollte Rosa die alte Synagoge besuchen, das hätte sie ihrem gestorbenen Schwiegervater Jojakim versprochen. Das Gebäude war noch da. Dasselbe Dach, dieselben Ziegeln, dieselbe Form, nur der Inhalt hatte sich dazwischen geändert. Aus der Synagoge war eine Bäckerei geworden. Dort, wo früher gebetet, geklagt und gepriesen worden war, wurde jetzt geknetet, geformt und gebacken. Dort, wo es früher nach Kerzen gerochen hatte, roch es jetzt nach frischem

Brot. Es schien, als ob die Juden, als sie damals nach Israel übersiedelt waren, auch Gott mitgenommen und an seiner Stelle den weißen Staub des Mehles hinterlassen hätten. Diejenigen, die hier geblieben waren, brauchten ihn nicht. Sie wollten den Kommunismus bauen, dafür brauchten sie nur ihre Hände und ihren Verstand, aber keinen Gott. Damit die Kraft ihrer Hände und ihres Verstandes nicht nachgab, brauchten sie Brot, und das bekamen sie. Das Manna, das einmal vom Himmel gefallen war, wurde jetzt sozialistisch geplant und produziert. Um alles, worum sich früher Gott gekümmert hatte, kümmerte sich jetzt die Partei, und für alles Schlimme, was in der Welt geschah, machte man nicht mehr ihn, sondern den Imperialismus und Monopolismus verantwortlich. Das hatte viele Vorteile. Wenn man ein kleines Wunder brauchte, ging man zum Parteisekretär. Er logierte viel näher, er hörte genau zu, und manchmal ließ er sich sogar bestechen. Wenn man ein großes Wunder brauchte, schrieb man an den Genossen Todor Shivkov. Die Möglichkeit, daß er jemanden erhörte und Gnade spendete, war nicht gerade hoch, aber jedenfalls deutlich höher als bei einem Gott. Ob mitgereist, beurlaubt oder vertrieben, alles deutete darauf hin, daß sich Gott aus dem Staub gemacht hatte, und über sein Haus, wie über das Gut eines nicht zurechnungsfähigen Menschen, verfügte jetzt die Partei. Einige Kirchen, Moscheen und Synagogen waren zu Ställen, zu Bäckereien und zu anderen nützlichen Gebäuden geworden. Andere wurden zu Museen.

Rosa stand in der Bäckerei, betrachtete die roten Wangen des Bäckers, dachte an ihr verlorenes Haus, und erst jetzt begriff sie, daß es nicht einmal Gott in dieser Zeit besser ergangen war, und sie begann zu lachen.

Ab nun begleitete sie die gute Stimmung bis zum Ende ihres Besuchs. Sie begann sich mit der Stadt anzufreunden.

Vielleicht, weil der alte Stadtteil unverändert geblieben war und sie die Häuser von Dr. Feuchthecht, von den Händlern Geron, Beracha und sogar von Perez erkennen konnte. Oder vielleicht, weil an dem neuen Stadtbild auch ihr Bruder Mladen mitgewirkt hatte. Was sie aber am stärksten beeindruckte, war, daß sie auf der Straße keinen einzigen Bettler getroffen hatte. »Es gibt auch keine Arbeitslosen«, erklärte ihr Ivan, »denn durch die Arbeit ist aus dem Affen ein Mensch geworden. Ich habe vor langer Zeit einen sowjetischen Film gesehen, wo man versucht hat, Schimpansen für verschiedene Tätigkeiten einzusetzen. Sie waren geschickt, aber es wird wohl eine Weile dauern, bis sie Menschen werden, und noch länger, bis sie Klassenbewußtsein entwickeln. Und wer weiß, vielleicht wollen sie dann nicht gleich Proletarier werden.« Rosa lachte, sie mochte die Spaziergänge mit Ivan, mit diesem ihrem Bruder, von dem sie immer so wenig gewußt hatte. Sie erinnerte sich nur, wie wild er auf ihrer Hochzeit getanzt und deutsche und russische Lieder gesungen hatte. Sie bekam ein schlechtes Gewissen, daß sie all die Jahre nur an Mladen und so gut wie nie an Ivan gedacht hatte. Sogar jetzt fragte sie ihn dauernd über Mladen aus. »Er hat sich wenig geändert. Er redet immer noch denselben Blödsinn, aber sonst hat er sehr viel erreicht. Ich bin stolz auf ihn. Wenn er manchmal im Radio redet, sage ich zu meinen Kumpeln aus der Brigade, ›Seid jetzt still, denn da redet mein Bruder‹, und sie bleiben still, denn sie wissen, mit mir ist nicht zu spaßen«, antwortete er, ohne sich zu kränken, seine großen groben Hände begeisternd durch die Luft schwenkend. Er bemerkte nicht einmal, daß sich Rosa so wenig für sein Leben interessierte. Er war gekommen, um seine Schwester zu umarmen, das hatte er getan, und nun genoß er einfach jedes weitere Mal, wenn er es tun konnte. Unter der Erde hatte er gelernt, sich nur auf seine Hände oder die seiner Kumpels zu verlassen. Und für alles, was sich mit den Händen ausdrücken ließ, gebrauchte er nicht seine Zunge. Deswegen freute er sich am meisten, wenn seine Lieben in der Reichweite seiner Hände waren. Deswegen freute er sich auch jetzt.

Rosa mußte aber erzählen, sie erzählte viel, sie erzählte über ihre Jahre in Israel, über die Geburt ihrer Töchter, den Tod ihrer Schwiegereltern. Punkt 22 Uhr unterbrach sie ihre Erzählungen, fuhr zum Hotel, schlief und kam jeden Morgen, um sie fortzusetzen.

Ysop war am Anfang politisch tätig, hätte es dann aber aufgegeben, und nachdem er seine Eltern beigesetzt hatte, hätte er Rosa vorgeschlagen, nach Amerika zu übersiedeln, was sie nur begrüßte, da ihr Israel zu unsicher für die Kinder war. Sie hätten es in Amerika nicht leicht gehabt. Berufe und Städte hätten sie gewechselt, aber davon erzählte sie nicht gern.

Sie erzählte lieber von San Diego, der Stadt, wo sie sich schließlich niedergelassen hatten. Sie hatten zwei Lebensmittelgeschäfte, vier Angestellte, und Rosa kümmerte sich um die Leitung. Ihren Töchtern ginge es sehr gut, sie studierten. Anna war eine Frauenaktivistin geworden, aber zur Zeit organisierte sie mehr Anti-Vietnamkriegs-Demonstrationen. Eva war ein viel ruhigeres Kind, sie interessierte sich nicht für Politik. Was aber Rosa verschwieg, war, daß Eva vor zwei Jahren mit einem aus Argentinien stammenden Automechaniker durchgebrannt war, und seitdem konnte sie nur per Postkarten Evas Schicksal verfolgen. Die letzte Postkarte war übrigens aus Paris gekommen. Sie sprach dann weiter über ihren Mann Ysop und wie sehr er sich über Mladens Erfolge freue. »Glaub mir, ich fühle mich so, als ob es die meinen wären«, habe er immer gesagt.

»Ja, dein Bruder ist ein sehr großer Mann geworden, und wenn er jetzt kommt, wirst du nicht mehr im Hotel wohnen müssen«, sagte Sdravka.

Aber Mladen kam und kam nicht. Jeden Tag rief Dorothea in seinem Büro an, und jeden Tag bekam sie zu hören, daß man ihn noch nicht erreicht hätte. Einmal ging sie sogar persönlich hin, schrie die Sekretärin an, aber es änderte sich nichts. Mladen war wie verschollen.

Am letzten Tag gingen alle gemeinsam zum Friedhof. Sie würden sich sehr freuen, noch nie hätten sie so viele Leute besucht, weihte Sdravka die Familie in die Stimmungen ihrer toten Verwandten ein. Sie brachten ihnen Blumen, gekochten und gezuckerten Weizen, Wasser und eine Flasche Wein mit, die, nachdem sie gegangen waren, ein bißchen Farbe in das langweilige Leben des Friedhofwächters brachte. Wie gewöhnlich sprach zuerst Sdravka mit den Toten, diesmal aber lauter und aufgeregter. Ivans Tochter Tatjana war das ein wenig unheimlich und suchte die verschwitzte Hand ihrer Mutter zu ergreifen. Dorothea bewunderte das Schauspieltalent ihrer Schwiegermutter, Micho lächelte unter seinem einen Monat alten Schnurrbart wie hinter einer frisch lackierten schwarzen Kulisse. Die anderen hörten aufmerksam zu. Danach sangen Iskren und Ivan ein deutsches Lied gemeinsam, was Micho veranlaßte, die zweite Stimme im Hintergrund zu summen, was Rosa endgültig aus ihrer traurigen Stimmung riß. Alles in allem war es ein gelungener Abschluß.

Aber dann, als ob die Toten neidisch geworden wären und ein kleines Loch in dem für sie belanglos gewordenen Gefäß der Zeit gebohrt hätten, begannen die Minuten schneller zu verrinnen. Allen schien, daß sie das Wichtigste noch nicht gesagt hätten. Aber anstatt die Worte dafür zu finden, fielen ihnen nur Dutzende andere Kleinigkeiten ein, wie die Wangen des Bäckers in der alten Synagoge, die Nadeln in Sdravkas Kleid, der tropfende Hahn und die Ameisen in Dorotheas alter Wohnung oder die leuchtenden Helme bei Ivans Hochzeit.

Nur Iskren sprach mit seiner Tante über das Wichtigste, nämlich über Lena. Aber darüber sprach er nur sehr kurz, vielmehr interessierte ihn, wann die Tante wieder kommen und ob sie dann wieder so einen großen Koffer mitbringen würde. Kurz vor 22 Uhr verstummten auch diese Gespräche. Es wurde sehr still im Zimmer, jeder war plötzlich in sich gekehrt und suchte etwas, was er der fliehenden Zeit entgegensetzen konnte. Jeder war plötzlich allein, so verstummen lassen und vereinsamen können einen nur bevorstehende Abschiede. »Nicht mal eine Nacht haben sie dich bei mir übernachten lassen, mein Kind, nicht mal diese. Was kann man sich untertags schon sagen... Nachts habe ich die schönsten Worte gehört, nachts habe ich sie ausgesprochen«, dachte Sdravka, Rosas unruhige Hände betrachtend. Ivan konnte diese Stille am wenigsten ertragen und, als ob er die Gedanken seiner Mutter erraten hätte, sagte er: »Das werde ich meinem Bruder niemals verzeihen.«

»Vielleicht hat ihn die Partei dazu gezwungen«, versuchte Sdravka Mladen zu verteidigen.

»Ich pinkle auf seine Partei«, sagte Ivan.

»Ich hab schon immer darauf gepinkelt«, stellte sich Micho sofort auf seine Seite.

»Vater, ich bitte dich. Beginn jetzt nicht zu erzählen, wohin du schon überall gepinkelt hast. Hast du vergessen, was du alles meinem Mann zu verdanken hast?« mischte sich Dorothea ein.«

»Ich will nicht, daß ihr euch wegen mir streitet, ich kann es verstehen, es ist sicher nicht leicht für Mladen«, sagte Rosa und stand auf. Es war zwei Minuten vor 22 Uhr.

»Na gut, Schwesterchen«, sagte Ivan, »ich begleite dich jetzt zum Hotel, und morgen kommen wir alle mit dir zum Bahnhof, und es wird keinen Streit mehr geben.«

So geschah es auch. Sie begleiteten Rosa zum Bahnhof,

scherzten gemeinsam, riefen gemeinsam, winkten gemeinsam, und doch winkte jeder für sich, der eine länger, der andere kürzer. Gemeinsam waren sie fröhlich, und doch war jeder traurig für sich.

Mladen hatte in dieser Woche Betriebe und Fabriken inspiziert, und kein Parteisekretär konnte sich erinnern, ihn jemals so streng erlebt zu haben. Zwei von ihnen hatte er versetzt und an ihrer Stelle neue befördert. Der Meinung der Arbeiter schenkte er Gehör, die Entschuldigungen der Sekretäre bestrafte er mit Verachtung. Er beschenkte und bestrafte, somit verging die Zeit. Er war aber zu schnell, und er wurde einen Tag früher als geplant fertig. Er hätte diesen Tag woanders verbringen können, aber er verbrachte ihn in Plovdiv. Er wollte ein bißchen spazierengehen und an nichts denken, aber egal, wie er ging und wie wenig er dachte, er stand immer wieder vor dem Hotel Trimontium. Er sollte lieber an die Staatssicherheitskräfte denken, das würde ihm helfen, sich von diesem Ort zu entfernen. Und er dachte an sie. Es half. Er ging ins Kino. Der Film war nichts Besonderes. Danach ging er essen, das Essen war auch nichts Besonderes. An dem Abend schien alles nichts Besonderes zu sein, außer seinen Gedanken. Sie schafften es immer wieder, dieser Nacht eine besondere Bedeutung zu verleihen. Sie kreisten im Hotel Trimontium herum, wo Rosa gerade ihr letzte Nacht im Land verbrachte. Sie stiegen die Treppe hoch, klopften an ihre Tür, redeten mit ihr. Oder sie rissen noch bei der Treppe ab, oder bei der Tür, um plötzlich wieder vor ihr zu stehen, ohne anzuklopfen. Aber so war es mit den Gedanken, sie benutzten keine Treppen und Türen, und um die Höflichkeit scherten sie sich am wenigsten. Mladen umkreiste schon zum zweiten Mal das Hotel, er wollte gerade die Stufen hochsteigen und an die Tür klopfen, er wollte alles tun, was seine

Gedanken bereits getan hatten, als er das Auto sah. Seine Gedanken blieben stehen.

Das Auto war schwarz. Auf dem Dach dampfte aus einem Plastikbecher ein Kaffee und darüber lächelte ein gut gepflegter Bürger. Mladen schritt ihm gedankenlos entgegen.

»Alles gut gelaufen?« fragte er.

»Prima... morgen in der Früh haben wir es hinter uns, Genosse Mladenov... Ihre Schwester ist schon im Hotel, wenn Sie zu ihr wollen, bitte, wir stellen nur die Mikros lauter.«

»Nicht nötig.«

»Wollen Sie vielleicht ein bißchen zuhören?«

»Hört man überhaupt etwas?«

»Kommen Sie, überzeugen Sie sich selbst«, machte der Mann die Autotür auf. Beide stiegen ein, drinnen roch es nach Leder und Rasierwasser. Hinter dem Lenkrad saß ein Mann mit breiten Schultern und schmalen Lippen. Er grüßte höflich und überreichte Mladen ein paar Kopfhörer. Mladen setzte sie auf. »Sie putzt sich gerade die Zähne«, begann er die verschiedenen Geräusche zuzuordnen. »Sie geht dabei gern durchs Zimmer... Jetzt packt sie ihren Koffer... Sie summt, Ihre Schwester summt gern.«

»Faszinierend«, sagte Mladen und gab die Kopfhörer zurück.

»Der neueste Stand der Technik«, bekam er zu hören.

»Spricht meine Schwester im Schlaf?« interessierte er sich.

»Nein... ab und zu stöhnt sie, das ist alles.«

»Muß ein anstrengender Beruf sein, die Träume anderer zu belauschen«, sagte Mladen, den Nacken vor sich anstarrend. Seine verschwitzten Hände klebten an der Lederpolsterung.

»Es ist ein Beruf wie jeder andere... Manchmal ist er langweilig, manchmal nicht.«

»Ich gehe jetzt auch träumen, falls Sie mich brauchen, ich bin im Büro«, sagte Mladen und stieg aus. Die beiden wünschten ihm Gute Nacht, der gut Gepflegte stieg aber mit ihm aus, um seinen Kaffee vom Autodach zu nehmen. »Genosse Mladenov, ich weiß, was Sie durchmachen, und habe große Achtung vor Ihnen«, sagte er. Mladen nickte, eine Hand mit goldenem Ring wurde ihm hingehalten, er drückte sie, ging. Er hatte es nicht weit, das Parteihaus stand seltsamerweise genau neben dem Hotel Trimontium. Der verschlafene Nachtportier machte ihm verwundert die Tür auf, eine Reihe von Entschuldigungen faselnd. Mladen hörte ihm nicht zu, er dachte wieder. Er fuhr mit dem Aufzug, machte eine Reihe von Türen vor sich auf, hinter sich zu und kam in sein Büro. »Sie putzt sich gerade die Zähne«, dachte er und putzte sich die Zähne. »Sie geht dabei gern durch die Zimmer«, dachte er und ging durch die Zimmer, kleine Zahnpastatropfen verstreuend. »Jetzt packt sie ihren Koffer«, dachte er, streckte seinen Körper auf dem Sofa aus und begann zu summen. Als er einschlief, stöhnte er.

Der Wecker holte ihn mühsam aus einem schwarzen formlosen Traum heraus, als ob er ihn aus einer klebrigen Masse herausziehen mußte. Mladen lief schnell zum Bahnhof. Der Zug fuhr gerade ab. Er sah seine Verwandten winken, hörte sie lachen. »Ich muß jetzt auch winken«, dachte er und versuchte, das Gesicht seiner Schwester an einem der zahllosen Fenster ausfindig zu machen.

Aber es winkten viele, und die Gesichter wurden immer kleiner. Er konnte keines davon erkennen.

Nach Hause kam er erst am Abend. Ivan war mit seiner Familie schon abgereist. Dorothea war mit Iskren noch spazieren, nur Sdravka saß in der Wohnung. Als er das Zimmer betrat, ergriff sie ihren Stock, blieb aber trotzdem sitzen.

»Warum bist du nicht gekommen?« ließ sie ihn nicht zu Wort kommen.

»Ich konnte nicht anders. Die Partei…«

»Ich pinkle auf deine Partei und auf all deine Prinzipien«, unterbrach sie ihn, »Wäre dein Vater damals nicht gewesen, hätte dich deine geliebte Partei im Lager verrecken lassen.«

»Mutter!«

»Nenn mich nicht mehr Mutter, geh zu deiner Partei.«

Mladen war aus dem Haus gegangen, war gelaufen, hatte sich außer Atem auf eine Bank gesetzt, die Hände wie Kopfhörer an seine Ohren gepreßt und dem Pochen seines Herzens gelauscht. Es hatte ihm nichts mitgeteilt, es hatte nicht einmal gesummt, es hatte nur schnell geschlagen und ihn auch von diesem Ort vertrieben. Er war weitergegangen und hatte hastig an eine Tür geklopft, bis sie geöffnet wurde, all das muß er gemacht haben, denn er stand jetzt vor Isabella und zog sich aus.

»Ich will, daß du auf mein Gesicht pinkelst«, sagte er und legte sich zwischen ihre Beine.

»Bist du dir sicher?«

»Mach es, ich zahle, soviel du willst«, sagte er und ergriff ihre Knöchel.

»Nicht hier, komm ins Bad.«

Er folgte ihr auf allen vieren.

Die Tante Rosa war schon seit Tagen abgereist, aber Iskren hörte weiter seine Mutter und seine Oma von ihr reden. Nur wenn sein Vater zu Hause war, redeten sie nicht darüber. Warum es so war, konnte sich Iskren nicht erklären. Seine Mutter hatte sich sogar dieselbe Frisur wie die Tante machen lassen, und jetzt gefiel sie seiner Oma besser, aber auch das konnte Iskren sich nicht erklären. Er wußte nur, daß seine Großmutter wieder den Stock zum Gehen brauchte, und das war enttäuschend, denn er hatte ihn so gut einige Male als Pferd verwendet. Was er noch wußte, war, daß er bald in die

Schule gehen mußte, und das war auch nicht gerade erheiternd. Vieles bedrückte ihn in letzter Zeit, wofür er weder das bulgarische noch das deutsche Wort fand.

Es hatte eine Zeit gegeben, in der Iskren viel gewußt und sich an wenig erinnert hatte. Nun war er langsam in jenes Alter gekommen, wo der Mensch beginnt, sich immer mehr und mehr zu erinnern und immer weniger zu wissen.

Am 15. September des Jahres 1973 begann Iskren, in die Schule zu gehen.

VIII. *svetljo*

Nun lag der Pope Serafim unter der Erde, und es gab keinen in der Familie mehr, der mit Gott sprach. So dachte jedenfalls Svetljo. »Ihn fressen jetzt die Würmer«, war sich sein Vater sicher, und Svetljo war nun überzeugt, daß jeder, der mit Gott sprach, als Strafe von den Würmern gefressen würde, und deswegen war es kein Wunder, daß keiner sich mehr mit ihm unterhalten wollte. Es waren also die Würmer, die allen Angst einjagten, dieselben Würmer, die sein Großvater Svetlin mit Freude aus der Erde herausholte, um Fische damit zu angeln. »Die Fische lieben sie, für die sind die Würmer wie die Bonbons für dich«, erklärte er ihm immer. Die Würmer wurden von den Fischen gefressen, die Fische von den Menschen und die Menschen von den Würmern. Ein unheimliches Karussell. Man wanderte von Bauch zu Bauch und wurde mehrmals gefressen, wer aber letztendlich alle in seinem Bauch hatte, war für Svetljo undurchschaubar, und das beängstigte ihn. Einmal, als er aufs Klo ging, und wie gewöhnlich einen Blick auf das, was er zusammengebracht hatte, warf, bemerkte er kleine weiße Würmer auf dem dunkelbraunen Haufen. Er erschrak, lief hinaus, ohne sich die Hose hochzuziehen, und schrie, »Ich hab nicht mit Gott gesprochen, ich hab's nicht.« Nachdem seine Mutter erfahren hatte, was er genau meinte, beruhigte sie ihn und brachte ihn zum Arzt. Svetljo bekam Medikamente, und bald sah er keine weißen Würmer auf seinem Haufen mehr. Mit dem Verschwinden der Würmer hörte auch Svetljo auf, an Gott zu denken.

Das Haus des Popen Serafim wurde an den Verzinner Ismail Rachatov verkauft. Ismail war ein Roma. Er war jahrelang von Stadt zu Stadt, von Dorf zu Dorf, von Hof zu Hof, von Tür zu Tür gewandert und hatte immer das gleiche geschrien: »Der Verzinner ist da, Pfannen, Töpfe, Kessel, alles verzinne ich. Wenn jemand will, verzinne ich ihm auch die Seele. Was ich verzinne, leuchtet wie der Mond. Gebt mir eure Gefäße und wenn ihr sie wieder nach Hause bringt, werden eure Häuser heller.« Das viele Schreien hatte seine Stimme heiser und sein Pferd taub gemacht. Das Anschauen so vieler Türen und Häuser hatte Ismail, der kein Dach über dem Kopf kannte, nachdenklich gemacht, und er hatte sich entschlossen, seßhaft zu werden.

Nun kam er eines Frühlingmorgens in Svetlins und Dragomiras Hof, um den ausgehandelten Kaufvertrag abzuholen. Wochenlang hatte er mit den alten Apostolovs gefeilscht und dabei immer seinen neuesten Anzug getragen. Jetzt war aber sein schwarzes Sakko von allen Seiten zerrissen. Es sei ein Brauch, entschuldigte er sein Aussehen, immer wenn man ein Kind bekomme, werde das Gewand des Vaters von Verwandten und Freunden zerrissen. Er habe heute nacht eine Tochter bekommen, sechsmal wurden ihm auf diese Weise seine besten Anzüge ruiniert, erklärte er, stellte das Geld auf den Brunnendeckel, steckte den Vertrag in die Innentasche und verschwand.

Jordan war es nur recht, daß das Haus seines Großvaters verkauft wurde. Er hatte seinen Großvater, den Popen Serafim, immer gehaßt, aber noch mehr haßte er die Roma. Für ihn war jeder Roma ein Dieb und das ganze Volk verdächtig. Allein die Tatsache ihrer Existenz machte sie für Jordan schuldig. Warum dieser Haß in ihm verankert war, sollte wie so vieles, was in den trüben Gewässern seines Gemüts vorging, unergründlich bleiben. Er verstand nicht, warum die Partei so großzügig mit ihnen umging, sie zur Schule schickte, sie beruflich ausbildete und Wohnhäuser baute, wo sie für ihn die

Sünde selbst verkörperten. Und nur seine Treue zur Partei hinderte ihn daran, seinen Haß richtig auszuleben. Daß gerade das Haus des Popen Serafim einer Romafamilie verkauft wurde, war sehr erfreulich für ihn. Erstens mußte er seine Gefühle gegenüber diesem Haus nicht ändern, was für ihn eine zusätzliche Anstrengung bedeutet hätte. Zweitens, und das war das Wichtigste, empfand er es als besondere Genugtuung, daß sich genau in dem Haus eines Popen die Sünde eingenistet hatte. Die Sünde an sich beschäftigte Jordan immer noch, aber seit einigen Jahren, besonders, seit sein Sohn zu sprechen begonnen hatte, wurde sein nicht gerade vielschichtiges Wesen von anderen Zielen und Leidenschaften gelenkt.

Er wollte aus seinem Sohn eine vielseitig entwickelte Person machen. Das gleiche machte auch die Partei mit dem Proletariat. Was die Partei konnte, konnte auch Jordan. Nicht umsonst war er das Stahlschwert der proletarischen Diktatur. Er wollte Kinder aus Stahl erziehen. Kinder mit gesunden Körpern, heißen Herzen, scharfem Verstand und starken Nerven. Er war überzeugt, daß die Nerven den wichtigsten Teil des Geistes ausmachten. Um seine Tochter brauchte er sich nicht mehr so sehr zu kümmern, er dachte, er hätte ihr schon das Wichtigste beigebracht, und das war das Schwimmen, das Schifahren und sich mit Fäusten gegen die Buben zu wehren. Ihre Erfolge in der Schule bestätigten, daß seine Tochter eine vielseitig entwickelte Person geworden war. Also widmete er sich jetzt seinem Sohn. Er sollte auch eine vielseitig entwickelte Person werden, und Jordan nahm seine Erziehung wortwörtlich in seine eigenen Hände. »Noch bevor er zur Schule geht, soll er schwimmen, schi- und radfahren können. Er soll allen voraus sein«, verkündete er seiner Frau, und jedes Mal, wenn er Zeit hatte, führte er Svetljo ins Schwimmbad. Drei Wochen lang kam Svetljo mit den Augen voller Tränen und dem Bauch voller Wasser nach Hause. Erst am Anfang der vierten Woche kam er mit trockenen Augen und mit großem Hunger zurück, und Marina wußte, die Qual war vorbei, ihr Sohn konnte jetzt schwimmen.

Beim Radfahrenlernen hatte es Svetljo ungleich leichter gehabt. Er war schon einige Male vom Rad gestürzt und hatte sich die Ellbogen und Knie abgeschürft, aber, wahrscheinlich weil diese Tätigkeit vollkommen im Trockenen verlief, wurden seine Augen nie naß, und die wenigen Fliegen, die er schluckte, waren für seinen Magen keine Belastung.

Eines Tages schneite es. Svetljo stand vor einem vor dem Wohnhaus gebastelten Schneemann und nützte die Pause vom Erziehungsprogramm seines Vaters, indem er versuchte, dem Schneemann zwei gelbe Knöpfe mit seinem Urinstrahl einzugravieren, als Jordan von der Arbeit heimkehrte und ihn zu sich winkte.

Eine halbe Stunde später standen sie auf dem Hang des höchsten Hügels der Stadt, vor ihren Augen der steile Hang, auf Svetljos Füßen ein Paar Schi, in seinen Händen zwei Stecken, hinter ihm sein Vater, also alles was ein Mensch unterwegs zu seiner vielseitigen Entwicklung braucht. »Fahr hinunter«, sagte sein Vater. Svetljo gehorchte, er kam aber nicht bis nach unten. Ein Gebüsch kam dazwischen. Sein Vater holte ihn heraus und schleppte ihn wieder herauf. »Fahr wieder hinunter«, sagte er. »Es gibt so viele Büsche«, erklärte Svetljo. »Weiche ihnen aus, schau wie die anderen das machen.« Svetljo schaute, wie die anderen das machten, und wieder kam er nicht bis nach unten. Diesmal war er in einen anderen Schifahrer hineingefahren. Dieser begann, ihn zu beschimpfen, da kam aber Svetljos Vater, und er schimpfte nicht mehr. Er verschwand so schnell, daß ihn Svetljo um seine Fahrkünste nur beneiden konnte. »Laß dich nie beschimpfen. Du mußt lernen, dich zu wehren. Ich werde nicht immer bei dir sein«, sagte sein Vater, aber jetzt war er leider gerade bei ihm und wollte, daß er wieder hinunterfuhr. »Ich habe Angst.« »Schau dich um, gibt es etwas, wovor du dich fürchten müßtest?« bekam er zur Antwort. Svetljo schaute sich um, und tatsächlich gab es nichts, was ihm Angst einjagte, und trotzdem fürchtete er sich. »Dieses eine Mal noch, und dann hören wir für heute auf«, versprach sein Vater. Der Satz überzeugte. Svetljo stieß sich wieder ab und kam diesmal ohne Zwischenfall hinunter. Trotzdem freute er sich, als er am nächsten Tag sah, daß der Schnee zu schmelzen begonnen hatte.

Seine Freude dauerte nicht lange, denn es kam das Wochenende, und er mußte Vater und Schwester mit in die Berge begleiten. Er hatte es schon geahnt, und jetzt wußte er es endgültig, in den Bergen gab es genug Schnee. »Siehst du, wie gut deine Schwester fährt?« zeigte sein Vater auf Dragomira. Svetljo hatte es immer geahnt, jetzt wußte er es eindeutig, er haßte seine Schwester.

Und doch geschah eines Tages das Unglaubliche. Er gewann die Berge, den Schnee und teilweise sogar seine Schwester lieb. Er hatte schifahren gelernt, und seine Freude daran war groß, viel größer als alle Freuden, die er bis jetzt gekannt hatte. Nun zwang er seinen Vater, jede Woche in die Berge zu fahren, um ihm zu zeigen, was er schon alles auf den Schiern konnte. Sein Vater lehnte dann beglückt an einer Kiefer oder Tanne, und seine Lippen zitterten vor Stolz und Kälte, und seine Augen tränten vor Kälte und Glück. Hilfreich war diese Kälte, sie besorgte für jedes seiner Gefühle den richtigen Ausdruck. »Vater, warum fährst du nicht mit?« rief Svetljo ihm zu.

»Weil mich meine Eltern nicht so verwöhnt haben.«

»Ich bring's dir bei.«

»Zu spät, zu spät, mein Junge, fahr lieber allein und dreh dich nicht um.« Und Svetljo fuhr und fuhr, während sein Vater an einer Kiefer oder Tanne lehnte, mit der Vielfältigkeit seiner

Gefühle und der Eintönigkeit der Kälte beschäftigt. Svetljo glaubte nicht, daß sein Vater nicht schifahren konnte, denn er konnte sich nicht vorstellen, daß es etwas auf dieser Welt gab, das sein Vater nicht beherrschte. Und immer wenn er unten ankam, schaute er zurück, um sich zu vergewissern, ob nicht doch sein Vater hinter ihm hergefahren war. Aber er stand immer noch oben, er rieb die Hände, hüpfte und versuchte sich zu erwärmen. Da lächelte Svetljo, denn so mochte er seinen Vater am liebsten, fern und klein und hüpfend oder an eine große Kiefer gelehnt und ihm zurufend, ›fahr lieber allein, Junge, und dreh dich nicht um‹. Svetljo wußte noch nicht, daß dieses Bild sich eines Tages in eine der schönsten Erinnerungen an seinen Vater verwandeln würde.

Der Schnee begann langsam zu schmelzen, wurde zu Wasser und verschwand Richtung Himmel, dorthin, wo für Svetljo ein Platz reserviert war. Der Schnee war geschmolzen und verdunstet, nicht aber Jordans Eifer. Er setzte seine Erziehungsmethoden weiter fort. Er holte eines Morgens Svetljo aus seinen süßesten Träumen heraus und führte ihn ins Badezimmer. »Ab heute wirst du jeden Morgen eine kalte Dusche nehmen. Es stärkt den Körper und ist sehr gut für die Nerven«, sagte er. Svetljo gehorchte. Es war aber doch nicht so gut für die Nerven, denn Svetljo begann zu schreien. Marina kam gelaufen. »Was tust du dem Kind an?« wollte sie wissen. Das war gut für Svetljos Nerven und nicht das kalte Wasser. »Misch dich nicht ein«, lautete die Antwort, und der Weg zu Svetljos Heilung wurde durch die Badezimmertür endgültig versperrt. An dieser Prozedur fand Svetljo nie Gefallen, aber auch sie wurde durch die Beharrlichkeit seines Vaters zu einer jener Gewohnheiten, die man so schnell wie möglich erledigt, um sich wichtigeren Sachen zu widmen.

Jordan wollte aus seinen Kindern vielseitig entwickelte Persönlichkeiten bilden, was er aber in seinem Eifer übersah, war, daß es seinen Erziehungsmethoden gerade an dem Wichtigsten mangelte, nämlich an Vielseitigkeit. Das Beschatten von Intellektuellen hatte aus ihm noch lange keinen Intellektuellen gemacht, wie er sich einbildete. In seiner Seele hatten zwar ein paar kleine Verschiebungen stattgefunden, aber keine Veränderungen. Zwar hatte er sich einige Zitate zugelegt, die er mit Mühe gelernt hatte und die er oft falsch verwendete, aber er war immer noch der alte Jordan. Ein Traum von einem Beamten der Ordnung und ein Alptraum für jeden, der diese Ordnung bedrohte. Aber wer hatte schon solche Träume.

Marinas Träume waren auch anders, besonders die, die mit ihren Kindern verbunden waren. Sie kannte viel zu gut die Schwächen von Jordans Erziehungsmethoden und setzte mit ihrer Erziehung an jener Stelle weiter fort, wo ihr Mann sich außer Nerven und Willen nichts mehr vorstellen konnte. Nämlich beim Intellekt. Große Hilfe leisteten ihr dabei ihre Eltern. So war es Ognjan, der Svetljo die Buchstaben zu erkennen und sie miteinander zu verbinden lehrte. Svetljo war immer schon neugierig gewesen, warum sein Großvater so gründlich die Zeitungsausschnitte las, die er dann als Klopapier benutzte. Diese Neugier nützte Ognjan auch aus. Zuerst lernte Svetljo die Titel der Artikel, indem er jeden Buchstaben mit seinem kleinen Finger anzeigte, besonders gerne machte er das, wenn sich Dreck unter seinen Nägeln gebildet hatte, erstens, weil er die Buchstaben so besser unterstreichen konnte, und zweitens, weil er sich einbildete, daß sich unter seinen Nägeln jene Buchstaben versteckten, die nicht gelesen werden wollten. »Jedes Mal, wenn du im Klo hockst, lies laut, was auf dem Stück Papier oben steht, bevor du dir den Popo abwischst. »In Silistra wurde ein 100 Kilo schwerer Wels gefangen, … das Mitglied des Ministerialrates Genosse so und so erzählt von seinen ersten Jagden«, erschallte es dann aus dem Klo.

Von seinem Vater in seinen Spielplänen eingeengt, genoß Svetljo jede Minute, die er bei seinen Großeltern verbrachte. Sei es bei jenen in der Stadt, aber noch mehr bei jenen im Dorf. Denn allein im Dorf konnte er all das, was er sich unter guten Spielen vorstellte, auch verwirklichen. Leider verbrachte er die meiste Zeit bei seinen Eltern in der Stadt, wo seine Schwester immer weniger von ihm wissen wollte und sich immer öfter in ihr Zimmer einsperrte oder mit ihren Freundinnen flüsterte, bis ihr Leben zu einem großen ärgerlichen Geheimnis geworden war, und wo die Anwesenheit seines Vaters ihn einmal bedrückte, einmal seine Zähne zum Klappern brachte, weil sie ihn an die kalte Dusche erinnerten. Wenn es etwas gab, was er an seinem Vater bedingungslos mochte, dann war es seine Pistole. Nicht jeder Vater besaß eine Pistole. Damit konnte Svetljo vor jedem angeben und gewann sofort Bewunderung und neue Freunde. Natürlich log er, daß er damit schon geschossen und einige Tauben getroffen hatte, deren Zahl er von Mal zu Mal variierte, je nachdem, wem er das erzählte. Bei Gutgläubigen erreichte diese Zahl 20, bei sehr Mißtrauischen kam sie bis 3 hinunter. In Wirklichkeit durfte er die Waffe nie berühren. Aber wen interessierte das schon. Svetljo hatte längst entdeckt, daß man Freunde mit schönen Spielzeugen oder Gegenständen oder mit schönen Geschichten gewinnen konnte. Also sowohl mit Dingen, die man berühren, als auch mit solchen, die man nicht berühren konnte. Und am interessantesten waren immer jene Sachen, die man nicht berühren durfte. Svetljo entschied sich für das Erzählen. Die Geschichten sollten nur nicht ein gewisses Maß an Glaubwürdigkeit übersteigen, aber sonst konnte man alles erzählen, und das war viel leichter, als alles Mögliche zu besitzen.

Sein erstes Schuljahr verbrachte Svetljo vorwiegend auf dem Sandplatz im Schulhof, wo er mit jedem Buben seines

Jahrgangs mindestens einmal gerauft hatte. Die Zeit zwischen den Lehrstunden war die intensivste, die zwischen den Ohrfeigen der Lehrerin die schmerzhafteste und die in der Klasse die langweiligste. »Was macht ihr in der Schule, daß du immer so viel Sand nach Hause schleppst?« wunderte sich jeden Abend seine Mutter. »Wir üben Weitsprung«, erklärte Svetljo. Wie weit seine Sprünge waren, erfuhr Marina erst beim Elternsprechtag. »Versprich mir, daß du dich nie wieder prügeln wirst. Das tun nur die ganz schlimmen Kinder. Ich will nicht, daß aus dir ein Bandit wird«, sprach seine Mutter zu ihm. Svetljo gab sein Wort. Aber noch am nächsten Tag kam er weinend nach Hause. Er hätte genauso getan, wie ihm seine Mutter geraten, hätte keinen geschlagen und war dafür von Mischo aus seiner Klasse verprügelt worden, der ihm auch Sand in den Mund gesteckt hatte. »Du sollst nie selbst anfangen, aber wehren sollst du dich schon«, riet ihm diesmal seine Mutter. Dieser Rat war leichter zu befolgen, und Svetljo brachte weiterhin Sand nach Hause. Es sei in diesem Alter normal, wurde Marina von ihrer Mutter beruhigt. Sie solle sich keine Sorgen machen, er würde kein Bandit werden. Er brauche nur Zeit, dann würde er den richtigen Weg schon finden.

Dieser Weg führte vorerst durch den Sand. Dort knüpfte Svetljo seine ersten großen Freundschaften. Seine Freunde waren ausschließlich Buben, denn mit den Mädchen hatte er durch seine Schwester schlechte Erfahrungen. Außerdem rangen sie nicht im Sand, und das war für ihn sehr verdächtig. Svetljo teilte seine Freunde in solche, die er schlagen, und solche, die er nicht schlagen konnte. Bei einer solchen Aufteilung gab es keinen Platz für Mädchen. Während des Unterrichts verhielt er sich gewöhnlich ruhig, weil er die Antworten der meisten Fragen nicht wußte und die Aufmerksamkeit der Lehrerin so wenig wie möglich erwecken wollte. Außerdem schaute von einem umrandeten Portrait an der Wand jedes Mal der Genosse Todor Shivkov auf ihn, was ihn beruhigte, weil er sich auf eine unerklärliche Weise mit ihm verbunden fühlte. Aber obwohl er ihm sein erstes Wort verdankte, vermied er es, über ihn zu reden. So wuchs Svetljo und lernte, mit dem vertrauten Blick des Genossen Shivkov auf seine schmutzigen Fingernägel gerichtet, mit Sand in den Taschen und von Freunden umgeben, die er schlagen oder nicht schlagen konnte.

In der zweiten Klasse wurde ihm, wie auch allen anderen Mitschülern, das blaue Tschawdar-Tuch um den Hals gebunden. Dieses Ereignis fand in den Wäldern der Rhodopen statt. Denn Tschawdar, dessen Name die Organisation trug, zu der jetzt auch Svetljo gehörte, war ein Hajduken-Anführer gewesen, der gegen die Türken gekämpft hatte.

In der dritten Klasse bekam Svetljo ein rotes Halstuch und war ab nun Pionier. Die Schule, in der Svetljo lernte, hieß Alexander Dimitrov-Sascho. Alexander Dimitrov war ein Remssist gewesen. Alles, was Svetljo über die Remssisten wußte, war, daß sie heldenhaft gestorben waren, meistens von Faschisten ermordet. Alexander Dimitrov-Sascho war erschossen worden. Nur einige Gassen von der Schule entfernt. Dort, wo einst sein lebloser Körper gelegen hatte, wurden jedes Jahr die neuen Pioniere eingeweiht. Dort, in einer schönen geraden Linie aus Mädchen und Buben seines Jahrgangs gebildet, bekam Svetljo das rote Halstuch umgebunden und lernte den Pioniergruß und die Pionierdevise. Die Devise bestand aus zwei Teilen. Eine kurze Anrede und eine knappe Antwort. »Seid bereit!« rief der Leiter der Pionierorganisation, »Immer bereit«, lautete die richtige Antwort. So riefen alle Pioniere, zu denen jetzt auch Svetljo gehörte. Es war immerhin eine Devise, die man sich sehr leicht merkte.

Aber wofür er immer bereit sein sollte, war Svetljo nicht ganz klar.

Im selben Jahr, kurz vor den Sommerferien, organisierte die Stadtzeitung einen Fahrradwettbewerb für Kinder und Jugendliche. Jordan trug Svetljo sofort in die Startliste ein. Die Teilnehmer bekamen Nummern und wurden in zweiminütigen Abständen vom Start gelassen. »Enttäusch mich nicht, du bist mein Stolz«, hörte Svetljo, bevor er losfuhr. Er war gut unterwegs, er hatte schon einige überholt, die vor ihm gestartet waren, als er ein Mädchen vom Fahrrad stürzen sah. Ohne lange zu überlegen, sprang Svetljo vom Sitz und half ihr aufzustehen uud wieder weiterzufahren. Er war überzeugt, daß ein guter Pionier genauso handeln mußte. Aber Leute vom Publikum, die das gesehen hatten, begannen zu lachen. Er stieg auf das Rad und fuhr verärgert weiter. Sein Vater wartete am Ziel. »Ich bin enttäuscht«, sagte er. »Ich wollte nur helfen«, murmelte Svetljo, und seine Augen füllten sich mit Tränen. »Ich hab's gesehen, aber so wirst du nie erster werden. Das ist ein Wettbewerb, und alle sind deine Gegner. Du darfst kein Mitleid mit deinem Gegner haben.« Svetljo sagte nichts, er versuchte nur, so gut es ging, seine Tränen zu verstecken. »Ist schon gut... ist schon gut. Du hast richtig gehandelt«, hörte Svetljo und spürte die Hand seines Vaters auf dem Kopf. Aber warum kamen die guten Worte so spät, warum mußte der Vater ihm immer zuerst weh tun, das verstand er nicht. Und er wollte sich das nicht mehr gefallen lassen, seine Hände ballten sich, sein Herz schlug wie ein kleines drittes Fäustchen, seine Ohren wurden röter und röter, als ob die aufsteigende Wut dort ihre Runden drehte. »Meine Mutter wäre mit mir zufrieden, nur du... nur du bist niemals mit mir zufrieden. Ich hasse dich«, schrie Svetljo, ließ sein Fahrrad fallen und lief weg.

Er hatte Glück, daß er vor seinem Vater nach Hause kam

und sich mit all seinem Kummer in den Schoß der Mutter werfen konnte. »Noch nie habe ich ein gutes Wort von ihm gehört, noch nie«, wiederholte er, das Gesicht in ihrem Kleid begraben, und als ob seine Worte dort aufgeklebt wären, bildeten sich auf dem karierten Stoff nasse Flecken. Marinas Hände glitten auf seinem Rücken hinauf und hinunter, und das war tausendmal besser als jede beschissene kalte Dusche. »Beruhig dich, mein Kind, beruhig dich… so ist eben dein Vater. Auf ein gutes Wort von ihm zu warten ist das gleiche, wie auf den Brief von einem Toten zu warten… Ich weiß, es ist nicht leicht, es ist gar nicht leicht… Aber er liebt dich, er liebt dich sogar sehr, glaub mir.«

»Was bringt mir das, wenn er es mir nie sagt.«

Seine Mutter schwieg eine Weile und, wahrscheinlich weil ihr nichts anderes eingefallen war, wiederholte sie, »Ich weiß, es ist nicht leicht.«

Ja, es war nicht leicht, aber es war so schön, wieder im Schoß der Mutter zu liegen, daß Svetljo alles Schwere und Drückende vergaß, und es machte ihm nichts aus, daß sein Vater ihn an diesem Abend ein Muttersöhnchen und einen verwöhnten Schwächling nannte, und daß er ihn für eine Woche mit Spielverbot bestrafte, denn in ihm hatte sich eine neue Gewißheit festgesetzt, und als sein Vater sich ein bißchen beruhigt hatte, sagte er, »Ich kann jetzt warten, und ich weiß, eines Tages wird er kommen.«

»Wer?« fragte Jordan verwirrt.

»Der Brief von dem Toten.«

Nun hatte sich die Idee, auf den Brief eines Toten zu warten, endgültig in Svetljos Bewußtsein eingenistet, aber wie alle Ideen in diesem Alter ließ sie sich leicht von anderen verscheuchen und drehte dann lange im dunkeln wie eine Fledermaus ihre Kreise, bevor sie wieder zum Vorschein kam.

Svetljo ging schon in die vierte Klassse, und er bemerkte, daß sich einiges in ihm und um ihn verändert hatte. Über die Sommerferien waren die meisten seiner Schulkameraden um einige Zentimeter gewachsen, er dagegen nicht. Nun schrumpfte allmählich die Lust, zu probieren, welche von ihnen er noch schlagen konnte. Und die alte Freundesaufteilung verlor nach und nach ihre Gültigkeit, die Grenzen wurden verwischt, der Sand verließ seine Taschen, sein Gewand, rieselte von seinem Kopf und von seinem Haar wie eine unnötig gewordene Haut. Da sein Blick nur noch selten mit dem Sandplatz beschäftigt war, fiel er immer öfter auf die Mädchen. Er verachtete zwar seine Schwester immer noch, diese Streberin, die seine Eltern ihm dauernd als Beispiel gaben. Sie hatte vor zwei Jahren sogar die Aufnahmeprüfungen für das Englisch-Gymnasium geschafft, dort, wo nur die allerbesten Schüler sich durchsetzten, sie trug seitdem eine blaue Uniform und, was Svetljo besonders erfreute, auch Brille. Ihre Erfolge wurden ihm jetzt noch öfter vor die Nase gehalten, denn er war ein Durchschnittsschüler. Aber es gab auch etwas Gutes an der ganzen Sache. Nämlich, daß seine Schwester im Gymnasium übernachten mußte und er sie, ausgenommen in den Ferien, nur am Wochenende zu Gesicht bekam, das sie sowieso in ihrem Zimmer verbrachte, weil sie so viel zu lernen hatte. Er hörte manchmal ihre durch die Wände gedämpfte Stimme etwas auf Englisch sagen, grinste beglückt und bekam doppelt so große Lust, nach draußen zu laufen und bis zur Selbstvergessenheit zu spielen.

Die anderen Mädchen verachtete er aber nicht mehr so wie früher. Warum, konnte er sich nicht erklären. Sie hatten so lange keine Rolle in seiner Welt gespielt, daß er sie jetzt beobachtete wie ein Entdecker die Bewohner eines unbekannten Landes. Bei manchen blieb sein Blick länger, bei anderen kürzer haften, manchmal öffnete sich sogar sein Mund, als ob er erwartete, etwas Süßes hineingesteckt zu bekommen. Ja, er erwartete sich etwas von ihnen, wußte aber nicht genau was. Er wußte nur, daß ihre Aufmerksamkeit ihm wichtig geworden war, und er war nur dann bereit sich zu prügeln, wenn ihm eine von ihnen dabei zuschaute.

Im Laufe der ersten drei Schuljahre hatte Svetljo viele Freunde gewechselt, und nur einer von ihnen war weiterhin sein Freund geblieben. Das war Sascho. Sascho war in den Ferien auch nicht viel gewachsen, aber mit ihm wollte niemand raufen, auch solche nicht, die viel größer als er waren. Nur einmal hatte es jemand versucht. Sascho hatte ihm das Ohrläppchen abgebissen. Seitdem prügelte sich keiner mehr mit Sascho, alle wollten ihre Ohrläppchen behalten. Svetljo hatte ihn unter jene eingereiht, die er nicht schlagen konnte. Eigentlich war Sascho ein sehr ruhiger Bub. Er fing nie einen Streit an und war vorwiegend damit beschäftigt, Schatzkarten in sein Heft zu malen. »Er versteht keinen Spaß«, sagten alle über ihn, und niemand wollte mit ihm spielen. Svetljo gewann ihn mit seiner Pistolengeschichte zum Freund. Mehr Freunde brauchte Sascho sowieso nicht. Er wollte einen Schatz finden, und den wollte er mit so wenig Leuten wie möglich teilen.

»Ich habe bemerkt, daß du den Mädchen gefallen willst«, sagte eines Tages Sascho. Sie spielten gerade Murmeln.

»Stimmt nicht«, stritt Svetljo ab.

»Doch, ich hab's ja gesehen. Laß es lieber, es ist lächerlich. Es gibt viel Wichtigeres zu tun.«

»Was?« wollte Svetljo wissen.

»Einen Schatz suchen… Außerdem kannst du den Frauen, so wie du das machst, nie gefallen. Sie schauen auf was anderes.«

»Auf was?«

»Mein Vater sagt, daß sie nur aufs Geld schauen«, sagte Sascho selbstsicher.

Saschos Eltern waren geschieden. Er lebte bei seinem Vater. Sein Vater war Betonierer. Tagsüber betonierte er irgendwas draußen, abends betonierte er sich selbst mit Wodka. Zwischen den Betonschichten sprossen manchmal, wie hilflose Blumen, Weisheiten über die Welt und die Frauen im allgemeinen. Manchmal Geschichten über die Untreue von Saschos Mutter im besonderen, manchmal nur Wortfetzen und Tränen, die Sascho pflichtbewußt aufbewahrte. »Hätten wir mehr Geld, mein Sohn, wäre unser Leben wie ein Lied«, hatte er einmal gesagt. Seitdem zeichnete Sascho Schatzkarten.

»Na los, gehen wir einen Schatz suchen«, sagte Svetljo nach kurzem Abwägen.

»Ich weiß, wo sehr oft Schätze versteckt werden ... Auf dem Friedhof ... Außerdem ist es ein guter Ort für dich. Du wartest ja auf einen Brief von einem Toten. Vielleicht findest du dort jemanden, der dir schreibt.«

Einzig Sascho hatte Svetljo von dem Brief erzählt, denn er konnte Geheimnisse für sich bewahren. Sascho hatte damals gemeint, daß so etwas sicher schon vorgekommen wäre. Er behandelte alle Geschichten Svetljos mit großem Respekt und lachte ihn nie aus, was ihn auch zu so einem wertvollen Freund machte. Svetljo war sich aber noch immer nicht im klaren darüber, welcher von den Toten ihm schreiben würde. Der einzige Tote, den er gekannt hatte, war der Pope Serafim. Aber ihn hatten die Würmer wahrscheinlich so zugerichtet, daß er nicht mehr schreiben konnte. Die Würmer seien unwichtig, denn Geister könnten auch schreiben, ohne ihre Hände zu gebrauchen, hatte ihn Sascho damals aufgeklärt, und er kannte sich mit Geistern aus, denn jeder Schatz wäre von einem Geist bewacht, und man müßte zuerst den Geist überlisten, sonst bekäme man große Schwierigkeiten. Vielleicht könnte man so einen Geist überreden, Svetljo zu schreiben, und während er mit dem Brief beschäftigt wäre, den

Schatz holen. Das wäre die ideale Kombination. Diesen Plan fand Svetljo zu gewagt. Er wollte keinen Brief bekommen, in dem stand: »Ich reiße dir die Eier aus, du Dieb.« Da war Sascho auch seiner Meinung. Also sprachen sie eine Weile nicht mehr davon.

Eines Tages machte die Klasse einen Ausflug nach Sofia, um das Mausoleum des Genossen Dimitrov zu besuchen. Der Genosse Dimitrov war der zweite Tote, den Svetljo kennenlernte. Er lag, von Glasscheiben umzingelt, und ihn fraßen nicht die Würmer, denn er hatte sicher nicht mit Gott gesprochen. Der Genosse Dimitrov war der berühmteste Tote des Landes, von ihm einen Brief zu bekommen, wäre wohl das Allergrößte. Und Svetljo träumte seitdem insgeheim davon. Aber der Brief ließ weiter auf sich warten, weil der Genosse Dimitrov wahrscheinlich auch als Toter sehr beschäftigt war.

»Weißt du, wo der Friedhof liegt?« fragte Svetljo eines Tages seinen Freund. Sascho nickte.

Nun begannen sie nach der Schule den Friedhof zu besuchen, denn, wie Sascho meinte, man müsse es zuerst erforschen und die Zeichen finden, wo möglicherweise ein Schatz versteckt sein könnte. Und Svetljo solle die Zeit nützen, sich nach einem geeigneten Toten umzuschauen. Sie fanden allerhand interessante Sachen dort, aber immer noch nicht das, wonach sie suchten. Eines Tages fiel ihnen eine alte Frau auf, die vor einem Grab stand und mit jemandem redete. Die beiden schlichen sich unbemerkt an und versteckten sich hinter dem Grabstein. Jetzt war es klar. Die Greisin sprach eindeutig mit einem Toten. »Wenn sie wiederkommt, geh zu ihr. Vielleicht kann sie dir helfen«, gab Sascho Svetljo den Rat. Und tatsächlich kam sie wieder. Da überwand Svetljo seine Scheu und trat vor sie. »Sie sprechen mit den Toten, nicht wahr?« fragte er.

»Ja«, bestätigte ihm die Greisin und schaute ihn verwundert an.

»Ich habe eine Bitte an Sie. Können Sie einem von ihnen sagen, daß er mir einen Brief schreibt? Es ist sehr wichtig«, sagte er und gab ihr einen Zettel, auf dem seine Adresse stand.

»Mein Mann hat zu Lebzeiten kaum Briefe geschrieben, ich glaube nicht, daß sich das jetzt geändert hat«, antwortete sie.

»Trotzdem, fragen Sie ihn… Ich bitte Sie, es ist sehr wichtig.«

»Na gut, junger Mann, ich frage ihn. Aber laß mich jetzt mit ihm allein.«

»Danke, Oma«, jauchzte Svetljo und lief zu Sascho zurück.

Zwei Monate vergingen, aber von einem Brief oder einem Schatz war keine Spur zu sehen. »Wir sollten einmal nachts hierher kommen. Ich habe gehört, daß die Stelle, an der ein Schatz begraben liegt, ein Licht ausstrahlt. Daran erkennt man sie«, meinte Sascho.

»Meine Eltern werden mich nie nachts aus dem Haus gehen lassen«, sagte Svetljo traurig.

»Mir wird schon was einfallen, aber vorher sollten wir die Alte bestrafen, weil sie ihr Versprechen nicht gehalten hat. Ich hab schon eine Idee.«

Als die alte Frau eines Tages wieder auf dem Friedhof erschien, sollte diese Idee ausgeführt werden. Wie gewöhnlich ging sie zu ihren Toten, und da sie sehr langsam war, hatten die beiden Zeit genug, sich hinter dem Grabstein zu verstecken. Sie warteten, sie hörten sie kommen, sie hörten sie keuchen. Kaum hatte sie aber mit ihrem toten Mann zu sprechen angefangen, senkte Sascho so tief wie möglich seine Stimme und sagte:

»Ich will nichts mehr von dir hören. Ich hab's satt.«

Stille. Ein Stock fiel auf die Erde wie eine schwere Frucht. Svetljo biß sich in seine Hand, damit er nicht laut auflachte.

»Stanoj, bist du das?«

»Klar«, erwiderte Sascho.

»Warum ... warum redest du so mit mir?«

»Weil du so wie alle anderen Weiber bist. Du hast nur aufs Geld geschaut und mich verrecken lassen«, sprach Sascho seines Vaters Weisheit aus.

»Du undankbarer Hund ... Was redest du da für einen Blödsinn ...«

In diesem Augenblick tauchte ein Junge auf. Er war um zwei Köpfe größer als die beiden. »Was macht ihr da?« schrie er, auf sie zulaufend. Die beiden ließen ihn nicht näher kommen. Mit lautem Gelächter liefen sie hurtig zwischen den Grabsteinen davon. Der Junge lief ihnen eine Zeitlang nach, warf ein paar Steine in ihre Richtung und gab letztendlich auf. »Wenn ich euch wiedersehe, mach ich euch fertig«, schrie er.

Aber er sah sie nicht wieder, denn es kamen die Sommerferien. Sie trennten Sascho und Svetljo eine Weile voneinander, was das Ende ihrer Friedhofforschungen bedeutete. Svetljo wurde zu seinen Großeltern in das Dorf geschickt, Sascho in ein Pionierlager. Pionierlager gab es am Meer und in den Bergen. Sie kamen allen Eltern zugute, die nicht die Möglichkeit hatten, mit ihren Kindern Urlaub zu machen, also allen Eltern, die viele Sorgen, wenig Geld und keine Zeit hatten. Ein Betonierer schickte gerne seine Kinder dorthin, und seine Sorgen wurden für die Dauer eines Monats weniger. Also stand Sascho bevor, eine Vielzahl von Pionierlagern kennenzulernen. Svetljo hingegen war keine Sorge, sondern immer noch der Stolz seines Vaters, und den Stolz behält man lieber in der Familie.

Den Großteil der Sommerferien verbrachte Svetljo bei seinen Großeltern im Dorf, wo laut seinem Vater die Luft so sauber war wie nirgends und wo er dann von seinen Eltern abgeholt wurde, um mit ihnen ans Meer oder in die Berge zu fahren. Seine Schwester konnte es in dem Dorf höchstens zwei Wochen aushalten, und das nur, wenn sie das Haus der Großeltern nie verließ und Bücher las. Sie fand alles extrem langweilig und kam nur, um den Großeltern eine Freude zu machen. »Du hattest früher so viele Freundinnen hier, geh und zerstreu dich ein bißchen mit ihnen«, versuchte ihre Großmutter sie aus dem Haus zu bewegen. »Sie sind alle so einfach, so grob und so bäuerlich geworden«, erklärte Dragomira verdrossen. »Die Prinzessin auf der Erbse haben wir zu Gast«, scherzte ihre Großmutter. Aber weder Scherze noch Vorschläge zeigten Wirkung. Nach zwei Wochen packte sie ihre Sachen und fuhr erleichtert in die Stadt zurück.

Svetljo hingegen fühlte sich in dem Dorf sehr wohl. Er hatte genügend Freunde dort, und jedes Mal brachten sie ihm etwas Neues bei. Auch ältere Burschen gewann er hier als Freunde, was in der Stadt so gut wie nie geschah. Seine Großeltern verwöhnten ihn. Sie erfüllten fast jeden seiner Wünsche, gaben ihm Geld für Süßigkeiten und Kino und erlaubten ihm auch, sehr spät nach Hause zu kommen. Ein bißchen enttäuschend war nur, daß bei den Indianer- und Cowboyspielen die Romakinder bedingungslos die von allen begehrte Rolle der Indianer für sich beanspruchten, und Svetljo mußte immer bei den Cowboys sein, die sogar, wenn sie siegten, böse blieben. Beim Fußball wollten die Roma immer die Brasilianer sein, was auch sehr weh tat, aber leichter zu ertragen war, denn gute Fußballmannschaften gab es mehrere. Aber was waren diese Enttäuschungen gemessen an all den neuen aufregenden Erlebnissen, die ihm dort widerfuhren. In Luft lösten sie sich auf. Eine klare frische Luft waren sie, eine Luft, die so sauber war wie nirgends. Diese Luft atmete Svetljo jetzt, sie umgab ihn, sie erfüllte ihn, sie erweiterte seine Lungen und seinen Horizont.

In diesem Sommer kam Svetljo mit Sachen in Berührung, die, wie seine Dorffreunde meinten, sehr wichtig fürs Leben waren und die seine Eltern nie erwähnt hatten.

In einem zerfallenen Ziegenstall wurde ihm von den zwei Jahre älteren Zwillingen Zwetan und Orlin das Onanieren beigebracht. Eine zeitlose, seit dem Anfang der Welt erprobte Waffe gegen Langeweile, Liebeskummer, Mißerfolg und Einsamkeit. Eine Tätigkeit, bei der man schnell Früchte erntete und deren Vorteile eindeutig auf der Hand lagen.

Am liebsten onanierten die drei auf der schmalen Holzbrücke über dem Fluß. Manchmal schwamm ein totes Schaf darunter, manchmal schwammen die Kerne der Pflaumen vorbei, die von der Schnapsbrennerei regelmäßig wegspült wurden, aber das störte die drei nicht. »Das Bumsen ist für die Trotteln, allein das Wichsen formt den Charakter«, sprach Zwetan überzeugt, denn diesen Satz hatte er sich von einem Soldaten gemerkt. Svetljo wußte nicht genau, was das Bumsen war, aber so etwas gab man nicht zu. Er vertraute lieber seinen Freunden und arbeitete heftig an seinem Charakter.

War die saubere Luft schuld, die alles, was sich unter Svetljos Brust befand, breiter machte, oder die Tatsache, daß sein Charakter konkrete Form annahm, aber in diesem Sommer verliebte er sich zum ersten Mal. Sie war die Tochter der Konditoreiverkäuferin, war zwei Jahre älter, hatte kurzes blondes Haar, die sie von der Stirn mit Haarspangen verschiedener Farbe zurückklemmte, und naschte ununterbrochen Sonnenblumenkerne. Sie verbrachte die meiste Zeit im Park hinter dem Volkskulturzentrum, wo sie die Puten ihrer Nachbarn hüten mußte, und saß am liebsten auf der Bank neben dem Brunnen. Svetljo kehrte gerade von einem mißlungenen Versuch, ein Eselsfohlen zu reiten, nach Hause zurück, als er das Mädchen dort zum ersten Mal sah. Sie saß auf der Bank, aß Sonnenblumenkerne, spuckte die Schalen aus und beobachtete, wie sich drei gierige Puten darum stritten. Als er zu Hause war, hatte er die Prellungen vergessen, nicht aber die Puten und vor allem nicht das Mädchen. Er verstand die Puten sehr gut. Auch er hätte um diese Schalen und um alles, was aus diesem Mund kam, gekämpft. Die Puten seien die dümmsten Tiere, sagte man, und er bemerkte, daß er mit einem Mal auch dumm geworden war. Er konnte nicht mehr aufmerksam zuhören, begriff den Sinn der meisten Spiele nicht, was seine Freunde sehr ärgerte, fühlte sich wie ein Vogel von der Bank neben dem Brunnen angezogen und fand keine Ruhe, wenn er nicht mindestens einmal pro Tag an dem Park vorbeiging.

Er erfuhr, daß sie Lena hieß und seit einigen Jahren mit ihrer geschiedenen Mutter im Dorf lebte, wo sie auch zur Schule ging. Über ihre Mutter erzählte man, daß sie mit jedem Traktorfahrer ins Bett ging und auch zum Bürgermeister nicht nein sagte. Wonach sich Svetljo die Meinung bildete, daß Lenas Mutter sehr schläfrig war, gern träumte, was gar nichts Schlimmes an sich hatte, und auch daß sie zum Bürgermeister nie nein sagte, war völlig normal, denn wer traute sich schon, dem Bürgermeister zu widersprechen. In Wirklichkeit hatte Lenas Mutter nur einen Liebhaber, der tatsächlich Traktorfahrer war. Sie war aber von vielen begehrt und mußte sich die einfallslosen Liebeserklärungen des Bürgermeisters anhören, die einmal pro Woche und immer zur selben Zeit unter dem Schatten seines öligen Schnurrbartes erwachten.

Nun war Svetljo in ihre Tochter verliebt, was seltsamerweise die Arbeit an seinem Charakter unterbrach, denn er war überzeugt, daß die Liebe nur eines seiner Organe betraf, nämlich das Herz. Die Filme, die er kannte, bestätigten nur das Bild, das er von der Liebe hatte. Die Liebenden, die dort vorkamen, küßten sich, umarmten sich, gingen Hand in Hand, machten Liebeserklärungen, aber keiner von ihnen arbeitete an seinem Charakter. Und da er als Stadtkind angab, über alles Bescheid zu wissen, was man mit einem Mädchen tat, gingen sein Herz und seine Triebe zwar ähnlich vernebelte, aber immer noch getrennte Wege. Das Wort Bumsen hatte er schon öfter als alle anderen Worte gehört, er benutzte es sogar selber, denn ein Schimpfwort, ohne genau dies zu erwähnen, war so gut wie kein Schimpfwort mehr. Aber darüber, was es genau bedeutete, konnte er sich kein klares Bild verschaffen. Er wußte nur, daß es etwas sehr Wichtiges war. Deswegen hörte er immer sehr aufmerksam zu, wenn sich seine älteren Freunde darüber unterhielten. Die meisten von ihnen hatten es schon gemacht. Der eine hatte es mit den Hühnern probiert. Das wäre nicht so gut, meinte ein anderer, viel besser wäre es mit einer Hündin. Nein, nein, entgegnete ein dritter. Das echte Vergnügen könnte man nur mit einer Ziege haben. Man sollte aber zuerst große Gummistiefel anziehen und die hinteren Beine der Ziege hineinstecken, sonst würde sie davonlaufen. Also verfestigte sich in Svetljo die Vorstellung, daß das Bumsen eine Sache zwischen Mensch und Tier wäre. Vielleicht hatte Lena deswegen so viele Tiere um sich. Nein, solche Gedanken verbannte Svetljo sofort aus seinem Kopf und überlegte, wie er ihr Herz gewinnen konnte.

Von Sascho wußte er, daß die Frauen nur aufs Geld schauten, also mußte er Lena zuerst das Wertvollste schenken, das er besaß. Das waren zwei noch sehr kleine Tauben, die er von den Zwillingen, die Tauben züchteten, bekommen hatte. Nun packte Svetljo die Tauben in eine Schachtel, kämmte zum ersten Mal im Leben seine Haare selbst und ging in den Park. Lena saß wie gewöhnlich auf der Bank. Svetljo kämpfte sich durch drei starke Schameswellen hindurch, die, von seinem Magen ausgegangen, im roten Rausch sein Gesicht überfluteten, stellte die Schachtel neben sie und sagte: »Das ist für dich.« Lena hob den Deckel, schaute hinein, spuckte eine Sonnenblumenschale aus, sprach:

»Sind das Tauben?«

»Zitronentauben.«

»Weil sie so klein sind?«

»Nein, weil sie gelb gefiedert sind. Die werden schon groß. Sie sind sehr wertvoll«, erklärte Svetljo, von Lenas Lippen hypnotisiert.

»Und warum schenkst du mir sowas Wertvolles?« Zwei schwarze Schalen flogen, eine rosa Zunge leuchtete kurz auf.

»Weil ich in dich verliebt bin«, sagte Svetljo schnell und schaute sofort auf die Puten.

»Tatsächlich?« fragte Lena, ihre Lippen mit der Hand verbergend.

»Ja, ich liebe dich sehr.«

»Ich glaub's dir nicht.«

»Warum? Und die Tauben…«

»Wenn du mich wirklich liebst, dann sollst du es mir beweisen, indem du da hineinsteigst und mir den Zwei-Lewa-Schein holst, der da schwimmt«, sagte sie belustigt und zeigte in den Brunnen.

Svetljo zögerte keine Sekunde, mit geübten Bewegungen stieg er die Stufen hinunter, erschreckte Dutzende Frösche, holte den Schein und kletterte wieder hinaus.

»Bravo, jetzt glaube ich dir«, sagte Lena und begann den nassen Schein mit ihrer Hand zu bügeln. Da Svetljo keine Ahnung hatte, wie es weitergehen sollte, blieb er vor ihr stehen und wartete. Sein langgeschmiedeter Plan endete mit der Liebeserklärung, danach kam das Ungewisse, und es trug heute ein weißes Leibchen, kurze dunkelbraune Cordhosen und bügelte gerade einen Zwei-Lewa-Schein. »Weißt du, wie das auf Deutsch heißt?« sagte sie und flatterte mit dem Schein vor seiner Nase herum. Svetljo zuckte mit den Schultern, wie man es gewöhnlich vor dem Ungewissen tat. »Geld«, fuhr sie fort. »Ich hab mal Deutsch gelernt, weißt du.« Svetljo erinnerte sich wieder an seinen Plan und daß er in einer sehr gewagten Version mit einem Kuß endete, also setzte er wieder dort fort, wo er unterbrochen worden war. »Ich liebe dich.«

»Ist schon klar. Aber bei mir stehen die Buben Schlange. Ich will mir den schönsten aussuchen. Laß mich dich anschauen. Dreh dich ein bißchen um... gut... Deine Ohren sind ein bißchen zu groß, aber sonst siehst du niedlich aus. Leider bist du noch zu klein für mich.«

»Ich werde aber bald groß, sehr bald.«

»So wie deine Tauben?«

»Noch schneller.«

»Na gut, komm, wenn du groß geworden bist.«

»Ich komme wieder«, sprach Svetljo mit Mühe, seine Tränen zurückhaltend, »und dann wirst du mich lieben«, sagte er zu sich, während er davonlief. Und er lief durch die Gassen und durch die Maisfelder und neben dem Fluß, jene Gegenden durchforschend, die nur diejenigen kannten, deren Liebe zurückgewiesen wurde. Beleidigt, beschämt, verschmäht und gedemütigt fühlte sich Svetljo. Schlimme Gedanken gingen ihm durch den Kopf. Dafür war aber die Luft sauber, so sauber wie nirgends sonst auf der Welt.

Vier Tage später stand Svetljo mit den Zwillingen auf der Holzbrücke und arbeitete mit Wucht an seinem Charakter. Manchmal schwamm ein totes Schaf, manchmal ein toter Hund, manchmal sogar eine tote Pute darunter, am häufigsten schwammen aber die Pflaumenkerne aus der Schnapsbrennerei vorbei. Bei dieser Tätigkeit kreuzte Lena kein einziges Mal in seinem Kopf, denn sein Herz und sein Trieb gingen immer noch getrennte Wege. Das eine schwamm lieber, das andere flog.

Als die Ferien vorbei waren, kehrte Svetljo in die Stadt zurück. Am ersten Schultag kam er wieder mit Sascho zusammen. Ein Blick reichte, um zu erfassen, daß mit ihrer Freundschaft alles beim alten geblieben war, und doch waren die beiden verändert. Beide waren ein bißchen gewachsen, ihre Haare gekämmt, ihre Kleider gebügelt. Sascho zeichnete keine Schatzkarten mehr, Svetljo erwartete keinen Brief von den Toten.

»Ich habe mich im Pionierlager verliebt«, sagte Sascho eines Tages.

»Ich mich im Dorf auch.«

»Ich hab mich aber nicht getraut, es ihr zu sagen«, sagte Sascho wehmütig.

»Ich schon«, sagte Svetljo, und eine Gruppe von Puten begann in seinem Kopf zu gluckern, ein Zwei-Lewa-Schein zu flattern. »Aber du hattest recht, die Frauen schauen nur aufs Geld.«

»Wir müssen lernen, mutiger zu sein.«

»Oder wir finden einen Schatz.«

»Mutiger zu sein ist viel leichter, als einen Schatz zu finden. Wir sollten einen Kampfsport lernen, das hilft. Das Mädchen, in das ich mich verliebt habe, wurde von einem Judoka aufgerissen.«

»Ich hab mich bei einer Judomannschaft angemeldet«, teilte Svetljo eines Abends zu Hause mit.

»Sehr gut, sehr gut«, unterstützte sein Vater Jordan die Entscheidung. »Ich hab dir schon viel beigebracht. Das wird dir helfen«, sagte er noch und warf einen triumphierenden Blick auf die Frau, mit der er seit sieben Jahren, drei Monaten und zwei Tagen nicht mehr geschlafen hatte. Seine Ehefrau war sie, und einst hatte er sie auf Händen getragen, auf den höchsten Hügel der Stadt hatte er sie getragen, der »Hügel des Befreiers« genannt, Stufe für Stufe, immer weiter hinauf, dort wo das Denkmal des Sowjetischen Soldaten stand. Jetzt konnte er darüber nur lachen. Über seine Jugendschwärmerei, über die Hügel, über die vielen steinernen Stufen, nicht aber über das Denkmal des Sowjetischen Soldaten. Längst suchte er nicht mehr das Wort, das er seiner Frau sagen wollte. So ein Wort gab es nicht, oder es war so gewöhnlich, daß er nicht einmal gemerkt hatte, wie es ihm herausgerutscht, gefallen und irgendwo unter ein Bett oder unter einen Kasten gerollt war, wo es wie eine Quitte oder Zwetschke verfault war.

Einiges hatte sich im Leben von Jordan Apostolov geändert, vieles war dasselbe geblieben. Er dachte aber, es wäre umgekehrt. Immer noch beschattete Jordan Intellektuelle, jahrelang hatte er in ihren versteckten Archiven gelesen, und das gab ihm den Grund zu glauben, mehr als alle anderen zu wissen, was in dieser Welt und in diesem Leben vor sich ging. Ja, er hatte tatsächlich viel gelesen, aber er suchte in jedem Text nur jene Worte aus, die einen überführen, die einem zur Last gelegt werden konnten, während der Sinn der anderen wie ein langsamer, niemals ankommender Güterzug an seinem Bewußtsein vorbeiratterte. Nie stieg er ein, nie brachte er die Ladung ans Licht. Die strafenden Worte suchte Jordan und nicht die erlösenden, ein Schatten war er, und nur die dunklen Seiten eines Textes zogen ihn an, denn ein Schatten hatte für das Licht keine Augen.

»Haben Sie noch was zu sagen?« Mit dieser unnötigen Frage beendete Jordan seine Verhöre. Nein, sie hätten ihm schon alles gesagt, antworteten alle, die seine Zuhörerqualitäten kennengelernt hatten, während er die Mappe mit ihren Geständnissen zuklappte. Wie konnte es auch anders sein, ihr Fleisch gewordener Schatten stellte die Fragen, und ihre Worte wurden zu Fleisch, und dieses Fleisch hatte Namen und stand auch bald vor Jordan, und er behandelte es so lange, bis es wieder zu Wort und in einer Mappe aufbewahrt wurde. Dann schloß Jordan zufrieden die Mappe. Mindestens einmal im Monat nahm Jordan einem die Worte und überließ ihn dem Schweigen. Eine ganz einfache Tätigkeit, die aus einem nicht vollwertigen Mitglied der Gesellschaft ein vollwertiges machte. In diese zwei Gruppen teilte Jordan alle Menschen, denn er liebte das Einfache. »Aus unseren Kindern sollen vollwertige Mitglieder der Gesellschaft werden«, pflegte er immer zu sagen, während er seine Erziehungsmethoden anwandte.

»Die ersten sieben Jahre sind für die Erziehung eines Kindes am wichtigsten, danach kümmert sich die Gesellschaft um sie«, hatte ihm Oberst Zarev einmal gesagt, und Jordan hatte seinen Rat befolgt. Er dachte, wenn sein Sohn endlich acht Jahre alt wäre, könnte er sich richtig zurücklehnen, er mußte aber mit Beunruhigung feststellen, daß sich die Gesellschaft vielleicht ein bißchen um seine Tochter, dafür aber gar nicht um die Erziehung seines Sohnes kümmerte. Er dachte, er hatte seinem Sohn schon das Wichtigste beigebracht, aber was tat dieser? Er war nicht besonders gut in der Schule, strebte nie danach, der erste zu sein, rebellierte sogar, sagte, daß er ihn hasse, weinte ab und zu wie ein Mädchen und erwartete Briefe von Toten. Lauter Sachen, die ihm Jordan nie beigebracht hatte. Viele seltsame Sachen tat sein Sohn, Schwierigkeiten bereitete er ihm, das machte Jordan sehr traurig, denn er liebte das Einfache.

Wie schön wäre es gewesen, wenn die Dinge in seiner Familie sich so einfach regeln ließen wie die in der Arbeit. Gut, daß er die Arbeit hatte. Er fand dort Anerkennung, Lob und Trost. Eigentlich alles, was er in der Familie vermißte. Was die Freude betraf, die holte er sich durch die Beschattung des Genossen Mladenov. Viel Freude war da noch zu holen. Für ein ganzes Leben würde sie reichen.

Mag sein, daß der Genosse Mladenov ihn schon vergessen hatte, aber Jordan konnte ihn nicht vergessen. Den Großteil seiner Freizeit hatte er dem Genossen Mladenov gewidmet. Viel Zeit war das, mehr, als er für die Erziehung seiner beiden Kinder verwendet hatte. Und mittlerweile hatte er vieles über ihn erfahren.

Er wußte, daß Mladens Schwiegervater regelmäßig Rosenöl aus der Kosmetikfabrik hinausschmuggelte und den Vietnamesen half, ihren Schwarzhandel zu betreiben. Nach dem Vietnamkrieg waren viele Vietnamesen nach Bulgarien gekommen. Sie waren ein Brudervolk. Man hat sie in Arbeiterheime einquartiert und extra für sie in den Kantinen Reis gekocht. Sie wollten aber lieber Cevapcici und Steaks essen, eben genau das, was ihre Brüder aßen. Sie bekamen, was sie wollten, und es wurde wieder bestätigt, wie wenig man über seine Brüder wußte. Sie arbeiteten schichtweise in verschiedenen Fabriken und Werken, um die Schulden ihres Landes zurückzuzahlen, und verkauften schichtweise Jeans verschiedener Marken auf dem Schwarzmarkt. Das eine taten sie für ihre Heimat, das andere für ihr Heim. Und beides schichtweise. Amerikanische Jeans waren eine sehr begehrte Ware. Sie hatten so viele davon, daß man meinen hätte können, sie hätten den Amerikanern alle Hosen heruntergezogen. Die Kombination Klassenbewußtsein und amerikanische Ware war eine Bereicherung. Wenn man eine Levis oder eine Wrangler brauchte und keine westliche Währung besaß, um sie in den Devisengeschäften zu kaufen, ging man zu den Vietnamesen. Sie waren Brüder. Sie kannten die kleinsten Sehnsüchte des Proletariats. Sie nahmen Maß an einem, und nach zwei Tagen bekam man eine Levis oder eine Wrangler, und die paßte so vollkommen, daß man vor Freude die Internationale hätte singen können.

Wie konnten sie so viele Jeans ins Land einschmuggeln,

fragte sich jeder, bei diesen strengen Kontrollen wäre das eigentlich unmöglich. Es war tatsächlich unmöglich. Deswegen schmuggelten sie auch keine Jeans. Sie schmuggelten nur den Stoff, die Knöpfe, die Reißverschlüsse und die gefälschten Markenzeichen. Die Vietnamesen waren sehr gute Schneider, aber keinem war das aufgefallen. So wenig wußte man über die eigenen Brüder. Wo die Vietnamesen wohnten, knatterten Tag und Nacht die Nähmaschinen.

»Man muß Nachsicht mit ihnen haben«, sprach Oberst Zarev. »Sie haben so lange diesen Krieg gehabt, haben tapfer gekämpft und niemand geringeren als die Amerikaner besiegt. Jetzt sollen sie sich ein bißchen erholen, das Leben genießen. Sie haben ihre Ruhe verdient.«

Und die Miliz hatte Nachsicht mit ihnen. Jordan waren die Vietnamesen auch sympathisch, so wie ihm alles Tapfere sympathisch war. Mladens Schwiegervater Micho war ihm auch sympathisch, besonders weil er Mladens Namen ausnützte, um die Vietnamesen mit guten Nähmaschinen zu versorgen. Wer weiß, vielleicht konnte ihm dieses Wissen einmal nützen, jedenfalls sammelte er es, und dieses Sammeln bereitete ihm großes Vergnügen. Er wußte mittlerweile alles über Mladens Liebschaften, über den Besuch seiner Schwester, über seine Gewohnheiten, und die Gewißheit, daß der Genosse Mladenov es auch nicht so leicht hatte, erfüllte sein Herz mit Freude. Viele Pläne hatte Jordan inzwischen entworfen und wieder verworfen, denn was würde es ihm nützen, wenn er Mladens Leben schnell in den Ruin stürzen würde. Woher sollte er sich dann die Freude holen? Nein, es sollte langsam geschehen, Schritt für Schritt, Stufe für Stufe den Berg hinunter. Zu schnell hatte er damals seine Frau getragen, zu schnell den Höhepunkt seiner Freude erreicht. Denselben Fehler wollte er nicht wiederholen. Und langsam, sehr langsam, nach langem Erwägen, hatte sich ein einfacher Plan in Jordans Kopf herauskristallisiert. Schlicht und gerade wie die Narbe in seiner eigenen Seele.

Dieser Plan zwang ihn, ins Theater zu gehen, sich Dorotheas Vorstellungen anzuschauen und sie jedes Mal mit begeistertem Applaudieren zu würdigen. Dieser Plan zwang ihn, eines Tages an einer Premiere teilzunehmen, wo sie die Antigone spielte, noch häufiger zu klatschen, dann wie einige andere auf die Bühne zu steigen, ihr einen Rosenstrauß zu überreichen und ihr ins eine Ohr »Niemand verkörpert besser als Sie das Tragische« zu flüstern und ganz schnell ins andere, »Ihr Mann betrügt Sie«, und dann noch schneller zu verschwinden. Alles geschah so einfach, alles lief so wunderbar. Er war einfach wunderbar, dieser Plan. Dann aber passierte etwas, was Jordan sehr durcheinander brachte, obwohl es nicht mit dem Genossen Mladenov zu tun hatte.

Es gab irgendwo in der Stadt einen Piratensender, der schon seit zwei Monaten täglich ein einstündiges Programm ausstrahlte. Das Programm bestand aus systemkritischen Berichten, neuer Popmusik aus England, regierungsverspottenden Witzen, neuer Popmusik aus Amerika, ironischen Kommentaren über die sozialistische Planwirtschaft und endete immer mit einem Lied von Wladimir Wissotzkij. Nun war der Sender lokalisiert worden. Man wollte so wenig Aufsehen wie möglich erregen, also schickte man nur Jordan und noch einen verläßlichen Kollegen, um die Sache zu erledigen. Man rechnete mit einem großen Fang, nur ein westlicher Spion konnte das sein, wer sonst würde sich so etwas trauen. Um so größer war die Überraschung, als man die Dachwohnung stürmte. Drei Leute fand man drin, zwei Schüler aus der 11. Klasse des Elektrotechnikums und einen 30jährigen Rechtsanwalt. Die Schüler gehörten zu den Besten ihrer Klasse und stammten aus angesehenen Familien. Beide Eltern von einem waren

Ärzte, die von dem anderen Ingenieure. Ihnen konnte es nie an etwas gefehlt haben, warum taten sie denn so etwas Dummes? Warum ruinierten sie für immer ihre Zukunft? Immer neue und neue Gedanken blitzten in Jordans Kopf auf. Im Angesicht des Anwalts aber versagte sein Verstand. »Bleib hier und behalt sie im Auge, ich muß schnell was klären«, sagte er zu seinem Kollegen, der gerade allen dreien die Handschellen angelegt hatte. »Gut, aber dieses Verhör führen wir gemeinsam«, zwinkerte er Jordan zu.

Jordan ging, stieg ins Auto, fuhr. Er fuhr zu Oberst Zarev. Fast in jedem Hof und vor jedem Wohnhaus brannte ein kleines Feuer, darauf stand ein großer schwarzer Kessel. Man schloß Obst und Gemüse in Glaskonserven, man kochte Kompotte und verschiedene Aufstriche. Der Septembertag war noch heiß, aber die Leute dachten schon an den Winter, und die Luft roch nach Rauch, nach gekochten Paprika und Tomaten. Die Kellertüren standen offen, bereit, den Sommer einzusperren. Noch wehrte sich der Sommer, noch brachte er die Leute zum Schwitzen, noch zertrat er die kriechenden Kellergerüche und stieß sie zurück in die Erde, stark war noch sein Licht, aber irgendwann würde der erste Nebel kommen. Und dann der nächste, bis sie ihn umzingelten, und irgendwann würde der erste Reif fallen und an seine Füße silberne Ketten legen.

So wie der Sommer wehrte sich auch Jordan, etwas Unwandelbares zu begreifen, denn die dritte Person, der sie heute die Handschellen angelegt hatten, dieser Anwalt, war Oberst Zarevs jüngster Sohn.

Oberst Zarev wartete sehr aufgeregt in seinem Büro. Er hatte die neueste Paradeuniform angelegt, sie mit allen Orden und Auszeichnungen geschmückt, um die feindlichen Spione in seiner ganzen Pracht zu empfangen. Er ging auf und ab, als Jordan eintrat.

»Haben Sie sie?« stürzte er sich gleich auf ihn. Jordan nickte.

»Bravo, Apostolov, führen Sie sie sofort zu mir.«

»Sie sind noch dort«, sagte Jordan.

Zuerst verließ die Freude die Augen des Oberst, danach mit einem leichten Zittern, als ob sie sich von einem Spinnengewebe befreite, trennte sie sich von seinen Lippen und rutschte immer tiefer in ihn hinein. Man sah sie nicht mehr, man sah nur die Orden, aber auch sie schienen langsam abzustumpfen. Jordan spürte auf seinem rechten Arm den Griff des Oberst.

»Und warum sind sie noch dort, Apostolov? Erklären Sie mir das sofort«, sprach jemand ohne Glanz und ohne Freude.

»Ihr jüngster Sohn ist unter ihnen«, sagte Jordan. Die Hand befreite seinen Arm, ein großer Körper zeigte seine Rückseite, zwei breite Schultern versperrten Jordan die Sicht. Jordan stand wie vor einer neu tapezierten Tür. Er wußte, er mußte warten. Er wollte etwas Tröstendes sagen, aber eine Tür sprach man nicht an, man konnte nur warten und lauschen, was auf der anderen Seite geschah.

»Man tut für seine Kinder, was man kann. Man glaubt, ihnen den richtigen Weg gezeigt zu haben, aber irgendwann verlassen sie das Haus und wohin sie gehen, wissen nicht mal die Sterne«, kam von der anderen Seite.

»Noch ist nichts geschehen, Genosse Oberst. Wir können die Sache vertuschen. Es sind nur drei Leute, die davon wissen«, sprach Jordan endlich das aus, was ihm am Herzen lag.

»Sergeant Kozev wird reden, ich kenne ihn.«

»Wird er nicht… Ich bring ihn zum Schweigen.«

Die Tür wurde plötzlich geöffnet, wieder sah man den Glanz der Orden, wieder zuckten die Lippen, und wieder war kurz ein Schimmer in den Augen, ein wichtiges Wort wartete, gesagt und gehört zu werden. Man hörte es fast zappeln wie einen Fisch auf dem Trockenen, es erreichte aber nicht den Fluß. Die Dinge flossen unwiderruflich an ihm vorbei.

Oberst Zarev räusperte sich, glättete mit der Linken den Rand seines Sakkos und sagte: »Nein, mein Sohn hat sich für diesen Weg entschieden, er soll ihn gehen … Wissen Sie, warum unsere Sache ewig bestehen wird, Apostolov? Weil sie gerecht ist. Er muß es auf seine Weise begreifen. Ich habe es nicht geschafft, ihm das zu vermitteln.«

»Das kann nicht Ihre Schuld sein. Sie haben ihn sicher hervorragend erzogen, machen Sie sich keine Vorwürfe.«

»Doch, ich hätte ihn mehr lieben sollen … Gehen Sie jetzt, Apostolov, und bringen Sie diese Saboteure zum Verhör.«

Jordan zog seinen Körper straff und verließ das Zimmer.

»Wo bist du so lange gewesen, der eine hat sich angepinkelt, ich bin doch keine Kindergärtnerin«, fragte ihn Sergeant Kozev, als er wieder in die Dachwohnung kam. Jordan führte ihn hinter ein Regal mit Glaskonserven, das sie von den Gefangenen abschirmte, und flüsterte in sein Ohr. »Du darfst diesmal alle drei allein verhören. Sollte ich aber hören, daß jemand von den anderen Abteilungen Wind von der Sache bekommt, schneide ich dir die Zunge ab, und wenn ich dafür ewig sitzen muß.«

Jordan kam sehr spät in der Nacht nach Hause zurück, alle Lichter waren schon ausgemacht. Lautlos schlich er in das Zimmer seines Sohnes hinein, stellte sich vor das Bett und betrachtete den schlafenden Svetljo eine Weile. Svetljo schlief mit offenem Mund, und auf dem Polster hatte sich ein nasser Fleck gebildet, und der Stoff war dunkler geworden, als ob dort gerade ein Traum seinen kleinen Schatten geworfen hätte. »Putputputputput …«, redete Svetljo im Schlaf, so rief man Hühner, Enten, Gänse und Puten zusammen. »Muß er von meiner Mutter gehört haben. Ihm gefällt es auf dem Land«, dachte Jordan und schlich wieder aus dem Zimmer. Die Lampe auf Marinas Nachtkästchen brannte noch, sie las gerade »Die Beleidigten und die Gedemütigten« und kaute gleichzeitig an ihren Nägeln. Als Jordan sich ins Bett legte, machte sie das Buch zu, dann das Licht aus, drehte ihrem Mann den Rücken zu und umarmte den Polster.

»Erinnerst du dich, wie lange unser Sohn nicht sprechen wollte ... Jetzt redet er sogar im Schlaf«, hörte sie. »Ja«, sagte sie.

»Unser Sohn ist ein guter Bursche«, hörte sie, und das zweite Ja kam aus ihrem Mund.

»Gute Kinder haben wir, sehr gute ...«, sprach Jordan vom anderen Polster, aber es war so, als ob er von einem anderen Berg zu ihr sprach. So fern, so fremd kam ihr jetzt seine Stimme vor. »Ja, so ist es«, sagte Marina und ließ ihn allein auf dem Berg. Sie hörte ihn noch lange sich im Bett wälzen und den Kopf auf den Polster drücken und keuchen, sie hörte seinen Kampf mit der Schlaflosigkeit, aber in ihr regte sich nichts, sie wurde nicht einmal neugierig. Zuerst hatten seine Hände aufgehört, sie zu berühren, es war viel Zeit vergangen, aber eines Tages war es geschehen, daß auch seine Worte sie nicht mehr berührten, danach sein Keuchen und letztendlich sein Schweigen. Was sie über diese schweren Jahre getröstet hatte, waren ihre Kinder und ihre Bücher. Marina las sehr viel. Sie hatte alle Bücher der Reihe Weltklassik abonniert, und immer wenn sie eine Schlange vor einer Buchhandlung sah, reihte sie sich ohne nachzudenken ein. Sie besprach die Bücher gerne mit ihren Kollegen, und da diese ihr irgendwann nicht mehr nachkommen konnten, begannen sie ihr Geschichten aus ihrem Leben zu erzählen und sie nach Rat zu fragen. Die Fragen erstreckten sich von Herzensangelegenheiten bis zu Zimmereinrichtungen, und alle waren mit ihren

Vorschlägen zufrieden, denn durch die Bücher hatte Marina ein Gespür dafür entwickelt, was ein Mensch gerne und was er ungerne hörte. Und alle liebten Marina, und diese Liebe war für sie wie eine Befreiung. Verbannte Gefühle und Gewohnheiten kehrten aus der Vergessenheit zurück und ihre Haut, wie von einer Krankheit geheilt, wurde wieder empfindlicher für die Blicke der Männer. In einem kleinen Spiegel, den sie immer in der Tasche trug, entdeckte Marina ihr junges Gesicht wieder, und je öfter sie sich darin anschaute, desto öfter dachte sie, daß kein Mensch, nicht einmal sie selbst, die paar Jahre über 30 merken konnte. Vor allem aber der 28jährige Busfahrer der Linie Plovdiv-Pasardshik nicht, der seit einem Jahr ihren Schalter belagerte und ihr jedes Mal ein kleines Geschenk, einen kleinen Scherz oder eine Einladung durch die kleine Glasöffnung schmuggelte.

Eines Tages nahm sie seine Einladung an. Sie tranken Kaffee. Er schmeckte ihr. Nun gingen sie öfter Kaffee trinken. Er erzählte ihr Geschichten aus seinem Leben, sie aus ihren Büchern. Und jeder las dabei aus den Augen des anderen. Eines Tages gingen sie auch essen. Sie aßen gemischten Grillteller und tranken Wein. Es schmeckte ihr. Er erzählte Geschichten aus dem ersten Buch, das er seit langem gelesen hatte, sie die erste aus ihrem Leben, und jeder blickte dabei durch die Augen des anderen.

Am nächsten Tag lud er sie auf eine Fahrt mit dem Bus ein. Sie willigte ein. Er machte früher Schluß und ließ sie einsteigen. Sie fuhren lange durch die Stadt, danach verließen sie sie und bogen in einen Waldweg ein, er parkte den Bus im Schatten. Im Bus gab es Platz für 42 Personen, sie waren drinnen allein, das war ihnen aber nicht genug, und sie warteten, bis sie das Gefühl hatten, alleine in der Welt zu sein. Diesem Gefühl zur Folge landeten sie auf dem Rücksitz, dort endete der Bus, in ihrem Fall auch die Welt. Außer Lippen und Zungen hatten sie keine andere Nahrung. Und beim Küssen hatte jeder den Geschmack am Erzählen verloren. Seine Hand bahnte sich den Weg zu ihren Brüsten, brachte sie ans Licht, bald darauf übersiedelten seine Lippen und seine Zunge dorthin und zogen eine brennende Spur. »Du bist so schön«, wehten seine Worte den Brand zu ihren Ohren herüber. Seine Hand war jetzt zwischen ihren Schenkeln, die Hand, die diesen großen Bus lenkte, lenkte jetzt ihren Körper einem ungewissen Schicksal entgegen. Wie durch eine Glasscheibe zogen Bilder an ihr vorbei.

»Genug, genug… Ich habe Kinder«, sprach sie.

»Und ich hab niemanden«, sagte er.

»Wir dürfen nicht so weit gehen… Sonst wird es eine Katastrophe«, sagte sie, und schon wußte sie, daß sie die schönste Reise seit vielen Jahren gleich unterbrechen mußte. »Nein!« rief sie und zog sich ins Eck zurück, und es tat ihr so weh, wie wenn sie aus einem fahrenden Bus gesprungen wäre.

»Bitte nicht jetzt… Nicht gerade jetzt«, sagte er, und schon war er auf dem Sitz Nr. 39 gekommen. Der Bus hatte Platz für 42 Personen. Ganz allein kam er sich jetzt drinnen vor.

»Warum hast du mir das angetan?« wollte er den Grund seiner bitteren Ankunft wissen. Sie sah sein junges, beleidigtes und trauriges Gesicht an, schloß kurz ihre Augen, um nicht das zu sehen, worauf sie verzichtete, und sagte, »Wenn mein Mann etwas davon hört, bringt er dich um.«

»Ich hab keine Angst. Ich hab früher Judo trainiert«, sagte er schroff, und seine Augenbrauen wären beinahe aufeinander gestoßen. Marina wollte küssen, nur küssen, stattdessen mußte sie sagen: »Er arbeitet bei der Miliz.«

Nun saß Marina am Abend zu Hause, hörte ihren Mann schmatzen, aß selber, aber das Essen, das sie gekocht hatte, schmeckte ihr nicht. Sie war noch satt von den Lippen. Als sie das Geschirr vom Tisch räumte, trat ihr Sohn ins Zimmer. »Ich werde Judo trainieren«, verkündete er voller Freude. Marina ging schnell zum Abwaschbecken, stellte die Teller hinein, hörte, wie ihr Mann Svetljo ermutigte, ließ das heiße Wasser rinnen und atmete tief.

»Warum gerade Judo, mein Kind? Warum... Dieser Sport wird dir nur weh tun«, sagte sie, als Svetljo seinen Teller zu ihr brachte.

Sie hatte recht, Judo zu trainieren tat sehr weh. »Das Wichtigste ist, richtig zu fallen«, wiederholte der Trainer immer wieder. Einen Monat lang fielen Svetljo und Sascho oder wurden zu Fall gebracht. Ab und zu lernten sie einen Griff, und wieder mußten sie fallen. Die Konzentration, die sie für die Schule brauchten, lag auf dem Teppich in der Halle, und das Fallen hatte sich schnell auf ihren Notendurchschnitt übertragen. Nach drei Monaten Judotraining sammelten sie alles, was von ihrem Verstand übriggeblieben war, und brachen das Training ab. Es mußte auch etwas anderes geben, womit man die Mädchen beeindrucken konnte, sie mußten es nur herausfinden.

Und tatsächlich geschah etwas, was Svetljo eine Weile denken ließ, das gesuchte Mittel gefunden zu haben. In der Unterrichtsstunde war immer häufiger von den Partisanen die Rede, und da die Klassenleiterin wußte, daß Svetljos Großvater einer gewesen war, bat sie Svetljo, ihn zu einem Treffen mit der Klasse einzuladen.

»Weißt du, mein Enkel, ich bin kein Held gewesen«, sagte der alte Svetlin und spürte, wie ihm der Saft reifer Trauben die Zunge zuklebte und er nicht weitererzählen konnte. Aber die

Bitten seines Enkels waren so eindringlich, daß sie das Rascheln der Maisblätter und den Schuß des Wächters und alles Vergangene übertönten und er letztendlich einwilligte.

Nun zog Svetlin seinen besten Anzug an, rasierte sich, fuhr in die Stadt, steckte kurz vor der Schule seine Orden an, betrat das Klassenzimmer seines Enkels und setzte sich auf den Stuhl der Lehrerin. Von seinem frisch rasierten Gesicht machte sich der Geruch des Lavendels breit, von seinen frisch polierten Orden der des Essigs, und jeder in der Klasse war überzeugt, daß dies die Gerüche eines jeden Helden waren. Besonders, als Svetlin zu erzählen begann. Mag sein, daß er nie ein Held gewesen war, aber ein guter Erzähler war er immer schon gewesen. Was machte das schon für einen Unterschied? Den Leuten waren die Geschichten oft lieber als die Helden, denn mit einer Geschichte wußten sie viel mehr anzufangen als mit einem Helden. Also erzählte Svetlin, was ein Partisan alles durchmachen mußte. Er erzählte, wie seine Abteilung einmal so lange in einem Wald eingekesselt war, daß ihnen nichts anderes übrig blieb, als Baumrinde und Blätter zu essen, um zu überleben. Und während des Erzählens dachte er an die guten Speisen, die ihm seine Frau ins Maisfeld gebracht hatte. Als er von blutigen Gefechten erzählte, dachte er an seine rostige Pistole, aus der er ein einziges Mal, und das zu Neujahr 1945, geschossen hatte, wodurch ihr Lauf zersplitterte. Als er von den tapfersten Kameraden von seiner Abteilung sprach, deren Namen schon in den Geschichtsbüchern standen, dachte er, daß ein Großteil von ihnen von den Kommunisten selber umgebracht worden war. Da läutete die Schulglocke, sie erlöste Svetlin von seinen Erinnerungen und die Klasse von dem Geruch nach Essig und Lavendel. Die Klassenleiterin bedankte sich bei ihm mit Tränen in den Augen und übergab ihm einen Nelkenstrauß. Die Schuldirektorin kam auch in das Klassenzimmer, um Svetlin für weitere

Treffen zu gewinnen. »Es ist unglaublich wichtig für die Erziehung der Schüler und unersetzbar für die Bildung ihrer Wertsysteme«, sagte sie. »Es tut mir leid, aber so was ist sehr anstrengend für mich. Ich hab's nur dieses eine Mal gemacht, wegen meines Enkels«, sagte Svetlin, der Partisan, zwinkerte seinem Enkel zu und fuhr wieder nach Hause und schenkte die Nelken seiner Frau.

»Was ist denn mit dir los? Das ist ja nur rausgeschmissenes Geld«, sagte sie, aber ihre Freude war unübersehbar. Svetlin zog sie an sich. »Pfui, riechst du nach Essig«, versuchte sie sich von seiner Umarmung zu befreien. »Es sind die Scheißorden, nur die Scheißorden«, sagte er. Sie führte ihn ins Zimmer, um diese peinliche Situation vor den Nachbarn zu verstecken und sich zu vergewissern, ob das mit den Orden stimmte.

Zwei Wochen danach genoß Svetljo immer noch die Aufmerksamkeit aller seiner Mitschüler, die ihn in den Pausen umringten, um noch mehr Geschichten aus dem Leben seines Großvaters zu hören. Und Svetljo erzählte, ohne mit der Wimper zu zucken, und war selber überrascht, wie viel ihm jedes Mal einfiel. Das Leben seines Großvaters erwies sich als ein sehr dankbares, dehnbares und leicht zu formendes Material. Er schickte seinen Großvater einmal nach Moskau, ließ ihn ein anderes Mal mit einem Fallschirm über Berlin abspringen, und bald hatte sein Großvater so viele mutige Taten vollbracht, daß jeder antike Held nur neidisch sein konnte. Neidisch war aber auch Sascho, er hatte keine solchen Helden in der Familie. Sein Vater war Betonierer, sein Großvater Maurer, die restlichen Großeltern waren vor seiner Geburt gestorben, und zwischen den Betonschichten kam selten eine Geschichte über sie heraus. »Dein Großvater war Maurer, deine Großmutter eine Heilige, und die Eltern deiner Mutter waren miese

Schweine, jetzt sind sie alle tot«, hatte er einmal von seinem Vater gehört. Sascho erwog alles, was er über seine Großeltern wußte, und ließ sie lieber ruhen.

»Erzähl auch, daß deine Großeltern Partisanen waren«, riet ihm Svetljo.

»Aber sie sind es nicht gewesen.«

»Macht ja nichts, wer weiß das schon.«

Sascho überlegte kurz, ob er nicht von seiner Großmutter erzählen sollte, entschied aber, daß er vor der kommunistischen Jugend nicht mit einer Heiligen angeben konnte, und sagte verbissen, »Ich finde schon was. Mach dir keine Sorgen.«

Gut, daß sich nach zwei Wochen keiner mehr für Partisanengeschichten interessierte. Svetljo verlor allmählich die Aufmerksamkeit seiner Mitschüler und gewann erneut die Freundschaft Saschos. Wer aber beständig die Aufmerksamkeit aller genoß, war Kalin. Sein Vater war Fernfahrer und bekam die Hälfte seines Lohnes in Dollar. Mit Dollar konnte man in jenen magischen Geschäften einkaufen, an deren Schaufenstern jedes Kindergesicht der Stadt mindestens einmal in der Woche klebte. Jede Ware, die dort verkauft wurde, war begehrenswert. Kalin war von oben bis unten mit Gewand aus diesen Geschäften angezogen. Kalin war von oben bis unten begehrt. Sogar die Kaugummis in seinem Mund stammten von dort, also war es kein Wunder, daß er schon so manches Mädchen geküßt hatte. Jeder lud Kalin zu seinem Geburtstag ein, und jeder buhlte um seine Freundschaft. Es schien besser zu sein, einen Vater, der Fernfahrer war, zu haben, als einen Großvater, der Partisan war. Das empfand Svetljo als ungerecht. Außerdem entsann er sich, Kalin einmal auf dem Sandplatz geschlagen zu haben. Um diese Erinnerung aufzufrischen, wartete er einmal nach der Schule auf ihn, gab ihm zwei Ohrfeigen und, inspiriert von der Wirkung, schrieb mit einem roten Fullmaster auf seine neue weiße Jacke »Scheißer« darauf. Kalin beklagte sich bei der Klassenleiterin. Als die Stunde begann, holte sie Svetljo vor zur Tafel. »Warum hast du das gemacht?« sagte sie, mit ihrem Zeigestock spielend. Svetljo verfolgte angespannt den Rhythmus des Stocks, seine Augen durchforsteten auf der Suche nach Hilfe die Wände, die Fenster, die Bänke, und blieben auf dem Portrait von Genosse Todor Shivkov haften. Er schaute zuversichtlich auf ihn, es war das einzige Gesicht, das ihn ermunterte, und schon kamen Svetljo die rettenden Worte in den Sinn. »Weil Kalin sich über den Genossen Shivkov lustig gemacht hat.«

»Er lügt«, schrie Kalin von seiner Bank.

»Stimmt das, was Svetljo sagt«, wandte sich die Lehrerin zur Klasse.

»Ja, das stimmt«, meldete sich Sascho.

»Er lügt auch! Glauben Sie ihnen nicht, Genossin Lehrerin«, rief wieder Kalin.

»Sogar wenn du die Wahrheit sagst, hast du kein Recht, jemanden zu schlagen. Solche Sachen sollst du mir melden. Als Strafe sollst du jetzt zwanzigmal auf die Tafel schreiben ›Ein Pionier darf niemanden schlagen, seine Pflicht ist es, den anderen zu helfen‹«, sagte die Lehrerin zu Svetljo.

Als sich Svetljo wieder auf seinen Platz setzte, waren seine Finger von der Kreide weiß und seine Gedanken hell, man glaubte doch dem Enkel eines Partisanen und nicht dem Sohn eines Fernfahrers. Diese Gewißheit beruhigte ihn nicht sehr lange, und ihre Wirkung löste sich gleich nach der letzten Stunde in Staub auf. Denn da sah er, daß Kalin wieder von einem Mädchen begleitet nach Hause ging.

»Wir sollten lieber einen Schatz suchen.«

»Es muß was Leichteres geben«, erwiderte Sascho, und wie gewöhnlich kletterten sie auf den »Hügel der Befreier«, setzten sich auf ihren Lieblingsfelsen, von dem aus sich irgendwie leichter denken und träumen ließ. Vielleicht, weil sie über der Stadt saßen und ihnen alle Häuser, Straßen und Menschen wie kleine Spielzeuge vorkamen. Vielleicht, weil der Duft des Flieders und des Holunders an ihren Gedanken klebte.

Aber ihnen kamen dort immer die besten Ideen.

Eine davon war es, Maikäfer zu fangen, sie zu verkaufen und so an Geld zu kommen. Jeder Bub in der Schule sehnte sich danach, einen Maikäfer zu besitzen. Einen Maikäfer konnte man an einen Faden binden, ihn fliegen lassen, und das war eine der wunderbarsten Sachen der Welt, besonders während des Unterrichts. Ein Bub, der noch nie von einem fliegenden Maikäfer begleitet worden war, war einfach zu bemitleiden. Die Maikäfer tauchten jedes Mal fast genau zum Tag der Arbeit auf, und obwohl die fleißigsten von ihnen, also jene, die am längsten flogen, am wertvollsten waren, hatten sie mit der Arbeiterbewegung nichts zu tun. »Das ist ein guter Arbeiter«, machte Sascho immer Werbung, bevor er einen Käfer verkaufte. Es gab drei Arten von Maikäfern, den Feuerwehrmann, die Königin und den König. Der Feuerwehrmann strahlte einen leicht rötlichen Schimmer aus, so als ob sein grüner Panzer mit einem glänzenden Rost bedeckt wäre. Er kostete zwischen 20 und 30 Stotinki, je nach dem, ob er ein guter Arbeiter war oder nicht.

Die Königin hatte einen rötlich gepanzerten Bauch und grünlich gepanzerte Flügel. Sie kostete ungefähr gleich viel wie der Feuerwehrmann, denn die Königinnen und die Feuerwehrmänner waren unter den Käfern gleichmäßig verteilt.

Mit dem König dagegen verhielt sich die Sache ganz anders. Er war doppelt so groß wie die beiden anderen. Sein ganzer Panzer war grellgrün, und jede seiner Bewegungen verriet seine Herkunft. Er war einfach unbeschreiblich schön. Einen

König zu fangen war sehr schwierig, weil er sehr selten war. Er kostete nie unter einem Lewa, und von ihm verlangte keiner, daß er ein guter Arbeiter war. Er war eben ein König, und wer wollte nicht einen König besitzen.

Svetljo und Sascho verkauften Königinnen und Feuerwehrmänner und hin und wieder einen König, aber es gab so viele Verlockungen in den Konditoreien und in den Lunaparks, daß sie kein Geld beiseite legen konnten. Mit dem letzten Geld hatten sie versucht, zwei Mädchen auszuführen. »Und über was sollen wir uns mit euch unterhalten? Ihr habt ja nur Käfer im Kopf«, lehnten die Mädchen spöttisch ab. Also waren es doch nicht die Käfer, die ihnen helfen konnten, ein Mädchen aufzureißen.

Nun saßen sie wieder auf ihrem Felsen, baumelten mit den Beinen.

»Die Frauen stehen auf Männer mit Erfahrung, aber wie sollen wir Erfahrung sammeln, wenn wir nicht einmal den Anfang schaffen«, sagte Sascho, riß ein Stück Moos vom Felsen und warf es hinunter.

»Vielleicht sollten wir zuerst bumsen lernen. Alle meine Freunde im Dorf haben es schon gemacht«, erwähnte Svetljo weise, denn für ihn war das Bumsen immer noch eine Sache zwischen Mensch und Tier.

»Das glaube ich nicht. Deine Dorffreunde geben nur an. Du siehst ja, wir schaffen es nicht einmal, mit einem Mädchen auszugehen«, regte sich Sascho auf.

»Man braucht nicht unbedingt eine Frau dafür«, versuchte Svetljo seinem Freund zu zeigen, wie unnötig seine Aufregung war.

»Wie das?« Eine Pause folgte. »Und mit wem machen sie es dann?« Zweite längere Pause. »Untereinander?« Svetljo schmunzelte, kostete die Verunsicherung seines Freundes aus und sagte dann, »Mit einer Ziege soll es am feinsten sein.«

Aber es folgte nicht die erwartete Wirkung, Saschos Gesicht zeigte Entsetzen, Saschos Mund spuckte und schimpfte.

»Was ist denn dabei«, fragte Svetljo verwundert.

»Das ist ja abartig, du wirst unter diesen Dorfburschen völlig verkommen.«

Nur eines war Svetljo bis jetzt klar geworden, daß bei dieser Sache die Grenzen zwischen normal und abnormal nicht festgesetzt waren und nach Belieben verschoben werden konnten. Nun sammelte Svetljo seinen Mut, gab zu, daß er sich in diesem Bereich nicht so gut auskannte, und bat seinen Freund, ihn aufzuklären.

»Morgen öffne ich dir die Augen«, sagte Sascho beruhigt, nachdem er sich vergewissert hatte, daß Svetljo mit keinem Haustier mehr als die üblichen Zärtlichkeiten ausgetauscht hatte.

Saschos bessere Kenntnisse hatten einen einfachen Grund. Er hieß Manol und war sein um sechs Jahre älterer Bruder, der seit der Scheidung bei der Mutter lebte. Sie sahen sich sehr selten, trotzdem, oder vielleicht deswegen, vergötterte Sascho seinen Bruder. Jedes Wort, das aus Manols Mund kam, wurde wie ein Stück Gold behandelt, jeder Spruch sofort in Saschos Wortschatz eingebaut, jede Körperhaltung war würdig, nachgeahmt zu werden. Von diesem Bruder hatte Sascho unter strengster Verschwiegenheit zu seinem 11. Geburtstag ein Pornoheft bekommen. Es war gar nicht so leicht, im realen und auch im reifen Sozialismus an ein Pornoheft zu kommen. Es war sogar eine der schwierigsten Sachen überhaupt. Und je realer der Sozialismus wurde, desto irrealer die Möglichkeit, an so ein Heft zu gelangen. Denn eine Pornozeitschrift ins Land zu schmuggeln war genauso gefährlich wie regimekritische Literatur und wie westliche und religiöse Propaganda. Sie zersetzten die mit so vielen Opfern aufgebaute sozialistische Ethik. Gott und die Pornographie waren gleich schlecht für die Moral der Arbeiterklasse. Sie schwächten sie, sie brachten sie ins Wanken, der eine von hoch oben, die andere von allen üblichen Seiten. Beide waren eine Erfindung, ein Produkt der herrschenden Klasse, beide ein zynisches Mittel der Unterdrückung. Das eine gab es nicht, das andere sollte es in einer sozialistischen Gesellschaft nicht geben. Sie hatten beide in einer gerechten Welt keine Daseinsberechtigung. Sie raubten den Menschen die Würde und verdienten nur Abscheu und Verachtung. Und zum ersten Mal seit Erschaffung der Welt wurde Gott und die Pornographie auf die gleiche Weise behandelt. Im Unterschied zu Gott mischte sich aber die Pornographie doch öfter unter das Volk, und so ein Heft hielt nun Svetljo in seinen Händen. Es steckte aber in dem blauen Plastikumschlag eines Atlanten, auf dem die Weltkugel abgebildet war, und man konnte es nicht gleich erkennen.

»Was soll das, willst du mir die Augen mit Landkarten öffen?« sagte er enttäuscht, als er das Heft überreicht bekam.

»Mach's einfach auf«, schlug Sascho vor.

Svetljo machte es auf, und seine Augen öffneten sich tatsächlich weit weit. Er konnte sie gar nicht mehr schließen. Die Weltkugel auf dem Umschlag kannte er, aber was sich dahinter verbarg, war eine völlig unbekannte Welt, und mit jeder weiteren Seite steigerte sich seine Begierde nach ihr. Denn mit jeder Seite wurde ihm klarer, wie weit der Weg dorthin war, und als er das Ende erreichte, blätterte er wieder nach vorne, denn es schien ihm, er blickte gerade in das Unendliche. Nur mit Mühe konnte er das Heft schließen. Äußerste Überwindung kostete es ihn, dessen Verschwinden in die Schultasche seines Freundes zu verfolgen. Aber seine Phantasie arbeitete noch mit vollem Dampf, und eine ungeahnte Sehnsucht bauschte ihn von innen auf wie ein Segel.

»Alles klar jetzt?« fragte Sascho. Svetljo nickte geistesabwesend. »Willst du auch eine echte Muschi sehen?«

Sascho hatte von einem Mädchen aus der Nebenklasse gehört, die für eine große Tafel Schokolade ihren Plisseerock hob und alles, was darunter war, für eine Weile zur Schau stellte. Sie kratzten das letzte Geld zusammen, das ihnen vom Verkauf der Käfer geblieben war, kauften die Schokolade, fanden das Mädchen, zeigten ihr die Tafel, die vor lauter Aufregung schon weich geworden war, folgten dem Mädchen in den Hinterhof, übergaben ihr zuerst die schon geschmolzene Schokolade, sahen, wie sie aus ihrer weißen Unterhose schlüpfte, stießen ihre Köpfe zusammen, als sie den Plisseerock hob, durften aber nichts anfassen, streckten so weit es ging ihre Hälse, und als das Mädchen gegangen war, blieben ihnen zwei Beulen, die sie erst jetzt zu betasten begannen. Das, was sie gesehen hatten, hatte leider auch der Lehrer für Arbeitsunterricht gesehen, und bald erfuhren auch ihre Eltern davon, was zur Folge hatte, daß die beiden eine Woche lang nicht richtig sitzen konnten.

»Mich vor allen so zu blamieren… Habe ich dir vielleicht so was beigebracht?« schrie Jordan, während er mit einem Teppichklopfer auf Svetljos Hinterteil schlug. Das Schwimmen hatte ihm sein Vater beigebracht, das Radfahren, das Schifahren und das Kaltduschen, und alles andere, was sich inzwischen angesammelt hatte, wollte er ausklopfen.

In Saschos Wohnung hingegen gab es keinen Teppichklopfer. Also griff sein Vater nach seinem Gürtel, probierte ihn zuerst auf dem staubigen Teppich aus und verrichtete danach seine Arbeit stumm, denn er konnte auf kein Erziehungssystem verweisen. Erst zum Schluß sagte er: »Wenn du noch einmal so was machst, dann…«, und beendete den Satz mit einem so stürmischen Schlag auf den Teppich, daß die Wolke, die daraus entstand, sein Gesicht für eine Weile vernebelte.

Aber es gab keinen Schlag und keine Wolke und kein Wort, das diese neue Welt vergessen machen konnte. Denn wie konnte man das Unendliche vergessen. Eine von keiner Natur- und Menschengewalt zu löschende Sehnsucht hatte sich in ihnen eingenistet. Sie ließ sich nur kurzfristig von Spielen verdrängen, denn sie spielten noch gern, Svetljo und Sascho. Fußball am liebsten, Sascho als Tormann, Svetljo als Stürmer. Sie liebten es, mit anderen Burschen zu spielen, und ihre Freude war groß, wenn sie gewannen, sie kletterten auf Bäume und Dächer und Felsen, sie stiegen gern in die Keller aller verlassenen Häuser der Altstadt. Sie töteten Mäuse, öffneten lang verschlossene Schubladen, durchsuchten Zimmer, sie kannten bald all ihre Gerüche, ihren Staub, ihre Plagen, und wenn sie was fanden, steckten sie es in die Tasche. Sie kannten auch bald alle Hügel der Stadt so gut wie kein einziges Fach in der Schule, nur den »Hügel der Jugend«, den verwildertsten, hatten sie nicht so gründlich erforscht. Dort hatten sie Angst, die schlimmsten Typen trieben sich dort herum, behauptete man, aber auch die Psychiatrie lehnte an diesem Hügel. Sie hatten schon einige Male gesehen, wie Leute im Pyjama und mit kahlgeschorenen Köpfen ziellos den Hügel durchwanderten. Nein, dieser Hügel zog weder Svetljo noch Sascho an, obwohl er der Jugend gewidmet war. Ihr Herz hing ganz an dem »Hügel der Befreier«. Sie spielten gern, Svetljo und Sascho, aber immer wenn diese neue Sehnsucht sie ergriff, wurde jedes Spiel unterbrochen, und obwohl beide an dasselbe dachten und dasselbe sprachen, war jeder mit seinem Körper allein. Denn diese Körper wuchsen, dem natürlichsten aller Gesetze gehorchend, unaufhaltsam wuchsen sie dem ersten Kuß entgegen. Und ihre Arme wurden länger, um diese Distanz zu verkürzen, und auf ihre Haut legte sich Flaum, um diesen Kuß weich aufzufangen.

Statt aber seinem Sohn in diesen schwierigen Zeiten zu helfen, kümmerte sich Jordan um die Aufklärung eines ihm völlig fremden Burschen. Er wußte nicht einmal, wie dieser Bursche genau aussah, aber er wußte, welche Schule er besuchte, wie er hieß und wessen Kind er war, denn nicht sein Aussehen, nur sein Schicksal lag ihm am Herzen.

Diesem Anliegen zur Folge befand Jordan sich jetzt in der Wohnung des Begabten, wie der vorzeitig aus dem Gefängnis Pasardshik entlassene Bürger Naum Vlassev genannt wurde. Der Begabte war ein berühmter Zuhälter. Als er auf die Welt gekommen war, hatte ihm seine Mutter den Namen Naum gegeben, die Unterwelt, in die er schon mit sechzehn stieg, einen anderen. 29 Jahre hatte der Begabte in diesen beiden Welten zusammen verbracht, sechs davon nicht auf freiem Fuß. Sechs Jahre war er in verschiedenen Anstalten gesessen, nun stand er vor Jordan.

»Es ist eine Ehre für mich, Sie als Gast zu empfangen, Genosse Leutnant«, sprach der Begabte. Er schmeichelte immer dem Gesetz, in der Hoffnung, eines Tages auch von diesem geschmeichelt zu werden.

»Hör damit auf, Vlassev, und sag lieber, ob du schon eine Arbeit hast.«

»Übermorgen fange ich an. Als Schweißer«, versuchte der Begabte so überzeugend wie möglich zu wirken.

»Vlassev, Vlassev ... Sie sind ein nicht vollwertiges Mitglied der Gesellschaft, wissen Sie das?« Jordan benutzte gern die Höflichkeitsform, wenn er glaubte, tiefe Weisheiten oder den Willen des Volkes auszudrücken.

»Jawohl, Genosse Leutnant.«

»Trotzdem dürfen Sie die saubere Luft unserer sozialistischen Heimat einatmen.«

»Das alles verdanke ich nur der Volksmiliz. Ich habe in der Strafanstalt schweißen gelernt, und glauben Sie mir, in mir hat sich eine neue, ganz große Liebe entfaltet, die Liebe zur Arbeit. Ich war verwirrt, habe die falschen Freunde gehabt, aber jetzt bin ich bereit, all meine Kräfte für den Bau des Kommunismus zu opfern. Wie hat so schön der Dichter gesagt: ›Verbrenne, um zu leuchten‹«, sprach der Begabte und zauberte dazwischen eine Schale Erdnüsse, ein Glas und eine Flasche Whisky vor Jordan.

»Sie trinken Whisky, Vlassev?«

»Aus reiner Freude an der Freiheit und meiner neuen Lebenseinstellung. So was muß man feiern. ›Mensch – das klingt majestätisch‹, hat der große Maxim Gorki gesagt. Trinken wir auf den Menschen.«

»Auf den Menschen trinke ich immer.«

Die Gläser berührten sich andächtig. »Aber ich glaube dir kein Wort. In solche Leute wie dich schaue ich wie durch dieses Glas, du wirst dich nie ändern. Das Verbrechen sitzt tief in deinen Knochen, aber ich habe eine Aufgabe für dich, und die sollst du gut erfüllen... Es gibt einen Burschen, dem ich ein Geschenk machen will. Er ist der Sohn eines guten Freundes. Hier drinnen«, ein weißes Kuvert rutschte zwischen die Gläser, »findest du, wie er heißt, wo er wohnt und welche Schule er besucht. Zeig ihm alle Reize der Stadt und alles, was das Leben schön macht.«

»Dann muß ich ihm das Schweißen beibringen.«

»Halt die Klappe.« Jordan nahm noch einen Schluck, wartete, bis das, was er in den Augen des Begabten sehen wollte, zu sehen war, und fuhr erst dann fort. »Er soll Spaß und so viel Freude wie möglich haben. Er ist gerade im richtigen Alter dafür. Sollte er sich unwohl fühlen, sollte ihm was Unangenehmes zustoßen, loche ich dich ein... Sollte aber jemals jemand etwas von unserer Abmachung erfahren, dann landest du in den Uranminen.«

»Wie mein Augenlicht werde ich ihn schützen.«

»Kennst du Isabella?«

»Wie könnte ich das nicht? Sie ist zwar in die Jahre gekommen, aber immer noch ist sie die Beste«, schwärmte der Begabte, und man konnte die halbzerkauten Erdnüsse in seinem Mund sehen.

»Sorg dafür, daß sie aus dem Jungen einen Mann macht.«

»Es gibt noch so viele nicht vollwertige Mitglieder der Gesellschaft«, dachte Jordan unterwegs zu seinem Auto. Auf dem Dach lag eine dünne Schneeschicht. Ein genauso dünnes Lächeln legte sich auf sein Gesicht. Er griff mit beiden Händen nach dem Schnee, formte einen Ball und betrachtete ihn. »So rein wird die Welt eines Tages werden«, dachte er sich und schmetterte den Ball auf einen Baumstamm.

IX. Iskren

»Oma!« schrie Iskren und lief zu dem auf dem Grab liegenden Körper. Er kniete, packte sie an der Schulter, rüttelte sie. »Wach auf, Oma. Wach auf!« Iskren schaute sich um, stand auf, machte zwei Schritte nach rechts, dann nach links, aber auf dem Friedhof war keine Menschenseele zu sehen. Er überlegte kurz, zur Hütte des Wächters zu laufen, krallte sich dann aber in Sdravkas Körper fest, knetete ihn, erinnerte sich, was er in der Schule gelernt hatte, legte seinen Mund auf ihre blauen Lippen und begann sie zu beatmen. Als sie die Augen öffnete, hörte er auf, kippte auf seine rechte Seite, setzte sich auf den Boden, wischte sich mit dem Ärmel den Schweiß von der Stirn.

»Was machst du da auf dem feuchten Boden ... Du wirst dich verkühlen«, sagte sie, erfaßte gleich danach die Situation und stützte sich auf ihre Ellbogen. »Kurz habe ich gedacht, mein Herz wäre geplatzt ... so sehr haben mich diese kleinen Teufel erschreckt.«

»Sie sind mir entkommen, aber ich werde sie finden. Sie werden dafür bezahlen, verlaß dich darauf, Oma«, sprach Iskren immer noch außer Atem.

»Nein, du wirst den Kleinen nichts tun. Ich hab ihnen was versprochen und hab's nicht erfüllt. Und sie haben sich dafür einen kleinen Scherz erlaubt.«

»Scherz?! Du hättest sterben können.«

»Ich sterbe, wann ich will ... Komm, hilf mir aufzustehen.« Iskren reichte ihr beide Hände.

»Ich will nicht, daß du so rachsüchtig wie dein Vater wirst ... Ich will nicht, daß du wie dein Vater wirst«, sprach sie, während sie ihr Kleid vom Dreck ausklopfte. Iskren reichte ihr den Stock. »Einen schönen Streich haben mir die zwei gespielt. Was sie gesagt haben, hätte von deinem Großvater stammen können. Dieser undankbare Mensch.« Sdravka warf einen zornigen Blick auf das Grab, ergriff fester ihren Stock und humpelte von Iskren begleitet los. Beim Ausgang stießen sie auf den Wächter, der gerade mit einem Freund die Fußballspiele von gestern besprach. »Ein Toter hätte diesen Schuß gehalten«, sprach er aufgeregt. Der andere stimmte vollkommen zu, denn er wußte, der Wächter kannte sich mit zwei Sachen so gut wie kein anderer aus. Mit dem Fußball und mit dem Jenseits.

»Ich hab auf das Grab meines Mannes eine Flasche Traubenschnaps gestellt. Nehmt ihn und teilt ihn unter euch. Mein Mann verdient ihn heute nicht«, unterbrach Sdravka ihr Gespräch. Die beiden bedankten sich und waren schon unterwegs. »Sie bringt immer die besten Schnäpse. Nicht mal die Witwe des Bürgermeisters bringt sowas Gutes her«, klärte der Wächter seinen Freund auf. Er kannte sich mit dem Jenseits eben wie kein anderer aus.

Iskren dagegen begann, sich immer mehr und mehr mit dem Diesseits auszukennen, und ihm wurde von Tag zu Tag bewußter, daß die Greisin, die gerade neben ihm humpelte und für die er sich früher, als sie ihn vom Kindergarten und besonders als sie ihn von der Schule abgeholt hatte, genierte, der Mensch war, der ihm diesseits am meisten bedeutete. Ein Mensch, der nur noch aus schrumpeliger horniger Haut und krummen Knochen bestand. Ein Mensch, von dem jeder sagte, er wäre schon mit einem Bein im Grab, war ihm mehr wert als alle, die mit beiden Beinen im Leben standen.

»Du hast mich sehr erschreckt«, sagte Iskren, nachdem er sich langsam vom Schock erholt hatte.

»Hast du gesehen, wie die beiden Säufer gelaufen sind.

Wäre in der Flasche Wasser aus der Quelle des heiligen Lebens, hätten sie es nicht so eilig gehabt… Ich sollte eines Tages ein Abführmittel hineinmischen«, sagte sie, und schon hatte Iskren all seine Ängste vergessen.

»Darf ich es für dich machen, Oma. Noch morgen…«, schlug er sofort vor.

»Lassen wir's lieber… Weißt du, der Wächter mag ein Säufer sein und wer weiß was noch, aber eines Tages, wenn ich schon längst tot sein werde, wird er sich wieder ein Fläschchen von einem der Gräber holen, und nachdem er den Inhalt gekostet hat, wird er seinem Trinkkumpanen sagen, »Es hat da eine Sdravka gegeben, die hat zwar ein sehr langes Leben gehabt, aber es ist wirklich schade, daß es sie nicht mehr gibt.« »Was kann man schon mehr in einem Leben erreichen«, sagte sie und humpelte weiter im Diesseits, denn im Jenseits humpelt sowieso niemand.

Iskren hatte es in der Schule leicht, denn er hatte Lesen und Schreiben schon auf dem Friedhof gelernt und besaß noch dazu ein gutes Gedächtnis. Er bekam schnell mit, daß er sich mehr als alle anderen Kinder erlauben konnte, weil alle Lehrer seinen Vater fürchteten, und er hatte die ersten Jahre sehr viele Freunde, die bereit waren, alles zu tun, was er ihnen sagte. Es war eine schöne Zeit für Iskren. Die Lehrer schmeichelten und lobten ihn, und fast jeder aus der Klasse wollte sein Freund sein. Manche stritten sich sogar darum, was ihm großes Vergnügen bereitete. Je älter er aber wurde, desto klarer wurde auch seine Überzeugung, daß die meisten in seiner Umgebung nur wegen seiner schönen teuren Spielzeuge oder wegen seines Vaters oder einfach, weil sie bei ihm zu Hause etwas zu kosten bekommen konnten, was es sonst nicht in den Geschäften gab, seine Nähe suchten. Die Hoffnung, eine zweite Lena zu finden, verließ ihn endgültig. Ein unsichtbarer Hund wachte in ihm auf, begann zu bellen und vertrieb somit für immer den Glauben an eine Welt, in der alles so leicht war, daß es schweben konnte. Der Hund aber blieb. Und immer wenn ein Kind jetzt versuchte, Iskren nahe zu kommen, wachte dieser Hund auf, zeigte seine Zähne, bellte und vertrieb es.

Iskren fühlte sich betrogen. Betrogen von seiner Mutter, die einmal versprochen hatte, ihm ihre ganze Liebe zu geben, von der der ganze Theatersaal mehr zu spüren bekam als er allein. Betrogen von seinem Vater, der ähnlich wie seine Mutter lieber andere Leute umarmte und küßte und mehr für das Wohl wildfremder Menschen tat als für das seines eigenen Sohnes. Betrogen von seinen Freunden, unter denen keine zweite Lili zu finden war, die aus ihrer Tasche eine Spritze ziehen und ihn für immer heilen konnte.

Iskren zog sich immer mehr zurück und spielte lieber zu Hause allein. Aber er war nicht allein. Da war immer noch ein Mensch dabei. Ein Mensch, der nur noch aus Haut und Knochen bestand. Dieser Mensch war seine Großmutter. Ihre krummen Knochen besänftigten den Hund in ihm, ihre aschene hornige Haut ließ ihn manchmal von einem fernen Planeten träumen, auf dem keine Menschen, außer natürlich Iskrens Finger gelandet waren. Sie saß gewöhnlich auf ihrem weichen, mit rotem Samt gepolsterten Sessel, eingeschlummert oder in Gedanken versunken, und Iskren lehnte seinen Rücken an ihre Beine, während er auf dem Boden mit seinen Soldaten spielte. Mag sein, daß sie mit dem einen Bein schon im Grab war, aber dafür war das andere die beste Stütze, die es für ihn auf dieser Welt gab.

»Was sperrst du dich bei so einem herrlichen Wetter hier ein... Geh lieber raus, mit den anderen Kindern spielen«, forderte sie ihn auf.

»Die anderen Kinder interessieren mich nicht«, antwortete er schroff.

»Dann genieß eben die Sonne, die Parks... Draußen geschehen die schönsten Sachen. Wenn du einmal so alt bist wie ich, wirst du genug Zeit in Räumen verbringen müssen.«

Es dauerte eine Weile, denn Iskren mißtraute jedem Wort und verließ sich lieber auf das Bellen seines unsichtbaren Hundes, aber irgendwann begann er auf seine Großmutter zu hören, denn sie war die einzige, die ihn nie betrogen hatte. Und er ging hinaus und bemerkte, daß sein Hund sich draußen auch wohler fühlte, und er fand wieder Freunde. Aber die Freunde, die er sich jetzt aussuchte, hatten alle ein Gebrechen. Der eine stotterte, der andere schielte, der dritte hatte eine Hasenscharte. Mit denen spielte er, und nur sie lud er nach Hause ein, und er genoß jedesmal die Reaktion seiner Eltern, wenn sie stotternd begrüßt oder schielend angeschaut wurden.

»Hast du es schwer, Freunde zu finden?« fragte ihn einmal seine Mutter besorgt.

»Wieso, Mutter, ich hab ja welche«, antwortete er.

»Ja schon, aber früher, da hattest du... viel mehr.«

»Ja, aber das sind die besten. Die anderen, das waren nur Heuchler.«

»Mit deinem guten Herz wirst du es nicht leicht haben, mein Kind«, seufzte sie und gab ihm einen Kuß, den er sich so schnell wie möglich von der Wange abwischte, damit er nicht noch einmal bis zu seinem Herz einsickerte und ihn nochmals die Bitterkeit einer unerfüllten Hoffnung schmecken ließ. So wuchs Iskren, und nur diejenigen, die einen Makel hatten, fanden am leichtesten den Weg zu seinem Herzen.

Die Gespräche, die sein Vater hin und wieder mit ihm führte, langweilten ihn, aber er hörte aufmerksam zu, nur um eine Möglichkeit zu finden, ihm zu widersprechen. Seine Großmutter sprach am liebsten von der Vergangenheit, sein Vater von der Zukunft. Sie, die die Sachen, worüber sie erzählte, meist selbst erlebt hatte, gab manchmal zu, daß sie sich täuschen könnte, er, der das, was kommen sollte, nicht einmal gesehen hatte, war sich immer sicher. Das machte Iskren sehr mißtrauisch seinem Vater gegenüber.

»Es wird eine Zeit kommen«, erklärte ihm einmal sein Vater, »da werden alle Menschen glücklich sein, denn ihnen wird's an nichts mehr mangeln. Alles, was sie wollen, alles, was sie brauchen, werden sie auch bekommen können. Sie werden keine Not und keine Traurigkeit kennen.«

»Das wird keine schöne Zeit sein«, sagte Iskren.

»Wieso denn, mein Sohn«, wunderte sich sein Vater.

»Weil man dann keine Freunde mehr haben kann. Wir haben in der Schule gelernt, daß man wahre Freunde nur in der Not erkennt«, antwortete Iskren.

»Du bist schlau, mein Kind, sehr schlau... Das kannst du nur von mir haben«, freute sich sein Vater. Iskren freute sich auch, denn er freute sich immer, wenn er seinem Vater widersprechen konnte. Genauso beglückte ihn auch die Tatsache, daß seine Großmutter nicht mehr mit seinem Vater sprach. Die Versuche, die sein Vater gemacht hatte, durch ihn der Großmutter wieder näher zu kommen, waren gescheitert. So mußte sich sein Vater mit jenem Bein von ihr begnügen, das schon im Grab war, während das andere ganz allein Iskren gehörte.

Einmal hätte er beinahe wieder Iskrens Herz erobert. Es war im Frühsommer. Es waren Ferien, aber Iskren mußte zu Hause sitzen und lernen, denn sein Vater wollte, daß er im Deutsch-Gymnasium seine Bildung fortsetzte. Nun lernte Iskren für die Aufnahmeprüfungen. Die Tage waren schon sehr lang, sehr hell und sehr heiß, und durch die offenen Fenster hörte man jedes Geräusch, vor allem die Ausrufe der spielenden Kinder, was die Sache noch schwieriger für ihn machte. Iskren löste gerade die Geometrieaufgaben, die ihm seine Privatlehrerin, die Genossin Koen, aufgegeben hatte, als sein Vater eintrat. Er machte zwei Schritte und ließ sich kraftlos auf das Sofa fallen. Sein Gesicht war bleich, sein Rücken krümmte sich so nach vorn, daß fast ein Buckel entstand. Zum ersten Mal sah ihn Iskren so schwach, so hilflos, und noch dazu hatte er einen Buckel.

»Ah, du bist ja auch da«, sagte sein Vater, nachdem er Iskren bemerkt hatte. Iskren stand auf, kam näher. »Es gibt noch so viele Wölfe unter uns, so viele Wölfe«, sprach sein Vater. Iskrens Herz begann zu flattern. »Macht nichts, Vater«, wollte er sagen. »Ich hab einen Hund, der wird uns beschützen.« Er machte schon seinen Mund auf, aber da sprang sein Vater wieder auf die Füße, war wieder gesund, kräftig, selbstsicher. »Aber keine Angst, wir werden auch mit ihnen fertig. Sie gehen uns in die Falle. Es gibt nichts, was uns abschrecken kann, weil das hier«, da zeigte er auf seinen Kopf, »ist unsere Waffe ... Geh jetzt weiterlernen, mein Sohn.«

»Ich hab keine Angst«, sagte Iskren und ging wieder lernen. Der Buckel war verschwunden, die Angst gewichen, also schloß sich sein Herz wieder. Seine Mutter fand ihn über den Büchern eingeschlafen. Er winselte leise im Traum wie ein Hund. »Jeden in diesem Haus quält etwas, und keiner spricht darüber«, dachte sie sich.

Sie hatte nicht immer so gedacht. Lange Jahre war alles in Dorotheas Leben nach ihren Vorstellungen gelaufen. Sie hatte einen Mann geheiratet, den sie respektierte und der ihr alle Steine aus dem Weg räumte. Im Theater bekam sie ausschließlich die Hauptrollen, das Publikum bewunderte sie, die Männer begehrten sie, die Kolleginnen beneideten sie, und alles zusammen machte sie glücklich. Sie hatte den Beruf, den sie liebte, das Kind, das sie wollte, und den Mann, den sie brauchte. Sie hatte das Leben, das sie sich immer gewünscht hatte. Aber inmitten ihres schönsten Lebens, inmitten ihres größten Bühnenerfolges war jemand zu ihr auf die Bühne gestiegen, jemand, dessen Gesicht sie durch die Blumen nicht sehen hatte können, und hatte ihr zugeflüstert, daß ihr Mann sie betrüge.

Anfangs hatte sie gedacht, es wäre ein böser Scherz, und doch begann sie, das Gewand ihres Mannes zu untersuchen, an ihm zu riechen und seinen Körper genauer zu betrachten. Sie fand lange rote Haare in seinem Gewand, immer wieder fand sie welche. Und langsam, Haar für Haar, begann das Bildnis der anderen zu entstehen, wurde immer deutlicher, und Dorothea sah sie schon in seinen Gesten, spürte sie in seinen Händen, die an solchen Tagen, von einem anderen Körper gesättigt, faul und lustlos ihren bewanderten. Sie roch sie an seinen Hemden, seinen Pullovern, und eines Tages roch sie sie an seiner Haut. Ab nun stand ein fremder Körper zwischen ihnen, der sie auf Distanz hielt und der so schwer war, daß jedesmal, wenn ihr Mann sich auf sie legte, Dorothea das Gefühl hatte, er würde sie zerquetschen. Und sie begann sich zu verweigern.

»Hat dich dein Mann jemals betrogen«, hatte sie eines Abends Sdravka gefragt. Dorotheas Beziehung zu ihrer Schwiegermutter war im Laufe der Jahre immer besser geworden. Wenn sie Zeit hatte, machte sie ihr die Freude, sich von ihr beim Kochen belehren zu lassen, weil sie ihre Geschichten gern hörte, denn beim Kochen erzählte Sdravka am meisten.

»Mein Mann war ein streunender Hund«, hatte Sdravka geantwortet, den Deckel des Topfes aufgemacht und an den Speisen gerochen. »Wenn ich ihm nicht verzeihen konnte, habe ich mit diesem Kochlöffel da auf seinen Kopf geschlagen und ihn so von blöden Gedanken befreit.« Sdravka hatte den großen hölzernen Löffel aus dem Topf herausgezogen und eine neue Geschichte erzählt, die gut gewürzt, scharf und schmackhaft war wie ihre Speisen.

»Es ist unglaublich, was für ein gutes Gedächtnis du hast«, staunte Dorothea.

»Das ist so, weil ich nie aufgehört habe, mit den Toten zu sprechen«, sagte Sdravka und reichte ihr den Kochlöffel, um von der Speise zu kosten. Sdravkas Speisen schmeckten weiter so gut wie früher, aber das Leben schmeckte Dorothea nicht mehr so wie früher. Und kaum verließ sie die Küche, spürte sie schon seinen derben Geschmack auf ihrer Zunge. Ein paar geflüsterte Worte aus dem Mund eines Unbekannten hatten ihr alles verdorben. Und da sie ihren Mann nie geliebt hatte, konnte sie ihm auch nicht verzeihen. Und da sie ihm nicht verzeihen konnte, begann sie ihn zu hassen. Um den Haß in ihrem Herzen und den Geschmack auf ihrer Zunge zu dämpfen, begann sie zu trinken.

Mladen widmete dieser Angewohnheit seiner Frau anfangs keine besondere Aufmerksamkeit, denn er befand sich seit einigen Jahren wieder auf der Sonnenseite des Lebens. Seitdem er erneut den Weg zu Isabellas Bett gefunden hatte, lief bei ihm alles wie geschmiert. Er dachte nicht mehr an seine Schwester, ging ganz entspannt mit dem Schweigen seiner Mutter und der blamablen Lebensweise seines Schwiegervaters um, und seine Reden waren jetzt nicht nur gut, sie waren glänzend.

»Ich höre nur Gutes über Sie, Genosse Mladenov. Von Ihren Reden, von Ihren Taten«, hatte ihm sogar der Genosse Shivkov persönlich einmal bei der Eröffnung der Plovdiver Messe gesagt. »Dieser Mensch hat eine Engelszunge, erzählt mir jeder, der Sie gehört hat.«

»Ich habe schon Rinds- und Kalbs- und Lammzunge gekostet. Aber was eine Engelszunge ist und wofür man sie verwenden kann, weiß ich nicht, Genosse Shivkov. Ich rede einfach mit der Sprache des Volkes, das ist alles«, antwortete Mladen.«

»Hah, hah, hah, das haben Sie gut gesagt, Genosse Mladenov«, lachte der große Genosse Shivkov. »Schade, sehr schade, daß Sie nicht zu uns nach Sofia ziehen wollen. Aber ich verstehe und schätze Ihre Entscheidung. Solche Leute wie Sie brauchen wir in jeder Stadt dieses Landes. Es ist nicht richtig, alle guten Leute nach Sofia zu holen.« So sprach der große Genosse Shivkov und setzte damit den Höhepunkt in jenem Teil von Mladens Leben, der außerhalb Isabellas Betts verlief.

»Er hat mir gesagt, ich hätte die Zunge eines Engels«, hatte Mladen später, von Isabellas Schenkeln umrahmt, erzählt.

»Worauf wartest du dann noch. Laß mich auch diese Zunge spüren«, hatte sie mit ihm gescherzt. Und als er dann, die Wonne einer gleichmäßig in seinem Körper verteilten Müdigkeit genießend, neben ihr lag, hörte er sie sagen, »Der Genosse Shivkov hat recht.«

»Der Genosse Shivkov hat immer recht«, sagte er, bevor er nach Hause ging, dorthin, wo seine Mutter schwieg und seine Frau schon zum Trinken begonnen hatte. Aber er sah weiterhin keinen Grund, sich darüber Gedanken zu machen.

Eines Tages wurde er angerufen, seine Frau vom Theater abzuholen. Es ginge ihr nicht gut, hieß es. »Mir geht's blendend«, meinte sie dagegen. Er fand sie besoffen auf dem Boden der Garderobe. Sie lachte und bespuckte jeden, der ihr näher kommen wollte. Mladen hob sie, sie spuckte ihn an, er trug sie trotzdem ins Auto und legte sie auf den Rücksitz.

»Die Welt wird nicht durch die Räuber und die Brände untergehen, sondern durch Haß, Feindseligkeiten, durch all diese kleinen Streitereien. Sie sind gebildet und gescheit und mir scheint, Sie sollten es verstehen«, lallte sie hinter ihm.

»Ich hab's satt, von dir dauernd Tschechov zitiert zu bekommen ... Wir sind nicht im Theater. Kannst du denn nie selber was sagen?«

»Tschechov zu zitieren ist immer noch besser als Lenin, ist besser sogar als das, was ich dir zu sagen habe. Denn das, was ich dir sagen will, ist häßlicher sogar als deine selbstgefällige Miene«, lallte sie wieder.

Mladen fuhr so lange durch die Stadt, bis sie eingeschlafen war. Danach trug er sie ins Haus und legte sie im leeren Stockwerk schlafen, denn er wollte nicht, daß Iskren seine Mutter in diesem Zustand sah. Bald vergaß Mladen den Vorfall, denn seine Gedanken beschäftigten sich lieber mit schönen Dingen, und davon gab es immer noch genug.

Es verging ein Monat. Der kommende Sommer ließ sich schon durch die Farbe der Kirschen erahnen, und die Kinder kletterten auf die Bäume, um seine roten runden Botschaften nicht zu verpassen. Der Abend war hell und duftend, und Mladen dachte wieder an etwas Schönes, als er nach Hause kam. Er wollte die schöne Stimmung so lange wie möglich behalten, deswegen ließ er die Aktentasche auf den Boden fallen, schlüpfte geräuschlos in die Pantoffeln und machte die Tür zum Wohnzimmer pfeifend auf. Da aber verwirrten sich seine Sinne. Zuerst schlug ihm ein starker Alkoholgeruch entgegen, dann sah er eine leere Flasche Wodka auf dem Boden und seine Frau auf dem Sofa liegen. Sie lag ganz nackt und masturbierte. Sein Blick verstörte sie nicht. »So viele Männer begehren diesen Körper, und jeder hat Angst, mit mir zu schlafen. Es gibt keine Männer mehr, und dich ... dich will ich nicht haben. Du bist kein Mann, ich verabscheue dich. Komm mir nicht zu nahe. Du kannst diesen Körper nicht mehr haben. Er gehört jetzt nur mir... Siehst du, wie schön er ist... Du armseliges, gefühlloses Ding.«

»Wenn ich dich nochmal so besoffen sehe, lasse ich mich von dir scheiden«, sagte Mladen mit einem kirschroten Kopf.

»Glaubst du, du kannst mir was befehlen, glaubst du, ich habe Angst vor dir, du verlogenes Miststück.«

Mladen ertrug es nicht mehr und verließ das Haus. Die Nacht verbrachte er bei Isabella. Ab nun schliefen Mladen und Dorothea in getrennten Zimmern. Sie trank weiter, ließ sich aber nichts anmerken, und damit konnte Mladen gut leben. Gerade hatte er sich auf diese neue Lebenssituation eingestellt, geschah etwas, womit er am wenigsten gerechnet hätte.

Es war Mitte Juni, es war sehr schwül an dem Tag, die Luft flimmerte. Gerade war eine Parteisitzung zu Ende gegangen. Es war etwas besprochen und abgestimmt worden, bei dem Mladens Kritik großen Erfolg gehabt hatte. Es gefiel ihm sehr, daß er seine Opponenten rein sachlich fertigmachen konnte. Es gab etwas zu feiern, und Mladen ging in sein Büro, um eine Flasche Champagner zu holen. Das schwarze Telefon klingelte. Es ließ sich weder übersehen noch überhören, es wurde also ergriffen. Es gebe Gerüchte, sprach jemand, den er kannte, wonach der Genosse Mladenov ziemlich oft eine gewisse Dame besuche. Dies könne der Partei sehr schaden, denn der Genosse Mladenov sei ihr moralisches Aushängeschild. Könne der Genosse Mladenov versprechen, daß er nie wieder Kontakt mit jener Person aufnehmen würde, wollte die Stimme noch wissen. Es blieb Mladen nichts anderes übrig, als zuzustimmen. Es freue sich sehr, meinte das Schicksal, bevor die Verbindung unterbrochen wurde. Es dauerte eine Weile, bevor Mladen wieder zu sich kam und sein Körper etwas anderes als den dumpfen Druck eines unbegreiflichen Schicksals spüren konnte. Es schien ihm, daß es inzwischen sehr dunkel geworden war. Er blickte hinaus. Es regnete.

Als er nach Hause fuhr, schien wieder die Sonne. Mladen fiel gleich auf das Sofa, wo einige Tage vorher seine Frau masturbiert hatte. »Es gibt noch so viele Wölfe unter uns, mein Sohn«, sagte er, als er Iskren bemerkte, und hatte das peinliche Gefühl, daß er bei etwas Verbotenem erwischt worden war.

Ab nun besuchte Mladen Isabella nicht mehr, und seine Tage wurden grau, seine Reden banal, seine Augen trüb, seine Organe kränklich, und niemand behauptete mehr, daß er eine Engelszunge hätte.

Iskren hatte inzwischen die Aufnahmeprüfungen geschafft und besuchte das Deutsch-Gymnasium. Das Gymnasium befand sich in Pasardshik, eine Stadt, die 33 Kilometer von Plovdiv entfernt war, und viele Schüler, die aus Plovdiv stammten, fuhren jeden Tag hin und zurück. Iskren übernachtete lieber im Schülerheim. Nach Hause fuhr er nur am Samstagnachmittag, und das allein, um seine Großmutter zu sehen. Das Zimmer im Heim teilte er mit einem gutmütigen, dicken, pickeligen Burschen aus Kostenez, der jeden Sonntagabend einen vollen Sack mit Glaskonserven von zu Hause mitbrachte, die am Freitag leer waren. Iskren bekam von seinen Eltern nur Geld, aber genug, um sich alles zu kaufen, wozu er gerade Lust hatte. Alles war neu für ihn. Die Stadt, in der er lebte, die Schule, die er besuchte, das Zimmer, in dem er wohnte, der Bursche, der auf dem anderen Bett schnarchte, die Uniform, die er tragen mußte, die schwarze Krawatte, die an seinem Hals drückte, und das viele Geld in seiner Tasche. Und während er damit umzugehen lernte, verspürte er, daß nur 33 Kilometer von seinem Haus entfernt ein ganz neuer Abschnitt seines Lebens begonnen hatte.

In der ersten Woche mußte jeder auf einem Blatt Papier seine Adresse und die Namen und Berufe seiner Eltern aufschreiben. Wegen der bitteren Erfahrungen, die er mit seiner Herkunft gemacht hatte, zögerte Iskren keine Sekunde und trug seine Eltern als Fleischer- und Konservenfabriksarbeiter ein. Später entdeckte er, daß es unnötig gewesen war, denn die Eltern der meisten Schüler bekleideten selber hohe Positionen und Ämter in den Bereichen der Politik, Wirtschaft und Kultur. Aber diese Lüge hatte eine längst vergessene Wonne in ihm belebt, die seinen Köper duchdrang und den Hund in ihm zum Wedeln brachte. 33 Kilometer hatten ausgereicht, daß keiner von ihm mehr etwas wußte, und Iskren entdeckte wieder die Macht des Geheimnisvollen, und das, was er dabei am wenigsten brauchte, war die Wahrheit. Was hatte ihm überhaupt all die Jahre die Wahrheit gebracht. War es denn schön zu erfahren, daß es keinen Großvater Frost, keine Sirenen und keine schwerelosen Zimmer gab? Die Wahrheit hatte nur dazu beigetragen, daß er erkannt hatte, wie viele Menschen ihn schon betrogen hatten. Nichts als Kummer und Enttäuschungen hatte sie ihm gebracht, und wenn er manchmal in der Stunde darüber nachdachte, hob er die Hand, sagte, ich muß hinaus, und ging auf die Toilette. Wer brauchte diese Wahrheit überhaupt? Micho, sein Großvater und der Onkel Ivan hatten schon oft gesagt, daß die Kommunisten nur Lügen erzählten. Wenn sogar diejenigen, die das Volk regierten, nur selten von der Wahrheit Gebrauch machten, wieso sollte sich Iskren von ihnen unterscheiden. Der einzige Mensch, der ihn nie betrogen hatte, war seine Großmutter. Aber wer hörte schon ihre Wahrheiten, außer ihm und den Toten. Wahrscheinlich mußte man tot sein, um endlich mit der Wahrheit leben zu können.

Iskren war aber nicht tot, er war nur fremd in dieser Stadt, und so wie bei Grabsteinen kannten die anderen nichts als seinen Namen. Was darunter lag, war ein Geheimnis. Mit diesem Geheimnis wollte er spielen, denn er wußte bereits, wie groß seine Wirkung auf die Lebenden war. Die Macht seines Vaters mochte größer sein, aber die war nicht Iskrens Verdienst. Wogegen die Macht des Mysteriösen anzuwenden war allein seine Sache.

Als erstes verschwieg Iskren, daß er einen deutschen Kindergarten und sieben weitere Jahre zweimal in der Woche einen Deutschkurs besucht hatte. Und da er am besten und am schnellsten den Lehrstoff bewältigte, ohne damit zu prahlen, wurde er bald von den Lehrern gemocht und von den Schülern bewundert. Besonders gerne hatten ihn die Lehrer aus der DDR, die sonst sehr lange brauchten, um einem Schüler ihre Zuneigung zu zeigen, und das beeindruckte alle am stärksten. Als zweites legte er sich eine Eigenschaft zu, die seit Ewigkeiten der Jugend zugute kam und sie aus den größten Nöten rettete, weil sich hinter ihr alles verbergen ließ, vor allem aber die Unsicherheit, die Unerfahrenheit und die Unwissenheit, also die größten Plagen der Jugend. Diese Eigenschaft war die Unnahbarkeit. Nun war auch Iskren an die Reihe gekommen, Gebrauch von ihr zu machen. Sie schien für ihn wie geschaffen zu sein. Er ließ sie noch mit einem leichten flimmernden Hochmut umrahmen (welchem Jüngling wäre das nicht eingefallen), und sein neues Erscheinungsbild war vollkommen. Nun spielte Iskren in der Klasse die Rolle eines Mannes, der in seinem Inneren ein oder mehrere Geheimnisse verbarg, die ihm allein deswegen so gut gelang, weil sein Inneres auch für ihn ein Geheimnis war. Als eine gewisse Zeit vergangen war, nützte er die Möglichkeit, mit der Klassenleiterin unter vier Augen zu sprechen, und um sich bei der kommenden Elternversammlung eine unnötige Peinlichkeit zu ersparen, offenbarte er die wahre Herkunft seiner Eltern. Er erklärte ihr, daß er sie nur deswegen verheimlicht hatte, um nicht allein wegen der Erfolge seiner Eltern respektiert zu werden, und bat sie, das den anderen nicht zu sagen, wodurch er in ihren Augen noch höher stieg. Er hatte ihr die Wahrheit gesagt, aber jetzt hatte er etwas dazu gewonnen. Hätte er sie schon am Anfang mitgeteilt, wäre nicht dasselbe passiert, obwohl es sich um ein und dieselbe Sache handelte. Iskren entdeckte, daß man mit Teilen der Wahrheit herausrücken konnte, aber immer nur zu einer bestimmten Zeit und mit einem bestimmten Maß. Man sollte sie nicht gleich verwerfen, man mußte sie nur richtig einsetzen. Sie sollte immer wieder auftauchen, um die kurzlebige Kraft der Täuschung zu verstärken, und durch sie wurde die Macht des Geheimnisvollen noch größer. Aber wie man lernen konnte, mit ihr richtig umzugehen, schaffte Iskren bei all seinen Bemühungen nicht ganz. Also handelte er nach Gefühl.

Er gewann langsam die Achtung der Buben und beschäftigte schon die Köpfe der Mädchen in der Klasse, was besonders Ljudmil mißfiel, dem stärksten und dem tonangebenden Kerl in der Klasse, der gerne mit seinen Frauengeschichten, seinen englischen Schuhen, seiner maßgeschneiderten Uniform und seinen Brusthaaren protzte. Iskren versuchte, ihm aus dem Weg zu gehen, aber so ein Kerl fand leicht einen Grund, Streit anzufangen. Es reichte schon, wenn man aus Versehen auf seine englischen Schuhe trat, seinen Maßanzug mit von Kreide bepulverten Fingern berührte oder gar an seinen Brusthaaren streifte. Bei Iskren hatte es noch weniger gebraucht, nämlich nur einen Blick. Ljudmil meinte, ihm gefalle dieser Blick gar nicht, und forderte Iskren vor der ganzen Klasse heraus. Iskren hatte sich immer ungern geprügelt, aber so, ohne etwas zu sagen, konnte er die Sache nicht auf sich beruhen lassen, denn dann hätte alles, was er in der vergangenen Zeit geschafft hatte, gewaltig an Gewicht verloren. Sein Kopf war leer, also handelte er nach Gefühl. »Gut, aber nur wir zwei. Heute um Mitternacht am Friedhof«, sagte er nicht sehr laut, aber doch so, daß alle es hörten. »Einverstanden, so kannst du dich danach gleich eingraben«, sagte Ljudmil, aber seine Stimme klang nicht mehr so sicher wie vorher.

Iskren war auf dem Friedhof sozusagen großgeworden. In jedem Ort gab es einen Friedhof, und alle waren sich ähnlich, aber was Iskren in diesem Fall am meisten zugute kam, war sein Wissen darüber, daß die meisten Menschen Angst vor diesen Orten hatten, besonders in der Dunkelheit. Er besuchte gleich nach der Schule den Friedhof, um jenen Platz auszusuchen, der in der Nacht am Unheimlichsten wirken könnte, schenkte dem Wächter eine Flasche Schnaps und erzählte ihm von zwei Burschen, die sich heute nacht hier prügeln wollten, und fragte ihn, ob es möglich wäre, daß er sie erschrecke, damit diese Streitereien endlich ein Ende finden würden. »Mit Vergnügen«, sagte der Wächter, und Iskren versprach ihm, wenn die Sache gut funktioniere, daß er ihm noch eine Flasche bringen würde. »Keine Sorge, du kannst schon die nächste Flasche kaufen gehen«, antwortete der Wächter zuversichtlich.

Iskren hatte nichts als die Wahrheit gesagt und doch sein Ziel erreicht. So sollte man sie anwenden, dachte er, während er auf den Einbruch der Nacht wartete. Als sie endlich kam, zog er seine dunkle Sportuniform an, sprang über die Mauer des Heimes, was schon allein eine Heldentat war, und lief zum Friedhof. Ljudmil kam, aber seine Unsicherheit ließ sich schon von weitem erkennen. Sein Kopf drehte sich nach allen Himmelsrichtungen wie eine vom starken Wind erfaßte Wetterfahne. Es blies aber kein Wind in der Nacht, außer der der Angst, denn für sie galten keine Wettervorhersagen. Sie konnte jederzeit jemanden erfassen.

»Gehen wir hinein«, sagte Iskren, sich seiner Überlegenheit bewußt.

»Warum klären wir die Sache nicht gleich hier?« fragte Ljudmil so mutig wie möglich.

»Drinnen ist es versteckter … aber wenn du Angst hast …«

»Gehen wir …«

Sie gingen. Sie sprangen über Zäune, Gräber und Steine. Iskren ging voraus, hinter ihm Ljudmil. Ein Hund heulte auf, etwas begann im Gebüsch zu rascheln, sprang und schoß an ihnen vorbei. »Scheiße, was war das«, schrie Ljudmil. »Eine Katze«, sagte Iskren seelenruhig und dann, »Bleiben wir gleich hier. Bist du bereit?« Er ballte die Fäuste und bezog Stellung. Ljudmil überlegte, er wollte gerade etwas sagen, als ein unheimliches Gebrüll erklang. Er drehte sich um und sah eine dunkle Gestalt mit einer Rute in der Hand auf ihn zukommen. »Warte!« rief ihm Iskren zu, aber es gab keine Kraft mehr, die Ljudmil an diesem Ort halten konnte. Dieser wußte später nicht, wie er nach Hause gekommen war, denn sein Verstand kehrte erst zu ihm zurück, nachdem er die Tür verriegelt und mit dem Schlüssel in der Hand sich unter der Decke versteckt hatte. Iskren lief natürlich auch weg, aber nur bis zum Friedhofseingang, denn er wußte, daß der Wächter ihn nicht weiter verfolgen würde.

Am nächsten Morgen war Iskren vor Ljudmil in der Klasse, und als er nach dem Verlauf des Kampfes gefragt wurde, sagte er nur »Unentschieden«. Gleich nach der ersten Pause ging Ljudmil zu ihm und sagte laut, »Du bist völlig in Ordnung«, und gab ihm die Hand. Ab nun konnte er jeden in der Klasse und jeden des Jahrganges als Freund haben, denn Ljudmil war ein berüchtigter Kerl. Trotzdem schloß Iskren nur oberflächliche Freundschaften und hielt immer ein wenig Distanz zu den anderen Jungen. Er wollte geheimnisvoll bleiben, außerdem interessierten ihn viel mehr die Mädchen. Die schönste Entdeckung, die er gemacht hatte, war, daß es in jeder Klasse des Deutsch-Gymnasiums doppelt so viele Mädchen wie Jungen gab.

Es waren so viele, daß ihm jedesmal bei der Überlegung, welcher er sein Herz schenken sollte, schwindlig wurde. Also handelte er wieder nach Gefühl. Und sein Gefühl sagte Irina.

»Ein sehr schöner Name«, meinte Sdravka, als er ihr von seinen Gefühlen erzählte. Es war kurz vor Weihnachten, und wie jedes Jahr wollte Sdravka die ganze Familie um sich versammeln und wie jedes Jahr eine Baniza backen, in der sie eine Münze versteckte. Wer das Stück mit der Münze bekam, dem würde es im kommenden Jahr an nichts fehlen. Und es kam Ivan mit seiner Familie, und Dorotheas Eltern kamen, und das Haus war wieder belebt wie einst. Leute wollte Sdravka um sich haben und keine leeren Räume. Wirtin war sie die schönste Zeit ihres Lebens gewesen, und viel zu gut wußte sie, wie teuer auf Dauer die leeren Räume zu bezahlen waren.

Nun erblühte sie wieder und rief gleich ihre beiden Schwiegertöchter, um ihnen zu zeigen, wie man eine richtige Baniza machte. Zuerst verriet sie ihnen die richtige Teigmischung und welchen Käse man für die Füllung brauchte. Als sie aber mit dem Ausrollen des Teiges begann, was das Wichtigste war, bemerkte sie, daß sie zum ersten Mal in ihrem Leben das Teigblatt nicht mehr so dünn wie nötig hinbekam. Sie hob das Blatt in die Luft, aber sie konnte dadurch weder Kitka noch Dorothea sehen. Wie eine weiße Wand stand es vor ihr und trennte sie von allem, was sie umgab. Da begriff Sdravka, daß ihre letzte Stunde nicht mehr sehr weit war.

»Kommt Mädchen, helft mir beim Ausrollen. Ich zeige euch, wie das geht. Ich sage euch, es wird die beste Baniza und das beste Fest, das wir jemals gehabt haben.«

Und so geschah es auch. Jeder hatte großen Spaß an dem Abend. Ivan, der seit seiner Ankunft immer wieder gehustet hatte, hustete plötzlich nicht mehr und hatte sogar Kraft zu singen. Dorothea und Kitka spielten eine lustige Szene zusammen, die sie den ganzen Nachmittag unter strengster Geheimhaltung im zweiten Stock des Hauses geprobt hatten und die allgemeine Begeisterung auslöste. Micho wurde dadurch inspiriert und ahmte mit großem Erfolg alle Vietnamesen nach, mit denen er befreundet war, und ging dabei auf die Knie, um noch authentischer zu wirken. Sogar Mladen lachte zum ersten Mal seit langem. »Mutter, muß ich denn sterben, damit du wieder mit mir sprichst?« rief er Sdravka zu.

»Sprich nicht so einen Blödsinn, mein Kind. Ich hab dir längst verziehen … Ich werde wieder mit dir sprechen«, sagte sie. Kurz war es still geworden, aber da verteilte Sdravka die Baniza-Stücke, und das Fest ging weiter. Nun suchte jeder die Münze. »Ich hab sie«, rief Iskren und zeigte sie allen. Danach unterhielt er sich weiter mit seiner Cousine Tatjana, die inzwischen eine so schöne Frau geworden war, daß er nicht genau wußte, worüber er sich mehr freuen sollte, über die Münze oder über die Tatsache, daß er neben ihr sitzen durfte. Nur Dorotheas Mutter Dotschka saß ein bißchen stiller als die anderen, nicht, daß sie nicht lachte, aber sie war voller Erwartung, daß jemand ihr neues Kleid mit den schönen Perlenknöpfen, das sie von den Vietnamesen gekauft hatte, und das erst vorgestern fertig genäht worden war, bemerkte. Diese Erwartung und die Vorsicht, daß es keinen Fleck abbekomme, lähmten sie ein bißchen. Aber keiner bemerkte das Kleid. »Ich muß die Taille enger machen, damit es nicht so ausschaut wie das andere, das ich so oft anhabe«, dachte sie und lachte wieder mit den anderen. »Schaut, es schneit«, rief Tatjana und alle versammelten sich vor dem Fenster, machten es auf, und betrachteten die Schneeflocken, die jetzt auch Dotschka schöner vorkamen als ihre Perlenknöpfe.

Den Jahresbeginn feierten noch alle zusammen, danach trennte sich die Familie. Iskren blieb zu Hause, bis seine Ferien zu Ende waren, aber bevor er nach Pasardshik fuhr, rief ihn Sdravka zu sich und übergab ihm einen Brief mit den Worten »Schicke ihn erst weg, wenn ich tot bin.«

»Also nach 100 Jahren«, sagte er, den Brief in seine Innentasche steckend.

»Ich bin bald 100. Und weißt du, wie schnell die Jahre vergangen sind? Ich hab kurz durch das Fenster geblickt, und schon waren sie weg. Als ob alles eine Lüge gewesen wäre. Es muß sie aber gegeben haben, sie haben sich nur vor mir versteckt... Ein Gauner, dieses Leben, ein richtiger Gauner... Aber man hat es eben gern.«

Kurz, nachdem Iskren weggefahren war, verließ auch Sdravka das Haus. Sie humpelte zum Fleischer, kaufte Kutteln, tratschte ein bißchen mit einer Nachbarin, die sich über die Qualität der Wurst beklagte, besuchte den Bäcker und bekam von ihm zwei frische Brote, die beim Rückweg in ihrer Einkaufstasche sehr angenehm ihre Hüfte wärmten. Sie stellte die Sachen in die Küche, legte sich auf den Divan und begann zu warten. Am Nachmittag kam Dorothea mit einer Flasche Wein zu ihr.

»Ich will dir heute beibringen, wie man eine Kuttelsuppe kocht. Mein Wirtshaus war für diese Suppe berühmt, alle Kutscher sind wegen dieser Suppe zu mir gekommen«, sagte Sdravka.

»Einverstanden, wenn alle Kutscher kommen«, scherzte Dorothea und kippte schnell ein Glas Wein hinunter.

»Ich bleib ein bißchen liegen. Bin müde von all diesen Festen geworden. Aber von hier kann ich alles sehr gut beobachten«, sagte Sdravka und begann mit den Anweisungen. Dorothea erfüllte alles ganz genau und bekam dafür viel Lob. Langsam kam die Suppe in die Phase, in der man sie nur fertigkochen zu lassen brauchte, und Dorothea konnte sich endlich ein bißchen hinsetzen. Ihre Finger stanken nach Knoblauch und Essig, und doch war ihr dieser Geruch tausendmal lieber als jener, den sie an Mladens Körper entdeckt hatte.

»So ein Gauner...«, sagte Sdravka und wackelte mit dem Kopf.

»Was sagst du?«

»Nichts, es ist mir nur so herausgerutscht.«

Der Topf dampfte, die beiden schwiegen, die Zeit stand still, aber wer konnte schon sagen, was sie genau machte, vielleicht dampfte sie auch, vielleicht war sie nicht einmal da.

»Ich liebe diesen Geruch... So hat es damals jeden Tag in meiner Jugend gerochen... Gut hat es gerochen«, unterbrach plötzlich Sdravka die Stille. »Geh, meine Liebe, rühr ein bißchen die Suppe um, sie muß bald fertig sein.« Dorothea stand auf, ging zum Herd, hob den Topfdeckel, rührte. »Das Salz, vergiß nicht das Salz!« hörte sie hinter ihr. Dorothea öffnete einen Kasten, holte das Salz, streute die nötige Menge hinein und blickte zu Sdravka. »Sie ist eingeschlummert«, dachte sie und rührte eine Weile weiter.

Sdravka träumte gerade von einem Kind, das einen roten Apfel in der Hand hielt. Sie bekam große Lust auf den Apfel und griff nach ihm. »Du willst ihn haben? Gut, dann hol ihn dir«, sagte das Kind und ließ ihn auf den Boden rollen. Sie hörte, wie jemand ihr von einer Suppe zu kosten geben wollte, aber mehr Lust hatte sie auf diesen Apfel. Und sie lief ihm nach.

»Mutter, hier koste und sag mir, ob die Suppe gelungen ist.« Dorothea stand vor Sdravka, in der einen Hand einen Holzlöffel, die andere unter den Löffel haltend, um die Tropfen aufzufangen. »Sdravka!« sagte sie lauter, und vom Löffel begann es schneller zu tropfen. »Mutter!« schrie sie laut, aber in dem Zimmer gab es keinen mehr, der auf diesen Namen hörte. Die Zeit stand still oder sie tropfte schneller oder sie war nicht einmal da. Sonst war alles wie vorher.

Noch am selben Abend schickte Mladen zwei Telegramme. Das eine an seinen Bruder in Madan, das andere an seine Schwester in San Diego. Beide hatten denselben Text: »Unsere Mutter ist heute gestorben.«

Es war der 16.01.1981. Nach 95 Sommern und einem Winter hatte Sdravka diese Welt verlassen und war hinter einem Apfel hergelaufen. Aber wer kann schon sagen, was dieser Apfel ist und wie er schmeckt. Diejenigen, die hinter ihm hergelaufen sind, sind nicht mehr zurückgekommen.

Nach Sdravkas Begräbnis ging Dorothea zwei Wochen in Krankenstand und soff alle Tage hindurch. Als die zwei Wochen vergangen waren, soff sie weiter, allein deshalb, weil sie nicht mehr wußte, welcher Tag es war. Jemand von einem Theater, den sie nicht kannte, rief an und suchte nach einer Schauspielerin, die sie nicht kannte, und das nicht nur einmal. Was blieb Dorothea anderes übrig, als ihn zu beschimpfen und den Hörer aufzulegen. Das Telefon klingelte aber weiter, da ergriff Dorothea eine leere Flasche Wodka, und das Telefon klingelte nicht mehr. Das war gut. So hatte sie es am liebsten. Niemanden sehen und niemanden hören, ein paar Spiegel zerbrechen, einige Flaschen an der Wand zerschellen, eine neue Flasche öffnen, aber da klingelte wieder jemand. Diesmal an der Tür. Das war nicht gut. Sie hörte Stimmen. Sie hörte sie immer wieder in der letzten Zeit. Aber das waren andere. Sie bekam Angst. Jemand schlug kräftig an die Tür, zerhackte sie, drang ein. Sie kannte ihn nicht, sie warf eine Flasche auf ihn. Danach lief sie, machte viele Türen auf und zu und versteckte sich unter einem Bett. Das war gut, dort konnte sie keiner finden. Es war aber sehr kalt. Sie fror. Sie war nackt, sie hatte keine Kraft, und es gab keine Flasche in der Nähe, und niemand fand sie. »Wenn mich jemand gleich da rausholt, den mache ich zum glücklichsten Menschen auf Erden«, sagte sie sich. Aber es kam niemand, eine Ewigkeit nicht. »Wer mich jetzt rausholt, den mache ich reich«, sagte sie, aber wieder war keiner da, nur die Angst wurde größer, der Frost stärker. »Wer mir jetzt da raus hilft, den bringe ich um«, schrie sie und begann laut zu heulen.

»Der Zustand Ihrer Frau ist sehr beunruhigend. Wir müssen sie eine Weile behalten, um feststellen zu können, welche Art der Behandlung wir anwenden sollen«, sprach der Arzt.

»Wird sie wieder gesund?« fragte Mladen.

»Die Psyche eines Menschen ist eine sehr heikle Sache. Manchmal werden die Menschen an einem Tag gesund, manchmal …«

»Ich will, daß Sie den besten Psychiater aus Sofia holen.«

»Machen Sie sich darüber keine Sorgen, aber vor allem keine Vorwürfe. Niemand kann genau sagen, was die Auslöser solcher Sachen sind. Manchmal ist es nur vererbt.«

»Wie geht es ihr jetzt?«

»Sie schläft. Wir haben schon alle Schnittwunden genäht, ihr Körper wird sich schnell erholen, sie hat einen sehr starken Körper.«

»Ja, das hat sie«, sagte Mladen. »Als ich sie fand, dachte ich, ich wäre zu spät gekommen. So viel Blut habe ich noch nie gesehen … Und überall diese Glasscherben … Als sie eines Tages nicht nach Hause kam, dachte ich, sie wäre kurz verreist. Dabei ist sie die ganze Zeit nur einen Stock tiefer gewesen. Wir haben ein dreistöckiges Haus, wissen Sie … Bauen Sie nie ein so großes Haus.«

»Machen Sie sich keine Vorwürfe, Genosse Mladenov, wir machen alles, damit Ihre Frau wieder gesund wird.«

»Wenn Sie was aus dem Ausland brauchen, Medikamente oder so, müssen Sie es mir nur sagen.«

»Ja, aber von uns wird verlangt, nur nach den sowjetischen Methoden zu heilen. Und die Ärzte, die sich nicht daran halten ...« Der Arzt riskierte viel, aber er wußte, eine bessere Gelegenheit würde nie kommen. »Verstehen Sie mich bitte nicht falsch. Die sowjetischen Methoden sind in den meisten Bereichen der Medizin besser als alle anderen, aber in der Psychiatrie sind sie sehr veraltet. Ich weiß nicht warum, ich weiß es nicht.«

»Sie vergessen, daß wir uns im reifen Sozialismus befinden. In der freiesten und gerechtesten Gesellschaft der Welt. Hier wächst der Mensch unter den besten Bedingungen auf. Sein Körper hungert nicht, sein Geist ist frei. Wie soll man sich dann erklären, daß sein Geist plötzlich krank wird. Der Satz ›Das Sein bestimmt das Bewußtsein‹, ist bei uns leider apodiktisch. Also sind Kommunismus und Wahnsinn unvereinbar.«

Der Arzt dachte schon, einen großen Fehler begangen zu haben, und nahm instinktiv seine Brille herunter. Jetzt, wo er alles verschwommen sah, hoffte er, daß auch sein Schicksal an Deutlichkeit verlieren würde.

»Sie bekommen alles, was Sie brauchen, Doktor ... Aber es darf niemand, nicht mal einer Ihrer Kollegen davon erfahren ... und bauen Sie sich kein großes Haus«, hörte er noch. Alles vor ihm war verschwommen, war unwirklich, und die Brille blieb lange in seiner Hand.

Sdravkas Tod hatte Iskren sehr mitgenommen. Während dem ganzen Begräbnis hatte er den Kopf in seinen Händen begraben, weil er sich der Unermeßlichkeit seiner Tränen schämte, und als er dann sein Gesicht wieder ans Licht brachte, hatten sich unter seinen Augen zwei Schatten gebildet, die ihn nun sein ganzes Leben begleiten sollten. Nun war Sdravka mit beiden Beinen unter der Erde, und somit hatte Iskren seinen einzigen Halt verloren. Die Traurigkeit hatte keinen Anfang und kein Ende mehr. Wohin er auch blickte, er sah nur sie. Sie drang von allen Seiten in ihn wie in ein Haus ohne Fenster und spielte mit seinem Herzen, wann immer sie wollte, sie rollte es von einer Wand zur anderen, auf einem schiefen, holprigen und zernagten Boden, wo sich zwischen jedem Spalt ein Abgrund öffnete. Von so einer Traurigkeit war sein junges Herz noch nie heimgesucht worden. Es war das erste Mal, daß er vor dem Unfaßbaren stand.

Zwischen Traurigkeit und Erinnerung gab es einige Verbindungen, oft brachte das eine das andere hervor. Wenn Iskren traurig war, begann er sich zu erinnern, wenn er sich erinnerte, wurde er oft traurig. Also versuchte er die beiden so weit wie möglich auseinanderzuhalten, indem er nur selten nach Hause fuhr. Er blieb in Pasardshik, wo die älteste seiner Erinnerungen erst fünf Monate alt war. Den Brief, den ihm seine Großmutter anvertraut hatte, hatte er schon abgeschickt, und nun befand sich nichts mehr in der Nähe, was diese traurigen Erinnerungen überraschend aufflackern lassen konnte.

Iskren versuchte jetzt, all seine Gedanken auf Irina zu konzentrieren. Seit zwei Monaten begleitete er sie jeden Tag nach Hause, seit einem Monat schwitzten ihre Hände ineinander verwoben im Kino, aber immer noch befand er sich genauso weit vom ersten Kuß entfernt wie am Anfang. Wenn er ihren Körper berühren wollte, mußte er um jeden Zentimeter kämpfen. Ein Kampf, den er letztendlich immer verlor, da er nie an die Stelle herankam, an die er wollte. Zwei Monate Überredungskünste und Geistesanstrengung und nicht weiter als bis zu ihren Händen war er gekommen. Wenn ihn von jedem der gewünschten Körperteile so eine Zeitspanne trennte, dann würde er es erst kurz vor der Matura schaffen, und diese Vorstellung drückte zugleich an sein Herz und an seine Hosen.

Durch den Tod seiner Großmutter in sich versunken, hatte Iskren einige Zeit nicht bemerkt, was um ihn in der Klasse geschehen war. Er hatte sogar vergessen, Irina wie früher nach Hause zu begleiten. Und eines Tages nach der Schule stand sie plötzlich vor ihm und versperrte ihm den Weg. »Du bist so anders, du schaust so traurig aus. Hat das vielleicht mit mir zu tun?« wollte sie wissen. »Meine Großmutter ist gestorben. Sie war der wertvollste Mensch, den ich hatte.«

Irina ergriff seine Hand und wollte ihn trösten. Sie gingen in ein Café. Iskren erzählte von Sdravka, Irina hörte nur zu und drückte seine Hand. »Heute begleite ich dich bis zum Heim«, sagte sie. Es war schon dunkel geworden. Sie gingen durch einen Park. Iskren dachte an nichts, sie dachte an ihn. An der dunkelsten Stelle blieb sie stehen und begann ihn zu küssen. Das, was er mit Freude und Witz zwei Monate lang nicht erreicht hatte, hatte die Traurigkeit in wenigen Stunden erreicht. »Die Traurigkeit war doch für etwas gut«, dachte er, während er küßte. Beide küßten zum ersten Mal, beide wußten nicht von ihren Zungen Gebrauch zu machen, und in dem hohlen Raum, der zwischen ihren saugenden Lippen entstand, fand Iskren immer noch Platz genug, um zu denken.

Kaum hatte Iskren begonnen sich zu erholen, geschah das Unglück mit seiner Mutter, das genauso unerklärlich und beängstigend war wie der Tod. Seine Mutter landete von einem Tag auf den anderen in der Psychiatrie, und was ihn besonders ärgerte, war die Tatsache, daß er sie nicht besuchen durfte. »Sie werden uns sagen, wenn sie soweit ist, jemanden empfangen zu können«, erklärte ihm sein Vater, der ein blaues Auge hatte. »Das habe ich deinem Großvater zu verdanken. Ich bin ihm aber nicht böse. Ich hätte nicht so ein großes Haus bauen sollen«, sprach Mladen, vorsichtig das Auge betastend.

»Wenn meine Tochter nicht gesund wird, bringe ich ihn um ... Dein Vater ist an allem schuld«, legte Micho einige Stunden später ganz offen seine Pläne dar, und Iskren bedauerte schon, daß er die Großeltern besucht hatte. Er hatte sich eine Erklärung erhofft, stattdessen stand er vor einer fast leeren Ein-Liter-Traubenschnapsflasche, einem Glas Essiggurken und einem seit Mittag trinkenden Großvater.

»Der weiß selber nicht, was er spricht«, versuchte Dotschka das Gerede ihres Mannes abzuschwächen. »Sie wird wieder gesund, und wenn die Ärzte nicht helfen, ich kenne eine sehr gute Wunderheilerin. Sie hat schon vielen Leuten geholfen.«

»Ich brauch kein Wunder ... Ich bringe ihn einfach um. In zehn Jahren habe ich ihn abgesessen«, unterbrach sie Micho, warf eine Essiggurke in seinen Mund und begann, sie laut und genüßlich zu zerkauen, als ob er gerade das Zerbrechen von Mladens Knochen hören würde. Iskren begriff, daß mit jeder Minute, die er hier verbrachte, sein Geist Gefahr lief, sich völlig zu verwirren. Er sprang auf und verließ Hals über Kopf die Wohnung. Zurück zu seinem Vater, in das leere Haus, wollte er nicht. Also fuhr er mit dem ersten Bus nach Pasardshik.

Von diesem neuen Kummer gezeichnet, traf er wieder Irina. Sie schaute sein Gesicht an, wollte reden, er wollte lieber einen Film sehen und schweigen. Sie gingen ins Kino. Diesem Kummer hatte er zu verdanken, daß er seine Hand ohne Gegenwehr auf Irinas junge Brüste legen konnte. Eine Stunde blieb sie dort und bewegte sich aufgeregt wie ein Kinobesucher auf seinem Sessel während einer spannenden Vorführung. Nun überlegte Iskren, daß er nicht auf das nächste Unglück warten wollte, um eine andere der verbotenen Stellen zu berühren, und legte eine Hand auf Irinas linkes Knie. Sie zuckte zuerst zusammen, dann aber öffnete sie ihre Beine und ließ ihm den Weg frei. Langsam, sehr langsam glitt seine Hand unter ihren Rock. Bei jeder Vibration kehrte sie kurz zurück, aus Angst, der Weg könnte abgeschnitten werden, wartete ab, und als nichts dergleichen geschah, fuhr sie langsam fort. Die begehrte Unterkunft war schon sehr nahe, seine Finger berührten schon den Rand der Unterhose, krochen einer nach dem anderen wie Einbrecher darunter, aber gerade hatte es der letzte geschafft, ging das Licht im Kino an. Wie ertappt floh die Hand heraus. »So ein schöner Film«, sagte Irina. »Leider viel zu kurz«, meinte Iskren. Er begleitete sie nach Hause, und da er die ganze Zeit einen starken Druck in der Blase verspürt hatte, lief er sofort ins nächste öffentliche Klo.

Im Klo war es fast so dunkel wie im Kino. »Laß mich es dir machen«, hörte er jemanden wie aus einer hinteren Reihe sagend. Und schon wurde er von hinten kräftig umarmt, und dieser brauchte nicht so lange, um an jene Stellen zu gelangen, die seine Hände begehrten. »Es wird dir gefallen«, sagte der Mann. Iskren war anderer Meinung, und die konnte er nur mit einem lauten Schrei ausdrücken. Eine grobe, nach Tabak riechende Hand legte sich auf seinen Mund. »Nicht doch, das macht mich sehr traurig«, sprach die Stimme. Der Mann schob ihn bereits in eine der Kabinen, als ein lautes Geräusch ertönte. Die fremden Hände verließen seinen Körper, und Iskren konnte sich endlich umdrehen. Die Hände drehten jetzt hilflose Kreise in der Luft, konnten aber nicht verhindern, daß der Kopf, dem sie dienten, zweimal gegen die Kachelwand schlug und auf dem Boden landete. »Diese Kinderverzahrer sind der letzte Dreck, deswegen soll man sie auch so behandeln.« Ein neuer Mann und eine neue Lebensphilosophie tauchten gleichzeitig vor Iskren auf, und beide waren sehr überzeugend. Es folgten noch drei Fußtritte und eine Frage. Nur die Frage war an Iskren gerichtet. »Hast du schon gepinkelt, Junge«, lautete sie. »Nein«, antwortete Iskren. »Dann mach es gleich auf den da«, sagte der Mann und zeigte auf den Körper eines sehr traurigen Menschen. Iskren zögerte. »Es ist sehr leicht, glaub mir. Es wird dir helfen, wieder ins Reine mit dir zu kommen. Dabei hilfst du auch ihm. Er wird sich jetzt gut überlegen, ob er sich wieder an einen Jungen heranschleicht«, sprach der Mann, zündete sich eine Zigarette an, und seine Worte schwebten mit dem Rauch wie auf einer Wolke. Iskren war vom ersten Augenblick überzeugt, daß die Philosophie dieses Mannes in einem sehr reichen Erfahrungsgrund wurzelte, also befolgte er seinen Rat und ließ sich danach von ihm in ein Lokal führen. So lernte Iskren den Begabten kennen.

Der Begabte bestellte zwei Gin. Sie tranken. Gin schien ein Zaubergetränk zu sein. Noch nach dem ersten wurden alle schmerzvollen Ereignisse der letzten Monate wie mit einer weichen Watte umhüllt. Die Welt, die Iskren kannte, rückte weit, weit weg, und der Begabte kam wie ein rettendes Ufer immer näher. Nach dem zweiten Gin war der Begabte schon der vertrauteste Mensch, den Iskren jemals gehabt hatte. Er saß ihm gegenüber, zauberte mit einer glühenden Zigarette mal einen Kellner, mal eine schöne Frau an den Tisch, die sich auf seinen Schoß setzte, legte seine Hand auf das dritte Ginglas wie auf ein Sakrileg und schwor: »Junge, ich werde dir das Leben zeigen.« Und seine Worte wurden wahr.

Dieses neue Leben fing nicht, wie Iskren glaubte, mit den Nachtklubs an, die sie seit einer Weile in Plovdiv und Pasardshik besuchten, sondern erst in Isabellas Wohnung. Es war an einem Samstagabend. »Ich überlasse dir diesen Jungen heute nacht und komme morgen früh, um einen Mann abzuholen«, sagte der Begabte einer Frau, und schon hörte Iskren, wie eine Tür sich schloß, und das war das letzte bekannte Geräusch, das er hörte. Eine unbekannte Stimme stellte Fragen, unterwarf ihn sanft, gab ihm Anweisungen. Zwei unbekannte Hände zogen ihn aus, badeten ihn, trockneten ihn ab, führten ihn ins Bett, ein unbekanntes rotes Haar überschüttete sein Gesicht, ein unbekannter heißer Körper legte sich neben seinen, unbekannte Gefühle und Kräfte wurden in Iskren wach, erfaßten ihn und zwangen ihn, Ungeahntes zu tun, aber dann, als er erschöpft auf seinem Rücken lag, hatte er plötzlich das Gefühl, daß er die Frau neben sich schon seit Ewigkeiten kannte. »Ich habe noch nie etwas Schöneres erlebt«, sagte er.

»Du hast noch Zeit… Die schönsten Sachen kommen erst«, sagte sie.

»Isabella, ich will dich heiraten«, sagte er. Isabella lächelte, zündete sich eine Zigarette an, ließ einen Rauchring in der Luft schweben und sagte: »Nur, wenn du mir so einen Ring bringst und ihn mir dann an den Finger steckst.« Iskren sprang und versuchte den Ring zu fangen, nichts schien ihm in dieser Nacht unmöglich zu sein. So spielten sie eine Weile, dieses und auch andere Spiele, bis sie sehr müde wurden.

Iskren war gerade unter der Dusche, als der Begabte wieder auftauchte.

»Ein reizender Junge«, sagte Isabella, während sie das Geld zählte.

»Ja, ich habe ihn auch liebgewonnen. Obwohl ich normalerweise Kinder von solchen Familien nicht ausstehen kann.«

»Wer sind denn seine Eltern«, fragte Isabella gleichgültig.

»Du wirst dich wundern. Sein Vater ist der Genosse Mladenov.«

Isabella drehte sich sofort um und ging zum Fenster.

»Was ist denn mit dir, kennst du seinen Vater?« fragte der Begabte irritiert.

»Wer kennt ihn denn nicht?«

»Mach dir keine Sorgen. Der Jüngling ist für dich wie ein Trumph. Falls dir jemand was antun will, kannst du immer sagen, daß du jemanden aus dem Familienclan des Genossen Mladenov gut kennst.«

»Ihr müßt jetzt gehen. Ich bekomme Besuch.«

»So früh?«

»Ich kann es mir nicht immer aussuchen.«

Da erschien Iskrens frisch gewaschenes Lächeln an der Badezimmertür. Die ganze vergangene Nacht lag wonnevoll in diesem Lächeln wie in einer Hängematte. »Zieh dich schnell an, wir müssen los, der nächste wartet schon«, sagte der Begabte und begann eine Melodie zu pfeifen. Iskren gehorchte. Aber während er sich anzog, schielte er immer wieder zu Isabella hinüber, in der Hoffnung, sie würde sich umdrehen. Ihre Haltung verwirrte, ihr Schweigen quälte, das Licht, das durchs Fenster drang, blendete, das Lied, das der Begabte pfiff, nervte. Iskren hatte zuerst sein Unterleibchen, nun auch seinen Pulli verkehrt angezogen. Er zog ihn wieder aus, wieder an, der Pullover saß jetzt richtig, doch etwas anderes, viel Wichtigeres war aus unerklärlichen Gründen verkehrt geworden. Er wollte es ändern und ging auf Isabella zu, die Melodie wurde unterbrochen, eine Hand ergriff seinen Arm und zog ihn zur Tür. »Es ist nicht gut für sie, wenn wir bleiben«, erklärte der Begabte. Jetzt war alles klar, jetzt konnte sich die Nacht wieder in die Matte legen und sogar leicht schaukeln. Jetzt konnte Iskren wieder sprechen, »Bis bald, Isabella«, sagte er, »und ich danke dir.«

»Leb wohl, Kleiner«, sagte sie, ohne sich umzudrehen.

»Geh jetzt und schlaf dich zu Hause aus. Am Abend um 20 Uhr warte ich auf dich vor dem Trimontium«, sagte der Begabte. Iskren hätte sich jetzt am liebsten über die Ereignisse der vergangenen Nacht unterhalten, aber er war schon gewohnt, dem Begabten zu gehorchen. Also nahm er ein Taxi, fuhr nach Hause, warf sich ins Bett und schlief sofort ein. Sein Vater weckte ihn auf. »Schnell, steh auf. Wir dürfen heute deine Mutter besuchen«, sagte er.

Eine Stunde später waren sie in der Psychiatrie. Ein Arzt empfing sie noch am Eingang und führte sie durch lange, trostlose, nach Medizin und Desinfektionsmittel riechende Korridore. »Ihr geht es schon besser, sie ist zugänglicher geworden. Man kann sich mit ihr unterhalten. Sie ist nicht mehr so aggressiv, aber sie hat Halluzinationen. Deswegen schreckt euch nicht, wenn sie von Dingen redet, die ihr weder seht noch hört«, erklärte der Arzt. Vor einer Tür mit Guckfenster blieben sie stehen. Drinnen, mit einem lila Pyjama und einem grauen Morgenrock bekleidet, saß Dorothea. Sie saß auf einem Bett, den Rücken an die Wand gelehnt, die Knie umarmt, und schaute vor sich hin. »Ich glaube, es ist besser, wenn der Junge zuerst zu ihr geht.« Mladen war einverstanden. Die Tür wurde aufgesperrt und Iskren, immer noch schlaftrunken, hineinbefördert. Iskren hatte seine Mutter seit Sdravkas Begräbnis nicht mehr gesehen. Sie war sehr abgemagert. Ihr Gesicht war blaß, ihre Wangenknochen scharf, ihre Lippen schmal und ihre Augen sehr groß geworden. Doppelt so groß schienen Iskren diese Augen geworden zu sein. Wahrscheinlich, weil sie jetzt mehr sah als die anderen, so wie der Arzt gesagt hatte. Nicht mehr wie früher war seine Mutter, ein Gebrechen hatte sie, ein Gebrechen, das man nicht sah, das sie aber von innen verkrüppelte. Iskren spürte sein Herz schneller schlagen, es hatte immer für Leute mit Gebrechen geschlagen, nun schlug es für seine Mutter. Er machte einen Schritt, »Mutter«, sagte er, blieb aber stehen, weil ihm kein anderes Wort mehr einfiel. So wie jedes Mal, wenn er das Meer gesehen hatte, ihm nichts anderes eingefallen war, als darauf zu zeigen und »das Meer« zu sagen. So ähnlich hatte er sich auch vor seiner Mutter immer gefühlt. »Meine Mutter«, hatte er nur gesagt und auf sie gezeigt, wenn er sie vorgestellt hatte.

»Ich bin so froh, daß du da bist, mein Kind, ich bin so froh«, sagte sie.

»Weißt du, hier gibt es Zimmer, in denen du dir nicht weh tun kannst, alles darin ist sehr weich. Sogar die Wände ... Es ist ein schreckliches Gefühl zu leben, ohne sich weh tun zu können. Es ist gar kein Leben ... Jetzt ist aber alles wieder gut. Gefällt dir mein Zimmer?«

»Ja, es schaut sehr nett aus«, sagte Iskren, ohne einen weiteren Schritt zu machen.

»Diesen Hirschen habe ich selber gestickt.«

Iskren schaute auf die Stickerei an der Wand. Ein großer Hirsch mit prächtigem Geweih stand im Vordergrund, hinter ihm der Wald, die Berge, der Himmel und die hellgrüne Wand. »Es ist sehr schön«, sagte er. »Und was ist das für ein Vogel, der weiße da? Eine Möwe?«

»Nein, eine weiße Schwalbe. Die habe ich selber eingebaut ... Du kennst diesen Aberglauben, es gibt ja auch diese Erzählung von Jovkov. Du hast damals einen sehr schönen Schulaufsatz darüber geschrieben. Die Lehrerin hat dich sehr gelobt, weißt du noch?«

»Klar doch ... Das ist also die weiße Schwalbe, von der man erzählt, daß, wer sie sieht, von jeder Krankheit geheilt wird«, kam Iskren immer mehr in Stimmung.

»Ich glaube diesen Blödsinn nicht, aber es hat Spaß gemacht, sie einzubauen ... Weißt du, du hast recht, es könnte auch eine Möwe sein. Gefällt dir das Bild?«

»Aber natürlich, Mutter.«

»Dann nimm es runter, ich schenke es dir.« Um seine Mutter nicht zu kränken, nahm Iskren das Bild und begann es einzurollen.

»Also du findest das Zimmer nett«, fragte sie.

»Wenn du dich da wohl fühlst.«

»Ich fühl mich aber nicht wohl. Aber lassen wir das... Komm jetzt zu mir, mein Kind. Laß mich dich ein bißchen streicheln«, sagte sie und streckte die Hände nach ihm aus. Iskren zögerte. »Hast du Angst, oder schämst du dich solcher Zärtlichkeiten, weil du schon groß geworden bist«, fragte sie, immer noch die Hände nach ihm ausgestreckt. Iskren konnte dieser Geste nicht widerstehen. Er hatte vergessen, daß er in dieser Nacht Mann geworden war, und war nun wieder Kind. Er setzte sich auf das Bett, legte den Kopf in Dorotheas Schoß und schloß die Augen. Dorothea streichelte ihn wortlos. Ihre Hände und ihre großen Augen konnten nicht genug von Iskren bekommen, so durstig waren sie nach ihm geworden. Jede Veränderung seines Gesichts, jede Falte, jeden Fleck seines Gewandes wollte sie aufsaugen. Da sah Dorothea ein langes rotes Haar, danach ein zweites. Sie beugte sich über ihn, begann an ihm zu schnuppern und stieß ihn dann von sich. Iskren fiel auf den Boden. »Die Rothaarige... Sie will mir alles nehmen. Ich sehe sie, aber sie wird nicht mehr stören, ich bringe sie um«, schrie Dorothea, hob den einzigen Stuhl im Zimmer und schritt bedrohlich auf Iskren zu. Er lag, vor Schreck gelähmt, immer noch auf dem Boden. Da öffnete sich die Tür, der Arzt stürmte herein und holte Iskren heraus. Dorothea begann wild mit dem Stuhl gegen die Tür zu schlagen. Zwei Schwestern und ein Sanitäter kamen gelaufen. Was danach geschah, sahen weder Mladen noch Iskren. Der Arzt führte sie wieder aus dem Krankenhaus heraus.

Die Zeit bis zum Abend verbrachte Iskren in der Stadt. Er wollte einen Gin trinken, alle Kellner wollten aber seinen Ausweis sehen. Also mußte er seine Entschlüsse mit der Hilfe von drei Gläsern Tonic und zwei Baklavas treffen. Wenn er das Tonic trank, dachte er an das Erlebnis mit seiner Mutter, wenn er von dem Baklava abbiß, an das mit Isabella. Beide hatten tiefe Spuren in seiner Seele hinterlassen. Mit der einen waren besonders seit heute sehr unangenehme Erinnerungen verbunden, mit der anderen die schönsten, die er zur Zeit hatte. Die eine hatte einmal versprochen, ihm ihre ganze Liebe zu geben, die andere hatte ihm ihre ganze Liebe gegeben, ohne etwas zu versprechen. Die eine verwandelte ihn in ein Kind, die andere in einen Mann. Iskren wollte lieber ein Mann sein. Außerdem hätte ihn seine Mutter heute beinahe umgebracht, und wer will schon so eine Mutter haben. War das überhaupt noch seine Mutter? Konnte er sie, so wie sie jetzt aussah, jemandem vorstellen und sagen, das ist meine Mutter? Nein, entschied er, das Tonic schmeckend. Er hatte keine Mutter mehr. Somit verabschiedete er die unangenehme Erinnerung von heute mittag und dachte nur noch an die Nacht davor. Er dachte an Isabella und wartete ungeduldig auf das Treffen mit dem Begabten. Iskren hatte es schon seit dem Kindergarten gewußt, daß sich hinter der Welt, die er kannte, eine andere, viel aufregendere und viel interessantere verbarg. Es hatte lange gedauert, aber nun hatte er wieder jemanden gefunden, der Zugang zu dieser geheimnisvollen Welt hatte, und so wie damals hatte auch jetzt dieser Mensch zwei Namen. »Auf so einen Freund wie dich habe ich immer gewartet«, sagte er, als er um 20 Uhr vor dem Begabten stand.

»Komm Junge, wir haben etwas zu feiern«, ließ sich der Begabte nicht auf Iskrens Stimmung ein und führte ihn in das Bombarnika, ein Restaurant, das sich im Hotel Trimontium befand und auf Innereien spezialisiert war. Der Begabte bestellte Rotwein und Lammköpfe.

»Die Unschuld zu verlieren ist das Beste, was dir auf dieser beschissenen Welt passieren kann. Man kann sie einfach nie früh genug verlieren. Es gibt nur Verluste auf dieser Welt, verstehst du? Einmal geboren, beginnst du schon zu verlieren. Menschen, Illusionen, Hoffnungen, Geld, letztendlich alles. Aber von allen Verlusten ist der, den du gestern nacht verloren hast, derjenige, der dich ein wenig mit der Welt versöhnen kann«, erklärte der Begabte, während er einen Lammkopf öffnete, das Hirn auslöffelte und es auf ein Stück Brot strich.

»Eine Frau, die dir nur ihre Unschuld schenkt, ist nichts wert. Merk dir das, mein Junge. Sie soll dir viel mehr geben können… Trinken wir auf die Schuld. Sie allein macht aus uns Menschen«, sagte der Begabte laut und hob mit seinen fettigen Fingern das Glas. Sie tranken, aßen, scherzten, und irgendwann fühlte sich Iskren aufgelockert genug, um seinen Freund zu fragen, wann er seine Unschuld verloren habe.

»Ich hab sie zweimal verloren. Das erste Mal im Auto eines Freundes, das zweite Mal im Gefängnis. Sie habe ich geheiratet, ihn wollte ich nicht heiraten. Außerdem habe ich ihm später alle Finger gebrochen, und da hätte kein Ehering mehr gepaßt.«

»Ich würde gerne wieder zu Isabella gehen«, sagte Iskren, um das Gespräch wieder in eine Welt zu versetzen, in der man nur einmal die Unschuld verlieren konnte.

»Vergiß es.«

»Warum?«

»Sie ist zu teuer für dich.«

»Aber ich liebe sie.«

»Rede keinen Scheiß, sonst schmeckt mir das Essen nicht«, war der Begabte aufrichtig.

»Es ist aber so«, beteuerte Iskren.

»Du machst zwischen Herz und Hoden keinen Unterschied. Das bringt nur Unglück.«

»Ich muß sie unbedingt noch einmal sehen.«

»Mach, was du willst, aber ich zahl das nicht«, sagte der Begabte, pickte mit der Gabel ein Lammauge auf, steckte es in seinen Mund und als ob sich dadurch sein Sehvermögen verstärkt hätte, fragte er, »Was hast du da in der Tasche?«

»Eine Stickerei.«

»Ich liebe Stickereien. Laß mich sie anschauen.« Iskren holte sie aus der Tasche seiner Jacke und reichte sie über den Tisch. Der Begabte wischte seine fettigen Hände zuerst mit ein paar Servietten ab, dann mit der Tischdecke, und erst dann nahm er die Stickerei und rollte sie auf. »Sie ist wunderschön ... Und auch sehr symbolisch«, sagte er. Ein Kellner, der gerade vorbeiging, streckte neugierig seinen Hals aus und versuchte auch einen Blick darauf zu werfen. »Das ist nicht für dich, das ist nur für intelligente Leute. Geh lieber und bring uns noch was zum Trinken«, riet ihm der Begabte und rollte die Stickerei wieder zusammen. So wie alle Kellner, die den Begabten bedienen durften, verbeugte er sich demütig und flitzte, die Bestellung durchzuführen. Iskren lachte. »Ich schenke sie dir«, sagte er.

»Wirklich«, freute sich der Begabte und steckte die Stickerei sofort in seine Sakkotasche. »Du bist so gut. Junge, du wirst es nicht leicht haben. Du wirst mich noch oft brauchen«, erlaubte sich der Begabte einen kurzen Blick in die Zukunft zu werfen, nachdem er das zweite Lammauge verschlungen hatte.

»He, Begabter, laß uns auch ein bißchen mit deinem Jungen spielen«, rief eine heisere Stimme, zwei Tische weiter. Die Stimme gehörte einem Mann, an dessen Namen sich kaum noch jemand erinnern konnte, weil er längst von seinem Spitznamen überwuchert war. Er wurde die Distel genannt. Er war ein Mensch mit wenig Phantasie und viel Beharrlichkeit. Dreimal war das Devisengeschäft in Plovdiv ausgeraubt worden, dreimal war es die Distel gewesen. Beim dritten Mal war er erwischt worden. Nun saß er mit zwei Typen auf einem

Tisch, und wenn man die Gefängnisjahre aller drei summierte, würden sie eine vierte Person in der Blüte ihres Lebens ergeben. Und diese vierte Person beanspruchte für sich immer Respekt, Aufmerksamkeit und sehr viel Güte.

»Distel«, rief der Begabte zurück, ohne auch nur die kleinste Spur von Besorgnis zu zeigen, »ich werde dich ficken, bis der Hahn zum dritten Mal kräht, und du schreibst mir dabei ein Verzeichnis all deiner Verwandten, und die ficke ich dann auch, und halte die zwei Schwuchteln bei dir an der Leine, weil ich merke, sie mögen es härter, und dafür habe ich gerade keine Lust.«

Seltsamerweise kam kein weiterer Ton von dem finsteren Tisch, außer dem Knirschen der Sessel, und Iskren konnte nicht aufhören zu träumen, eines Tages genauso mutig wie sein neuer Freund zu werden. »Warum nennen sie dich den Begabten?« fragte er, nachdem der Vorfall vergessen und der Raum zwischen den beiden Tischen wieder für die Kellner begehbar geworden war.

»Manche Menschen haben großes Geld, andere großes Glück, ich habe eben nur einen großen Schwanz«, sagte er lakonisch. Das Lachen der beiden schien unerträglich für die Distel und ihre Gesellschaft zu sein, und sie verließen mit knirschenden Zähnen das Lokal.

Eine Zeitlang versuchte Iskren Kontakt mit Isabella aufzunehmen, er stand bis zu dreimal pro Tag vor ihrer Tür und läutete lange, manchmal war sie nicht da, aber manchmal hörte er Schritte und spürte, wie er beobachtet wurde. »Warum machst du mir nicht auf«, wollte er wissen, aber es kam nie eine Antwort. Nur das Guckloch schien immer mehr und mehr einem Schafsauge zu ähneln, und diese Vorstellung verstimmte seinen Magen. Und eines Tages wurden seine Magenschmerzen so stark, daß er aufhörte, Isabellas Wohnung zu belagern.

Die Mission des Begabten war schon längst erfüllt, trotzdem holte er Iskren noch zwei weitere Monate jeden Samstag von der Schule ab, um ihm das Leben zu zeigen. Und dieses Leben begann erst nach Sonnenuntergang, verlief in verschiedenen Städten, hauptsächlich auf den gut gepolsterten Möbeln der Nachtlokale, in spärlich beleuchteten Räumen oder auf den knirschenden Betten unzähliger Hotelzimmer, schmeckte nach Lippenstift, Tabak und Gin, roch nach kalter Asche und dampfendem Bad und wurde jedes Mal durch den Atem einer anderen Frau in Iskren gehaucht. »Binde dich an niemanden, sonst bezahlst du eines Tages auch für seine Fehler«, lehrte der Begabte, und Iskren hörte auf ihn, denn Iskren glaubte ihm alles. Er hatte ihm auch den Rat gegeben, das Geld seines Vaters so gut wie möglich zu nutzen und nicht mehr im Schülerheim zu übernachten, sondern sich eine Wohnung in Pasardshik zu mieten. »Ich zeige dir, wie man lebt, aber leben mußt du schon selber«, sagte er ihm, und Iskren mietete eine Wohnung und kam nur dann nach Hause, wenn er Geld brauchte.

Der Begabte hatte den Jungen liebgewonnen, natürlich nur, so weit es die vergitterten und durch schlechte Erfahrungen verdunkelten Räume seines Herzens erlaubten. Denn dort gab es seit Jahren nur noch Platz für einen Mann und seine Anschauungen, und das war der Begabte selbst mit seiner Philosophie. Die restlichen Menschen waren längst vertrieben worden. Deswegen ähnelte das Gefühl, das Iskren in ihm erweckt hatte, mehr jener Rührung, die ein Sträfling verspürte, wenn er in seiner Zelle plötzlich von einer Maus besucht wurde. Aber es war immerhin etwas, und so etwas passierte dem Begabten nicht alle Tage. Und aus dieser Regung heraus schloß er, daß es höchste Zeit war, daß sie getrennte Wege gingen.

Sie hatten gerade ausgiebig im Wirtshaus Orpheus im Winterkurort Pamporowo zu Abend gegessen, einem Dudelsackspieler und dem traurigen Lied einer Rhodopensängerin zugehört, als der Begabte sagte, »Ich habe dir jetzt die schönen Seiten des Lebens gezeigt. Wenn du weiter bei mir bleibst, wirst du bald auch die schlechten kennenlernen.«

»Ich bleibe bei dir«, sagte Iskren sofort.

»Geht nicht, und ich will mich nicht wiederholen.«

Iskren war wie gelähmt. Er schaute auf die Speisereste auf dem Tisch, und genauso stellte er sich den Rest seines Lebens vor, zerbröselt, abgenagt, verwüstet.

»Nimm's wie ein Mann... Ich hab dir oft genug gesagt, lerne, dich schnell von Menschen und Dingen zu trennen, aber auch von der Vergangenheit, erst dann hast du eine Zukunft.«

Aber Iskren wollte gerade kein Mann sein, er wollte wieder ein Kind und mit dem Begabten befreundet sein.

»Mein Vater redet nur über die Zukunft. Ich will aber keine Zukunft haben, ich will, daß alles so ist wie jetzt«, sagte er. Der Begabte wischte seinen Mund mit einer Serviette so gründlich ab, als ob er ein Zeichen geben wollte, daß die Worte, die daraus kommen würden, sehr klar und sehr wichtig sein würden, beugte sich ein wenig über den Tisch, was Iskren die höchste Stufe des Vertrauens und der Zuneigung signalisieren sollte, und sagte: »Junge, versuche nicht, meinen Weg zu gehen, sonst bist du bald im Arsch, und dort ist es sehr dunkel. Du hast solche Möglichkeiten, die ich in meinem Leben nie hatte. Nutze sie, und dein Leben wird eines Tages so toll sein, wie es meines nie sein wird. Wir werden uns jetzt aus den Augen verlieren, aber ich werde irgendwann zu dir kommen, um zu sehen, was du aus deinem Leben gemacht hast... Es soll wie ein Traum sein, denn ich träume gerne... Trinken wir jetzt auf die Schuld, denn ohne sie gäbe es kein Leben in dieser Welt.«

Mit diesen Worten verschwand der Begabte für eine lange Zeit aus Iskrens Leben und hinterließ in seiner Seele eine ständige Vibration, wie die eines Sprungbrettes, von dem sich gerade jemand abgestoßen hatte.

Langsam fand Iskren wieder zum gewohnten Schulleben zurück, aber seine Seele sollte ihre Ruhe nicht mehr finden. Und in den seltenen Fällen, wenn sein Vater ihn fragte, ob er Lust hatte, gemeinsam mit ihm etwas zu unternehmen, sagte er, »Ich weiß es nicht«, denn er wußte es wirklich nicht. Dafür erinnerte er sich sehr gut, daß sein Vater in seinem ganzen Leben nicht einmal annähernd so viel Zeit mit ihm verbracht hatte wie der Begabte in diesen zweieinhalb Monaten. Und nachdem er sich daran erinnert hatte, sagte Iskren, »Weißt du Vater, ich bin nicht mehr klein, ich unternehme lieber allein etwas.« Oder er sagte nur, »Wir haben nicht dieselben Interessen, wir würden uns nur langweilen«, und steckte das Geld, das sein Vater ihm gegeben hatte, in seine Hosentasche. Mladen stand dann da, immer noch die offene Brieftasche in seinen Händen haltend, schaute in die Richtung, in die sein Sohn verschwunden war, die dieselbe war, in der alles, was ihm wichtig war, verschwand, und sprach zu sich selbst. »Nein, er hat nichts von mir. Er ist wie seine Mutter… Ein ganz fremder Mensch.«

So sprach der Genosse Mladenov, ein Mensch, der den Kommunismus bauen wollte und stattdessen ein dreistöckiges Haus gebaut hatte. Und was er sich sagte, machte ihm angst, denn war der Kommunismus nicht ähnlich einem Haus, und wer gab einem die Garantie, daß er, wenn er eines Tages fertig sein würde, nicht auch so leer stehen und der Mensch sich darin genauso einsam vorkommen würde wie Mladen in seinem Haus. Nein, der Genosse Mladenov durfte nicht so mit sich reden, sondern weiter dialektisch denken, nicht statisch, sondern prozessuell sollte er denken, denn er war das moralische Aushängeschild der Partei. Und dieses moralische Aushängeschild hatte eine Frau, die im Irrenhaus saß, einen Sohn, der ihm immer fremder wurde, einen Bruder, dem er nichts zu sagen hatte, eine Schwester, von der er sich losgesagt hatte, einen Schwiegervater, der illegalen Handel betrieb und der ihn mit dem Tod bedrohte, und hatte seit dem Tag, an dem er nicht mehr an die Tür mit Isabellas Namensschild klopfen durfte, nicht mehr gelacht. Genosse Mladenov wollte sich für all diese Schicksalsschläge an jemandem rächen, da er aber nicht wußte, an wem, rächte er sich an allen. Früher hatten ihn die Leute in der Kreisstadt respektiert, manche sogar geliebt, jetzt fürchteten sie ihn nur noch. Immer, wo er Zynismus, Lügen und Korruption in den Reihen der Partei begegnete, griff er hart durch. Die Trägheit und Unbeständigkeit tadelte er, die Unzuverlässigkeit war ihm zuwider, die Nachlässigkeit bestrafte er. Und bald gab es in keiner Kreisstadt so viele Kündigungen und Parteiausschlüsse wie in seiner. Aber auch in keiner anderen Stadt war der öffentliche Verkehr so pünktlich, die Straßen so sauber, die Straßenbeleuchtung so makellos, der Plan aller großen Fabriken so schnell erfüllt, alle Waisenhäuser mit neuestem Spielzeug ausgestattet, alle Betriebskantinen mit den besten Produkten beliefert, und, was das Wichtigste war, es gab wieder genug Klopapier in der Stadt.

Wenn der Genosse Mladenov ein Lokal besuchte, dann sollte die Tischdecke sauber sein, Gläser und Besteck glänzend die Bedienung geschickt, schnell und höflich, der Tisch nicht wackeln, die Speisekarte nicht mehr versprechen, als die Küche halten konnte. Wo auch immer der Genosse Mladenov auftauchte, sollte alles so funktionieren, wie es sich eigentlich jeder Bürger wünschte. Nichts Außergewöhnliches wünschte sich der Genosse Mladenov, er wünschte sich nur ein normales Leben. Seltsam, daß er in der Zeit, als es ihm am schlechtesten ging, mehr für die Stadt getan hatte als in all den Jahren der Freude und des Glücks.

Wegen seiner harten Methoden wollte die Partei schon durchgreifen, denn viele ihrer Mitglieder sahen ihre gemütliche Lebensweise bedroht, aber da starb der Genosse Breschnjew, und die harten Methoden waren wieder gefragt. Denn an die Macht war der Genosse Andropow gekommen. Er war ehrgeizig, relativ jung, kam aus den Reihen des KGB und hatte ein großes Vorbild vor Augen, den Genossen Stalin.

Der Genosse Mladenov dagegen hätte am liebsten wieder Isabellas Bild vor Augen gehabt, aber sie war in weite Ferne gerückt. Er war eine Zeitlang an ihrer Wohnung vorbeigegangen, den Kopf erhoben, hatte auf ihre leuchtenden Fenster geschaut und ihr Licht gehamstert, aber das hatte ihn nur hungriger gemacht, und er hatte es gelassen.

Trotz seiner vielen Tätigkeiten für das Gemeinwohl kam ihm sein Leben genauso leer wie sein Haus vor, und um es wieder mit Sinn zu erfüllen, entschloß er sich, alles zu tun, damit seine Frau wieder gesund wurde.

Dorothea wurde nach einem halben Jahr aus der Psychiatrie entlassen, und Mladen hatte die strengsten Anweisungen, ihr keinen Tropfen Alkohol zu geben. »Hier tropft dauernd der Wasserhahn, und es gibt Ameisen«, sagte sie nach der ersten Nacht. Mladen sah keine Ameisen und hörte keinen Wasserhahn tropfen, trotzdem schickte er sie in ein Sanatorium in den Bergen. Sie brauche sehr viel Ruhe, hatte ihm der Arzt gesagt. Ein halbes Jahr pilgerte Dorothea von Sanatorium zu Sanatorium, quer durch ganz Bulgarien, einmal die salzige milde Meeresluft einatmend, einmal die scharfe Luft der Berge. »Hier gibt es Ameisen, und der Wasserhahn tropft andauernd«, sagte sie gleich nach der ersten Nacht, die sie zu Hause verbrachte. Mladen ließ sie im ersten Stock übernachten, dort, wo früher Sdravka gewohnt hatte. Dort fühlte sich Dorothea besser. Sie begann jeden Tag eine Kuttelsuppe zu kochen, die sie aber immer wegschüttete, weil sie ihr nie gelingen wollte.

»Es schmeckt nicht so, wie es soll«, erklärte sie Mladen.

»Willst du, daß wir was Gemeinsames unternehmen?« fragte er sie.

»Ich weiß nicht... Wir haben nicht die gleichen Interessen... Wir würden uns nur langweilen«, antwortete sie.

Manchmal gingen sie gemeinsam spazieren. Sie schritten nebeneinander, ohne sich zu berühren. Gewöhnlich schwiegen sie. Mladen trug manchmal einen Schirm, mit dem er auf die Gehsteige klopfte. Als sie einmal eine der Brücken über die Mariza überquerten, nahm Dorothea den Schirm aus seiner Hand und warf ihn in den Fluß. Mladen sagte nichts, und sie schritten wieder schweigsam nebeneinander. Einer ihrer Spaziergänge führte sie dorthin, wo sich Boulevard Dimitrov und Boulevard Lenin kreuzten. Sie blieben vor einer Bank stehen.

»Hier haben wir's einmal getrieben«, sagte Mladen und zeigte auf die Bank.

»Dann tun wir's gleich noch einmal«, sagte Dorothea. Es war hellichter Tag, Straßen und Gehsteige waren belebt.

»Das ist nicht dein Ernst«, sagte er.

»Doch.«

»Siehst du denn nicht, wie viele Leute es rundherum gibt?«

»Ich sehe keine Leute, ich sehe nur Ameisen«, sagte sie.

»Gehen wir lieber nach Hause«, sagte er. Dorothea stieg auf die Bank.

»He, ihr Arbeitsviecher. Wer von euch es hier mit mir auf dieser Bank treiben will, dem zeige ich die Sterne«, schrie sie.

»Bist du denn verrückt geworden«, sagte Mladen und begriff sogleich die Sinnlosigkeit seiner Worte.

»Wir waren mal beide verrückt, jetzt bin's nur mehr ich.« Mladen stoppte ein Taxi und fuhr sie nach Hause. Sie lachte die ganze Fahrt hindurch.

Trotz dieses Erlebnisses überwand sich Mladen und ging mit ihr einmal ins Kino. Sie schauten sich »Szenen einer Ehe« von Bergman an. Der Film dauerte über drei Stunden, der Saal war überfüllt, Dorothea blieb aber die ganze Zeit über ruhig.

»Er hat recht«, sagte Dorothea nach dem Film. »Wir sind Analphabeten ... Ich will nicht mehr ins Kino.«

Am nächsten Tag fand Mladen sie wieder betrunken. Er fuhr zu ihren Eltern und warnte sie, ihr keinen Alkohol zu geben. Micho schimpfte, Dotschka bekreuzigte sich, aber sie hielten sich daran. Trotzdem betrank sich Dorothea weiter. Sie stieg jeden Tag auf den »Hügel der Jugend« und bot dort im Gebüsch ihren Körper für eine Flasche Schnaps an. Es dauerte lange, bis Mladen dahinter kam. Er sperrte sie ein. Sie wurde wieder aggressiv, versuchte sogar, das Haus anzuzünden, und er sah keinen anderen Weg, als sie wieder in die Psychiatrie einliefern zu lassen. Nach drei Monaten wurde sie mit großer Hoffnung auf baldige Genesung entlassen. »Warum ist mich mein Kind kein einziges Mal besuchen gekommen?« wollte sie wissen. Mladen konnte ihr keine plausible Erklärung geben. Sie warf gleich ihren kleinen Koffer weg und schritt auf den »Hügel der Jugend« zu.

»Nur eines haben wir noch nicht versucht, weil ich an dieser Methode sehr zweifle. Den Elektroschock«, erklärte der Arzt.

»Probieren Sie es auch damit«, sagte Mladen nach langem Überlegen.

Dem Genossen Mladenov war wieder nur die Arbeit geblieben, und er versuchte durch Fleiß seiner Furcht vor dem leeren Haus zu entkommen. »Du machst dich so nur kaputt. Begreif es endlich, du kannst deiner Frau nicht mehr helfen. Laß dich lieber von ihr scheiden und genieße wieder das Leben«, riet ihm der Genosse Parvanski.

»Ich werde mich nie von meiner Frau trennen. Von allem, was mir einmal wichtig gewesen ist, ist nur sie mir geblieben. Und es gibt nichts, was mich zwingen kann, sie aufzugeben«, antwortete der Genosse Mladenov, und sein Blick war so kalt, daß Parvanski sich sofort entschuldigte. »Er ist auch verwirrt«, dachte er sich und schaute, daß er so schnell wie möglich das Büro verließ.

Nun wurde Dorothea wieder entlassen, diesmal mit einer Stickerei in der Hand und der Zusicherung, daß sie völlig genesen wäre. Es war ein neuer Arzt, der dies behauptete, jener, den der Genosse Mladenov gekannt hatte, wäre befördert und in die Regierungsklinik nach Sofia geholt worden. Aber er hätte strikt dessen Anweisungen erfüllt, erklärte der neue Arzt. Dorothea war tatsächlich verändert. Ob ihr Zustand besser war, konnte Mladen nicht sagen. Sie hörte nicht mehr den Hahn tropfen, sah keine Ameisen und trank keinen Tropfen Alkohol. Sie hing ihre Stickerei, die zwei Schwalben im Flug darstellte, eine normale und eine weiße, an der Wand auf, setzte sich auf einen Stuhl und starrte das Bild regungslos an. Manchmal kochte sie, manchmal besuchte sie ihre Eltern, oder sie ging spazieren. Die meiste Zeit aber saß sie auf dem Stuhl und starrte die Stickerei an. Sie weinte nicht, sie lachte nicht und sagte nur dann etwas, wenn sie angesprochen wurde.

»Warum sind die beiden Schwalben unterschiedlich«, fragte sie Mladen einmal.

»Weil man nur so erkennen kann, daß der weiße Vogel auch eine Schwalbe ist«, hatte sie geantwortet.

»Wie geht es dir?« fragte sie Mladen jeden Tag.

»Gut, sehr gut«, lautete immer ihre Antwort.

Wenn Mladen mit Dorothea sprechen wollte, brauchte er nur zu fragen, und sie gab ihm immer eine Antwort. Ihr Gesicht und ihr Ton änderten sich nicht einmal, als Iskren zum ersten Mal seit langem vor ihr auftauchte. Sie ergriff nur seine Hand und schaute ihn, ohne ein Wort zu sagen, an.

»Wie geht es dir, Mutter?« fragte er, weil ihm die Stille ihres Blicks unheimlich wurde.

»Gut, sehr gut, mein Kind«, sagte sie.

»Schön, daß du wieder zu Hause bist«, sagte er und versuchte, seine Hand zu befreien.

»Ja, sehr schön«, sagte sie und ließ seine Hand los.

»Ich muß jetzt gehen, Mutter.«

»Gut, mein Kind, gut«, sagte sie, wartete, bis er das Zimmer verlassen hatte, und starrte wieder die Stickerei an.

Mladen gewöhnte sich bald an die Ausdruckslosigkeit ihres Gesichts und ihrer Stimme, aber ihre Eltern wollten sich nicht damit abfinden. Vor allem ihre Mutter Dotschka nicht. Denn für Micho schien seine Tochter wieder ganz normal zu sein. Vielleicht ein bißchen gleichgültig, aber das sei er auch selber. Daran sei das kommunistische System schuld, denn es mache aus jedem vernünftigen Menschen einen gleichgültigen, sonst könne man das Leben nicht mehr aushalten. Aber Dotschka hörte nicht auf ihn, und immer, wenn sie von einer neuen Wunderheilerin oder Wahrsagerin hörte, holte sie Dorothea und führte sie zu dieser und beschenkte alle mit geschmuggelter Kosmetik. Dorothea ließ alles über sich ergehen, hörte teilnahmslos die Prophezeiungen, ging nach Hause, setzte sich hin und starrte wieder die Stickerei an der Wand an. Dotschka gab aber nicht auf. Und als sie eine Zeitlang von keiner neuen Wunderheilerin oder Wahrsagerin hörte, entschloß sie sich, zur berühmtesten Wahrsagerin des Landes zu pilgern.

»Du bist verrückt und nicht unsere Tochter«, ärgerte sich Micho, aber er konnte sie nicht davon abhalten. Dotschka wartete, bis das Wetter milder wurde, packte in einen kleinen Koffer ein bißchen Essen, einige warme Sachen und ein 100-

Gramm-Fläschchen mit reinstem Rosenöl und machte sich auf den Weg nach Petritsch. Sie fuhr die ganze Nacht und kam erst frühmorgens in der Stadt an. Vor dem Haus der Wahrsagerin stand eine lange Schlange von Leuten. Sie reihte sich ein und wartete geduldig. Zu Mittag öffnete sie ihren Koffer und aß ein wenig, am Abend tat sie das gleiche. Vor dem Haus hielt ständig ein Milizionär Wache, um für Ordnung zu sorgen. Die Kommunisten hatten etwas gegen die Kirche, aber nichts gegen den Aberglauben. Die Kirche hatte viel Besitz und verlangte Steuern, eine Wahrsagerin oder Wunderheilerin besaß wenig und verlangte nichts. Sie bekam nur das, was ein jeder ihr geben wollte. Jene, die Geld zu verlangen begannen, geschweige denn reich wurden, verloren schnell das Vertrauen des Volkes. Also, was sollten die Kommunisten gegen den Aberglauben haben. Sie freuten sich über seine Existenz, weil er der Kirche große Konkurrenz machte. Denn so tief konnte die Kirche den Preis ihrer Wahrheiten nicht senken.

Erst am nächsten Tag zu Mittag kam Dotschka in das Haus hinein. Nun stand sie Angesicht zu Angesicht vor Wanga, der berühmtesten Wahrsagerin der Volksrepublik. Wanga war blind, denn für die Dinge, die sie sah, brauchte sie keine Augen.

»Warum schweigst du, Frau«, sprach Wanga. Dotschka schwieg, weil ihr die seltsamen Mundbewegungen der Wahrsagerin unheimlich waren.

»Ich habe ein bißchen Angst«, sagte Dotschka.

»Wenn du keine gehabt hättest, wärst du nicht zu mir gekommen. Aber wir werden nicht über dich sprechen. Du bist da wegen jemand anderem ... Eine Frau.«

»Meine Tochter ... Sie ist krank.«

»Wie heißt sie?«

»Dorothea.«

Wanga schwieg eine Weile.

»Sie wird wieder gesund werden. Aber nicht bald... Drei Städte sollen zuerst ihren Namen wechseln... Die eine soll am Meer liegen... Zwei Männer soll zuerst die Erde verschlukken... Den einen kennst du... Und eine Zunge soll zuerst verdorren. Erst dann wird die Seele deiner Tochter wieder leicht werden...«, sprach Wanga. Dotschka nahm das Fläschchen Rosenöl heraus und legte es vor sie.

»Und was soll ich tun«, fragte sie.

»Warten.«

Nach der Zeit, die Iskren mit dem Begabten verbracht hatte, schien ihm alles, was in der Schule unterrichtet wurde, sehr langweilig und alle Menschen um ihn uninteressant. Um sein Leben abwechslungsreicher zu gestalten, begann er Parties in seiner Wohnung zu geben. Die Gefühle, die er für Irina hatte, waren noch in der mit Isabella verbrachten Nacht verdampft. Als ob sie Wassertropfen gewesen, die auf einer sehr heißen Kochplatte gelandet wären. Seine Seele war unruhig. Der Hund in ihm war wieder wach geworden, und ihn hungerte nach Frauenkörpern. Irina wollte wissen, was mit ihm sei. »Komm mit«, sagte Iskren und führte sie in seine Wohnung. Sie stand mitten in seinem Zimmer, die Schultasche noch in der Hand und wartete. Sie hoffte, wieder eine traurige Geschichte zu hören. Stattdessen hörte sie nur »Zieh dich aus«. Als ihr Oberkörper nackt war, versteckte sie ihr Gesicht mit den Händen und begann zu weinen. »Ich kann's nicht... Ich schäme mich so.«

»Frauentränen sind wie Sommerregen. Wie sie gekommen sind, so vergehen sie auch, ohne Spuren zu hinterlassen«, erinnerte sich Iskren an die Worte des Begabten und blieb ungerührt.

»Dann werden wir uns trennen müssen«, sagte er.

Sie zog sich schnell an und verließ die Wohnung. Er vergaß

sie schnell und suchte sich lieber Freundinnen, die nicht unbedingt eine traurige Geschichte hören mußten, um sich auszuziehen. Sie vergaß ihn aber noch weitere drei Jahre nicht, und manchmal geschah es, daß sie mitten im Unterricht zu weinen begann. Alle in der Klasse wußten, warum. Das beeindruckte Iskren nicht. Es tat ihm sogar wohl. Es erfrischte sein Herz wie ein Sommerregen.

Sein Leben sollte wie ein Traum werden, und da er immer noch von Isabellas Körper träumte, versuchte er ihn durch die Körper verschiedener Frauen zusammenzubauen. Als der Genosse Breschnjew starb und alle Schüler im Foyer der Schule versammelt wurden, um vor einem dort aufgestellten Schwarzweiß-Fernseher dem Begräbnis beizuwohnen, schmuste Iskren im Chemiekabinett mit Nevena. »Hab keine Angst. Niemand wird sich trauen, das Foyer zu verlassen. Das ist das Gute am Kommunismus. Das ist es, was ihn so erregend macht«, flüsterte er, während er ihren Schulkittel aufknöpfte.

Während des Begräbnisses vom Genossen Andropow befand sich Iskren im Zimmer für Militärunterricht. Diesmal mit einem anderen Mädchen, mit Minka. Es wurde ja auch ein anderer Präsident begraben. »Diese sowjetischen Präsidenten sind toll. Keiner stirbt in den Ferien. Sie sollen ruhig so weitermachen«, sagte er ihr. Sie schaute auf die Tafeln, auf denen abgebildet war, wie man sich bei einem Atomangriff verhalten sollte, und kicherte.

Als der Genosse Tschernenko starb, schaffte es Iskren zum ersten Mal, mit einer Frau innerhalb des Schulgebäudes zu schlafen. Es war kurz vor der Matura, und er hatte gerade seine erste Rasur hinter sich. Sie befanden sich in einem Zimmer, in dem Moral, Recht und Gesellschaftswissen unterrichtet wurden. Sie hieß Darena. Er saß auf der letzten Schulbank, sie saß auf seinem Schoß. Ihre weiße Unterhose lag auf der Schulbank wie ein unbeschriebenes Blatt. »Spürst du die

Ewigkeit«, sagte er nur. Sie wurde schwanger und trieb zwei Monate später ab. Was sie spürte, war nur Schmerz. Iskren erschien weder im Krankenhaus noch danach. Er betrachtete lieber den Sommerregen durch die Fenster seiner Wohnung.

Iskrens Erfahrungen mit den Frauen beschränkten sich mittlerweile nicht nur auf die sozialistische Jugend der Volksrepublik Bulgarien. Als er zum ersten Mal mit seiner Klasse die DDR besuchte, lernte er interessanterweise die Liebesgewohnheiten einer Ungarin kennen. Mit der ersten Deutschen schlief er auf dem Sand der Schwarzmeerküste, und dieser Sand schien eine von vielen Völkern beliebte Matratze zu sein. Darauf hatte er eine Tschechin, eine Polin und auch eine Russin gelegt. Je zwei Tage lang war er mit jeder ausgegangen, hatte dieselbe Disco besucht und ihnen denselben Satz gesagt: »Komm, ich will dir das Meer zeigen.« Er hätte den Satz auch in derselben Sprache sagen können, nämlich auf Russisch, und sie hätten es verstanden, aber Tschechen und Polen hörten diese Sprachen nicht gern und noch ungerner sprachen sie sie. Also mußte er den Satz einmal auf Deutsch und zweimal auf Englisch aussprechen. Und doch bekamen alle das gleiche zu sehen, das Meer.

Die erste Frau aus dem Westen eroberte Iskren aber in den Bergen, während der Schiferien. Sie war aus Glasgow und Krankenschwester. Ihr ganzer Körper war so dicht mit Sommersprossen bedeckt, als ob eine große Flasche Jod in ihren Händen geplatzt wäre. Und Iskren hatte großes Vergnügen daran, mit seiner Zunge wie ein Slalomfahrer an ihren Sommersprossen vorbeizugleiten.

In den Augen aller Schüler war Iskren im Laufe der Jahre unheimlich gestiegen. Er war fast ein Mythos. Jeder wollte mit ihm ausgehen, in der Hoffnung, durch ihn leichter an eine Frau heranzukommen. Aber auch deswegen, weil immer, wenn die Miliz eine Paßkontrolle in einem Lokal machte,

Iskren nur etwas ins Ohr einer der Milizionäre zu flüstern brauchte und alle, die an seinem Tisch saßen, wurden in Ruhe gelassen. Niemand wußte, was er den Organen der Ordnung zuflüsterte. »Es ist ein Zauberwort«, erklärte Iskren, sich der Wirkung jedes Geheimnisses bewußt. Dabei war das, was er sagte, der gewöhnlichste Satz auf der Welt: »Ich bin der Sohn des Genossen Mladen Mladenov«, lautete der Satz, und er brauchte ihn nicht zu wiederholen.

Außer in diesem Satz tauchte sein Vater nicht sehr oft in seinem Leben auf. Denn nach Hause zu kommen, besonders seitdem seine Mutter zurückgekehrt war und dort auf ihrem Stuhl saß, dazu hatte er keine Lust. Das Haus war voller unangenehmer Erinnerungen, die sich wie kalte Asche auf seine Träume setzten, um sie nach jedem Besuch tagelang zu verpesten. So ein Haus konnte Iskren nicht brauchen. Das einzige, was er brauchte, war das Geld und der Name seines Vaters, aber er träumte von dem Tag, an dem er das nicht mehr benötigen würde.

Trotz all der Veränderungen in seinem Leben blieb Iskren ein guter Schüler. Er brauchte sich nicht einmal besonders anzustrengen, denn er besaß ein hervorragendes Gedächtnis. Hatte er es von seiner Mutter oder von seinem Vater geerbt, oder waren die vielen Gespräche mit den Toten dafür verantwortlich oder ihre in den Stein gemeißelten Namen, die so früh die Buchstaben in sein Bewußtsein geprägt hatten, daß sich jedes weitere Wort so leicht wie ein Staubkorn darauf legen konnte. Man hätte es nicht sagen können.

Er schloß die Schule mit Auszeichnung ab und schaffte sofort die Aufnahmeprüfungen für die Wirtschaftsuniversität Sofia, und zwar für das begehrteste Fach, Internationale Ökonomische Beziehungen. Er war sehr glücklich, aber es gab doch etwas, was seine Träume störte. Das war der allgemeinpflichtige Armeedienst, und dieser drohte seine Träume für zwei lange Jahre zu unterbrechen. Der Armeedienst war der Schrecken jedes jungen Burschen, und es gab kaum jemanden, der nicht viele schlaflose Nächte verbracht hatte, in der Hoffnung, etwas zu finden, um diese Pflicht zu umgehen. Die Mutigsten zerbrachen sich nicht nur den Kopf darüber, sondern verstümmelten ihre Hände, ihre Beine, oder sie saßen tagelang nackt auf einer Bierflasche, um der Einberufungskommission keinen Grund zu geben, an ihrer Homosexualität zu zweifeln. Ljudmil, Iskrens ehemaliger Mitschüler und zukünftiger Studienkollege, entschied sich für die Bierflasche. Iskren dachte noch nach. Er entschied, zuerst mit seinem Vater zu reden.

Mit dem Genossen Mladenov war inzwischen einiges passiert, wovon Iskren keine Ahnung hatte. Nachdem Mladen sich vergewissert hatte, daß seine Frau endgültig nach Hause zurückgekehrt war, hatte er das starke Bedürfnis, etwas Großes und Gerechtes zu tun. Das Gebrechen seiner Frau dauernd vor Augen, hatte er plötzlich Augen für die großen Gebrechen der Partei. Gegen ihre Waffen- und Drogengeschäfte vemochte er nichts zu unternehmen, denn sie sicherten zum Großteil den Standard des Landes, also wartete er auf eine andere Gelegenheit. Sie bot sich ihm im Winter 84/85, als die Partei beschloß, daß alle Namen der türkischen Minderheit in bulgarisch-slawische geändert werden müßten. Dem konnte Mladen nicht stillschweigend zustimmen. Er erinnerte sich, wofür er gekämpft hatte und an jene Eigenschaften des Kommunismus, deretwegen er in die Partei eingetreten war, und das waren der Internationalismus und die Gleichberechtigung der Menschen aller Völker. Da tauchte wieder sein einziger Freund Ysop vor seinen Augen auf, da schwammen wieder die Wassermelonen im Fluß, da pfiff ein schwarzer Vogel und schuf Wolken und versperrte damit den Himmel.

Mladen protestierte laut gegen diese Maßnahmen mit der ganzen Schärfe seiner Zunge, mit der ganzen Kraft seines Verstandes, mit allen ihm zur Verfügung stehenden Mitteln. Kurz, ganz kurz gelang es ihm, eine Wirkung zu erzielen, kurz, ganz kurz fühlte er sich wieder so glücklich und erfüllt wie in seiner Jugend. Da wurde er von einem Mann, den er noch nie gesehen hatte, abgeholt und auf eine Autofahrt eingeladen. An einer ruhigen Stelle, außerhalb der Stadt und neben dem Fluß wurde das Auto geparkt.

»Genosse Mladenov, wir alle glauben, daß die Krankheit Ihrer Frau Ihnen zu schaffen macht. Nehmen Sie sich ein bißchen Urlaub und erholen Sie sich von dieser Anspannung«, sagte der Mann.

»Ich glaube, Sie irren sich. Ich habe mich seit langem nicht so gut gefühlt.«

»Mag sein, aber warum stimmen Sie dann Ihrem Wohl nicht zu?« fragte der Mann und zündete sich eine Zigarette an.

»Ich kann so eine schreckliche Ungerechtigkeit nicht unterstützen«, sprach Mladen entschlossen.

»Wichtig ist immer, was gut für das Volk ist. Und das entscheidet nur die Geschichte… Sie wissen doch, daß die Partei sehr viel an Popularität eingebüßt hat. Sie verliert langsam das Vertrauen der Mehrheit, und wer das verliert, verliert auch die Macht. Wollen Sie das, Genosse Mladenov?«

»Das eine hat mit dem anderen nichts zu tun«, sagte Mladen und versuchte, so ruhig wie möglich zu bleiben.

»Doch… Die Mehrheit dieses Landes besteht aus Bulgaren, und welcher von ihnen mag schon die Türken wirklich. Welcher von ihnen kann es vergessen, daß sie unsere Vorfahren vor 500 Jahren gemetzelt, geschlachtet und geschändet haben. Heute noch wird in den Volksliedern davon gesungen. Mit Tränen in den Augen hören die Menschen diese Lieder.«

»Trotzdem ist es ein Verrat an den kommunistischen Idealen«, sagte der Genosse Mladenov.

»Das bisher Erreichte aufzugeben, das wäre ein Verrat... Mir wäre es auch lieber, wenn in all diesen Jahren sich ein homogenes Volk gebildet hätte. Wir haben gehofft, die Industrialisierung und die Bildung würden alle ethnischen Unterschiede ausgleichen. Leider ist es nicht dazu gekommen, der Mensch liebt viel zu sehr die Vergangenheit, und die Zukunft macht ihm angst... Ihre Zukunft übrigens macht mir auch Angst, Genosse Mladenov, große Angst«, sagte der Mann, mit den Fingern auf das Lenkrad trommelnd. »Ich frage Sie noch ein einziges Mal, werden Sie unsere Kampagne zur Bildung einer einheitlichen sozialistischen Nation unterstützen, Genosse Mladenov?«

Mladen schaute auf das trübe Wasser des Flusses und spürte, wie er von einer großen Welle überschüttet wurde. Sie war grau, sie war schwer, sie war schleimig. »Ja, ich werde sie unterstützen.«

Als er am Abend nach Hause kam, wollte er anfangs etwas sagen, dann aber setzte er sich neben seine Frau und begann, mit ihr die Stickerei anzustarren.

Der Genosse Mladenov behielt seinen Posten, er ging auch jeden Tag in sein Büro, aber immer öfter, wenn er abends nach Hause kam, hatte er auf nichts mehr Lust, als sich neben seine Frau zu setzen und entweder den Fernseher oder die Stickerei an der Wand anzuschauen.

»Du mußt nicht hier neben mir sitzen, es macht mir nichts aus, das Bild allein anzuschauen«, sprach Dorothea zum ersten Mal ungefragt.

»Es ist ein sehr schönes Bild geworden«, sagte Mladen.

»Ich wußte, daß es dir auch gefallen würde«, sagte sie, und die zwei Spitzen ihres Mundes bewegten sich leicht, man hätte fast glauben können, es wären die zwei unverschütteten Seiten eines Lächelns.

Als Iskren nach Hause kam, um seinen Vater zu bitten, er solle ihm helfen, vom Armeedienst befreit zu werden, fand er seine Eltern vor dem Fernseher. Sie sahen gerade den sowjetischen Film »Ein Menschenschicksal«. Iskren setzte sich neben sie, wartete, bis der Film zu Ende gegangen war, was er nicht bedauerte, und erst dann drückte er seinen Wunsch aus.

»Ich fürchte, ich kann dir da nicht helfen, mein Sohn«, sagte Mladen.

»Zum ersten Mal bitte ich dich, etwas für mich zu tun, und du sagst nein«, war Iskren niedergeschlagen.

»Bitte Mladen, tu was für unseren Sohn, er ist ein so guter Junge«, sagte Dorothea langsam.

Da stand Mladen auf, holte sein Notizheft und ging zum Telefon.

x. *svetljo*

Svetljo hatte einen Platz im Himmel, aber er lebte immer noch darunter, und da geschahen ständig Dinge, die ihn verwirrten. Zuerst hatte er einem Streit zwischen seiner Mutter und seiner Schwester hinter einer Tür zugehört, bei dem die Schwester die Mutter charakterlos und feige genannt hatte, weil diese sich von ihrem Mann so demütigen lasse, der, so weit sich Dragomira erinnern konnte, nicht ein einziges Mal nett zu ihrer Mutter gewesen war. Von so einer Mutter, die sich nicht traute, so einen Typen zu verlassen, wollte sie keine Ratschläge hören. Sie würde lieber in Sofia studieren, denn hier in Plovdiv zu bleiben und weiter das Gesicht ihres Vaters auszuhalten und seine blöden Fragen zu beantworten wäre für sie unerträglich. »Und mach dir keine Sorgen, mit wem ich ausgehe und was ich tue, denn eines kannst du mir glauben, so ein Arschloch wie unseren Vater heirate ich sicher nicht«, hatte sie noch gesagt und war aus der Wohnung gelaufen.

Daß seine Mutter charakterlos und feige und sein Vater ein Arschloch war, war Svetljo noch nie aufgefallen, und das verwirrte ihn sehr. Die ganze Freude über den Brief, den er im Winter erhalten hatte und den er schon fünf Monate bei sich trug, war plötzlich verschwunden. Denn er war sich jetzt sicher, daß es wirklich leichter war, einen Brief von einem Toten zu bekommen, als ein gutes Wort von seinem Vater zu hören. Im Jänner hatte er diesen Brief bekommen. »Lieber Svetljo! Ich weiß, daß Du Dir einen Brief von einem Toten gewünscht hast. Nun hast du ihn. Komm und bedank Dich bei mir. Mein Grab liegt dort und dort, oder Du fragst den Friedhofswächter nach mir. Sdravka Mladenova, geb. Trachanova« Er zeigte den

Brief gleich seinem Freund Sascho. »Das müssen wir nützen. Du mußt sie fragen, wo ein Schatz begraben ist«, sagte Sascho. Sie gingen zum Friedhof und fanden Sdravkas Grab. Svetljo bedankte sich und bat darum, daß sie ihm noch einen Brief schreibe und ihm alles, was sie über vergrabene Schätze wisse, mitteilte. Einen zweiten Brief bekam Svetljo nicht, aber der erste reichte vollkommen, um ihn für lange Zeit glücklich zu machen. Auf ein gutes Wort von seinem Vater mußte er trotzdem weiter warten, und nachdem er den Streit gehört hatte, begann er ernsthaft die Möglichkeit zu erwägen, ob sein Vater nicht doch ein Arschloch war.

Noch verwirrter wurde sein Geist während der Sommerferien, die er im Dorf seiner Großeltern verbrachte. Nicht nur, weil er ab und zu Lena sah, die noch schöner geworden war und weiterhin durch seine Seele schlafwandelte. Nicht nur, weil er seinen Freunden dort nahebringen wollte, daß Haustiere bei der sexuellen Ausbildung einem nicht wirklich weiterhalfen, sondern weil ihn sein Großvater Svetlin eines Tages zu sich gerufen und ihm mitgeteilt hatte, daß er nie ein Held gewesen sei, nicht einmal ein richtiger Partisan. Alles in allem beschränke sich sein Partisanenleben auf zwei Nächte im Maisfeld, und die einzigen, die ihn dort verfolgt hätten, wären die Gelsen gewesen. Svetljo wollte ihn noch etwas fragen, aber da war Ismail, der Verzinner, der das Haus des Popen Serafim gekauft hatte, gekommen. Ganz aufgeregt war er und teilte Svetljos Großeltern mit, daß der Geist des Popen Serafim ins Haus zurückgekehrt wäre und jetzt bei Ismails Familie wohnte. Ein braver Geist sei er zwar, aber in der Nacht mache er zu viel Lärm und erschrecke die Kinder.

»Willst du, daß ich dir Miete zahle, weil der Geist meines verstorbenen Vaters jetzt bei dir wohnt?« scherzte Svetljos Großmutter mit ihm. »Wenn du dir Geld ausborgen willst, sag es mir gleich und laß den Geist meines Vaters in Ruhe.«

Nein, nein, Geld bräuchte er nicht, erklärte Ismail, die Reste des Schnapses, den ihm Dragomira zur Beruhigung gereicht hatte, mit der Zunge von seinem Schnurrbart tupfend. Die Sache wäre sehr ernst, er hätte schon einige Wunderheilerinnen nach Hause geführt und sie wochenlang ernährt, aber keine hätte den Geist vertreiben können. Jetzt hätte er endlich eine gefunden, die meinte, sie würde es schaffen. Sie hätte gestern bei ihm übernachtet und herausgefunden, daß der Geist mit Dragomira reden wollte.

»Dann soll er zu mir kommen«, sagte Dragomira.

»Geht nicht, er will, daß du zu ihm kommst, so ein sturer Geist ist er... Ich bitte dich, Genossin Dragomira, hilf mir. Meine Frau will, daß wir ausziehen, jetzt wo ich das ganze Haus renoviert habe. Sie weint, die Kinder weinen, das ist kein Leben mehr...«, sagte Ismail mit Tränen in den Augen.

Svetljo wollte gerade melden, welche guten Erfahrungen er schon mit den Toten gemacht hatte, als Dragomira zustimmte. Er durfte seine Großmutter sogar begleiten, was ihn sehr freute, denn einem Geist wollte er immer schon begegnen und wer weiß, vielleicht wußte der Pope Serafim sogar von einem Schatz.

Der Geist kam immer nach Sonnenuntergang, also warteten sie, bis die Sonne unterging, und gingen zu Ismail. Im Haus war es überraschenderweise sehr still, obwohl alle Kinder anwesend waren. Sie waren in einem Zimmer versammelt und warteten angespannt und geräuschlos. Nur die kurzen Beine eines Mädchens, das auf einem Stuhl mit kaputter Lehne saß, pendelten durch die Luft, und die Wunderheilerin hielt einen gekochten Maiskolben in der Hand und biß ganz entspannt davon ab. »Nenn ihn beim Namen und sag ihm, daß er gehen soll«, sprach sie mit vollem Mund zu Dragomira. Dragomira tat es. Man hörte ein lautes Klopfen von der Decke, alle blickten erschrocken hinauf. Ein Stück vom Putz fiel auf den Boden. »Er will etwas von dir. Frag ihn, was«, erklärte die Wunderheilerin den Vorfall. Dragomira fragte. Das Feuer im Herd wurde stärker, der daraufstehende Kessel mit Mais begann erneut zu kochen. Die Wunderheilerin holte ein Stück glühende Kohle aus dem Herd und ließ es in ein mit Wasser gefülltes Gefäß fallen. Sie schaute konzentriert hinein, danach sagte sie: »Jetzt sehe ich es ganz klar... Trink zuerst von diesem Wasser, danach sage ich dir, was zu tun ist.« Dragomira wollte davon nicht trinken. Sie bräuchte keine großen Schlucke machen, sie bräuchte nur ein paar Tropfen in den Mund nehmen. Dragomira tat es. Die Wunderheilerin schaute erneut in das Gefäß hinein und verkündete: »Er will seine Sichel wiederhaben. Du sollst sie finden und ihm ans Grab bringen. Dann kommt er nicht mehr hierher.«

Nun war die ganze Familie Ismails von morgens bis abends auf der Suche nach dieser Sichel. Ismail hätte dem Geist gerne seine eigene Sichel geschenkt, aber das ging nicht, hatte ihm die Wunderheilerin erklärt. Erst am dritten Tag wurde die Sichel gefunden. Eines der Kinder hatte sie auf dem Dachboden ausfindig gemacht. Dragomira erkannte die Sichel und brachte sie an ihres Vaters Grab. Ab jener Nacht konnten alle in Ismails Haus wieder ruhig schlafen. Da der Geist sich nur für die Sichel interessiert hatte, konnte Svetljo nichts von einem Schatz erfahren. Genauso arm wie zuvor verließ er am Ende der Ferien das Dorf und kehrte ins gewohnte Stadtleben zurück.

Sein Vater wollte, daß Svetljo auch im Englisch-Gymnasium seine Bildung fortsetzte. Also schickte er ihn zu Privatlehrern, die ihn für die Aufnahmeprüfungen vorbereiten sollten. Svetljo nahm ein paar Stunden, entdeckte aber bald, daß er das Geld, das er von seinen Eltern dafür bekam, für etwas Sinnvolleres und Besseres verwenden konnte. So verbrachten Svetljo und Sascho das schönste Jahr ihres Schullebens. Nach so einem Jahr bedauerte Svetljo nicht im geringsten, daß er die Aufnahmeprüfungen nicht geschafft hatte. Denn es war ja egal, ob er etwas schaffte oder nicht, ein gutes Wort von seinem Vater bekam er sowieso nie zu hören. Es machte ihm sogar mehr Spaß, wenn er mit ihm schimpfte, als wenn er gar nichts sagte. Zur selben Zeit wurde seine Schwester an der Universität Sofia aufgenommen, wo sie ab Herbst englische Philologie studieren sollte. Aber Svetljo beneidete seine Schwester nicht mehr. Seit dem Streit mit der Mutter hatte sich seine Beziehung zu ihr vollkommen verändert. Wenn es auch nicht Liebe war, war doch jetzt ein großer Respekt vor ihr da, der es ihm ermöglichte, sich über ihre Erfolge zu freuen und sie im Kampf gegen die Autorität ihrer Eltern zu unterstützen, indem er ihr Geld für das Ausgehen borgte oder das Zimmer, in dem sie zur Strafe eingesperrt wurde, wieder aufsperrte. Bevor sie nach Sofia fuhr, umarmten sie sich, und das wäre vor einiger Zeit nicht einmal denkbar gewesen. »Laß dich nicht von diesem Typen fertigmachen«, flüsterte sie ihm ins Ohr, und er entschloß sich, ihren Rat zu befolgen.

Nach den mißglückten Versuchen, seinen Sohn in einem Elitegymnasium unterzubringen, wollte nun Jordan, daß Svetljo zumindest in einem Elitetechnikum landete und einen ordentlichen Beruf erlernte.

»In einem Technikum gibt es so gut wie keine Mädchen«, klärte ihn sein Freund Sascho auf. Allein bei dieser Vorstellung bekam Svetljo Gänsehaut. Er sah eine düstere, mechanisierte, von Männer, Maschinen und monotoner Masturbation dominierte Zeit auf sich zukommen. Alles in ihm, was zum Geist gehörte, rüstete sich zum Aufstand. Er war bereit, bis zum letzten Atemzug gegen seinen Vater zu kämpfen, um sich von dieser Vorstellung zu lösen. Noch am selben Tag teilte er seinem Vater mit, wo er gedenke, seine Ausbildung fortzusetzen. Sein Vater sagte nichts, er griff nur zum Teppichklopfer und zeigte mit der Hand, wo sich Svetljo zu plazieren hätte. Svetljo gehorchte nicht. Eine Ohrfeige warf ihn auf den Boden, danach folgte der Auftritt des Teppichklopfers. Als der Kampf schon fast verloren schien, bekam Svetljo unerwartet Hilfe von seiner Mutter. »Wieso glaubst du, du darfst mein Kind schlagen... Hast du ihn neun Monate getragen... Hast du ihn vielleicht geboren«, schrie sie Jordan an. »Ich habe deine Gewalt satt, und wenn du noch einmal versuchst, in diesem Haus jemanden zu etwas zu zwingen, verlasse ich dich, darauf kannst du Gift nehmen...«, sagte sie noch zu ihm, danach hob sie Svetljo vom Boden und wischte seine Tränen ab. »Geh dorthin, wohin dein Herz will«, sagte sie ruhig. Und so geschah es.

Svetljos und Saschos Herzen schlugen wieder nicht weit voneinander entfernt. Nur eine Wand lag dazwischen, denn Svetljo besuchte die 9. B- und Sascho die 9. G-Klasse desselben Realgymnasiums.

Marinas Herz dagegen war mutiger geworden und schlug schneller als je zuvor, denn es schlug für den Busfahrer der Linie Plovdiv-Pasardshik. Nach dem mißlungenen Ausflug hatte er drei Wochen gebraucht, bis er wieder vor ihrem Schalter erschienen war, und sein Blick war zaghaft wie der eines Menschen, dem einige Groschen fehlten, um sich die gewünschte Fahrkarte zu kaufen. »Ich habe keine Angst vor deinem Mann«, sagte er, und noch am selben Nachmittag hielt er sie wieder in seinen nach Benzin und Maschinenöl riechenden Händen. »Mit der Zunge, mach es nur mit der Zunge«, versuchte sie seine Leidenschaft zu steuern.

Ab diesem Nachmittag wurden ihre gemeinsamen Ausflüge mit der Genauigkeit eines sozialistischen Fahrplans fortgesetzt. Auf dem Rücksitz eines 42-Personen-Busses hörte Marina die schönsten Worte ihres bisherigen Lebens und 15 Kilometer von allen Hügeln der Stadt entfernt, erlebte sie die große Liebe. Und da sie niemanden auf der Welt kannte, der diese Liebe beschützen konnte, begann sie in die Kirche zu gehen, um dort Kerzen anzuzünden. Sie kaufte sich sogar eine Ikone, die sie an die Wand des Schlafzimmers hing, in der Hoffnung, der Auferstandene würde Verständnis für ihre wiederauferstandenen Gefühle haben.

»So können wir nicht weitermachen. Ich will mit dir zusammenleben. Laß dich scheiden«, sagte eines Tages ihr Geliebter.

»Du kennst meinen Mann nicht«, sagte sie, und schon sah sie sich wieder eine Kerze anzünden.

»Ich werde mit ihm reden, ich habe keine Angst«, sagte er.

»Ich danke dir, aber ich mache es lieber allein.«

Als er sie eine Stunde später vor der Kirche der Heiligen Petrus und Paulus absetzte, fragte er: »Warum steigst du heute hier aus?«

»Weil wir ein Wunder brauchen«, antwortete Marina und lief die Treppen zur Kirche hoch. Sie zündete so viele Kerzen an, daß es in der Kirche hell wurde. Von dem starken Licht angezogen, kam auch der Pope angelaufen, weil er glaubte, eine griechische Reisegruppe wäre angekommen, und er hoffte, er könnte dabei was verdienen. Als er aber nur eine Frau sah, bekreuzigte er sich schnell und ging wieder zurück, um seine inzwischen kalt gewordene Mahlzeit zu genießen. »Man mag sagen, was man will, aber gäbe es nicht die Frauen, hätten längst alle Kirchen zusperren müssen«, teilte er seiner eigenen Frau mit, bevor er seine Aufmerksamkeit ganz dem gebackenen Karpfen widmete.

Nachdem sie die Kirche verlassen hatte, fuhr Marina zu ihren Eltern, um sie über ihre Entscheidung zu informieren. »Zuerst deine Schwester Rumjana und jetzt du. Ihr gebt heutzutage zu schnell auf«, meinte ihre Mutter. »Und was ist mit den Kindern?«

»Sie sind schon groß genug, sie werden es verstehen.«

»Ich versteh dich auch«, sagte ihr Vater, wonnevoll die Rolle Klopapier vor sich betrachtend. »Lauf so weit wie möglich von deinem Mann weg. Am besten, du kommst gleich zu uns und bleibst, bis die Scheidung über die Bühne gegangen ist. Ich werde es ihm schon zeigen, wenn er versucht, hier hereinzukommen«, fügte er noch hinzu.

Von dem Mut ihres Mannes erstaunt, setzte sich Marinas Mutter sprachlos auf den Stuhl. »Es ist das Klopapier, das macht ihm Mut ... der Arme«, dachte Anastasija, riß ein Stück von der Rolle und wischte sich eine Träne ab.

»Tu, was dir dein Vater sagt, vielleicht ist es dein Glück«, sagte sie.

»Ich bin jetzt schon glücklich, Mutter«, sagte Marina und ging bestärkt nach Hause. Ihre Eltern begannen gleich alle möglichen Ausgänge zu besprechen und trotz unterschiedlicher Auffassungen beendeten sie ihre Diskussion mit ein und demselben Satz: »Hoffentlich geht alles gut aus.«

Zu Hause angekommen, bekreuzigte sich Marina vor der Ikone, kippte mit derselben Schnelligkeit einen Schnaps, schenkte sich einen zweiten ein, und so, gut gerüstet, begann sie, auf die Ankunft ihres Mannes zu warten. Er kam gut gelaunt nach Hause und rief noch von der Tür aus: »Ich bin hungrig wie ein Wolf, was gibt's zum Essen?«

»Linsen«, sagte Marina. Jordan aß zwei volle Suppenteller davon, dazu acht scharfe Pfefferoni, die ihn wie einen Ringkämpfer zum Schwitzen brachten. Er wollte sich gerade gemütlich zurücklehnen und den Fernseher einschalten, als er hörte: »Ich will die Scheidung.«

Sein Rücken erreichte die Lehne nicht. Seine Augen erreichten den Fernseher nicht, seine Muskeln wurden hart, sein Magen hörte auf, die Linsen zu verdauen, alles blieb unterwegs zu seinem Ziel stehen.

»Gibt es einen anderen Mann?« fragte er.

»Es gibt ein anderes Leben, ich habe es nur zu spät erfahren«, sagte sie.

»Du bist meine Frau, und du wirst meine Frau bleiben«, sagte er und schlug mit der Faust auf den Tisch.

»Egal, ob du mir die Scheidung gibst oder nicht, ich werde dieses Haus verlassen«, sprach sie entschlossen.

»Es gibt sicher einen anderen Weg«, wurde seine Stimme ruhiger.

»Ich habe ihn schon gefunden.«

»Willst du es dir nicht noch einmal überlegen? Wir haben immerhin 20 Jahre gemeinsam verbracht.«

»Ich habe genug überlegt, und ich schäme mich, so lange mit diesem Schritt gewartet zu haben.«

»Na gut«, sagte Jordan plötzlich sehr ruhig. »Laß mir bitte eine Woche Zeit, dann sage ich dir meine Entscheidung.«

»Du findest mich bei meinen Eltern«, sagte sie, selber von ihrem Mut überrascht. Jordan war so durcheinander, daß er ihr nur beim Einpacken zusehen konnte. Erst, als sie die Wohnung verlassen wollte, ergriff er ihren Arm. »Ich werde schreien«, warnte sie ihn.

»Du wirst nirgendwo ein besseres Leben finden«, sagte er.

»Allein das Leben ohne dich ist mir schon gut genug«, antwortete sie, und schon war ihr Arm frei. Die Luft draußen schien ihr viel leichter geworden zu sein, sie atmete schnell, und doch konnte sie nicht genug davon bekommen.

Svetljo fand seinen Vater vor einem leeren Suppenteller sitzen und mit dem Löffel acht darin liegende Pfefferonistiele hin- und herbewegen. »Was gibt's zum Essen«, fragte er.

»Linsen.«

»Wo ist meine Mutter«, fragte Svetljo, nachdem er seinen Teller geleert hatte.

»Sie hat uns heute abend verlassen«, antwortete Jordan. »Ich gehe jetzt eine kalte Dusche nehmen, das ist gut für die Nerven.«

Svetljos Hunger war zu groß, um den Sinn dieser Worte richtig verdauen zu können. Er stürzte sich noch einmal auf die Suppe, aber da stand plötzlich erneut der Körper seines Vaters vor ihm. Nackt, frisch gewaschen, mit einem Handtuch umwickelt. »Deine Mutter ist eine Hure«, sagte er mit dem ganzen Stolz seines sauberen Körpers.

Marina verbrachte eine der schönsten Wochen ihres Lebens. Sie rief ihre Tochter in Sofia an, sprach mit ihrem Sohn und wurde von beiden Kindern in ihrer Entscheidung unterstützt. Und zum ersten Mal konnte sie ihren Geliebten auch nachts treffen. »Egal, was dein Mann am Dienstag sagt, komme ich dich Mittwoch früh abholen, und wir fahren eine Woche weg. Hast du dir schon Urlaub genommen?« fragte ihr Geliebter.

»Ja, mein Liebster«, antwortete sie.

»Wohin möchtest du am liebsten fahren?«

»In die Berge, ganz hoch in die Berge«, sagte sie und zeigte mit ihrem Finger durch das Busfenster auf die Silhouette der Rhodopen. Er nahm ihre Hand, küßte einen Finger. »Hast du gesehen, wie leicht alles gegangen ist. Und du dachtest, wir bräuchten ein Wunder.«

»Ich kann es immer noch nicht glauben, ich kann es nicht glauben«, sprach Marina und schaute immer wieder nach alter Gewohnheit auf die Uhr.

Den Montagabend verbrachten sie gemeinsam auf dem Rücksitz seines Busses, den Dienstag verbrachte jeder für sich allein, um sich besser auf den Urlaub vorbereiten zu können. Dienstagabend klingelte Jordan an der Tür ihrer Eltern. Er hielt einen Blumenstrauß. Marina machte auf, ließ aber weder ihn noch seine Blumen hinein.

Für beide gab es keinen Platz mehr in ihrem Leben. Sie wartete, die Hände über der Brust gekreuzt.

»Ich habe mich entschieden«, sagte Jordan hinter den Blumen. »Ich will mit dir alt werden.«

»Ich bin bereits mit dir alt geworden. Jetzt will ich mich wieder jung fühlen. Wir sehen uns vor Gericht«, sagte sie, machte die Tür zu und ließ ihn mit seinen Blumen allein. Noch vor einigen Tagen war die Tür von ihrem Vater extra für diese Begegnung mit Metallplatten und neuen Riegeln verstärkt worden, und alle warteten nun gespannt, ob diese Erneuerungen sich bewähren mußten. Zur allgemeinen Überraschung trat der erwartete Tobsuchtsanfall nicht ein, und als Marina die Tür wieder aufmachte, war niemand zu sehen. Nur der Blumenstrauß lag im Korridor und erinnerte an eine weggeworfene Waffe.

Mittwoch früh wartete Marina, abgeholt zu werden, ihr Geliebter kam aber weder in der Früh noch zu Mittag. Auch am nächsten Tag kam er nicht. Sie ging zum Busbahnhof und fragte nach ihm. Er hätte Urlaub genommen, wurde ihr gesagt. Der Urlaub ging zu Ende, er erschien immer noch nicht. Es gebe Gerüchte, daß er in den Westen geflohen wäre, erzählten seine Kollegen. Marina glaubte das nicht. Sie begann, wieder Kerzen in der Kirche anzuzünden.

Jeden Dienstag kurz vor Dienstschluß kam ihr Mann, stellte sich vor ihren Schalter und sagte: »Komm, gehen wir nach Hause.« Marina ging lieber in die Kirche und wohnte weiter bei ihren Eltern. Sie wartete auf ihren Geliebten. Neun Monate wartete sie auf ihn, neun Monate lang ging sie in die Kirche, neun Monate lang kam jeden Dienstag ihr Mann, stellte sich vor die Kassa, verfinsterte ihr die Sicht und sagte, »Gehen wir nach Hause.«

Am Anfang des zehnten Monats zündete sie wieder so viele Kerzen an, daß es in der Kirche hell wurde. Als sie hinausging, sah sie einen Bus vor der Kirche parken. Marina setzte sich auf die Stufen. Die Tür ging auf und eine muntere griechische Reisegruppe stieg aus. Als letzter stieg der Busfahrer aus. Er trat mit dem Fuß einige Male gegen den Vorderreifen, zündete sich eine Zigarette an und musterte Marina von oben bis unten. »Warten Sie auf jemanden?« fragte er.

»Nein, nicht mehr«, sagte sie, stand auf und ging.

Am nächsten Tag besuchte Marina ihren Sohn in der Schule. »Ich muß diese Stadt verlassen. Ich kann hier nicht mehr leben. Kannst du das verstehen?« sagte sie. Svetljo verstand es nicht, war aber geschmeichelt, daß seine Mutter mit ihm wie mit einem Gleichaltrigen sprach, und sagte ja. Er bekam dafür eine so lange und feste Umarmung, daß es ihm vor den vorbeigehenden Schülern peinlich wurde.

Noch am selben Abend packte Marina ihre Sachen, warf die Ikone in den Mistkübel und fuhr zu ihrer Schwester nach Burgas.

Jordan tat nichts, um Marina aufzuhalten, denn er war genauso überzeugt, daß sie eines Tages zu ihm zurückkommen würde, so wie er vom ewigen Bestehen des Kommunismus überzeugt war. Trotzdem war er von ihrer Untreue erschüttert, aber noch mehr von der Tatsache, daß er so lange nichts bemerkt hatte. Er, dem ein Blick genügte, die Leute zu durchschauen, war jeden Tag vor seinen Augen betrogen worden. Ihm war schon aufgefallen, daß seine Frau im letzten Jahr immer schöner geworden war, daß sie in die Kirche ging und daß sie vor einer Ikone betete, an deren Stelle jetzt ein heller viereckiger Fleck zurückgeblieben war. Mehr hatte er nicht mitbekommen. Wie konnte er auch, denn es war damals viel Erfreuliches um ihn passiert. Was er immer gehofft und wofür er soviel Kraft investiert hatte, war endlich eingetreten. Dem Genossen Mladenov ging es von Tag zu Tag dreckiger, und das war das Schönste, was sich Jordans eingeschränkte Phantasie vorstellen konnte. Um die Frau des Genossen Mladenov tat es ihm ein bißchen leid, denn daß es mit ihr so gekommen war, hatte er weder geplant noch erwartet. Aber ihre Krankheit machte den Genossen Mladenov noch unglücklicher, und das war letzten Endes wichtiger. Ihn so gekrümmt und freudlos durch die Straßen spazieren zu sehen, darauf hatte er all die Jahre gewartet. Nun konnte er ihn dem Leid überlassen und brauchte nur ab und zu ein Auge auf ihn zu werfen, um rechtzeitig einzugreifen, falls sich etwas in seinem Leben zu verbessern drohte. Er hatte mehr Zeit mit seiner Familie verbringen wollen, denn er wollte seine Freude mit ihr teilen, aber da hatte Marina ihm gesagt, daß sie die Scheidung wollte. Sie hatte nichts von einem Liebhaber gesagt, aber da sein Kopf endlich vom Genossen Mladenov befreit war, hörte Jordan ihn gleich heraus. Es war der Ton ihrer Stimme gewesen, der diesen verraten hatte. Ein Ton, den er von vielen Verhören kannte. Jordan war also weder Marinas erster noch ihr letzter gewesen. Die letzten, hatte er gehört, konnten einmal erster werden, aber nie die mittleren. So viel konnte sein mittelmäßiger Verstand erfassen, der Rest war Bitterkeit. Mit dem ersten hatte er nicht gesprochen, nun hatte er mit dem letzten sprechen wollen. Er bat Marina um eine Woche Zeit. Noch am nächsten Tag wußte er, daß dieser Angel Angelov hieß, Busfahrer war, in Pasardshik lebte, keine Geschwister hatte und seit zehn Jahren auch keine Eltern. Er wußte bald, wo er sich mit Marina traf, wohin er mit ihr fuhr, wo er den Bus parkte und wie viel Zeit sie miteinander verbrachten. Nur was sie drinnen machten, wußte Jordan nicht, und darüber wollte er sich mit Angel unterhalten. Er wartete nur auf eine günstige Gelegenheit. Die bot sich am Dienstagnachmittag. Da war Angel allein auf der Straße unterwegs. Er hatte gerade ein Federballset gekauft, das er unter dem Arm hielt. Vor der Auslage eines Juweliergeschäftes blieb er stehen. Da stieg Jordan aus dem Auto, stellte sich vor, sagte, daß er mit ihm gerne von Mann zu Mann reden würde, und bat ihn mitzukommen. Angel war einverstanden. Sie fuhren an dieselbe Stelle, wo Angel seinen Bus zu parken pflegte. Jordan holte eine Flasche Schnaps heraus, sagte, daß er ihm nicht böse wäre, daß er sich sogar freute, was für einen netten Kerl sich seine Frau ausgesucht hätte, und bot ihm an, darauf zu trinken. Angel hatte nichts dagegen. Sie tranken, sie sprachen. Jordan fragte ihn über seine Freunde und sein Leben aus, Angel antwortete bereitwillig, entspannte sich, lachte sogar. »Ihre Frau ist das Schönste, was mir im Leben passiert ist«, gestand er, als die Flasche halb leer war. Draußen war es schon dunkel geworden, und ein halber Mond schien über zwei Männer, die dieselbe Frau teilten.

»Du kennst sie jetzt besser, mein Freund. Sag mir, was regt meine Frau am meisten auf, was gefällt ihr, was macht sie richtig scharf? Du verstehst, was ich meine... ich habe es irgendwie nie richtig herausgefunden«, fragte Jordan mit einer durch viele Verhöre geübten sanften Stimme.

»Darüber kann ich nicht sprechen, das ist mir zu intim«, sagte Angel und machte einen Schluck.

»Ich bitte dich, hilf mir, ich will von dir was lernen... Du bist der bessere Liebhaber, ich will nicht, daß mir das noch einmal passiert, weil ich so schlecht im Bett bin«, ließ Jordan nicht locker.

»Du bist ein netter Kerl, du tust mir sogar leid... Ich liebe sie, das ist alles.«

»Ich bitte dich, nur ein kleiner Tip.«

»Na gut... Aber nur einen, und danach ist Schluß... Die Zunge.«

»Die Zunge?«

»Ja, sie liebt es, wenn du es mit der Zunge ... Aber genug, ich muß jetzt pinkeln gehen«, sagte Angel und stieg aus dem Auto. Er schüttelte gerade die letzten Tropfen aus, als ihm in den Hinterkopf geschossen wurde. Jordan schnitt ihm zuerst die Zunge ab, wickelte sie in sein Taschentuch, und erst dann begrub er die Leiche.

»Ich habe dir ein Federballset gebracht«, hatte er seinem Sohn gesagt, als er nach Hause gekommen war, danach war er kalt duschen gegangen. Später hatte er die Wohnung mit einem Blumenstrauß in der Hand verlassen.

Jeden Dienstagabend stellte sich Jordan vor die verglaste Kassa des Busbahnhofs Süd wie ein Mensch, der ein klares Reiseziel vor Augen hat, und sagte zu seiner Frau, »Gehen wir nach Hause.« Jede Dienstagnacht sperrte er sich ins Schlafzimmer ein, holte eine kleine Glaskonserve, die er sonst versteckt im Kleiderschrank aufbewahrte, und betrachtete die Zunge, die seine Frau so glücklich gemacht hatte. In Spiritus war sie eingelegt, wie ein wertvolles seltenes Tier. Vieles hatte er sich von diesem Fang erhofft, nichts davon war aber eingetreten. Und als seine Frau nach Burgas gefahren war, holte er die Glaskonserve nicht mehr aus dem Kleiderschrank heraus. »Sie wird eines Tages zurückkommen. Sie kann gar nicht anders, denn ihr Glück liegt bei mir«, dachte er sich und konzentrierte sich wieder auf seine Arbeit. Die harte Linie der Partei bot ihm ein sehr breites Betätigungsfeld.

»Unsere Gesellschaft stagniert. Wir müssen Mißbrauch, Bestechlichkeit und Selbstbereicherung strengstens bestrafen und mehr Arbeitsdisziplin und Arbeitseinsatz von der Bevölkerung fordern. Die Arbeit ist nicht nur ein Recht, sondern auch eine Pflicht für jedes Mitglied dieser Gesellschaft, das sollten wir deutlicher machen. Nur so können wir die Freiheit jedes einzelnen verstärken«, sprach Oberst Zarev, und Jordan tat sein Bestes, und die Freiheit wurde verstärkt, allein dadurch, daß sie plötzlich wertvoller wurde.

Je stärker aber die Freiheit wurde, desto deutlicher kam zum Vorschein, daß die türkische Minderheit noch nicht frei genug war. Sie hing noch zu sehr an ihren Gebräuchen und ihren Namen, gefesselt von der schweren Last einer reaktionären Tradition. Man wollte ihr helfen, sich davon zu befreien. Sie sollte wieder in die Zukunft blicken, und die Zukunft gehörte nur einer progressiven einheitlichen sozialistischen Nation. Also gab man ihnen die Möglichkeit, ein neues Leben mit einem neuen bulgarisch-slawischen Namen anzufangen.

Diese Kampagne der Partei fand großen Widerhall in Jordans hohlgewordenem Herzen. Da diese aber außerhalb seines Arbeitsbereiches lag, suchte er nach einer Möglichkeit, die Initiative selbst zu ergreifen. Die bot sich ihm in dem Dorf, in dem er aufgewachsen war. Die Organe der Ordnung waren dort nur durch den schmächtigen, von eingebildeten Krankheiten und von Verstopfung geplagten Körper des Sergeanten Saprjanov vertreten. Jordan bekam die Genehmigung, ihn beim Namenswechsel zu unterstützen. Die Angelegenheit wurde sehr schnell, nur an einem Tag erledigt, und weil Jordan sehr überzeugend in seinem Auftreten war, begannen ihn alle im Dorf Jordan, den Täufer, zu nennen.

Im Dorf gab es keine Türken, es gab nur einige Romafamilien, die türkisch-persische Namen trugen. Alle wurden noch am Vormittag umbenannt, alle außer Ismail, dem Verzinner. Für ihn allein benötigte Jordan die restliche Zeit des Tages. Ismails Verweigerung hatte keine religiösen, sondern praktische Beweggründe. Seine Familie war inzwischen gewachsen. Neun Kinderherzen pochten mittlerweile unter seinem Dach, und ein zehntes Kind spürte er schon im Bauch seiner Frau treten. Ismail hatte jetzt schon Mühe, sich all ihre Namen zu merken, und ärgerte sich sehr, denn nur, wenn er sie beim richtigen rief, fühlten sich seine Kinder angesprochen und taten, was er von ihnen verlangte. Und jetzt wollte man von ihm, daß er all ihre Namen von einem Tag auf den anderen änderte. Welches Kind würde dann noch auf ihn hören? Wie sollte er jemals seine Kinder unter Kontrolle bringen? Nein, das konnte Ismail nicht zulassen. Das war das Schrecklichste, was er sich vorstellen konnte.

Jordan wußte nichts darüber, er glaubte hinter Ismails Unbeugsamkeit Gründe religiöser Natur zu erkennen, und nach zwei Stunden erfolgloser Überredungsversuche wechselte er die Taktik und zwang Ismail, seinen Oberkörper frei zu machen. An seinem linken Arm sah Jordan den Halbmond tätowiert. »Was hat das zu bedeuten?« fragte er.

»Ich liebe den Halbmond, Genosse Inspektor. So kann ich ihn mir immer anschauen«, antwortete Ismail.

»Hast du es selber gemacht?«

»Ich bin geschickt, Genosse Inspektor.«

»Das werden wir gleich sehen. Ich will, daß du daraus eine Sichel und einen Hammer machst«, sagte Jordan und schickte Sergeant Saprjanov, alles zu holen, was dafür notwendig war.

»Nicht schon wieder eine Sichel, Genosse Inspektor. Ihr Großvater wollte eine von mir, jetzt Sie auch«, versuchte Ismail zu verhandlen.

»Soll das heißen, daß du etwas gegen dieses Symbol hast... Wenn es so ist, dann muß ich dich leider mitnehmen«, sagte Jordan.

»Es werden der schönste Hammer und die schönste Sichel, die Sie je gesehen haben«, sprach Ismail und fing zu tätowieren an.

»Mir fällt gerade ein sehr guter Name ein«, sagte er nach einer Weile.

»Ich bin bereit, ihn einzutragen, Genosse«, sagte Sergeant Saprjanov und setzte sich hinter den Tisch. »Wie willst du heißen?«

Ismail hob seinen Kopf, blickte stolz und sagte: »Leonid Breschnjew.«

Sein Wunsch wurde leider nicht erfüllt. Er kam spät in der Nacht mit einem blauen Hammer und einer blauen Sichel auf seinen linken Arm tätowiert, mit vielen blauen Flecken an seinem Körper und mit einem Zettel, auf dem die neuen Namen seiner Familie standen, nach Hause zurück.

»Ich heiße jetzt Samuil«, sagte er.

»Hauptsache, du lebst«, sprach seine Frau, während sie sein Gesicht küßte.

»Für dich habe ich Rusha ausgesucht... Gefällt es dir?« Die Frau nickte. Er überreichte ihr den Zettel. »Da sind die restlichen Namen, verteil sie morgen unter den Kindern«, sagte er und begann zu weinen.

Jordan dagegen ging ganz erheitert und mit dem gesunden Appetit eines Menschen, der sicher war, etwas Gutes getan zu haben, nach Hause zurück. Seine Eltern waren noch wach. »Alles an einem Tag geschafft«, sagte Jordan und setzte sich an den Tisch.

»Aus der Partei ist ein Misthaufen geworden«, sagte Svetlin, der Partisane, und zog an seiner Zigarette.

»Vater, paß auf, was du sagst.«

»Willst du mir drohen? Du mir?«

»Vergiß nicht, wer ich bin.«

»Wer bist du denn... Wer... Ich habe immer gewußt, daß du wenig Verstand hast, aber daß du so tief sinken würdest, habe ich nicht erwartet... Statt deine freien Tage zu genießen und mit deinem Sohn zu verbringen, kommst du her und zwingst Menschen, ihre Namen zu ändern. Wer macht denn sowas? Wie soll ich diesen Menschen morgen in die Augen schauen... Deine Frau hat recht, dich zu verlassen. Du bist krank. Du bist wirklich krank.«

»Vater, hör auf, sonst...« Jordan stand auf und ballte die Fäuste.

»Du kommst in mein Haus, ißt von meinem Brot und wagst es, mir zu drohen, du elender Kerl!« sprach Svetlin, der Held, und von seiner Zigarette flogen Glut und Asche.

»Hört auf, hört sofort auf«, schrie Dragomira und stellte sich zwischen die beiden mit einem Teller eingelegter Paprika in den Händen.

»Ich brauche dein Brot nicht«, sagte Jordan, ging zur Tür, öffnete sie. »Und misch dich nie wieder in mein Leben ein«, sagte er noch, knallte die Tür hinter sich zu, ging unter einer Quitte, unter einer Zwetschke, unter einer Nuß, die jetzt weder Früchte noch Blätter trugen, sondern nur kalte kahle Äste, durch die man die Sterne sehen konnte, stieg in das Auto und fuhr nach Plovdiv.

»Er wird nie wieder herkommen«, sagte die Mutter.

»Wo soll er denn hingehen? Er hat kein anderes Zuhause«, sagte der Vater.

Als Jordan in seine Wohnung eintrat, kam gerade Svetljo mit einem Atlas unter dem Arm aus der Toilette heraus. »Hast du Schwierigkeiten in Geographie, Junge?« fragte sein Vater.

»Nein, aber ich muß mich vorbereiten«, antwortete Svetljo unsicher.

»Ist euer Lehrer in Ordnung?«

»Wir haben eine Lehrerin«, sagte Svetljo und drückte den Atlas stärker an seinen Körper.

»Das ist gut, denn Geographielehrer sind oft miese Kerle. Sonst alles in Ordnung bei dir?«

»Kann nicht klagen.«

»Sag mir, wenn du was brauchst«, sagte Jordan und ging ins Bad. Svetljo atmete auf, er lief schnell in sein Zimmer, versteckte den Atlas unter der Matratze und streckte sich auf dem Bett aus. Er war sehr froh, daß sein Vater keinen Blick in seinen Geographiestoff geworfen hatte. Und nachdem er sich wieder entspannt hatte, tauchten erneut die Bilder aus dem Atlas auf, verdichteten sich und wurden zum Stoff seiner Träume.

Seitdem Svetljo das Realgymnasium besuchte, hatte er sich Dutzende Male verliebt, aber es war nichts anderes geschehen, als daß sein Gesicht jedes Mal, wenn er in die Nähe eines dieser Mädchen kam, sich in denselben roten Ton verfärbte, sein Herz bis zum Hals hinauftrommelte und seine Zunge paralysiert wurde. Um ihn herum erzählten die Mitschüler jeden Tag, was sie schon alles mit Mädchen erlebt hatten, und obwohl er ihnen nicht alles glaubte, begann er selber anzugeben. Statt wie früher über die Tauben, die er mit der Pistole seines Vater erschossen hatte, zu erzählen, erzählte er nun von Mädchen, die er erobert hatte. Und genauso wie damals variierte er die Zahl. Es war aber viel schwieriger, über Mädchen als über Tauben zu sprechen. Denn seine Mitschüler wollten immer wissen, wie das Mädchen hieße, wie sie aussah und was sie so redete. Alles Sachen, die er in seinen Geschichten über die Tauben nie gebraucht hatte. Also mußte er die Anzahl der eroberten Mädchen sehr niedrig halten, ihre Wohnorte, so wie alle Geschehnisse jenseits von Plovdiv verlagern. Seinem Freund Sascho ging es diesbezüglich nicht besser, er erfand aber keine Geschichten. Er hörte sich um, erwog und überlegte, wie er selber zum Stich kommen konnte. »Die meisten Mädchen sind genauso unerfahren wie wir. Wir sollten es zuerst mit einer erfahrenen Frau machen«, sagte er. Svetljo stimmte zu, sah aber keine große Hoffnung. Doch die sah Sascho schon. Er habe von einer Frau gehört, die auf dem »Hügel der Jugend« herumwanderte und ihren Körper für eine Flasche Alkohol anbot. Sie wäre ein bißchen übergeschnappt, aber ungefährlich. Sein Bruder hätte ihm dies erzählt. Man konnte sich also darauf verlassen.

Die beiden verließen sich darauf und okkupierten gleich nach der Schule den Hügel. Sascho hatte eine Wodkaflasche vom Vorrat seines Vaters mitgenommen, die sich in seinen Händen jeden Tag bis 37,5° erwärmte. Svetljo drückte fest den Hals einer Flasche Cognac und versuchte, alle dunklen Geschichten, die er über den Hügel gehört hatte, zu vergessen. 14 Tage blieben sie, des Wetters ungeachtet, auf ihren Posten. Zweimal schüttete es. Sie wurden naß, sie niesten, ihre Nasen tropften, sie wurden aber nicht krank. Am 15. Tag erschien die Frau. Sie zeigten ihr die Flaschen. »Wer von euch will der erste sein?« fragte sie. Sascho wollte. »Leg dich einfach hierher«, deutete sie auf die Wiese. Sascho tat es. »Alle Männer wollen mit mir schlafen, alle... Ich bin die Schönste in der Stadt...«, sprach sie, während sie ihren Rock hob und sich auf Sascho setzte. Svetljo schaute nur gebannt zu. »Hast du es schon mit einer Möwe getrieben... Ich bin nämlich eine Möwe... eine Möwe...«, redete sie und lachte und ritt immer schneller auf Sascho. Er begann erst zu keuchen und dann zu schreien. »Genug, ich will nicht mehr... nicht mehr«, rief er, aber die Möwe hörte ihn nicht, die Möwe lachte, ihre großen Augen auf ihn gerichtet. »Zufällig ist einer gekommen, hat die Möwe gesehen, und weil er sonst nichts zu tun hatte, hat er sie vernichtet... vernichtet«, sagte sie noch und sprang von Sascho weg, gerade als Svetljo ihm zu Hilfe eilen wollte. »Leg dich auch hin«, sagte sie. »Ich hab's mir anders überlegt«, antwortete Svetljo. »Gib mir die Flasche«, befahl sie ihm. Er gehorchte. Beide Flaschen in den Händen verschwand sie im Gebüsch. »Wie war es?« wollte Svetljo wissen. »Mir tut alles weh. Ich dachte, ich würde abkratzen«, stöhnte Sascho, seine Hose zuknöpfend. »Wir sollten uns lieber normale Frauen suchen.« Svetljo war vollkommen einverstanden.

Die Erfahrung auf dem »Hügel der Jugend« hatte nicht den erhofften Wandel im Leben der beiden gebracht. Die Monate vergingen, und sie hatten immer noch keine Freundinnen, es kam sogar noch schlimmer, denn Svetljos Mutter verließ zuerst die Wohnung, dann die Stadt, und somit verlor er die einzige Frau, in deren Anwesenheit er sich sicher fühlte. Ihre Abreise nahm Svetljo sehr mit. Er wollte nicht wie sein Vater kalt duschen, und immer wenn er sie besonders vermißte, duschte er warm und weinte unter dem Wasserstrahl.

»Du wirst dich daran gewöhnen, meine Mutter ist auch weg«, meinte sein Freund. Sie saßen in Saschos Zimmer. Im Nebenzimmer saß Saschos Vater, sah fern, trank und rief ab und zu »Sascho!« Da mußte Sascho kurz aus dem Zimmer. Wenn er es nicht tat, hörte er noch einmal seinen Namen, danach Schritte, dann kam sein Vater in das Zimmer, und alles was dann geschah, wollte er sich am liebsten ersparen. Also sprang er jedes Mal, wenn er seinen Namen hörte. Als er wieder zurück ins Zimmer kam, holte er eine Flasche Wodka unter seinem Pulli heraus. »Trink ein bißchen davon, es wird dir helfen.«

»Bist du sicher?«

»Absolut. Meinem Vater hilft's seit Jahren.«

Svetljo machte einen Schluck, Sascho auch einen. »Trink aber nicht zuviel, sonst kommt keine Frau mehr zu dir, nicht mal deine eigene Mutter«, weihte ihn Sascho ein. Das Getränk schmeckte nicht, aber es half tatsächlich. Eine innere Dusche schaltete sich ein und verteilte Wärme und Weichheit in seinem Körper. Svetljo wollte mehr davon und griff wieder zur Flasche. Sascho stoppte ihn.

»Genug, sonst wird dir übel«, sagte er und ließ die Flasche unter seinem Bett verschwinden.

»Meine Mutter wohnt jetzt am Meer. Sie kann es jeden Tag sehen, und sie hört jeden Tag die Möwen«, lallte Svetljo.

»Reden wir lieber über was anderes«, schlug Sascho vor, der bei dem Wort Möwe erzitterte. Svetljo überlegte, worüber sie sprechen sollten, und da ihm gerade hell vor den Augen war, sagte er, »Ich würde lieber eine blonde Freundin haben.«

»Ich lieber eine Brünette. Mit blauen Augen und ...«

»Sascho!« schrie jemand aus dem Nebenzimmer.

»Mit langen Beinen und mit Brüsten ...«

»Sascho!« hörte man noch einmal.

»... wie die Frau auf Seite 14«, sagte er schnell, bevor er das Zimmer verließ.

In dieser Nacht war ihnen klar geworden, daß Saschos Wohnung sich nicht für gute Gespräche eignete. Um ihre Gespräche zu Ende führen zu können, begannen sie jeden Abend auszugehen. Wenn sie kein Geld hatten, schritten sie die Fußgängerzone im Zentrum der Stadt hinauf und hinunter. Wenn es wärmer war, saßen sie oft auf den marmornen Bänken des Amphitheaters, betrachteten die Liebespärchen um sich herum, dachten über die Tragik ihres Lebens nach, oder sie hörten dem Gitarrespieler Bobby zu, neben dem immer eine Flasche stand und mindestens eine Frau saß. Wenn sie Geld hatten, saßen sie in einem Lokal, und das Leben schien ihnen dann einfacher und leichter geworden zu sein.

Eines Abends hatten sie Geld. Sie saßen in einem Lokal in der Altstadt namens Havanna Club, in dem man, Fidel Castro sei Dank, die besten Cocktails zu günstigen Preisen genießen konnte. Die beiden hatten Geld für jeweils zwei Cocktails. Das reichte, um mindestens drei Stunden auf den weichen Sitzmöbeln zu verbringen. Um 22 Uhr 30, ihre zwei Cocktails waren gerade bis zur Hälfte ausgetrunken, kamen vier Milizionäre ins Lokal und begannen die Pässe zu kontrollieren. Die beiden hatten Pässe. Aber sie waren noch Schüler. Ein Schüler mußte seit einiger Zeit seine Uniform auch in der Freizeit tragen. Die beiden hatten Jeans an, die ihnen Saschos

Bruder von den Vietnamesen besorgt hatte. Ein Schüler sollte auch nach 22 Uhr besser zu Hause sein. Die beiden saßen aber im Havanna Club. Aber was das Schlimmste war, sie konsumierten Alkohol, dessen Geschmack sie erst in zwei Jahren kennenlernen durften, der aber, Fidel Castro sei Dank, ihnen jetzt schon so gut schmeckte. »Auf welche Schule geht ihr?« fragte der eine der Milizionäre. Die beiden antworteten. »Was trinkt ihr da?« lautete die nächste Frage. »Cuba libre«, antwortete Sascho. »Manhattan«, sagte Svetljo. Der Milizionär roch zuerst am Manhattan, dann am Cuba libre. »Laßt eure Gläser stehen und kommt mit hinaus«, befahl er. Draußen schrieb er ihre Namen und Adressen auf und schickte sie nach Hause.

»Die Bullen sind die größten Arschlöcher«, sagte Sascho, sobald er sich in sicherer Entfernung fühlte. Svetljo konnte es nur bestätigen. »Glaubst du, das könnte sich eines Tages ändern?«

»Nur, wenn die Kommunisten die Macht verlieren, aber sowas kann ich mir nicht vorstellen«, sagte Sascho.

»Ich auch nicht.«

»Mein Bruder meint, das wäre das größte Wunder«, sagte Sascho. Svetljo, der schon einen Brief von einem Toten bekommen hatte, strengte seine Phantasie an, aber nicht einmal sie konnte die Größe dieses Wunders erfassen. »Es wird nie passieren«, sagte er, bevor sie sich trennten.

Am nächsten Tag wurden sie zur Direktorin gerufen. Eine Woche später wurde in allen Klassenzimmern die Entscheidung des Schulrates verlesen, wonach Svetljos und Saschos Note in Betragen um ein Grad heruntergesetzt wurde. Das Betragen in jeder Schule wurde in vier Stufen benotet. Es gab beispielhaftes, gutes, befriedigendes und unbefriedigendes Betragen. Wenn man beim Schulabschluß nur gutes Betragen hatte, durfte man auf keiner Universität studieren. Für die Zukunft der Guten war allein ein Leben als Arbeiter vorgesehen. Svetljo und Sascho hatten noch genug Zeit bis zur Matura, ihre Betragensnote konnte leicht wieder hinaufgehoben werden, trotzdem war es eine sehr demütigende Sache, daß ihre Namen vor allen Schülern laut verlesen wurden. Vor allem deswegen, weil sie nicht das Gefühl hatten, etwas so Schlechtes getan zu haben. Um diese Ungerechtigkeit auszugleichen, entschlossen sie sich, etwas zu tun, was strafbar war. Sie begannen mit Uniform und Haarschnitt zu experimentieren und gegen Lehrer und Schulregeln zu rebellieren. Und dann merkten sie, daß ihre Haltung immer mehr und mehr von den Mädchen bewundert wurde. Nun konnte sie keiner mehr stoppen. »Wir müssen etwas tun, was sich noch keiner in dieser Stadt getraut hat«, schlug Sascho vor. Svetljo war ganz Ohr. »Weißt du, was es in dieser Stadt noch nie gegeben hat ... Punks«, sagte er und zeigte Svetljo ein paar Photos, die Sascho von seinem Bruder bekommen hatte und auf denen Punks und New Wave Bands zu sehen waren. »So läßt uns keiner in die Schule rein«, sagte Svetljo nach kurzem Überlegen. »Wir gehen so nur im Zentrum herum, das werden auch bald alle in der Schule erfahren«, klärte Sascho ihn auf.

Und sie ließen ihre Haare auf den Seiten kurz schneiden, durchbohrten ihre Ohren, steckten sich Ohrringe hinein, schmückten ihre Kleider mit Ketten und gingen so auf die Straße. Der Effekt war unglaublich. Alle Fußgänger blieben stehen, alle Blicke waren auf sie gerichtet. Leider auch jene der Miliz. Sie versuchten zwar immer, wenn sie Milizpatrouillen auf der Straße sahen, wegzulaufen, aber eines Tages wurden sie erwischt. Man ließ sie in ein Auto steigen und brachte sie auf das Revier. Man zeigte sie zuerst allen Kollegen. Sie wurden umringt, angeschaut, verspottet, ausgelacht. Man führte sie dann in ein Zimmer. Man wollte wissen, ob sie schwul wären, da sie Ohrringe trugen. Nein, das wären sie nicht, erklärten die beiden. Doch, sie wären es. Das sähe man ihnen sofort an, meinte man, und sie sollten lieber nicht widersprechen. Gut, dann wären sie es, stimmten die beiden zu. Warum wären sie es?, wollte man jetzt wissen. Darauf hatten die beiden keine Antwort. Die beiden wären in ihrem Aussehen eindeutig vom Westen beeinflußt, konstatierte man. Sie wären Punks, wenn man sich nicht irrte, und die Miliz irrte sich nie, und was sie über Punks wüßte, wäre, daß sie gegen die Gesellschaft protestierten. Protestierten die beiden zufällig auch gegen die Gesellschaft, fragte man. Nein, das wäre ihnen nicht bewußt gewesen, sie hätten nur ein bißchen anders ausschauen wollen, antworteten sie. Sie würden gleich anders ausschauen, versicherte man ihnen. Man riß ihnen die Ketten weg, nahm ihnen die Ohrringe, schnitt ihnen die Haare und stellte sie vor einen Spiegel. So sollte die sozialistische Jugend ausschauen, und nach diesem Bild sollte sie sich richten, und wenn die beiden es nicht schafften, dann würde ihnen die Volksmiliz helfen. Sie würde sie im Auge behalten und ihnen jederzeit ihre Schneide- und Friseurdienste zur Verfügung stellen. Danach wurden sie entlassen. Im Korridor trafen sie Bobby. Er war kein Punk, er hatte nur lange Haare gehabt. Jetzt war sein Haar kurz, und er schaute gar nicht mehr wie Bobby aus. Sie erkannten ihn nur an seiner Gitarre, die ihm gerade ein Milizionär überreichte. »Und nicht so viele englische Lieder singen, sonst bist du sie los«, riet ihm der Milizionär. Draußen vor dem Revier blieben alle drei stehen. Sie kannten sich nur vom Sehen, aber das zählte jetzt nicht, denn damals hatte jeder anders ausgeschaut. Viel mehr zählte, daß sie dasselbe Schicksal teilten. »Gehen wir in das Antike«, sagte Bobby. So nannte jeder in der Stadt das Amphitheater. Sie gingen in das Antike und setzten sich auf die marmornen Sitze. Bobby stimmte seine Gitarre und begann ein englisches Lied zu singen.

Und wie aus dem Nichts wuchs plötzlich wieder eine Flasche Schnaps neben ihm. Das Nichts hieß eigentlich Ditscho, war aus vielen Schulen geschmissen worden und vergötterte Bobby. Manchmal brachte er ihm eine Flasche Schnaps, sonst tat er nichts. Svetljo und Sascho bemerkten die Flasche und nahmen einen Schluck. Svetljo schaute auf das blaue Stück Himmel über den Rhodopen und dachte, daß er am Tiefpunkt seines Lebens angekommen war. Er hatte keine Ohrringe, keine Ketten, keine Haare, keine Freude, und so wie er aussah, auch keine Hoffnung, bald an eine Frau zu kommen. Nicht einmal die Tatsache, daß er neben Bobby saß, der so etwas wie ein Mythos in der Stadt war, konnte ihn im Augenblick trösten. Bobby spielte weiter und sang englische Lieder, die Flasche Schnaps stand neben ihm, und es dauerte nicht lange, bis auch zwei Mädchen mit dem Wappen des russischen Gymnasiums auf ihren Schulkitteln sich dazugesellten. Svetljo und Sascho schauten sie nicht einmal an. Sie hoben nur ab und zu die Flasche, wischten sich mit ihren zerrissenen Ärmeln die Lippen ab und starrten vor sich hin. »Radost und Welislava«, stellte Bobby die Mädchen vor. »Ich weiß nicht, wie die Burschen heißen, aber die sind die einzigen in diesem Staat, die sich was trauen... Seht ihr, was die Bullen mit uns gemacht haben?« sagte er, danach sang er weiter. Später begann er das kommunistische System zu kritisieren. Die Flasche ging von Hand zu Hand, alle redeten, alle waren seiner Meinung. Da Svetljo keine Hoffnungen mehr hatte, hatte er auch keine Angst und konnte zum ersten Mal in seinem Leben ganz unbefangen mit Mädchen sprechen. Er erzählte allen, mit welchen Worten er als Kind zu sprechen begonnen hatte und daß er sich selber wunderte, wie er an so tiefe Wahrheiten schon als Kind kommen konnte. Alle lachten laut und lange. Das gab ihm Mut, und er erzählte über seinen Großvater Ognjan, warum er im Lager gewesen war und wie er seitdem jede Zeitung, die er als Klopapier zu benutzen gedachte, ganz genau musterte und daß sein Klo jetzt die ideologiefreieste Zone des Landes war. Dann erzählte er vom Geist seines Urgroßvaters Serafim, der zurückgekommen war, um seine rostige Sichel zu suchen. Die anderen hörten gar nicht mehr zu lachen auf. Die Flasche wurde leer, der Himmel dunkel, die Augen glänzend und das Leid vergessen. Niemand wollte gehen, und doch mußten alle nach Hause. Svetljo schlug Radost vor, sie zu begleiten, das gleiche tat Sascho mit Welislava, beide waren einverstanden. Sie gingen eine Weile zusammen, danach trennten sich die Paare, und obwohl er allein mit Radost geblieben war, war Svetljo nicht verlegen, sondern fand immer wieder etwas, das er erzählen konnte. Er war selber überrascht, daß er so viel zu sagen hatte, und diese neue Erkenntnis machte ihn sehr zufrieden. Beim Zaun vor Radosts Haus blieben sie noch eine Stunde stehen. Da erwähnte er unter anderem, daß er einen Brief von einer Toten besitze. Diesen Brief wollte Radost unbedingt sehen. Svetljo meinte, er würde ihn ihr schon zeigen, müsse sich aber überlegen, was er dafür verlangen sollte. »Ich hab noch nie so viel wie heute gelacht«, sagte sie, den Rücken an den Zaun gelehnt. Sie stieß sich weg und ging langsam Richtung Eingangstür. Svetljo schritt neben ihr.

»Bist du schon mal verliebt gewesen«, fragte sie ihn.

»Ja, mit 12. In ein älteres Mädchen, das Puten hütete. Um ihr meine Liebe zu beweisen, mußte ich in einen Brunnen hinuntersteigen«, sagte er.

»Würdest du es nochmals tun?« fragte Radost, die Türschnalle in der Hand.

»Hängt vom Brunnen ab«, sagte er. Da küßte ihn Radost schnell auf den Mund, lief durch den Hof, rief, »Morgen bei Bobby«, und verschwand im Haus.

So einfach war das geschehen, so einfach hatte er einen Kuß bekommen, er mußte noch nichts bedeuten, aber immerhin hatte er 17 Jahre lang nicht einmal so einen bekommen, und heute, wo er geglaubt hatte, den Tiefpunkt seines Lebens erreicht zu haben, war er geküßt worden. Er hatte nicht anzugeben, nichts zu erfinden und nicht einmal Geld gebraucht. Nichts von all dem, wovon Svetljo und Sascho geglaubt hatten, daß Frauen es anziehend fanden. Man konnte wahrscheinlich nie herausfinden, wie man in das Herz einer Frau gelangte. Wenn es geschehen sollte, geschah es einfach, dachte Svetljo und sah sich immer noch vor dem grünen Holzzaun ihres Hauses stehen und wünschte sich, daß dieser Zaun und diese Nacht kein Ende hätten, daß man ginge und ginge und nie die Tür zum morgigen Tag finden würde. Er wollte am liebsten gar nicht nach Hause zurückkehren, denn er wußte, sein Vater würde ihm den Zaun und die Nacht zerstören, mit den Händen ausklopfen, mit einer kalten Dusche wegspülen, bis von dem schönsten seiner Erlebnisse nicht einmal ein Staubkörnchen geblieben war. Vielleicht wußte er ja schon, daß sein Sohn verhaftet und von der Miliz behandelt worden war. Und Svetljo konnte sich nicht vorstellen, daß sein Vater ihm so eine Blamage verzeihen würde. Aber trotz aller möglichen Strafen, die er erwartete, hatte er keine Angst. Heute nicht, vielleicht auch morgen nicht, vielleicht so lange nicht, bis er sich an einen grünen Holzzaun lehnen konnte.

Svetljo trat leise, die Schuhe in der Hand, in die leere Wohnung. Er stellte sanft die Schuhe auf den Boden, und ohne das Licht anzuschalten, ging er zur Küche. Er hatte fast das Wohnzimmer durchquert, als er die Stimme seines Vaters hörte. »Ich weiß alles«, sagte dieser. Sein Vater saß im dunkeln, ein Feuerwehrauto in der Hand. Er erinnerte an den verkohlten Rest eines Baumstammes, er bewegte sich nicht, er raschelte nicht, man sah nicht einmal, woher seine Worte kamen, aber er sprach. »Du hast mir sehr geschadet, aber vor allem hast du dir selber geschadet. Ich weiß, daß du nicht an mich denkst, an mich denkt sowieso keiner, aber du hättest zumindest an dich und deine Zukunft denken sollen. Ich werde dir nichts tun, mach, was du willst, versau dir das Leben, ist mir egal. Ich werde nichts mehr für dich tun. Alle meine Bemühungen haben nichts gebracht, und ich hab's satt, mich darüber zu ärgern. Es kommt sowieso alles anders, als erwartet. Ich dachte, ich würde eines Tages stolz auf dich sein, aber es war ein Irrtum… Du findest bei mir immer ein Bett und was zum Essen, den Rest kannst du dir in Zukunft selber besorgen. Du bist erwachsen genug.«

»Darf ich jetzt ins Bett?« fragte Svetljo unsicher.

»Weißt du, ich habe damals, als ich deine Mutter zur Entbindungsstation fuhr, sogar einen Hund überfahren, so eilig habe ich es gehabt, dich in dieser Welt zu sehen. Aber es kommt alles anders, als erwartet«, sagte sein Vater, stellte das Feuerwehrauto auf den Tisch und ging langsam ins Schlafzimmer. Svetljo glaubte, er träumte. Er träumte von einem verkohlten Baumstamm, der wie sein Vater sprach und sich nun auf sein Bett legen wollte. Voller Wunder war diese Nacht, ewig sollte sie dauern. »So kann es ruhig weitergehen«, sagte sich Svetljo, schon unter der Decke. Er ging einen langen grünen Holzzaun entlang, aber noch bevor er sein Ende erreichen konnte, schlief er ein.

Am nächsten Tag ergriff er Radosts Hand und hielt sie nicht nur, während Bobby sang, sondern auch den ganzen Weg bis zu ihrem Haus. Als sie den grünen Zaun erreichten, sagte er ihr: »Zeig mir den Brunnen.« »Es gibt keinen«, sagte sie. Sein Herz flog, sein Trieb schwamm, und beides haltlos Radost entgegen, und ohne zu wissen, wie es geschehen war, stießen seine Lippen an ihre. Eine Zunge drang in seinen Mund, spielte mit seiner. Zwei Zungen hatte er jetzt, und plötzlich hatte er das Gefühl, daß sich alles Gute in seinem Leben verdoppelt hatte. Die Freude, die Liebe, das Glück.

Radosts Eltern waren Ärzte und verdienten ihr Geld, oder das, was davon übrig blieb, nachdem die Partei es besteuert hatte, in Libyen. Denn sie bekamen ihr Geld in Dollar, und es mag sein, daß die kommunistische Partei etwas gegen Amerika hatte, aber das betraf nicht die Währung. Also nutzte sie jede Gelegenheit, an diese heranzukommen.

In dem Haus mit dem grünen Zaun lebten nur Radosts Großeltern mütterlicherseits. Das Haus hatte zwei Stockwerke. Das erste gehörte ihrer schwerhörigen Großmutter und ihrem leichtsinnigen Großvater, das zweite gehörte Radost allein. Die Großeltern stiegen so gut wie nie die Treppe hoch, die Eltern kamen so gut wie nie aus Libyen zurück. Und zwei Monate, nachdem alles in Svetljos Leben doppelt geworden war, schlief er in dem zweiten Stock dieses Hauses und in einem mit Gaddhafis Dollar gekauften Doppelbett zum ersten Mal mit einer Frau. Bis dorthin waren sein Herz und sein Trieb getrennt gegangen, nun kreuzten sich ihre Wege, es flog hinunter das eine, es schwamm hinauf das andere, und alles vermischte sich in Svetljos Kopf und Körper. »Ich liebe dich«, sprach er. »Ich dich auch«, hörte er mal von oben, mal von unten, bis er die Orientierung verlor.

»Ich brauche mir den Atlas nicht mehr auszuborgen«, teilte er am nächsten Tag Sascho mit. »Und wie ist es?« wollte Sascho wissen. Svetljo überlegte, der Schatten einer Möwe ging ihm durch den Kopf, kreiste eine Weile und tauchte wieder in einem ganz hellen Meer unter. »Es gibt kein Wort dafür. Und die Bilder kennst du schon aus dem Atlas«, sagte er.

Bei Sascho lief die Sache mit Welislava nicht so gut. Zwar durfte er schon ihre Hand drücken und ihre Lippen küssen, aber die Bilder, die er sich noch zu sehen wünschte, waren weiterhin nur im Atlas zu finden. Hauchdünne abgegriffene Bilder, die zu zerfallen drohten. Aber für Sascho war es nicht so leicht, denn Welislavas Eltern waren nicht in Libyen, sie bekamen ihren Lohn in Lewa, einer Währung, deren Härte ihm erst jetzt richtig bewußt wurde. Und nach Hause konnte er sie auch nicht richtig einladen, denn die Gefahr, daß dort plötzlich sein Name aus dem Nebenzimmer laut gerufen wurde, war unheimlich groß. Also küßte er weiter nur Lippen, drückte nur Hände, beneidete Svetljo und suchte fieberhaft nach einer Lösung.

Es kamen die Sommerferien. Radost mußte sie bei ihren Eltern in Libyen verbringen, was Sascho als ausgleichende Gerechtigkeit empfand. Die Nacht, bevor sie wegfuhr, verbrachte Svetljo in ihrem Bett, und zum ersten Mal seit er denken konnte, sehnte er sich nach Herbst und nach Schulbeginn. »Sei geduldig, und warte auf mich«, sagte sie. »Ich kann warten. Ich habe es sogar geschafft, auf den Brief eines Toten zu warten«, sagte er. Ein Kuß ging sich noch aus, und er dauerte lange, danach noch einer. Und schon ging Svetljo an einem endlos langen grünen Zaun entlang.

Nach Radosts Abreise fuhr Svetljo nach Burgas. Seine Mutter war dort, das Meer war dort, alles, was ihn trösten konnte, war dort. Seine Mutter war überglücklich ihn zu sehen. »Du bleibst die ganzen Ferien da, oder?« war ihre erste Frage. Und nachdem er ihr das bestätigte, wurde sein Gesicht mit dunkelroten Lippenstiftflecken bedeckt. »Du hast es mit deinem Vater sicher nicht leicht gehabt«, sagte sie, während sie die Flecken zu entfernen versuchte.

»Doch, er ist irgendwie anders geworden.«

»Hat er dir schon ein gutes Wort gesagt?«

»Das auch wieder nicht. Aber er geht mir aus dem Weg und mischt sich nicht mehr in mein Leben ein... Geld gibt er mir aber keines. Gut, daß mir die Großeltern welches geben, sonst könnte ich mit keinem Mädchen ausgehen.«

»Hast du schon eine Freundin?«

»Ja«, sagte Svetljo und schüttete ihr sein Herz aus. Seine Mutter freute sich mit ihm, tröstete ihn, und der Abend mit Tante Rumjana und ihrem neuen Mann war für ihn einer der angenehmsten, seitdem Radost weggefahren war. In Burgas traf Svetljo auch seine Schwester Dragomira, die in den Ferien in einem nahe gelegenen Kurort als Dolmetscherin arbeitete. Ihr wollte er nicht alle Geheimnisse seines Herzens offenbaren, dennoch erfuhr sie auch einiges über Radost, weil er eigentlich über nichts anderes reden konnte. Gerührt von seinem Liebeskummer schlug sie ihm vor, eine Weile bei ihr im Kurort zu verbringen und sich ein bißchen zu zerstreuen.

Der Kurort hieß Sonnenstrand und war einer der größten an der Küste. Es war genau der richtige Ort für Zerstreuungen. Menschen aus ganz Osteuropa und einigen anderen Ländern hatten dort schon Zerstreuung gefunden. Sie schon, nicht aber Svetljo. Also verbrachte er den ganzen Sommer zwischen Burgas und Sonnenstrand pendelnd, mit einer großen Sehnsucht nach Herbst und Schulanfang. Manchmal beruhigte ihn seine Mutter, manchmal vergnügte ihn seine Schwester, manchmal beglückte ihn das Meer, aber manchmal konnten alle drei nicht seine Radost ersetzen, und an solchen Tagen schien ihm das Meer ein endloser, uneinnehmbarer holpriger, grüner Zaun zu sein. Es war der längste Sommer in Svetljos Leben, doch auch er ging zu Ende.

Bevor er nach Hause fuhr, gab ihm seine Schwester eine feine silberne Kette, an der ein kleines silbernes Kreuz hing. Sie hatte sie von den Polen gekauft. Von allen Osteuropäern, die die bulgarische Schwarzmeerküste besuchten, machten die Polen die besten Geschäfte. Sie schafften es am geschicktesten, ihre Waren zu schmuggeln, denn sie hatten am frühesten erkannt, womit sich am besten handeln ließ. Sie hatten lange nachgedacht, um diese Ware zu finden. Die Ware sollte klein und groß und nicht sehr teuer zugleich sein. Klein, um sie besser verstecken und schmuggeln zu können, groß ihrem Bedarf und ihrer Anziehungskraft nach, und nicht sehr teuer, damit sich Herz und Brieftaschen sofort öffneten. Es war nicht leicht, diese Ware zu finden, lange mußten sie nachdenken, aber schließlich hatten sie sie gefunden. Sie betrieben Handel mit Symbolen des Glaubens, in unterschiedlichen Formen und meistens aus Silber. Die Unterschiede machten die verschiedenen Heiligen, die auf den Anhängern abgebildet waren, und Heilige gab es Gott sei Dank mehr als genug. Es war nicht immer alles reines Silber, was sie verkauften, aber dafür waren alle Heiligenbilder echt, und das war das Wichtigste. Denn das, was sie ins Land schmuggelten, war nicht einfach eine Ware mit einem bestimmten Preis, das, was sie ins Land schmuggelten, war Gott, und der dankte ihnen damit, daß er ihr Geschäft gedeihen ließ.

Das Geschäft selber erledigten meistens die Frauen. Gott hatte ihnen die Eingebung verliehen, jenen Ort zu finden, wo sie ungestört von Feinden und Volksmiliz ihre Ware verkaufen konnten. Auf jedem Strand gab es zwei Orte, die mit einem zwei Meter hohen, blickgeschützten, meist metallenen Zaun umrahmt waren. Der eine nannte sich Eva-, der andere Adamstrand. In dem einen durften die Frauen sich sonnen, wie Gott sie geschaffen hatte, in dem anderen die Männer. Auf den Evaständen verkauften die erleuchteten Polinnen ihre Waren und machten nicht nur die besten Geschäfte von allen Osteuropäerinnen, sondern hatten am Ende die am besten gebräunten Körper von allen. Und sie nahmen diese Geschenke des Himmels mit Dankbarkeit an.

An einem Evastrand hatte auch Dragomira das Kreuz mit der Kette erworben. »Schenk es deiner Freundin«, sagte sie und drückte die Kette in Svetljos Hand.

»Danke, Teufelchen«, sagte er.

»Sei unserer Mutter nicht böse, daß sie dich mit Vater allein gelassen hat. Sie mußte es tun, damit sie die Scheidung bekommt«, sagte sie, immer noch seine Hände haltend.

»Ich bin ihr nicht böse, außerdem ist es gut, eine Mutter am Meer zu haben.«

»Freut mich, daß ich jetzt so einen erwachsenen Bruder habe.« Beide lächelten. »Was für ein blödes Kind er war«, dachte sie. »Wie ich diese Streberin gehaßt habe«, dachte er.

»Wir werden uns eine Weile nicht sehen, ich fahre für ein Semester nach Prag«, sagte sie.

»Das ist ja nichts Neues.«

»Ja... du hast recht... Dann mach's gut, Bruder. Und viel Glück mit deiner Radost«, sagte sie und gesellte sich wieder zu ihrer norwegischen Reisegruppe, die sich langsam um sie versammelte und mit ihren großen rosa Körpern Svetljo den Blick verstellten.

Drei Tage später fuhr Svetljo nach Plovdiv zurück. Und es dauerte nicht lange, Bobby hatte nur einmal sein Repertoire wiederholt, bis er Radost wieder begegnete. Svetljo hatte ihr so viel Wichtiges zu sagen, daß er nicht wußte, womit er anfangen sollte. Also fragte er: »Wie war es in Libyen?«

»Heiß, wüst, langweilig... Ich habe mich die ganze Zeit nach einem Brunnen gesehnt.« Und damit begann das schönste Jahr in Svetljos Leben. Aber wie alles Schöne war es schnell verklungen, ähnlich der Lieder, die Bobby jede Nacht im Antiken sang.

Radost wollte in Sofia studieren und mußte sich fleißig für die Aufnahmeprüfungen vorbereiten. Svetljo wußte, daß er im Herbst für zwei Jahre in die Armee mußte, aber danach, und er dachte lieber an diese Zeit, wollte er auch bei Radost in Sofia sein. Er dachte lange nach, was er studieren sollte. Sein Großvater Svetlin versuchte ihm einzureden, sich für Medizin zu entscheiden. Eigentlich wäre das schon längst vom Schicksal entschieden, denn Svetlin hatte seine Nabelschnur in ein Medizinbuch gelegt, und niemand, nicht einmal die Mäuse, die möglicherweise das Buch und die Nabelschnur schon angeknabbert hatten, könnte den Gang des Schicksals ändern. Svetljo entschied sich trotzdem für das Fach Biologie.

Bei den Aufnahmeprüfungen fiel er durch. »Das nächste Mal wirst du es sicher schaffen, und wir werden eine sehr schöne Zeit in Sofia haben«, versuchte Radost ihn zu trösten. Sie saßen im Antiken, neben ihr auf der Marmorbank raschelte ungeduldig der Brief, der Radosts Aufnahme bestätigte. Es war nicht der Mißerfolg, es war die Armee, die Svetljo Sorgen machte.

»Zwei Jahre sind das… Ich kann mir so eine lange Zeit gar nicht vorstellen«, sagte er.

»Ich werde dir schreiben und dich oft besuchen kommen… Hab keine Angst. Ich werde auf dich warten.« Svetljo schwieg, der Brief raschelte, die Sonne sank, Bobby stimmte seine Gitarre, Sascho schmuste zwei Sitzbänke tiefer unermüdlich mit Welislawa.

»Hast du denn überhaupt kein Vertrauen in mich…«, sagte Radost und wandte ihren Kopf von ihm ab, um die nassen Spuren auf ihren Wangen besser verwischen zu können. »Wenn unsere Liebe eine so lächerliche Trennung nicht überdauert, dann…« Sie hätte noch was gesagt, aber da drang seine Zunge in ihren Mund. Zwei Zungen hatte sie jetzt, und auch die nassen Spuren auf ihren Wangen wurden zwei, und alles, was sie empfand, wurde doppelt so stark, die Liebe, der Kummer, die Lust.

Das Doppelbett im zweiten Stock wurde in jener Nacht auf die größte Probe gestellt. Sogar Radosts schwerhörige Großmutter glaubte, oben etwas gehört zu haben. »Was war das?« fragte sie ihren Mann. »Mäuse wahrscheinlich«, antwortete lächelnd Radosts leichtsinniger Großvater. Hungrig waren diese Mäuse, unermüdlich waren sie, und die ganze Nacht knabberten sie wie jene, die schon Svetljos Schicksal angeknabbert hatten.

Sascho ging es nicht besser. Er hatte es gerade noch geschafft, und die Wohnung seines Bruders hatte dabei die entscheidende Rolle gespielt, Welislawas Körper gänzlich zu erobern, um nun auch die ganze Qual zu erleben, Bescheid zu wissen, was ihm zwei volle Jahre fehlen würde. Er wurde eine Woche früher als Svetljo einberufen, und der Ort, wo er hinfahren mußte, versprach nichts Gutes. Er befand sich an der bulgarisch-griechischen Grenze. »Grenzsoldat ist das Schlimmste. Man kann mich nicht mal einfach besuchen kommen. Man braucht zuerst eine Genehmigung von der Miliz, um überhaupt in die Gegend kommen zu können«, beklagte er sein Schicksal.

»Sei froh, daß du nicht bei der Marine bist. Dort muß man drei Jahre dienen«, sagte Svetljo. Sascho fand nichts Erfreuliches dabei, aber er versuchte die wenigen Tage bis zu seiner Abreise in guter Stimmung zu verbringen. Den letzten Abend verbrachten sie zu viert. Sie gingen ein letztes Mal die Fußgängerzone hinauf und hinunter, Saschos Hand an Welislawas Schulter, Svetljos an Radosts Taille. Mitten auf dem Weg trafen sie auf einen Affenführer. Er spielte Gadulka, der Affe zeigte, was er alles von seinem Herrn gelernt hatte. »Zeig jetzt, wie Pescho über die Grenze springt und die Heimat verläßt«, forderte der Affenführer, und der Affe zeigte es. Er übersprang eine Hürde, drehte sich um und zeigte seinen Mittelfinger. Alle Versammelten lachten. »Paß auf, daß dich keiner so austrickst«, scherzte Svetljo mit Sascho. »Gehen wir lieber weiter«, sagte Sascho, dem das Lachen vergangen war. Sie gingen wieder ins Antike. Dort saß Bobby, links von ihm eine schöne Flasche, rechts von ihm eine schöne Frau, und beide gingen ihm ans Herz. Zum ersten Mal sang er ein russisches Lied. Er mußte auch zur Armee und wollte sich einstimmen. Es war ein Lied von Bulat Okudshava.

»... also ist mein Liedchen doch nicht zu Ende gesungen.
Hört auf Teufel, auf mein Blut zu schwören,
ich hab kein Glück mit dem Tod,
also werde ich Glück in der Liebe haben«, sang Bobby. Danach legte er die Gitarre aus der Hand.

»Also das war's, Leute. Wir sehen uns in zwei Jahren wieder ...«, sagte er und widmete sich seiner Freundin.

Am nächsten Tag fuhr Sascho weg, eine Woche später Svetljo. Die Stunden vor seiner Abfahrt verbrachte Svetljo in Radosts Wohnung. Er ging nur kurz nach Hause, um seine Sachen zu packen und Abschied von seinem Vater zu nehmen. Eigentlich hoffte er, ihn nicht in der Wohnung zu finden. Doch er war da. Er saß am Tisch, neben ihm ein Stoß aus maschinebeschriebenen Blättern, in seinen Händen eines davon, das er gerade las. Als Svetljo in das Zimmer trat, legte er schnell seine Hand auf den Stapel.

»Ich gehe jetzt«, sagte Svetljo. Sein Vater erhob sich kurz vom Sessel, dann setzte er sich wieder.

»Ich wollte es dir nicht sagen, aber es ist besser, du weißt es«, sagte er mit einem gleichgültigen Ton. »Deine Schwester ist nach Australien geflüchtet. Also wundere dich nicht, wenn du in der Armee ein bißchen härter angefaßt wirst.«

»Ich schaff das schon«, sagte Svetljo, denn er wollte so schnell wie möglich die Wohnung verlassen.

»Dann viel Glück, Junge.«

»Dir auch, Vater«, sagte Svetljo und ging schnell hinaus, denn er wußte, sein Glück wartete schon seit einer Stunde auf ihn.

Als allererstes schnitt Radost ihm die Haare ab. So hatte es Svetljo gewollt. Nun sah er wieder so aus wie an jenem Tag, als sie sich kennengelernt hatten. »Ich hab das Gefühl, ich muß noch einmal dein Herz erobern. Ich komme mir so fremd vor...«, sagte er, seinen kahlen Kopf im Spiegel betrachtend. Radost stand hinter ihm, immer noch mit der Schere in der Hand. »Ich war in letzter Zeit sehr anstrengend. Verzeih mir«, sagte er. Bis zur Abfahrt seines Zuges blieben nur noch weniger als zwei Stunden. Sie hatten ausgemacht, daß sie ihn nicht bis zum Bahnhof begleiten sollte. Ihr Bett quietschte noch einmal, es war aber das Quietschen eines gehetzten, verzweifelten Tieres. »Ich fühle mich, als ob ich in einen sehr tiefen Brunnen hinuntersteigen müßte. Aber diesmal ohne jeglichen Sinn«, sagte er, schon vor der Tür.

»Es gibt keinen Brunnen, mein Liebster, es gibt keinen Brunnen. Aber mich... mich gibt es. Und wo du auch landest, ich werde kommen. Denk daran, denk nur daran...«, sprach Radost, während sie sein Gesicht küßte.

Auf Svetljos Einberufungsbefehl stand die Stadt Burgas und die Nummer einer Abteilung. Der Gedanke, daß die Abteilung in derselben Stadt lag, in der seine Mutter wohnte, erfüllte ihn mit Hoffnung. Marina wartete auf dem Bahnhof. Sie wollte ihn bis zur Abteilung begleiten. Als sie seinen kahlgeschorenen Kopf sah, begann sie zu weinen. »Ich höre gleich auf, ich höre gleich auf«, sprach sie. Sie zeigten den Einberufungsbefehl einer Militärpatrouille und erfuhren, daß zwischen der Zahl und der Stadt auf dem Zettel 22 Kilometer lagen. Also nahmen sie ein Taxi und fuhren in die angezeigte Richtung, in der Erwartung, auf das Eingangstor der Abteilung zu stoßen. Aber es gab kein Tor. Sie sahen nur viele Leute, Autos und Busse auf einem Feld. Die meisten der Menschen waren in Svetljos Alter, alle kahl geschoren, alle mit derselben Zahl auf ihrem Einberufungsbefehl. »Einsteigen! Alle Rekruten in den Bus!« schrie ein Unteroffizier aus voller Kehle. »Wohin führt ihr unsere Kinder?« fragte Marina den ersten Offizier, der ihr unter die Augen kam.

»Wenn Sie den ersten Brief bekommen, werden Sie es erfahren«, antwortete er.

»Ich will es aber jetzt wissen... Ich will es wissen«, forderte Marina, aber ihre Mühe blieb umsonst. Svetljo mußte in einen Bus steigen, ähnlich jenem, auf dessen Rücksitz Marina die schönste Zeit ihres Lebens verbracht hatte. »Setz dich ans Fenster«, rief sie ihm zu. Aber alle Fensterplätze waren schon besetzt. Eine Traube von kahlen ununterscheidbaren Köpfen klebte an jedem Fenster, unzählige Hände winkten in alle Richtungen, verteilten Luftküsse, schlugen auf die Scheiben, um jemanden draußen aufmerksam zu machen, jemanden, den die Ähnlichkeit der Köpfe irritierte. Svetljo schaffte es nicht, sich an eines der Fenster durchzukämpfen. Er mußte auf einem Gangsitz Platz nehmen.

Er wurde an einen Ort geführt, der auf keiner Landkarte zu finden war. Er bekam eine Uniform aus dicker, brauner, grober Wolle. Auf die Innenseite des Kragens mußte er einen anderen weißen Kragen aus Baumwolle nähen. 24 Nähte oben und 12 unten sollte er haben, und jeden Morgen sollte er genauso weiß sein wie heute, wurde ihm erklärt. Er hörte zu, er nähte, er zog Uniform, Schuhe und Kappe an. Danach mußte jeder seine Zivilkleider in einen Sack geben, ihn zunähen und nach Hause schicken. Nun wurden alle Rekruten in zwei Reihen vor der Fahne aufgestellt. Der Kommandeur kam, stellte sich vor allen in die Mitte.

»Wer von euch eine Freundin hat, soll die Hand heben«, sagte er. Viele Hände wurden gehoben, er überflog sie und fuhr weiter fort. »Ihr sollt eins wissen. Keine Frau wartet zwei Jahre. Also seid gefaßt. Je früher ihr verlassen werdet, desto besser für euch. Denn eins ist sicher. Ihr werdet verlassen... Wer von euch nach einem Jahr immer noch nicht verlassen worden ist, der soll sich bei mir melden. Er wird von mir eine Woche Hausurlaub als Belohnung bekommen... In zehn Jahren Dienst hat sich noch keiner bei mir gemeldet. Aber macht nichts, ich hab es nicht eilig.« Alle außer den Rekruten begannen zu lachen. Der Kommandeur hob seine Rechte, das Lachen verstummte. »Rekruten, ich beobachte euch. Und wißt ihr, was meine wachsamen Augen schon bemerkt haben? ... Die eine Hälfte von euch sind Schwuchteln, die anderen wären lieber Frauen. Aber das wird sich schnell ändern. Wir werden aus euch richtige Männer machen. Vergeßt alles, was ihr bis jetzt gewußt habt. Ab morgen seid ihr Soldaten der Volksrepublik Bulgarien, und das ist das einzige, was ihr die nächsten zwei Jahre zu wissen braucht. Und wehe dem, der es nur für eine Sekunde vergißt!« so sprach Major Melev am ersten Tag, und Svetljo wußte noch nicht, daß dies der ruhigste seines Armeedienstes gewesen sein sollte.

Was die Armee unter einem richtigen Mann verstand, war sehr schwer zu erklären und sehr leicht zu begreifen. Bis zum dritten wußte es jeder, aber ab dem dritten bedauerten es sogar die Härtesten, diese Erkenntnis gemacht zu haben.

Um 5 Uhr 30 wurden alle von dem diensthabenden Unteroffizier der Kompanie aus dem Bett getreten. Man hatte 20 Sekunden, um angezogen seinen Platz im Glied einzunehmen. Wer sich verspätete, mußte bereits die ersten 30 Liegestütze machen. Sobald er fertig war, begann das Laufen. Man lief fünf Kilometer oder länger, je nachdem, ob es welche gab, die nicht schnell genug waren, und solche gab es anfangs immer. Die Langsamen mußten zusätzliche Liegestütze machen, deren Zahl eine Variable war, zu der nur der unausgeschlafene Verstand des Gefreiten Zugang hatte, oder sie mußten in die Hocke gehen, die Hände am Hinterkopf, und 500 Meter wie Hasen hüpfen. Danach kamen die Turnübungen, dann hatte man 20 Minuten Zeit, um den Schlafraum zu putzen, die Betten zu machen, die alle in einer geraden Linie stehen mußten, sich zu rasieren, einen weißen Kragen anzunähen und zum Morgenappell zu erscheinen. Jeder Soldat sollte in der Innenseite seiner Kappe zwei Nadeln haben, um sie zwei Fäden gewickelt, einen weißen und einen schwarzen. In seinen Taschen sollten folgende Gegenstände jederzeit auffindbar sein, ein Kugelschreiber, ein sauberes Taschentuch, ein weißer Reservekragen, ein kleines Notizbuch, ein Kamm und ein Spiegel, in den jeder nicht nur keine Lust, sondern auch keine Zeit hatte, hineinzuschauen. Fehlte etwas davon, wurde man bestraft. War der Kragen nicht weiß genug oder hatte er nicht die gewünschten 24 Nähte oben und 12 unten, ebenso. Wurde in einer der Taschen ein zusätzlicher Gegenstand gefunden, wurden die Taschen mit kleinen Steinen gefüllt und man bekam 20 Sekunden, um sie zuzunähen. Danach mußte man so lange die Steine mit sich schleppen, bis man begriffen hatte, daß nur für die gewünschten Gegenstände Platz in den Taschen vorgesehen war. Man begriff es sofort, aber die Armee ging mit der Zeit großzügig um und gab jedem davon genug, um sich alles gut überlegen zu können.

Erst nach dem Morgenappell begann der Tag richtig. Ein Tag für richtige Männer. Und es dauerte ewig, bis er zu Ende ging, und an dessen Ende wußte man nicht einmal mehr, wie man hieß, geschweige denn, welches Geschlecht man hatte. Eine Ewigkeit her schien es einem jedem gewesen zu sein, als man noch Namen, Familie, Heim, Geliebte, Freunde und Interessen hatte. Man versuchte zumindest beim Marschieren sich an diese Zeit zu erinnern, aber das Poltern der Schuhe und das Klappern der Steine in den Taschen waren so laut, daß man es gerade schaffte, ein paar zaghafte Bilder zu retten. Also konzentrierte man sich auf einen Namen. Für Svetljo war dieser »Radost«.

Bis zur Angelobung waren keine Besuche erlaubt, also warteten alle auf die ersten Briefe wie Schiffbrüchige auf die Rettungsboote. Man hatte schon seinen ersten Brief abgeschickt, in dem die Adresse stand und, wie der Kommandier empfohlen hatte, ein Bericht darüber, daß es einem hier sehr gut gehe, weil die Armee sich sehr gut um ihre Leute kümmere. Die Abteilung war auf der höchsten Geheimstufe, und man wurde gewarnt, keine Informationen und Einzelheiten über alles, was darin geschah und sich befand, in den Briefen preiszugeben. Denn die meisten heraus- und hineinkommenden Briefe wurden kontrolliert. Und endlich, nach zwei Wochen, kamen die ersten Briefe. Und die von den Geliebten waren das Wertvollste, was ein Soldat besaß. Man wollte sie immer wieder lesen. Man trug sie mit sich, in einer jener Taschen, in die nur Kamm, Spiegel, Taschentuch, Notizbuch und Kugelschreiber gehörten. Man wurde erwischt. Und bald liefen alle, die eine Geliebte hatten, mit Steinen in den Taschen herum. Die Steine klapperten, funkelten, zerbröselten, wurden sogar weicher. Die Herzen der Kompanieführer aber blieben hart, denn die Armeedisziplin war eisern.

Junge und alte Soldaten teilten verhängnisvollerweise ein und denselben Schlafraum, und es gab nichts in der Welt, was sich mehr nach einer Abwechslung sehnte als die Seele eines Altsoldaten. Für die Abwechslung sollten die Jungen sorgen. Wenn zum Beispiel der alte Soldat sich nach seinem Geburtsort sehnte, sollte ein junger Soldat den Zug nachmachen, der ihn nach seiner Entlassung dorthin führen sollte. Und wenn einer vom Land kam, sollte er den Hahn nachmachen, der ihn aufweckte, und den Hund, der den Hof bewachte, dann die Kuh, den Esel, die Schafe, die Puten, und er sollte überzeugend in seiner Rolle sein, denn sonst sah der alte Soldat weder den Zug, der ihn nach Hause bringen sollte, noch sein Heim, noch den Hahn, der ihn immer aufgeweckt hatte, und dann wurde seine Seele sehr traurig und alle jungen Soldaten mußten die Vorstellung von neuem beginnen oder eine andere vorführen, zu der inzwischen eine andere Altsoldatenseele inspiriert worden war. Bei der Darstellung der Puten war Svetljo der Beste und wurde damit belohnt, sich einmal in der Woche warm rasieren zu dürfen. Von allen Schikanen war die sogenannte »Zeit der Zärtlichkeit« die am wenigsten körperlich anstrengendste. Für diese Zeit war Freitagnacht ausgewählt. Und nachdem alle im Bett lagen, mußte einer von den Jungsoldaten laut den letzten Brief, den er von seiner Freundin bekommen hatte, vorlesen. Verheiratete Soldaten waren von dieser Pflicht befreit. Die alten Soldaten hörten gebannt zu, denn außer von ihren Müttern hatten sie lange schon keine Briefe von Frauen mehr bekommen. Achtungsvoll und schweigend lauschten sie jedem Wort, denn sie stellten sich vor, diese wären an sie gerichtet.

Nach drei Monaten waren es nur noch fünf Rekruten, die solche Briefe vorlesen konnten, nach vier nur noch drei, nach fünf war es nur noch Svetljos Stimme, die wie die Stimme eines Engels jede Freitagnacht im Raum belauscht wurde.

Radost hatte er das letzte Mal bei der Angelobung gesehen, aber da war auch seine Mutter dabei gewesen, und sie hatte es nur für eine Viertelstunde übers Herz gebracht, die beiden alleine zu lassen, und in dieser kurzen Zeit war Svetljos Mund wie mit Steinen gefüllt. Was sollte er tun? Die Steine loswerden oder Radost küssen. Er entschied sich für das Küssen. Für das andere gab es auch die Post.

Seitdem war nur seine Mutter zweimal zu Besuch gekommen. Das erste Mal hatte sie sogar ihre Schwester und deren Lebensgefährten mitgenommen. Er war Geographielehrer und sollte ihr bei der Suche nach der Abteilung helfen, denn die Angelobung hatte in Burgas stattgefunden, die Abteilung lag aber 50 Kilometer von der Stadt entfernt in einem Wald, in den kein öffentlicher Verkehr führte. Besuche waren nur an zwei Tagen gestattet. Samstag zwischen 14 und 18 Uhr und

Sonntag zwischen 10 und 18 Uhr. Radost hatte nur am Sonntag keine Vorlesungen. Die Reise von Sofia nach Burgas dauerte 7 bis 8 Stunden. Am Montag früh begannen wieder die Vorlesungen. Svetljo war klar, daß sie ihn so gut wie nie allein besuchen kommen konnte, also blieben nur die Briefe, die er in den Händen hielt, an denen er roch und die er manchmal küßte. Von Sascho bekam er auch Briefe. Nach dem dritten Monat hatte er geschrieben, daß ihn Welislawa verlassen hätte und daß es ihm sehr schlecht ginge. Erst zwei Monate später kam wieder ein Brief von ihm. Darin stand, daß es ihm schon besser ginge, abgesehen davon, daß er allmählich verblöde. Vielleicht ginge es ihm aber auch deshalb besser. Ob so oder so, wäre doch egal. Alles wäre jetzt egal, nur nicht der Atlas. Den hätte er gern bei sich gehabt, damit er nicht immer seine Phantasie so anstrengen oder an diese untreue Welislawa denken müsse.

Sieben Monate vergingen, und Svetljo war immer noch der einzige, der jeden Freitag etwas vorzulesen hatte. Danach bekam auch er den Brief, vor dem jeder Soldat Angst hatte. Er las nur die ersten zwei Sätze und warf ihn auf den Boden. »Ich war immer ehrlich zu dir. Deswegen sollst du es auch von mir erfahren. Ich hab einen anderen Mann kennengelernt«, lauteten sie. Er wollte diesen Mann auch kennenlernen. Vielleicht war er tatsächlich ein sehr interessanter Mensch, und auf so eine Begegnung sollte man nicht allzu lange warten. Als er an die Reihe kam, Wache zu halten, brach er von der Abteilung aus und nahm zur Sicherheit seine geladene Kalaschnikov mit. Die Wache wurde alle zwei Stunden gewechselt. Da ihn ein alter Soldat ablösen sollte, wußte Svetljo, daß dieser nicht kommen würde und er auch seine Nachtstunden machen mußte. Also konnte er mit vier Stunden Vorsprung rechnen. Nach vier Stunden wurde sein Abgang entdeckt, die Abteilung in Alarmbereitschaft versetzt und die Polizei der Umgebung informiert. Svetljo wurde bei Sonnenaufgang in einem mit Mais besäten Feld ausfindig gemacht und umzingelt. Er sah einen grünen Zaun um sich, hölzern war er, rauh war er, und wenn man sich an ihn lehnte oder ihn mit der Hand berührte, riskierte man, einen Span unter die Haut zu bekommen. Aber er mochte ihn noch, diesen Zaun. Er wollte nicht, daß er durchsiebt und zerstört wurde. Er warf die Waffe aus der Hand. Der Zaun kam immer näher und näher und als er ihn schon hinter seinem Rücken spürte, lehnte er sich an ihn. Er fühlte, daß er ihn weich aufgefangen hatte und daß er genau wie jener verkohlte Baumstamm in seiner Wohnung sprechen konnte. Danach verlor er das Bewußtsein.

Svetljo und der alte Soldat, der ihn ablösen hätte sollen, wurden zuerst in Arrest geführt und sollten in einigen Tagen vor das Militärgericht gestellt werden. Sie bekamen nur Brot und Hartkäse zu essen und durften sich nur nachts auf ein Bett setzen. Das Bett war aus Holz und wurde untertags an die Wand geklappt und mit einem Schloß versperrt. Die beiden verbrachten 15 Tage in Arrest, danach kam der Kommandeur.

»Du kannst dich bei deinem Vater bedanken, daß du nicht im Gefängnis gelandet bist«, wandte er sich an Svetljo. »Und sogar du, elender Abschaum«, blickte er zu dem anderen, »hast davon profitiert. Euer Fall ist intern gelöst worden. Ihr werdet nur in die Infanterie, und zwar in ein Strafregiment, versetzt. Dort werdet ihr endlich lernen, was ein echter Armeedienst ist. Ihr habt Glück... Ihr habt Scheißglück.«

Der Major hätte sich den letzten Satz ersparen können. In der Armee war soundso nur ein Scheißglück möglich.

XI. *iskren*

»Was machst du denn?« fragte Iskren. Er war gerade aufgewacht, und sein Blick kämpfte sich lange durch die verklebten Wimpern, bis er zu Radost fand. Sie saß am Tisch.

»Ich schreibe einen Brief«, sagte sie.

»An wen?«

»An meinen Exfreund. Ich muß es tun, sonst hätte ich weiterhin das Gefühl, ich betrüge euch beide. Ich bin gleich fertig.«

Iskren stand auf, ging zum Tisch und warf einen Blick auf den Umschlag. Der Name darauf kam ihm bekannt vor. Er hatte sogar das Gefühl, daß er selber so einen Brief einmal weggeschickt hatte. Den Namen kannte er, aber an einen Menschen mit diesem Namen konnte er sich nicht erinnern. Und auf sein Gedächtnis konnte er sich immer verlassen. Hatte er denselben Namen auf einem der vielen Grabsteine gesehen? Oder vielleicht auf einem Schild? Es war ja kein seltener Name. So wird es auch sein, dachte er sich.

»Gut, daß ich mir den Armeedienst erspart habe. Sonst hätte ich eines schönen Tages auch so ein Briefchen bekommen«, sagte er, an Radosts Haaren schnuppernd.

»Glaubst du denn nicht, daß es eine Liebe gibt, die diese zwei Jahre überdauern kann?« sagte sie und fuhr mit ihrer Zunge den Klebestreifen auf dem Umschlag entlang.

»Hast du ihn geliebt?«

»Ja, aber...«

»Weißt du, daß alle, die mir ihre Liebe versprochen haben, mich letztendlich enttäuscht haben? Kann das ein Zufall sein? Ich halte viel mehr von Leuten, die mich fragen, ob ich Hunger oder Durst habe oder die mir sagen, daß der Tag oder die Nacht, die wir gemeinsam verbracht haben, schön gewesen ist. Damit kann ich was anfangen. Leute, die dauernd die Liebe erwähnt haben, haben mir nichts beigebracht, also sag mir bitte nie, daß du mich liebst«, sagte er und legte sein Kinn auf ihren Kopf. Sie kannte ihn seit drei Wochen, und das war das erste Mal, daß er auf diese Weise mit ihr redete. »Der Brief hat ihn sicher eifersüchtig gemacht. Ein wenig Eifersucht hat noch niemandem geschadet«, dachte sie sich.

»Es war eine schöne Nacht«, sagte sie.

»Der Tag könnte auch schön werden«, sagte er und zog sie ins Bett.

Iskren lebte schon seit 18 Monaten in Sofia, und man konnte sagen, daß er sich schon gut in der Stadt eingelebt hatte. Sofia gefiel ihm. Die Stadt war viel größer und bot viel mehr Möglichkeiten als Plovdiv. Sie war eine von den Städten, in denen man viel unternehmen, lange Jahre verbringen und trotzdem unbekannt bleiben konnte. Und in solchen Städten fühlte Iskren sich am wohlsten. Er war überzeugt, daß man am besten dort leben sollte, wo man am längsten seine Geheimnisse verbergen konnte. Sofia war eine Stadt, die den Hoffnungen, den Träumen, den Geheimnissen vieler schon Unterkunft gewährt hatte. Nicht zufällig war es eine der schwierigsten Sachen, Bürger von Sofia zu werden. Iskren gedachte noch nicht, Bürger der Stadt zu werden, er wollte nur ihre Möglichkeiten nutzen und etwas Neues dazulernen. Zuerst hatte er eine Einzimmerwohnung im Wohnviertel »Hoffnung« gemietet. Danach eine Zweizimmerwohnung im Wohnkomplex »Freundschaft« und letztendlich eine Dreizimmerwohnung im Wohnkomplex »Jugend«. Mit dem Studium hatte er dank seines Gedächtnisses, mit dem Geld dank seines Vaters keine Schwierigkeiten. Dennoch war seine Seele unruhig, als ob sie immer wieder die

Anwesenheit eines großen Tieres gewittert hätte. Sie war hungrig, sie war durstig, sie wollte dieses Tier an der Gurgel packen, aber sie schaffte es nur, es vorübergehend zu vertreiben. War dieses Tier aus dem Staub, aus dem Schatten und aus dem Mißgeschick eines dreistöckigen Hauses entstanden? Hatte es seine Mutter gesehen, bevor sie den Verstand verlor? War sein Fell rot? Fragen, die sich Iskren nur selten stellte, weil er einfach das Haus mit allem, was darin war, vergessen wollte. Er wünschte sich, so schnell wie möglich nicht mehr auf das Geld seines Vaters angewiesen zu sein, denn das war das einzige, was ihn an diesen Ort band. Bis jetzt waren all seine Versuche, an Geld zu kommen, gescheitert. Zum Glück gab es die Post. Und immer, wenn er Geld brauchte, mußte er nicht unbedingt nach Hause fahren, sondern ging zu einem der Schalter, schickte ein Telegramm, auf dem drei Worte und einige Zahlen standen, und holte einige Tage später von demselben Schalter die geforderte Summe. Es war wie Zauberei, und Iskren hatte schon im Kindergarten Zaubereien gemocht. Von jedem der Scheine lächelte Iskren der Genosse Dimitrov in unterschiedlichen Farben an. Auf dem 10-Lewa-Schein lächelte ein blauer und auf dem höchsten, dem 20-Lewa-Schein, ein brauner Genosse Dimitrov. Es gab viele würdige historische Gestalten, die es verdient hätten, auf einem Schein mit diesem Wert zu erscheinen, aber die Partei wollte sichergehen, jede Art von Mißverständnissen vermeiden und klar und deutlich darauf hinweisen, wer für das Wohl und das Lächeln in der Gesellschaft zuständig war. Es gab noch drei andere Scheine, den 5-, den 2- und den 1-Lewa-Schein, aber sie waren so klein und verschwanden so schnell aus der Hand, daß man es kaum schaffte, sich die Abbildungen darauf zu merken. Es war auch nicht so wichtig, denn nur wer Dimitrov in all seinen Färbungen nahe am Körper hatte, war auf dem richtigen Weg. Dem ging es gut. Der lächelte.

Iskren lächelte jedes Mal, wenn er das Postamt verließ. Sein Lächeln fanden die Frauen charmant, seine Unikollegen eingebildet, aber egal, wie man es fand, profitierten alle in seiner Umgebung davon, denn wie jeder Mensch, der sein Geld mühelos bekam, war auch Iskren sehr großzügig.

Seit 18 Monaten war Iskren in Sofia, und in dieser Zeit hatte er dreimal die Wohnung und die Frau gewechselt. Jede der Frauen hatte er auf der Universität kennengelernt, jeder hatte er zuerst sein Lächeln gezeigt, dann die Geheimnisse des Sofioter Nachtlebens, dann seine Großzügigkeit, später seine Wohnung, seine Platten- und Kassettensammlung, seine Zuneigung, seine Begierde, sein Bett, seine Leidenschaft, danach den Lichtschalter im Bad und schließlich das Sonnenlicht, das durch die Gardinen hineinsickerte. Und jede Beziehung hatte angefangen in der Hoffnung, seine Seele würde endlich die ersehnte Ruhe finden, und jedes Mal schien es so, als ob er die richtige Frau dafür gefunden hätte. Eine Frau, die ihm etwas Neues zeigen konnte, mit der er etwas Neues erleben und ein neues Leben anfangen konnte. Aber nach dem sechsten Monat begann sich alles zu wiederholen. Die Worte, die Gesten, die Gesichtsausdrücke, die Stellungen. Er hörte nichts Neues, er empfand nichts Neues, er lernte nichts Neues. Seine Seele wurde wieder hungrig und durstig. Sie wurde wieder unruhig, denn er hatte das Gefühl, auf einem Stuhl zu sitzen und jeden Tag dieselbe Stickerei anzustarren. Er trank dann einen Gin und sagte fast immer das gleiche: »Ich glaube nicht, daß wir noch was Großartiges zusammen erleben werden. Vielleicht jeder für sich, aber sicher nicht gemeinsam.«

Danach hörte er Vorwürfe oder Beschimpfungen oder Bitten, manchmal sah er auch Tränen. Alles Sachen, die er schon kannte. Hin und wieder wurde eine Platte aus seiner Sammlung zerbrochen, aber er nahm alles in Kauf, denn er wußte, wie erfrischt er sich nach jeder Trennung fühlte.

Nun war er mit Radost zusammen, und jeden Tag entdeckte er etwas in ihr, was seine Hoffnungen stärkte. Sie hieß auch so wie seine totgeborene Schwester, für die ein ganzer Stock gebaut worden war. Wahrscheinlich hatte das leere Stockwerk die ganze Zeit nur auf sie gewartet. Wahrscheinlich war sie diejenige, die alle Gespenster verjagen und das Haus beleben sollte. Ihr hatte er als erster von seiner Unruhe erzählt. »Ich fühle mich dann nicht wohl in meinem eigenen Körper. Ich will dann ein anderer sein. Ein anderes Zuhause, andere Eltern und einen anderen Namen haben. Ich habe sogar das Gefühl, daß es dieses Haus gibt und daß darin Menschen sind, die auf mich warten, ich brauche nur an der Schwelle erscheinen, und sie werden meinen echten Namen ausrufen. Ich will sogar einen anderen Körper haben, einen verkrüppelten. Mir soll eine Hand fehlen oder ein Bein, ich will hinken oder unheilbar krank sein und mit dem einen Bein schon im Grab. Ich weiß nicht, warum, aber ich will dann lauter solche Sachen«, erzählte er ihr eines Nachts. Sie saßen auf einer Bank vor dem Volksschloß der Kultur.

»Es hat keinen Sinn, sich so zu bestrafen... es hat keinen Sinn...«, sagte Radost und versuchte, in seine Augen zu blicken.

»Nein, ich will mich nicht bestrafen. Ich will nur so aussehen, daß mich keiner mehr zwingen kann, mich für meine Freude und mein Glück zu rechtfertigen«, sagte er und zündete sich eine Zigarette an. Da sie seine Augen nicht gefunden hatte, blickte Radost zum Volksschloß der Kultur. Ein Bärenführer ging mit seinem müden Bären vorbei. »Gleich sind wir zu Hause, Boshana, gleich, ich weiß, ich weiß, aber was soll ich denn machen, wenn uns keiner mit der Straßenbahn fahren läßt. Die Scheißhunde dürfen fahren und dich, mein Engel, lassen sie nicht herein. Die Menschen haben einfach kein Herz... kein Herz haben sie«, sprach er zu seiner Bärin.

Die Bärin brummte und bestätigte damit, daß ihr alles längst klar war. Trotzdem setzte sie sich. »Wir können nicht hierbleiben. Die Miliz wird kommen und uns bestrafen. Und weg ist das schöne Geld, das wir heute verdient haben. Komm jetzt, du bekommst heute was ganz Besonderes zum Essen, und morgen führe ich dich zu einem Ameisenhaufen. Ich kenne einen, der ist so groß wie dieses Volksschloß der Kultur. Gehen wir jetzt nach Hause.« Die Bärin schien ihn verstanden zu haben, denn sie stand auf und ging viel schneller als zuvor.

»Meine Mutter hat auch eine Zeitlang überall Ameisen gesehen«, sagte Iskren.

»Ich würde gern deine Eltern kennenlernen und dein Haus sehen«, sagte Radost.

Radost sollte die erste und die letzte Frau sein, die Iskren mit nach Hause nahm. Sicherheitshalber schickte er vorher ein Telegramm, in dem er seine Ankunft ankündigte, und das er dann in den Händen seiner Mutter wiedererkannte, wo es auch während des ganzen Aufenthalts blieb. Erfreulicherweise verlief alles besser, als er erwartet hatte. Zwar sprach seine Mutter immer noch nur dann, wenn sie etwas gefragt wurde, aber sie trug ein elegantes graues Kleid, war geschminkt, hatte eine neue kurzgeschnittene Frisur, die sehr gut zu ihr paßte, und war alles in allem eine schöne Erscheinung, die durch ihre stille Anmut an ein neu gekauftes Bild erinnerte. Sein Vater dagegen war sehr aufgeregt und versuchte, ununterbrochen charmant und geistreich zu sein. »Ich würde mich sehr freuen, wenn sie in unserem Haus leben würde«, sagte er zu Iskren am letzten Tag ihres Besuches. Radost hatte seine Eltern auch nett gefunden, und Iskren begann zu glauben, daß sie tatsächlich diejenige wäre, die den leeren Platz von Sdravka einnehmen könnte. Nun wollte er ihr unbedingt Sdravkas Ruhestätte zeigen.

»Ich habe das Gefühl, hier schon einmal gewesen zu sein«, sagte Radost, als sie vor dem Grab standen.

»Wann? Mit wem?« fragte er erschrocken.

»Vielleicht habe ich nur davon geträumt ... Gehen wir, ich will nicht, daß wir noch länger hierbleiben.«

Iskren war ein bißchen enttäuscht, denn er wollte noch mit seiner Großmutter reden. Lange war er nicht mehr bei ihr gewesen, eigentlich, seitdem er in Sofia studierte. Aber Radost wollte nicht mehr hierbleiben, und er mußte sich entscheiden. »Ein anderes Mal, Großmutter, ein anderes Mal ...«, sagte er und lief Radost nach.

Ein Jahr lang schien es, als hätte er am Friedhof die richtige Entscheidung getroffen, danach begann sich alles zu wiederholen, und er sah sich von denselben Worten, denselben Gesten, denselben Gesichtsausdrücken umgeben, zwischen ihnen verstrickt, zwischen ihnen erstarrt, er wurde unruhig.

»Es war eine schöne Nacht«, sagte Radost, am Rande des Bettes sitzend.

»Fällt dir nur das ein?« fragte er gereizt.

»Doch, mir fällt vieles ein. Zum Beispiel, daß wir nie von der Liebe gesprochen haben.«

»Vielleicht, weil es sie zwischen uns nicht gibt.«

»Weißt du was ... du hast recht«, sagte sie, stand auf und begann ihre Sachen zu packen. Keine Bitten hörte er, keine Beschuldigungen, keine Vorwürfe. Keine Schallplatte wurde zerschmettert und keine Kassette. Keine Träne, nicht mal die winzigste, wurde vergossen, und das war etwas ganz Neues für ihn. Alles war wie vorher, und trotzdem war es neu, das erstaunte ihn. »Der Tag könnte schön werden«, sagte er.

»Sag mir jetzt bitte nicht, daß du mich liebst. Ich kann damit nichts anfangen.« Sie blieb an der Türschwelle stehen.

»Ich eigentlich auch nicht«, sagte er. Die Tür ging zu. Alles war beim Alten, und doch wußte Iskren nicht mehr, was er mit dem Tag anfangen sollte. Er blieb lange im Bett und dachte nach. Sein Körper zwang ihn, irgendwann am Nachmittag aufzustehen, seine Gedanken, die Wohnung zu verlassen und durch unbekannte Randbezirke der Stadt herumzutrödeln. Ihm wurde immer klarer, daß er nicht allein bei den Frauen die ersehnte Ruhe finden konnte. Eine Frau gehörte sicher dazu, aber es fehlte noch etwas Wichtiges, denn man sollte auch allein zur Ruhe kommen können. Der Begabte zum Beispiel brauchte niemanden. Er war sich allein schon genug. Iskren sollte auch so etwas finden, was ihn, auch wenn er allein war, seinen Hunger und Durst stillen ließ. Die Frage war nur, was. Und als er sie stellte, stand er plötzlich vor einer verkommenen Kneipe. Er ging hinein und bestellte einen doppelten Gin. Ein Wirt, dem die zwei Vorderzähne fehlten, erklärte ihm, daß er sowas Beschissenes nie verkaufen würde. Er würde nur Getränke verkaufen, die jahrhundertelang dem bulgarischen Volk in all seinem Leid geholfen, seine Lebenslust gesteigert und seinen Mut gestärkt hätten. Also bekam Iskren einen doppelten Traubenschnaps, einen Tomatensalat und eine krumme Gabel, der genauso wie dem Wirt zwei Zähne fehlten. Iskren trank, die Schenke füllte sich, die Fliegen summten und bissen, das Volk polterte. Iskren kratzte sich, trank weiter, hörte zu und versuchte sich zu erinnern, warum er eigentlich hergekommen war. Da wurde es plötzlich ganz still in der Schenke. Ein großer Mann mit Gummistiefeln, blauer Drillichhose und nacktem Oberkörper trat ein, bestellte eine Bierflasche, zog ein Messer aus dem rechten Stiefel, stieß es mit einem gekonnten Wurf in den Holztisch und hob die Flasche. Der Griff des Messers zitterte noch, als er die Flasche ausgetrunken daneben auf den Tisch stellte. Alle in der Schenke umjubelten den Mann.

Der Mann hieß Nescho, war Fleischer und hatte in seinem Leben nur diese eine Nummer gelernt, aber die beeindruckte viele. Um Iskrens Kopf kreisten die Fliegen, aber er spürte ihre Bisse nicht, denn er spürte etwas anderes, viel Stärkeres. Man konnte es nach zwei doppelten Schnäpsen ruhig Erleuchtung nennen. Er stand auf, ging entschlossen auf den Mann zu, nahm ihn beiseite und fragte: »Magst du damit auch Geld verdienen?« Die Frage vibrierte nicht lange in Neschos Herz, kein Vergleich zu dem Messer. Er schluckte einmal, und schon lag seine Antwort da. »Klar doch«, lautete sie.

Nun waren Iskren und Nescho Partner. Ihr gemeinsames Unternehmen funktionierte immer nach demselben Muster. Um den Erfolg zu sichern, mußten vier Bedingungen erfüllt werden. Eine zumindest halbvolle Kneipe, eine massive Holzfläche, es konnte ein Tisch, eine Tür, eine Säule oder ein Balken sein, den halbleeren Magen von Nescho und nicht mehr als ein Promille in seiner Blutbahn. Um die Erfüllung dieser Bedingungen kümmerte sich Iskren. Er suchte die Kneipe aus, setzte sich abends an einen der Tische, bestellte einen doppelten Schnaps und wartete. Irgendwann kam Nescho in das Lokal, bestellte einen kleinen Schnaps und lernte im Zuge seiner Kommunikationsbedürfnisse Iskren kennen. Sie redeten anfangs gesellig miteinander, dann wurden sie immer lauter. »Ich wette 20 Lewa mit dir, daß du es nicht schaffst«, schrie irgendwann Iskren und erklärte der neugierigen Menge, was ihm dieser Angeber da für eine Tausend-und-eine-Nacht-Geschichte erzähle. Nescho zog dann fünf braune Dimitrovs aus der Tasche und sagte, daß er nie unter dieser Summe wette. Iskren beschuldigte ihn, daß er Angst hätte und deshalb mit so einer fiesen Nummer käme, denn er selber hätte nur 20. Da mischten sich andere aus der Menge ein, die auch wetten wollten, und jeder gab einen roten, einen blauen oder einen braunen Schein dazu, und sobald die Summe über 100 Lewa gewachsen war, wollten sie sehen, ob Nescho sie ihnen bei Verlust zurückzahlen konnte. Nescho zeigte, daß er es konnte. Danach nahm er die Bierflasche, warf das Messer, und während es noch am Tisch, an der Tür oder am Balken wackelte, trank er die Flasche leer. Nescho hatte schon alle Scheine vom Tisch gesammelt, und immer noch wackelte sein Messer, und immer noch staunte das Volk. Nun schenkte ihm Nescho sein Lächeln, holte sein Messer und verschwand, denn er wußte, daß das Volk immer schon sehr schwer den Verlust vom Genossen Dimitrov verkraftet hatte. Blau und braun konnte es jemanden dafür schlagen, in allen Farben eben, in denen es ihn vermißte. Iskren dagegen blieb in der Kneipe und beklagte seine Dummheit und wurde von allen getröstet und bekam sogar Getränke spendiert. So war eben das Volk. Es war ein leichtgläubiges, oft verratenes, oft getäuschtes, ausgenutztes und gütiges Volk. Die Kommunisten hatten von seiner Demut und Güte so lange schon profitiert, nun profitierten auch Iskren und Nescho davon. Langsam wurde es ihnen aber zu eng in Sofia, denn das Volk hatte auch ein sehr gutes Gedächtnis und ein spitzes Ohr, und diese Eigenschaften waren nicht zu unterschätzen.

Also begannen sie das Land zu bereisen. Diese neue Beschäftigung störte Iskrens Studienverlauf nicht, ganz im Gegenteil. Sie gab ihm neue Impulse. Er entwickelte ein gutes Gespür für Menschen und Situationen und kannte bald nicht nur die geographische, sondern auch die psychologische Landschaft des Landes. Aber während Neschos Messer an Balken, Tischen, Türen oder Säulen wackelte, begann auch das kommunistische System zu wackeln. Von Gorbatschow in eine ungewisse Richtung gestoßen, wackelte der reale Sozialismus. Und egal, was man alles leertrank, hörte er nicht mehr zu wackeln auf.

Das Bier in den Kneipen wurde von Tag zu Tag schlechter, das Geld, das sie verdienten, immer weniger, das Mißtrauen immer größer. »Das Bier ist zum Kotzen, ich bringe es nicht mehr runter«, teilte eines Tages Nescho besorgt Iskren mit. Iskren starrte gerade auf eine aufgeklappte Landkarte, suchte aber weder einen Ort noch einen Weg. Er sah nur das Ende ihres Unternehmens kommen. »Ich glaube, wir sollten aufhören. Wie schon das Volk sagt, jedes Wunder hält nur drei Tage«, sagte er.

»So ist es ... Es hat aber Spaß gemacht ... Ich wäre sonst nie aus dieser Stadt herausgekommen«, sagte Nescho. Danach stand er auf, holte sein Messer heraus und stieß es in den Tisch. Der schmächtige Wirt warf den beiden einen beunruhigten Blick zu, aber noch während er Neschos Körper musterte, besann er sich all seiner Tugenden und blieb stumm und verständnisvoll. Solange der Messergriff wackelte, blieb Nescho im Lokal, beide schauten auf ihn, beide schwiegen, danach kippte Nescho seinen Schnaps und ging zur Tür, dort drehte er sich um, sagte, »Zur Erinnerung«, lächelte und verschwand. Er meinte wohl das Messer, das immer noch im Tisch steckte, einen schmalen ruhigen Schatten warf und gemeinsam mit Iskren die Zeit zählte.

Auch eine andere Zeit ging langsam zu Ende. Die Zeit der proletarischen Diktatur, aber das konnte noch keiner wissen, nicht einmal die Kommunisten wußten es, und die wußten gewöhnlich schon vieles vorher. Und weil sie es nicht wußten, nahmen sie gerne das Wort Perestrojka in den Mund und dachten, eine Liberalisierung würde sie stärken und sie so populär wie Gorbatschow machen. Also begannen sie, manche Gesetze zu lockern. Worte wie sozialistisches Eigentum konnte man schon mit der Zunge eines Sterblichen hinterfragen, Heiligtümer wie die Produktionsmittel nicht nur anfassen, sondern auch teilweise mit den eigenen Händen besitzen. Man konnte Land und Boden sogar pachten und bis zu zehn Arbeiter beschäftigen, und Iskren wollte sich all diese Möglichkeiten nicht entgehen lassen. Ideen hatte er genug, aber ihm fehlte das Wichtigste, das Kapital. Die Nummer mit dem Messer hatte zwar viele beeindruckt, aber doch zu wenig eingebracht. Für die Miete hatte es gereicht, für einen zehn Jahre alten Lada, mit dem er jeden Tag fuhr, hatte es gereicht, und für eine zehn Jahre ältere Geliebte, die er jeden Donnerstag besuchte. Und dafür, daß er schon ein Jahr nicht mehr zur Post gehen mußte. Nun konnte er nicht zur Post gehen, denn die Summe, die er brauchte, ließ sich nicht einfach auf einen Zettel schreiben. »Ich muß heute noch nach Hause fahren«, sagte er eines Donnerstags.

»Schade, mein Mann ist auf Dienstreise, und die Kinder habe ich zu meiner Mutter gebracht. Es hätte unsere erste Nacht sein können«, sagte seine Geliebte. Ihr Kopf lag auf seinem Bauch, und bei dieser Nachricht setzte er sich in Bewegung, glitt hinunter und blieb zwischen seinen Schenkeln liegen. »Laß es … Ich muß gehen … Ich muß«, klang Iskrens Stimme wie eine Hupe. Sie ließ ihn aber nicht.

Erst nach zwei Stunden gelangte Iskren zu seinem Auto, und er hupte oft, denn er hatte es eilig.

Seine Eltern schliefen schon, als er nach Hause kam. Er schlich in die Küche, stopfte seinen Magen mit allem voll, was ihm in die Finger kam, entdeckte erst dann die mit Bohnen gefüllten Paprika, aß auch davon einen und setzte sich auf das Sofa, um sich noch einmal genau zu überlegen, was er seinem Vater sagen sollte. Sein Magen zog ihn aber hinunter, und ohne es zu merken, war er in einen tiefen bodenlosen Schlaf versunken. Als er aufwachte, war es schon hell. Seine Mutter saß ihm gegenüber und starrte ihn an.

»Phu, hast du mich erschrocken, Mutter«, sagte er und

spuckte dreimal unter sein Hemd, wie ihm Sdravka beigebracht hatte, ein sicheres Mittel gegen Angst. »Geht es dir gut?« fragte er.

»Ja, sehr gut… Ich habe dich gesehen und hab mich ein bißchen zu dir gesetzt. Du bleibst immer so kurz, und wenn du weg bist, vergesse ich immer, wie du aussiehst, jetzt weiß ich es wieder.«

»Wo ist Vater?«

»Im Büro. Aber am Abend wird er kommen. Er kommt immer.«

Iskren schien die Zeit bis zum Abend endlos zu sein. Er erinnerte sich, wie er als Kind immer auf den Anbruch des Abends gewartet hatte. Denn dann hätten seine Eltern kommen sollen, wie Sdravka ihm immer versprochen hatte. »Wann kommt denn der Abend?« hatte er jede halbe Stunde gefragt. »Bald, mein Kind, sehr bald«, hatte Sdravka geantwortet. Aber entweder kam der Abend sehr selten oder seine Eltern, und er wußte nicht, auf wen er böse sein sollte. Am ehesten auf den Abend, hatte er damals gedacht und seine Eltern frei von Schuld gesprochen. Der Abend, der in anderen Häusern pünktlich kam, ließ sich für sein Haus sehr viel Zeit. Vielleicht, weil er zuerst alle drei Stockwerke ausfüllen wollte. Trotzdem war das unentschuldbar, und Iskren war ihm böse. Auf ihn und auf das Haus… Denn es war ein Haus, in dem die Zeit ganz anders verging. Es dauerte immer so lange, bis er von seiner Mutter geküßt und von seinem Vater in die Luft gehoben wurde. Es war ein Haus, in dem man sehr lange auf den Abend warten mußte. Davor hatte Iskren immer Angst gehabt, und diese Angst verspürte er auch jetzt. »Gehen wir ein bißchen spazieren«, schlug er vor. Seine Mutter war einverstanden.

Sie gingen nebeneinander, und wenn er sie etwas fragte, antwortete sie. Sonst schwieg sie, den Blick auf den Gehsteig gerichtet. Wenn sie ein Stück Abfall aus Papier oder Plastik sah, dann nahm sie es mit und trug es so lange, bis sie einen Mistkübel fand. So gingen sie, Mutter und Sohn, nebeneinander gingen sie, der Sohn eine Zigarette in der Hand, die Mutter ein Stück Abfall, und wenn der Sohn schwieg, schwieg auch die Mutter. Es war schon Mittag, als sie auf den »Hügel der Befreier« stiegen und einen Blick über die Stadt warfen.

»Woran denkst du?« fragte der Sohn.

»An dich«, sagte die Mutter.

»Und was denkst du über mich?«

»Nur an dich, sonst nichts.«

»Die Stadt ist groß geworden«, sagte der Sohn nach einer Weile.

»Ja, sehr groß«, sprach die Mutter.

»Mutter, kannst du mir zeigen, wo unser Haus liegt?«

Die Mutter nagte zuerst lange an ihrem Zeigefinger und schaute sich um, danach blickte sie eine Weile zum Himmel hinauf, holte den Finger aus dem Mund, zeigte auf den Boden unter ihren Füßen und sagte: »Hier«.

Sein Vater kam wie versprochen am Abend nach Hause.

»Was ist mit Radost?« war das erste, was er sagte. »Wir haben uns getrennt«, antwortete Iskren unwillig.

»Und warum?«

Da mußte Iskren sich die Antwort gut überlegen, denn er sah in den Augen seines Vaters, daß es Antworten gab, die ihm schaden konnten. Er schielte zu seiner Mutter hinüber, aber sie sah gerade fern.

»Es gab keine Liebe mehr zwischen uns«, sagte Iskren.

»Schade, sehr schade«, seufzte sein Vater. Aber Iskren bemerkte, daß es doch eine gut gewählte Antwort war. »Ich war heute mit Mutter spazieren«, fügte er noch schnell hinzu.

»Wirklich?« war sein Vater angenehm verwundert.

»Ja, wir waren auf dem ›Hügel der Befreier‹, und sie hat mir sogar unser Haus von oben zeigen können. Nicht wahr, Mutter?«

Dorothea bestätigte es mit einer Kopfbewegung, ohne vom Fernsehen wegzublicken. Nun war sein Vater sehr gut gelaunt, und Iskren konnte ihm all seine Pläne mitteilen.

Noch am nächsten Morgen fuhr er, das Startkapital unter dem Autositz, nach Sofia, und er hupte oft, denn er hatte es eilig.

Er hatte keine Probleme mit den zuständigen Behörden. Wenn es sein mußte, erwähnte er den Namen seines Vaters, ansonsten genügten auch ein paar von den braunen Dimitrovs Lächeln, um in drei Tagen alle notwendigen Papiere zu besorgen.

Nun hatte Iskren ein Lokal gepachtet. Er ließ es komplett renovieren, neu ausstatten, und daraus wurde ein gemütliches Café mit zehn marmornen Tischen, neuer Musik, angenehmen Preisen, einem vielseitigen Getränkeangebot, flexiblen Öffnungszeiten, und was es in Bulgarien noch so gut wie nie gegeben hatte, einem Regal mit den aktuellen Tageszeitungen. Noch attraktiver machten das Lokal aber die unter der Theke angebotenen amerikanischen Zigaretten. Denn für viele Bulgaren bestand die höchste Wonne darin, eine Marlboro zu rauchen, ein Cola zu trinken und dabei manchmal einen Blick in die Tageszeitung der Kommunisten zu werfen, und Iskren hatte vor, das dem Volk zu gönnen.

Nur bei der Wahl des Namens hatte er anfangs Schwierigkeiten. Er nannte das Lokal zuerst Glasnost, aber je länger er das Schild betrachtete, desto unpassender schien ihm der Name. Es war ein Wort, das sehr schnell aus der Mode und den Köpfen der Leute geraten konnte. Er brauchte was anderes, etwas, was trotz allen Moden und Ideologien weiterhin die Menschen beschäftigte, etwas, was sehr vertraut klang und doch ein Geheimnis blieb, vertraut, damit sich jeder den Namen merkte, geheim, damit es Sehnsucht und Neugierde erweckte. Er dachte sehr lange nach, und immer wieder ging ihm seine Großmutter Sdravka durch den Kopf, sprach einmal mit ihm, einmal mit den Toten, oder sie klopfte nur kurz mit dem Stock an sein Herz, bevor sie in den verzwickten, immer dunkler werdenden Alleen seines Gedächtnisses verschwand. Und eines Tages, er war gerade aufgewacht, hatte er endlich den Namen, den er suchte. Er rief sofort einen Bekannten an, der an der Akademie der bildenden Künste studierte, traf ihn vor dem großen Schaufenster seines Lokals, zeigte auf das Schild ›Glasnost‹ und sagte: »Übermal es und schreib ›Jenseits‹ darauf.«

Und schon nach einigen Wochen hatten sich seine Stammkunden verdoppelt, und Iskren sah sich gezwungen, noch eine Kellnerin anzustellen, um überhaupt noch studieren zu können. So schnell änderte sich sein Leben, durch ein einziges Wort.

Im Leben seines Vaters dagegen hatte sich genauso wenig verändert, wie auf der Stickerei, die Dorothea fast jeden Tag betrachtete. Der öffentliche Verkehr in der Stadt war längst nicht mehr so pünktlich wie früher, die Straßen nicht mehr sauber, jede zweite Laterne leuchtete nicht mehr, und in den halbfinsteren Nächten wurden Kellner und Taxifahrer immer frecher und unverschämter. Das Angebot in den Geschäften schrumpfte, ihre Arbeitszeiten wurden unergründlich. Die Menschen orientierten sich nur nach Gerüchten und nach den Schlangen, die immer länger wurden. Sie fragten nicht mehr, was verkauft wurde, sie stellten sich einfach hin und warteten, bis sie an die Reihe kamen, denn sie wußten, sie konnten ohnehin nur etwas bekommen, was sie brauchten. Manchmal kamen sie an die Reihe, wenn nicht, dann gingen sie einfach weiter, bis sie auf die nächste Schlange trafen. Aber egal, wie lange sie warteten und wie viele Wege sie gingen, eine Ware entging ihnen immer, nämlich das Klopapier. Es war wieder verschwunden. Mit seinem Verschwinden kamen wieder die Hämorrhoiden. Seit der Machtübernahme der Kommunisten waren sie die weitverbreitetste Krankheit unter den Leuten. Es gab ein Gegenmittel, denn es gab auch einen Zusammenhang, aber darüber traute sich noch niemand laut zu sprechen, aber man flüsterte schon.

In der Hoffnung, die Schlangen vor den Geschäften würden kürzer, zwangen die Kommunisten viele Türken, das Land zu verlassen und in das Land zu gehen, von dem sie annahmen, das diese es sich erträumten, und dieses Land war die Türkei. Viele wehrten sich dagegen, da stand aber die Volksmiliz zur Seite, und sie konnte aus jedem Menschen einen Träumer machen. Ein Traum von einer Organisation war die Volksmiliz, der schönste Traum, den die Partei noch hatte. 310 000 Türken verließen das Land, aber die Schlangen wurden nicht kürzer. Mladen Mladenov interessierte das alles nicht mehr. Das einzige, was er inzwischen geschafft hatte, war, seinen Bruder zu überzeugen, in ein Sanatorium zu gehen, um seine kranke Lunge zu heilen. Denn seit seiner Pensionierung ging es Ivan immer schlechter und schlechter.

Er hatte sich wohl unter der Erde gefühlt, und da er nicht mehr hinunter durfte, hatte er ein Stück von ihr in seinen Lungen mitgenommen. Nun war sie in ihm, ständig in der Nähe seines Herzens. Seine Frau und seine Tochter sollten ihm keine Vorwürfe machen, daß er so spät in Pension gegangen war, und lieber nicht bei jeder Gelegenheit auf seinen verstorbenen Kollegen verweisen, denn sie wußten nicht, daß er all sein Glück dieser Erde verdankte. Und das Husten, das war nichts. Das war so, als ob ihm ein guter Freund auf den Rücken klopfte. »Ich werde nicht sterben«, beruhigte er immer wieder seine Frau. Das gleiche sagte er ihr auch an dem Tag, an dem er ins Sanatorium fuhr. »Und hol mir noch meine Gitarre«, war ihm eingefallen.

Und so, mit der Gitarre in seiner Linken, mit einem kleinen Sack in seiner Rechten, mit einem breiten Lächeln im Gesicht und mit der Erde in seiner Lunge, stieg er in den Bus. Seine Frau trug nichts, sie hatte nur ein paar winzige Tränen in den Augen.

Nun lag Ivan in einem Sanatorium, spielte manchmal auf seiner Gitarre, sang manchmal russische, manchmal deutsche Lieder und träumte von seiner baldigen Heilung.

Mladens Leben dagegen ähnelte immer mehr einem traumlosen Schlaf. Nicht mal der 10. November 1989, der Tag, an dem Todor Shivkov abgesetzt wurde und das ganze Volk glaubte, ein Wunder zu erleben, schaffte es, etwas mehr als eine kleine Gemütsregung in ihm zu bewirken, denn an Wunder glaubte der Genosse Mladenov nicht.

Als die Demonstrationen gegen die Kommunisten häufiger und bedrohlicher wurden, kam der Genosse Parvanski zu ihm und versuchte ihn zu überreden, sich so schnell wie möglich ein Geschäft unter den Nagel zu reißen, so wie viele Parteifunktionäre es schon gemacht hatten.

»Zucker, Zucker wäre das beste. Die Menschen werden ihn immer brauchen, egal, wer an die Macht kommt. Wir lassen das Geld auf den Namen eines Strohmannes fließen. Keiner wird uns etwas anhaben können. Ich hab schon den Mann ... Du hast die Kontakte, du hast diese guten Beziehungen zu den Kubanern. Sie exportieren doch so viel Zucker«, sprach er ganz aufgeregt, und seine Augäpfel rollten in alle Richtungen, wo er vermutete, eine Tür könnte sich öffnen.

»Ich brauch das nicht, ich will das nicht ... Laß mich bitte in Ruhe«, sagte Mladen.

»Zucker, nur der Zucker, der aus Kuba kommt, und wir werden keine Sorgen mehr haben, verstehst du das nicht?« lag schon der Genosse Parvanski auf Mladens Schreibtisch, und seine Krawatte kroch wie eine bunt gepunktete Schlange zwischen Füllfeder, Blätter, Notizbücher und Gläser.

»Laß mich bitte zufrieden und geh«, sagte Mladen.

»Überleg's dir noch, bevor ein anderer das Geschäft an sich reißt«, sagte Parvanski, glättete seine Krawatte und verließ das Zimmer. Mladen war immer noch in Gedanken versunken, als seine Sekretärin eintrat, um ihm wie gewöhnlich um 15 Uhr den Kaffee zu servieren. »Wenn Sie noch Zucker brauchen …«

»Nein, nein!« schrie der Genosse Mladenov, und das war das erste Lebenszeichen seit langem.

Als am 3. April 1990 die bulgarische kommunistische Partei sich in bulgarisch-sozialistische Partei umtaufte, dachte jeder einen Aprilscherz gehört zu haben, aber wann hatten die Kommunisten je über den Kommunismus gescherzt. Sie zeigten öffentliche Bereitschaft, die Schuld an der Misere des Landes zu übernehmen, aber nicht die Verantwortung. Ein paradoxer, absurder Satz gar, meinten viele, nein, ein dialektischer, meinten die Kommunisten. Sie waren jetzt Sozialisten, sie nannten sich nicht mehr Genossen, sondern Herren. 45 Jahre hatten die Genossen regiert, nun vesuchten sie auch Herren der Lage zu werden.

An diesem Tag wachte auch der Genosse Mladen Mladenov auf. An dem Tag verabschiedete er die ganze Dialektik. Es dauerte eine Woche, bis er sich an diesen neuen Zustand gewöhnte, denn plötzlich waren alle Straßengeräusche so laut, alle Farben so grell und alle Gerüche so stark, daß er doppelt so lange brauchte, um nach Hause zu gelangen. Alles lenkte ihn ab, zwang ihn, stehenzubleiben oder die Richtung zu wechseln, und er vermochte nicht einmal sich den kleinsten seiner Empfindungen zu widersetzen.

Es war ein sonniger Aprilmorgen. Er saß in seinem Büro, spürte die Sonne in seinem Rücken und spielte mit einer Füllfeder, die er in der Hand hielt und nicht gedachte, für etwas anderes zu benützen. Da klingelte das schwarze Telefon. Mladen stand auf, ging zu den Fenstern, machte sie alle weit auf und ließ die Straßengeräusche hinein. Das Telefon klingelte weiter, aber sein Klang ähnelte jetzt dem Zirpen einer verfrühten Grille, und man konnte sich leicht an seine Hartnäckigkeit gewöhnen. Irgendwann hörte es auf. Kurz danach wurde die Tür geöffnet. »Herr Mladenov, ein wichtiger Anruf für Sie«, hörte er seine Sekretärin sagen. »Teilen Sie ihnen mit, daß ich gerade weggegangen bin«, sagte er und verließ tatsächlich sein Büro. Er ließ seine Schritte ihn führen und sah sich plötzlich vor einem Hochhaus stehen und zu einem Fenster blicken. Er stieg die Stufen hinauf, deren Zahl er längst wußte, stellte sich vor die Tür und klopfte. Er klopfte hartnäckig, denn er wußte nicht nur die Zahl der Stufen und die Zahl der Nadeln auf einem Zweig, er wußte jetzt auch, daß hinter dieser Tür seit 28 Jahren, 4 Monaten und 6 Tagen der einzige Mensch lebte, den er jemals geliebt hatte.

»Ich kenne keine Isabella. Die Wohnung habe ich von einem Turnlehrer übernommen, und das ist schon fünf Jahre her.« Ohne zu zögern, ging Mladen zur Polizei und erfuhr, daß die gesuchte Person im Zuge eines Resozialisierungsprogrammes in einem Dorf in Strandsha-Sakar lebte.

Kurz nach Mittag war er zu Hause. Ein Zettel mit dem Namen des Dorfes steckte in der Innentasche seines Sakkos, er spürte sein Gewicht. Nichts schien schwerer zu sein, als diesen Zettel mit sich zu tragen. Seine Frau saß und starrte auf die Stickerei, er setzte sich neben sie, berührte kurz mit der Hand die Stelle, wo der Zettel lag, und heftete seinen Blick auf sie.

»Du mußt nicht hier sitzen. Es macht mir nichts aus, allein das Bild anzuschauen«, sagte sie, ohne ihn anzusehen.

»Ich wollte dir nur sagen, daß ich wo hinfahren muß, und ich weiß nicht, wann ich zurückkommen werde«, sagte er, bereit, auf jede Regung in ihrem Gesicht zu reagieren. Aber ihr Gesicht blieb unbewegt.

»Du kommst sonst immer am Abend«, sagte sie.

»Diesmal kann es länger dauern.«

»Muß ich denn mit dir kommen?«

»Nein.«

»Das ist gut, sehr gut. Ich warte lieber hier«, sagte sie und lehnte sich entspannt zurück.

»Dann bis bald«, sagte er und stand auf.

»Bis bald.«

Als er das Dorf erreichte, war es 21 Uhr. Er parkte das Auto vor der einzigen Kneipe, um die Adresse des Bürgermeisters auszukundschaften. Er brauchte eine Weile, bis er durch den dichten Zigarettenrauch zumindest den Umriß eines Wirtes erkennen konnte. Endlich sah er ihn, er stand hinter der Theke. Irgendwo über seinem Hemd glimmte in regelmäßigen Abständen eine Zigarette. Er erinnerte an einen Leuchtturm inmitten eines ausgetrockneten Meeres, dessen letzter Dunst noch in der Luft lag.

»Guten Abend«, begrüßte ihn Mladen.

»Es gibt keinen Guten Abend mehr. Es gibt nur Bier und Cevapcici«, lautete die Antwort.

Mladen reichte nur bis zur Brust des Wirtes, von wo ihn die drei Fettflecken auf dessen Hemd wie Augen anblickten. Alles wußten diese Augen, auch wo der Bürgermeister zu finden war. Nicht weit wäre er, der dritte Tisch von hier, neben dem Fenster, dort spielte er Karten, sprach jemand von oben. Mladen war noch nicht aufgefallen, daß es Fenster in der Kneipe gab, also zählte er lieber die Tische, und so kam er tatsächlich zum Bürgermeister. Nachdem er sich vorgestellt hatte, hatte auch der Bürgermeister nichts dagegen, unter vier Augen mit ihm zu sprechen. Um diese Augen sehen zu können, gingen sie hinaus.

»Wir werden die Wahlen verlieren, ich fürchte, so wird es kommen«, sagte der Bürgermeister sofort, was ihm am Herzen lag. Mladen wollte aber etwas ganz anderes wissen.

»Frau Isabella Beleva finden Sie in der Bäckerei. Sie hat heute Nachtschicht«, erklärte der Bürgermeister und zeigte auf ein Gebäude, das als einziges im Umkreis leuchtete.

»Frau, haben Sie gesagt?«

»Ja, sie hat den Käsemacher Goscho geheiratet. Sieben Jahre ist es schon her. Wir hatten keine Probleme mit ihr. Eine sehr gute Arbeiterin. Ehrlich, anständig, hilfsbereit... Ich habe sie lang beobachtet. Hätte ich es nicht aus ihrem Dossier gewußt, hätte ich nicht geglaubt, was sie gewesen ist. Ich hab dann allen erzählt, sie sei eine politische... Denn Sie wissen, wie die Leute sind. Ich mußte ihnen etwas erzählen, also habe ich gelogen. Und ich kann Ihnen sagen, ich hab's nie bedauert.«

»Hat sie auch Kinder?«

»Leider keine eigenen. Ein Mädchen haben sie adoptiert, sie wird hier in die Schule gehen. Ein gutes Kind... Viel besser als die, die ich zu Hause habe. Was bringt es mir, daß sie mein eigenes Blut tragen, wenn sie es mir aussaugen?«

»Ja, das mit den Kindern kann man nie wissen«, stimmte Mladen schnell zu, um wieder auf das Thema zurückzukommen. »Wie viele Leute haben in eurer Bäckerei Nachtschicht?«

»Leute? Einer reicht, wir sind ein kleines Dorf. Mehr als 800 Brote pro Tag kann man nicht verkaufen.«

Mladen bedankte sich, stieg in das Auto und wartete, bis die Kneipe zusperrte. Nun blieben die Fenster der Bäckerei die einzigen, die im Dorf leuchteten. Als er sich vor sie stellte, wurde er von einer heißen Luftwelle durchflutet. Alle Fenster waren weit geöffnet, und durch sie versuchte die Bäckerei ihre heiße Luft auszuseufzen. Drinnen war der Ofen geöffnet, und die 52jährige Isabella schob mit einer langen hölzernen Schaufel große runde Brote hinein. Sie trug einen weißen Kittel. Ein weißes Kopftuch hielt ihre Haare fest, zwei dünne dunkelbraune Strähnen hatten sich befreit und schaukelten an ihrem Nacken. Die rohen Brote verschwanden im Ofen, die Strähnen schaukelten. Als auch das letzte Brot darin verschwunden war, wurde der Ofen zugemacht und die Schaufel an die Wand gelehnt. Zuerst wischte Isabella sich mit dem Unterarm den Schweiß von der Stirn ab, danach begann sie, das weiße Kopftuch zurechtzurichten. Ihre Hände waren noch mit dem Knoten beschäftigt, als sie zum Fenster blickte. Sie erkannte Mladen sofort und wußte, warum er gekommen war. Der Knoten löste sich, das Tuch entblößte ihr Haupt, und das Tuch wanderte von Hand zu Hand wie ein gezähmtes Gespenst. »Komm herein«, sagte sie. Mladen sprang gleich durch das Fenster, sie lachte. »Bist ziemlich gelenkig für dein Alter und vor allem leichtsinnig. Was ist aus deiner Vernunft geworden?« sagte sie. Er sagte nichts, er war zu aufgeregt. Nähe, sehr viel Nähe hatte er anzubieten, deswegen kam er. Isabella sah das auf sie zukommen, wonach sie sich immer gesehnt hatte. Ihre älteste, stärkste Sehnsucht kam ihr entgegen, und so wie damals, als sie noch keimte, erschrak sie auch jetzt. Das Tuch in ihren Händen war kein Schutz mehr, das Gespenst vor ihr war viel größer. »Setz dich hierher«, sagte sie und stellte einen Stuhl zwischen sie. Mladen gehorchte. »Warum hast du mich damals nicht angerufen?« fragte er.

»Du stellst aber blöde Fragen«, sagte sie und setzte sich auf den Tisch.

»Isabella, ich bin gekommen ...«

»Du bist oft gekommen und wieder gegangen… so wie viele andere. Du warst ein guter Kunde, jetzt brauche ich keine Kunden mehr.«

»Glaubst du, ich bin als Kunde hierher gekommen?« sagte Mladen und stand auf. »Isabella, ich habe viel erlebt, ich bin bald 65. Aber hätte ich die Macht, eine einzige Stunde noch einmal zu erleben, dann wäre es eine von jenen, die wir gemeinsam verbracht haben.«

»Du hast dir aber viel Zeit gelassen, um mir das zu sagen, Genosse Mladenov«, sagte sie, sprang vom Tisch und stellte wieder die alte Distanz her.

»Ja, aber jetzt bin ich gekommen, um dich abzuholen.«

»Und was hast du dir gedacht? Daß ich wegen einem 65 Jahre alten Knacker meine Familie verlasse? Nur weil er sich an ein nettes Stündchen mit mir erinnert«, versuchte Isabella so locker wie möglich zu bleiben, aber seine Entschlossenheit machte ihr angst.

»Egal, was du mir jetzt sagst, ich werde hierbleiben. Ich werde in dieses Dorf übersiedeln, und wenn es keine andere Möglichkeit gibt, dich zu sehen, dann werde ich eben jeden Tag Brot kaufen kommen.«

Das war es doch, wovon Isabella so viele Jahre lang geträumt hatte. Wieso war es dann so lächerlich? So unerträglich lächerlich? Geschah das mit allen Träumen, wenn man ihnen genug Zeit ließ? »Du hättest nicht erscheinen sollen. Du hast mir den schönsten aller Träume zerstört«, dachte sie schon mit Haß, und sie begriff, wenn sie jetzt nicht mit aller Härte reagierte, würde die Ruine dieses Traumes ewig in ihrer Nähe bleiben, und um wenigstens einen kleinen Teil davon zu retten, entschied sie sich für die härteste aller Varianten.

»Ich wäre mit dir gegangen, glaub mir, ich hätte es wirklich gemacht, wenn nicht…«, da mußte sie sich an der Tischkante festhalten. »Wenn ich nicht mit deinem Sohn geschlafen hätte.« Sie hatte sich nicht getäuscht, die Worte wirkten sofort. Mladen setzte sich wieder auf den Stuhl.

»Wieso ... wieso hast du es gemacht?« fragte er, ohne sie anzuschauen.

»Es war mein Beruf«, antwortete sie trocken. Er legte seine Ellbogen auf den mehligen Tisch, versteckte sein Gesicht hinter den Händen und begann es kneten.

»Also kauf dir lieber kein Haus hier. Es gibt genug Plätze, wo das Brot viel besser schmeckt... Entschuldige mich jetzt, aber ich muß den Teig vorbereiten«, sagte sie und verschwand in einem Nebenraum. Sie mußte keinen Teig vorbereiten, trotzdem schaltete sie die Knetmaschine ein. Als sie wieder in den Backraum kam, war Mladen verschwunden. Sie setzte sich auf den Stuhl, auf dem er gesessen war. An der Stelle, wo seine Ellbogen den Tisch berührt hatten, waren inmitten des Mehlstaubes zwei dunkle Kreise entstanden. Sie dachte, sie hätte die Kreise nur kurz angeschaut, sie nur kurz mit ihrem Atem zugeblasen, aber als sie den Ofen aufmachte, waren alle 82 Brote darin verkohlt.

Es war 10 Uhr morgens, als Mladen in Sofia ankam. Er war die ganze Nacht durchgefahren, die Hitze eines Ofens im Kopf, die jeden seiner Gedanken verkohlte. Nun stand er vor dem Café Jenseits. Seine Augen glühten, sein Gesicht hatte die Farbe von Asche. Auf seinem blauen Anzug waren viele weiße Mehlflecken. Er hatte Glück. Im Café war sein Sohn, der gerade die Liste mit den Bestellungen überprüfte. »Können Sie denn nicht lesen, es ist geschlossen«, rief Iskren, als er die Tür aufgehen hörte. Da aber keine Reaktion folgte, blickte er hinüber. Er erkannte den alten Mann nicht gleich, der auf ihn mit schnellen Schritten zukam, erst als ihn dieser an der Gurgel packte und ihn zu würgen begann, erkannte er seinen Vater. »Du Schuft, du hast mein Leben zerstört!« schrie er. Sie rauften eine Weile, beide mit weit aufgerissenen Augen. Weit bei dem Vater durch die Größe des Hasses, weit bei dem Sohn von der Größe des Staunens. Das Staunen wich und wurde gleich durch Triebe ersetzt, da wurde der Vater auf den Boden gestoßen. Er lag auf dem Rücken, atmete tief, und immer tiefer wurde sein Haß. »Was willst du von mir, du alter Mann... Hast du nicht begriffen, daß deine Zeit vorüber ist«, sprach der Sohn außer Atem. »Geh in dein Haus, verkriech dich dort und komm mir nie wieder unter die Augen.«

Hunderte von Gedanken strömten durch Mladens Kopf, hunderte Worte, eines schneller als das andere, und alle entwischten ihm, und da er keine Zeit hatte, die auszusuchen, die er wollte, ergriff er einfach das nächste. »Brot, ich brauche ein Stück Brot«, sagte der Vater.

»Siehst du nicht, was auf der Wand geschrieben steht? Kommunisten werden hier nicht bedient«, sagte der Sohn und zeigte auf eine mit roten Buchstaben beschriebene Tafel.

Mladen wußte später nicht, wer ihm das Stück Brot gegeben hatte, das er in der Hand hielt und von dem er abbiß, sowie er auch nicht wußte, wann er am Bahnhof gewesen war und wann er die Fahrkarte gekauft hatte und warum er im Zug saß, obwohl er ein Auto besaß. Er wußte nicht einmal, wohin er fuhr, doch ein Ziel mußte er gehabt haben, denn er hatte eine Fahrkarte. Er könnte ruhig schlafen, denn er fuhr bis zur Endstation, sagte der Schaffner, nachdem er seine Karte kontrolliert hatte. Mehr brauchte er eigentlich nicht zu wissen. Er wollte auch nichts wissen, er wollte nur vom Brot abbeißen und kauen und durch das Fenster schauen. Irgendwann war aber das Brot weg, und er hatte nichts mehr zu kauen. Das machte ihn traurig. Er stand auf, ging ins Klo, sperrte sich ein und begann zu weinen. Anfangs leise, dann immer lauter. Ein schwarzer Vogel pfiff in seinem Kopf, wo blieben aber die Wolken, wo blieb aber der Himmel? Es gab nur die Pfiffe, nichts als Pfiffe. Die wollte er übertönen, deswegen weinte er lauter. Da riß etwas in seinem Kopf. Laut riß es, so laut, wie nur Zügel reißen, und der Vogel wurde verjagt. Es gab plötzlich sehr viel Platz für seine Gedanken. Wie grünschwarze Melonenschalen schwammen sie mitten in einem großen grauen Fluß. Weit weg trieben sie. »Wohin?« war sein letzter Gedanke, ein letzter war er, aber war er noch seiner?

Mladen Mladenov wurde am Bahnhof Dimitrovgrad im Klo eines Waggons erster Klasse tot aufgefunden. In seiner Sterbeurkunde wurde mit blauer Tinte als Todesursache Gehirnschlag eingetragen. Wenn man ihn rechtzeitig entdeckt hätte, wäre er zu retten gewesen, meinte der Arzt, aber mit solchen Meinungen konnte weder ein Toter noch ein Lebender etwas anfangen. Mladen soll nach der Ankunft des Zuges gestorben sein. Er war also in Dimitrovgrad gestorben, die Stadt, in deren Fundament seine erste Liebe begraben lag, und 253 Kilometer von dem Ort entfernt, an dem er sich die unerklärlichen Mehlflecken auf seinem Gewand geholt hatte.

Mladen Mladenov wurde mit großen Ehren in Plovdiv beigesetzt. Trotz großem Widerwillen war Iskren doch zum Begräbnis erschienen. Seine Mutter wirkte, als ob sie nicht begriff, was um sie vorging. Weder die Rede des Genossen Parvanski noch die Tränen von Ivan und Kitka, nicht einmal das Heulen ihrer Mutter konnte etwas in ihrem Gesichtsausdruck ändern. Als sie das Grab verließen und langsam durch die Alleen gingen, wollte sich Iskren vergewissern, ob sie den Zweck dieser Versammlung verstanden hatte. »Mutter, weißt du, wo Vater jetzt ist?« fragte er leise. »Ja«, antwortete sie und zeigte auf die Erde unter ihren Füßen.

Nach dem Begräbnis verbrachte Iskren einige Tage in Plovdiv, und obwohl er sich nie mit seinem Vater besonders verbunden gefühlt hatte, hatte ihn sein Tod doch sehr traurig gestimmt. Er ging in der Altstadt spazieren, mit dem Vorhaben, diese Stimmung dort abzuwerfen. Die Straßen kamen ihm aber zu steil und zu holprig vor, und er ging auf einen Sprung in das Gasthaus »Die Glocke«, in der Hoffnung, wenn er wieder rauskäme, würden die Straßen ein bißchen von ihrer Steilheit und Unebenheit verloren haben. Er wollte eigentlich allein sein, schnell was trinken und bald gehen, aber nur eine dieser Absichten wurde verwirklicht, das schnelle Trinken. Allein blieb er nur einen Schnaps lang, danach gesellte sich ein Herr namens Lazarus zu ihm, der von drei Sachen zu schwärmen begann. Zuerst von seiner Geliebten, dann vom Fall des Kommunismus und letztendlich von den guten Geschäften, die man derzeit in Jugoslawien machen konnte. »Alles kannst du dort verkaufen, einfach alles. Und du kommst mit Taschen voller D-Mark zurück. Du siehst, wie schlecht es unseren Lewas von Tag zu Tag geht, und wenn du nur Lewas in den Taschen hast, geht's dir auch schlecht. Ich sage dir was, bald wird der Genosse Dimitrov gänzlich verschwunden sein, auch von den Geldscheinen«, sprach Lazarus prophetisch. Iskren war schon längst aufgefallen, wie viele Leute nach Jugoslawien fuhren. Allein in Plovdiv gab es 20 Firmen, die sogenannte Drei-Tages-Ausflüge nach Jugoslawien anboten. Die Leute wollten nicht mehr auf die Schlangen warten, sie stiegen lieber in Busse und machten mit zwei vollbepackten Koffern Drei-Tages-Reisen nach Jugoslawien. »Was ist überhaupt noch in Plovdiv geblieben?« hätten die jugoslawischen Zöllner mit Besorgnis gefragt, denn ihnen sei aufgefallen, daß 80 Prozent der Busse Plovdiver Kennzeichen hatten, erzählte Lazarus, eine Tomate kauend. »Aljoscha«, hatten die Plovdiver geantwortet. Aljoscha war das große Denkmal auf dem »Hügel der

Befreier«. Iskren lachte. Sie stießen an auf Aljoscha und tranken in einem Zug aus. »Nun ist es so, daß die serbischen Zöllner einen Bus mit Plovdiver Kennzeichen nicht mehr reinlassen, oder sie nehmen ihn auseinander, aber die Plovdiver Firmen haben sofort reagiert, und alle ihre Busse fahren jetzt mit Kennzeichen anderer Städte«, erklärte Lazarus. Nun erinnerte sich Iskren, daß er nur für einen kurzen Sprung in das Lokal gekommen war, wünschte Lazarus viel Glück und verließ das Lokal. Draußen war es schon so dunkel geworden, daß man nicht einmal die Straßen erkennen konnte, geschweige denn sich eine Vorstellung bilden, wie steil oder holprig sie waren. Also entschied sich Iskren, keinen Spaziergang zu machen, sondern direkt ins Parkhotel Leningrad zu fahren und sich dort in den Nachtklub »Weiße Nächte« vor der Finsternis zu retten.

Im Aufzug fuhr er gemeinsam mit einem libyschen Medizinstudenten, der wahrscheinlich vorhatte, sich für seine Anatomieprüfung vorzubereiten, denn er hielt mit seinen wißbegierigen Händen die Taillen zweier blondgefärbter Frauen fest. Im dritten Stock stieß ein Kellner dazu, der auf einem Tablett eine Stange Salami trug. »In der ganzen Stadt gibt es keine Salami, und du fährst hier mit einer ganzen Stange herum. Schau, wie dick dein Bauch schon geworden ist«, regte sich der Libyer sofort in einem gepflegten Bulgarisch auf.

»Schicksal, was soll man machen?« antwortete der Kellner weise. Das Schicksal wollte auch, daß die Unterhaltung zu Ende ging, indem es die Türen des Aufzugs öffnete und alle Insassen an ihre Wege erinnerte. Als Iskren in den Nachtklub trat, hatte das Programm schon angefangen. Er nahm rechtzeitig Platz an seinem Tisch, um die angekündigten russischen Tänzerinnen zu bewundern. Sie waren zu sechst und traten in Pionieruniformen auf, die sie während des Tanzes Stück für Stück an die Gäste verteilten, um deutlicher zu zeigen, wie vergänglich jede Ideologie war und was sich letztendlich dahinter versteckte. Iskren bekam ein rotes Pioniertuch, die Tänzerinnen großen Applaus. Sie zogen sich zurück und kamen später angezogen wieder heraus, Iskren folgte ihnen mit den Augen. An dem Tisch, an den sie sich setzten, war nur ein Mann zu sehen. Iskren erkannte ihn sofort. Es war der Begabte. Iskren sprang über zwei Tische, stieß einen Kellner beiseite und stand schon vor ihm. Da wurde er von zwei Herren gepackt, in die Luft gehoben, auf einen Tisch gelegt und so durchsucht, wie man nur Fische nach Gräten durchkämmt. »Begabter, sag ihnen, daß wir Freunde sind«, rief Iskren verzweifelt. Bald tauchte der Kopf des Begabten auf, er musterte ihn eine Weile. »Hilf mir ein bißchen, erkläre mir, woher ich eine Niete wie dich kennen sollte«, sprach er.

»Ich bin Iskren, erinnerst du dich? Ich ging damals noch zur Schule ... Du hast mich zu Isabella geführt.«

Da erhellte sich das Gesicht des Begabten, Iskren wurde befreit, umarmt, an seinen Tisch geführt und mit allen sechs Künstlerinnen bekannt gemacht. »Wie hat der Genosse Lenin gesagt? Kommunismus, das ist sowjetische Macht«, da zeigte er auf die fünf Flaschen Stolitschnaja vor ihm, »... und Elektrizität.« Seine Hand verdeutlichte diese Definition, indem sie sich auf die Brust einer der Tänzerinnen legte. »Ich habe den Kommunismus gebaut, allein für mich.«

»Es heißt Elektrifikation«, verbesserte ihn Iskren.

»Elektrifizieren kann ich auch. Dafür habe ich die zwei Burschen hier eingestellt. Leuchtet es bei einem nicht ein, kümmern sie sich darum«, ließ der Begabte die Kritik nicht gelten. »All diese Künstlerinnen sind bei mir unter Vertrag. Drei von ihnen sind nur zum Tanzen da. Wer auch nur versucht, sie zu berühren, den trifft der Blitz ... Ich will aber jetzt etwas über dich hören. Erzähl mir, was du inzwischen alles gelernt oder nicht gelernt hast«, sagte der Begabte und legte seine Hand auf Iskrens Schulter.

»Ich weiß nicht, wo ich anfangen soll.«

»Sag mir einfach, was du über das Leben erfahren hast, wenn du dich nicht kurz fassen kannst, dann hast du nur Sachen erfahren, die du nicht brauchen kannst.« Iskren trank einen Wodka, überlegte, blickte auf den leeren Boden seines Glases und sagte:

»Ich hab nur dieses begriffen. Gutes Geld kannst du aus den Hoffnungen und der Dummheit der Menschen machen. Den richtigen Gewinn aber nur mit ihrer Not.«

»Großartig! Du wirst es in dieser Welt zu etwas bringen, Bursche«, jauchzte der Begabte.

»Aber richtig glücklich hat mich das nicht gemacht.«

»Wer fühlt sich schon glücklich? Viel wichtiger ist, daß du dich heimisch fühlst. Und da es Not, Hoffnung und Dummheit überall gibt, wirst du dich überall auf der Welt heimisch fühlen. Verstehst du, welche Vorteile das hat?... Lerne, dich zuerst heimisch zu fühlen, und das Glück wird von selbst kommen.«

»Klingt plausibel«, sagte Iskren und spürte, wie eine Hand an seinen Schenkel glitt. Die Hand gehörte Mascha, die offensichtlich zu jenen drei Frauen gehörte, in dessen Vertrag nicht nur das Tanzen vermerkt war.

»Sie kennt fast den ganzen Puschkin auswendig. Ich könnte ihr stundenlang zuhören«, unterstrich der Begabte gleich ihre Stärken. Iskren war aus dem Konzept gebracht, aber gerade nicht in der Stimmung, Puschkin zu hören. Er wollte lieber weiterreden, und seine Willensstärke wurde sofort vom Begabten anerkannt. Sie tranken, erzählten, besprachen verschiedene Geldeinlagekonzepte, schauten elektrisiert den nächsten Tanzeinlagen der Tänzerinnen zu, und schließlich bat Iskren den Begabten um Rat. Der Begabte war kein Mensch, der gern

Ratschläge gab. Er gab Befehle, Fristen, Ohrfeigen, Almosen, Schutz und höchstens Empfehlungen, seinen Lieben gab er noch zärtliche Namen, Geschenke und das Gefühl, daß sie gut behandelt wurden und daß sie ihn brauchten. Für Iskren machte er aber eine Ausnahme, die sich mit einem tiefen Seufzer aus seinem verschlossenen Herzen löste. »In diesem Land wird es bald sehr rauh werden. Wenn du gedenkst hierzubleiben, um die Situation auszunutzen, wirst du nicht nur Schläue, sondern auch Härte brauchen. Überleg dir gut, ob du das willst. Solltest du hierbleiben wollen und eines Tages nicht mehr wissen, wie es weitergehen soll, dann komm zu mir«, sprach der Begabte. Dann blickte er zur Bühne, und der ganze Ernst verschwand aus seinem Gesicht, »Pst, der Zauberer tritt auf... Ich will jetzt zuschauen. Ich liebe Zauberer.«

»Ich auch«, sagte Iskren.

Nach dieser Begegnung in den ›Weißen Nächten‹ war es Iskren wieder leichter ums Herz geworden. Voller Energie war er nach Sofia zurückgekehrt, die er gänzlich in sein Lokal und sein Studium investierte. Nach einem Jahr war sein Lokal um einen Raum größer und sein Studium abgeschlossen. Er spielte gerade mit dem Gedanken, eine Tankstelle zu kaufen, als er von zwei Herren besucht wurde. Sie erklärten ihm, daß ein Lokal, das so gut ginge wie seines, unbedingt einen Schutz brauche. Die Leute wären sehr neidisch, sehr böse geworden. Sie gönnten ihm nicht, was er sich mit Mühe und Fleiß verdient hätte. Man müßte sehr sehr aufpassen, denn die Polizei, da lächelten die beiden, ... die tue heutzutage gar nichts. Die hätte die Bürger völlig allein gelassen. Man sollte sie am besten gar nicht erwähnen. Man sollte lieber nach einer Alternative suchen, wenn man an Gerechtigkeit interessiert sei. Deswegen waren die Herren gekommen. Sie boten Iskren eine Alternative und wollten wissen, ob Iskren an Gerechtigkeit interessiert sei, in Schutz und Gerechtigkeit wäre ihre Firma spezialisiert und mittlerweile im ganzen Viertel bekannt. Iskren bedankte sich für ihre Besorgnis und ihr Angebot, aber er meinte, er bräuchte momentan die Dienstleistungen ihrer Firma nicht, denn ihm wäre nicht aufgefallen, daß er viele Feinde hätte.

»Ein Feind reicht, mein Herr. Überlegen Sie es sich bis morgen... wir verlangen nicht viel, nur zehn Prozent des Umsatzes«, sagte der eine.

»Genauso viel wie die Kirche«, sagte der andere. »Nur daß wir viel mehr Schutz anbieten«, sagte der andere.

Iskren verbrachte eine schlaflose Nacht, kam aber zum Schluß, daß er, wenn er jede Drohung ernst nehmen, bald nur noch Wächter, aber nichts mehr zu bewachen haben würde. Und als am nächsten Tag der Duft des Rasierwassers der beiden Herren sich wieder im Café Jenseits ausbreitete, teilte er ihnen mit, daß er auf ihr Angebot verzichtete.

»Die Welt ist böse, sehr böse. Aber wer weiß, vielleicht haben Sie Glück«, sprach nur der eine.

Iskren hatte leider kein Glück. Er fand sein Lokal am nächsten Morgen verbrannt. Es wären drei Handgranaten und zwei Kanister Benzin dafür verantwortlich, meinte die Polizei, und fragte, ob Iskren Feinde hätte. Nein, sagte er, und erzählte vom Besuch der beiden Herren. »Wir werden schauen, was wir tun können«, beruhigte ihn der zuständige Inspektor. Was das Schauen betraf, das hatte die Polizei völlig im Griff, nur mit dem Tun und dem Können hatte sie Schwierigkeiten. »Wir sind auch nur Menschen«, rechtfertigte der Inspektor seine kontemplative Lebenseinstellung.

Iskren war am Boden zerstört, denn das Geld, das er verdient hatte, hatte er wegen der hohen Inflationsrate sofort in Ware umgesetzt. In seinem Fall waren das Getränke und vor allem Zigaretten gewesen, und diese Ware hatte sich in einem

Lager befunden, und das Lager lag bequemlichkeitshalber neben dem Lokal, was leider nicht nur Menschen, sondern auch Flammen praktisch gefunden hatten. Außer einer kleinen Wohnung besaß Iskren nichts mehr. In Sofia zu bleiben und zu warten, bis die Polzei ihre Betrachtungsweise änderte, schien ihm sinnlos. Er stieg in sein altes Auto und fuhr nach Plovdiv. Er fuhr gleich zum Begabten.

»Mein Lokal wurde verbrannt«, sagte er.

»Ich hab dir gesagt, es wird rauh«, zitierte der Begabte sich selbst. »Meine bescheidene Firma braucht eigentlich keinen Buchhalter, aber ein Job für dich wird sich schon finden. Und wenn du lernst, auch mit der Härte gut umzugehen, mach ich dich zum Partner«, teilte er anschließend mit.

Nun lebte Iskren wieder in der Stadt, aber nicht in dem Haus seiner Kindheit. »Schicksal«, hätte der weise Kellner von den ›Weißen Nächten‹ gesagt, der die Nacktheit, den Durst, den Rausch, den Kater und die sich ständig wandelnden Preise der Welt kannte. »Nein, zwei Benzinkanister und drei Handgranaten«, hatte Iskren geantwortet. Sie hatten ihn wieder zurück zu seinen Anfängen geschossen oder auch vorwärts, zum Kommunismus, den der Begabte gebaut hatte. Es hing vom Blickwinkel ab, aber für das Schauen war die Polizei zuständig.

Iskren bezog eine Wohnung nicht weit vom Güterbahnhof und begann, für den Begabten zu arbeiten. Die Arbeit war sehr einfach. Iskren mußte kleine, mit der Zeitung »Demokratie« umwickelte Päckchen unter dem Sitz eines Mercedes zu verschieden Orten transportierten und bei verschiedenen Menschen abgeben. Manchmal fuhr er allein, manchmal fuhren ein paar Tänzerinnen mit, die er gemeinsam mit den Päckchen bei den angegebenen Stellen abgab. Die Tänzerinnen holte er am nächsten Morgen ab und bekam andere, ein bißchen größere Päckchen, die für den Begabten bestimmt waren. Damit erschöpfte sich seine Tätigkeit, dafür wurde sein Russisch immer besser. Nicht, daß er sich nicht gefragt hätte, was in den Päckchen war, aber diese Fragen ließ er lieber offen, damit sein Leben gut durchlüftet war und nicht wieder ein paar Granaten hineinrollten.

Also interessierte er sich lieber für das, was sich auf den Sitzen befand, und da saßen wieder Mascha, Vika und Shenja und erzählten ihm bei ihren Fahrten hunderte von Geschichten, unter anderem auch, bei wem sie die Nächte am liebsten verbrachten, nämlich beim Pater Amwrosij. Er wäre der netteste, aufmerksamste und großzügigste von allen, besonders in der Fastenzeit. Auch seine Stimme wäre sehr schön, man bekäme Tränen in die Augen, wenn man ihn singen höre. Was sie aber gemeinsam machten, wollten sie Iskren nicht offenbaren. »Wir beten«, lautete die einzige Antwort.

Manchmal erzählten sie von der Heimat, von Krasnojarsk, Novgorod und Moskau und von ihren Eltern und Geschwistern, die dort lebten und denen sie Geld schickten. »Meine Mutter hat jetzt endlich eine Waschmaschine«, sagte Mascha und sah ihre Mutter in Krasnojarsk mit verschränkten Armen sitzen und der Waschmaschine lauschen. Und auch Vika und Shenja glaubten die Waschmaschine zu hören, deswegen wurden sie still. Sie lauschten. Und ungewollt verschränkten sie die Arme wie ihre Mütter.

Einmal, als er nur Vika abholte, sah Iskren Tränen in ihren Augen. Nicht der Gesang des Pater Amwrosij hatte sie verursacht, denn unter den Tränen breiteten sich große blaue Flecken aus, sie wollte es Iskren nicht sagen, sie sagte es aber dem Begabten. »Fahr mich dorthin«, befahl der Begabte, und Iskren fuhr. Die Stadt lag 50 Kilometer von Plovdiv entfernt. Sie machten nur einmal unterwegs halt. Der Begabte verschwand kurz in einem lichten Wald und kam mit einem Knüppel, an dem noch einige Blätter zitterten, zurück. Sie fuhren weiter. Iskren zeigte ihm das Haus. »Warte hier«, befahl der Begabte und verschwand im Haus. Iskren wartete. Er hatte die Zigarette noch nicht fertig geraucht, da kam der Begabte wieder heraus. »Warum gibt es Vergewaltiger? Kannst du dir das erklären ... Ich nicht«, sagte er und stieg in das Auto. Auf seinem Knüppel zitterte nur noch ein Blatt, sehr sanft, als ob es schlummerte. Es kehrte wieder Friede ein in die Seele des Begabten, und das wollte Iskren ausnützen.

»Was ist, wenn mich die Polizei einmal durchsucht und die Päckchen findet«, fragte er.

»Das wäre schlecht. Dein Job ist es eigentlich, genau das zu vermeiden.«

»So wie wir es jetzt machen, ist es zu riskant. Aber ich habe eine Idee.«

Der Begabte war immer für neue Ideen offen. »Du hast einen Pater unter deinen Bekannten. Laß das Auto auf die orthodoxe Kirche registrieren. Die Leute sind in letzter Zeit sehr gläubig geworden ...« Mehr brauchte Iskren nicht zu sagen. Der Begabte war von seiner Idee begeistert, er machte das Fenster auf, warf seinen Knüppel zurück in die Natur, rieb sich die Hände und sagte: »Nur ein bißchen Härte, und du wärst der Größte.«

Innerhalb weniger Tage ließ der Begabte alle seine Fahrzeuge auf die orthodoxe Kirche registrieren, und es gab fast keinen Polizisten mehr, der, nachdem er das Auto gestoppt und die Papiere gesehen hatte, noch weitere Fragen gestellt hätte. Manche erstarrten vor Ehrfurcht, manche wollten sogar Iskrens Hand küssen. Er ließ sie gewähren, denn er hatte großes Mitleid mit ihnen. Um überzeugender zu wirken, hatte er sich einen Bart wachsen lassen und eine Bibel zugelegt, die bei jeder Kurve die vordere Windschutzscheibe entlangglitt. Immer sichtbar, immer in greifbarer Nähe.

Nun saß er so entspannt in seinem Auto, als ob er kein Lenkrad, sondern einen Heiligenschein in den Händen hielte. So fuhr er durchs Land und hatte großen Spaß dabei. Aber nicht nur er, auch den Mädchen gefiel seine neue Rolle sehr. Sie sehnten sich sogar danach, von der Polizei aufgehalten zu werden, obwohl zwei von ihnen keine gültigen Papiere mehr hatten. Aber nur so konnten sie die Kraft und die Wirkung von Gottes Worten aufs neue und neue auf die Probe stellen und erfahren, ob sie genauso ungültig werden könnten wie ihre Papiere. Es war ein sehr aufregendes Spiel, ein Spiel zwischen zwei Gesetzgebungen. Sie schauten gebannt auf die Vorstellungen und umjubelten jeden Sieg. Bei den Kontrollen waren ihre Gesichter ernst und andächtig, aber kaum waren sie in sicherer Entfernung, klatschten sie und scherzten sie und lachten und küßten Iskren überall wo sie konnten.

Nur ein einziges Mal trafen sie auf einen Polizisten, auf den die Autopapiere keinen Eindruck machten, und der alle sehr mißtrauisch musterte. Die Mädchen hielten seinem Blick nicht stand und senkten ihre Köpfe. Nur Iskren blieb unbeeindruckt. Der Polizist meinte, Iskren wäre zu schnell gefahren. Da aber Iskren kein Radar bei ihm sah, war ihm klar, daß der Polizist nur Geld von ihm wollte. Er bräuchte ihm nur einen 5- oder 10-D-Mark-Schein zu geben, und die Sache wäre erledigt, aber die ganze Erscheinung dieses Menschen ekelte ihn so an, daß Iskren, obwohl er sehr viel aufs Spiel setzte, sich entschloß, diesem Mistkerl nicht einmal einen Groschen zu schenken.

»Haben Sie ein Radar?« fragte er.

»Nein«, antwortete der Polizist.

»Wie wollen Sie dann beweisen, daß ich zu schnell gefahren bin«, interessierte sich Iskren.

»Ich weiß es«, sagte der Mann schroff.

»20 D-Mark und Sie können weiterfahren.« Iskren überlegte kurz, dann griff er zur Bibel und stieg aus dem Auto.

»Ich werde zahlen, mein Sohn, ich werde sofort zahlen. Sie brauchen nur Ihre Hand auf die Bibel zu legen und zu sagen: Sie sind zu schnell gefahren, und ich schwöre, daß das die Wahrheit ist.«

Der Polizist begann zu lachen, Iskren blieb ernst, er fand nichts Lustiges dabei. Der Polizist legte seine Autopapiere auf die Bibel und nutzte eine Lachpause um zu sagen: »Steig ins Auto und verschwinde mit deinen Nutten, sonst sterbe ich noch vor Lachen, Vater.«

Iskren zögerte keine Sekunde. Zum ersten Mal jubelten die Mädchen nicht.

»Das wäre die erste Niederlage«, meldete sich Vika.

»Es war die erste«, sagte Iskren.

»Nein, es war keine, sonst wären wir jetzt nicht hier«, widersprach Shenja, aber auch sie hatte keine Lust zu klatschen. Sie legte nur ihre Hand auf Iskrens Schulter und ließ sie dort bis zum Ende der Fahrt.

In den acht Monaten, die Iskren in Plovdiv verbracht hatte, hatte er seine Mutter nur einmal besucht. Er war beruhigt zu sehen, daß sein Onkel Ivan und dessen Frau Kitka nach Plovdiv übersiedelt waren und sich in dem dreistöckigen Haus eingenistet hatten. »Ich hab euch gesagt, ich werde nicht sterben«, sprach er zuallererst seinen Lieblingssatz. Anschließend erzählte er stolz von seiner Tochter Tatjana, die jetzt Rechtsanwältin war, in Varna lebte und ihr Leben mit einem Piloten teilte, dem allein von den Fotos anzumerken wäre, was für ein guter Junge er wäre. Iskren traf ebenso seinen Großvater Micho im Haus, der dadurch, daß jetzt Ivan dort lebte, die eigene Tochter viel öfter sah. Ihm ging es wie immer sehr gut. Nur eine Sache bedrückte sein Herz. Seine Freunde und Brüder, die Vietnamesen, wurden gezwungen das Land zu verlassen, und wäre Ivan nicht rechtzeitig nach Plovdiv gekommen, wäre Micho an der Größe dieses Kummers gestorben. Und immer, wenn er an sie dachte, warf er einen wehmütigen Blick auf die alte Nähmaschine von Sdravka, und es gab nur ein Gegenmittel auf dieser Welt, das gegen diese Traurigkeit half. Armdrücken mit Ivan.

Gegen die Krankheit seiner Mutter gab es aber immer noch kein Gegenmittel. An ihrem Zustand hatte sich nichts geändert. Nur die Farben der Stickerei waren irgendwie leuchtender geworden, denn Kitka hatte es trotz Dorotheas Protesten geschafft, die Stickerei zu waschen. »Wie hast du das erreicht?« wunderte sich Iskren.

»Ganz einfach. Ich hab ihr gesagt, daß die Schwalbe da nicht mehr weiß ist, sondern grau, und hab sie gefragt, ob sie will, daß sie wieder weiß wäre«, antwortete Kitka.

Iskren sah, daß nun alles im Haus in den besten Händen war. Als er das Haus verließ, war sein Gewissen so rein wie noch nie.

Leider brachte so ein reines Gewissen nichts Gutes mit sich. Man konnte zwar mit so einem Gewissen Päckchen mit ungewissen Inhalten hin und her transportieren und sie in gierige Hände abgeben, aber sicher nicht die Mädchen, die von Tag zu Tag sichtlich mehr darunter litten. Besonders Shenja nicht, besonders Shenja, die so ansteckend lachen konnte, daß er manchmal, wenn er an sie dachte, allein in seiner Wohnung lächeln mußte.

»Ich küsse nur dich, die anderen küsse ich nicht«, tröstete sie ihn in den wenigen Stunden, die sie in der Woche gemeinsam verbrachten. Aber welch ein Trost konnte das für einen Menschen sein, dessen Gewissen plötzlich rein geworden war. Die Arbeit begann ihm immer weniger zu gefallen, aber am allerwenigsten gefielen ihm die Leute, die Shenja nicht küsste.

Sie dachten an eine Lösung. Sechs Tage in der Woche dachte jeder für sich, eine einzige Stunde am siebenten Tag auch gemeinsam. Drei Wochen waren schon vergangen als Shenja sagte, »Brich mir das Bein. So wird mich der Begabte für eine Weile in Ruhe lassen.«

»Unmöglich«, sagte Iskren erschrocken, stand auf und begann, zwischen den engen Wänden seiner Wohnung auf und ab zu gehen.

»Hilfst du mir, oder soll ich es selber machen?« fragte sie.

»Wir lassen den Fuß nur eingipsen«, schlug Iskren vor.

»Geht nicht. Wenn das der Begabte erfährt, bin ich geliefert«, sagte sie.

»Lass mich noch einen Tag überlegen«, bat er.

»Gut«, sagte sie, aber es war gelogen.

Am nächsten Tag war ihr linker Fuß eingegipst. Sie wäre vom dritten Stock aus der Wohnung einer Bekannten gesprungen. Beim dritten Mal hätte es endlich geklappt. An zwei Stellen sei der Fuß gebrochen. Und was den Gips betreffe, er würde nicht stören, flüsterte sie in Iskrens Ohr. Iskren hätte nie vermutet, daß er durch einen Gipsfuß so viel Freude erfahren konnte, und er genoß den schönsten Monat, seitdem die drei Handgranaten sein Leben neu gestaltet hatten.

Es war einer jener Plovdiver Frühlingstage, an dem es der Seele im Nu gelang, die ganze Evolutionskette hinunterzusteigen und ganz stark ihre Verwandtschaft nicht nur mit dem, was summte und flog und kroch, sondern auch mit allem, was duftete und blühte und raschelte zu verspüren. Es war einer jener Tage, an dem man die Wirtschaftsmisere vergaß, und solche Tage gab es im Jahr nur wenige. An diesen Tagen weigerte sich der Geist an jener Stelle der Menschengeschichte anzukommen, an dem das Geld erschaffen worden war, und das tat allen Menschen gut. Der Tag tat auch Iskren gut, besonders wenn er an die vergangene Nacht dachte. Ganze drei Stunden hatte er mit Shenja verbringen können, und was für welche. Der Gips war ihr vor zwei Tagen abgenommen worden, aber da sie ihr Bein noch nicht belasten durfte, hatte sie Ruhe.

»Ich glaube, ich werde es noch einmal tun«, hatte sie mit ihm gescherzt.

»Nein... Ich habe eine Tante in Amerika. Wir werden dorthin fahren. Erinnerst du dich an das Foto, das ich von dir verlangt habe... Ich hab schon die Pässe bestellt. In zehn Tagen sind wir Griechen«, hatte er ihr gesagt. Gleich darauf hatte er ihre nassen Wangen an seinem Rücken gespürt und, als ob die Feuchtigkeit durch seinen Rücken eingesickert wäre, erzitterte er wonnevoll. So schritt Iskren, die Sonne in seinem Gesicht, die angenehme Kühle an seinem Rücken, so kam er im Büro des Begabten an. Der Begabte empfing ihn in einem bunten Hawaiihemd und in glänzender Stimmung. »Du sollst unseren besten Geschäftspartner kennenlernen«, sagte er und führte ihn zu einem Mann mit jungem Gesicht und alten, immer feuchten Augen, die auf Iskren blickten wie aus dem Grund eines Flußes. »Das ist Miro. Er ist für mich wie ein Bruder.«

»Wer weiß, vielleicht sind wir auch welche, denn unsere Väter kennen wir ja beide nicht«, sagte Miro und reichte Iskren eine sehnige Hand auf der alle Fingernägel fehlten. »Das ist also dieser Bursche, der die Idee mit der Kirche hatte... Ich hab Menschen mit Ideen gern. Wir haben in Wien viel darüber gelacht.«

»Miro lebt die meiste Zeit in Wien«, erklärte der Begabte.

»Mein Großvater soll dort studiert haben. Deswegen wurde ich auch gezwungen, Deutsch zu lernen«, war Iskren froh, daß ihm etwas eingefallen war, und da er den Druck von Miros nagellosen Fingern nicht spürte, fragte er, »Wie ist es dort?«

»Eine Stadt für Großväter eben. Ich muß immer wieder den Balkan besuchen, um nicht einzuschlafen«, gähnte Miro, und erst jetzt bemerkte Iskren, daß jeder zweite seiner Zähne aus Gold war.

»Ohne Miro wäre unsere Firma nie so weit gekommen… Die Autos, die wir fahren, sind alle sein Geschenk«, lobte der Begabte Miros Großzügigkeit. Ein edler Mensch mit einem edlen Gebiß saß da vor Iskren und gähnte.

»Laß die Mädchen kommen«, dehnten sich Miros nächste Worte, um die Leere zwischen 16 Edelmetallstücken zu füllen. Die Mädchen kamen. Shenja auf ihren Krücken, die sie gleich auf einen Tisch legte und sich humpelnd neben die anderen stellte.

»Was ist mit ihr los?« wollte Miro wissen.

»Das Bein gebrochen. Sie darf ihren Fuß nicht belasten, aber in einigen Tagen ist alles wieder in Ordnung«, erklärte der Begabte.

»Na gut, dann nehme ich eine, die nur tanzt und diese zwei hier«, sagte Miro und zeigte auf Shenja und Mascha. »Sie sollen gleich ihre Sachen packen.«

»Nein, Shenja bleibt hier. Ich zahle Ihnen, was Sie wollen«, sagte plötzlich Iskren und zog seine Brieftasche. Der Begabte war fassungslos, Miro nicht.

»Ich ändere meine Entscheidungen nie«, sagte er, und das war leider wahr, in dem Fall leider auch bitter.

»Sagen Sie nur wieviel«, gab Iskren nicht auf.

»Ich hab schon jemanden ins Herz gefickt, du wärst der zweite«, versetzte Miro das Gespräch auf eine sehr überschaubare Ebene. Iskren hatte immer die Härte gefehlt, diesmal seltsamerweise nicht. Er schaute sich um. Ein Knüppel war nicht zu finden, dafür aber eine Krücke. Sie sprang sogar von selbst in seine Hände, sie hob sich in die Luft. Da sah Iskren die Pistole. Eine nagellose Hand hielt sie ihm entgegen. Und schon lag er auf dem Boden, den schweren Atem des Begabten über sich spürend.

»Überlaß ihn mir, Miro. Ich kümmere mich schon darum«, hörte Iskren seine Stimme.

»Niemand hebt die Hand gegen mich, ohne dafür zu bezahlen«, sprach Miro ganz ruhig.

»Ich regle das schon für dich. Ich fühle mich dafür verantwortlich. Ich hab ihn aufgenommen, ich muß die Sache ausbügeln.«

»Na gut, wenn du willst. Aber mach's gleich. Fahr irgendwohin und zertrümmere seine Kniescheiben, damit er nie wieder seine Hand gegen jemand erheben kann. Ich warte hier auf dich«, äußerte Miro die gewünschte Reihenfolge der bevorstehenden Ereignisse, während Iskren hinausgeschleppt wurde.

»Fahr zur Ruderbasis«, befahl der Begabte, als sie im Auto saßen. Die Ruderbasis war ein künstlicher See am Rande der Stadt. Iskren fuhr, die Bibel vor der Schutzscheibe rutschte einmal nach links, einmal nach rechts, der Begabte schwieg, die Sonne sengte, die Pappeln streuten weiße Flocken herum, wie wenn sie die Erde zuckern wollten. »Halte hier«, sagte der Begabte im Schatten zweier Pappeln. »Daß du noch lebst, ist ein Zufall, daß du die Stadt verlassen mußt, ein Befehl, daß du das Land wechseln sollst, eine Empfehlung. Steig jetzt aus und verlaß dich nicht mehr auf Zufälle.« Im Auto gab es nur noch Platz für einen Mann und seine knappe Philosophie. Der Rest mußte hinaus. Dazu gehörten Iskren und ein Bündel Geldscheine, das ihm der Mann noch in die Hände gedrückt hatte. Die Tür ging zu, das Auto fuhr, dic Pappeln zuckerten und zuckerten, und doch war der Tag so bitter.

Nicht einmal die Geldscheine, die sich alle als D-Mark erwiesen, konnten daran was ändern. Iskren hatte Shenja verloren, und sogleich bemerkte er, daß er auch kein Gewissen mehr brauchte. Was macht ein Mensch, der 30000 D-Mark in den Händen hält und kein Gewissen mehr hat? Er verläßt sicher nicht gleich die Stadt. Er hat vor, zuerst ein Hotelzimmer zu mieten, zehn Tage zu warten, dann den armenischen Goldschmied Sarkis Nasarjan zu besuchen, zwei griechische Pässe abzuholen und ihm eine 100-D-Mark-Frage zu stellen.

»An wen soll ich mich wenden, wenn ich jemanden verschwinden lassen will?« fragte Iskren nach zehn Tagen, die zwei Pässe betrachtend. Die Pässe verschwanden in seiner Tasche, und daraus sprang ein 100-D-Mark-Schein, der wie eine Zigarette eingerollt und in ein goldenes Mundstück gesteckt wurde. Den überempfindlichen Augen des Sarkis Nasarjan entging nichts. Deswegen waren sie immer hinter matten Brillengläsern versteckt. Er schonte sie. Zu klar sahen sie sonst, und alles, was auf dieser Welt geschah, tat ihnen weh.

»Momentan gibt's viele, die solche Dienste anbieten. Die meisten sind aber nur junge, gierige, dumme Menschen. Ich kenne nur einen, auf den Verlaß ist. Man nennt ihn den Roten... Er war früher beim Staatssicherheitsdienst. Er verlangt sehr viel, aber dafür ist er gründlich«, sagte Sarkis und schrieb Iskren auf, wie er den Roten finden könnte.

Der Rote wurde nicht seiner Gesinnung, sondern seiner Haare wegen so genannt, die seinen kugelförmigen Kopf wie einen eingerosteten Helm bedeckten.

»Keine aktiven Politiker«, stellte der Rote gleich seine erste Bedingung. Iskren nannte Miros Namen. Der Rote kannte ihn.

»Das wird dich was kosten«, sagte der Rote, der in einem Notizbuch gerade den Wert von Miros Leben ausrechnete.

»Egal. Ich will, daß du mir seinen Kopf bringst«, sagte Iskren.

»In Honig eingelegt oder nicht«, interessierte sich der Rote ganz sachlich.

»Es ist mir egal.«

»Kein Honig also«, trug der Rote in sein Notizbuch ein.

Danach zählte er das Geld, das ihm Iskren überreicht hatte. Es waren 15000 D-Mark. »Ich verlange das Doppelte.«

»Den Rest bekommst du, wenn du mir den Kopf bringst«, sagte Iskren.

»Noch 5000 gleich, sonst rühre ich keinen Finger«, sagte der Rote und legte seine lahmgewordene Hand auf das Notizbuch. Iskren zahlte.

»Es kann aber dauern, der Typ ist nicht irgendwer... Ich glaube, es waren Russen. Sie wollten vor einiger Zeit die Namen seiner Kontaktpersonen und die Wege seiner Schmuggelrouten aus ihm herausprügeln. All seine Nägel haben sie ihm herausgezogen. Er hat's überlebt, sie nicht«, sprach der Rote nachdenklich.

»Ich kann warten. Hauptsache, ich bekomme eines Tages seinen Kopf.«

»Mit zwei Köpfen denkt es sich leichter, was?« scherzte der Rote und reichte Iskren die Hand. Iskren wollte schon gehen, als die Frage kam: »Sind Sie vielleicht der Sohn von Mladen Mladenov?«

»Ja, warum?«

»Ich kannte Ihren Vater... Ein beeindruckender Mensch. Ich hab seine Reden gern gehört. Ein sehr begabter Redner war er. Sogar die Engel könnten neidisch werden. Hätten wir mehr solche Leute wie ihn gehabt, wäre der Kommunismus nie gescheitert.«

»Seltsam, aber mir hatte er nicht viel zu sagen«, sprach Iskren und verließ die Wohnung. Er fuhr gleich nach Sofia. Hinter ihm, in der von der schlechten Stromversorgung verursachten Dunkelheit, lag die Stadt, in der er seine Kindheit, seine Stütze, seine Unschuld, sein Gewissen und nun 20000 D-Mark verloren hatte. Und er gedachte nicht, jemals in diese Stadt zurückzukehren. Wieso sollte er auch? Es gab so viele Städte auf der Welt, wo er noch nichts verloren hatte. Unter ihnen sollte auch die Stadt sein, wo er auch etwas gewinnen konnte. Er brauchte sie nur zu finden, er wollte sie finden.

Sein Weg führte zuerst nach Sofia. Zwar hatte er dort auch etwas verloren, aber das war nur ein Lokal mit dem Namen Jenseits, und von Dingen, die solche Namen hatten, trennte man sich irgendwie leichter. Iskren hatte vor, so schnell wie möglich eine nette Summe zu verdienen und das Land zu verlassen. Das gleiche Ziel hatten aber 50 Prozent der bulgarischen Bevölkerung. Zu dieser Gruppe gehörte auch sein ehemaliger Mitschüler und Studienkollege Ljudmil, den Iskren zufällig auf dem Markt hiner einem Stand, auf dem gefälschte Jeansmarken, Sportschuhe und Kinderpistolen lagen, traf. »Es läuft von Tag zu Tag schlechter«, meinte er und rieb seine Stirn, hinter der seine erschöpfte Phantasie ruhte. Sie hatte es nur bis zu gefälschten Jeansmarken, Sportschuhen und Kinderpistolen geschafft. Nun war sie müde. Iskrens Phantasie dagegen ging weit über alle Marktstände hinaus. Ljudmil hörte ihm so gebannt zu, daß er nicht mal bemerkte, wie ihm zwei Spielzeugpistolen gestohlen wurden. »Ich mache mit«, sagte er.

Noch am selben Abend stellte Iskren Ljudmil den belgischen Ethnologen Jacques vor. Jacques war ursprünglich nach Bulgarien gekommen, um Hirtenflöte spielen zu lernen, was sich aber als viel schwieriger erwies, als er gedacht hatte. Während ihm das Kennenlernen von Mädchen dagegen viel leichter gelang als in der Heimat. Alles war wunderbar gelaufen, bis er vor einer Woche ohne Hose neben einem Müllcontainer erwacht war. Iskren hatte an jenem Tag seinen Müll weggeworfen. So hatten sie sich kennengelernt. Zum Glück sprach Jacques auch Deutsch, und er konnte sich sehr schnell überzeugen, wie sinnlos das Hirtenflötenspielen und wie großartig Iskrens Plan war. »Genial«, sprach er das Wort nur auf französisch aus, um alle in ihm versteckten Nuancen besser zur Geltung zu bringen.

Um die Gründung ihres Unternehmens zu feiern, gingen sie in ein volkstümliches Lokal.

Auf der Bühne wurden Volkslieder gesungen und Volksmusik gespielt. Kellner in Volkstrachten servierten Essen und Getränke in traditionellem Geschirr. Es war eines jener Lokale, die für Touristen gedacht waren, die in einer Nacht die bulgarischen Sitten kennenlernen wollten, und wie alle Intensivkurse war auch dieser dementsprechend teuer. Die drei hatten gerade ihre Hauptspeisen bekommen, als die Bühne mit glühenden Kohlen überschüttet und diese mit Schaufeln so verteilt wurden, daß daraus ein glühender Kreis entstand. Eine große Trommel gab den Rhythmus an, ein Dudelsack die Melodie. Auf der Bühne erschien ein Mann in Volkstracht und begann, barfuß auf den Kohlen zu tanzen.

Es war ein altes, sehr altes Ritual, das den Touristen gezeigt wurde. Seine Wurzeln hatten mit der Dionysos-Verehrung zu tun und waren so stark, daß sich sogar die orthodoxe Kirche gezwungen gesehen hatte, dieses Ritual für ihre Zwecke zu adaptieren. Seit ihrer Einwirkung trugen alle Tänzer eine Ikone in den Händen, am häufigsten die des Heiligen Konstantin. Man hatte früher zu einer bestimmten Zeit an einem bestimmten Ort sein müssen, um diesem Ritual beizuwohnen. Jetzt saß man einfach in einem Lokal und schaute zu. Da aus dem Ritual eine Programmnummer geworden war, erlaubte sich der Tänzer gewisse Freiheiten. Er trug keine Ikone in den Händen mehr, um das Trinkgeld leichter einstecken zu können, denn er tanzte nur für D-Mark. Alle im Lokal waren von seiner Kunst begeistert. Als er mit dem Tanz fertig war, tat er etwas, das nicht mehr zum Ritual gehörte, dafür aber die Taschen der Touristen noch weiter öffnete. Er nahm ein glühendes Stück Kohle in die Hand und begann es abzulecken bis dieses erlosch.

Da wurde Jacques übel, und er schlug vor, das Lokal zu wechseln. Diesmal wählten sie etwas nicht Traditionelles. Das

Programm, das in dem neuen Lokal lief, war gemischt. Man hörte manchmal Roma-, manchmal türkische, manchmal griechische und manchmal bulgarische Musik. Das entspannte den Ethnologen Jacques. Aber noch mehr entspannten ihn die Bauchtänzerinnen, die mit ihrem Hintern seinen Rücken massierten. Sie hatten schon ausgiebig gegessen, als ein Fakir auf die Bühne kam und Schwerter verschiedener Längen zu schlucken begann. Jacques stand auf und lief zur Toilette.

»Ich hab den Eindruck, daß das Lecken und das Schlucken tief in der bulgarischen Kultur verankert ist«, sagte er, nachdem sie eine Weile schweigend in dem Park hinter dem Mausoleum Dimitrovs gesessen waren.

»So ist es, und daraus werden wir Geld machen«, sagte Iskren und klopfte auf seine Schulter.

Sie mieteten zuerst ein Büro und inserierten in der Zeitung. Ihre Firma bot Bauarbeitern Vier-Jahres-Verträge für Arbeit in Westeuropa an und versprach auch anderen gut qualifizierten Leuten, innerhalb einiger Monate einen Arbeitsplatz in der besser bezahlten Hälfte der Welt zu finden. Die Bulgaren waren glücklich, wenn sie überhaupt nach Westeuropa gelangen konnten. Allein dafür, daß sie dorthin eingeschmuggelt werden sollten, waren sie bereit zu zahlen, geschweige denn für einen Arbeitsvertrag. Von allen Teilen des Landes meldeten sich Leute bei der Firma an. Jeder, der einen qualifizierten Job wollte, mußte 200 D-Mark Voranzahlung machen, seine Wünsche äußern und warten, bis die Firma die Stelle gefunden hatte. Sobald er den Vertrag in die Hände bekam, mußte er der Firma noch 300 D-Mark für die Leistung zahlen. Es würde nicht länger als sechs Monate dauern, meinte die Firma. Und ihr eleganter bärtiger Chef wirkte so seriös und war so nett, und der Büroraum war so gemütlich und schön ausgestattet, daß es kaum jemanden gab, der nicht mit Vergnügen die 200 D-Mark Vorauszahlung leistete. »Wir können auch länger warten«, meinten einige zuvorkommend.

Nein, das komme nicht in Frage. In sechs Monaten hätten sie die Stelle, und wenn nicht, dann zahlte die Firma eine Entschädigung, meinte der Chef. Wie konnte man so einen Chef nicht gernhaben? Iskren Mladenov hieß er. »Gott soll Sie schützen, Herr Mladenov«, sagten viele, froh, die Hand eines ehrlichen Menschen gedrückt zu haben.

Unter den Leuten gab es auch welche, die nicht auf den Job warten, sondern einfach sofort in den Westen eingeschmuggelt werden wollten. Für 100 von ihnen fand die Firma auch eine Lösung. Sie brauchten nur 1000 D-Mark zu zahlen, ihre Namen wurden auf zwei Listen eingetragen, und auf diesen Listen klebten nach zwei Tagen Benelux-Visa. Ab nun gehörten diese 100 Leute zur Rudermannschaft von »Akademik Sofia« und fuhren zum Trainingslager nach Belgien. Iskren hatte einen guten Bekannten, der Trainer bei Akademik war. Gegen 2000 D-Mark versprach er ihm, drei Visa für je 50 Leute bekommen zu können. Jacques hatte inzwischen einen alten Mercedes-Bus in Belgien gekauft und ihn nach Bulgarien gebracht. Nun wurde er mit den Vereinsfarben von Akademik Sofia bemalt, und in ihn wurden zweimal je 50 Leute hineingepreßt. Die ersten 50 wurden nicht als Mannschaft, sondern in kleinen Gruppen in ganz Deutschland verteilt. Die nächsten 50 in Holland und Belgien. Alles nur Ruderer, die entschlossen waren, bei dem härtesten aller Wettbewerbe mitzumachen. Denn es waren keine Holzruder, sondern die Ruder ihres eigenen Schicksals, die sie an sich gerissen hatten. Mögen die Götter ihren Mut belohnen und sie alle die Insel der Seligen erreichen!

Das dritte Visum war für die Bauarbeiter vorgesehen, denen die Firma Vier-Jahres-Verträge angeboten hatte. Jeder, der so einen Vertrag bekommen wollte, mußte vorher 2000 D-Mark

Garantie bezahlen, die er nach Ablauf des Vertrags zurückbekommen würde. War er inzwischen gekündigt worden, behielt die Firma das Geld als Entschädigung. Es fanden sich mehr als 50 Arbeiter, die mit den Bedingungen einverstanden waren. Die Firma brauchte derzeit leider nur 50, die restlichen konnten sich aber wie alle anderen gegen 200 D-Mark anmelden und warten, bis auch für sie die geeignete Stelle gefunden worden war. Die meisten taten es, bekamen eine Bestätigung und fuhren nach Hause. Die 50 Glücklichen sollten ihre Sachen packen gehen und in drei Tagen bereit für die Abreise erscheinen. Die 2000 D-Mark mußten sie erst kurz vor dem Einsteigen in den Bus abgeben.

Nach drei Tagen standen alle 50 Bauarbeiter an dem vereinbarten Ort. Der Bus wartete schon auf sie. Darin saßen Jacques und Iskren. Jacques saß hinter dem Lenkrad, Iskren verteilte an jeden einzelnen die Verträge. Draußen vor dem Bus stand Ljudmil und kassierte das Geld. Er sollte in Sofia bleiben und schauen, daß die Firma weitergeführt wurde. Iskren und Jacques fuhren zusammen mit den Arbeitern los. Auf der dritten Mannschaftsliste klebte ein Spanien-Visum. Dorthin fuhren alle. Spanien war ein großes Land voller abgelegener und verödeter Orte. An einigen dieser Orte ließ Iskren eine Gruppe von drei bis fünf Bauarbeitern aussteigen, rüstete sie mit einem Zelt, einem 50-Liter-Wasserbehälter, Schaufeln und Hacken aus, und gab ihnen die Anweisungen, wie breit und wie tief der Kanal, den man für die Gasleitungen benötigte, sein sollte. Sie sollten alle ihre Zelte gut aufspannen und sich darin einrichten und gleich morgen mit der Arbeit anfangen, erklärte ihnen Iskren. Die Bedingungen wären hart, das wüßte er, und sie wüßten es vom Vertrag her auch, aber dementsprechend hoch wäre auch die Bezahlung. Die spanischen Partner würden sich spätestens nach einer Woche bei jeder Gruppe melden und Lebensmittel und Wohnwagen hierher bringen. Danach würden alle regelmäßig mit allem Notwendigen versorgt. Falls aber jemandem inzwischen das Wasser ausginge oder das Essen, sollte er im nächsten Ort die nötigen Sachen kaufen gehen und nicht vergessen eine Rechnung zu verlangen. Ihm würde danach das Geld zurückbezahlt, und die Zeit, die er gebraucht hätte, hin und zurück zu gehen, als Arbeitszeit verrechnet werden. »Also seid fleißig, Burschen, und zeigt diesen faulen Spaniern, wieviel sie noch von uns Bulgaren lernen müssen«, sagte Iskren immer, bevor er in den Bus einstieg. In eineinhalb Tagen waren alle 50 Leute weit voneinander in Spanien verteilt, alle gleich ausgerüstet und mit derselben Aufgabe beauftragt, nämlich einen zweieinhalb Meter tiefen und eineinhalb Meter breiten Kanal zu schaufeln.

Es dauerte eine Weile, bis der erste zu schaufeln aufhörte, nachzudenken begann, die Schaufel oder die Hacke wegwarf und den langen Weg zurück in die Heimat antrat. Auch den spanischen Behörden fielen erst nach zwei Wochen die langen Striche auf ihrer vertrauten Landschaft auf. Ein Monat war vergangen, als der erste Bauarbeiter mit seinen staubigen Füßen und mit von Schwielen bedeckten Händen den heimatlichen Boden betrat. Seine Stimmung lag tiefer als zweieinhalb Meter, sein Blick war nur vorwärts gerichtet, wie in einem Kanal, sein Schritt führte geradeaus zur Polizei. Aber in dem Büro, in das er die Beamten führte, befand sich nun eine Anwaltskanzlei. Ihm blieb nichts anderes übrig als die Täter, mit Tränen in den Augen, zu beschreiben und mitzuteilen, was er alles über sie wußte.

Nun wurde im ganzen Land nach Iskren Mladenov, Ljudmil Alexandrov und einem gewissen Jacques, dessen Staatsangehörigkeit nicht klar war, gefahndet. Was sollte die drei aber noch in diesem Land halten? Jacques wollte nicht mehr Hirtenflöte spielen lernen. In seinem ethnologischen Herzen war plötzlich die Leidenschaft für die Kultur der Inkas entflammt, und er befand sich gerade in Peru, wo er seine Forschungen vertiefte, für deren Ruhe die 100 000 D-Mark auf seinem Konto garantierten.

Ljudmil war nach Australien gefahren, wo er später ein Billardcafé übernehmen sollte. Einen Teil des Geldes hatte er in seinem Hintern versteckt über den Zoll gebracht. Er war gewohnt, seinem Hintern zu vertrauen. Schon einmal hatte er ihm geholfen. Eine ganze Woche war er auf einer Bierflasche gesessen, um nicht in die Armee einberufen zu werden. Zwar konnte er danach ein Jahr lang kein Bier sehen, dafür war er vom Armeedienst befreit worden. Nun hatte ihm sein Hintern wieder geholfen. Ganze 20 000 D-Mark hatte er untergebracht. Allein mit dieser Summe konnte sich Ljudmil aus der Scheiße rausziehen. Das wußte er auch, deswegen hatte er Tränen der Dankbarkeit in den Augen, als die Scheine im Klo des Flughafens von Sydney wieder das Licht dieser Welt erblickten. Das zweite, was Ljudmil gleich nach der Ankunft öffnete, war ein Konto. Die restlichen 80 000 Mark, die verständlicherweise nicht auf die gleiche Art transportiert werden konnten, wurden ihm von Iskren nach 14 Tagen überwiesen. Ljudmil hätte die ganze Summe überwiesen bekommen können, aber er traute seinem Hintern mehr als Iskrens Versprechungen.

Von allen dreien war Iskren der einzige, der in Europa geblieben war. Noch während er mit Jacques aus Spanien zurückkehrte, rasierte er seinen Bart, um genauso auszusehen wie auf dem Foto, das in seinem griechischen Paß klebte. Er hieß nun Stavros Papaxenos und eröffnete unter diesem Namen ein Konto in Deutschland. Auf das Konto legte er einen Großteil des Umsatzes, den seine Firma inzwischen gemacht hatte. Danach fuhren sie zurück nach Bulgarien, rechneten alle Einnahmen und Abgaben aus und kamen auf einen Gewinn von 110 000 D-Mark pro Kopf. Da die ganze Sache Dank

Iskren so gut funktioniert hatte, waren die anderen beiden bereit, ihren Teil auf 100000 abzurunden und den Rest Iskren zu geben. Sie verließen Bulgarien getrennt. Ljudmil flog mit seinen 20000 zuerst nach London und von dort nach Australien. Jacques vertraute Iskren seit dem Tag, an dem er ihn neben dem Müllcontainer getroffen hatte. Deswegen flog er nur mit 5000 D-Mark in den Taschen seiner Cordhosen nach Berlin, wo er auf Iskren warten sollte. Das restliche Geld brachte der griechische Schafkäseexporteur Stavros Papaxenos über die Grenze. Es wurde in mehreren ein Kilo schweren Metalldosen, die mit Schafkäse und Salzlake gefüllt waren, transportiert. Obwohl es in Plastik gewickelt war, roch das Geld so stark nach Schaf, daß Iskren in Berlin eine Woche warten mußte, bevor er es zur Bank brachte.

Er hatte gerade Jacques' Anteil überwiesen, und sie standen auf dem Gehsteig vor der Bank. Nur einen Schritt sollte jeder machen, Jacques nach links, Iskren nach rechts, und doch standen sie noch da. Der eine gab dem anderen Feuer und zündete sich danach selbst eine Zigarette an. Und als es schien, daß keinem mehr etwas einfallen würde, stellte Iskren eine Frage. »Jacques, sag mir, wie hat es dir in Bulgarien gefallen?« Jacques zog zweimal an seiner Zigarette, warf den Stummel weg, sah, wie er mit vielen Funken auf dem Gehsteig landete und sagte: »Es war genial... einfach genial.«

Ein Stummel wurde geworfen, zwei Hände drückten einander, zwei Lächeln wurden verschenkt, danach wurden zwei Schritte gemacht. Der eine nach rechts, der andere nach links. Auf der Straße des wiedervereinten Berlin hatten sich die Wege der beiden getrennt.

Iskren wollte vorerst das Leben genießen und die Städte Europas kennenlernen. Er fing mit Deutschland an. Deutsch hatte er früher nur im Kindergarten, im Gymnasium und manchmal am Friedhof gesprochen. Jetzt konnte er es überall sprechen. Mit seinem neuen Namen war er auch sehr zufrieden. Er erinnerte ihn an die Zeit im Kindergarten, wo er auch einen anderen Namen hatte.

In allen Städten, wo er ankam, waren das erste, was er besuchte, die Bordelle und die Striche. Und manchmal, wenn er sehr betrunken war, holte er sich ein Mädchen von der Straße, brachte sie in sein Hotelzimmer, bat sie, einen ihrer Schuhe oder Stiefel auszuziehen und eine Weile durch das Zimmer zu humpeln. Manchmal fragte er sie über ihr Leben aus, manchmal schaute er ihnen nur schweigend zu. Danach bezahlte er sie sehr großzügig, ließ sie wieder ihren Schuh oder Stiefel anziehen und ihres Weges gehen.

So lernte Iskren in einem Hamburger Bordell den österreichischen Staatsbürger und Geldfälscher Wolfgang Scheidl kennen. Es dauerte aber eine Weile, bis er Iskren seine Hand reichen konnte, denn Wolfis Kopf war gerade zwischen zwei Stühlen eingeklemmt. Auf den Stühlen saßen zwei Georgier, die des Wiener Dialektes nicht mächtig waren und darauf warteten, daß Wolfi endlich ein paar Worte einfielen, die sie verstehen konnten. Ihr Deutsch wies auch gewisse Lücken auf, aber dafür war ja Wolfis Kopf da, um diese Lücken zu stopfen. Iskren hatte die Georgier zufällig in Berlin kennengelernt und sich einige Tage so blendend mit ihnen verstanden, daß sie ihm angeboten hatten, bei ihrem Zigarettenschmuggel mitzumachen. Wie alle Georgier sprachen auch sie ein sehr gutes Russisch. Sie sprachen sogar mit Moskauer Akzent, weil die beiden dort Ernährungswissenschaften studiert hatten. Iskren tauchte genau zum richtigen Zeitpunkt auf, als ein Dolmetscher dringend gebraucht wurde. Es stellte sich heraus, daß Wolfi den beiden Magistern ganz schlecht gefälschte Schillinge geliefert hatte und sich dadurch bei ihnen mit lächerlichen 5000 D-Mark verschuldet hatte. Blöderweise konnte

Wolfi diese lächerliche Summe nicht gleich auftreiben, und nach einem noch lächerlicheren Fluchtversuch war sein Kopf zwischen die zwei Stühle gelangt. Iskren überlegte, daß es nur von Nutzen sein konnte, einen Geldfälscher zu kennen, und weil er Wolfi wegen seiner krummen Nase ein bißchen sympathisch fand, bezahlte er seine Schulden. Daraufhin schwor Wolfi ewige Dankbarkeit, gab Iskren seine Adresse und meinte, seine Wohnung in Wien stehe jederzeit für so einen Kerl wie Iskren offen. Iskren versprach, sicher einmal nach Wien zu kommen, fuhr aber weiter nach München, wo er längere Zeit zu bleiben gedachte. Das Leben als streunender Hund war ihm langweilig geworden, und er wollte sich wieder im Geschäftsleben erproben. Er eröffnete in München eine Sirtaki-Tanzschule und stellte einen rumänischen Roma als Tanzlehrer ein, der fast alle Balkantänze und zwei Instrumente beherrschte. Wand an Wand mit der Tanzschule errichtete er noch ein gemütliches Lokal, das er »Hephaistos« nannte und wo ein tüchtiger Albaner die Besucher mit seinen Kochkünsten ergötzte. In einem noch gemütlicheren Nebenzimmer bot er auserwählten Kunden auch das Wasserpfeifenrauchen an. Um die Reinheit des Stoffes kümmerten sich die zwei Ernährungswissenschaftler aus Georgien. Da Iskren bemerkt hatte, daß das gute Gespür, das er noch in Bulgarien für Menschen und Situationen entwickelt hatte, sich auch auf andere Völker übertragen ließ, lief sein Geschäft sehr gut. Denn überall auf der Welt wollten die Menschen am liebsten Musik hören, tanzen, essen, trinken, rauchen, den Alltag vergessen und wenn möglich nicht sehr viel Geld dafür bezahlen. Das bot Iskren ihnen an. Bei ihm konnte jeder günstig den Alltag vergessen, und sein Geschäft blühte. Aber weil er auch unangenehme Zufälle vermeiden wollte, ließ Iskren sich wieder langsam einen Bart, diesmal einen viel kleineren, wachsen, machte ein paar Photos, kaufte sich einen italienischen Paß auf den Namen des Triestiners Vito Berti, und überwies diesem, ihm inzwischen so nahe gekommenen Menschen, sein ganzes Geld. Es war eine sehr kluge Entscheidung. Denn eines Tages wurde einem verdeckten Polizeiermittler so schlecht von dem Stoff in der Wasserpfeife, daß er zuerst ausgiebieg kotzte, bevor er ohnmächtig wurde. Und weil Iskren ihn höflicherweise nach Hause fahren wollte, mußte er, um die Adresse herauszufinden, einen Blick in seine Papiere werfen.

Einige Stunden danach blickte er auf Deutschland aus dem Fenster eines Fliegers. Irgendwann waren nur noch Wolken zu sehen. Noch ein Land, in dem er etwas verloren und etwas gewonnen hatte, war darunter verschwunden. Er liebte sie, diese Wolken, denn nirgendwo auf der Welt, außer über ihnen, war es leichter, ein neues Leben anzufangen. Wahrscheinlich waren sie einmal dafür erschaffen worden, dachte Iskren, streichelte sanft seinen italienischen Paß, und als die Stewardeß wieder an ihm vorbeikam, bestellte er einen Gin.

Auf der Suche nach einem geeigneten Ort war Iskren durch viele europäische Städte und Länder gepilgert. Er hatte sogar sechs Monate in Alexandria verbracht, wo er mit Hilfe des Kapitäns eines bulgarischen Handelsschiffes Menschen nach Spanien, Italien und Frankreich schmuggelte. Der Kapitän hieß Slavi und kannte die Farben und Launen aller Meere, vieler Währungen, Regierungen und Völker. Er empfahl Iskren die Insel Sansibar, auf der er selber eine 20 Jahre jüngere Geliebte hatte. »Noch ein Jahr, dann setze ich mich dort zur Ruhe« sagte Slavi, das ewige Lächeln auf seinen vergänglichen Lippen.

Aber Iskren hörte nicht auf ihn. Ihn zog ein anderer Ort an. Eine Stadt, die er die ganze Zeit gemieden hatte und die er, besonders seit Österreich der Europäischen Union beigetreten war, nicht mehr meiden wollte. Hoffte er dort Shenja zu finden, oder war es eine andere, viel ältere Kraft, die schon seinen Großvater geleitet hatte und die sich jetzt auch seiner bemächtigte und ihn zwang, dorthin zu gehen, das konnte Iskren nicht sagen. Deswegen sagte er nur, »also Sansibar«, bevor er in Neapel vom Schiff stieg und, von Slavis Blick ermuntert, in der Menge verschwand.

An Bulgarien dachte Iskren nur selten, von dort hatte er nur zwei Gegenstände mitgenommen. Einen griechischen Paß auf den Namen der Frau Olympia Papaxenos und ein Messer, das einst in unzählige Tische, Türen und Balken gestoßen, so lange gewackelt hatte, bis Iskren sein erstes Auto kaufen konnte. Wenn er aber manchmal an seine Heimat dachte, dann genügte es ihm, sich seinen Großvater Micho und seinen Onkel Ivan beim Armdrücken oder seine Mutter beim Anstarren der Stickerei vorzustellen, um jeden weiteren Gedanken bezüglich dieses Landes zu unterbrechen. Er schickte keine Nachrichten dorthin und erwartete keine von dort. Deswegen erfuhr er auch nicht, daß der Rote seinen Auftrag noch nicht erledigen konnte, weil er wegen schwerer Körperverletzung mit tödlichem Ausgang für acht Jahre hinter Gitter mußte. Er wird auch nichts von dem Wunder, das noch mit seiner Mutter geschehen wird, erfahren.

Es wird nach einem Jahr, vier Monaten und vier Tagen geschehen. Seine Großmutter Dotschka wird von einem Einsiedler gehört haben. Er soll in einer Hütte in den Rhodopen leben und schon vielen geholfen haben. Micho wird mit Dotschka schimpfen, Ivan und Kitka werden sie verteidigen. Die Untermieter, die schon seit vier Jahren im ersten Stock des Hauses wohnen, werden sich ebenfalls einmischen und bestätigen, daß auch sie schon von dem Einsiedler gehört haben. »Seitdem er sich in der Hütte eingenistet hat, soll er sie noch nie verlassen haben. Die Hirten bringen ihm was zum Essen und auch die Leute, die zu ihm kommen. Sie haben ihm anfangs auch Wasser gebracht, dann soll ein reicher Mann einen Brunnen dort gebaut haben. Als Dank dafür, daß der Einsiedler seinen Sohn geheilt habe ... Manche sagen, der Einsiedler sei einfach ein Verrückter. Und wenn schon, wenn er den Leuten hilft, ist doch alles andere uninteressant. Außerdem hat er niemanden zu sich gerufen, die Leute haben allein zu ihm gefunden«, werden die Untermieter abwechselnd sprechen. Danach wird Dotschka zwei Rucksäcke packen und mit Dorothea in die Rhodopen fahren. Sie werden oft nach dem Einsiedler fragen und lange nach seiner Hütte suchen. Man wird ihnen widersprüchliche Informationen geben. Die Mönche vom Batschkovo-Kloster werden meinen, sie hätten noch nie von einem Einsiedler gehört. Die Einwohner von den pomakischen und bulgarischen Dörfern werden das Gegenteil behaupten. Die letzten Essensreste werden sie auf einer Bergweide verspeisen. Es wird sonnig sein. Die Sonne wird ihren Rücken aufwärmen, und sie werden einschlafen. Die Glocken einer Schafherde werden sie wecken. Ein zahnloser Hirte wird auftauchen und sie begrüßen. Sie werden ihm sagen, was sie hier suchen, und er wird sie zur Hütte führen. Sie werden zuerst an einen Brunnen kommen. Ihre Gesichter dort waschen und dort Wasser trinken, dann werden sie ihre Köpfe heben und die Hütte erblicken. »Geh du alleine hinein, ich werde hier auf dich warten«, wird Dotschka sagen. Dorothea wird gehorchen, den steilen Hang hinaufklettern und die Hütte betreten. Ihre Augen werden eine Weile brauchen, bis sie sich an die Dunkelheit gewöhnt haben werden. Danach werden sie einen Mann mit zerzaustem Haar und Bart erblicken. Er wird zuerst leise vor sich hinsprechen, aber irgendwann wird er sie anschauen. Er wird dann zu heulen beginnen und sich ihr zu Füßen werfen. »Ich allein, ich allein bin an deinem Unglück

Schuld, verzeih mir, wenn du kannst«, wird er immer wieder sagen und ihre staubigen Schuhe küssen. Er wird sehr lustig aussehen, dieser Mann, der mit wildem Haar und wilden Augen zu ihren Füßen kriechen wird, und wenn sie sich ein bißchen durch das Zimmer bewegen wird, wird er wie ein Kind hinter ihr herkrabbeln. Er wird einfach unerträglich komisch sein, so komisch, daß Dorothea zum Lachen anfangen wird. Er wird aber nicht lachen, er wird ihr eine Rute geben und sagen: »Verzeih mir oder schlag mich tot.« Sie wird die Rute nehmen und ihr Lachen unterbrechen. »Wer mich jetzt befreit, den schlage ich tot«, wird sie sagen und einige Male auf den Rücken des Mannes schlagen. Danach wird sie die Rute noch einmal heben, sie aber wegwerfen und sich neben dem Mann auf den Boden setzen. »Wer mich jetzt befreit, den werde ich sehr glücklich machen«, wird sie sagen und zum Weinen anfangen. »Ich war noch nie glücklicher als jetzt«, wird sie dann hören. Sie wird aufstehen und wieder zu lachen beginnen. Er wird versuchen, ihr wieder den Knüppel zu geben. Sie wird ihn aber nicht wollen. »Wenn ich dir verzeihe, würdest du aufstehen?« wird sie fragen.

»Nur dann.«

»Dann verzeihe ich dir.« Er wird dann endlich aufstehen und fast die Decke mit seinem Kopf berühren. »So ist es gut«, wird sie sagen und die Hütte verlassen.

Allein beim Anblick ihres Gesichtes wird Dotschka beginnen sich zu bekreuzigen. »Wanga hatte recht«, wird sie sagen. »Was hat er dir gesagt?« wird sie wissen wollen.

»Daß er noch nie so glücklich war.«

»Und du?«

»Ich auch nicht.«

Der zahnlose Hirte wird lachen, Dotschka wird weinen, die Glocken der Herde werden läuten, und es wird noch sonnig sein. Das wird es noch sein. All das wird es noch.

Iskren wird das aber weder nach einem noch nach mehreren Jahren erfahren, er wird weiterhin an jener Stelle seine Gedanken an Bulgarien unterbrechen, wo sie das dreistöckige Haus erreichen und lieber an was anderes denken. An Sansibar zum Beispiel oder Amerika. Oder an die Wolken, über denen ganz leicht ein neues Leben anzufangen wäre. Vielleicht deswegen waren sie einst auch erschaffen worden. Wie hieß es denn in diesem Apokryph, das sie in der Schule während dem Altbulgarisch-Unterricht behandeln mußten. »Aus dem Meer wurde das Blut des Menschen erschaffen und aus den Wolken seine Gedanken.«

Ein Jahr und drei Monate nachdem Österreich der Europäischen Union beigetreten war stieß ein Flieger von den Wolken hinunter und landete auf dem Flughafen Schwechat. An Bord befand sich der italienische Staatsbürger Vito Berti, in dessen Brust das Herz von Iskren Mladenov pochte. Aber wen auf dieser Welt interessierten schon die Herzen der Menschen. Vor dem Gesetz sind die Papiere viel wichtiger. Es ist egal, was für ein Herz du hast, aber nicht, was für einen Paß. Iskren hatte den richtigen, und sein Herz pochte so ruhig, wie nur Herzen von Menschen, die kein Visum für die meisten Orte der Welt brauchten, pochen konnten.

Nun war Iskren endlich in Wien angekommen. Es war Mittag, als er beim Hotel Hilton ausstieg. Es nieselte. Er zog aus seiner Tasche einen Zettel, auf dem der Name Wolfgang Scheidl stand. Darunter Telefonummer und Adresse und nun auch ein paar ganz kleine Regentropfen. Die Telefonnummer stimmte, und das war gut. Auch die Türen von Wolfgangs Wohnung standen immer noch offen, und das war sehr erfreulich. »Nimm dir ein Taxi und komm«, vernahm Iskren aus dem Hörer einer Telefonzelle. Er nahm ein Taxi und sagte die Adresse an. Der Fahrer wiederholte sie, der Akzent kam

Iskren sehr vertraut vor. »Sind Sie vielleicht Bulgare?« fragte er.

»Ich komme aus Griechenland«, sagte der Fahrer wieder mit demselben unverwechselbaren Akzent.

»Ich war auch einmal Grieche, aber was soll's, als Bulgare kommt man heutzutage nicht weit in dieser Welt«, sagte Iskren diesmal auf Bulgarisch. Der Taxifahrer schaute ihn eine Weile im Rückspiegel prüfend an. »Ich weiß... Dabei wollen wir auch nur leben, so wie alle anderen«, entschied er diesmal, sich auf Bulgarisch auszudrücken.

»Darf ich Sie was fragen?«

»Bitte.«

»Haben Sie zufällig eine Ahnung, wie die Prostituierten hier sind? Sie müssen nicht antworten, wenn Sie nicht wollen.«

»Sie sind ganz in Ordnung.«

»Sind auch viele Russinnen darunter?«

»Ja, die meisten kommen aus Osteuropa«, sagte der Taxifahrer und richtete die kleine griechische Fahne, die unter dem Rückspiegel hing, zurecht. »Ich steh auch auf Russinnen, ich war mal mit einer verheiratet, kann nur Gutes sagen... Wenn die Zeiten nicht so beschissen wären, wären wir sicher noch zusammen.«

»Haben Sie vielleicht von einem Mädchen namens Shenja gehört?« unterbrach ihn Iskren.

»Ich frage sie nie nach ihren Namen... Sie habe ich auch nicht danach gefragt«, sagte der Taxifahrer. Gleich danach blieb das Auto stehen. Iskren gab ihm ein großes Trinkgeld und wünschte ihm alles Gute. Das gleiche wünschte ihm auch der Taxifahrer. Die Tür ging zu, das Auto fuhr ab. Iskren stand vor der Eingangstür eines gelb gestrichenen dreistökkigen Altbauhauses und drückte auf den Knopf mit der Nummer 9.

Von einem Miro habe Wolfi nie etwas gehört, aber er versprach, sich nach Shenja umzuhören, und nachdem er Iskren eine Kaffee serviert hatte, erkundigte er sich nach dessen Plänen. Er wollte zuerst ein Gefühl für die Stadt und die Menschen bekommen, erklärte Iskren schlürfend. Wohnte Wolfi in dieser großen Wohnung allein, wollte Iskren wissen. Ja, er hätte Pech mit den Frauen, träfe nur die falschen, es wäre aber das typische Schicksal eines jeden Fälschers. Je besser man werde, desto mehr verliere man das Auge für das Echte, legte Wolfi die Schattenseite seiner Begabung ans Licht. Iskren war nicht verpflichtet, ihm jedes Wort abzukaufen, deswegen hörte er ihm mit Vergnügen zu. Er könne bei ihm bleiben, solange er wolle, versicherte ihm Wolfi einige Male während des Gesprächs. Iskren blieb einen Monat. Danach mietete er eine Zimmer-Küche-Kabinett-Wohnung im 3. Wiener Gemeindebezirk. Stellte seinen Reisesack auf den Parkettboden und seufzte erleichtert. Er wohnte einfach ungern mit Männern zusammen, besonders mit solchen wie Wolfi, die die Einsamkeit fürchteten und deswegen immer viel reden mußten.

In diesem Monat hatte Wolfi weder über eine Shenja noch über einen Miro etwas herausfinden können, und das sollte was bedeuten, denn Wolfi kannte sehr viele Leute. Er hatte allerdings von jemandem gehört, auf den Iskrens Beschreibung genau paßte. Er wurde aber nicht Miro, sondern der Goldene genannt, und es sei ihm geraten worden, nicht so viel über ihn nachzufragen.

Also lebte Miro noch, aber was sollte es, Iskren war das mittlerweile egal geworden. Zwei neue Existenzen lagen dazwischen. Mag sein, daß Iskren Mladenov einmal sehr zornig auf Miro gewesen war und vielleicht auch der griechische Schafkäsehändler Stavros Papaxenos, aber die gab es nicht mehr. Verschüttet waren sie, irgendwo unter den Wolken, den weißen, den grauen, den schwarzen, verloren waren sie, und nur noch ein paar schwarze und graue und weiße Gedanken waren von ihnen übriggeblieben, und um diese zu haben, mußte man nicht unbedingt Iskren oder Stavros heißen. Viel wichtiger war jetzt das Leben des italienischen Staatsbürgers Vito Berti. Und Iskren entschied, sich nur um dessen Wohl zu kümmern.

Die Eindrücke, die Iskren nach einem Monat gesammelt hatte, brachten ihn zu folgenden Schlüssen. Er hatte viele alte, gut gepflegte Leute auf der Straße gehen oder im Kaffeehaus sitzen gesehen, viel mehr als in den anderen Städten Europas. Also war das Sozialsystem des Landes gut. So ein System verwöhnt gewöhnlich die Leute. Sie beginnen, den Gesetzen und den Menschen in Uniform zu sehr zu vertrauen. Sie wissen, es gibt für jeden Zwischenfall die zuständige Behörde. Wenn jemand schreit oder auf der Straße liegt, müssen sie nicht unbedingt stehenbleiben, denn sie wissen, gleich werden die zuständigen Behörden einschreiten. Und tatsächlich geschieht es auch so, denn auf ihre Behörden ist Verlaß. Dort, wo Menschen sich öfter an die Behörden als an andere Menschen wenden, wenn sie Hilfe brauchen oder einen Konflikt zu lösen haben oder wenn ihnen die Musik in der Nachbarswohnung zu laut ist, dort beginnen auch ihre sozialen Instinkte einzuschlummern. Sie kennen sich gut mit Gesetzen und schlecht mit Menschen aus. Sie trauen mehr der Presse als ihren Nachbarn. Sie glauben, sie müssen nur die Zeitung kaufen und sie überfliegen und schon wissen sie, vor wem sie sich in acht nehmen und worauf sie aufpassen sollen. Die Sattheit macht sie zufrieden, die Zufriedenheit leichtgläubig, das Vertrauen in ihre Gesetze und Währung überheblich und unaufmerksam und alles in allem eine leichte Beute für Betrüger. An dieser Stelle seiner Gedankengänge lächelte Iskren wie der Genosse Dimitrov auf den seit Jahren ungültigen Lewa-Scheinen.

Die Bürger von Wien hatten auch Tiere sehr gern. Bestimmte Tiere wurden sogar wie Menschen behandelt. Iskren hatte schon an anderen Orten Europas die Erfahrung gemacht, daß dort, wo man bestimmte Tiere wie Menschen behandelte, man auch bestimmte Menschen wie Tiere behandelte. Und diese Menschen waren die Einwanderer. Deswegen hatte sich Iskren auch für einen italienischen Paß und für ein Leben als Geschäftsmann entschlossen. Ein Geschäftsmann war kein Einwanderer und blieb, egal in welches Land er einwanderte, ein Geschäftsmann. Er brauchte nur sein Konto herzuzeigen, und schon war er willkommen. Die Strenge des Gesetzes reichte nur bis zu einer gewissen Höhe des eigenen Kapitals, danach schlug sie sofort in Milde um. So war es in allen Ländern der Welt. Unterschiede gab es nur in der Höhe der Summe, die man benötigte, um diese Gesetzeswandlung zu erwirken. Sonst waren sich diesbezüglich alle Wohlstandsländer gleich. Es war gut, in dieser Welt Geschäftsmann zu sein, aber noch besser war es, ein Geschäftsmann aus der Europäischen Gemeinschaft zu sein. Und weil die guten Sachen dieser Welt Iskren seit jeher angezogen hatten, traf er auch dementsprechend die Wahl seiner neuen Existenzen.

Nun war er ein Italiener, der nach Wien gekommen war, um hier sein Geld zu investieren. Er mußte nur herausfinden in was. Er hatte es nicht eilig. Er wollte vorerst eine gute Übersicht gewinnen, besser die Launen, die Sorgen, die Bedürfnisse, die Sehnsüchte und die Hoffnungen der Einheimischen kennenlernen, Zeitungen lesen, Kaffee trinken, zuhören und vielleicht auch Shenja suchen, und nicht vergessen, vorher den griechischen Paß auf den Namen von Olympia Papaxenos einzustecken, damit, falls er sie zufällig fände… Eigentlich haßte Iskren Zufälle, aber über diesen wäre er froh gewesen. Deswegen trug er auch diesen Paß jeden Tag mit sich. Wie ein zusätzliches Organ war er inzwischen geworden, ein zweites

Herz, das im Futter seines Sakkos pochte. Acht Monate trug er ihn schon mit sich, im neunten Monat hatte er die Suche satt. »Es ist besser so. Hätte ich sie gefunden, wäre sie mir eines Tages langweilig geworden«, sagte er sich, holte den Paß aus der Tasche und öffnete die Schublade seines Nachtkästchens. Drinnen wackelte leicht Neschos Messer, als ob es sich freute, einen Freund zu bekommen. Iskren legte den Paß daneben, machte die Lade zu und verbannte zwei seiner besten Erinnerungen wieder ins Dunkle.

Ab nun galt seine ganze Aufmerksamkeit nur der Gegenwart. Das erste, was er für sich entschied, war, daß er nicht ewig in dieser Stadt bleiben wollte. Er mußte also schauen, wo was am leichtesten herauszuholen wäre, um die Zeit, die er noch in der Stadt zu verbringen gedachte, näher zu bestimmen. Außerdem brauchte er eine Vertrauensperson, die nichts Konkretes von seinen Machenschaften wissen sollte und bei der er eine kleine, aber wichtige Geldsumme deponieren konnte, im Falle daß er Hals über Kopf das Land verlassen mußte. Diese Person dachte Iskren schon gefunden zu haben. Sie hieß Gabor und arbeitete als Kellner in dem Kaffeehaus, in dem Iskren schon oft seinen Kaffee getrunken hatte. Seit drei Monaten kannten sie sich, seit zwei waren sie per du, seit einem tranken sie manchmal abends ein Bier oder einen Wein zusammen.

Gabor kam aus Ungarn und war erst Anfang 89 nach Wien geflüchtet. Ursprünglich wollte er weiter nach Amerika ziehen, aber sein Geld reichte nicht, um ihn über den großen tiefen blauen Ozean zu bringen. Und fliegende Teppiche gab es nur in den Märchen. Ja, ein guter Perserteppich, für einen guten Preis verkauft, hätte ihm vielleicht helfen können, aber nicht einmal das hatte Gabor damals gehabt. Wofür aber sein Geld nicht ausreichte, dafür reichte sein Verstand. Er hatte von einer amerikanischen Sekte gehört, die sehr interessiert war, Leute zu bekehren um ihre Seelen zu retten. Und Gabor war ein Ungar, der sehr interessiert war, nach Amerika zu kommen, weil ihm eben das Schicksal seiner Seele nicht gleichgültig war. Der große tiefe blaue Ozean war plötzlich so klein wie das Taufbecken der Sekte geworden. Man brauchte nur hineinzutauchen, wieder aufzutauchen, und schon war man mit dem einen Bein in Amerika. Genau das tat Gabor, und er hatte sich nicht getäuscht, mit einem Bein war er schon dort gewesen, und Menschen, die mit einem Bein an einem anderen Ort weilten, hatte Iskren schon immer gern gehabt. »Warum bist du nicht gefahren?« fragte Iskren. »Ich hab meine zukünftige Frau getroffen, wenn du sie kennenlernst, wirst du verstehen, warum«, antwortete Gabor und bestellte noch einen gespritzten Weißwein. Iskren gelang es aber lange Zeit nicht, sie kennenzulernen. Die Rettungssumme lag längst bei Gabor gut aufgehoben, und er war schon mindestens fünfmal bei ihm zu Gast gewesen, aber Emma, so hieß sie, war entweder gerade bei ihren Eltern in Ungarn, oder sie rief aus dem Architektenbüro an, in dem sie arbeitete, und ließ sich entschuldigen. »Sie ist wieder mit Arbeit zugeschüttet«, teilte dann Gabor, leicht enttäuscht, seinem Freund mit. Iskren hatte Mitleid und Verständnis zugleich. Mitleid mit allen Menschen, die von Arbeit erdrückt waren, Mitleid mit Gabor, der den Menschen, wegen dem er hiergeblieben war, so gut wie nie sah. Er verstand seine Enttäuschung, die manchmal so wie jetzt klein wie ein Taufbecken war, manchmal aber sicher auch so groß wie der tiefe Ozean, den er damals lieber überfliegen hätte sollen. Deswegen schlug er ihm vor, daß sie ausgingen, deswegen lud er ihn auf einen Gin und danach auf noch einen ein. Er konnte ihm nur helfen, ein Taufbecken zu vergessen, mehr nicht.

Eines Tages lernte Iskren Emma doch kennen, und er verstand sofort, warum Gabor hiergeblieben war. Viele waren schon wegen ihr in Wien geblieben, hatten ihre Züge, ihre Schiffe und ihre Flieger verpaßt, nur um länger an ihrem Parfum riechen zu können, und waren eines Tages mit leerem Kopf und schwerem Herzen auf dem verödeten Boden eines Zimmers aufgewacht, uneinholbar verspätet bei all jenen, die einmal auf sie gewartet hatten. Iskren sollte wegen Emma auch länger in Wien bleiben. Er spürte es schon bei ihrer ersten Begegnung. Nicht, daß er sich nicht dagegen gewehrt hätte, er mied sogar eine Weile Gabors Wohnung, denn er hatte seinen Freund sehr gern, aber was sollte er tun, wenn er dessen Frau noch lieber hatte. Hätte er wie Pater Sergej sich einen Finger abhacken sollen oder die Hand oder das Auge ausstechen, wie er einmal in der Bibel gelesen hatte, während er auf Shenja, Mascha und Vika gewartet hatte? Sicher nicht. Denn er brauchte seine Augen, um Emma zu sehen, und er brauchte seine Hände, um sie zu umarmen, und seine Finger brauchte er auch, um sie zu streicheln.

Seit ihrer ersten Begegnung wußte er, daß sie eines Tages den Telefonhörer in seiner Wohnung nehmen und Gabor sagen würde, daß sie später nach Hause käme, weil sie mit Arbeit zugeschüttet wäre. Er sah es in ihren Augen, er hörte es in ihrem Lachen, es war so inspirierend, daß er sogar Puschkin zitierte: »Ja was ljublju, ljubov eschö bit moshet...«

»Warum bist du nach Wien gekommen?« hatte sie ihn damals gefragt.

»Ich suche nach einer Frau, die sich wegen mir das Bein gebrochen hat«, hatte er ihr geantwortet.

»Dann kann sie nicht so weit sein«, hatte Emma gemeint. Sie hatte recht. Die Frau, die er suchte, saß ihm gegenüber, trank Wein und sprach Deutsch mit einem so süßen Akzent, als ob die Zunge in ihrem Mund mit einer Weintraube spielte.

40 Tage, nachdem er sie zum ersten Mal gesehen hatte, lag Emma in Iskrens Bett, und das Messer, das in der dunklen Schublade seines Nachtkästchens war, wackelte viel lauter und länger als in jener Zeit, als es in Balken und Türen und Tische gestoßen worden war.

Emma war eine teure Geliebte, nicht zufällig hatten manche wegen ihr den Zug, den Flieger, das Schiff verpaßt. Man vergaß eben die Zeit, man zählte nur die Minuten, bis man sie wiedersah, und die längste Entfernung schien diejenige zu sein, die einen von ihr trennte.

Es waren schon 17 Monate vergangen, und Iskren war es immer noch nicht langweilig mit ihr geworden. Während dieser Zeit war seine Mutter von ihrem Besuch beim Einsiedler zurückgekehrt, sie hatte die Stickerei von der Wand heruntergenommen, eingerollt und in eine Schublade gelegt, danach war sie in die Küche gegangen, wo Ivan und Kitka und ihre Eltern saßen und flüsterten. Als sie in die Küche getreten war, war das Flüstern unterbrochen worden. »Das glaube ich nicht«, hatte sie nur gehört. Das hatte ihr Vater Micho gesagt, denn er hatte nie richtig flüstern können. Sie war dann zum Tisch gegangen, hatte ein Stück Gurke von seinem Teller genommen und in ihren Mund geschoben und noch während sie kaute, hatte sie gefragt: »Will jemand mit mir ans Meer fahren?«

Iskren wußte davon nichts, er wußte nur, daß es ihm immer noch nicht langweilig mit Emma geworden war. Aber sein Geld war geschrumpft, und er mußte sich wieder nach einem Geschäft umsehen, wollte er nicht eines Tages wie Gabor vor einem großen tiefen Ozean stehen.

Jetzt sah er nur das Mittelmeer vor sich. Sie saßen auf einem der Strände von Ibiza. Es war Spätherbst. In Wien war der Himmel nur noch grau. Hier trug er alle Farben, wofür es sich lohnte ihn anzuschauen. Dunkelblau in der Früh und am

Abend, hellblau untertags und manchmal auch rosa und rot, wenn gerade die Sonne auf- oder unterging. Jetzt war er gerade dunkelblau. Vor ihnen ragte die Insel Es Vedra auf, eine Insel, die nur aus weichem Stein und grünem Gebüsch bestand, und doch war es unmöglich, sie nicht anzuschauen. Menschen schauen gerne Inseln an, Menschen werden gerne gerettet.

»Ein Einsiedler, ein Heiliger soll dort gelebt haben... Eine Höhle in dem Gestein soll er sich gegraben haben, erzählen die Einheimischen«, sagte Iskren.

»Ich will mit dir zusammenleben, ich halte es so nicht mehr aus«, sagte Emma plötzlich.

»Du mußt dich zuerst scheiden lassen.«

»Das schaffe ich nicht. Ich verdanke Gabor so viel... Fahr einfach weg mit mir, und alles wird sich von selbst lösen.«

»Ich habe in Amerika eine Tante. Wir werden dorthin ziehen. Aber vorerst brauchen wir Geld, gib mir noch ein bißchen Zeit...«

Nun war der Himmel rot, da schwieg Emma immer noch. Erst als der Himmel schwarz wurde, sagte sie: »Gut, aber mach es so schnell wie möglich. Ich will ein Kind von dir haben.«

Was man schon alles von Iskren gewollt hatte, aber noch nie ein Kind. Es war etwas ganz Neues für ihn. Es schmeichelte ihm, es beschäftigte ihn. Also begann Iskren, noch fieberhafter nach einer Lösung zu suchen. Die Geschäfte, die ihm Wolfi anbot, waren zu sehr vom Zufall abhängig, das Milieu zu gefährlich. Iskren mußte jetzt auch noch an sein Kind denken.

Es wäre bis in die Neunzigerjahre alles so super gelaufen, da wären noch Dollar aus den Dreißigerjahren in Umlauf gewesen. Wieso mußten auch die Amis plötzlich ihre Scheine sicherer machen? Sie hatten doch so viele Jahre allein auf Gott vertraut. Nur er habe zwischen richtig und falsch unterscheiden können. Jetzt schaute jeder, der einen Hunderter in die Hand bekam, den Schein fünf Minuten lang von allen Seiten an, bevor er ihn einsteckte. Noch dazu würden bald die Euros in Umlauf kommen. Ein Jammer sei das. Er hätte lieber Installateur werden sollen, wie sein Vater, beklagte sich Wolfi. Iskren verkaufte nur einmal 10 000 Dollar-Blüten an zwei Moldavier, die so zufrieden von der Qualität und vom Preis waren, daß sie Iskren gleich in ihre von Heimweh und schlechtem Wodka geplagten Herzen schloßen. Sie arbeiteten auf einem rumänischen Donauschiff, aber da seit dem Krieg in Jugoslawien die Donau dort gesperrt war und die eigenen Leute sie vergessen hatten, mußten sie in Wien ankern. Ihr Geld war längst ausgegangen, deswegen mußten sie immer wieder vom Schiff steigen und nach anderen Verdienstmöglichkeiten suchen. Nie wären sie so tief gesunken, Tätigkeiten am Festland nachzugehen, wenn die Donau nicht gesperrt wäre, meinten Ion und Miro wehmütig. So hießen die beiden, deren Herzen jedes Mal, wenn sie den Fluß erwähnten oder ihn anschauten, wie zwei an Land gespülte Fische zu zappeln begannen.

Es gab viele Geschäfte, an denen Iskren noch beteiligt war, aber keines brachte den gewünschten Erfolg. Er mußte sogar froh sein, wenn er nur kleine Verluste hinnehmen mußte. Nicht einmal die Nachricht, daß Miro, der Goldene, verschwunden war, konnte ihn erfreuen, denn sie brachte ihm kein Geld, und das war das einzige, was ihn noch interessierte, Emma ausgenommen natürlich.

Er dachte ernshaft darüber nach, alles, was er noch hatte, zu packen und mit Emma nach Amerika zu fahren, als er Wolodja Besstschastnik traf. Wolodja war erst seit kurzem in Wien. Er war Russe und hatte einiges hinter sich. Das fünf

Jahre lange Kernphysikstudium soll schwer, aber interessant gewesen sein. Die nächsten fünf Jahre, die er als Kernphysiker an einem Moskauer Institut verbracht hatte, sollen nur interessant, die folgenden zehn nur noch schwer gewesen sein. Denn die hatte Wolodja in einem sibirischen Gefängnis verbracht. Wegen Regimekritik, wie er meinte. Lauter schwere und interessante Sachen hatte Wolodja schon hinter sich, und solche erzählte er auch. Im Gefängnis hatte er einen buddhistischen Mönch kennengelernt, der ihm beigebracht hatte, seine Lebensenergie richtig zu gebrauchen, um mit ihr sich selbst oder andere Menschen heilen zu können. Viele buddhistische Mönche sollen in russischen Gefängnissen meditiert haben. Einen davon hatte Wolodja kennengelernt und dieser hatte ihn in viele Geheimnisse eingeweiht. Acht Jahre lang hatte Wolodja seine Lebensenergie richtig gebraucht, sie Tag für Tag gleichmäßig durch seinen Körper zirkulieren lassen, manchmal einen Teil von ihr auf zudringliche Knastbrüder abgeladen, aber sonst war er sehr sparsam mit ihr umgegangen. Und da die sibirischen Nächte sehr lang waren, hatte er auch viel Zeit zum Nachdenken gehabt. Nicht nur an Frauen dachte man häufig in einem Gefängnis. Eigentlich waren die Strafanstalten jene Orte der Welt, wo am häufigsten über das Leid nachgedacht wurde. Über das Leid hatte auch Wolodja nachgedacht. Und weil jetzt seine Lebensenergie richtig in sein Hirn einströmte, und weil er auch ein Physiker war, erfand er einen Generator, der Vibrationen und Wellen produzierte und ausstrahlte, welche die Menschen heilen und ihr Leid mindern sollten. Es waren schon einige große Werke in sibirischen Gefängnissen vollbracht und der Menschheit geschenkt worden. Solche Sachen hatten in Rußland eine langjährige Tradition, und an diese Tradition schloß auch Wolodja an. Den Prototyp baute er in der Häfenwerkstatt, und er wurde zuerst an einem Sträfling, der Arthritis hatte, und dann an einem Wächter, der unter Rheuma litt, ausprobiert. Sie hatten nichts tun müssen, sie waren nur eine Stunde lang neben dem Gerät gesessen, und ihr Leid hatte sie verlassen. Aber obwohl es allen Wärtern und Knastbrüdern leid tat, verließ Wolodja die Strafanstalt und bald auch Rußland.

Nun war er in Wien und saß neben Iskren, und in drei Schließfächern am Südbahnhof lagen fünf verbesserte Varianten dieser Geräte und warteten, abgeholt zu werden. »Eigentlich habe ich es erfunden, um Krebs und Aids damit zu heilen«, meinte Wolodja bescheiden. »Wer soll mir aber in Rußland so eine Behandlung bezahlen können? Einfach verschenken will ich nichts mehr. Ich hab schon zehn Jahre meines Lebens verschenkt.« Wolodja hatte gelernt, seine Lebensenergie richtig anzuwenden, und sie hatte ihn nach Wien geführt, und das war richtig, denn dort wartete Iskren auf ihn. Die Frage, ob Wolodja verrückt oder genial war, stellte sich Iskren nicht, sie war nebensächlich, genauso wie die Frage, ob er an die Heilkraft seiner Wellen glaubte. Viel wichtiger war es, und da war Iskren zuversichtlich, daß es überall auf der Welt Leute gab, die das sofort glauben würden. Man hätte überall Geld damit machen können, aber nicht überall hatte der Durchschnittsverdiener soviel Geld zur Verfügung wie in Österreich. »Wir werden viel Geld damit machen, das schwöre ich dir«, sagte Iskren und umarmte Wolodja. Genauso geschah es.

Iskren ging das Risiko ein und investierte fast alles, was er noch hatte, in dieses Unternehmen. Er mietete eine große geräumige Wohnung nahe des Schwarzenbergplatzes, stattete sie gemütlich und teuer aus und kaufte alle Utensilien, die Wolodja brauchte. Es fehlte weder an Pendeln noch an Steinen und Düften, die Wolodja ausgesucht hatte, noch an anatomischen Karten. Sogar ein Skelett stand in einem der Zimmer, neben ihm ein kleiner goldener Buddha, gegenüber eine Ikone des Heiligen Nikolaj Tschudotworez. Sie schauten einander an,

Buddha den Heiligen Nikolaj, der Heilige Nikolaj Buddha, als ob sie sich sagen wollten: »Die Generatoren, das wäre es gewesen, mein Freund. Hätten wir sie entdeckt, um wieviel mächtiger wäre jetzt unsere Religion.« Das Skelett mischte sich da nicht ein, obwohl auf einem seiner Knochen ›Made in China‹ zu lesen war. Ihm waren alle Religionen gleichgültig.

Im Nebenzimmer standen die Generatoren, gut geschlichtet und schön angeleuchtet. Die Geräte, die jedes Leid lindern konnten. Man brauchte nur auf einen Knopf zu drücken, und schon begannen sie Wunder zu produzieren. Ein Trost für alle, die nicht das Nirvana erreichten, sondern immer wieder geboren werden mußten, aber auch für jene, die nicht auf das Heil des Himmels warten wollten. Sie brauchten jetzt nur Platz in dem Wartezimmer dieser hübschen kleinen Klinik zu nehmen, und es war garantiert, daß sie an die Reihe kamen. Und weil alles so klein und hübsch geworden war, stelllte Iskren zwei junge russische Mädchen als Assistentinnen ein, um den Gesamteindruck zu vervollständigen. Zu allerletzt wurde an der Wand vor der Eingangstür eine glänzende Messingtafel montiert, mit der Inschrift: »Dr. Wolodja Besstschastnik, Spezialist für chinesische Medizin und Heilkunst, alternative Therapien, Akkupunktur, Bioresonanz, Magnetfeld-, Bioenergetische, Neural- und Hypnotherapie, Lebensberatung.« Auf die gleiche Inschrift konnte man eine Zeitlang auch in verschiedenen Zeitschriften treffen. Um die Mundpropaganda kümmerten sich Iskrens Bekannte.

Bald kamen die ersten Kunden, bald wurden die ersten geheilt. Bald sah man mehrere Leute und auch Hunde im Warteraum sitzen, bald kannte Iskren manche von ihnen sehr gut. »Bis bald«, sagten sie, wenn sie die kleine hübsche Klinik verließen, und das hörte er gern, denn jetzt floß endlich wieder das Geld. Und wenn neue kamen und vom Herrn Doktor wissen wollten, wann sie wieder gesund würden, hörten sie immer ein Wort: »Bald.« Es war eines der Lieblingsworte der Menschheit. Und obwohl es Politiker, Propheten und Priester seit Jahrhunderten mißbrauchten, hörten es die Menschen immer noch gern. Denn es war und es wird immer ein Wort der Zukunft bleiben.

Jetzt floß endlich wieder das Geld, jetzt konnte sich Iskren wieder an den Tisch setzen, einen Kaffee trinken, eine Tageszeitung oder einen Reisekatalog durchblättern und in aller Ruhe an die Zukunft denken.

Wolodja hatte großen Erfolg. Jeden zweiten Tag kamen neue Menschen zu ihm. Nicht, daß es in Wien mehr Kranke als anderswo gegeben hätte, im Gegenteil sogar, denn die medizinische Versorgung war ausgezeichnet, dafür gab es mehr eingebildete Kranke als anderswo, und um die kümmerte sich Wolodja. Es mußte aber auch etwas an ihm oder an den Generatoren dran sein, dachte Iskren immer wieder, denn es kamen auch echte Kranke in die kleine hübsche Klinik, und einigen von ihnen ging es nach ein paar Séancen wirklich besser. Zum Beispiel dem reichen Bordellbesitzer, den Wolfi zu Wolodja geschickt hatte und der unter Multipler Sklerose litt. Er war im Rollstuhl gekommen, hatte auch seine linke Hand nicht mehr bewegen können, und jetzt ging er, nur auf einen Stock gestützt, im Wartezimmer herum, lachte und klopfte mit seiner Linken, immer wenn er Gelegenheit fand, den Assistentinnen auf den Hintern. Erstaunlich, sehr erstaunlich, dachte Iskren und erinnerte sich an den Begabten. »Sowjetische Macht und Elektrizität«, liebte dieser zu sagen, und da war etwas dran.

Einmal in der Woche, am Dienstag, kam ein Mensch aus der ehemaligen Sowjetrepublik Armenien in die Klinik. Er hieß Agop. Er war nicht krank. Er genoß sogar die Vorzüge eines sehr gesunden Verstandes, eines unermüdlichen Körpers und zweier sehr weit blickender Augen. Sein Weg führte ihn in die Klinik, weil er in seiner Freizeit mit Kaviar und Zigaretten handelte. Sonst verkaufte er Pizzastücke, Getränke und Kebap am Bahnhof Wien Mitte. Wolodja hatte Pizza und Kebap nicht gern, dafür aber Kaviar. Außerdem war er ein leidenschaftlicher Raucher, genauso wie Iskren und die beiden Assistentinnen. Also kam Agop einmal in der Woche in die Klinik. Um ihm einen Gefallen zu tun, bot Wolodja Agop an, ihn kostenlos zu behandeln. Er machte sich Sorgen um ihn, er hatte mit seiner Hand die Energiefelder von Agops Körper überprüft und war auf kleine Steine in seinen Nieren gestoßen. Agop lehnte dankend ab. »Wenn ich schon so lang mein Kreuz trage, was sind da schon ein paar kleine Steinchen«, antwortete er und kassierte lieber das Geld für die Zigaretten und den Kaviar. Iskren gewann Agop sehr lieb, er borgte ihm gelegentlich auch Geld. Agop gab es immer pünktlich zurück. Immer an einem Dienstag.

Die Klinik ging sehr gut, allein vom Bordellbesitzer war eine Million Schilling hereingeflossen. Iskren brachte seinen Anteil nicht zur Bank. Er wechselte ihn in Dollar und brachte ihn nach Hause. Es war eine Laune von Emma, der er nachgegeben hatte. Sie zählte das Geld so gern, sie berührte es gern. Sie träumte laut, was sie alles damit machen würden, sie baute Häuser und Burgen und Berge mit ihm, sie spielte mit ihm, wie das Kind, das sie von Iskren wollte, aber am liebsten fühlte sie es an ihrem Rücken, wenn sie sich Iskren hingab. Zerstreut am Boden einer Wohnung im 3. Wiener Gemeindebezirk, schauten tausende amerikanische Präsidenten zu. Das erregte sie.

»Wann fahren wir nach Amerika?« fragte Emma, als sie wieder ruhig nebeneinander lagen.

»Bald, sehr bald«, antwortete Iskren. Durch die vielen grünen Scheine um sich hatte er das Gefühl, auf einer Wiese zu liegen, auf einer amerikanischen Wiese. Er war schon mit einem Bein dort, und deswegen schloß er genüßlich die Augen.

Am 9. September hatte er die Flugkarten gekauft, am 12. brachte er sie wieder zurück. Einst waren es drei Handgranaten gewesen, die die Pläne seines Lebens geändert hatten. Jetzt waren es zwei Flugzeuge. Und in beiden Fällen hatte der Treibstoff eine entscheidende Rolle gespielt. Kleine Explosionen können das Leben eines Menschen verändern, große das Leben einer ganzen Nation. Das wußte Iskren, und er verstand auch die Wut und die Angst der Amerikaner, aber wofür er kein Verständnis hatte, war das Schicksal. Seine Willkür machte ihn wütend, seine Unvorhersehbarkeit ängstigte ihn. Nicht einmal die Amerikaner konnten sich vor seinen Schlägen schützen, nicht einmal sie, und das sollte schon etwas heißen.

»Wir müssen vorübergehend woanders hinfahren«, sagte Iskren am Abend.

»Ich dachte es mir... Und wohin?« fragte Emma, den Blick auf den Fernseher gerichtet, wo gerade die Katastrophe zum hundertsten Mal wiederholt wurde.

»Nach Sansibar... Ich habe schon gebucht, am 2. Februar fahren wir weg. Es soll der schönste Ort dieser Welt sein.«

»Ich brauche Schönheit. Ich brauche sie dringend... sehr dringend«, sagte sie, schaltete den Fernseher aus, warf die Fernbedienung auf den Boden, stand auf. »Es ist spät geworden, ich muß zu Gabor.«

Gut, daß Emma sich bald wieder beruhigte, nach ihr beruhigte sich langsam die Welt und mit der Welt auch alle Leute, die im Besitz von falschen Papieren waren. Leider war es Iskren nicht beschert, diese Ruhe lange zu genießen.

Es geschah Mitte Dezember. Iskren hatte einige sehr schöne Tage mit Emma verbracht und war nicht mehr in der Klinik gewesen. Emma schlief noch in seinem Bett, als er die Wohnung verließ, mit der Absicht, ein Weihnachtsgeschenk für Emma zu kaufen. Es war sehr kalt auf den Straßen, und um sich aufzuwärmen, ging er in ein Kaffeehaus. Er nahm Platz, bestellte eine heiße Schokolade mit Rum, zündete sich eine Zigarette an und nahm eine Zeitung zur Hand. Das Haus auf der Titelseite kam ihm bekannt vor. »Mann wirft zwei Handgranaten in Ordination.« Iskren suchte schnell den Bericht, las, zahlte, ging. Noch 20 Schritte trennten ihn von seinem Haus, als er die Polzeiwagen sah, die dort parkten. Er kehrte um und bog um die erste Ecke, die sich ihm anbot. »Sie können nicht so schnell sein, es ist erst gestern passiert«, dachte er, und doch waren sie so schnell. Auf die Beamten in Österreich war Verlaß. Deswegen mußte Iskren so schnell wie möglich die Gegend verlassen.

»Das alles kann nicht wahr sein, ich kann es nicht glauben.« Man sollte auch nicht alles glauben, was in den Zeitungen stand, aber in diesem Fall klang alles sehr plausibel. Denn am gestrigen Abend hatte sich folgendes zugetragen. Ein Mann hatte zwei Handgranaten in eine Ordination für alternative Medizin geschmissen, nachdem er zuvor das gleiche mit über einer Million Schilling für seine Behandlung gemacht hatte. Er wäre in ein Netz von Kurpfuschern geraten, und als er zur Besinnung gekommen war, hätte er nicht nur einen, sondern zwei Punkte hinter das ganze setzen wollen. So groß war seine Wut gewesen. Außer ihm war bei der Explosion niemand gestorben. Der Kurpfuscher, ein russischer Staatsbürger, war in Haft. Man suchte nach seinem Komplizen und nach weiteren Opfern. Auf dem Photo in der Zeitung hatte Iskren den Bordellbesitzer erkannt. So undankbar können Menschen sein.

»Ach Wolodja, Wolodja, warum hast du ihn wieder auf die Beine gebracht, seine Hand so liebevoll behandelt«, seufzte Iskren voller Erbitterung und eilte zu Agop, dem guten Agop, dem Armenier Agop.

Dort bekam er ein Bett, dort nahm er ein Bad, dort rasierte er seinen Bart. Zehn Tage blieb er dort, danach mußte er gehen. Er hatte Verständnis und ging. Sein Leben war in kleine Stücke zersplittert, er hatte keine Kraft, sie zu sammeln. Müde war er. Die ganze Müdigkeit dreier Existenzen spürte er plötzlich in sich. Er konnte nicht mehr gehen. Er ging in eine öffentliche Toilette, sperrte sich in eine Kabine ein und begann, sie eine nach der anderen zu beweinen.

XII. *svetljo*

Der Regen. Die Erde liebte ihn, die Infanteristen haßten ihn. Denn kaum fielen die ersten Tropfen, streckte der Regimentskommandeur seine Rechte aus, ließ sie naß werden, bespritzte mit ihr sein braungebranntes Gesicht und sagte: »Ein gutes Wetter für Übungen.« Das Wasser war sein Element. Ein Soldat war nur dann Soldat, wenn er naß und schlammbedeckt war. Deswegen mußte der Infanterist hunderte von Metern durch Schlamm kriechen, Flüsse durchqueren oder durchschwimmen oder unter dem Regen laufen. »Die Türken haben eine 500 000 Mann reguläre Armee, wir nur 100 000. Bei einem Nato-Angriff ist es unsere Aufgabe, sie mindestens 20 Minuten aufzuhalten. Dann kommen schon die Russen. Einen überraschenden Angriff macht man immer bei schlechten Wetterbedingungen«, liebte er zu sagen. Er war ein Mensch, der nur die Regenwolken und das schlechte Wetter liebte, sonst nichts. Daran waren zwei seiner Ehen gescheitert und sogar seine Beförderung, denn nirgendwo anders als in seinem Regiment erkrankten so viele Soldaten an Lungenentzündung. Aber nichts konnte ihn dazu bewegen, seine Einstellung zu ändern, denn seine Liebe war echt.

»Du sollst keine Socken tragen, sondern Fußlappen. Und paß gut auf sie auf. Nimm sie am besten mit dir ins Bett«, war das erste, was Svetljo von seinen neuen Kameraden hörte. Noch beim ersten großen Marsch erfuhr er, warum. Das Regiment mußte einmal pro Woche mit voller Ausrüstung 14 Kilometer laufen. Die fünf Kilometer, die man fünf Tage in der Woche morgens lief, waren ein Spaziergang dagegen. Nach dem ersten 14-Kilometer-Marsch hatte sich der Stoff seiner

Socken mit der Haut seiner Füße verwebt, die Füße entzündeten sich. Er mußte eine Woche im Bett liegen, und das sah kein Unteroffizier gerne. Danach trug er nur noch Fußlappen. Bei einer 15tägigen Übung, bei der die ganze Abteilung im Freien übernachten mußte, wurden ihm die Fußlappen am dritten Tag gestohlen. Er mußte die Übung barfuß weitermachen. Ab dem fünften Tag war es besser, die Schuhe nachts nicht auszuziehen, denn man wurde oft mitten in der Nacht aufgeweckt, um die Alarmbereitschaft zu überprüfen. Man hatte nur eine Minute, um voll ausgerüstet in Position zu gehen. Wer zu spät kam, bekam Arrest, und jeder Tag Arrest wurde nicht als Wehrdienst angerechnet, sondern mußte nach Ablauf der regulären Zeit abgedient werden. Also schlief man lieber voll ausgerüstet. Am zehnten Tag mußten Svetljo die Schuhe von den Füßen geschnitten werden. Zwei Wochen durfte er liegen, danach mußte er wieder mit den andern laufen.

Über sein geistiges Leben war wenig zu berichten. Die Worte »Jawohl«, »Überhaupt nicht« und der Satz »Ich diene der Volksrepublik Bulgarien« reichten vollkommen, um alles auszudrücken. Und wenn man doch etwas anderes sagte, dann waren es Schimpfwörter und Flüche. Die Phantasie wurde nur beim Onanieren angestrengt, und es galt als schlimmstes Unglück, wenn sie dabei versagte. Als seine Mutter es endlich schaffte, ihn zu besuchen, dauerte es eine Stunde, bis er das erste sogenannte zivile Wort aussprechen konnte.

»Mutter, komm mich nicht mehr besuchen, sonst werde ich weich und schaffe es nicht, das durchzuhalten«, sagte er ihr, als sie das zweite Mal zu ihm gekommen war. »Ich werde alles tun, was du willst, komm nur gesund da raus«, sagte Marina. Und Svetljo war ihr sehr dankbar, daß sie weder zu heulen angefangen noch ihn zu umarmen versucht hatte.

Als seine Uniform im Herbst naß wurde, trocknete sie erst im Spätfrühling. Der Kommandeur kümmerte sich darum, und nur die starke Sonne konnte ihm etwas entgegensetzen. Die Soldaten liebten sie. Vor allem, weil es eine Weisheit in ihrer Abteilung gab, die von Jahr zu Jahr weitergegeben wurde. Sie lautete: »Wenn deine Uniform zum zweiten Mal trocken wird, darfst du an das Dienstende denken.« »Meine Uniform ist trocken, Kumpel«, schrie laut der erste, dem das aufgefallen war. Alle stürzten zu ihm, und es gab keine Hand, die nicht mindestens einmal den Stoff berührte, denn das, was sie berührte, war keine einfache Wolle, es war die erste Berührung mit der Freiheit.

Svetljo teilte einen Schlafraum mit hundert Leuten und von allen hundert konnte er sich in einem Jahr nur mit einem richtig befreunden, dem Maler der Abteilung, Soldat Ivanov. Er hatte einen leichteren Dienst als die anderen, weil er alle Plakate und Losungen für die Abteilung malen oder zeichnen mußte. Er hatte die Prüfungen für das Fach Bildhauerei an der Akademie bestanden, aber so wie alle Aufgenommenen durfte er erst nach dem Armeedienst studieren. Er hatte schon zweimal den Genossen General Dobri Dshurov und einmal den Genossen Todor Shivkov für die Abteilung malen müssen. Da durfte er sich keine Blöße leisten. »Leute mit Schnurrbärten sind am leichtesten, besonders die Militärs. Die freuen sich, wenn sie Stalin ein bißchen ähnlich schauen. Aber Shivkov... Das ist schwer. Er hat keinen Schnurrbart, und sein Kopf ist so schief«, beklagte er sich bei Svetljo, während er mit dem Pinsel ein paar Lichtflecken auf Shivkovs Glatze setzte.

Jetzt lagen sie auf einer Wiese, nicht weit vom Schlafraum entfernt. Es war Sonntag, und die Sonne trocknete ihre Uniformen. In ihren Mundwinkeln zitterten zwei grüne Grashalme, ihre Gürtel waren aufgelockert und nach unten gerutscht, ihre Mützen steckten in den Gürteln, alles Dinge, die sich nur ein Altsoldat erlauben konnte.

»Sogar, wenn ich jetzt auf einem Schwanz sitzen müßte, werde ich die restliche Zeit aushalten«, meinte Ivanov. Svetljo verstand die Metapher, sie bezog sich auf die Dauer. »Der Scheißpolitkommandeur will, daß ich eine zwei Meter hohe Skulptur mache, die den Infanteristen verkörpern soll. Er will sie auf dem Exerzierplatz aufstellen... Hast du was dagegen, wenn ich ein paar Skizzen von dir mache?« fragte Ivan. Svetljo hatte nichts dagegen.

»Und dieser ängstliche und willenlose Mensch soll die Infanterie verkörpern?« schimpfte der Politkommandeur, als er die fertige Skulptur sah. »Sie müssen noch viel von den sowjetischen Künstlern lernen, Soldat Ivanov.«

»Jawohl, Genosse Kapitan.«

»Zerstören Sie sofort diese schandhafte Figur und formen Sie eine neue. Tapferkeit und Entschlossenheit will ich sehen. Einen Infanteristen im Ansturm. In der Rechten soll er eine Handgranate, bereit zum Abwurf, tragen, in der Linken sein Gewehr. Sie haben zwei Wochen Zeit«, befahl der Politkommandeur.

Svetljo war nicht traurig darüber, daß seine Gestalt nicht auf dem Exerzierplatz verewigt wurde. »Ich will in keiner Form hier bleiben, nicht mal als Stein«, meinte er. Und er freute sich sehr, als nach zwei Wochen das neue Monument aufgestellt wurde. Es stellte einen Mann dar, über dessen Eigenschaften sich alle Offiziere einig waren. »Das ist das wahre Gesicht der Infanterie«, lobte der Politkommandeur Ivanovs Arbeit. Aber egal, wie lange sie die Skulptur anschauten und wie stark sie ihr Gedächtnis anstrengten, keiner der Soldaten konnte sich erinnern, jemals so einen Ausdruck auf dem Gesicht eines seiner Kameraden gesehen zu haben. Doch einer der Rekruten konnte das Gesicht erkennen. »Das ist ja Rambo«, sagte er leise. »Pst, sonst verbrennst du dir die

Zunge«, drohte ihm Ivanov, der neben ihm in der Reihe stand. Zum Glück kam diese Entdeckung nicht der Offizier- und Unteroffizierschaft zu Ohren. Und zum Glück fehlte ihnen auch das richtige Maß an Abstraktionsvermögen, um diese Ähnlichkeit selber herzustellen, denn jeder von ihnen kannte den Film, sie schauten ihn gerne an. Auch der Kommandeur sah ihn gern. Natürlich nur, wenn es draußen nicht regnete.

Wer einen Studienplatz vorweisen konnte, wurde nach zwei Jahren aus der Armee entlassen. Wer nicht, mußte noch drei Monate bleiben. Svetljo mußte bleiben. Im September 86 war er in die Armee einberufen worden, im Dezember 88 durfte er sie verlassen. Über 2000 Kilometer war er inzwischen gelaufen, 1000 von ihnen in voller Ausrüstung, und als er nach Hause kam und zurückzublicken versuchte, stellte er fest, daß er jenen Svetljo, der einst in die Armee eingerückt war, nicht mehr ausfindig machen konnte. 2000 Kilometer lagen dazwischen, und er verspürte weder die Lust noch das Bedürfnis, sie zurückzulaufen.

»Nun bist du endlich ein Mann geworden«, sagte sein Vater, der allein Svetljos Wortkargheit schon für ein Männlichkeitszeichen hielt.

»Danke übrigens, daß du mich damals aus der Scheiße herausgeholt hast«, sprach Svetljo einen der längsten Sätze der letzten beiden Jahre.

Ja, genauso sprach ein richtiger Mann, freute sich Jordan. »Ich lasse doch meinen Sohn nicht wegen einer Nutte ins Gefängnis stecken… Sie war eine Nutte, oder?« sagte er und öffnete zwei Bierflaschen. Die eine reichte er Svetljo. Svetljo nahm die Flasche, trank, sagte aber nichts. Alle Worte, über die er einst so locker verfügt hatte, hatten sich in diesen 27 Monaten ähnlich der Socken mit seinem Fleisch verwebt. Es tat weh, sie herauszureißen, bei manchen weniger, bei manchen mehr, aber es gab auch welche, bei denen er glaubte, ein wichtiges Organ würde aussetzen, wenn er sie aussprechen würde. Das Wort Radost gehörte zu ihnen. Es sollte nie wieder seinen Körper verlassen.

»Hast du irgendwelche Pläne? Was willst du arbeiten?« fragte Jordan.

»Ist mir gleich«, antwortete Svetljo.

»Laß mich wissen, wenn du mich brauchst«, bot Jordan seine Hilfe an.

Zwei Abende schwiegen sie ihre Männlichkeit vor dem Fernseher aus, deren Kontinuität nur hin und wieder von dem Geräusch einer geöffneten Bierflasche unterbrochen wurde. Am dritten Abend klingelte das Telefon. Es war Sascho. Er war auch erst vor drei Tagen aus der Armee gekommen und hatte sich bereits mit seinem Vater ausgeschwiegen.

Sie trafen sich. Sie schwiegen lieber gemeinsam als mit ihren Vätern, denn sie wußten, daß sie über das gleiche schwiegen.

»Ich werde ausziehen ... Mein Alter hat mich Hurensohn genannt. Ich habe ihn geschlagen ... Magst du mit mir in eine Wohnung ziehen?« war das erste, was Sascho sagte. Svetljo mochte. »Wir müssen schnell eine Arbeit finden. Diese Scheißkommunisten behandeln Leute ohne Beschäftigung wie Kriminelle. Deine Schwester hat recht gehabt, nach Australien zu fliehen«, meinte Sascho. Svetljo hatte in der Armee selten an seine Schwester gedacht. Er hatte überhaupt sehr selten in der Armee nachgedacht. Nun versuchte er sich Australien vorzustellen. Er strengte sich an. In seiner Phantasie öffnete sich ein Atlas, aber statt den Kontinenten tauchten plötzlich nackte Frauenkörper in verschiedenen Längen und Breiten auf. »Ich will jetzt nur eines ... ficken«, sagte er.

Sascho hatte diesbezüglich einen Tip in der Armee bekommen. Sie hieß Svesdiza, wohnte beim Güterbahnhof und schickte keinen zurück. Sie wollten sich gleich überzeugen, ob es stimmte. Den Angaben eines verwitweten Unteroffiziers folgend, betraten sie einen Gemeindebau und blieben im zweiten Stock vor einer Tür stehen, auf der einige Schuhabdrücke, immer vom rechten Fuß, sichtbar waren. Es war 23 Uhr, als Sascho die Klingel betätigte. An der Tür erschien eine Frau mit einer Hühnerkeule in der Hand, die bei ihrer Korpulenz wie ein seltener Lippenstift wirkte.

»Wir suchen Svesdiza«, sagte Sascho. Sie wurden eingelassen. »Wollt ihr gleichzeitig oder getrennt?« fragte Svesdiza. »Getrennt«, war Svetljos Meinung. »Zuerst das Geld. Zehn Lewa pro Kopf.« Sie gaben es ihr. Danach betraten sie ein Zimmer, in dem ein Mann mit nacktem Oberkörper und karierten Pantoffeln vor dem Fernseher saß. Sein Kopf glänzte, die wenigen Haare, die er hatte, fingen über dem Ohr an, umrundeten seinen Hinterkopf, endeten beim anderen Ohr und sahen wie ein schwarzer, abgebrochener Heiligenschein aus. Auf seinem Bauch ruhten zwei Hände wie die eines Atlas. Ein Atlas, der sich kurz gesetzt und die Weltkugel in seinen Schoß genommen hatte. Er würdigte die beiden keines Blickes. »Das ist mein Gatte. Laßt euch von ihm nicht stören … Wer von euch ist der erste?« sprach die Frau und legte den abgelutschten Knochen auf einen Teller. Svetljo wollte als erster. »Setz dich her und schau ein bißchen fern«, wandte sie sich an Sascho. Sascho gehorchte und nahm Platz auf einem eingesunkenen Sofa. Im Fernsehen lief eine brasilianische Serie. »Merk dir genau, was im Film passiert, und erzähl es mir dann«, sprach die Frau zu ihrem Gatten. »Schon gut«, sagte dieser. Svesdiza und Svetljo verschwanden in ein Nebenzimmer. Fünf Minuten später kam Svetljo heraus und tauschte seinen Platz mit Sascho, ohne ein Wort zu sagen. Sascho ging unsicheren Schrittes der offenen Tür entgegen. Bevor er sie schloß, blickte er noch einmal zu Svetljo, aber der war schon in den Fernseher vertieft. Neben ihm bohrte Atlas in seiner Nase, deswegen hatte Sascho vielleicht das Gefühl, daß der Boden unter seinen Füßen wackelte.

Um 23 Uhr 11 verließen die beiden die Wohnung.

»Wie war es bei dir?« wollte Sascho erfahren.

»Reden wir lieber nicht darüber«, sagte Svetljo.

»Man soll eigentlich nie auf die Tips eines Unteroffiziers hören«, sagte Sascho mit Bedauern.

»Niemals«, konkretisierte Svetljo.

Die Nachricht, daß sein Sohn ausziehen wollte, nahm Jordan kommentarlos auf. »Geld bekommst du von mir aber keines«, sagte er nur, und ging kalt duschen.

Das Geld für den Anfang borgte sich Svetljo von seinen Großeltern aus, Sascho von seinem Bruder. Sie mieteten eine Zwei-Zimmer-Plattenbauwohnung, durch deren Wände sie jede Nacht die Kartenspieler von nebenan so gut hören konnten, als ob sie mit ihnen am Tisch sitzen würden. Zwei Betten, zwei Stühle und ein Tisch, das war alles, was sie anfangs in der Wohnung hatten. Erst nach und nach brachte Sascho die Ausstattung seines alten Zimmers in die Wohnung. Dazu gehörten ein Bücherregal mitsamt den Büchern, sieben Plakate verschiedener Bands, der Atlas, eine Mappe mit allen Schatzkarten, die Sascho jemals gemalt hatte, und eine Kristallvase, die ihm einst seine Mutter geschenkt hatte und die immer leer stand. Er hätte auch gern seinen Kassettenrecorder mitgenommen, aber sein Vater hatte ihm das nicht erlaubt. Er durfte nur seine Kassetten mitnehmen, die jetzt, aufeinandergestapelt, den Staub anzogen. Svetljo hatte aus seiner früheren Wohnung nichts mitgenommen außer seinem Gewand. »Dir gehört hier nichts«, hatte sein Vater gemeint, und Svetljo hatte keine Lust gehabt, mit ihm zu streiten.

Die beiden konnten ihre Miete bald selber bezahlen, denn

sie begannen in der Computerfabrik zu arbeiten. Mit den Schulden sollte es noch ein bißchen dauern, denn ihr Lohn beschränkte sich auf 120 Lewa im Monat und mit 12 blauen oder 6 braunen Dimitrovs in der Tasche hatte es noch kein Proletarier sehr weit gebracht.

Die Arbeiter der Computerfabrik hatten einmal sehr gut verdient. Ihr alter Direktor hatte in Amerika studiert und dadurch sehr gute Kontakte gehabt. Mit vielen amerikanischen Firmen hatte er zusammengearbeitet und laufend Aufträge von ihnen bekommen. Bei fünf Lewa Durchschnittslohn pro Tag im Land hatten seine Arbeiter 10 bis 20 bekommen. Natürlich hatte er auch selber etwas beiseite gelegt, aber wen interessierte das schon, wenn es seinen Arbeitern gut ging und sie langsam wieder an den Kommunismus zu glauben begannen. Doch der Partei war dieser durch amerikanische Hilfe neu gewonnene Glaube nicht recht. Sie setzten den Direktor ab, und man erzählte sogar, daß er eingesperrt worden war. Das war sehr schlecht für die Fabrik, denn als die Geschäftspartner einmal mit Mister B. sprechen wollten, wurde ihnen ein ganz anderes Gesicht präsentiert. Wo war Mister B., wollten sie wissen. Er wäre für längere Zeit nicht ansprechbar, meinte sein Vertreter und bot sich zu ihren Diensten an. Sie brachen sofort die Verhandlungen ab, stiegen aus allen Verträgen aus und fuhren nach Hause. Sie ließen sogar die große Maschine, die sie mitgebracht hatten, zurück. Als Svetljo und Sascho in der Fabrik anfingen, stand diese Maschine immer noch dort. Sie füllte fast einen ganzen Raum. Jeden Tag kamen sechs Ingenieure, drei Frauen, drei Männer, verteilten sich um die Maschine und versuchten herauszufinden, wie sie funktionierte. Die Amerikaner hatten leider keine Betriebsanleitung zurückgelassen und wollten auch keine nachschicken. Nun waren sechs Ingenieure damit beauftragt worden, das Geheimnis zu lösen. Seit einem halben Jahr kamen sie jeden Tag in die Fabrik, verteilten sich um die Maschine, drückten einen Knopf, warteten, drückten einen anderen, schrieben etwas auf, aber am häufigsten saßen sie neben der Maschine, tranken Kaffee, rauchten und überlegten. Und das acht Stunden pro Tag, sechs Monate lang. Die Arbeiter nannten sie »die Denker«, und wer von ihnen Kinder hatte, der verbot ihnen ausdrücklich, an der technischen Universität zu studieren.

Svetljo und Sascho fanden die Denker rührend. Sie gingen oft in den Pausen zu ihnen, unterhielten sich und schnorrten Zigaretten. »Wir haben schon vor einem Monat herausgefunden, wie diese Maschine funktioniert«, vertraute ihnen eines Tages der jüngste der Ingenieure an. »Aber es hat keinen Sinn, uns anzustrengen. Hier zu sitzen ist viel angenehmer. Es ist leicht verdientes Geld... Wenn ihr mich fragt, hat der Kommunismus ausgedient. Es ist nur eine Frage der Zeit. Und am liebsten würde ich diese Zeit hier vor dieser Maschine abwarten... Wollt ihr noch einen Kaffee?« Sie wollten, aber daß der Kommunismus ausgedient hätte, trauten sie sich nicht zu glauben.

Die Arbeit in der Fabrik lähmte ihre Phantasie, der Alltag genauso. Sie waren einige Male nach der Arbeit zum Amphitheater gegangen, aber Bobby war nicht mehr dort und somit scheiterten auch die letzten zaghaften Versuche, an die Vergangenheit anzuschließen.

»Er hat doch gesagt, wir sehen uns in zwei Jahren wieder«, sagte Svetljo.

»Hast du ihm denn alles geglaubt?« sagte Sascho. Beide standen. Es war noch zu kalt, um sich auf den Marmor zu setzen.

Nun mußten sie sich um die Abwechslung in ihrem Leben selber kümmern, und das war mit 120 Lewa im Monat eine sehr mühsame Angelegenheit. Sie mußten schnell umdisponieren, und statt nach Abwechslung suchten sie nur nach

Trost. So landeten sie eines Tages im Wohnheim der Taubstummen. Ein Kollege aus der Fabrik, der selber taubstumm war und mit dem sie sich vielleicht deswegen so gut verstanden, führte sie dorthin. Zum ersten Mal in ihrem Leben gewannen die beiden zwei Frauenherzen, ohne ein einziges Wort sagen zu müssen. Svetljo erkämpfte sich mit Händen und Augenbewegungen das leicht phlegmatische Herz von Kamelia, Sascho das hingebungsvolle von Polja. Sie hatten endlich das gefunden, was sie in der Armee vermißt hatten, nämlich Ruhe.

Svetljo fiel auf, daß es ihm viel leichter gelang, sich mit Zeichen auszudrücken als mit Worten, und er fühlte sich in jenes glückliche Stadium seiner Kindheit zurückversetzt, als er noch nicht der Versuchung nachgegeben hatte, die Worte »Todor Shivkov« auszusprechen, und Kamelias Körper strahlte so eine kontinuierliche Wärme aus, daß er am liebsten wie ein Säugling den ganzen Tag neben ihr schlummern hätte wollen. An nichts wollte er denken, weder an früher noch an später, liegen wollte er, schlafen, träumen, Kamelias Körper spüren und keine Fragen hören. Nichts hören und nichts wissen wollte er. Nicht noch einmal mit dem falschen Wort zu reden beginnen. Lieber eine Zwetschke in den Mund nehmen oder ein Stück einer Quitte und es dann mit der Zunge in Kamelias Mund gleiten lassen, damit sie auch das gleiche schmeckte. Ein Wort sollte jemand Svetljo zeigen, nur ein Wort, mit dem sich das gleiche machen ließe.

Es geschah an einem Novemberabend. Er lag neben Kamelia im Bett, als er die Stimme eines Besoffenen von der Straße hörte. Er sprang auf, ging zum Fenster, machte es auf, horchte. Der Besoffene sang eine Weile, danach sagte er es noch einmal. Svetljo hatte richtig gehört. Er drehte sich um, sah Kamelias fragenden Blick und sagte: »Shivkov ist abgesetzt worden.« Sie schaute ihn immer noch verständnislos an. Erst da begriff er die Nutzlosigkeit seiner Worte und machte zuerst das Zeichen für Arschloch, dann für Diktator und schließlich für Absturz. Es gab in der bulgarischen Taubstummensprache ein Extrazeichen für Shivkov, aber er benutzte es ungern. Kamelia verstand ihn auch so. Sie hüpfte aus dem Bett und lief zum Fenster, als ob sie hoffte, eine ganz andere Welt draußen zu finden.

Von Tag zu Tag wurde es auf den Straßen lauter. Der Lärm zog die Menschen hinaus. Diejenigen, die schon draußen in den Schlangen standen, verließen ihren Platz und gingen lieber demonstrieren. Es gab keine Ware, die sie zwingen konnte, auf ihren Plätzen zu bleiben. Es gab keine brasilianische Seifenoper, die sie an den Fernseher binden konnte, denn das große Wunder geschah auf der Straße. 45 Jahre hatten manche darauf gewartet, 45 Jahre in der Stille der Angst gelebt, und auf die Worte, die sie bedrückten, so lange mit den Herzen gehämmert, bis sie abgestumpft waren. Nun wollten sie laut sein, nun wollten sie sprechen. Die erste große Kundgebung gegen die Regierung fand in Sofia statt, bald darauf folgten Demonstrationen in allen großen Städten des Landes. Gestern hatte es nur eine Partei gegeben, heute konnte man sie nicht mehr zählen. Kaum sprach einer eines jener unterdrückten Worte, bildete sich hinter ihm eine ganze Bewegung. Selten hatte so wenig genügt, selten war ein Wort größer gewesen, es war wieder die Zeit der Redner gekommen.

Der Lärm zog auch Svetljo und Sascho hinaus. Es gab keine Stille, die sich ihm widersetzen konnte. Der Lärm des Wunders war mächtiger als die Stille des Glücks. Svetljo und Sascho waren sogar zur ersten Demonstration nach Sofia gefahren. Seitdem besuchten sie jede Kundgebung in Plovdiv. Ihre Freundinnen begleiteten sie nur manchmal, viel lieber blieben sie zu Hause, weil sie auf die vielen schreienden Leute neidisch waren. Auf einer der Kundgebungen tauchte plötzlich Bobby auf der Bühne auf und spielte auf seiner Gitarre ein selbst komponiertes Lied gegen die Apparatschiks, von dem die Menge begeistert war. Links von ihm war keine Flasche, rechts von ihm keine Frau. Er spielte nicht mehr im Antiken, er spielte nur noch bei Kundgebungen. Er habe eine Partei gegründet, ob Svetljo und Sascho nicht beitreten wollten, interessierte sich Bobby gleich. Sie wollten es sich überlegen, meinten die beiden, denn sie wollten ihm nicht sagen, daß sie lieber seine Lieder im Antiken als beim Wahlkampf hörten.

Es gab aber auch genug Leute, die der Euphorie mißtrauten. Sie behielten einen kühlen Kopf. Sie wußten, daß es leider nur ein bewährtes Mittel gab, das die Lebensbedingungen eines jeden verbessern konnte, nämlich das Geld. Die Begeisterung tat dem Volk zwar gut, aber was würde geschehen, wenn sie eines Tages schwand, und das Volk die Geräusche seines leeren Magens vernahm? Woher sollte dann das Geld kommen? Und sogar wenn es durch ein Wunder käme, wer von all den hungrigen Rednern, die jetzt auf der Bühne standen, besäße dann die Kraft, es gerecht unter dem Volk zu verteilen? Wer von ihnen wußte denn, was mit einem Menschen geschieht, der von einem Tag auf den anderen diese Macht bekommt und vor Geldmengen steht, von denen er noch nicht einmal geträumt hatte? Die Leute, die ihre Köpfe kühl behielten, sahen auch eine kühle, dunkle, geld- und arbeitslose Zukunft auf das Land zukommen, und sie nutzten die Verwirrung der kommunistischen Partei, um das Land zu verlassen, bevor es diese Zukunft erreichte.

Sie kauften sich Flugtickets nach Kuba. Die Flieger nach Kuba machten eine Zwischenlandung in Kanada. Die Passagiere durften kurz aussteigen und sich am Flughafen die Beine vertreten. Allen Bulgaren gefiel der Flughafen so sehr, daß sie nicht zurück in den Flieger stiegen. Manche von den Geizigsten wollten besonders schlau sein. Wenn sie schon soviel Geld für die Tickets ausgegeben hatten, wollten sie zuerst Kuba besuchen, dort ein bißchen mit ihren kubanischen Brüdern den Abschied vom realen Sozialismus feiern und erst beim Rückflug den Vorteil des Zwischenstopps nutzen, um im Schoß des Kapitalismus zu landen. Also flogen sie weiter nach Kuba. Sie feierten ausgiebig, bekamen Durchfall vom Bananenessen, und wer beim Rückflug nicht gerade am Klo saß, der konnte zumindest Kanada nochmals vom Fenster sehen, denn beim Rückflug machte die Maschine leider keine Zwischenlandung. Sie flog direkt nach Sofia. Doch es waren nur wenige, die sich so verschätzten. Die meisten, die Bulgarien verließen, wollten auf keinen Fall mit ihren Füßen wieder den Boden eines sozialistischen Landes betreten. So wanderten viele nach Kanada aus, und es dauerte eine Weile, bis die kanadischen Behörden anfingen, Visa von den bulgarischen Staatsbürgern zu verlangen.

Die Welt war zwar groß, aber ihre Freude über den Fall des Kommunismus währte nur kurz.

»Kommt und seht, was wahre Freiheit und Demokratie ist«, hatte immer wieder der Westen den Osten umworben. Und als die Menschen des Ostens endlich kommen konnten, wurden sie schon an der Grenze aufgehalten und mit den Worten empfangen: »Kehrt alle um, da gibt's nicht zu sehen.« Und wieder standen sie vor uniformierten Leuten. Nun waren sie von beiden Seiten betrogen. Früher hatte die eine Seite für sie die Grenzen errichtet, jetzt die andere. Gab es denn noch etwas in dieser Welt, worauf sie vertrauen konnten? Ein Gesetz, ein System, ein Versprechen, eine Ideologie, eine Macht, ein Wort? Oder sollten sie so lange hinter den Stacheldrahtzäunen warten, bis ihnen Flügel wuchsen? Dort, wo die

Logik versagt und keinen Halt mehr gibt, bleibt einem sowieso nichts anderes übrig, als auf ein Wunder zu hoffen. Ein großes hatten sie schon erlebt, warum nicht noch eines?

»Noch größer als das erste ist das letzte Wunder«, sagte Svetljos Großvater Ognjan und schnitt zum ersten Mal die Zeitungen ohne hineinzublicken. »Pflegte ein Kollege von mir zu sagen, Dr. Feuchthecht hieß er. Ein sehr begabter Witzerzähler ... Also warten wir zuerst die Wahlen ab und schauen, was danach passiert. Es ist lange her, seit ich zuletzt gewählt habe. Weißt du schon, wem du deine Stimme geben wirst?«

»Ist doch selbstverständlich, für die Union der demokratischen Kräfte natürlich«, antwortete Svetljo. Immer wenn er zu seinem Großvater kam um sich Geld auszuborgen mußte er vorher lange mit ihm über Politik diskutieren. Diesmal hatte er aber noch etwas am Herzen. Er hatte einen Brief von seiner Mutter bekommen, in dem sie ihm mitteilte, daß sie wieder heiraten wollte. Daß sie mit seinem Vater nicht zusammenleben wollte, verstand er sehr gut, aber daß sie mit einem ihm wildfremden Mann leben wollte, das wollte Svetljo nicht verstehen. Allein bei der Vorstellung, daß sie nun mit diesem ihr Bett teilte, wurde ihm übel.

»Du denkst zu egoistisch«, tadelte ihn sein Großvater.

»Sie ist doch meine Mutter«, entgegnete Svetljo.

»Genau, und nicht deine Frau oder Freundin. Sie hat ihre ganze Jugend für dich, deine Schwester und deinen bescheuerten Vater geopfert. Jetzt soll sie auch ein bißchen Freude am Leben haben. Du sollst ihr diese Freude gönnen.«

»Seitdem du nicht mehr die Zeitungen lesen mußt, bevor du sie im Klo auflegst, bist du sehr weise geworden ... Wärst du früher so gewesen, hätte ich wahrscheinlich auch mal Freude am Leben gehabt«, scherzte seine Frau Anastasija mit ihm.

Trotzdem war Svetljo nicht zum Scherzen zumute. Er gönnte seiner Mutter jede Freude, nur Mann sollte sie keinen haben. Deswegen fuhr er auch nicht zu ihrer Hochzeit, deswegen beantwortete er keinen ihrer Briefe. Er zerriss sie wie jenen letzten Brief, den er in der Armee von Radost bekommen hatte, und fand erst wieder Ruhe neben Kamelias Körper.

Die Wut auf seine Mutter schlug sehr bald in Mitleid mit seinem Vater um. Er begann ihn sogar hin und wieder zu besuchen, ein Bier mit ihm zu trinken und über die nahende Fußballweltmeisterschaft zu sprechen. Wer weiß, vielleicht wären sie sich sogar nahe gekommen, wenn nicht eines Tages, während der Mittagspause, Sascho eine Tageszeitung neben Svetljos Teller gelegt und gesagt hätte: »Ich glaube, da steht was über deinen Vater.«

Seitdem die Presse Freiheit genoß, wurden immer mehr und mehr Verbrechen des kommunistischen Regimes enthüllt. Es war sogar eine Landkarte Bulgariens herausgekommen, auf der mit schwarzen Punkten alle Lager und Verbannungsorte, wohin politisch Verfolgte geschickt worden waren, aufgezeichnet waren. Die schwarzen Punkte waren so zahlreich, daß die Karte wie von Ameisen überfallen aussah. In dem Bericht, der vor Svetljo stand, waren dutzende Leute interviewt worden, die in den Kellern der Miliz verhört und gefoltert worden waren. Und alle behaupteten, daß der grausamste von allen Beamten ein Mann gewesen wäre, dessen Beschreibung sehr gut zu seinem Vater paßte. Nur einer der Gefolterten, ein Geographielehrer, glaubte zu wissen, daß dieser Mann Apostolov hieße und daß der Lehrer damals im Jahr 1973 Glück gehabt hätte, weil während des Verhörs seinem Peiniger die Nachricht überbracht worden war, daß sein stummer Sohn plötzlich zu reden angefangen hätte. Dies habe ihn gerettet. Die Miliz wies alle Beschuldigungen zurück, ein Mann mit diesem Namen habe nie im 2. Bezirkskommissariat gedient, hieß es.

Svetljo aß nicht fertig, er verließ sofort die Kantine. An seinen Arbeitsplatz kam er nicht zurück.

Es war fast Mitternacht, als sein Vater nach Hause kam. Svetljo konnte schon längst nicht mehr sitzen, deswegen lief er gleich zum Korridor, und noch bevor sein Vater etwas sagen konnte, drückte er ihm die Zeitung in die Hände.

»Ist das wahr... Sag mir, was hast du mit den Leuten gemacht?« schrie er ihn an. Jordan schaute die Zeitung nicht einmal an. Er machte die Klotür auf und warf sie hinein.

»Ich habe ihnen nur geholfen, die Wahrheit zu sagen... Wer will sie nicht hören, wer mag es, betrogen zu werden... Nun willst du sie auch hören, deswegen sage ich sie dir... Komm, gehen wir lieber ein Bier trinken«, sagte Jordan und ging Richtung Wohnzimmer. Svetljo versperrte ihm den Weg.

»Weißt du, es gab Zeiten, da hat alles, auch jedes Wort einen Sinn gehabt... aber schon längst interessiert mich nicht mehr, was die Menschen sagen oder zu sagen haben«, atmete Jordan jedes Wort in Svetljos Gesicht aus.

»Du ekelst mich an... Hast du überhaupt eine Ahnung, wie man sich fühlt, wenn man von der Zeitung erfährt, daß der eigene Vater das größte Schwein der Stadt gewesen ist? Und zu sehen, daß er noch stolz darauf ist?... So fühlt man sich...«, sammelte Svetljo so viel Speichel, wie er in seinem ausgetrockneten Mund finden konnte und spuckte Jordan ins Gesicht. Ja, so sprach ein Mann, aber ein Sohn durfte nicht so sprechen. Eine Ohrfeige reichte, um Svetljo auf den Boden zu strecken. Er gab nicht auf und versuchte anzugreifen, aber was waren seine 27 Monate Armeeerfahrung im Vergleich zu den 28 Jahren Milizdienst seines Vaters. Er wurde geschickt gepackt und zur Tür rausgeworfen. »Wenn du noch einmal hierher kommst, schlage ich dich tot«, hörte er auf dem Boden des Stiegenhauses, die vielen schwarzen Punkte des Mosaiks vor Augen. Danach wurde die Tür geschlossen.

Kamelia schlief noch nicht, als er besoffen in ihr Zimmer hineinschaukelte. Er versuchte lange die Zeichen zu finden, um ihr verständlich zu machen, was gerade geschehen war, aber seine Hände ballten sich immer wieder in Fäuste zusammen oder sie hingen nutzlos wie zwei Klöppel, denen die Glocken fehlten.

Große Hoffnung setzte Svetljo auf die Wahlen. Es waren die ersten freien Wahlen seit 1946, und er glaubte fest daran, daß die in Sozialisten umgenannten Kommunisten verlieren, all ihre Verbrechen ans Licht kommen und die Schuldigen in jene Lager geschickt würden, die sie einst selber gebaut hatten.

Die Wahlen fanden am 10. und 17. Juni 1990 statt. Die Sozialisten gewannen 47 Prozent der Stimmen und somit die absolute Mehrheit der Sitze im neuen Parlament. Was nutzte es schon, daß der ehemalige Kernphysiker und gegenwärtige Mönchsgeistliche Christophor Sabev, der Gründer der Partei »Christliche Union Erlösung«, der als Abgeordneter der demokratischen Kräfte einen Sitz im Parlament bekam, vor jeder Sitzung darauf bestand, die Bänke der sozialistischen Abgeordneten mit Weihwasser zu besprengen, um den Satan zu vertreiben. Die Leute lachten nur darüber, aber am meisten lachten die Sozialisten selbst. Sie ließen sich andächtig und mit großen Kerzen in den Händen vor dem Altar der Kirche Alexander Nevski filmen, wo sie zeigten, daß sie sich so schön bekreuzigen konnten, als ob Gott persönlich es ihnen beigebracht hätte. Wäre der Pope Andrej, der Rote Pope, damals nicht von den Faschisten auf einem Telegraphenmasten aufgehängt worden, dann hätte er zweifellos wieder zur Bibel gegriffen, eine Seite daraus gerissen, mit ihr eine Kanonenkugel umwickelt und sie nicht wie damals auf seine Kirche, sondern auf das Parteihaus abgefeuert.

Aber man hörte nichts mehr vom Popen Andrej, nicht einmal seine Kutte hörte man mehr flattern.

»Was für Verbrechen muß eine Partei noch begehen, um nie wieder gewählt zu werden«, sagte Sascho niedergeschlagen.

»Ich weiß nur eins, ich will hier nicht mehr bleiben«, sagte Svetljo.

»Gut, aber man verlangt schon überall ein Visum von uns.«

»Wofür war diese Scheißarmee gut, wenn wir nicht ein paar Zäune überspringen können«, sagte Svetljo. Eine solche Entschlossenheit von seinem Freund nicht gewohnt, sprang Sascho von den Marmorsitzen auf. »Na gut, schauen wir, ob diese zwei Jahre einen Sinn gehabt haben«, sagte er.

Sie gingen gleich zur Post, kauften sich eine Europakarte und klappten sie noch auf der Straße auf.

»Wohin sollen wir?« fragte Sascho.

»Lieber in ein Land, von dem ich am wenigsten weiß.«

»Alle fahren jetzt nach Deutschland...«

»Nein.«

»Was ist mit Österreich...«

»Geht. Von Österreich weiß ich am wenigsten«, sagte Svetljo nach kurzem Überlegen.

»Es liegt auch geographisch sehr günstig. Erreichbar sowohl von der Tschechoslowakei als auch von Ungarn. In beide Länder dürfen wir noch mit unseren Pässen rein. Wahrscheinlich ist auch die Grenze nicht so gut bewacht wie in Deutschland.«

»Darauf kannst du dich verlassen.«

Noch am selben Tag wurde der fertige Plan zusammengestellt. Die beiden würden in die Tschechoslowakei fahren und von dort nach einer Möglichkeit suchen, die Grenze zu überqueren. Am besten sollte es an dem Tag kalt sein oder schneien oder schütten, denn sie wußten, wie ungern die Soldaten an solchen Tagen Wache hielten. Und noch besser wäre es, wenn es zur selben Zeit einen großen Feiertag geben würde, so wie Weihnachten oder Silvester. Wer nimmt schon an solchen Tagen den Dienst ernst. Nicht einmal die Offiziere und die Unteroffiziere taten das. Also entschlossen sich die beiden, im Dezember des Jahres 1990 Bulgarien zu verlassen.

Ihren Freundinnen erzählten sie vorerst nichts darüber, denn es war noch Frühherbst. Die Trauben waren gerade richtig reif, die Mispeln, die Quitten. Die Melonen lagen zu Bergen getürmt auf der Straße. Man brauchte sie nur aufzumachen, um den Sommer in ihnen wiederzufinden, ihn zu riechen, ihn zu kosten. Den gelben, den roten, den süßen. Wieso vom Dezember reden, wieso jetzt schon den Winter in ihre Beziehungen einkehren lassen? Wieso schon jetzt frieren und bei jedem Kuß zittern, wie wenn die Zungen von Reif bedeckt wären? Wo die Sonne noch so schön wärmte, wo die Blätter noch so viele Farben hatten, wo die Früchte so gut schmeckten, die sie sich überreichten, von Hand zu Hand und von Mund zu Mund. Verboten soll die Torheit sein, in einem schönen Garten von Abschieden zu reden.

Für die Reise brauchten die beiden Geld. Mit bulgarischen Lewa kam man in der Welt nicht sehr weit. Auf ihnen war immer noch der Genosse Dimitrov abgebildet, und dort, wo die Grenze der Volksrepublik endete, verloren sie auch ihre Bedeutung, denn wer in der Welt wollte schon von dem Genossen wissen. Sogar in Bulgarien selbst verlor er von Tag zu Tag an Wert. Seine einbalsamierte Leiche, die seit Jahrzehnten im Mausoleum gelegen war, wurde nun in der Erde beigesetzt und den Würmern überlassen. Das gleiche drohte auch mit der bulgarischen Währung zu geschehen. Also brauchten die beiden entweder Dollar oder D-Mark für ihr Unterfangen. Um an sie zu kommen, gab es nur zwei Möglichkeiten. Entweder kaufte man sie schwarz auf der Straße, oder man fuhr nach Jugoslawien mit einem Koffer voller Taschentücher und anderen Waren, verkaufte dort, was man konnte und bekam dafür D-Mark. Die beiden machten zuerst eine sehr erschöpfende Zwei-Tages-Reise nach Jugoslawien. Ihr Bus wurde acht Stunden an der Grenze aufgehalten. Erst nachdem alle Insassen einen Sack mit Geschenken für die Zöllner voll gemacht hatten, durften sie weiterfahren. Es war sehr kalt im Bus, und als sich einige bei dem Fahrer beschwerten, erklärte er ihnen, er könne die Heizung nicht einschalten, weil das Joghurt, das er schmuggelte, kaputt werden würde. Man hatte Verständnis, denn es gab keinen Menschen im Bus, der nicht etwas schmuggelte. Von der Grenze fuhr der Bus direkt zum Markt eines mazedonischen Dorfes, am nächsten Tag zu einem albanischen. Als er wieder zurück in die Heimat fuhr, hatten Svetljo und Sascho je 100 D-Mark in den Taschen, und das war mehr, als sie in drei Monaten in der Computerfabrik verdienen konnten, denn die D-Mark wurde gerade für 3,50 Lewa auf dem Schwarzmarkt verkauft und stieg jeden Tag. Trotzdem war das Geld noch zu wenig, denn dort, wohin sie fahren wollten, konnte man mit 100 D-Mark nicht sehr lange überleben. Sascho entschied sich, seinen Vater um Geld zu bitten, Svetljo seine Großeltern.

Sascho hatte sich eigentlich nicht viel von seinem Vater erwartet. Überraschenderweise bekam er von ihm ein Sparbuch in die Hände gedrückt. »Es lautet auf deinen Namen«, sagte er, »seit zehn Jahren trinke ich drei Flaschen Wodka weniger pro Monat und lege das Geld für dich an. Nimms jetzt und rette dich aus diesem Sumpf.« Auf dem Sparbuch waren 1000 Lewa. Sascho bekam dafür 350 D-Mark. Er hatte einen guten Preis ausgehandelt. Mit dem Geld, für das man 360 Flaschen Wodka bekommen hätte können, sollte Sascho nach Österreich flüchten. Sascho war so erstaunt, daß er außer einem »Danke, Vater«, nichts über die Lippen brachte. »Schon gut, Kleiner, schon gut«, sagte sein Vater und ging den Fernseher einschalten.

Svetljo besuchte zuerst die Großeltern, die in der Stadt wohnten. Sie konnten ihm nur 100 Lewa geben. »Mach dir keine Sorgen um ihn. Sie werden in die Tschechoslowakei fahren, dort das Geld ausgeben, Angst bekommen und zurückkehren«, sprach Ognjan zu seiner Frau, nachdem Svetljo weggegangen war. »Ich verstehe nicht, wie du so zuversichtlich sein kannst. Ich versteh es nicht«, sagte Anastasija und lief zum Balkon, um noch einen Blick auf ihren Enkel werfen zu können.

Nun ging Svetljo auch seine Großeltern im Dorf besuchen. Seit einem Jahr war er nicht mehr dort gewesen, und er war unangenehm überrascht, seinen Großvater Svetlin krank im Bett liegen zu sehen. »Wird schon werden«, beruhigte ihn sein Großvater, die Zigaretten mit der Hand auf seinem Nachtkasten suchend. Svetljo blieb zwei Tage. Es war Anfang November. Die löchrigen Straßen waren matschig, die Steinplatten auf den holprigen Gehsteigen wackelten und spritzten bei jedem Schritt Schlammtropfen in alle Himmelsrichtungen. Es war unmöglich, bis zur Dorfschenke zu gelangen, ohne sich schmutzig zu machen, es sei denn, man hätte fliegen können. So wie die Krähen und die Raben, die von der Höhe der Bäume jeden Menschenschritt kommentierten.

Das Kino war längst nicht mehr in Betrieb, und im Saal hatte sich eine Fledermausfamilie einquartiert, die untertags über der weißen Leinwand döste und an verkehrte unfokussierte Untertitel erinnerte. Die meisten seiner Jugendfreunde hatten das Dorf verlassen und sich in den Städten des Landes verstreut, vielleicht nach der letzten Filmvorführung, vielleicht auch früher.

In der Dorfschenke saßen jetzt nur mehr verzweifelte Menschen mit silbernen Haaren, trüben Augen und schmutzigen Schuhen, die niemandem mehr raten wollten, wohin er die Nabelschnur eines Neugeborenen legen sollte. Nur die

Luft war noch wie früher. So sauber wie nirgendwo auf der Welt.

Erst kurz bevor er zurück in die Stadt fahren wollte, fand Svetljo den Mut, seinen Großvater um Geld zu bitten und zu erklären, wofür er es brauchte. Svetlin schickte seine Frau, das Photoalbum aus dem Kleiderschrank zu holen. Er machte es auf, holte 200 Lewa heraus und überreichte sie Svetljo. »Dein Vater lebt in Plovdiv, deine Mutter in Burgas, deine Schwester in Australien, und du willst nach Österreich. Solltest du wieder einmal hierher kommen, mußt du mir unbedingt erzählen, wie es dort ist. Denn ich habe in meinem Leben nicht viel von der Welt gesehen ... Nur bis zu einem Maisfeld habe ich es geschafft«, sagte Svetlin. »Natürlich werde ich wiederkommen, Großvater. Und wenn es nur ist, um dir etwas zu erzählen«, sagte Svetljo, verabschiedete sich von seinem Großvater und ging von seiner Großmutter begleitet hinaus. Sie befahl ihm ein bißchen im Hof zu warten, verschwand im Haus und kam mit einer Kaffeebüchse zurück. Ihre rechte Hand sank in die Büchse und tauchte wieder mit 300 Lewa auf, die sie, ohne etwas zu sagen, in Svetljos Tasche steckte. Danach verschwand ihre Hand noch einmal in der Büchse und holte diesmal einen Golddukaten heraus, der ein kleines Loch hatte, weil sie ihn in ihrer Jugend als Anhänger getragen hatte. »Ich wollte ihn für deine Hochzeit aufheben, damit du dir einen schönen Ring daraus machst, aber wer weiß, ob wir noch leben werden, wenn du heiratest. Nimm ihn lieber jetzt ... Und beeil dich, dein Bus wird gleich kommen, und wenn der Fahrer keine Leute an der Haltestelle sieht, bleibt er nicht stehen«, sagte sie, gab ihm einen Kuß und schob ihn zur Hoftür hinaus.

Für die Lewa bekam Svetljo 170 D-Mark, für den Dukaten 50. Nun hatten beide ein Kapital von 750 D-Mark, eine Karte Europas und zwei Zugkarten nach Prag mit dem Abreisedatum

12.12.1990. Die Karten hatten sie natürlich mit Lewa noch Mitte November gekauft. Die Stadt hatte Sascho ausgesucht, denn er meinte, es wäre besser, sich dort noch umzuschauen und umzuhören, bevor man zur Grenze fuhr. Nun mußten sie noch die Freundinnen von ihrem Vorhaben unterrichten. Es sollte am ersten Dezember geschehen, so hatten es die beiden vereinbart. In der Nacht auf den zweiten Dezember, als Svetljo allein mit Kamelia im Zimmer geblieben war, machte er das Zeichen, daß er über die Grenze fliehen würde. Danach zeigte er ihr das Datum an. Sie verfolgte mit den Augen die Bewegungen seiner Hände, wobei ihre Augenbrauen sich immer näher kamen. Wohin wolle er fahren, wollte sie wissen. Svetljo holte die Landkarte Europas aus seiner Innentasche heraus, breitete sie auf dem Tisch aus und legte seinen Finger auf Österreich. Kurz danach fiel ein kleiner Tropfen darauf und rutschte nach Italien. Es folgte kein anderer. Kamelia ging vom Tisch weg, machte den Kleiderschrank auf, holte frische Bettwäsche, überzog schnell Kopfkissen, Decken und Matratzen, setzte sich auf das Bett, blickte zu Svetljo und schlug zweimal mit ihrer Rechten auf den Platz neben sich.

Sascho stieß nicht auf soviel Verständnis von Poljas Seite. Er bekam zuerst alle Beschimpfungen, die in der Taubstummensprache vorhanden waren, zu sehen, danach wurde er aus ihrem Zimmer verjagt und mußte die Zeit bis zum 12. alleine verbringen.

Am Tag der Abreise wurden die beiden nur von Kamelia zum Bahnhof begleitet. Es war ein sehr stiller Abschied. Zwei Köpfe ragten über das Fenster hinaus, eine Frau winkte vom Bahnsteig, und als ob sie mit ihrer Hand den Wind herbeigerufen hätte, begannen Svetljos und Saschos Haare zu flattern. Die Frau stellte sich auf die Zehenspitzen, wollte größer werden, statt dessen wurde sie immer kleiner.

Svetljo und Sascho fuhren zuerst nach Sofia, wo sie zwei Stunden verbrachten, bevor sie in den Zug nach Prag umstiegen. Am Nachmittag des 14. Dezember setzten sie ihren Fuß auf den Prager Zentralbahnhof. Der Empfehlung eines Bulgaren folgend, den sie im Zug kennengelernt und mit dem sie Karten gespielt hatten, bezogen sie ein Doppelbettzimmer in einem der billigsten Hotels der Stadt. Die Stadt gefiel ihnen so sehr, daß sie vorerst zwei Tage lang nur feierten. Erst am dritten, als sie verkatert zu Mittag erwachten, erinnerten sie sich, warum sie eigentlich hierhergekommen waren. Sascho begann zu suchen, wo ihnen der Mann aus dem Zug die Adresse eines bulgarischen Klubs aufgeschrieben hatte. Svetljo erinnerte ihn, daß dieser es auf einer der Spielkarten getan hatte.

Nun gingen sie mit dem Pik-As in der Hand den bulgarischen Klub suchen. Sie fanden ihn leichter als erwartet. Ein schläfriger Portier mit zwei weißen, wie an seiner Wange angefrorenen Koteletten erklärte ihnen, daß das Lokal erst um 18 Uhr aufsperrte, und ließ so ein Gähnen heraus, daß sich sein Gesicht dabei um das Doppelte vergrößerte. In diesem Lokal verbrachten Sascho und Svetljo die folgenden Abende. Es war irgendwann Anfang der 80er Jahre volkstümlich eingerichtet und seitdem vernachlässigt worden. Das einzige, was dort noch halbwegs Licht spendete, war eine leuchtende Rottmannswerbung, unter der der Wirt mit den Kunden abzurechnen pflegte. Die Leute, die hier verkehrten, waren hauptsächlich Bulgaren, Serben und Mazedonier, die sehr unterschiedliche, oft undurchschaubare Gründe hatten, sich in Prag aufzuhalten. Und solcher Art waren auch die Informationen, die Svetljo und Sascho bekamen. Manche von den Leuten rieten ihnen, sofort umzukehren, andere versprachen, ihnen zu helfen, ließen sich eine ganze Nacht einladen und tauchten nie wieder auf. Die Tage vergingen, das Geld wanderte unter der Rottmannswerbung wie unter einem viereckigen Mond zur Tasche des Wirtes über oder wurde bei Sonnenlicht fürs Übernachten ausgegeben, und sie wußten immer noch nicht, was sie tun sollten. »Wir warten bis zum 23., und wenn bis dahin nichts passiert, fahren wir bis zur Grenze und machen es nach Gefühl«, schlug Sascho vor. Der 23. kam schneller als erwartet. Das Lokal war lauter und belebter als je zuvor. Auf dem besten Tisch saßen drei Serben, die ihren Kasinogewinn großzügig feierten. Der Wirt sauste zwischen Küche und ihrem Tisch so schnell hin und her, daß man nur seinen Schweiß riechen, ihn aber nie sehen konnte, außer seiner Glatze, die hin und wieder aufleuchtete wie eine große verlorene Münze mitten in einer dunklen Wiese. Die einzigen freien Plätze, die es noch gab, waren am Tisch der Serben. Svetljo fragte, ob sie sich dazusetzen dürften, und der Mann, der in der Mitte saß, erlaubte es ihnen. Ob sie Hunger und Durst hätten, fragte er sie, und als sie es bestätigten, bestellte er für sie Moussaka und Wein. Sie besprachen gemeinsam die im Sommer stattgefundene Fußballmeisterschaft und schimpften über das Pech der jugoslawischen Nationalmannschaft. Irgendwann fragte der Mann in der Mitte, dessen Namen sie sich nicht gemerkt hatten und von dem jeder zweite Zahn golden war, was sie nach Prag führte. Svetljo zögerte keine Sekunde und sagte gleich, was sie vorhatten. »Hätte ich jetzt einen Weg dorthin, hätte ich euch hinüber gebracht... Habt ihr eine Karte?« fragte er. Sie hatten sie mit. Er nahm sie, zog aus seiner Tasche einen Kugelschreiber, zeichnete etwas darauf und gab ihnen die Karte zurück. »Hier wird die Grenze am wenigsten bewacht«, sagte er. Danach zahlte er die ganze Rechnung, wünschte den beiden viel Erfolg und verabschiedete sich. Der Wirt begleitete ihn hinaus und kam mit so einem strahlenden Gesicht zurück, als ob es die Fähigkeit besitzen würde, die Höhe des Trinkgeldes zu spiegeln. Ein Bulgare, der vom Nebentisch das Gespräch verfolgt hatte, nützte die leeren Plätze, um sich an die beiden heranzuschleichen. »Ich fahre euch zur Stelle hin, es wird euch nur 100 D-Mark pro Kopf kosten, einverstanden?«

»Wir zahlen erst, wenn wir dort sind«, ergriff Sascho das Wort.

»Klar doch, wann wollt ihr losziehen?«

»Morgen«, sagten die beiden gleichzeitig.

Sie sollten ihn Wenzi nennen, meinte der Herr, als er sie am nächsten Tag mit einem Skoda vom Hotel abholen kam. Die Grenze sei nicht mehr so bewacht wie früher, trotzdem sollte man sich weder von den tschechischen noch von den österreichischen Grenzpatrouillen erwischen lassen. Man sollte so tief wie möglich in das Land dringen, immer weiter gehen, bis man eine Stadt erreichte. Von dort gleich nach Wien weiterfahren, von Wien nach Traiskirchen, so hieße der Ort, an dem das Lager sei. Dort allein würden Flüchtlinge aufgenommen. Erst wenn sie das Lager erreicht hätten, könnten sie aufatmen. Viele machten den Fehler, sich gleich den österreichischen Beamten zu stellen, nachdem sie die Grenze überquert hatten. Das wäre zu riskant. Man würde oft zurück in die Tschechoslowakei abgeschoben, deswegen sollte man so schnell wie möglich das Grenzgebiet verlassen. Aber er wäre zuversichtlich, die beiden hätten einen guten Tag ausgesucht. Kälte, Schnee und noch dazu Weihnachten. Ein Traum von einem Tag für einen Grenzübergang wäre das, ein Traum, erklärte ihnen Wenzi in seinem schlecht geheizten Auto. Gut war Wenzi, einen kleinen Kompaß schenkte er ihnen. »Sonst würdet ihr euch die ganze Nacht im Kreis drehen, die Orientierung verlieren und nie aus dem Wald rauskommen. Ich kenne Trottel, denen das schon passiert ist«, sagte Wenzi. Auch Schnaps gab er ihnen zu trinken, damit sie sich aufwärmten, bevor sie mit dem Marsch begannen. Sie warteten, bis es dunkel wurde, speisten ein wenig in einem Wirtshaus nahe der Grenze und fuhren dann zu der aufgezeichneten Stelle. Wo der Weg nahe am Waldrand vorbeilief, brachte er das Auto zum Stehen. »Von hier geradeaus durch den Wald sind es zwei Kilometer bis zum ersten österreichischen Dorf. Haltet euch immer südlich. Zieht jetzt das Wärmste an, was ihr habt, und nehmt nur das Wichtigste mit. Die Koffer könnt ihr vergessen, mit denen kommt ihr nicht weit. Ich heb sie auf. Falls wir uns eines Tages wiedersehen sollten, gebe ich euch die Sachen zurück«, sagte Wenzi. Die beiden sahen ein, daß er recht hatte, also zogen sie sich die wärmsten Kleider an und nahmen nur ihre Maturazeugnisse mit. Auf das Kreuz-As schrieb Wenzi ihnen drei Sachen auf: »Station Karlsplatz Oper – Lokalbahn nach Baden – Traiskirchen«. Svetljo hob behutsam die Karten in seiner Innentasche auf, danach zahlten sie Wenzi die 200 D-Mark. »Ich weiß, es ist ein Scheißweg, aber es ist ein Weg«, sagte Wenzi und drückte ihnen die Hände. Die Uhr in seinem Auto zeigte fünf Minuten nach 19 Uhr, als sie ausstiegen und zum Wald liefen.

Svetljo stapfte vorwärts, den Kompaß in der Hand. Es schneite. Der Schnee reichte an manchen Stellen bis zum Knie, deswegen versuchte Sascho in Svetljos Spuren zu gehen. So schritten sie anfangs, schweigend, und nur die Zeichen der Taubstummensprache benutzend, bis sie das Bellen hörten.

Der Hund sei der beste Freund des Menschen, hieß es, aber besonders gute Freundschaften pflegten Polizisten und Grenzpatrouillen mit Hunden zu schließen. Svetljo und Sascho wußten später nicht, wie lange sie im Schnee versteckt gelegen waren und wann genau das Bellen verstummt war und sie zu laufen angefangen hatten. Und wieviele Zäune sie übersprungen hatten oder durch wieviele sie durchgekrochen waren. Sie wußten nur eines, sie wollten auf keinen Fall den Menschen in Begleitung seines besten Freundes treffen. Ihre eigene Freundschaft genügte ihnen vollkommen.

»Svetljo, bleib stehen und schau dir das an«, rief plötzlich Sascho von hinten. Er stand außer Atem und stützte sich auf ein Straßenschild. Das Schild war auf Deutsch beschriftet. Es zeigte die Stadt an, die die beiden erreichen wollten, und auch die Entfernung bis dorthin. Es waren lächerliche 20 Kilometer. Svetljo steckte den Kompaß in die Tasche und umarmte seinen Freund.

Die Uhr auf dem Glockenturm zeigte kurz nach Mitternacht, als sie das erste Dorf erreichten. Fast in jedem Hof sahen sie kleine Tannenbäumchen. Die meisten von ihnen waren mit Lichtern verschiedener Farben geschmückt. Man feierte Christus 1990. Geburtstag im Lande, und er war in jedem Haus ein gern gesehener Gast. Svetljo und Sascho dagegen nicht. Sie mußten weitermarschieren. Aber weil alles um sie so schön leuchtete, holten sie sich im nächsten Dorf ein Telefonbuch aus einer Telefonzelle und zündeten es an, um ihre Hände ein bißchen aufzuwärmen. Sascho sah dabei einen schönen Traum ihn locken und wollte sich auf eine Bank an der Busstation legen, aber Svetljo erlaubte es ihm nicht. Schade, sehr schade um den Traum, denn Sascho träumte nur selten. »Sascho!« rief jemand, so wie ihn sein Vater immer vom Nebenzimmer gerufen hatte. »Sascho!« hörte er ein zweites Mal, und da stand er auf und ging, denn er wollte nicht, daß sein Vater in das Zimmer hereinkäme.

Nur selten fuhren Autos an ihnen vorbei. Es war besser so, denn ihre Lichter taten ihren Augen weh, und auch den Herzen, denn die Wahrscheinlichkeit, daß sie Polizeiautos waren, war zu dieser späten Stunde sehr groß. Trotzdem bogen die beiden nicht mehr von der Straße ab. Sie waren schon zu müde, um im Schnee zu stapfen.

Es war 6 Uhr früh, als sie die Stadt erreichten. Ihre Haare, da sie keine Mützen trugen, waren auf ihren Köpfen gefroren. Ihre Lippen waren kaum zu unterscheiden, sie hatten sich der Gesichtsfarbe angeglichen. In ihren Köpfen war nur mehr eine spärliche Anzahl von Gedanken vorhanden. Aber es reichte aus, sie bis zum Bahnhof zu führen. Um 6 Uhr 30 betraten sie die Bahnhofshalle. 20 Sekunden später mußten sie sie wieder verlassen, sie wären beinahe ohnmächtig von der Hitze geworden. Sie mußten einige Male rein- und rausgehen, bis sie sich an die Temperatur gewöhnten. Sascho, der einige Worte von den englischen Liedern kannte, erkundigte sich nach dem Fahrplan. In zwei Stunden gäbe es einen Bus, der nach Wien fahre, wurde ihm erklärt. Gut, sehr gut, jetzt wollte er nur noch träumen, schlafen und träumen. Und er setzte sich auf eine Bank in der Halle, und kaum hatte er sich gesetzt, war er schon eingeschlafen. Svetljo blieb wach. Er wollte nicht, daß sie den Bus verpaßten. Unter der Bank, auf der die beiden saßen, bildeten sich schnell zwei große Pfützen. Ihre Kleider hatten angefangen aufzutauen. Die Leute schauten sie seltsam an, trotzdem weckte Svetljo seinen Freund nicht auf. Er wollte den schönsten Traum seines Lebens nicht unterbrechen.

Am 25. Dezember um 20 Uhr abends betraten Svetljo und Sascho das Lager Traiskirchen. »Bulgaren also«, sagte der uniformierte Beamte am Eingangstor, nachdem er ihnen die Päße abgenommen hatte. Die beiden bestätigten es. Danach zeigte er auf die Gebäude gegenüber und sagte,«Zimmer Nr. 12.« Die beiden verstanden es und gingen dorthin. »Wieviel deutsche Worte kennst du?« erkundigte sich Sascho. »Mir fällt gerade nur eines ein... Geld«, antwortete Svetljo. Sie lachten, sie waren in guter Stimmung.

»Ah, Shivkov-Boys«, empfing sie der mollige Beamte von Zimmer Nr. 12. Sie mußten ihre Fingerabdrücke abnehmen lassen. Svetljo mußte es dreimal machen lassen, da seine Abdrücke nicht deutlich genug waren. »Gut die Finger reiben, Shivkov klebt noch an ihnen«, scherzte der Beamte. Beim vierten Mal war er zufrieden.

Um ein Bett und Essen zu bekommen, mußte man zuerst einige Zimmer passieren. Das Wichtigste von diesen war Zimmer Nr. 6. Solange man nicht durch Zimmer Nr. 6 gegangen war, mußte man in einem Raum übernachten, auf dessen Boden Dutzende Matratzen hingeworfen waren, und wenn man Essen brauchte, dann war es gut, Geld zu haben, um sich zumindest Brot kaufen zu können. Zum Glück waren Svetljo und Sascho noch rund 100 D-Mark geblieben, denn in Zimmer Nr. 6 hineinzukommen, gelang ihnen erst nach zwei Tagen. Inzwischen lagen sie auf den Matratzen, aßen Brot und versuchten sich mit einer Gruppe aus Bangladesh zu unterhalten, die sich auf den restlichen Matratzen ausgebreitet hatte und die auch im Schlaf weiterredete.

Nun hatten Svetljo und Sascho endlich Betten und Sechs-Tage-Coupons für die Lagerkantine bekommen. Sie wurden in das größte Gebäude auf dem Gelände geführt und in ein Zimmer mit 20 Betten einquartiert. Das Zimmer lag im zweiten Stock. Außer Betten, einem Tisch und zwei Stühlen gab es in dem Zimmer nichts. Alle Betten waren eingesunken. Nach ausgeschwitzter Angst und Sehnsüchten rochen sie. Zu viel Kummer war durch sie gegangen, schwerer Kummer. Von der Schwere des Kummers dieser Welt waren sie eingesunken. Das Bett, das so viel Last ertragen konnte, war noch nicht erschaffen worden. Der Mensch schon.

Das Zimmer mündete in einen Korridor, auf dem drei Kinder Fahrrad fuhren. So lang war er. Der Korridor schaute eigentlich mehr einem Markt ähnlich. Denn dort boten Flüchtlinge anderen Flüchtlingen veschiedene Waren an. Hauptsächlich Getränke und Zigaretten. Auf diesem Korridor trafen

Svetljo und Sascho zwei andere Bulgaren. Spas und Ilija hießen sie. Von ihnen erfuhren sie, daß das wichtigste Wort auf Deutsch das Wort »Arbeit« sei. Darum drehe sich das Leben jedes Flüchtlings. Solange man keine Arbeit habe, brauche man an gar nichts anderes zu denken. Denn ohne sie könne man jederzeit abgeschoben werden. Sie sollten nicht auf ein Asyl hoffen, denn die Bulgaren bekämen so etwas nicht mehr. Zu spät wären sie gekommen, man hätte es noch unter Shivkov tun müssen. Dies erklärte ihnen Ilija, während Spas ihnen den wichtigsten deutschen Satz auf das Karo-As schrieb. »Ich suche eine Arbeit«, lautete er. Hätten die beiden ihre Maturazeugnisse dabei, wollte Ilija wissen, und ob sie übersetzt und mit den nötigen Stempeln versehen wären. Ja, das wären sie. Das wäre gut, sehr gut sogar, und er gab ihnen den Tip, so schnell wie möglich an der Universität Wien zu inskribieren, denn wer als Student angemeldet wäre, könnte auch eine Zeitlang bleiben ohne eine Arbeitsstelle vorweisen zu müssen. Das war alles, was er ihnen sagen konnte. »Es ist ein bißchen wie in der Armee, nur daß man nicht weiß, nach wie vielen Jahren der Entlassungsbefehl kommen wird«, sagte ihnen Spas beim Abschied.

»Die beiden haben sicher einen leichten Dienst gehabt, sonst würden sie so etwas nie sagen«, bemerkte Svetljo. Sascho hörte ihm nicht zu. Er verhandelte über den Preis einer Stange Marlboro mit einem Rumänen, dessen Stirnfalten sich wie Wellen bewegten und dessen Pelzmütze so hoch war, daß sie an den Schornstein eines sinkenden Schiffes erinnerte. Sascho bekam die Stange mitsamt einem tiefen Seufzer um 120 Schilling. Als sie in ihr Zimmer zurückkamen, hatten sich noch neun Albaner einquartiert. Acht Männer und eine Frau. Der eine von ihnen hatte seine Schuhe ausgezogen und betrachtete das Loch in seiner Sohle. Ein langer Weg sei es gewesen, zweimal mußten sie die Grenze überqueren, weil sie das erste Mal erwischt worden waren, erklärte er einmal mit den Händen, einmal mit albanischen Worten, aber man verstand ihn. Sie holten aus ihren Taschen Flaschen mit albanischem Cognac, sie wollten feiern. Svetljo und Sascho wurden eingeladen. Sascho bot ihnen von den Zigaretten an. Alle tranken, alle rauchten, alle waren in guter Stimmung. Der Mann mit dem Loch in der Sohle erzählte, daß er in der Heimat eingesperrt worden war, nur weil er die Hand von Mutter Theresa geküßt hätte. Es wäre eben nicht egal gewesen, wessen Hände man küßte, veranschaulichte er, indem er seine angeschwollenen Hände küßte. Ein anderer, der sehr gut englisch sprach, klärte Svetljo und Sascho auf, daß das Wichtigste im Lager ein Interview wäre. Von diesem hinge es ab, ob man Asyl bekomme oder nicht. Es käme auf jedes Wort an. Man sollte sich also gut überlegen, was man da sagte. Derselbe Mann ging nach einer Weile hinaus und kam mit vier Holzleisten zurück, aus denen er einen Rahmen zusammennagelte. Danach zog er aus seiner Tasche ein Leinenhemd, schnitt eine Weile an ihm herum und spannte das, was übrig geblieben war, auf den Rahmen. Nun holte er Pinsel und Ölfarben heraus und eine Postkarte, auf der eine Kirche abgebildet war. Er sei ihr Maestro, erklärten die Albaner stolz, während der Maestro selbst die Kirche von der Postkarte auf die Leinwand zu malen begann. Das sei der Stephansdom, die größte Kirche in Wien, erklärte er. Das Bild würde er der Lagerleitung schenken, damit er und seine Freunde an einen besseren Ort geschickt würden. Das Bild war am nächsten Tag fertig. Es stand mitten im Zimmer auf einem der Stühle aufgestellt und jeder Polizist, der hereinkam, lobte das Kunstwerk.

Svetljo und Sascho mußten an diesem Tag zum Interview. Es käme auf jedes Wort an, hatte man ihnen gesagt, aber wie groß war ihre Überraschung, als sie sahen, daß es keinen bulgarischen Dolmetscher gab, sondern nur einen russischen.

Man ging wahrscheinlich davon aus, daß nur diejenigen aus Bulgarien flüchteten, die russisch konnten, oder daß alle Bulgaren sehr fleißig in der Schule gewesen waren und lauter Einser im Russischunterricht hatten. Also kam es in diesem Interview nicht auf jedes Wort, sondern nur auf jedes russische Wort an. Svetljo und Sascho waren leider nicht so fleißig in der Schule gewesen. Aber es machte nichts. Die Dolmetscherin tat so, als ob sie alles verstünde und bei den Worten, die sie nicht kannte, suchte sie schnell diejenigen in Russisch aus, die ihnen am ähnlichsten klangen, und die Schreibmaschine des österreichischen Beamten neben ihr knatterte ununterbrochen. Sascho ging als erster hinein. »Ich bekomme sicher kein Asyl«, sagte er, als er herauskam. »Aber du hast eine Chance. Wenn du ihnen erzählst, was dein Vater gemacht hat und wer er war. Bitte nutze sie«, riet er Svetljo, und wartete ungeduldig vor dem Gebäude, bis Svetljo herauskam. »Hast du es ihnen erzählt?« stürzte er sich gleich auf ihn. »Nein«, antwortete Svetljo trocken. »Ich will dich um was bitten. Sprich mich nicht mehr auf meinen Vater an«, sagte er.

Wie die meisten Flüchtlinge bekamen auch Svetljo und Sascho sechs Monate Aufenthaltsbewilligung. Und trotz ihrer Bitten bei der Lagerleitung wurden sie voneinander getrennt. Svetljo wurde an einen Ort in Niederösterreich gebracht, Sascho in die Steiermark. »Wir treffen uns in einer Woche um 19 Uhr vor dem Stephansdom«, sagte Sascho, bevor er in den Bus einstieg.

Und tatsächlich trafen sich die beiden nach einer Woche vor dem Stephansdom. Beide waren per Autostopp gefahren, beide hatten den Weg gefunden. Sie umarmten sich, als ob sie sich Jahre nicht gesehen hätten. »In meinem Zimmer liegt ein zwei Meter langer Bulgare, steht nur für die Mahlzeiten auf und jammert die ganze Zeit«, sagte Sascho. »In meinem tut das gleiche ein Rumäne«, sprach Svetljo. »Wir sollten uns nicht mehr trennen«, entschied Sascho. Er hatte in Erfahrung gebracht, daß es einen Zuständigen im Ministerium gäbe, der sich um Flüchtlingsangelegenheiten kümmerte. Er empfing immer nur am Dienstag. Zu ihm sollte man gehen, wenn man wieder mit jemandem vereint sein wollte. Und sobald sie vom Leiter einer Flüchtlingspension in Wien eine Bescheinigung bekämen, daß es freie Plätze bei ihm gäbe, könnten sie nach Wien übersiedeln.

Es war Sonntag. Die Nacht verbrachten sie in der Herrentoilette am Karlsplatz. Am Montag hatten sie von der Leiterin einer Pension auf der Linzerstraße einen Zettel bekommen. Am Dienstag saßen sie bei dem Beamten im Ministerium und erklärten ihm, daß sie Cousins wären und deshalb nicht getrennt sein wollten. Der Beamte war sehr nett. Er schrieb auf einen Zettel, daß er ihre Übersiedlung bewillige und schickte sie zur Lagerleitung in Traiskirchen, damit sie dort alle Daten in den Computer eingaben. Die Damen von der Lagerleitung nahmen ihnen den Zettel weg und schickten an ihrer Stelle zwei andere Cousins in die gewünschte Pension. Svetljo und Sascho waren maßlos enttäuscht. An den Beamten konnten sie sich erst in einer Woche wieder wenden. Sie fuhren aber nicht zurück zu ihren Pensionen, sondern nach Wien. Sie hatten keine Ahnung, was sie tun sollten, also setzten sie sich in ein Lokal und bestellten Bier. Das einzige Getränk, an dem man stundenlang nippen konnte. Und Zeit war das, was sie gerade brauchten. Es war warm in dem Lokal, und das war gut, denn Wärme brauchten sie auch. Irgendwann kam ein Blumenverkäufer in das Lokal. Blumen brauchten sie nicht, dafür aber ein bißchen Abwechslung. Deswegen luden sie den Verkäufer auf ein Getränk ein, danach auf noch eines. Er wäre aus Ägypten, erzählte er ihnen, und zeigte eine auf seine linke Schulter tätowierte Pyramide. Seit fünf Jahren wäre er schon in Wien, gemeinsam mit seinen drei Brüdern, die Zeitungen verkauften. Sie sammelten Geld, um eine Apotheke in Kairo aufzumachen. Wer eine Apotheke in Kairo hätte, dem ginge es gut. Und Altaf, so hieß er, wollte, daß es ihm gut ginge. Deswegen verkaufte er Rosen in Wien. Aber er kannte auch Sofia. Altaf kannte die Welt. Sie wäre so geschaffen, daß man sich an einem Ort plagen mußte, damit man an einem anderen besser leben konnte. So blieb sie immer im Gleichgewicht. So wollte es Allah und der wollte auch, daß Altaf Rosen, seine Brüder Zeitungen auf den Straßen Wiens verkauften. Rosen und Zeitungen verlangte er vorerst, bevor er ihre Mühe mit einer Apotheke belohnte.

Wo die beiden wohnten, wollte Altaf irgendwann wissen. Sie hätten gerade ein Wohnproblem, erwähnte Sascho unwillig. Sie sollten ihm folgen, meinte Altaf, und führte sie in eine 20-m²-Wohnung. Darin gab es vier Betten, auf dreien davon schliefen schon seine Brüder. Altaf weckte den jüngsten auf und machte ihn mit Svetljo und Sascho bekannt. »Ihr legt euch jetzt in die zwei Betten«, sagte er. Sie wären auch mit dem Boden zufrieden, entgegneten sie. Aber Altaf wollte nichts davon hören. Für einen Gast ist der Boden nicht erschaffen worden, er sollte es bequem haben. So habe es Allah gewollt, und es gäbe da nichts zu diskutieren, erklärte er, während er und sein Bruder zwei Schlafsäcke herausholten und sich auf den Boden legten. Hätten Svetljo und Sascho gewußt, daß der Wille Allahs sie in so eine peinliche Situation bringen würde, hätten sie lieber im Herrenklo vom Karlsplatz übernachtet. Aber jetzt war es zu spät. Es blieb ihnen nichts anderes übrig, als sich auf die freien Betten zu legen und so lang auf die Decke zu blicken, bis sich ihre Augen schlossen.

Eine Woche lang wurden sie von Altaf und seinen Brüdern verpflegt, und weil sie sich dabei nicht besonders wohlfühlten, versuchten sie immer so spät wie möglich in die Wohnung zu kommen. Svetljo und Sascho nutzten die Zeit, um sich an der Universität zu inskribieren. Sie entschieden sich für das Fach russische Philologie, denn Russisch verstanden sie immerhin besser als Deutsch. Die Bescheide würden sie lieber von der Universität selber abholen, denn sie hätten momentan keine endgültige Adresse, erklärten sie bei der Aufnahmestelle. Die restlichen Tage verbrachten sie damit, Arbeit zu suchen, aber auch zwei freie Plätze in einem der Flüchtlingsheime. Sie suchten getrennt und trafen sich jeden Tag um 19 Uhr vor dem Stephansdom wieder. Sie bliesen sich in die Hände, hüpften von einem Bein auf das andere und erzählten einander, was ihnen untertags widerfahren war. Es gab nicht viel zu berichten, außer, daß Svetljo einmal von einer Pension in Floridsdorf einen Zettel herauslocken konnte. Als der Dienstag kam, wollten sich die beiden von Altaf und seinen Brüdern verabschieden, aber er riet ihnen noch abzuwarten, wie das ganze ausginge, denn für Abschiede gäbe es Zeit genug.

Der Beamte erkannte sie wieder, war wieder nett zu ihnen und nicht besonders nett zu den Leuten der Lagerabteilung, die er diesmal persönlich anrief. Frohen Mutes fuhren Svetljo und Sascho nach Traiskirchen, aber das Schicksal erwies sich als viel schneller als die Badner Bahn.

Man hätte ihren Wunsch jetzt schon erfüllt, erklärte eine der Damen in der Lagerleitung, wenn nicht gerade eine Meldung gekommen wäre, wonach die beiden aufgrund ihrer einwöchigen Abwesenheit von den Pensionen, denen sie zugeteilt worden waren, von der Lagerbetreuung ausgeschlossen worden wären. Man könnte sie zwar wieder aufnehmen, aber leider nicht hier in Traiskirchen. Es gäbe ein extra Lager für solche Fälle und das wäre 200 Kilometer von hier entfernt. Dorthin sollten die beiden zuerst gehen, und wenn sie eine Zeitlang ohne besondere Vorfälle dort verbracht hätten, könnten sie wieder versuchen, nach Wien zu übersiedeln. Es sei leider nichts zu machen. Wenn man einmal von dem System ausgeschlossen war, gäbe es nur diesen Weg. Oder man verzichtete gänzlich auf die Lagerbetreuung und schaute, daß man alleine zurecht käme. Sie entschlossen sich, allein zurechtzukommen.

Mit hängenden Köpfen klopften sie in der Nacht an Altafs Tür. Man sollte nicht verzweifeln. Verzweifelte hätte Allah nicht gern. Was aber die Beamten hier nicht gern hätten, wären Leute ohne Meldezettel. Für Allah wäre der Mensch wichtig, weil er ihn erschaffen hatte. Für die Beamten der Paß, die Aufenthaltsbewilligung, die Arbeitsbewilligung und der Meldezettel, weil sie dies erschaffen hätten. Jedem war sein eigenes Werk wichtiger, so war eben die Welt. Ein Meldezettel war genauso bedeutsam wie ein Visum. Ohne Meldezettel könnte man sich weder versichern lassen noch eine gute Arbeit finden. Deswegen sollten sich die beiden noch morgen früh bei ihm anmelden lassen, riet Altaf.

Die beiden hörten auf Altaf und meldeten sich bei ihm an. Nun begannen sie fiebrig Arbeit zu suchen. Untertags suchten sie, nachts lagen sie in Altafs Zimmer, starrten an die Decke und versuchten den Tag zu vergessen. In der Armee hatte Svetljo den Schnee gehaßt, nun liebte er ihn, denn wenn es schneite, gab es Arbeit. Man durfte dann Schneeschaufeln. Alle Flüchtlinge liebten den Schnee. Deswegen waren ihre Blicke so oft auf den Himmel gerichtet. Leider schneite es viel zu selten in Wien. Nur zweimal schafften es Svetljo und Sascho, Schnee auf den Wiener Straßen zu schaufeln. Es war eben nicht auf alles Verlaß, was der Himmel versprach. Also schauten die beiden lieber, was die Erde zu bieten hatte. Man konnte Zettel vor der Universität verteilen oder plakatieren oder Blut spenden. Das schienen anfangs die einzig zugänglichen Tätigkeiten auf österreichischem Boden zu sein.

Für Blut und Werbung gab es keine Saison. Nichts wurde häufiger gebraucht.

Eines Tages wurde Sascho von einem bulgarischen Türken am Brunnenmarkt angesprochen, der ihm eine Arbeit und ein Dach über dem Kopf anbot. Er habe auch einen Freund, erklärte Sascho. Es gäbe auch für seinen Freund Arbeit und Dach, erwiderte der neue Arbeitgeber. Noch am selben Abend wurden Svetljo und Sascho in eine Zweizimmerwohnung geführt. In jedem Zimmer gab es fünf Betten, auf den Betten lagen zehn Menschen unterschiedlicher Herkunft. »Die zwei«, zeigte ihr neuer Arbeitgeber auf zwei Perser, »haben immer Nachtschicht. Nachts werdet ihr die Betten benutzen, tagsüber sie. Das Geld fürs Übernachten werde ich von euren Löhnen abziehen. Ihr bekommt 45 Schilling in der Stunde.« Svetljo und Sascho waren einverstanden. Sie gingen gleich zu Altaf um sich zu verabschieden.

»Ihr müßt euch nicht so viel bedanken und denkt nicht, ihr seid mir was schuldig. Allah hat Freude, wenn den Menschen geholfen wird. Man muß ihn bei guter Laune halten, wenn man was von ihm will«, sagte Altaf, der Rosenverkäufer, der sich eine Apotheke in Kairo wünschte.

Nun begannen Svetljo und Sascho in einer türkischen Bäckerei zu arbeiten. Zwölf Stunden dauerte die eine Schicht, zwölf die andere. Sie arbeiteten von 6 bis 18 Uhr, die Perser von 18 bis 6 Uhr. Zweieinhalb Monate bekamen sie nichts von der Welt mit, außer der Hitze des Ofens und dem Geruch zweier fremder Körper in ihren Betten. Das einzige deutsche Wort, das sie in dieser Zeit lernten, war das Wort »später«. Ihr Arbeitgeber liebte es am meisten. Er benutzte es, um seinen Angestellten den Zeitpunkt anzudeuten, wann er ihre Löhne auszuzahlen gedenke. Nur dieses Wort sprach er auf Deutsch aus, sonst sprach er entweder bulgarisch, türkisch oder persisch. In dieser Zeit wurden Sascho und Svetljo nur einmal ausbezahlt. Nämlich zwei Wochen, nachdem sie angefangen hatten, und sie begannen, langsam unruhig zu werden. Die beiden Perser hatten auch schon seit zwei Monaten kein Geld mehr gesehen. Also organisierten sie sich eines Tages und tauchten gemeinsam bei ihrem Arbeitgeber auf. Es war ein sehr kurzes Gespräch, in dem ihr Arbeitgeber seinen Wortschatz mit einigen neuen bulgarischen und persischen Schimpfwörtern bereichern konnte. Das Geld bekamen sie nicht, dafür aber bekam ihr Arbeitgeber die Härte von acht hochmotivierten proletarischen Fäusten solange zu spüren, bis sein Körper alle Farben der Scheine annahm, die er ihnen schuldete. Danach verließen Svetljo und Sascho die Bäckerei. Die zwei Perser blieben noch eine Weile, was verständlich war, da sie länger nicht ausbezahlt worden waren.

Mittlerweile war es Frühling geworden. Das war gut. Man konnte auf der Straße schlafen. Auf der Straße schliefen auch Svetljo und Sascho, denn sie hatten sich vorgenommen, Altaf nur dann aufzusuchen, wenn es nicht mehr weiterging. Jetzt ging es noch. Es war eben Frühling. Die Natur wachte auf, und den Verlauf dieses Prozesses konnten Svetljo und Sascho ganz genau im Gebüsch des Stadtparkes beobachten. Dort pflegten sie sich jede Nacht hinzulegen, und während die Natur aufwachte, versuchten sie einzuschlafen. Zwölf Nächte verbrachten sie dort, das Strauß-Denkmal im Dunkeln wie eine vergessene Nachtlampe anstarrend oder die neugierigen Ratten verjagend, bis sie vom Arbeiterstrich erfuhren.

Zuerst hatten sie aber von einem Café erfahren, wo sich die ältesten bulgarischen Emigranten trafen. Sie gingen dorthin. Ihr gemeinsames Kapital zählte zur Zeit 93 Schilling, also bestellten sie nur zwei kleine Mokka. Die ältesten bulgarischen Emigranten waren ausschließlich Gärtner. Da Svetljo und Sascho gerade in einem Park übernachteten, fühlten sie sich berechtigt mitzureden. Die Gärtner anerkannten zwar ihre Kenntnisse, aber leider brauchten sie keine neuen Arbeitskräfte mehr. Sie konnten ihnen nur Ratschläge anbieten, und so erfuhren die beiden, daß es in Wien Arbeiterstriche gab. Am meisten von allen redete aber einer, der kein Gärtner war. Sie nannten ihn Koljo, die Melanzani. Ein Spitzname, den er, wie könnte es auch anders sein, von einem Gärtner bekommen hatte. Koljo war Elektriker und war Anfang der 80er in Wien gelandet. Er hatte gar nicht emigrieren wollen. Er war als bester Arbeiter einer Ölfabrik mit dem Orden »Held der Arbeit« ausgezeichnet worden und dazu noch mit einer Reise nach Wien auf einem Donauschiff belohnt. Das einzige, was er in Wien besuchen wollte, war ein Bordell. Auch Helden der Arbeit interessierten sich für den ältesten Beruf der Welt. Also stieg er vom Schiff und lief sofort ein Bordell suchen. Die Größe der Stadt verwirrte Koljo so sehr, daß er versuchte, sich bei einem Polizisten zu erkundigen. Koljo sprach aber kein Wort Deutsch, der Polizist verstand nur das Wort Bulgarien, den Rest erledigte seine Logik. Und weil er sehr nett gewesen war, führte er Koljo ins Lager Traiskirchen, weil er angenommen hatte, daß dieser genau dort hinwollte. So war Koljo Emigrant geworden. Und seitdem er am falschen Ort gelandet war, pflegte er immer falsche Ratschläge zu geben. Er meinte jetzt, für Svetljo und Sascho gäbe es nur eine Hoffnung. Sie sollten sich so schnell wie möglich zwei ältere Frauen aufreißen, denn solche gäbe es in Wien genug, und sich von ihnen aushalten lassen. Erst dann würden sie mitbekommen, wie schön das Leben hier sein könnte. Er zeigte dann auf Ilko, einen Bulgaren, der gerade vor einem Pokerautomaten saß. Ilko lebte mit so einer Frau zusammen, aber er wäre blöd, weil er das ganze Geld, das er von ihr bekam, großteils verspielte. Die beiden sollten nicht so blöd sein, und sie würden wie Könige leben, behauptete der ehemalige Held der Arbeit.

An Frauen hatten die beiden schon lange nicht mehr gedacht, weder an ältere noch an jüngere. Man denkt fast kaum an Frauen, wenn man nur ein Paar Unterhosen und kein Dach über dem Kopf hat. So war es auch mit Svetljo und Sascho. Also standen sie am nächsten Morgen auf dem Arbeiterstrich. Sie kamen erst am Nachmittag an die Reihe. Das Schicksal schickte einen weißen VW-Bus. Ein kleiner Mann mit großen Abständen zwischen den Zähnen ließ sie einsteigen. Er fuhr sie zu einer Baustelle, die sich auf einem Hügel am Rande der Stadt befand. Dort arbeiteten bereits zwei Polen, ein Ukrainer und ein Tscheche. Die Aufgabe war, ein zweistöckiges Haus zu bauen. Svetljo und Sascho sollten helfen, damit es schneller ginge. Die Polen waren die Meister. Sie wollten anfangs kein Russisch mit den beiden sprechen. Erst, als sie erfuhren, daß Svetljo und Sascho Bulgaren waren, ließen sie die ersten russischen Worte erklingen. Der Tscheche und der Ukrainer übernachteten auf der Baustelle. Das durften auch Svetljo und Sascho. Der Arbeitgeber war ein anständiger Mensch. Er zahlte 80 Schilling pro Stunde, entlohnte seine Arbeiter jeden Tag, versorgte sie mit Getränken und Speisen und besorgte sogar zwei Schlafsäcke für die beiden. Svetljo und Sascho hatten das Gefühl, daß sie sich auf einer Baustelle im Wunderland befanden, und von Tag zu Tag stieg nicht nur das Haus höher, sondern auch ihre Stimmung.

Sergej, so hieß der Ukrainer, hatte Deutsche Philologie in Kiew absolviert, und jeden Tag nach der Arbeit setzte er sich auf einen Sack Zement, zündete sich eine Zigarette an, nahm eine Bierflasche in die Hand und brachte den beiden entweder neue deutsche Worte bei, oder er überprüfte das, was er ihnen schon beigebracht hatte. Wie man aber mit jedem neugelernten deutschen Wort Geld machen konnte, zeigte ihnen der Tscheche Jaroslav Kozurek. Er fuhr jedes Wochenende in die Heimat und kam immer mit einem neuen Anzug und vielen neuen Ideen zurück. »Wie heißen das auf Deutsch?« fragte er eines Tages Sergej und zeigte ihm einen verpackten Lebkuchen. Sergej sagte es ihm. »Komm, du mir ein bißchen helfen. Ich dann was dir geben«, sagte Jaroslav zu Svetljo. Jaroslav zog seinen neuen Anzug an, nahm einen kleinen Aktenkoffer in die Hand und gab Svetljo eine große Reisetasche, die vollgefüllt mit Lebkuchen war. Und so gingen sie nach der Arbeit von Konditorei zu Konditorei. »Braucht Lebkuchen aus Tschechien. Bitte probieren, wie schmeckt. Und ist sehr billig. Wir können Ge-eschäft gemeinsam machen. Ich mache Lebkuchen in Tschechien. Sie verkaufen hier.« So sprach Jaroslav Kozurek überall, wo sie eintraten, und seine Tasche wurde tatsächlich leer.

»Wie das auf Deutsch?« fragte er eine Woche später und zeigte ein Foto, auf dem Holzschmuck abgebildet war.

»Das sind Ohrringe, das ist eine Halskette, das ein Armband.«

»Oh-ringe ...«, wiederholte Jaroslav und schrieb die Worte in sein Notizbuch. Aus jedem Wort, das Jaroslav lernte, machte er einen Gewinn. Er besaß jene seltene Begabung, von der jeder Schriftsteller nur träumen konnte. Was kümmerte aber Jaroslav Kozurek, wovon Schriftsteller träumten. Lieber baute er untertags ein Haus für 80 Schilling in der Stunde, suchte abends Geschäftspartner und lag nachts im Schlafsack, die Hände unter dem Kopf verschränkt, schaute auf die Sterne, die durch das unfertige Dach schimmerten, summte ein tschechisches Lied oder wiederholte leise vor sich hin: »Oh-ringe, Halskette, Armband ...«, denn der Tscheche Jaroslav Kozurek hatte seine eigenen Träume.

»Wieso Armband heißen? Das nicht arme Leute tragen«, wollte er noch vor dem Einschlafen klären. Sergej erklärte ihm, welche Bedeutung Arm noch hatte. Erst dann konnte Jaroslav beruhigt einschlafen und von all jenen Worten träumen, die ihn eines Tages reich machen würden. Schlaf gut, Jaroslav, und mögen alle Musen deinen Schlaf so schön wie möglich gestalten, denn ohne Leute wie dich würde die Literatur eines Tages ohne Ohrringe, ohne Halsketten und ohne Armbänder erwachen.

Svetljo und Sascho hatten sich sehr schnell mit allen auf der Baustelle angefreundet. Auch mit den zwei polnischen Meistern, die als einzige eine Wohnung in Wien hatten. Marek und Zbyszek hießen diese, und allein an ihren rosa Fäusten konnte man sehen, daß sie auch große Herzen hatten. »Wenn das Haus eines Tages fertig ist, macht euch keine Sorgen. Wir brauchen nur am Sonntag in die polnische Kirche zu gehen, und schon haben wir den nächsten Auftrag«, sagte ihnen Marek, an eine Schaufel gelehnt.

»Spart jetzt das Geld, das ihr hier bekommt, und wir finden für euch eine billige Wohnung. Es wird nicht lange dauern. Höchstens dreimal werden wir zur Messe gehen müssen. Ihr könnt inzwischen bei uns übernachten«, versprach ihnen Zbyszek. Die zwei Meister hatten zweimal Urlaub in Bulgarien gemacht und zwei besonders schöne Erinnerungen in ihren Herzen aufbewahrt. Die eine hieß Maja, die andere Kalojana. Beide waren dunkelhaarig, schwarzäugig und gebräunt, und doch erhellten sich jedes Mal die Gesichter und die Herzen der beiden, allein wenn sie ihre Namen erwähnten. Deswegen waren die beiden Meister Svetljo und Sascho so gut gesinnt.

»So eine Kirche brauchen wir Bulgaren auch in Wien«, sagte Sascho eines Nachts. Svetljo wollte antworten, aber der Lindenbaum im Hof roch so stark und so süß, daß er nach wenigen Atemzügen seine Lider verklebte.

Eines Tages wurde das Haus fertig, und die Zufriedenheit des Herrn Arbeitgebers war so groß, daß man sie zwischen seinen Zähnen hinausblinken sehen konnte, bevor sie die Form eines 500-Schilling-Scheins annahm, den jeder Arbeiter zusätzlich bekam. Der Tscheche Jaroslav Kozurek hatte inzwischen ein großes Geschäft mit Lebkuchen und ein kleineres mit Holzspielzeugen abgewickelt und Sergej überredet, in seine Firma einzusteigen, um noch besser von jedem deutschen Wort Gebrauch machen zu können.

Und es kam, so wie Marek und Zbyszek es versprochen hatten. Zweimal mußten sie zur Messe in die polnische Kirche gehen, mit ihren Landsleuten Informationen austauschen, und schon bekamen Svetljo und Sascho eine 50-m²-Wohnung im 10. Wiener Gemeindebezirk. Sechs Monate, nachdem sie durch die Grenze gekrochen waren, konnten die beiden endlich sagen, daß sie ein Zuhause hatten.

Auch Arbeitsaufträge gab es genug. Marek und Zbyszek kümmerten sich darum. Was nicht alles Svetljo und Sascho von ihnen schon gelernt hatten. Wohnungen hatten sie ausgemalt, Parkettböden geschliffen, Fliesen gelegt, Heizkörper montiert, Gräber und Grabsteine geputzt und hergerichtet, und nachdem ihr Bescheid gekommen war, in dem stand, daß ihnen kein Asyl gewährt werden konnte, und die Behörden nun wissen wollten, was die beiden noch in Österreich hielt und wovon sie ihren Unterhalt bezogen, zeigten die beiden ihren Mietvertrag, ihre Meldezettel, ihre Krankenversicherungen, ihre Inskriptionsbestätigungen und ein Sparbuch. Die Summe auf dem Sparbuch reichte nur dafür, daß einer von ihnen ein Ein-Jahres-Visum bekam. Deswegen zeigten sie dasselbe Sparbuch zweimal. Einmal zeigte es Svetljo, einmal Sascho. So bekamen sie zwei Aufenthaltsbewilligungen.

Leider war es aber so, daß man sich auf die Gesetze dieser Welt nicht sehr lange verlassen konnte. Sie wurden von Jahr zu Jahr strenger zu allen, die angenommen hatten, sie könnten wie die Vögel von einem Land ins nächste ziehen, um sich vor Hunger und Gefahren zu retten. Die Arbeit, die eine Pflicht und ein Recht für jeden sein sollte und durch die, wie die Kommunisten meinten, der Affe zum Menschen geworden war, war plötzlich ein Verbrechen geworden. Einer, der ein Haus für jemanden baute oder die Wände seiner Wohnung ausmalte, ohne die Papiere dafür zu haben, wurde wie ein Krimineller behandelt. Die Köpfe der Beamten hatten sich angestrengt und extra für alle Zuwanderer ein elftes Gebot hinzugefügt: »Du sollst ohne Papiere nicht arbeiten«, lautete dieses.

Kaum hatten sich Svetljo und Sascho an das neue Leben gewöhnt, kaum hatten die ersten Träume in ihren Köpfen wieder zu keimen begonnen, wurden alle Baustellen Objekte strengster Kontrolle, und egal, wie oft Marek und Zbyszek die Messe besuchten, schafften sie es nicht, jemanden zu finden, der den beiden Arbeitsbewilligungen verschaffen konnte.

»Wir haben auch viele Jahre schwarz gearbeitet, bevor wir angestellt wurden«, gab Zbyszek ihnen immer wieder Mut. Trotzdem konnten Svetljo und Sascho nicht mehr so entspannt wie früher arbeiten. Bei jeder Wohnung, die sie renovierten, hatten sie Angst, daß durch den Lärm ihrer Werkzeuge verärgerte Nachbarn die Polizei rufen könnten. Denn solche Geschichten hörten sie oft. Sie spürten, daß es Zeit war, die Arbeit zu wechseln, und doch taten sie es nicht. Denn die Angst, wieder ohne Arbeit zu bleiben, war viel größer und stärker als alles andere. Sie bestimmte ihr Denken, sie bestimmte ihr Wesen. Diese Abhängigkeit gefiel dem Schicksal nicht, und eines Tages setzte es ein Zeichen.

Sie arbeiteten an dem Tag auf einer sehr großen Baustelle. Und weil die Baustelle so groß war und die Fristen so knapp, schufteten dort Schwarzarbeiter aus der ganzen Welt. Svetljo und Sascho standen auf dem Gerüst, und das war gut, denn von dort konnten sie rechtzeitig sehen, wie ein Mann mit einem weißen Sack in der Hand sich laufend ihrer Baustelle näherte und über den Zaun sprang. Zwei Polizisten liefen ihm nach. Es war eine schnelle logische Schlußfolgerung, die die beiden zwang, so schnell wie möglich die Baustelle zu verlassen.

Am Abend erfuhren sie von Marek und Zbyszek, daß der Bankräuber den Polizisten entwischt wäre, und weil diese zu müde geworden waren, um ihn weiter zu verfolgen, hatten sie lieber die Arbeiter auf der Baustelle kontrolliert. So seien sie auch zu einem Erfolgserlebnis gekommen. »Außer euch und den zwei Afrikanern haben sie alle erwischt«, teilte ihnen Marek traurig mit und ballte seine rosa Fäuste. »Daß Afrika die besten Läufer hat, hab ich gewußt, aber daß auch ihr so schnell sein könnt, habe ich nicht erwartet. Deswegen habe ich oben auf dem Gerüst für euch gebetet«, sagte Zbyszek voller Ernst.

Viel zu ernst war plötzlich alles geworden. Deswegen begaben sich Svetljo und Sascho schon am nächsten Tag wieder auf Arbeitssuche. Bei Sascho dauerte es zwei Monate, bis er eine fand, bei Svetljo ein halbes Jahr. Sascho begann als Kellner in einer Konditorei. Die Konditorei gehörte dem serbischen Ex-Profi-Boxer und zweifachen Landesmeister im Schwergewicht Nebojsa Dobroljubovic. In seinem ersten Beruf hatte er Menschen das Leben verbittert, nun wollte er es versüßen. Nebojsa war ein sehr guter Geschäftsführer. Zu seinen Kunden war er immer aufmerksam, zu seinen Angestellten aufrichtig, und durch seine ruhigen, grauen, sich so gut wie nie schließenden Augen konnte man jederzeit einen Blick in eine sehr gesunde Seele werfen. Für ihn arbeitete Sascho acht Monate lang. Er wäre auch länger geblieben, wenn sich nicht eines Tages Nebojsa entschlossen hätte, die Stukkatur an seiner Decke zu vergolden. Den Auftrag sollte ein Italiener namens Giordano erfüllen, und Sascho sollte ihm dabei helfen. Sascho erwies sich als ein so talentierter Helfer, daß Giordano ihm anbot, bei ihm als Vergolder und Restaurator zu arbeiten. Sascho zögerte nicht lange, denn in einer Werkstatt war man besser vor den Schicksalsschlägen geschützt als in einem Lokal. Und da sich Nebojsa sehr gut mit Schlägen auskannte, zeigte er sofort Verständnis.

Zur selben Zeit arbeitete Svetljo schon als Würstelverkäufer. Das Wurstangebot ähnelte einem kleinen mitteleuropäischen Atlas. Er verkaufte Debreziner, Käsekrainer, Waldviertler, Nürnberger und Frankfurter. Dazu kamen noch die Buren, die Knoblauchwurst und der Leberkäse, die wahrscheinlich deswegen keinen geographischen Hinweis gaben, weil sie jeder Fleischer auf dieser Erde erfinden hätte können. Auch einen Teufelsgriller gab es, für den der Teufel sich wahrscheinlich bis heute geniert. Er wurde logischerweise so selten bestellt, daß sich Svetljo wunderte, warum er noch auf der Speisekarte stand. Für 60 Schilling die Stunde verkaufte Svetljo jeden zweiten Tag von 16 bis 1 Uhr nachts Wurst, Getränke und weiß der Teufel was noch alles in einem Würstelstand im Zentrum von Wien, der von allen Seiten wie eine angezündete Laterne leuchtete. Nie war er sichtbarer für alle Behörden gewesen, und trotzdem hatte er sich noch nie so sicher gefühlt. Er war die Flamme der Laterne, und wer hatte jemals eine Flamme nach ihren Papieren gefragt.

Bald wußte Svetljo, was alle Polizisten, die im ersten Bezirk Dienst hatten, am liebsten aßen. Wenn sie zu ihm kamen, brauchte er ihnen nur eine Frage zu stellen. »Wie immer?« lautete sie, und schon lächelten die Beamten. »Ja, wie immer«, antworteten sie und waren froh, daß es einen Menschen gab, der genau wußte, was ihnen schmeckte. Natürlich wußte er das, denn vom Geschmack der Polizei hing sehr viel in seinem Leben ab.

So arbeiteten sie, Svetljo als Würstelverkäufer, Sascho als Vergolder, bis das Gesetz wieder einmal strenger wurde. Nun wollte es, daß alle Studenten, die ein Visum brauchten, Studienerfolge nachwiesen. Also begannen die beiden die Universität zu besuchen. Ihr deutscher und russischer Wortschatz wurde von Tag zu Tag größer, ihre Kräfte immer weniger, was sehr schade war, weil sie zum ersten Mal seit vielen Jahren die Möglichkeit hatten, Frauen kennenzulernen. Aber nicht nur die Müdigkeit stand ihnen im Wege. In diesen Jahren war ihr Selbstwertgefühl so gesunken, daß sie sich nicht einmal in den kühnsten Gedanken vorstellen konnten, daß sich eine Frau für sie interessieren könnte. Ihr Mut hatte nur gereicht, um sich eine Pornozeitschrift zuzulegen, mit deren Hilfe sie einmal die angestaute Einsamkeit verwässerten, einmal die aufflackernden Triebe auslöschten.

Hin und wieder wurde Svetljo von einer Mitstudentin auf einen Kaffee eingeladen, und einmal sogar zu einem Abendessen. Sie hieß Nathalie, war 20 und hatte immer leicht gerötete Augen, angeschwollene Lippen und gute Laune. Sie versuchte immer wieder, etwas von ihm zu erfahren, aber außer, daß er jetzt Würste verkaufte, konnte er nichts über die Lippen bringen. Er hatte das Gefühl, daß er statt Worte Steine mit sich schleppte, Steine, die jemand ihn, so wie damals in der Armee, gezwungen hatte einzunähen. Hart waren sie, grau waren sie, und würde er seinen Mund aufmachen, würden sie hinausrollen und erschlagen und drücken und wehtun. Er hatte Angst, ihr die Armut seiner Wohnung und seines Lebens zu zeigen. Nicht einmal einen Traum hatte er, von dem er ihr erzählen hätte können. Und er begann sie zu meiden, fand immer einen Grund, ihre Einladungen abzusagen, und duschte solange kalt, bis sie sich nicht mehr bei ihm meldete.

Saschos Arbeit schien weniger erschöpfend zu sein, denn er begann sich mit einem sommersprossigen Mädchen aus Chicago zu treffen. Sie hieß Susan, war für zwei Semester nach Wien gekommen und wollte danach für zwei weitere nach Moskau ziehen, hatte aber nach einer Vorlesung über Puschkin Sascho kennengelernt und ihre Pläne geändert. Einen Monat lang kam Sascho immer sehr spät in die Wohnung zurück, danach nur noch jeden dritten Tag und immer unterschiedliche Melodien summend, die Svetljo auf die Nerven gingen.

Eines Tages verschwand er für mehrere Wochen, und als er wieder auftauchte, war er braungebrannt. Er summte nicht. Er setzte sich nicht, er grüßte nur und ging, die Hände in den Taschen seiner neuen Hose, zum Fenster, schaute eine Weile auf das graue Gebäude gegenüber, das jetzt eine große Bedeutung für ihn zu haben schien, drehte sich um, räusperte sich kurz und sagte: «Ich werde mit Susan nach Amerika ziehen.«

»Wann?«

»In zehn Tagen... Aber ich gebe dir das Geld noch für zwei Mieten«, sagte Sascho, holte aus den Taschen einige Scheine und legte sie vor Svetljo auf den Tisch.

»Liebst du sie?« fragte Svetljo, und es war das erste Mal seit Jahren, daß das Wort Liebe erwähnt wurde. Es klang fremd und unwirklich.

»Ich will nach Amerika«, antwortete Sascho, und da er wußte, daß sie nicht mehr über dasselbe schwiegen, sagte er, »Wenn ich mich dort eingerichtet habe, kannst du zu mir ziehen.«

»Mein Chef hat mir versprochen, mich anzumelden. Ich bleibe lieber hier. Ich hab keine Kraft, noch einmal den Ort zu wechseln, eine neue Sprache zu lernen.«

»Wenn du es dir anders überlegst, bist du jederzeit gerne eingeladen. Das hier ist Susans Adresse...«, zog Sascho eine Visitkarte aus der Tasche. Seit er sich entschlossen hatte wegzuziehen zog er gern Sachen aus seinen Taschen, als ob er sich von unnötigem Gewicht befreien wollte.

»Ich muß noch ein paar Sachen packen«, sagte er, holte einen kleinen Sack und verschwand im Nebenzimmer.

»Aber laß bitte die Spielkarten da«, rief ihm Svetljo zu.

»Keine Sorge. Ich nehme nur meine Papiere und ein bißchen Unterwäsche mit. Den Rest lasse ich hier«, hallte seine Stimme zwischen den Kleiderkastenwänden. Nun stand er, den kleinen Sack in der Hand, wieder vor Svetljo. »Magst du uns zum Flughafen begleiten?«

»Eigentlich nicht«, gab Svetljo ehrlich zu.

»Ich nehme es dir nicht übel. Ich weiß, daß du mich verstehst... Na gut, ich muß jetzt gehen. Sie wartet...«

»Du meinst Amerika«, sagte Svetljo. Er war nun endlich aufgestanden und wußte nicht, was er mit seinen Händen machen sollte. Sollte er ein Taubstummenzeichen machen oder sie einfach hängen lassen? Da begann Sascho zu lachen. Ein Sack fiel auf den Boden, zwei Menschen umarmten sich, es gab sonst kein Zeichen und kein Wort, die den Sinn eines Abschieds begreiflich machen konnten. Ein Drücken gab es, ein Klopfen, ein Schütteln, ein Halten, ein Winken oder eine Wut, eine Wunde, eine Beleidigung, einen Kummer, eine Szene, ein Werfen, manchmal Tränen, manchmal eine Handvoll Erde auf einem Grab, vieles gab es bei einem Abschied, aber keinen Sinn.

»Eine seltsame Angelegenheit, dieses Leben«, sagte der eine, nachdem er wieder den Sack vom Boden gehoben hatte.

»Eine schrecklich seltsame...«, sagte der andere. Mehr sagten sie nicht. Sie lauschten nur der Stille des Ozeans, der bald zwischen ihnen stehen würde.

Weiter Wurst in Wien verkaufen, weise Sprüche von Obdachlosen, von vereinsamten oder bierdurstigen Menschen hören, vom Glück und Elend vieler Bürger erfahren, Beamte behutsam bedienen, die gewünschte Anzahl von Prüfungen ablegen, manchmal Tee mit Altaf trinken, manchmal mit Marek und Zbyszek ausgehen, bis sie eines Tages nach Polen zurückkehrten, wo sie inzwischen eine Firma gegründet hatten, im Prater spazierengehen oder die Donau entlang, gefallenen Kastanien einen Tritt geben oder Steine in den Fluß werfen, immer wieder kalt duschen, nicht an die Mutter denken oder an eine Frau, nicht weich werden, in der Nacht traumlos schlafen, damit verbrachte Svetljo seine Zeit. Über die Vergangenheit versuchte Svetljo so wenig wie möglich nachzudenken. Viele seiner Kunden wußten nicht, wo Bulgarien lag, und wenn er ihnen erzählte, daß es sich zwischen Jugoslawien, Rumänien, Griechenland, der Türkei und dem schwarzen Meer befände, meinten einige, da gäbe es nichts. Aus dem Nichts war er gekommen, das gefiel ihm, das gefiel ihm sogar sehr. Es gäbe da nichts zu erzählen, konnte er dann reinen Gewissens die Fragen seiner neugierigen Kunden abwehren. Nur Steine gäbe es dort, grau seien sie, hart seien sie, aber die Menschen könnten sie essen. Sein Magen aber habe sie nicht mehr vertragen, deswegen sei er nach Wien gekommen, scherzte er mit den Hartnäckigsten.

»Wir wissen eh, daß es im Ostblock Oarsch is«, sagten dann diese und gaben Ruhe.

Manchmal dachte Svetljo an seine Großeltern, manchmal an seine Mutter, viel häufiger aber an seine Schwester, die irgendwo in Australien sein sollte, oder an seinen Freund Sascho, von dem er hin und wieder ein Postkarte bekam. »Eines Tages werde ich beide besuchen«, sagte er sich dann. Aber immer, wenn er versuchte, sich die beiden Kontinente vorzustellen, öffnete seine Phantasie einen Atlas, in dem auf jeder Seite ein nackter Frauenkörper in verschiedenen Längen und Breiten abgebildet war. Er holte dann die Pornozeitung und verschwand im Bad, wo gewöhnlich seine Reisen zu einem baldigen Ende kamen.

Svetljo hätte wahrscheinlich häufiger an Bulgarien und an seine Vergangenheit gedacht, hätte es dort nicht eine Person gegeben, die er am liebsten aus seinem Gedächtnis vertrieben hätte. Aber er schaffte das nicht. Zu groß war der Schatten, den diese Person warf, und es gab kaum eine Erinnerung, die nicht an seiner abkühlenden Dunkelheit vorbei mußte. Diese Person war sein Vater Jordan.

Vieles war inzwischen mit ihm geschehen, von dem Svetljo nichts wußte. Und hätte er ihn jetzt getroffen, hätte er große Mühe gehabt, ihn wiederzuerkennen. Und das wäre kein Wunder, denn es gab kaum einen Menschen, der den alten Jordan wiedererkannt hätte.

Seltsame Sachen waren ihm widerfahren, für die seine einfache Seele keine Erklärungen finden konnte. Wann das ganze begonnen hatte, konnte nicht einmal Jordan selbst sagen. Vielleicht als er begriffen hatte, daß Marina nie wieder zu ihm zurückkehren würde, vielleicht auch früher. Auf jeden Fall war Svetljo noch in Bulgarien gewesen. Er war gerade in der Armee.

Es war ein Tag wie jeder andere, als Jordan plötzlich begriff, daß er keine Lust mehr hatte, Intellektuelle zu beschatten und Menschen zu verhören. Sein ganzer Körper wehrte sich dagegen. Allein beim Lesen eines Protokolls wurde ihm schlecht. Sein Magen übersäuerte sich, sein Kopf tat weh, und er hatte das Gefühl, daß er jeden Moment ersticken könnte. Er hatte sich vorgenommen, darüber mit dem pensionierten Oberst Zarev zu sprechen, aber immer war ihm etwas dazwischengekommen, und als er endlich den Mut hatte, vor dem Oberst zu erscheinen, erfuhr er, daß sich der Oberst umgebracht hatte. Er hätte erfahren, daß sein Sohn im Gefängnis umgekommen war, deswegen hätte er es gemacht. In seine linke Schläfe hätte er sich geschossen, natürlich würde in der Zeitung stehen, daß er an einem Gehirnschlag gestorben wäre, erklärten Jordan seine Kollegen. Nur eine Hand hatte der Oberst Zarev gehabt, die linke. Mit links hatte er alles gemacht, mit links hatte er sich auch das Leben genommen.

Seit diesem Tag wollte Jordan weder jemanden beschatten noch jemanden verhören, denn mit dem Tod von Oberst Zarev war für ihn der Kommunismus gestorben. Deswegen zweifelte er keine Sekunde, als er hörte, daß sein eigener Sohn vor ein Militärgericht gestellt werden sollte, und nutzte all seine Beziehungen, um ihn vor dem Gefängnis zu retten.

Dankbarkeit erwartete er nicht. Zu viele Menschen waren ihm unter die Hände gekommen, in zu viele Seelen hatte er im Laufe der Jahre hineingeblickt, als daß er an ihre Existenz glaubte. Er wußte schon damals, daß sein Sohn ihn eines Tages verlassen würde, so wie er auch damals wußte, daß die Tage des Genossen Shivkov gezählt waren. Jordan war nur ein einfacher Vater, der Genosse Shivkov aber war der Vater einer ganzen sozialistischen Nation, und wenn er schon keine Dankbarkeit zu erwarten hatte, weshalb sollte dann Jordan damit rechnen.

Nachdem die Kommunisten immer mehr die Kontrolle über das Land verloren, verließen viele von Jordans Kollegen die Polizei und verkrochen sich, weil sie die Rache des Volkes fürchteten. Jordan dagegen hatte keine Angst. Er bat sogar freiwillig, auf der Straße eingesetzt zu werden. Sein Kommissariat wollte ihm diese Bitte nicht erfüllen, dafür erfüllte sie eine andere, denn das frühere Miliz- und gegenwärtige Polizeipersonal befand sich in einer sehr prekären Lage. Die alten Kader kündigten im Eiltempo, und es gab nur wenig neue, die diese Arbeit ausführen wollten. Kein Wunder, denn die Miliz war die verhaßteste Institution des Landes. Jordan wechselte vom zweiten ins dritte Bezirkskommissariat und durfte nach 21 Jahren wieder seine Uniform tragen. An seiner neuen Arbeitsstelle erfüllte man ihm fast alle Wünsche, denn solche erfahrenen Leute wie ihn wollte jeder in seinen Reihen haben. Jordan wollte nur als Kontrolleur von motorisierten Verkehrsmitteln eingesetzt werden, und sein Wunsch wurde erfüllt, wie auch seine Bitte, den Dienst ganz allein zu verrichten. Alle Dinge, die jemals eine Bedeutung in seinem Leben gehabt hatten, hatten diese verloren. Sie waren nur Dinge geworden, Dinge wie alle anderen, von denen die Welt nur so wimmelte. Nicht einmal die Uniform, die er einst geliebt hatte und die er wieder tragen durfte, konnte daran etwas ändern. Sogar der Genosse Mladenov war uninteressant für ihn geworden. Deswegen nahm er die Nachricht von seinem Tod mit jener Gleichgültigkeit auf, mit der er nachts die an ihm vorbeifahrenden Autos anschaute. Ein kurzes Aufleuchten der Scheinwerfer, ein Brummen, und schon verschlang sie die Dunkelheit. So war es mit allen Sachen geschehen, die ihm jemals Freude bereitet hatten. Deswegen gab es Nächte, in denen er ein Auto nach dem anderen stoppte und einen Blick auf seine Insassen warf, um sich zu vergewissern, daß die Welt sich nicht verändert hatte. Sie war inzwischen viel verdorbener geworden, und das beruhigte ihn. Er ließ sich von den Fahrern bestechen und die, die sich wehrten, mußten das Doppelte zahlen, und das war Jordans einziges Vergnügen. Nicht, daß er sich mit dem Geld was geleistet hätte. Das Geld war nur an sich für ihn interessant, nur als Geld. Er brachte es nach Hause und legte es in eine Schuhschachtel. Er sammelte das Geld, wie man Beweismaterial und Indizien sammelt, und in den seltenen Fällen, in denen er an der Verdorbenheit der Welt zweifelte, brauchte er nur die Schuhschachtel zu holen und sie aufzumachen. »Und dies soll der Sinn eines jeden Lebens sein? Und dies soll der Sinn dieser Welt sein? Und davon soll jeder träumen? In einen Schuhkarton paßt er, in einen Schuhkarton«, sprach er dann mit sich selbst, und schon konnte er sich wieder freuen.

Er wußte später nicht, wann er zum ersten Mal die Stimmen gehört hatte. War es, nachdem er seinen eigenen Sohn aus der Wohnung hinausgeworfen und mit dem Tod bedroht hatte, oder war es früher gewesen, und er hatte sie ignoriert, weil sie nicht so aufdringlich waren und sich dadurch nicht so sehr von seinen Gedanken unterscheiden ließen? Es waren die Stimmen aller Leute, die er verhört und gefoltert hatte. Nicht, daß sie ihm Vorwürfe machten, nein, sie wiederholten nur das, was sie ihm damals gesagt hatten. Manchmal sprachen sie gleichzeitig, manchmal einer nach dem anderen. Sie eroberten seinen Verstand, und hin und wieder geschah es, daß, wenn Jordan den Mund aufmachte, sie ihm die Worte auf die Zunge legten. Und das war ihm sehr peinlich und unangenehm, denn es geschah manchmal in einem Supermarkt oder in einem Bus oder gar im Gespräch mit seinem neuen Chef, der ihn dann fragte, ob er sich nicht lieber einige Tage Urlaub gönnen wollte.

Doch in dieser Zeit wurde sein Vater Svetlin sehr krank. Die Ärzte gaben ihm nicht mehr als ein Monat Zeit, und die Gedanken an seinen baldigen Tod brachten alle anderen Stimmen zum Schweigen. Svetlin, der Partisan, wünschte sich nichts anderes als einen schönen Sarg aus dunklem Nußholz. Jordan besorgte den Sarg und brachte ihn nach Hause. Svetlin musterte ihn lange und war zufrieden. Alle erwarteten, daß er noch im Dezember sterben würde, aber es war schon Mitte Jänner, und er war immer noch am Leben. Er konnte sogar wieder aufstehen und kurze Spaziergänge auf dem beschneiten Hof machen. Als seine Frau Dragomira das sah, begann sie in dem Sarg die Wintervorräte zu lagern, denn sie war eine sehr praktische Frau und haßte es, Gegenstände in ihrem Haus aufzubewahren, die keine Funktion hatten, besonders wenn sie viel Platz einnahmen. Diese Idee verärgerte Jordan, aber seinem Vater gefiel sie so sehr, daß er wieder Appetit bekam und von Tag zu Tag immer stärker wurde. »Ich muß den Sarg zuerst leer essen, bevor ich sterbe, sonst passe ich nicht mehr da rein«, scherzte er immer wieder.

»Svetlin, wieviel Glaskonserven bleiben dir noch?« fragten seine Nachbarn, denn sie wußten, daß ihm das Spaß machte.

»Immer noch genug. Ich verdächtige meine Frau, daß sie ohne mein Wissen neue dazulegt«, pflegte er zu antworten.

Es geschah im März des Jahres 1991. Es war Mittag. Dragomira hatte gerade eine Dose eingelegte Paprika aus dem Sarg geholt und zu öffnen begonnen, als sie einen tiefen Seufzer hörte. Sie dachte anfangs, das Glas hätte beim Öffnen dieses Geräusch von sich gegeben, als sie aber gleich danach zu Svetlin blickte, begriff sie, daß sie gerade den letzten Atemzug ihres Mannes vernommen hatte. Es war so plötzlich geschehen, daß Dragomira erst alle 24 Dosen aus dem Sarg herausholte, bevor sie zu weinen begann.

Dragomira hatte sich ein marmornes Kreuz auf dem Grab ihres Mannes gewünscht und nicht einen marmornen Stern, wie Jordan es wollte. Es kostete ihn einiges an Überwindung, dem Willen seiner Mutter zu gehorchen, mit ihr nach Plovdiv zu fahren und dort das gewünschte Kreuz zu bestellen. Es würde einen Monat dauern oder ein bißchen mehr, teilte ihnen der Steinmetz mit, und gab ihnen für die Zwischenzeit ein hölzernes.

Nun ragte ein Kreuz aus Holz aus dem Grab von Svetlin, dem Partisanen, empor, aber als ob ihm das gar nicht gefiele, war das Kreuz am nächsten Tag verschwunden. Einige Holzkreuze waren verschwunden, und keiner wußte warum. Jordan stellte ein zweites und auch ein drittes auf, aber auch die hielten sich nicht lange auf ihrem Platz. Nun wollte er der Sache auf den Grund gehen. Er stellte ein viertes Kreuz auf, schlief sich untertags aus, zog sich danach warm an, ging zum Friedhof und versteckte sich. Es war 3 Uhr nachts, als eine Gestalt erschien und alles, was sie an Speisen und Holz auf dem

Friedhof fand, auf einen Karren lud, unter einer Decke versteckte und wegfuhr. Jordan eilte nicht. Er hatte die Gestalt erkannt. Er überlegte nun, was er diesem Dieb antun wollte, und während er überlegte, war er schon zu dessen Haus unterwegs. »Ich werde einfach zu schlagen beginnen, danach werde ich entscheiden«, sagte er sich entschlossen, bevor er das Haus betrat, das einst seinem Großvater Serafim gehört hatte.

Als er in das Zimmer kam, füllte Ismail gerade mit dem Holz der zerhackten Kreuze seinen Ofen. Es war sehr kalt im Zimmer. Anstatt Glasscheiben waren mit Nägeln Stoff- und Nylonfetzen an den Fenstern befestigt, die der Wind immer wieder ausbeulte und laut zum Rascheln brachte. Neben dem Ofen saß eine Frau mit tief in ihre Augenhöhlen gesunkenem Blick und so vielen großen Löchern in ihren Wollsocken, daß ihre nackten Fersen den Köpfen zweier gefangener Fische ähnelten. Um einen Tisch in der Mitte saßen seine Kinder, die sich um die vom Friedhof gebrachten Essensreste laut stritten. Ismail hatte schon sein Gewand unter den Kindern verteilt und hockte nur mit einem Ruderleibchen angezogen vor dem Ofen, die Streichholzschachtel in der Hand, die er sich jetzt nicht anzuzünden traute. An seinem Arm zitterten ein blauer Hammer und eine blaue Sichel, man konnte fast hören, wie sie aufeinander schlugen. Jordan hörte sie jedenfalls. Jordan, der die Zigeuner haßte und noch mehr die Diebe, Jordan, der gekommen war zu schlagen. Aber er konnte jetzt nicht schlagen. Zu laut schmetterten der blaue Hammer und die Sichel, zu laut stritten sich die Kinder um das Essen, das man den Toten brachte, zu laut raschelte das Nylon am Fenster, bedrohlich raschelte es, als ob ein großes Tier eindringen wollte, ein viel größeres als Jordan, und wenn er sich retten wollte, mußte er jetzt schon laufen, jetzt und keine Sekunde später. Da griff Jordan in seine Tasche, holte sein Portemonnaie heraus, warf es auf den Boden, und schon lief er, und schon hörte er nicht mehr, was ihm Ismail zurief, denn was er wieder hörte, waren die Stimmen.

Ab nun sollte er sich nicht mehr von ihnen befreien, er sollte ihr Gefangener bleiben. Nur wenn er schlief, ließen sie ihn in Ruhe, oder wenn er lange Zeit am Rand einer Straße gestanden und Autos kontrolliert hatte, vor allem wenn es schüttete, denn der Regen war lauter als sie.

Eines Nachts hielt er ein Auto auf, in dem drei Frauen und ein bärtiger Typ saßen. Das Auto war auf den Namen der orthodoxen Kirche registriert, aber Jordan reichte ein Blick um die Insassen einzuordnen. Die Damen waren höchstwahrscheinlich Nutten, und der Typ war so wenig ein Geistlicher wie Jordan selbst. Also sollten sie das Doppelte zahlen. Doch der Bärtige weigerte sich. Er stieg aus, hielt die Bibel in der Hand und bat Jordan, seine Hand auf sie zu legen und zu schwören, daß er die Wahrheit sagte, erst dann würde er bezahlen. Selten war Jordan so eine Frechheit begegnet. Alle Stimmen in ihm begannen zu lachen, und da Jordan in ihrer Macht stand, lachte er selber. »Wenn dieser Typ nur wüßte, wieviel Leute ihn gerade auslachen«, war Jordans einziger selbständiger Gedanke. Er legte die Papiere auf das Buch, sagte dem Typ, daß er und seine Nutten sich verpissen sollten, sonst würde er vor Lachen sterben. Das Auto fuhr weiter und Jordan begann sich die Tränen mit dem Ärmel seiner Uniform abzuwischen. Soviel hatte er gelacht, daß sein Ärmel feucht wurde.

Er fuhr nach Hause, zog seine Uniform aus, warf sie auf den Boden, zog eine Hose, einen Pullover und eine Jacke an, holte den Rucksack, in dem er einst seinen Sohn Svetljo nach Sofia getragen hatte, um der Rede des Genossen Shivkov live beizuwohnen, holte drei Schuhschachteln, steckte sie in den

Sack hinein, machte den Kleiderkasten auf, wühlte eine Weile, bis er die Glaskonserve fand, in der die Zunge von Marinas Geliebtem aufbewahrt war, schob sie auch in den Sack und sprach dazwischen immer wieder mit sich selbst. »Ja, ich werde nichts mehr sagen. Nur ihr werdet ab nun sprechen. Meine Arbeit war es, euch zum Reden zu bringen. Sprecht jetzt soviel ihr wollt, sprecht nur.«

Das Dorf erreichte er um 4 Uhr in der Früh. Er parkte das Auto vor dem Elternhaus, stieg aus, holte aus dem Rucksack eine Schuhschachtel, ging unter eine Nuß und unter eine Quitte, legte die Schachtel unter eine Zwetschke, und schon eilte er wieder hinaus. Er brauchte nur zehn Minuten um Ismails Haus zu erreichen. Im Hof stand ein zerfallener Karren, dem das linke hintere Rad fehlte. Jordan legte die restlichen zwei Schachteln auf den Karren, überdeckte sie mit feuchtem Stroh und murmelte leise vor sich hin. Danach verließ er den Hof und das Dorf und ging immer weiter zu Fuß Richtung Berge. Nach zwei Tagen kam er in der Hütte an, die einst für jene Parteifunktionäre errichtet worden war, die gerne auf Bärenjagd gingen und wo auch Jordan einmal mit seiner Familie Urlaub gemacht hatte. Damals aus Freude darüber, daß sein Sohn zu reden begonnen hatte. »Hier könnt ihr reden so viel ihr wollt«, sagte er. Danach holte er das Glas heraus, leerte den Inhalt aus, durchbohrte die Zunge, zog durch sie eine Schnur und hängte sie an einen der Balken. Dann legte er sich auf den Boden und schlief sofort ein. Er hatte vor, die Hütte nie wieder zu verlassen, er hatte vor, in ihr zu sterben.

Zuerst kamen die Mäuse, sie kletterten auf ihn, rochen an ihm, kitzelten mit ihren Schwänzchen seine Nase und brachten ihn zum Niesen. Manche von ihnen hatten aber die Zunge erreicht und begonnen, an ihr zu knabbern. »Warum zuerst sie und nicht mich?« wollte er von ihnen wissen, aber sie gaben ihm keine Antworten. Er holte die Zunge, hängte sie um seinen Hals und versteckte sie unter seinem Gewand. Irgendwann wurde Jordan ohnmächtig.

Als er wieder zu sich kam, sah er einen zahnlosen Mann über sich gebeugt, der nach Schaf stank und ihm Milch zu trinken gab. Unter sich spürte er die weiche Wärme einiger Schaffelle. Der Mann kam ihn jeden Tag besuchen. »Seitdem ich dir helfe, ist mir kein Schaf gestorben oder verlorengegangen«, sprach er. Nach dem Mann begannen auch andere Hirten in die Hütte zu kommen. Einer brachte ihm Brot und Käse und Joghurt, ein anderer Zwiebel und Dörrfleisch und Eier.

»Die Wölfe meiden die Herde, seitdem wir zu dir kommen«, sagte der eine.

»Die Schafe geben mehr Milch, und heuer haben alle Zwillinge geboren«, sagte der andere.

Es lag schon Schnee draußen, und Jordan hatte es nicht mitbekommen. In seiner Hütte zog es nicht mehr, die Hirten hatten sie hergerichtet, und er hatte es nicht mitbekommen. Ein Ofen stand darin und brannte und nicht einmal das hatte er mitbekommen. »Ich kann euch nichts geben«, sagte er. Sie lachten, schoben ein paar Holzstücke in den Ofen und ließen ihn wieder allein.

Nachdem der Schnee geschmolzen war, kamen auch andere Menschen. Manche kamen aus den Dörfern, manche aus den Städten. Die Hirten hatten das Gerücht verbreitet, daß sich in der Hütte ein Heiliger angesiedelt hatte. Er versuchte sie wieder wegzuschicken. »Ich kann euch nicht helfen. Man hat euch betrogen. Ich kann euch nicht mal was sagen. Ich wiederhole nur Worte fremder Menschen, Menschen wie ihr, die viel gelitten haben und die ihr vielleicht selber kennt ... Ich bin ein Schatten gewesen, nur ein Schatten«, sprach er zu ihnen.

»Bitte schick uns nicht weg. Laß uns nur deine Hand küssen oder dich berühren. Wir brauchen nicht mehr«, sagten die

Leute. Um sie zu entmutigen, bat Jordan einen der Hirten, ihm seine Rute zu überlassen, und zwang jeden, der kam, ihn zuerst zu schlagen, bevor er ihn anhörte. »Nur wenn ich blute, kann ich mit euch sprechen«, sagte er ihnen. Manche berührten ihn nur leicht mit der Rute, küßten seine Hand und gingen, manche schlugen ihn, aber keiner kehrte um. Und Jordan mußte sprechen.

Seine Augen und Ohren waren durch die vielen Verhöre geübt. Er brauchte nur einen Blick auf seine Besucher zu werfen, sie reden zu hören, und schon wußte er, welche seiner Stimmen er reden lassen sollte, oder er wußte, ob der Gekommene ihn anlog, denn es kamen auch solche, die nur neugierig waren und überprüfen wollten, ob alles stimmte, was über diesen Einsiedler erzählt wurde. »Es stimmt alles nicht, was über mich erzählt wird. Ich kann niemanden helfen. Die Leute bilden sich das nur ein. Geh und erzähl ihnen die Wahrheit«, sagte er diesen. Aber egal, was er auch sagte, kamen weiterhin Leute zu ihm.

Irgendwann gab er seine Versuche sie wegzuschicken auf und wunderte sich nicht mehr über ihre Blindheit. »In einer Welt, deren Sinn in ein paar Schuhschachteln paßt, ist doch jeder Atemzug schon ein Wunder«, sprach eine der Stimmen in ihm. »Na gut, dann redet nur. Deswegen habt ihr ja meine Zunge, und ich werde mit dieser hier schweigen«, sprach Jordan und berührte durch den Pullover seinen Anhänger. »Schweigen bis jemand kommt und so wuchtig die Rute niedersausen läßt, daß er uns alle erschlägt.«

So sprach Jordan mit sich selbst, während Svetljo Wurst in Wien verkaufte und hoffte, daß sein Chef ihn anmeldete. Genauso wie sein Vater stand Svetljo in einer warmen Hütte, wartete auf niemanden, rief niemanden, und doch kamen die Menschen zu ihm. Nur daß die Menschen, die Svetljo besuchten, unendlich zahlreicher waren als jene, die zu seinem Vater gingen. Wahrscheinlich, weil man Wurst und Bier doch häufiger brauchte als Wunder, auch ihr Geschmack war vertrauter, und es genügte oft, daß man satt wurde, um sich wieder mit der Welt zu versöhnen. Auf diese kurzen Versöhnungspausen war das Leben vieler Menschen reduziert, und ihre größte Sorge war, die Zeit zwischen zwei Mahlzeiten zu verkürzen. Diese Sorge hatte Svetljo schon lange nicht mehr, aber er kannte sich mittlerweile gut genug in dem neuen Land aus, um zu wissen, daß das Leben nie sorglos erscheinen konnte, so lange man keine Arbeitsbewilligung hatte. Dieses Stück Papier war sein einziges Ziel. Aber wie alles Papierene war auch dieses den Launen des Windes unterworfen. Ein stürmischer Zug, und schon flog es dahin.

Die so ersehnte Arbeitsbewilligung bekam Svetljo nicht, es kam sogar noch schlimmer, denn sein Chef verkaufte die Würstelbude, und der neue Besitzer wollte ihn nicht behalten.

Nun mußte sich Svetljo erneut auf die Suche nach Arbeit begeben. Neun Monate sollte die Suche diesmal dauern. Er konnte dazwischen nicht einmal die Universität besuchen und dadurch die gewünschte Anzahl Prüfungen den Behörden nicht vorweisen. Sein Visum lief ab, er blieb im Land. Was sollte es? Er war weder der erste noch würde er der letzte sein, der ohne gültige Papiere durch die Wiener Straßen spazierte. Solche und ähnliche Gedanken gaben ihm Mut, und er suchte weiter. Seine kleinen Ersparnisse wurden verbraucht, und zweimal hatte er sich schon Geld von Altaf ausborgen müssen, bis er auf Nikolaj getroffen war. Er war Russe und arbeitete als Zombie im Prater. Für 85 Schilling in der Stunde stand er jeden Samstag und Sonntag im Zombiehaus von den Toten auf, die restliche Zeit reparierte er die Maschinen dort. Er wollte seinen Chef fragen, ob er Svetljo auch gebrauchen könnte, versprach er. Aber der Chef wollte nicht. Er könnte sich so viele Auferstandene nicht leisten. Einer reichte ihm vollkommen. Sogar auf ihn hätte er verzichtet, wenn er nicht so vielseitig verwendbar wäre, hatte er Nikolaj mitgeteilt. »Wir probieren was anderes«, sprach Nikolaj zu Svetljo. »Ich kenne einen russischen Juden. Er hat mir schon oft geholfen. Wenn du ihm sympathisch bist, wird er auch dir helfen.«

Und sie besuchten die Schuhwerkstatt von Mosche Abramitsch Unreich. Svetljo hatte Glück. Er war Mosche Abramitsch sympathisch. »Die Juden haben nicht schlecht in Bulgarien gelebt«, meinte dieser und nahm Svetljo als Gehilfen auf. Mosche war 73 Jahre alt, sein Kopf war kahl, und die letzten Haare, die sich vor den kühlen Herbstwinden seines Lebens gerettet hatten, waren jetzt in zwei zerstrittenen Gruppen über seinen Augen versammelt. Seine Haut hatte die Farbe einer verwitterten Thorarolle, und seine Hände waren mit so vielen Flecken übersät, als ob sich die Tür zum Jenseits kurz geöffnet hätte und daraus eine braune Flüssigkeit gespritzt wäre.

Mosche hatte Anfang der 70er Jahre die Schuhe seiner Frau und seiner zwei Kinder mit neuen Sohlen versehen, war von Usbekistan losgezogen und nach Wien gekommen.

»Mein Großvater war Schuster, mein Vater war Schuster, und ich bin auch Schuster. Unser Volk ist viel gewandert, deswegen hat es immer gute Schuster gebraucht. Es ist ein guter Beruf. Arbeit für Schuster wird es immer geben, denn der Mensch muß in seinem Leben viele Wege gehen ... Aber mein Sohn wollte kein Schuster werden. Er und meine Tochter leben jetzt in New York. Sie hat ein Kleidergeschäft, und er arbeitet im Bereich der Telekommunikation. Seitdem es Telefon, Fernseher, Internet und Gott weiß was noch alles gibt, gehen die Menschen nicht mehr so viel. Denn alles was sie brauchten, und alles was sie über die Welt wissen mochten, könnten sie jetzt auch zu Hause bekommen und von zu Hause aus erfahren, sagt er mir. Ich bin aber nicht einverstanden. Wenn du nicht gehst und Menschen triffst und mit ihnen redest, wirst du gar nichts über diese Welt erfahren. Auch Wanderer wird es immer geben. Du bist ja auch ausgewandert«, sprach Mosche zu Svetljo, während er ihm das Schuhhandwerk lehrte. Er fand auch eine billige ebenerdige Einzimmerwohnung für ihn, die Svetljo selbst renovierte, bevor er einzog. »Reich wirst du als Schuster nicht, aber auch hungrig wirst du nie bleiben«, liebte Mosche zu sagen, besonders wenn sie zu Mittag gemeinsam aßen.

Nun hatte Svetljo gelernt, Schuhe zu kleben und zu nähen und zu flicken, und er war satt, seine Miete war bezahlt, und sogar einen Teil von seinen Schulden hatte er Altaf zurückgeben können. Nur an den Sinn seiner Existenz durfte er nicht denken, denn dann wurde er traurig. Aber da die meisten Menschen, die, seit die Welt bestand, darüber nachgedacht hatten, traurig geworden waren, versuchte er diesen Kummer als etwas biologisch Veranlagtes, als eine Erbkrankheit zu betrachten, die deswegen notwendig war, um ihn an seine Verwandtschaft mit allen Menschen zu erinnern. So nähte und klebte und flickte er seine Tage aneinander, in der Hoffnung, irgendwann würden sie ein Leben ergeben.

Über ein Jahr hatte Svetljo schon in Mosches Werkstatt verbracht und seit einem halben trug Mosche jede Nacht Dutzende von Gedanken ab, um dahinter zu kommen, wie er Svetljos Leben legalisieren könnte. Nachdem er alle Möglichkeiten mehrmals durchgegangen war, schlug er eines Tages Svetljo vor, ihn zu adoptieren. Dafür brauchte Svetljo eine Bestätigung von seinen leiblichen Eltern, daß sie einverstanden wären.

Zehn Jahre nachdem er Österreich betreten hatte, schickte Svetljo seinen ersten Brief nach Bulgarien. Er war an seine Mutter gerichtet. Allein, als sie den Absender auf dem Umschlag entziffert hatte, begann Marina zu weinen. Noch mehr weinte sie, nachdem sie den knappen Inhalt des Briefes gelesen hatte. Doch sie erfüllte den Wunsch ihres Sohnes. Es dauerte aber fast ein Jahr, bis sie alle Dokumente gesammelt, übersetzt und abgestempelt hatte, denn Svetljos Vater galt als verschwunden, und von ihm brauchte man entweder ein Einverständnis oder eine Todesurkunde. Die Behörden ließen sich viel Zeit, bis Marina ein Dokument bekam, auf dem stand, daß Jordan Apostolov verschollen und nicht mehr auffindbar sei.

Sie hatte Svetljo inzwischen viele Briefe geschrieben, in denen sie kurz über die Situation und lang über ihren Kummer berichtete. Svetljo schmiß die Briefe, nachdem er sie gelesen hatte, sofort weg, denn sie weichten ihn auf, und das konnte er am allerwenigsten brauchen.

Die ersehnten Papiere erreichten Wien Anfang September des Jahres 2001. Mosche nahm sie und versprach, sich um den Rest selber zu kümmern. Alles wäre wunderbar gelaufen, wenn nicht in den Abendstunden des 11. September Mosche Abramitsch Unreich durch einen Herzschlag aus dieser Welt verschieden wäre und die lange Reise zu jenem Vater antrat, von dem er selber hoffte, adoptiert zu werden.

Ob sein Tod mit dem Terroranschlag auf das World Trade Center etwas zu tun hatte, erfuhr Svetljo nicht. Er erfuhr nur, daß Mosches Frau die Werkstatt verkaufen und zu ihren Kindern nach Amerika fahren wollte.

Noch kein Schicksalsschlag hatte Svetljo so getroffen wie der Tod von Mosche. Eine Woche war er wie gelähmt. Er lag nur im Bett und konnte keinen Schritt machen, ohne daß er sein Gleichgewicht verlor. Er hatte das Gefühl, daß von einem Tag auf den anderen sein Leben in eine finstere Sinnlosigkeit abgerutscht war, aus der ihm nur ein Mensch hätte heraushelfen können: Mosche Abramitsch Unreich. Aber der flickte gerade die Schuhe der Engel, gemeinsam mit seinem Vater und seinem Großvater, und konnte endlich aufgrund ihrer abgetragenen Sohlen ganz genau abschätzen, wie oft sie die Erde besuchten.

Zum ersten Mal schien Svetljo das Leben noch sinnloser als der Tod zu sein, denn im Tod gab es zumindest die theoretische Chance Mosche wieder zu treffen, im Leben aber nicht einmal das. Was gab es denn noch, wofür es sich zu leben lohnte? Diese Frage stellte sich Svetljo immer öfter und obwohl er mindestens dreimal pro Woche an Selbstmord dachte, begann er wieder das Haus zu verlassen und Arbeit zu suchen. Denn für viele Menschen dieser Welt ersetzte die Suche nach Arbeit die Suche nach Sinn. Und Svetljo gehörte dazu.

Aber die Menschen, die ihm immer wieder geholfen hatten, waren nicht mehr da. Nikolaj war verschwunden. Sein Chef meinte, er hätte die Frau seines Lebens gefunden und wäre mit ihr, wie er glaubte gehört zu haben, nach Portugal gefahren oder woanders hin, jedenfalls dorthin, wo es Meer gebe. Denn Menschen, die sich fanden, wollten oft das Meer in ihrer Nähe haben, damit sie sich immer vergewissern konnten wie groß die Welt war und was sie für ein Glück gehabt hatten, in dieser Endlosigkeit einander begegnet zu sein.

Auch Altaf war nicht mehr in Wien. Allah hatte ihm endlich eine Apotheke in Kairo geschenkt und er mußte nicht mehr Rosen und seine Brüder mußten nicht mehr Zeitungen in Wien verkaufen und es ging ihnen jetzt gut. »In einer Welt, wo es mehr Kranke als Verliebte gibt, wird es immer dem Apotheker besser als dem Rosenverkäufer gehen«, hörte Svetljo Altafs Stimme und wünschte sich auch so ein klares Ziel wie dieser vor Augen zu haben. Aber sein einziges Ziel war seit elf Jahren immer das gleiche, eine Arbeit zu finden. Und was danach kommen sollte, überstieg seine Vorstellungskraft. Es war wie verhext. Kaum schritt er ein bißchen vorwärts, wurde er an den Anfang geschickt. So war die Arbeit zu Sinn und aus der Suche nach ihr eine Seinsweise geworden. So wollte es das Schicksal, und Svetljo legte sich manchmal die Karten, um, wie es ihm ein Gefreiter in der Armee damals gezeigt hatte, einen kurzen Blick in die Zukunft zu werfen. Und schon sah er den Satz, den ihm damals Spas auf das Karo-As geschrieben hatte. »Ich suche eine Arbeit«, lautete er. Und Svetljo warf die Karten voller Wut auf den Boden.

Am nächsten Tag aber suchte er weiter und zwar so lange, bis ihm nur noch 300 Schilling geblieben waren.

XIII. M*iro*

Anfangs dachten alle seine Kumpel, es wäre nur eine Laune, denn solche Launen hatten sein unruhiges Leben immer begleitet. Aber nachdem er am Hl. Georgstag die Hände von Obrad, der jahrelang seine rechte Hand gewesen war, neben einem Teller, aus dem die Lammsuppe noch dampfte, angenagelt hatte, zweifelte keiner mehr, daß ihr Boß Miro, der Goldene, nicht mehr der Alte war.

Es hatte nach einer seiner Balkanreisen begonnen. Er war mehr als einen Monat weg gewesen und war ohne eine einzige Ware und mit zwei tiefen Falten auf seiner Stirn zurückgekehrt, was schon damals nichts Gutes ahnen ließ.

»Holt alle Mädchen, die für uns arbeiten, vom Strich und von ihren Zimmern und bringt sie zu mir«, befahl er seinen Leuten. 40 Mädchen waren es, die später zaghaft vor ihn traten.

»Wenn eine von euch nach Hause gehen will, kann sie gehen. Sie bekommt ihre Papiere. Sie soll mir nur eine Kontonummer hinterlassen, auf die ich ihr jeden Monat 15 000 Schilling überweisen werde. Wenn eine von euch hier im Land bleiben will, der verschaffe ich einen Befreiungsschein und zahle ihre Wohnung. Ab heute muß keine von euch mehr für mich arbeiten. Möchte eine ihren Körper weiter verkaufen, soll sie es nun alleine tun. Entscheidet euch schnell«, sagte Miro. Es dauerte eine Weile, bis die erste Frau ihre Angst und ihr Staunen überwunden hatte, sich seinem Schreibtisch näherte, ihre Papiere abholte und ihm ihre Kontonummer aufschrieb. Mehr als die Hälfte der Frauen wollte im Land bleiben, der Rest fuhr nach Hause, und es gab keine einzige unter ihnen, die sich entschied, ihren Körper weiter zu verkaufen. »Was machst du da? Bist du verrückt geworden, oder hast du plötzlich Angst um deine Seele bekommen«, regte sich Obrad auf.

»Ich hab keine Angst, denn ich hab keine Seele. Und wenn du weiter so mit mir redest, wirst du es selber zu spüren bekommen«, sagte Miro, seine nachgewachsenen Fingernägel putzend.

»Geht und holt alle, die ihr auf den Arbeitsstrichen findet«, war das nächste, was er seinen Leuten befahl. Diesmal wurde sein Zimmer mit Männern aus allen Teilen der Welt gefüllt.

»Jeder von euch soll sagen, was er kann und mir aufschreiben, wie er zu finden ist. Ich werde jedem eine offizielle Arbeit verschaffen. Das hier ist meine Handynummer. Gebt sie jedem, der eine Arbeit braucht. Dafür, daß ich eure Zeit in Anspruch genommen habe, bekommt jeder von euch 1000 Schilling von mir«, sagte Miro, holte Geld aus einer Schublade und verteilte es unter den Versammelten.

Ab nun läutete sein Handy ununterbrochen, und jedem, der anrief, wurde geholfen. Manche Leute stellte Miro selber ein, denn er besaß einige Gasthäuser, Autowerkstätten und Immobilien, die immer wieder renoviert werden mußten. Genauso war er an mehreren Wettbüros und Spielhallen, Videokabinen und Sexshops beteiligt. Außerdem hatten sich in all den Jahren so viele Leute von den höheren Schichten auf verschiedene Weise bei ihm verschuldet, daß sie gerne bereit waren, ihm einige Gefälligkeiten zu erweisen. Seine Kumpel begannen, einer nach dem anderen, sich von ihm abzuwenden. Zuerst hatten sie zu protestieren versucht, was mit zwei angenagelten Händen neben einer dampfenden Lammsuppe endete. Und während die Suppe abkühlte, kühlten auch die Beziehungen seiner langjährigen Gefährten zu ihm ab. Danach versuchten sie ihn umzubringen. Ein Versuch, den Obrad und Slobodan mit ihren vielversprechenden Leben bezahlten. Sie durften gemeinsam die Finsternis in einem Loch im Mühlviertel teilen, wo ihre Leichen verscharrt wurden. Nun ließen ihn seine Kumpel in Ruhe, indem sie ihn verließen. Nur einer blieb bei ihm. Der Roma Predrag, den Miro vor mehr als 15 Jahren von einer Straße in Belgrad mitgenommen hatte, wo dieser, er war damals ein siebenjähriges Kind, barfuß Akkordeon gespielt hatte.

»Hast du Eltern?« hatte er ihn damals gefragt.

»Ich weiß nicht«, hatte das Kind geantwortet.

»Gibt es etwas, das du dir wünschst?«

»Ja… So viele goldene Zähne wie du haben.«

»Dann steig ein«, hatte Miro gesprochen, und das Kind war mit seinem Akkordeon eingestiegen.

Seitdem hatte Predrag Miro immer begleitet, war neben ihm erwachsen geworden, und als seine Brust groß und stark genug geworden war, hatte er sich darauf Miros Namen tätowieren lassen. Jedesmal, wenn Miro melancholisch wurde, rief er Predrag zu sich, und er brauchte es nicht einmal zu sagen, da begann Predrag schon Miros Lieblingsromalied zu spielen: »Viele Wege bin ich gegangen, und manchmal habe ich auch gute Menschen getroffen…«, sang Predrag, und manchmal sang auch Miro mit.

Nun war Predrag der einzige, der bei Miro geblieben war, was sich dadurch erklärte, daß er allem, was Miro tat und sagte, blind vertraute. Seine Seele war so naiv, daß er an dem einen Tag Akkordeon spielen, an dem anderen zwei Leichen im Mühlviertel begraben konnte, und beide Male mit der Überzeugung, etwas Gutes getan zu haben. »Wenn ich sterben sollte, begrabt mich mit meinem Handy«, sagte eines Tages Miro zu ihm. Predrag, der es unnötig fand, Worte außerhalb eines Liedes zu verschwenden, nickte nur mit dem Kopf, aber durch diese Bewegung wurde ein Versprechen geschmiedet, das nur wenige Kräfte dieser Welt brechen konnten.

Was war aber geschehen, das diesen Wandel in Miro verursacht hatte, hatten sich alle gefragt. Aber da Miro noch nie einem Menschen Rechenschaft abgelegt hatte, konnte es auch niemand erfahren. Nur dunkle, schlecht gebastelte Gerüchte waren im Umlauf, die bei jeder genauen Hinterfragung in Stücke zerbrachen oder sich in Staub auflösten und zurück in dem Schatten versanken, dem sie entsprungen waren. Nicht einmal Predrag wußte etwas davon, allein deswegen, weil er jede Veränderung bei Miro als selbstverständlich hinnahm. Er hatte ihn in allen möglichen Gemütszuständen erlebt, und es gab für ihn nichts Verwunderlicheres, als wenn einer davon längere Zeit andauerte. So blieb Miro der einzige, der zwar nicht die genaue Ursache, aber zumindest die Ereignisse, die mit seiner Verwandlung zu tun hatten, kannte. Und dieses Wissen sollte er genauso wie sein Handy mit ins Grab nehmen.

Es war im Herbst des Jahres 1997 geschehen. Miro war gerade nach einigen in der Türkei abgeschlossenen Geschäften wieder in Bulgarien eingereist und wollte den Begabten besuchen, um noch ein paar Einzelheiten zu besprechen. Er hatte ein Zimmer im Hotel Trimontium bezogen und ging, begleitet von einem der Leibwächter des Begabten, gut gelaunt im Zentrum von Plovdiv spazieren, als er zwei Frauen bemerkte, die ihn voller Haß anstarrten. »Das ist er«, sagte die eine. Sogleich steuerte die andere Miro entgegen, blieb vor ihm stehen und sprach all jene Flüche aus, an denen die bulgarische Sprache so reich ist. Miro wollte die Frau zuerst auslachen, dann schlagen. Aber er konnte es nicht. »Finde heraus, wer sie ist«, sagte er dem Leibwächter, als sie sich wieder entfernt hatten.

Miro war ein sehr abergläubischer Mensch. Er fürchtete weder Kugeln noch Messer, weder Schmerzen noch Drohungen. Er fürchtete keinen Menschen und kein Tier, kein Feuer und keine Gewässer. Er hatte vor nichts Angst, außer vor Flüchen. Besonders, wenn sie der Zunge einer Frau entsprangen. Deswegen ging er auch mindestens einmal pro Monat zu einer Wahrsagerin, und obwohl ihm einige von ihnen schon gesagt hatten, daß ihm von keiner Frau Gefahr drohe und daß er, solange er nicht auf den Mann mit der ausgedörrten Zunge treffe, nichts zu befürchten habe, ging er weiter zu ihnen, denn woher sollte er wissen, ob er diesem Mann nicht schon begegnet war? Er schaute ja nicht jedem Menschen in den Mund, um festzustellen, wie es um seine Zunge stand.

»Die Frau heißt Radost und ist Sozialarbeiterin. Sie betreut mißhandelte Frauen und beschäftigt sich auch mit der Resozialisierung von Nutten. Sie ist 31, lebt mit ihren Großeltern, hat kein Kind, keinen Mann, keinen Freund und kein Haustier. Hier ist ihre Adresse«, berichtete ihm der Begabte noch am nächsten Abend. »Wieso brauchst du diese ganze Scheiße? Willst du sie vielleicht heiraten?«

»Ich kann es dir nicht sagen. Es ist viel zu intim«, antwortete Miro, während er den Zettel mit der Adresse in die Tasche steckte.

In derselben Nacht besuchte Miro ihr Haus. Er ging an einem grünen Holzzaun vorbei, machte die grüne Hoftür auf, dann die braune Haustür, hörte jemanden im unteren Stock schnarchen, stieg die Treppen zum oberen hoch und schlich sich in Radosts Zimmer. Er wußte nicht genau, was er mit ihr machen sollte. Eigentlich wollte er sich rächen, aber jetzt, wo er die Frau schlafen sah, nahm er einen Stuhl, stellte ihn neben ihr Bett und setzte sich darauf. Er war nicht verliebt, er spürte sich nur einer fremden Macht unterworfen, die ihn zwang, das zu tun, was er gerade tat, und er war überzeugt, daß von dieser schlafenden Frau sein zukünftiges Schicksal abhing. Deswegen war er gekommen, deswegen saß er neben ihrem Bett, deswegen schaute er sie an. Vielleicht mußte er sie doch umbringen. Vielleicht lag deswegen auf ihrem Nachtkästchen die Schere. Er nahm sie. Da machte die Frau ihre Augen auf, war aber noch in einem Traum. Aus diesem Traum blickte sie zu Miro hinüber, deswegen lächelte sie.

»Endlich bist du gekommen... Endlich bist du aus diesem Brunnen herausgeklettert... Wie war es denn?« sagte sie.

»Sehr feucht und sehr dunkel«, antwortete Miro impulsiv.

»Du Ärmster... Bleib jetzt bei mir... Ich bin so müde. Ich muß noch ein bißchen schlafen. Aber dann, wenn ich aufwache, schneide ich dir die Haare«, sagte sie, ergriff seine Hand und schloß wieder die Augen. Miro legte die Schere auf den Nachtkasten, befreite seine Hand und schlich sich aus dem Haus. Er konnte weder in dieser noch in der nächsten Nacht einschlafen. Er bekam Fieber und fühlte sich so schwach wie schon lange nicht. Die Ärzte meinten, er wäre nur verkühlt. Sahen denn diese Trottel nicht, daß er starb? Er pfiff auf die Ärzte und ging zu einer Wahrsagerin.

Ein zu schlimmer Fluch habe ihn erwischt. Wie ein Wurm habe er sich in sein Herz eingenistet, meinte sie. Sie konnte ihm nicht helfen, aber sie habe von einem heiligen Mann gehört, der in den Rhodopen lebe. Seine Worte hätten vielen geholfen, und sogar wenn er nicht sprach, reichte es schon, seine Hand zu küssen oder sein Gewand zu berühren, so stark sei die heilende Kraft, die aus ihm strömte. Er verlange nichts, trotzdem sei es nicht gut, mit leeren Händen zu ihm zu gehen. Obst habe er gern, besonders Quitten, auch Honig, so habe sie die Leute erzählen gehört, erklärte die Wahrsagerin. Miro kaufte eine Kiste Trauben, ein Kilo Honig und ein paar Quitten und fuhr den Mann suchen. Das letzte Stück mußte er zu Fuß gehen und, beladen wie er war, stolperte er oft und schimpfte und mußte sich hin und wieder niedersetzen, um sich zu erholen. Der Schweiß rann über sein Gesicht und sengte in seine Augen. Deswegen dachte er, der Hirte, der plötzlich vor ihm stand, wäre gerade der Erde entsprungen. »Gibst du mir ein bißchen von deinen Trauben?« fragte dieser und offenbarte Miro seinen zahnlosen Mund.

»Nimm soviel du willst«, sagte Miro außer Atem.

»Ich bringe dich zu ihm«, sprach der Hirte, und aus seinen Mundwinkeln rann der Traubensaft.

Eine halbe Stunde später betrat Miro die Hütte, schaute sich kurz um und stellte die Sachen, die er trug, in ein Eck, wo schon ein Dutzend Melonen lagen. Auf dem Boden der Hütte saß ein bärtiger Mann, der jede seiner Bewegungen neugierig verfolgte. Als Miro aber die Sachen abgestellt hatte, wandte der Mann seinen Blick von ihm ab und begann, etwas vor sich hin zu murmeln. »Eine Frau hat mich verflucht. Seitdem geht es mir so schlecht, daß ich glaube, ich muß sterben. Hilf mir, wieder zu meinem Leben zu finden.«

»Nicht nur eine, aber nur eine hast du gehört... Siehst du die Rute da? Bevor du mich nicht mit ihr geschlagen hast, so daß ich blute, will ich dir nichts sagen«, sprach der Mann und kehrte Miro den Rücken zu. Miro nahm die Rute, zerbrach sie an seinem Knie und warf sie auf den Boden.

»Das bringt nichts. Ich werde mir eine neue besorgen.«

»Die werde ich auch zerbrechen. Du wirst mich nicht dazu bringen können, dich zu schlagen«, sagte Miro entschlossen.

»Deine Schuld ist zu groß und zu schwer. So wie meine. Deswegen zerbrichst du die Rute... Viele Menschen haben wegen dir leiden müssen. Viel zu viele hast du verletzt. Was du berührt hast, ist dreckig und trüb geworden... Du kannst nicht mehr jeden einzelnen finden, um ihn um Vergebung zu bitten. Deswegen bist du hierher gekommen und glaubst, ich kann in ihrem Namen sprechen. Kennst du aber alle ihre Namen?... Ich weiß es. Du kennst sie nicht mehr. Zu leicht hast du dir das vorgestellt, zu leicht...«, sagte der Mann, und drehte sich wieder zu Miro, bevor er weitersprach.

»Für Menschen wie uns gibt es keine Rettung. Das einzige, was du machen kannst, ist, dich draußen beim ersten Ast aufzuhängen. Oder dich so wie ich irgendwo zu verkriechen und zu warten, bis der Tod von selbst zu dir kommt. Ich kann dir nicht helfen... Aber du... Du könntest mir helfen. Unter deinem Sakko ist eine Pistole. Erschieß mich und bring endlich die Stimmen zum Schweigen.«

»Es tut mir leid, aber ich kann deine Bitte nicht erfüllen.«

»Und ich dachte, als ich dich sah, heute ist mein Glückstag. Aber auch du hast den langen Weg gemacht, nur um einem Mörder Trauben, Honig und Quitten zu bringen... Ich versteh das nicht. Ich bin damals hierher gekommen, um zu sterben. Ich wollte verdursten oder verhungern, ich wollte, daß mich die Mäuse oder andere Tiere auffressen. Wie ein Stück Dreck wollte ich sterben... Aber die Leute ließen mich nicht sterben. Sie haben mich gefunden und gepflegt und die Hütte für mich hergerichtet... Ganz fremde Leute waren das, ganz fremde... Sie haben mich gerettet, und seitdem kommen immer wieder Leute zu mir und bringen mir was zu essen. Einer hat sogar einen Brunnen für mich gebaut. Ihre Güte hält mich am Leben... Sie glauben, daß sie hierher gekommen sind, um mich zu sehen und zu berühren. Aber nicht mich berühren sie und begegnen mir hier, sondern ihrer eigenen Güte. Und weil man nichts von ihr weiß, solange man sie nur in sich trägt, glaubt jeder lieber an mich. Dabei ist sie das, was sie bestaunen... Sie haben mich selber erschaffen, und wenn es überhaupt eine heilende Kraft hier gibt, dann ist das ihre eigene... Auch du kommst hierher, und statt mich umzubringen, bringst du mir Essen. Und wenn das kein Wunder ist, was sonst?...« Miro ging zu dem Mann, berührte seine Schulter und verließ die Hütte.

Als er in Wien ankam sammelte er seine Leute und sagte ihnen, sie sollten alle Mädchen zu ihm bringen. Seitdem läutete sein Handy ununterbrochen, und als er starb, wurde er mit ihm begraben.

Miro starb zu Weihnachten des Jahres 2000. Predrag hatte ihn mit einem Loch in seinem Herzen im Büro gefunden. Er saß auf seinem Stuhl, hielt noch sein Handy in der Hand und Predrag schwor, daß er kurz Flügel über Miros Schultern gesehen habe, die dann, als das Handy wieder läutete, sich in Luft aufgelöst hätten. Außer drei von den goldenen Zähnen in seinem Mund hatte nichts gefehlt, woraus die Polizei schloß, daß es sich um einen Racheakt gehandelt hatte. Auf seinem Tisch hatte Predrag Dutzende Arbeitsbewilligungen und Befreiungsscheine gefunden, die er den Leuten überbrachte, ohne davon der Polizei zu erzählen.

Miro wurde in einer der prominentesten Alleen des Wiener Zentralfriedhofes begraben. Aber kaum hatte ihn die Erde verschlungen, wurde ein Gerücht geboren, das seitdem von Einwanderer zu Einwanderer und von Keller zu Keller Wien durchquerte. Ob Predrag dieses Gerücht in die Welt gesetzt hatte oder jemand anderer, konnte keiner sagen. Es war auch unwichtig, denn viel wichtiger war es, was die Leute glaubten. So war es immer in dieser Welt gewesen, und um das zu ändern, sollte eine andere Welt oder zumindest ein anderer Mensch erschaffen werden. Aber wer konnte das schon tun? Neue Papiere konnte man erschaffen, neues Geld, neue Gesetze und Pflichten und Regelungen, neue Grenzen und Einreisebestimmungen, neue Maschinen, neue Tätigkeiten, neue Waffen, neue Länder, neue Ideale, neue Nationen, sogar neue Bedürfnisse, aber keine neuen Menschen.

Und weil es nun einmal so war, erzählten die Menschen, daß Miro nicht tot, sondern ein Engel geworden wäre, der Engel aller Einwanderer und Flüchtlinge. Und wenn man so einer sei und verzweifelt, dann brauchte man nur an sein Grab gehen, ihm Blumen oder etwas anderes zu bringen und um Hilfe zu bitten, und so wie zu seinen Lebzeiten würde er jeden erhören. Engel konnte man nicht nach ihren Papieren fragen oder ihre Paßfotos und Visa mißtrauisch ausmustern und mit ihren Erscheinungen vergleichen. Also blieb einem entweder diesem Gerücht zu glauben oder darüber zu lachen. Glauben und lachen, das bleibt letztendlich dem Menschen. Ein weiterer Schritt zurück, und er wird wieder zu Erde, wird wieder zu dem Schlamm, aus dem er einst gebildet wurde. Glauben und lachen, was vermag sonst der Mensch gegen die auf ihn zuströmende Verzweiflung tun, außer diese zwei alten oft bewährten Waffen anzuwenden, eine nach der anderen oder beide zusammen.

So verhielt sich auch die Sache mit Miro. Manche glaubten an ihn, manche lachten nur darüber, andere lachten und glaubten zugleich, und irgendwie wurde allen geholfen. Nicht, daß sie es gleich bemerkten. Viele bemerkten es nicht mal. Denn so ist der Mensch, zu schnell und zu leicht gewöhnt er sich an etwas Besseres und ist somit auf immer seiner Fähigkeit beraubt, das Schlechte und Drohende rechtzeitig zu erkennen. Gewöhnt im Guten zu schlummern und vom Bösen aufgeweckt zu werden, unfähig seine traurige Bestimmung zu ändern, von neuem und neuem überrascht zu werden.

Nun standen dieser traurigen Bestimmung zufolge Svetljo und Iskren an Miros Grab. Svetljo hatte gerade Miro sein Herz ausgeschüttet, als Iskren, nachdem er eine Weile zugehört hatte, auftauchte.

»Wir Bulgaren sind die leichtgläubigsten Menschen auf dieser Welt. An den Kommunismus haben wir geglaubt, an den Russen, dann an die Amerikaner, und jetzt glauben wir an

Engel … Schau dich nur um, wir sind die einzigen, die bei diesem beschissenen Wetter hier sind«, sagte Iskren.

»Was soll's! Schaden kann's nicht«, sagte Svetljo.

»Schaden?! Weißt du, zu wem du gerade gebetet hast? Das hier ist das größte Arschloch, das es je gegeben hat. Ich hab den Typen gekannt, und ich freu mich sehr, daß er krepiert ist«, zeigte Iskren auf Miro.

»Ich hab ihn auch gekannt. Mir hat er geholfen.«

»Gehen wir weg von hier. Sonst ärgere ich mich noch mehr über meine Dummheit«, schlug Iskren vor.

»Bitte ihn doch um Hilfe, wenn du schon da bist.«

»Dir muß es wirklich dreckig gehen, Kumpel, wenn du soweit bist, einen toten Serben um Hilfe zu bitten … Die schaffen es nicht mal, wenn sie am Leben sind, sich zu helfen. Schau, was mit ihrem Land passiert«, meinte Iskren.

»Wieso probierst du es nicht einfach? Dir geht es ja sicher auch sehr dreckig. Sonst wärst du nicht hier!«

»Wenn er wenigstens nicht auf seinem Grab abgebildet wäre … Ich kann mir seine Visage einfach nicht anschauen. Ich bekomme gleich Sodbrennen. Glaubst du, man bekommt Sodbrennen, wenn man vor einem Engel steht?«

»Mach einfach die Augen zu«, schlug Svetljo vor.

»Wie heißt du?«

»Svetljo.«

»Ich bin Iskren. Weißt du, Svetljo, ich hätte mich jetzt totgelacht, wenn nicht alles so traurig gewesen wäre. Aber du hast recht. Ich mach jetzt einfach die Augen zu. Könntest du mich bitte kurz allein mit dieser Groteske hier lassen.«

Svetljo ging einige Schritte weg und versuchte hinter einer Gruft Schutz vor dem Wind zu finden. Seine Stimmung hatte sich ein bißchen gebessert. Ob er das Miro oder diesem Bulgaren zu verdanken hatte, wußte er nicht, aber er war viel entspannter als vorher. Iskren hatte sich sehr kurz gefaßt. Es dauerte keine drei Minuten, und schon war er wieder bei Svetljo.

»Handy und Flügel, das kann nur einem Balkanesen einfallen… Schau dir die anderen Gräber an. Das nennt sich Zivilisation. Zivilisiert gelebt, zivilisiert gestorben, zivilisiert begraben. Bei uns bringt man noch den Toten Speis und Trank. Bei uns sind sogar die Toten hungrig. Es scheint, daß auch das Jenseits aufgeteilt ist und alle, die nicht aus der EU oder Amerika kommen, weiter schlecht versorgt werden, während sie auf das Jüngste Gericht warten. Ich kenne mich da aus. Ich hab meine Kindheit auf Friedhöfen verbracht«, empörte sich Iskren, schneuzte sich und fuhr weiter fort. »Statt zu bitten, hätten wir ihn lieber ausgraben und uns seine goldenen Zähne holen sollen, das hätte uns mehr geholfen… Dieser Wind macht mich fertig. Ich hasse ihn.«

»Ich auch.«

»Gehen wir weg von hier. Ich hätte dich gern auf einen Kaffee eingeladen, aber ich bin pleite.«

»Mir geht's genauso«, sagte Svetljo, während sie zum Tor gingen.

»Fahren wir zum Südbahnhof. Dort ist es zumindest warm«, schlug Iskren vor.

»Woher kommst du eigentlich?« fragte er schon in der Straßenbahn.

»Aus Plovdiv.«

»Wirklich. Ich auch«, freute sich Iskren.

Sie fuhren zum Südbahnhof, schnorrten ein paar Zigaretten, setzten sich in den Warteraum, schauten einmal auf die glühenden Spitzen ihrer Zigaretten, einmal auf den Rauch, der sich hinaufschlängelte, erinnerten sich an ihre Stadt, erzählten einander von ihr, von den Hügeln, dem Antiken, den Lokalen, der Frechheit der Kellner und der Taxifahrer, von der

Länge der Schlangen, der Milde des Winters und den glühend heißen Sommern und stellten mit Bedauern fest, daß sie keine gemeinsamen Bekannten hatten. Der eine kannte manche von den Leuten, von denen der andere sprach, höchstens vom Sehen. So wie zum Beispiel Bobby, der Gitarrenspieler, der seine englischen Lieder auf den Marmorsitzen des Amphitheaters gespielt hatte.

»Weißt du, daß das Antiken mit einem Gitter umzäunt wurde, und wer rein will, muß jetzt zahlen«, sagte Iskren.

»Nein, das wußte ich nicht ... Schade. Es war ein guter Platz für Leute, die kein Geld hatten«, bedauerte Svetljo aufrichtig.

»Ich war einmal bei einer Prostituierten. Weißt du, wo sie gewohnt hat? Beim Messegelände. Auf dem Boulevard Moskau. Jetzt heißt der Boulevard übrigens Bulgarien ... Sie hieß Isabella ... Das war ein Traum«, sagte Iskren und zog so stark an seiner Zigarette, daß sie wie brennendes Holz zu knistern begann.

»Ich war auch bei einer ... Sie wohnte beim Güterbahnhof ... Es war der reinste Alptraum. Ihr Mann saß im Nebenzimmer und schaute fern ... Kannst du dir das vorstellen? Wir hatten die Adresse von einem Unteroffizier bekommen. Ich will so wenig wie möglich über das Sexualleben eines Unteroffiziers wissen«, sagte Svetljo. Die beiden lachten, und nachdem sie gelacht hatten, fiel ihnen lange Zeit nichts mehr ein. Plovdiv war hinter dem Rauchnebel verschwunden, und sie waren wieder in Wien.

»Morgen ist Neujahr«, sagte Svetljo.

»Hoffentlich bringt es uns was Besseres«, seufzte Iskren und rieb sich die Stirn.

»Feiern wir doch gemeinsam«, schlug Svetljo vor.

»Ja, das wäre gut«, antwortete Iskren schnell, überlegte dann aber und sagte. »Nein, lieber nicht. Das würde uns nur noch mehr deprimieren.«

»Du hast recht … Aber du könntest zumindest bei mir übernachten.«

»Ich bin einverstanden«, sagte Iskren, zog aus seiner Tasche Papier und Kugelschreiber und schrieb die Adresse auf. »Mir ist gerade eingefallen, daß ich noch etwas erledigen muß, aber danach komm ich zu dir.«

»Ich würde mich freuen.«

»Ich auch.« Iskren stand auf, schüttelte Svetljo die Hand, wollte bereits gehen, aber es fiel ihm etwas ein, das er unbedingt noch sagen wollte. »Weißt du, Svetljo, ich möchte gern, daß wir uns was versprechen.«

»Und was?«

»Daß wir niemandem erzählen, wo wir uns getroffen haben. Ich weiß nicht, wie es mit dir steht, aber mir wäre es sehr peinlich«, sagte Iskren, und man konnte sein Sodbrennen bis zu seiner Stimme spüren. Svetljo versprach es ihm, und sie trennten sich.

»Ein netter Kerl«, dachte Iskren, während er zur Donau fuhr. Als er sich mit Svetljo unterhalten hatte, waren ihm die moldawischen Matrosen Miro und Ion eingefallen. Die Wahrscheinlichkeit, daß er sie finden würde, war nicht sehr groß, aber er wollte nichts unversucht lassen. Deswegen ging er die Donau entlang und suchte ihr Schiff. Aber dort, wo es früher geankert hatte, lag jetzt ein anderes, auf dem die deutsche Fahne flatterte. Iskren wollte schon gehen, als ein Mann von der Kommandobrücke zum Ufer hinunter humpelte. »Schurken, ihr seid alle Schurken!« schrie er laut vom Ufer zum Schiff hinüber, und je länger Iskren das unrasierte Gesicht dieses Mannes anblickte, desto deutlicher erkannte er unter seinen Ausdünstungen Ion, den Moldawier. Iskrens Gesicht hatte sich inzwischen auch ein wenig verändert, deswegen brauchte Ion ein bißchen Zeit und einen Schluck Wodka aus dem kleinen Fläschchen, das er immer neben seinem Herzen trug, bis er Iskren, so wie man es mit verspäteten Kinobesuchern macht, zum richtigen Platz in seinem Gedächtnis führen konnte. Iskren half ein bißchen nach, und somit stand einer Umarmung nichts mehr im Wege. »Magst du einen Schluck?« fragte der Matrose. Iskren mochte. Es folgte ein gieriger Schluck und eine neugierige Frage, die sich auf den Schrei vorher bezog. »Diese Deutschen, die haben seit dem Ende des 2. Weltkrieges immer Glück, auch beim Kartenspielen«, faßte Ion die neue deutsche Geschichte zusammen.

»Und was ist mit deinem Fuß?« fuhr Iskren mit seinen Fragen fort. Der Wodka hatte ihn wissensdurstig gemacht. Es gab noch einiges, was er wissen wollte.

»Das ist was anderes ... Ich hab mit einem Kollegen gestritten. Er hatte leider gerade eine Eisenstange in der Hand. Es gehört zum Beruf. Wir sind eben Mechaniker ... Streite nie mit jemandem, der eine Eisenstange in der Hand hat«, sprach Ion der Mechaniker weise. Iskren nutzte seine Besinnlichkeit und offenbarte ihm die finstere Gegenwart, in der sich sein Leben gerade befand. Ion hatte schon die Natur vieler Finsternisse studiert und kannte sich in diesem Bereich gut aus. Er teilte Iskren mit, daß dieser großes Glück habe, denn ihr Schiff fahre noch heute nacht Richtung Ungarn, und nachdem er alles mit dem Kapitän abgesprochen hatte, versteckte er Iskren im Laderaum hinter einem Berg von Mehlsäcken. Kurz nach Mitternacht holte er ihn heraus und führte ihn aufs Deck. »Wir sind in der Slowakei«, sagte er. Iskren schaute zum dunklen Himmel hinauf, wo die Sterne sein sollten, und atmete tief aus. »Wo willst du aussteigen«, setzte Ion seiner poetischen Stimmung ein Ende.

»In Budapest. Ich kenne dort jemanden«, antwortete Iskren.

»Es dauert noch bis dorthin. Leg dich lieber in mein Bett und schlaf dich aus.« Iskren gefiel der Vorschlag. Er folgte Ion, und die Freude, die sein Körper verspürte, als er sich auf das Bett legte, war unvergleichlich. Nicht einmal im teuersten Hotelzimmer hatte er sich so wohl gefühlt. Jeder seiner Muskeln, jedes seiner Organe freute sich, aber am meisten freuten sich seine Knochen. Trotzdem konnte er nicht sofort einschlafen, zu aufgeregt war er. Es gab kein Fenster in dem Raum, aber es machte ihm nichts aus. Denn er spürte den weiten, schwarzen Himmel über sich, wo langsam wie Fische im Winter die Wolken schwammen und den breiten dunklen Fluß unter sich, wo mühsam, wie kleine versilberte windlose Wolken, die Fische zogen. Und auch die Lichter spürte er, die von beiden Ufern immer wieder schwirrten, um jeden zu erinnern, daß die Welt noch da war. Seine Gedanken änderten wie Fledermäuse ständig ihren Weg, und ihm war es schwierig, einem von ihnen zu folgen. Erst als sie einige Male an seiner Großmutter Sdravka vorbeiflatterten, beruhigten sie sich ein wenig und unterwarfen sich Iskrens Willen. Nun dachte er an Sdravka und erinnerte sich, daß sie ihm, als er noch klein war und nicht einschlafen konnte oder wollte, immer ein Wiegenlied gesungen hatte, das seine Wirkung nie verfehlte. Nein, er hatte die Worte des Liedes nicht vergessen. Eins nach dem anderen kamen sie jetzt, langsam kamen sie wie Fische im Winter, und er brauchte eine Weile bis er sie alle geangelt und richtig nebeneinander gereiht hatte. Bei der Melodie war er sich nicht so sicher, aber die Worte, die gingen ungefähr so:

»Schlaf, Enkel, schlaf
und reite auf dem Schaf.
Fest halte dich an seinem Fell,
so kommt der Morgen immer schnell.
Sein Fell ist schwarz wie Nacht,
bepinkle nicht du diese Pracht,
sonst wirft es dich vom Rücken,

dein Traum wird dann zu Stücken.
So klein wie diese Sterne,
so hart wie Kirschenkerne.
Hab lieber keine Angst vor ihm,
verlaß dich voll auf seinen Sinn.
Dann wird es dich an Orte führen,
wo's weder Wege gibt noch Türen.
Wo Steine fühlen, Tiere sprechen
und Bäume um die Wette zechen.
Wo niemand war seit Menschen denken,
dort wirst du laufen, lieber Enkel.
Nun schlaf, Iskren, schlaf
und reite auf deinem Schaf.

Ja genau, so war es«, sagte Iskren schläfrig, und wie es ihm oft in der Kindheit geschehen war, als er sich in jenem süßen Zustand befand, wo der Traum noch so durchsichtig ist, daß alle Gegenstände rundherum zwar leicht entschärft, sogar weich, so wie für eine Reise verpackt, aber immer noch sichtbar sind, schien er auch jetzt das stumpfe Klopfen des Stocks seiner Großmutter zu hören, mit dem sie immer das Zimmer verließ. »Blind ist das Schicksal, blind das Leben, blind der Wille dieser Welt«, sagte er sich noch, und von so viel Blindheit umgeben, blieb ihm nichts anderes übrig, als die Augen zu schließen.

Schlaf, Iskren, schlaf.

Es war vor einigen Monaten geschehen. Ende Juli war es geschehen, in dem Monat, in dem sogar die Eidechsen in Plovdiv den Schatten suchten. Es war schon dunkel geworden, und unter der einzigen Laterne, die der Straße noch Licht spendete, saßen auf zwei Hockern Micho und Ivan in kurzen Hosen und Ruderleibchen und spielten Tabla. Um sie waren einige Nachbarn versammelt, die, durch die Hitze schlaflos, durch die Schlaflosigkeit weise geworden, jeden ihrer Würfe kommentierten. Und weil es immer noch so heiß war, flitzte hin und wieder der jüngste der Anwesenden zum nächsten Supermarkt und versorgte die Runde mit Bier. Micho hatte gerade zwei Einser geworfen, als sich ein rothaariger Mann zu der Gruppe gesellte.

»Sie sind der Großvater von Iskren Mladenov, nicht wahr?« wandte sich der Mann an Micho. Er bestätigte es. »Ihr Enkel hat vor langer Zeit bei mir was bestellt. Weil die Umstände es nicht anders erlaubten, konnte ich seine Bestellung nur zum Teil erfüllen. Aber ich konnte ihn nicht finden, um ihn persönlich darüber zu informieren. Bitte seien Sie so nett, falls Sie ihn eines Tages sehen, ihm dies von mir zu übergeben«, sagte der Mann und überreichte Micho ein verschlossenes Kuvert. Micho nahm das Kuvert in die Hand, und etwas rasselte darin. Er wollte den Mann noch etwas fragen, aber dieser war bereits ums Eck verschwunden.

»Geh und ruf meine Tochter hierher«, befahl Micho demjenigen, der das Bier holte. »Und hol uns noch ein paar Hülsen«, rief er ihm nach. Bald darauf hörte man Dorotheas Sandalen schlurfen.

»Vater, Ivan, ihr wißt, daß Rosa und ihr Mann uns in drei Tagen besuchen kommen. Bis dahin soll das Haus geputzt sein. Wenn ihr morgen nicht damit beginnt, schafft ihr das nicht«, schalt Dorothea die beiden.

»Reg dich nicht auf! Die Arbeit ist kein Hase, sie wird nicht weglaufen«, erwiderte Micho.

»So ist es!« bestätigten alle Männer rundherum.

»Da war ein Mann und hat was für Iskren gebracht. Ich dachte, es würde dich interessieren«, sagte Micho und gab ihr das Kuvert. Dorothea ergriff es, riß es auf und holte daraus drei goldene Zähne.

»Das muß sein Zahnarzt gewesen sein«, entschied Ivan.

»Schau dir das an. Genau so viele brauch ich auch... Darf ich sie mir einsetzen lassen?« fragte Micho.

»Nein. Sie bleiben bei mir«, sagte Dorothea schroff.

»Tochter, ich bitte dich! Wozu brauchst du sie?« flehte Micho sie an. Dorothea sagte nichts, sie betrachtete nur die Zähne, die in ihrer Hand glänzten. Ivan stand auf, ging zu ihr und legte seine Hand auf ihre Schulter. »Freu dich, Dorothea! Iskren muß es gut gehen, wenn er sich goldene Zähne bestellt hat«, sagte er.

»Ja, genau... Genauso muß es sein. Ich danke dir, Ivan«, sagte sie, drückte die Zähne fest in ihre Hand und ging zum Haus.

»Wieso brauchst du überhaupt Zähne in deinem Alter? Willst du die Wölfe damit würgen, oder was?« spottete jemand aus der Runde.

»Ihr habt ja überhaupt keine Ahnung, was gut ist, und noch weniger vom Leben. Ihr seid dümmer als ein Karpfen... Mein Enkel hat gewußt, daß mir drei Zähne fehlen. Deswegen hat er sie mir geschickt. Er hat an mich gedacht... Komm, Ivan, spielen wir weiter«, sagte Micho. Ivan setzte sich, und die Würfel rollten und klapperten wieder. Sie klapperten so laut, als würden vom Mond dauernd kleine Stücke abbröckelten.

Svetljo hatte bis zum Mittag des nächsten Tages seine Wohnung nicht verlassen, aus Angst, sein neuer Bekannter könnte erscheinen und ihn nicht zu Hause finden. Nun wollte er nicht mehr in der Wohnung hocken, und nachdem er die Reste einer Wurst mit viel Brot verschlungen hatte, ging er auf die Straße. Von überall krachten schon die Knaller, die jedesmal die Vertreibung des alten Jahres begleiteten. In der Hoffnung, von der Fröhlichkeit der Menge angesteckt zu werden, fuhr Svetljo zum Zentrum. Er ging langsam die Kärntner Straße entlang und war bereits auf dem Graben, als er jemanden seinen Namen rufen hörte. Er schaute sich um und sah eine Frau, die ihm von einem Punschstand aus winkte. Erst als er so nahe kam, daß er die Schrift auf ihrer Punschtasse lesen konnte, erkannte er seine Mitstudentin Nathalie. Sie lud ihn auf einen Punsch ein und erzählte ihm, daß sie erst vor einigen Tagen aus Petersburg zurückgekommen wäre, wo sie zwei Jahre lang gelebt hatte. Ob er Lust hätte, mit ihr gemeinsam Silvester zu feiern, wollte sie wissen. Er hatte Lust, erklärte ihr aber, wie es gerade um seine finanziellen Mittel stünde. Er sollte sich da keine Sorgen machen, sie würde ihm gerne Geld borgen, erwiderte Nathalie. Sie entschlossen sich, auf der Straße zu feiern, mußten aber immer wieder dazwischen unterschiedliche Lokale aufsuchen, um sich ein bißchen aufzuwärmen. Im Café Bräunerhof erzählte sie ihm die eine Hälfte ihres bisherigen Lebens, im Café Griensteidl die andere. In der ersten Hälfte kamen mehrere Männer vor, in der zweiten nur einer, dafür aber ein solcher, der ihr mehr weh getan hatte als alle anderen zusammen. Nun, nachdem sie sich von ihrer Vergangenheit gelöst hatte, konnte sie endlich die Gegenwart feiern. Sie waren auf der Straße, als die Glocken, von Hunderten zerbrechenden Flaschen und Gläsern begleitet, das Neujahr verkündeten.

»Frohes Neujahr«, sagte Nathalie und küßte Svetljo auf beide Wangen.

»Frohes Neujahr«, sagte er.

»Manche meinen, erst jetzt beginne das neue Jahrtausend. Und wenn es so ist, dann dürfen wir uns was wünschen«, sagte sie.

»Gut, dann wünschen wir uns was«, sagte er. Ihre Gesichter wurden eine Weile ernst, wie bei der Wahl einer Abendkleidung.

»Ich hab meinen schon«, jubelte sie zuerst.

»Ich auch«, sagte er.

»Und was hast du dir gewünscht?« fragte sie unverschämt.

»Etwas, was ich schon gehabt habe.«

»Und ich etwas ganz Neues. Stoßen wir darauf an, daß die Wünsche erfüllt werden«, sagte sie. Sie stießen an und tranken die Sektgläser aus.

»Weißt du, als ich dich damals in den Vorlesungen gesehen habe, habe ich mir gesagt...«, sagte sie und begann zu lachen.

»Was hast du dir gesagt?« wollte er wissen und lachte auch.

»Mit diesem Kerl werde ich eines Tages Silvester feiern. Das habe ich mir gesagt«, sprach sie und ging noch zwei Sektgläser holen. Sie blieben zusammen bis in der Früh. Er begleitete sie zur U-Bahn-Station, und, nachdem sie ausgemacht hatten, sich bei ihr zum Abendessen zu treffen, trennten sie sich.

Als er aufwachte, war es 16 Uhr. Der einzige Spiegel in der Wohnung war ein abgebrochener Motorradspiegel. Er hatte ihn vor einiger Zeit auf der Straße gefunden und mit Draht über der Waschmuschel befestigt. Während er sich rasierte, fiel ihm zum ersten Mal auf, wie sehr dieser Spiegel sein Gesicht verkleinerte, und wie weit er es die ganze Zeit von ihm ferngehalten hatte. Um sich besser rasieren zu können, kam er der Spiegelfläche so nahe, daß er sie mit der Nase berührte. Sein Gesicht verzerrte sich und wurde so schief, daß er zu lachen begann.

Als er die Wohnung verließ, war Svetljo in guter Stimmung. Mit einem Teil des Geldes, das Nathalie ihm geborgt hatte, kaufte er Blumen und bekam als Restgeld die ersten Euroscheine. Aber obwohl er von Mosche Abramitsch wußte, daß jeder Währungswechsel nur dazu diente, eine Inflation zu vertuschen, freute er sich auf diese neuen, fast unberührten Scheine, vielleicht deswegen, weil auf ihnen keine Menschengesichter abgebildet waren, die einen mit ihrer Selbstsicherheit und Zufriedenheit bedrücken konnten.

Punkt 18 Uhr stand Svetljo vor Nathalies Tür. Sie schien ihm schöner als gestern zu sein. Sie hatte eine schwarze Hose und einen roten Pullover an, und als ob sie den Pullover vor dem Anziehen leicht geküßt hätte, hatte sich dessen rote Farbe auch auf ihre Lippen übertragen. Nathalie ließ ihn zuerst von ihren mit Fleisch gefüllten Blinis kosten, die sie in Rußland kochen gelernt hatte, dann von den Topfentäschchen, die eine Spezialität ihrer burgenländischen Großmutter waren. Sie aßen, sie tranken Wein, besprachen die vorige Nacht und die damit verbundene Betrunkenheit und rätselten lange, ob wirklich erst jetzt das neue Jahrtausend begonnen hatte. Sie hätte es mit Kopfschmerzen begonnen und erhoffte sich, daß dahinter keine symbolische Bedeutung steckte. Nein, das hätten Kopfschmerzen nicht, war sich Svetljo sicher und lobte ihre Kochkünste. Sie machte gerade die zweite Rotweinflasche auf, als sie sagte, »Erzähl mir ein bißchen von dir.«

Ob der Wein schuld war oder die entspannte Atmosphäre in der Wohnung oder ob es die Unbeschwertheit war, mit der Nathalie mit allem umging, so daß jeder Gegenstand in ihren Händen oder jedes Wort auf ihrer Zunge sofort leichter, fast wie ein Spielzeug, wirkte, konnte Svetljo nicht entscheiden, aber er begann tatsächlich zu erzählen.

Er erzählte ihr von der Stadt, in der er aufgewachsen war und davon, mit welchen Worten er zu sprechen begonnen hatte und wie er seinen Großvater Ognjan mit Schokolade erpreßte. Er erzählte ihr auch Ognjans Geschichte, wie er im Lager gelandet war und wie sich seitdem sein Leben hauptsächlich um die Wahl des Klopapiers gedreht hatte. Er erzählte ihr auch von seinem Großvater Svetlin, von dem alle geglaubt hatten, er wäre ein Held gewesen, dabei war er nur von einem Weinbergwächter angeschossen worden und, daß, er, Svetljo, den Geschmack von seines Großvaters Trauben seither viel mehr schätze als den Essiggeruch seiner Orden. Auch von seinem Urgroßvater, dem

Popen Serafim, erzählte er, der nach dem Tod als Geist zurück in sein früheres Haus gekehrt wäre, um seine Sichel zu suchen. Wahrscheinlich, weil der Weg zum Paradies so lange nicht benutzt worden war, daß er vollkommen verunkrautet war.

»Ich hab schon lange nicht mehr so gelacht«, meinte Nathalie, ihre durch die Schminke geschwärzten Tränen abwischend. Es war schon spät geworden, und sie schlug Svetljo vor, bei ihr zu übernachten. Er überlegte, nahm aber ihr Angebot nicht an.

»Du mußt mir aber deine Geschichte zu Ende erzählen... Morgen abend muß ich zu meinen Eltern. Aber übermorgen können wir uns treffen. Was hältst du davon?« fragte sie. Svetljo war einverstanden.

»Soll ich lieber zu dir kommen?«

»Nein, nein, hier bei dir wäre mir ganz recht«, meinte er.

Den nächsten Tag verbrachte Svetljo, indem er abwechselnd an seine Vergangenheit und an Nathalie dachte. Und so wie er die Vergangenheit nicht als Ganzes, sondern in verschiedenen Bildern und Geschichten verteilt betrachtete, so geschah es auch, daß er nur bestimmte Körperteile von Nathalie oder einzelne ihrer Worte in seinem Gedächtnis hervorrufen konnte. »Sie hat sehr schöne Augen«, sagte er sich, und so schlief er an dem Abend ein.

Als sie sich wieder trafen, bat ihn Nathalie, ein bißchen von seiner Zeit in Wien zu erzählen, und weil er gern ihr Lachen hörte, erzählte er lieber von dem Schuster Mosche Abramitsch Unreich, von dem Rosenverkäufer Altaf, von den Baumeistern Zbyszek und Marek und vor allem von dem Tschechen Jaroslav Kozurek, der die wundersame Gabe besaß, aus jedem deutschen Wort Kapital zu machen.

Es war wieder sehr spät geworden, als Nathalie ihm die Frage stellte. »Warum erzählst du immer so wenig von dir? ... Wovor hast du Angst?«

Er wollte schon antworten, als ihm etwas Besseres einfiel. Er griff in die Sakkotasche und holte daraus seine abgegriffenen Spielkarten. Zuerst legte er das Pik-As vor sie, auf dem die Adresse des bulgarischen Klubs in Prag stand, danach das Kreuz-As, auf dem die Worte »Station Karlsplatz Oper – Lokalbahn nach Baden – Traiskirchen« geschrieben waren und zum Schluß das Karo-As, von dem Nathalie den Satz »Ich suche Arbeit« entnahm.

»Würde ich nicht von meinen Freunden oder einfach von den anderen erzählen, würden sich die letzten elf Jahre meines Lebens nur auf diese Worte beschränken. Ich hätte nichts zu berichten gehabt... Ich hab sonst nichts erlebt... Außer dieser Silvesternacht, und auch sie verdanke ich dir«, sagte er.

»Gib mir das vierte As. Ich will dir auch etwas aufschreiben«, sagte sie. Svetljo mußte lang suchen, bis er es unter den anderen Karten fand. Sie nahm die Karte, schrieb schnell etwas darauf und übergab sie ihm. Er starrte die Karte lange an, und weil es Nathalie vorkam, daß er schon eine Ewigkeit brauchte, um den Inhalt des Geschriebenen zu begreifen, holte sie tief Luft, als ob sie vorhätte in ganz tiefe Gewässer zu tauchen und sprach es auch aus.

»Ich hab mich in dich verliebt.«

Es war das erste Mal, daß er es in dieser Sprache hörte, deswegen schienen ihm die Worte so fremd zu klingen. Gleich danach wurden die Zungen in seinem Mund zwei, und es war gut so, denn mit zwei Zungen hatte noch nie ein Mensch sprechen können. Jedes Wort leidet darunter, das eigene wie das fremde, jedes, das dazwischen gerät und das Spiel zu verderben sucht, zweier einander sehr nahe gekommener Seelen.

Die zitierten Passagen aus den Reden des Genossen Todor Shivkov wurden entnommen aus:
Todor Shivkov: Einheit auf der Grundlage des Marxismus/ Leninismus. Reden, Berichte, Artikel. Sofia-Press, Sofia o. J.

Stammbaum von Iskren Mladenov

Sdravka ∞ Stanoj Mladenovi

Mira

Pobeda

Ivan ∞ Kitka

Tatjana

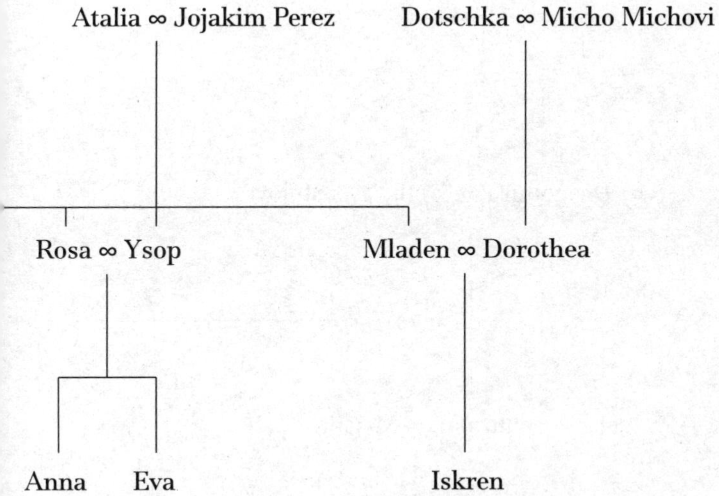
Atalia ∞ Jojakim Perez
Dotschka ∞ Micho Michovi
Rosa ∞ Ysop
Mladen ∞ Dorothea
Anna
Eva
Iskren

Stammbaum von svetljo Apostolov

Serafim ∞ Rossiza

Dragomira ∞ Svetlin Apostolovi

Jordan ∞ Marina

Dragomira Svetljo

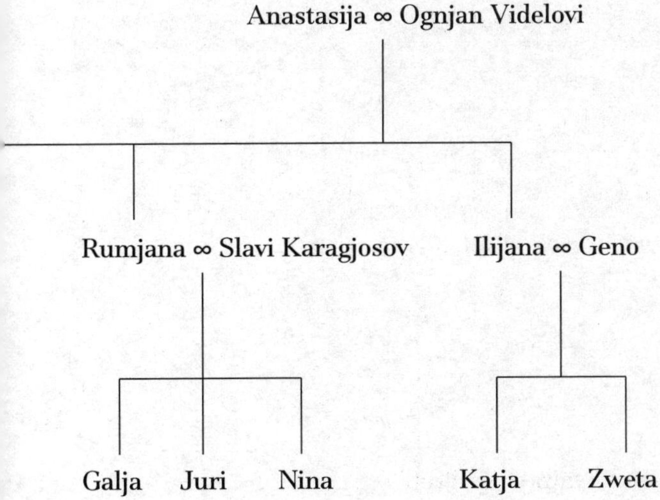
Anastasija ∞ Ognjan Videlovi
Rumjana ∞ Slavi Karagjosov
Ilijana ∞ Geno
Galja
Juri
Nina
Katja
Zweta

»… leidenschaftliche, schnelle Prosa.«

Christine Hamel, Bayerischer Rundfunk

In der Titelgeschichte *Mein erster Mörder* wird ein bis dahin unbescholtener Mann wegen Totschlags zu acht Jahren Gefängnis verurteilt. Was haben sein Vater und dessen Rolle im Zweiten Weltkrieg mit dem Sohn und dessen Tat zu tun? In insgesamt drei Geschichten zeichnet Vladimir Vertlib das Leben von Menschen, die zwischen politischer Willkür und schicksalhaften Gegebenheiten ihre Würde oder auch ihr nacktes Leben zu bewahren versuchen, nach. Ganz ruhig und unaufgeregt erzählt und daher umso spannender.

256 Seiten. Gebunden

Deuticke

www.deuticke.at

Eva Menasse
Vienna

Roman (73253)

Der Bestseller – jetzt im Taschenbuch!

btb

Mein Vater war ein stilles, freundliches Kind. Bevor er sprechen konnte, konnte er Bridge spielen. Die in höchstem Maße unkindliche Konzentration, mit der mein Vater stundenlang dem Lauf der Karten folgte, war erstaunlich und wäre in jeder Familie aufgefallen. In dieser Familie dagegen wäre alles andere als Katastrophe empfunden worden.

»Vienna ist eines der charmantesten Debüts der letzten Jahre.« *3sat/Kulturzeit*

www.btb-verlag.de